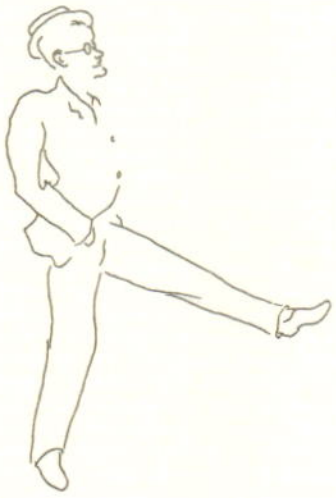

Ulysses
James Joyce

ユリシーズ 1–12

ジェイムズ・ジョイス 柳瀬尚紀＝訳

河出書房新社

ユリシーズ 1－12

Ulysses

ユ リ シ ー ズ 1 − 12 ／ 目 次

I

II

I

第一章《エピソード》

テレマコス

Telemachus

時刻　一九〇四年六月十六日午前八時〜八時四十五分

場所　アイルランドの首都ダブリン。サンディコウヴのマーテロウ塔（市の中心部から南東約十キロ）

人物　スティーヴン・デッダラス（二十二歳）、バック・マリガン、ヘインズ　他

ふんぞり返って、ふくらかなバック・マリガンが階段のてっぺんへ現れた。捧げ持つ石鹸の泡立つ丸い器《うつわ》にのせて、手鏡《てかがみ》と剃刀《かみそり》が十文字にねかせてある。黄色のガウンが、紐《ひも》のほどけたまま、穏やかな朝風に吹かれて後ろでふんわり持ち上った。器を高く掲《かか》げて誦《とな》える。

——**われは神の祭壇に昇らん《イントロイボー・アド・アルタレ・デイー》。**

つと立ち止ると、暗い廻り階段を上から覗《のぞ》き込むようにして、品のない声をはりあげた。

——上って来い、キンチ！　来いっての、耶蘇会《やそかい》の怖い先生！

勿体《もったい》をつけて前へ進み、円形の砲座《ほうざ》の上へ立った。ぐるっと見渡し、塔と周囲の地と目覚めかけた丘陵を、三度、重々しく祝福する。それから、スティーヴン・デッダラスの現れたのが目に入ると、そっちへ向って一礼し、喉をがらがらいわせて首をゆすりながら、虚空《こくう》にすばやく十字を切った。スティーヴン・デッダラスは、不機嫌な寝ぼけ顔で階段のてっぺんに両腕をもたれかけたまま、首ゆすりと喉がらがらの顔が自分を祝福するのを冷やかに眺めた。縦長の馬面《うまづら》、ふわふわ浮く剃髪《ていはつ》していない毛は色淡いオークの木目《きめ》の色合だ。

バック・マリガンはちらりと鏡の下を覗《のぞ》き、それからまたぴしゃっとかぶせた。

——引っ込んでろい、と、いかめしく言った。

そして説教師の口調でつづける。

――なんとなれば、よろしいかな、皆様方、これぞ真《まこと》のキリメト、肉体にして霊魂にして鮮血にして槍満創痍《やりまんそうい》。ゆるやかな音楽をお願いしますぞ。目をつむって、旦那方。ちょいとお待ちを。この白血球どもが少々ざわついておりましてな。静粛に、皆さん。

ちょろっと横目遣いになり、ぴゅーっとゆっくりゆっくり合図の口笛を吹いてから、しばしうっとり聞き惚れるように一休止おく。歯並びのよい白い歯のあちこちが金色にちかちか光る。金の口持つ者《クリュソストモス》。二度、力強く甲高い汽笛が静けさを突き抜けて応じた。

――おんや、ありがとさん、と、調子づく。なかなかけっこう。それくらいにしておいてくれ。

砲座からひょいと下りると、はだけたガウンの裾を脛《すね》にからみつかせながら、己を眺める相手を真面目くさった顔で見つめた。肉襞《にくひだ》の陰ができた顔と無愛想な卵形の顎は、芸術の保護者だった中世のとある高僧を思い起させる。おどけた笑みがすーっとその口もとに浮んだ。

――お笑いもどきだよ！　と、いかにも愉快げだ。きみの馬鹿げた名前さ、古代ギリシア人じゃないか！

気心の知れた同士の冗談とばかりに人差指を突き出し、げらげら笑いながら胸壁《きょうへき》へ移動する。スティーヴン・デッダラスは階段を上りきると、かったるげに途中までついていき、砲座の端に腰を下ろした。そのまま見ていると、胸壁に鏡を立て掛け、器にブラシをひたし、頬と首に泡立つ石鹼を塗りつけていく。

バック・マリガンの愉快げな声はつづいた。

――おれの名前も馬鹿げてるって。マラキ・マリガン、強弱弱格が二つ。だけどギリシア語のひびきがあるだろ？　ぴょんぴょこ快活、いかにも牡鹿《バック》らしい。おれたちアテネへ行かなくちゃな。叔母から二十ポンド巻き上げたらいっしょに行くかい？

ブラシをわきへ置き、嬉々として高笑いしながら大きな声でつづける。

――行くのかな？　生若《なま》き耶蘇《やそ》会士《かいし》君！

ふっとやめて、念入りに髭《ひげ》を当り始めた。

――ねえ、マリガン、スティーヴンが静かに言った。

――はいよ、なんです？

――ヘインズはいつまでこの塔にいる気だい？

バック・マリガンは片方のさっぱりした頬を右肩ごしに見せた。

――どへッ、いけ好かないやつだろ？　と、あけすけに言う。幅《はば》ったいサクソン野郎め。きみのことを紳士じゃないと思ってる。ちょッ、気にくわねえのばっかしよ、イギリス野郎てのは！　しこたま金を肥して、いまにも腹下しの態《てい》だ。なんせオクスフォードの出だとよ。だけど、デッダラス、きみこそ本物のオクスフォード出って雰囲気があるぜ。あいつはわかっちゃいない。そうそう、おれがつけた渾名《あだな》が最高だっての。切《き》っ刃《ぱ》のキンチさ。

そう言って用心深く顎をぞりぞりやる。

――一晩中、黒豹《くろひょう》がどうのと譫言《うわごと》を叫んでた、スティーヴンは言った。あいつは銃をどこに入れてる？

――どうしようもねえ気違いめ！　マリガンは言った。びびったか？

――そりゃそうさ、と、スティーヴンは力を込めるのといっしょに怖さが募《つの》った。あんな真っ暗な中で、どっかの馬の骨が黒豹を撃ち殺すなんて勝手に唸《うな》ったり呻《わめ》いたりなんだから。きみは溺れかけた人間を助けた男さ。ぼくは英雄じゃないんだ、どうせ。あいつがいつまでもここにいるんなら、ぼくは出て行く。

バック・マリガンは剃刀の刃についている石鹸泡をじろっと見た。ひょいと高座から飛び下りて、ズボンのポケットをせわしなく探りだす。

――このおっちょこちょい！　濁声《だみごえ》を発した。

そして砲座へ歩み寄ると、スティーヴンの胸ポケットに片手を差入れて言う。

――ちょいと鼻拭《はなぬぐ》いをお借りして剃刀を拭くよ。

スティーヴンが逆らいもせずにいると、汚いしわくちゃのハンカチをひっぱり出し、これ見よがしに端をつまみあげる。バック・マリガンは剃刀の刃を器用に拭った。それからハンカチをしげしげ眺め、口を開く。

――歌人の鼻拭い！　われらがアイルランドの詩人諸君にふさわしき新しき芸術の色だ。青っ洟緑《あおばなみどり》。味もするんじゃなかろうか、え？

今度は胸壁にのっかると、ダブリン湾を見渡した。淡褐色の金髪がほのかになびく。

――ふふーん！　と、静かにうなずく。海ってのはアルジーの称したとおりだ。大いなる慈母か。青っ洟緑の海。睾丸締めつける海。**葡萄酒色の海にて**《エピ・オイノパ・ポントン》。おい、デッダラス、なんたってギリシア人だぜ！　きみに教えてやらなくちゃな。原文で読まなくちゃだめさ。**洋々と！**《ターラッター》　**洋々と！**《ターラッター》　あれがわれらの大いなる慈母だ。見てみろって。

スティーヴンは腰を上げ、胸壁へ行った。もたれかかって海面を見下ろし、キングズタウンの港《みなと》江《え》を出て行く郵便船を見下ろす。

――われらが強大なる母！　バック・マリガンは言った。

急にふいっと、グレーの探るような目を海からスティーヴンの顔に向ける。

――叔母がね、きみがおふくろさんを殺したと思ってる、と、切り出した。だからきみとかかわりをもたせまいとするんだ。

――誰かさんが殺したんだろ、スティーヴンはくぐもり声で言った。

――どへっ、せめて膝をつくくらいはできたろ、キンチ、死にかけてるおふくろさんの願いじゃないか、バック・マリガンが言った。おれもきみと同じくらい冷感人種さ。それにしたっておふくろさんが今わの際《きわ》に、どうか膝をついて祈ってほしいと頼んでるんだぜ。それを聞き入れないってんだから。きみはどこか拗《ねじ》けたところがある……。

ふっと途切れて、今度は向う側の頬にふわふわ石鹸をなでつけていく。免じてやろうかという笑みに口もとがゆがんだ。

――それにしても可愛いだんまり役者だよ！　と、独り悦《えつ》に入る。キンチ、並ぶ者なき最高に可愛いだんまり役者！

むらなく注意深く、無言で、真面目顔で、剃っていく。

スティーヴンは、ぎざぎざした花崗岩《かこうがん》に片肘をつき、掌《てのひら》を額《ひたい》に当て、てかてかの黒の上着袖のほつれかけた縁《へり》を見つめた。苦痛が、いまだに愛の苦痛ではないそれが、心を苛《さいな》む。音もなく、夢の中で近づいてくる息を引き取った母、やつれきった体がゆるゆるの茶色の経帷子《きょうかたびら》にくるまれてただよってくる蠟《ろう》と紫檀《したん》の匂い、吐く息が、屈《かが》み込んできて、物言わず、恨めしげに、仄《ほの》かに匂う湿った灰の匂い。縫糸のほつれた袖口の向うに、傍《かたわ》らのよく肥《こ》えた声が大いなる慈母と呼びかけた海が見える。湾と水平線の輪が鈍い緑の液体のかたまりを抱える。白い陶器の器が臨終の床《とこ》の傍《かたわ》らの台にのっかって緑のどろっとした胆汁《たんじゅう》をたたえていた。大声で呻《わめ》き呻き吐く発作のたびに腐りかけた肝臓から絞り出したものだ。

バック・マリガンはもう一度、剃刀を拭った。

——おい、こけ犬わんちゃん！　と、優しさこめた声。きみにシャツと鼻拭きを二、三枚プレゼントしなくちゃな。そのセコハンのズボンはどう？

——まあぴったりだ、スティーヴンは答えた。

バック・マリガンは唇の下のくぼみを剃りにかかる。

——お笑いもどきだよ、と、したり顔で言った。セコレグってとこか。どこの瘡《かさ》っ膨《ぶく》れが脱ぎ捨てたかわかりゃしない。おれは極細縞《ごくぼそじま》のけっこういいのを一着持ってる、グレーのさ。あれをはいたらばしっと決るぜ。冗談じゃないってば、キンチ。きみはめかせばべらぼういい男だってのに。

——せっかくだけど、スティーヴンは言った。グレーならはけないね。

——はけないんですと、バック・マリガンは鏡の顔に話しかけた。エチケットはエチケット。おふくろさんは殺してもグレーのズボンは穿《は》けませんだと。

剃刀を丁寧にたたんで、触鬚《しょくしゅ》のように指先を這わせてすべすべの肌を撫でていく。

スティーヴンは海から視線を移して、肉づきのいい顔の靄青《もやあお》のよく動く目へと向けた。

——ゆうべ舟《シップ》でいっしょに飲んだやつがよ、バック・マリガンが言った。きみのことをg・p・iだなんてぬかしやがった。瘋癲村《ふうてんむら》のコノリー・ノーマンのとこに勤めてるやつ。なにが中枢神経麻痺だ！

すいっと動かした手鏡が宙に半円を描き、すでに燦々《さんさん》と海に降り注ぐ陽光の中、その報《しら》せをキラキラッと発信する。くいと突き出す剃ったばかりの口もとが笑い声をたて、白くきらめく歯並びが覗《のぞ》く。高笑いが、頑丈ながっしりした胴体をゆさぶった。

——ちょいとその顔を見てごらんっての、怖い詩人さん！

スティーヴンは、差し出された鏡を前屈《まえかが》みに覗《のぞ》いた。鉤型《かぎがた》のひび割れの裂け目が一本。逆立つ髪。

Telemachus

こいつもみんなもこういうおれを見ている。誰がこの顔をおれに選んでくれたんだ？　この虱《しらみ》だらけのこけ犬面《づら》を。これのほうでもおれに問う。

――下女の部屋からいただいてきたんだ、バック・マリガンは言った。ざまみろっての。叔母はマラキのために不器量な女中しか雇わない。誘惑に赴《おもむ》くことなかれってね。おまけにその女の名が、聖ウルスラことアーシュラってんだから。

また高笑いをしながら、スティーヴンの覗《のぞ》く目から鏡をすっと持ち去る。

――鏡に己の顔の見えぬキャリバンの激怒、と、言った。ワイルドが生きているうちにきみと会ってたらなあ！

上体を起して指差しながら、スティーヴンは苦々しく言った。

――それ、アイルランド芸術の象徴だよ。僕《しもべ》のひび割れた鏡だ。

バック・マリガンは急にスティーヴンと腕組みをすると、塔の屋上を歩き出した。剃刀と鏡を押し込んだポケットがカチャカチャ音をたてる。

――きみをいいようにからかうのは卑怯だよな、キンチ、と、優しさをこめる。あいつらどもよりきみのほうが鋭気があるって。

また躱《かわ》した。おれの芸術の笹針《ランセット》を怖がっている、おれがこの男のそれを怖がっているように。冷たい鋼鉄のペン。

――僕《しもべ》のひび割れた鏡！　下のオックス公にそれを教えて一ギニーせびるといい。うなるほど金を持ってるし、きみのことを紳士じゃないと思ってるやつだ。あれの親父はズールー族にヤラパ根を売りつけたり、なんだかんだひでえペテンをはたらいたりで銭をこさえたのさ。なあ、キンチ、きみとおれとで力を合せてなにかできれば、この島国のために役立てそうだがね。ギリシア化するんだ。

　クランリーの腕。こいつの腕。

――なのにきみがああいう豚どもの施しを受けなくちゃならないとはな。きみの何たるかを知るのはおれだけだぜ。もっと信用してくれちゃどうだい？　なんでおれにつんけんする？　ヘインズのことか？　ここでなんかごたごたいうなら、シーモアを連れてきて、クライヴ・ケンプソープがやられたのよりひでえ目にあわせてやる。

　クライヴ・ケンプソープの部屋の青二才どもの銭太りの声。うらなりども。げらげら笑いころげちゃ、抱き合って。ああ、もう死にそう！　母さんをびっくりさせないように言ってくれよ、オーブリー！　ぼく、死んじゃうよう！　シャツのスリットリボンをなびかせて、ぴょんぴょこ跳ね回る。ズボンを踵《かかと》までずりおろされ、裁《た》ち鋏《ばさみ》を持ったモードリン校のエイディーズに追い回されて。マーマレードをぎとぎと塗られてひきつった子牛の顔。脱ぐなんて嫌だってんだろッ！　牛津若《ぎゅうしんにゃく》道《どう》なんて嫌だってば！

　開け放った窓からひびく叫び声が校庭の夕暮を驚かす。何も聞えずの庭師が、エプロンを着け、マシュー・アーノルドそのものの顔で、砕かれて飛び跳ねる草茎だけを見つめながら、薄暗くなった芝生に芝刈機を押していく。

　我等自身の為……新しき異教主義……**中心なる臍**《オムパロス》。

――居るのはいいさ、と、スティーヴンは言った。夜中以外、あいつはどうってことない。

――じゃあ何だ？　バック・マリガンがじれったげに尋ねた。吐いちまえったら。おれは何でもあけすけに言うじゃないか。おれの何が気に入らない？

　二人は立ち止り、ブレイヘッドのずんぐり岬が居眠り鯨の鼻面《はなづら》みたいに海に浮ぶ方角へ目をやった。スティーヴンはすっと腕をほどく。

――ほんとに言わせる気？　そう質《ただ》した。

――うん、何だ？　バック・マリガンは答えた。なにひとつ思い当らないね。そう言いながらスティーヴンの顔をうかがう。弱い風がその額《ひたい》をかすめ、梳《くしけず》られていない金髪にふんわり吹きつけ、その目にたたえた懸念の銀白の先端を揺らせた。

スティーヴンは、自分の声に滅入りながら、言った。

――母が死んでから最初にきみの家へ行った日のこと覚えてる？

バック・マリガンは急に眉を顰《ひそ》めて言った。

――なに？　どこ？　覚えてないな。なんせ観念と感覚しか思い出せない質《たち》でね。なぜだい？　いったい何があったんだっけ？

――きみはお茶を入れてた、スティーヴンは言った。そして踊り場の向うへお湯を取りに行ったろ。きみのお母さんと誰かお客が客間から出て来た。お母さんがきみの部屋に誰が来てるかって訊いた。

――そうか？　と、バック・マリガン。おれは何て言った？　忘れたな。

――こう言った、スティーヴンは答えた。**ああ、デッダラスさ、おふくろが畜生みたいに死んじまったやつ。**

ぱっと赤みの差した顔がいっそう若やいで、さらに愛嬌のある薔薇色がバック・マリガンの頬を染めた。

――そう言った？　と、問い返す。で？　それが障《さわ》るっての？

そのぎごちなさを苛《いら》めきつつふりほどいた。

――それに死とは何だい？　と、言い返す。きみの母親の死であれ、きみの死であれ、このおれの死であれ。きみは母親の死を見たにすぎない。おれはマーター＝リッチモンドで連中がぽっくり往《い》くのを毎日見てるんだ、そして解剖室で臓物《ぞうもつ》の細切れにされるのをだ。ありゃ畜生同然、それ以外のなにものでもない。てんでどうってことじゃない。きみは、母親が今わの際に頼んでるのに膝をついて祈ってやらなかった。なぜだ？　きみには忌わしい耶蘇会《やそかい》信者の血が流れているからだ。ただしそれが逆に注入されているがね。おれにとってはお笑いもどきの畜生同然。おふくろさんの脳《のう》葉《よう》は機能していない。医者をピーター・ティーズル様なんて呼んで刺子《キルト》の掛布団の金鳳花《きんぽうげ》をむしり取る。果てるまで言いなりになってやりゃいいじゃないか。きみはおふくろさんの最期の願いに逆らったくせに、おれがラルエット葬儀屋に雇われた泣き男みたいにめそめそしないってんでふてくされる。ばかばかしい！　おれは確かにそう言ったんだろうさ。亡くなったおふくろさんを侮辱する気はなかったけど。

しゃべっているうちにふてぶてしくなっていた。スティーヴンは、あの言葉が心に残した傷口のぱっくり開くのをかばいながら、つとめて冷やかに言った。

——母への侮辱だなんて思っていない。

——じゃあ何だい？　バック・マリガンが問う。

——ぼくへの侮辱だってこと、スティーヴンは答えた。

バック・マリガンはくるっと大仰《おおぎょう》に背を向けた。

——ああ、まいったやつ！　吐き捨てるように言った。

そしてすたすた胸壁ぞいに歩いて行く。スティーヴンはその場に立ったまま、穏やかな海の向うの崎《みさき》を見やった。海と崎がじんわり霞《かす》む。目蓋《まぶた》がずきんずきんと打ち、視界をさえぎり、両頬のほてりを感じる。

塔の中の声ががなった。

——上かい、マリガン？

——いま行く、バック・マリガンが応じた。

そしてスティーヴンのほうを向いて言った。

——海を見ろって。海は侮辱のなんのと御託《ごたく》を並べないだろ？　ロヨラはもうよせったら、キンチ、下へ行くぞ。あのサクソン野郎が朝のベーコン食いたいってよ。

頭がも一度ふっと階段のてっぺんで止り、そこの高さと水平になる。

——そんなことで一日中もやもやするな、と、釘を刺す。おれは脈絡のない男さ。うじうじふさぎこむのはいいかげんにしろって。

頭は消えたが、下りて行く胴声《どうごえ》が階段口からひびいてくる。

もはや顔をそむけて思い乱れるなかれ
愛の苦き神秘に、
ファーガスが青銅の戦車率いて来《きた》る。

森影が静かに過《よぎ》って、朝の平穏の中、階段口から海の方へ動いていく。そっちへ目をこらした。磯近くと沖合で海面の鏡が軽やかな靴をはいて駆ける足に踏んづけられて白くなる。翳《かげ》りの海の白き胸。絡《から》み合う強勢、二音ずつ。手が竪琴《ハープ》弦を掻き鳴らし、絡《から》み合う和音を掻き混ぜる。波白の結ばれた言葉が翳《かげ》りの潮にゆらめき光る。

雲がゆっくりと動いて、太陽をすっぽり覆い、湾をさらに濃い深緑に翳《かげ》らせた。眼下にひろがる、苦い水を湛《たた》えた器《うつわ》。ファーガスの歌。独り家の中で歌った、長い暗い弦のひびきを抑えながら。母の部屋のドアが開いていた。おれの弾き歌いを聞きたかったのだ。無言で畏れと憐れみを抱いておれは母のベッドへ行った。惨めなベッドで泣いていた。あの歌詞にほろっとしちゃって、スティーヴン。愛の苦い神秘。

今はどこに？

母のしまい込んでいたあれこれ。古い羽根扇やら房縁《ふさべり》の舞踏会カードやらには、麝香《じやこう》が沁み込んでいて、琥珀《こはく》の数珠玉《じゆずだま》おもちゃも鍵の掛った引出しに。鳥籠は娘の頃に日当りのいい窓際に吊してあったものだ。往年のロイスが**快傑ターコウ**のお伽《とぎ》芝居に出るのを見に行き、みんなと大笑いしながらあの歌を聞いたと言ってた。

小僧っこなれど
おいらはどろんと
姿を消せるぞ。

はかない笑いはしゃぎ、たたんでしまい込まれた。麝香の香とともに。

もはや顔をそむけて思い乱れるなかれ。

自然の記憶の中におもちゃといっしょにしまい込まれたのだ。記憶のかずかずが思い乱れる脳裏を攻め立てる。秘跡が間近になった頃、台所の蛇口から水をグラスに注ぐ母。芯をくりぬいて黒砂糖を詰めたリンゴが一つ、じりじりと母の前の煖炉の内棚《うちだな》で焼ける暗い秋の宵。子供たちの下着に跳ねる蚤《のみ》をつぶして赤く染った形のよい爪。

夢の中、音もなく近づいてくる母、やつれきった体がゆるゆるの茶色の経帷子《きょうかたびら》にくるまれてただよってくる蠟《ろう》と紫檀《したん》の匂い、吐く息が、屈《かが》み込んできて無言の秘めた言葉を告げ、仄《ほの》かに匂う湿った灰の匂い。

あのどんよりした目が、死から見つめて、おれの魂をゆさぶって屈服しにかかる。おれだけを見つめて。亡霊蠟燭《ろうそく》が母の苦悶を照す。その亡霊の光が歪んだ顔を照す。母の嗄《しゃが》れた甲高い息が恐怖にぜいぜい喘《あえ》ぎ、皆ひざまずいて祈った。母の目がおれを打ちのめすように見る。**百合のごとく耀く証聖者らの群れ汝を取り囲まんことを《リリアタ・ルテイランテイウム・テ・コンフエソルム・トウルマ・キルクムデト》。輝かしき童貞らの歌汝を迎えんことを《ユビランテイウム・テ・ウイルギヌム・コルス・エクスキピアト》。**

幽鬼《グール》！ 屍《しかばね》食らいの妖怪！

いやだ、お母さん！ ぼくはこのまま生きていくんだ。

――キンチ、おおい！

バック・マリガンの声が塔の中からひびく。階段を上ってきて、もう一度呼ぶ。スティーヴンは、己の魂の叫びにまだふるえおののきながら、暖かく走る陽光を聞き取り、背後の大気に親しげな言葉を聞いた。

――デッダラス、下りて来い、もう和《なご》モーゼっての。朝飯だ。ヘインズがゆうべは起して悪かったとさ。もういいじゃないか。

――いま行くよ、スティーヴンは振り返って言った。

――耶蘇余所《やそよそ》しくするなって、バック・マリガンは言った。おれがために折れ、破《わ》れて我らがために。

頭が消え、また現れた。

——さっきのアイルランド芸術の象徴、あいつに教えてやったぜ。なかなかの名言だとさ。一枚せしめちゃどうだ？　一ギニーだよ、つまり。

——今日、給料が出るんだ、スティーヴンは言った。

——小学生の稚児《ちご》宿か？　バック・マリガンは言った。いくら出る？　四枚か？　一枚貸せよ。

——要るんならね、スティーヴンは言った。

——ぴかぴかソヴリンが四枚ときた、バック・マリガンが浮れ声でがなる。ぱーっと派手に飲んだくれて泥くさいドルイドどもの度肝を抜いちまおうぜ。全能なるソヴリンが四枚もだ。

そして両手をふりあげて石段をどたどた下りながら、調子っぱずれにコックニーの訛《なまり》で歌う。

そうれ、浮れはしゃぎといきましょよ
ウイスキーにビールにワイン！
戴冠式だ
戴冠式の日じゃないか！
そうれ、浮れはしゃぎといこうじゃないか
戴冠式の日じゃないか！

暖かな日差しが海面いっぱいにはしゃぐ。ニッケルの髭剃り器《うつわ》がきらきらっと、忘れられたまま、胸壁にぽつんと。下へ持っていくこともないか？　一日中ほっぽり出しておくか、忘れ物の友情として？

それに歩み寄り、しばし両手にのせて、ひんやりする感触を確かめ、ブラシを突っ込んだままの、ぬるぬるっとしたよだれみたいな石鹸泡のにおいを嗅いだ。こんなふうにしてあのときクロンゴウズで舟形の香入れを運んだっけ。もうあの頃とは違うおれなのに、やはり同じ。僕《しもべ》でもあるし。家僕に仕える侍者《じしゃ》。

塔の薄暗い円形《まるがた》の居間でバック・マリガンのガウン姿が煖炉のあたりをきびきび動き、黄色の燠《おき》火《び》が見え隠れする。二筋の柔らかな日の光が上の鎗眼《そうがん》から石畳の床に落ち、その光の交わるところで、燻《くゆ》る石炭の煙と脂身《あぶらみ》を炒《いた》めた烟《けむ》がぷわぷわ踊って渦巻く。

——息が詰っちまう、バック・マリガンが言った。ヘインズ、そこの戸を開けてくれないか。

スティーヴンは髭剃り器《うつわ》を戸棚にのせた。長身の人影が腰を下ろしていたハンモックから立ち上り、扉口へ行くと、内側の両開き戸を引いて開ける。

——鍵は持ってる？　声が問う。

——デッダラスが持ってる、バック・マリガンが言った。こりゃひでえ、息が詰っちまうぞ！

そして炉から顔も上げず、一吠えした。

——キンチ！

——鍵穴に差してある、スティーヴンが言い、歩きかける。

鍵が二度、ギギッと軋《きし》んで回り、重い扉が少し開くと、ほっとする光と明るい外気が入ってきた。ヘインズが扉口に立ち、外を見やる。スティーヴンは立てて置いてある旅行鞄をテーブルへひきずり寄せ、それに腰掛けて待った。バック・マリガンが焼き上げたフライパンの中身を傍《かたわ》らの大皿にぽーんと移す。それからその皿と大きなティーポットをテーブルへ運び、ずしりと置いて、ふーっと息をつく。

——溶《とろ》けちまいそうだぜ、と、音《ね》をあげてみせ、蠟燭の言い草があったじゃないか……。おっと、しーッ！　その話はもうやめ！　キンチ、目をさませ！　パンに、バターに、蜂蜜だ。ヘインズ、入れよ。さあさあ餌だ。いただきますぞ、主よ、これら汝の施しを。砂糖はどこだ？　なんだ、ちぇッ、ミルクがまだか。

　スティーヴンはパンと蜂蜜壺とバター入れを戸棚から運んだ。バック・マリガンは急に不機嫌になって椅子に座る。

——この色宿はどうなってんだ？　と、ぼやいた。八時過ぎに来いと言っておいたのに。

——ミルクなしでも飲めるさ、スティーヴンが渇いた声で言う。戸棚にレモンがある。

——おいおい、またおまえさんのパリ好みかい！　バック・マリガンが言った。おれはサンディコウヴのミルクがなくちゃな。

　ヘインズが扉口から戻ってきて、静かに言った。

——あのおばちゃんが牛乳を運んできた。

——ほーれ、神様のお恵みだぞ！　バック・マリガンは破《わ》れ声をあげ、椅子から勢いよく立ち上がる。まあ座れよ。そこの茶を注《つ》いでくれ。砂糖はその袋。ほいきた、おれはどうにも卵をいじくるのが下手くそでね。

　大皿のベーコンエッグを切り分け、三枚の小皿にぺたっぺたっと並べて言った。

——**父と子と聖霊の御名《イン・ノミネ・パトリス・エト・フイリイ・エト・スピリトウス・サンクティ》において**。

　ヘインズが席に着いて紅茶を注ぐ。

——砂糖は二つずつ入れるよ、と、言った。それにしても、マリガン、きみはお茶をずいぶん濃く入れるなあ。

バック・マリガンは、パンを厚く切り分けながら、年寄女の賺《すか》し声を真似て言う。

——わたしゃお茶を出せって言われりゃお茶を出しますよ、グロウガン婆ちゃんの言い草だ。おしっこを出せって言われりゃおしっこを出します。

——ありがたいね、茶を出してくれた、ヘインズが言った。

バック・マリガンは切り分けるのと賺《すか》し声をつづける。

——**わたしゃそうするんだ、カーヒルさん、**婆さんが言う。**おんやま、そうかい、**カーヒルのかみさんが言ったもんだ。**どうかお茶筒《ちゃづつ》とお尿筒《しとづつ》を間違えないでおくれ。**

厚切りのパンをナイフで串刺しにして、食事仲間に一枚ずつ突き出す。

——そういう庶民をだな、と、大真面目な口ぶりで、きみの本に書いてくれなくちゃ、ヘインズ。五行の本文に十頁の注釈をつける、ダドラムの土地っ子と魚神様《うおがみさま》たちのことをさ。大風の年に魔女らの手にて印刷。

今度はスティーヴンに向って、眉を吊り上げながら、よそゆきの困惑げな声で訊く。

——覚えておいでか、きみは、グロウガン婆さんの茶筒尿筒《ちゃづつしとづつ》の話はマビノギオンにあるのであったか、ウパニシャッドにあるのであったか？

——違うだろ、スティーヴンは仏頂面《ぶっちょうづら》で言った。

——違うとな？バック・マリガンが口調を変えずに言う。ならば理由を拝聴したい。

——思うに、と、スティーヴンはもぐもぐやったまま、マビノギオンの内にも外にもないね。グロウガン婆さんは、まあたぶん、メアリー・アンの血縁さ。

バック・マリガンの顔が嬉々としてほころぶ。

——面白い！　思いっきり甘ったるい声をつくろい、白い歯を見せて愉快げに目をしばたたく。そう思うかね？　実に面白い！

それから、ふと表情を翳《かげ》らせると、上嗄《うわが》れた塩辛声《しおからごえ》で唸《うな》りながら、また威勢よくパンを切り分けにかかった。

——メアリー・アンの婆ちゃんは
人目なんぞはくそくらえ
ペチコートをば捲《まく》り上げ……

ベーコンエッグをほおばり、むしゃむしゃやり、鼻歌を歌う。

戸口が翳《かげ》って人影が入って来た。

——ミルクでごぜえます！

——さあさ、入って、マリガンは言った。キンチ、ミルク入れを取ってくれ。

老女が中へ進んできて、スティーヴンの傍《かたわ》らに立つ。

——いい天気でごぜえますだ、老女は言った。神様のおかげで。

——誰の？　マリガンが言い、ちらりと見やる。ああ、そりゃもちろん！

スティーヴンは後ろに手を伸ばして戸棚のミルク入れを取った。

——われら島人《しまびと》の常でね、バック・マリガンはさりげなくヘインズに言った。しょっちゅう包皮《ほうひ》の取立屋の名を口にする。

——どんだけ入れます？　老女は訊いた。

——一クォート、スティーヴンが言う。

見ていると枡《ます》に移して、それからミルク入れに、とろっとした白いミルクを注ぐ。この老婆の乳ではない。老いて萎《しな》びた乳房。もう一度、一枡分とおまけを少々注いだ。老いてひっそりと、朝の世から入ってきた、もしや遣わされた使者か。このミルクは上等だと自慢して、注ぎ終える。夜明けの露に濡れる野で辛抱強い牝牛のそばに屈《かが》み込み、蝦蟇《がま》の腰掛に腰掛けた魔女、その皺《しわ》だらけの指が乳ほとばしる乳房に素早く走る。なじみの老婆を囲んで鳴く、露絹の牛の群れ。牝牛中の絹、かつまた貧しき老婆、ともに昔の名だ。さまよえる皺くちゃ婆、征服者と浮かれた裏切者の双方に仕える仙女《せんにょ》の身をやつした姿、双方に不義をはたらかれた女、秘め事の朝から遣わされた使者。仕えに来たのか責めに来たのか、どっちなのかはわからない。しかしまさか教えてくれとも頼めない。

——いや、まったくだねえ、と、バック・マリガンが三人のカップにミルクを注ぐ。

——あなた様から味見してくだせえましな、老女は言った。

言われるままに飲む。

——食い物のほうもこれくらい上等ならなあ、と、老女に向っていやに声高に、おれたちの国は腐った歯に腐った腸《はらわた》だらけにはならないんだがね。じめじめする沼地に暮して、安いものを食って、街を歩けばゴミ屑《くず》と馬糞と肺病病みの痰《たん》ばかしときちゃあ。

——あんたさんはお医者の学校に行ってなさるんで？　老女が尋ねた。

——ああ、そうですぞ、バック・マリガンは答えた。

——やっぱしでごぜえますか、老女が言う。

スティーヴンは侮蔑の無言で聞いていた。声高に話しかける声に、筍《たけのこ》医者に、薬師《くすし》に、老婆は老いた頭を下げる。おれをこの女は軽んずる。告解を聴いてやり、女の不浄の腰を除く全身に、男の肉体から神に似せずに造られた肉体に、蛇の餌食《えじき》に、終油《しゅうゆ》を塗ってやろうという声にも。そしていまこの女を黙らせる大きな声にも、いぶかしげな座りの悪い目つきで。

——この人の言うこと分る？　スティーヴンは老女に尋ねた。

——フランス語をしゃべっていなさるんで？　老女はヘインズに言った。

ヘインズはまたしても老婆相手に長々と偉そうに一席ぶつ。

——アイルランド語だ、バック・マリガンが言った。お婆ちゃん、ゲール語分る？

——やっぱしアイルランド語でごぜえますか、老女は言った。そんなふうに聞えますもんな。西のお人でごぜえますかい？

——ぼくはイギリス人だ、ヘインズが答えた。

——こいつはイギリス人、バック・マリガンが言った。だからアイルランドではアイルランド語をしゃべれってという考えでね。

——そりゃそうですわな、老女は言った。そんでわたしゃ恥かしいんですよ、自分がしゃべれねえもんでさ。知ってる人に言わせると大層な言葉だそうで。

——大層なんてもんじゃない、バック・マリガンが言った。素晴らしいんだ、まったくもって。おかわりを注いでくれ、キンチ。お婆ちゃんも一杯いかが？

——いえいえ、そんな、老女は言い、ミルク罐の輪に二の腕を通して立ち去ろうとする。

ヘインズがそこへ言う。

——勘定書は持ってきた？　払っといたほうがよくないか、マリガン？

スティーヴンは三つのカップに二杯目を注ぐ。

——勘定書で？　と、老女は立ち止る。さあて、七日の一パイント二ペンスは七の二は一シリングと二ペンスでこの三日の一クォート四ペンスは三クォートは一シリング。ですんで一シリングと一と二は二と二でごぜえますわ。

バック・マリガンはため息をつき、両側にバターをこってりぬったパンをほおばってから、両足を前へ伸ばし、ズボンのポケットを探りにかかった。

——払ってすっきりするさ、ヘインズが促して、にやりとする。

スティーヴンは三杯目を注いだ。ほんの一匙《さじ》分の紅茶が入ると、とろっと濃いミルクがかすかに濁る。バック・マリガンがフロリンを一枚取り出すと、くるっと指先でひねり回して頓狂声《とんきょうごえ》を出した。

——奇蹟なり！

それをテーブルにのせて老女のほうへ押しやりながら口ずさむ。

——われに求むはこれっきりに、愛しの君よ、
与えうるかぎりを君に与うなれば。

スティーヴンは、老婆のもじもじする手に硬貨をのせた。

——二ペンス借りだね、と、言い添える。

——いつでもよろしゅうございますだ、老婆は言い、硬貨を受け取った。いつでもよろしいですって。そんじゃ、これで失礼しますだ。

恭《うやうや》しくお辞儀をして去る後ろから、バック・マリガンの裏声の歌が追う。

——愛しの君よ、無い袖ふれぬ我が身なり

あらば君に捧げるに。

今度はスティーヴンに向き直って言った。

——ほんとだぜ、デッダラス。おれは素寒貧《すかんぴん》だ。早いとこ稚児《ちご》学校へ行って金を持ってきてくれ。今日は詩人一同、酒宴を張らねばならない日だ。アイルランドは、本日、各自が己の義務を果すことを期待するものなり。

——それで思い出した、ヘインズが立ち上りながら言った。今日はここの国立図書館へ行かなくちゃ。

——まずはここの一泳ぎだ、バック・マリガンが言う。

そしてスティーヴンに向って猫なで声で尋ねた。

——今日は月一の浸《ひた》り日か、キンチ？

それからヘインズに言う。

——こちらの不浄なる詩人さんは月一度の快酔浴《かいすいよく》を怠らないんだ。

——アイルランド全土が湾流に洗われてるよ、と、スティーヴンはパンに糖蜜をとろとろっと垂らす。

ヘインズが、少し離れたところでテニスシャツのゆったりした襟にスカーフをするっと結びながら声をかけた。

——きみの名言集を編んでみたいな、もしかまわなければ。

用談ときたな。なにせ洗って湯舟に浸かってこする連中だ。独知《とくち》の噬臍《ぜいせい》。良心。まだここに染みが。

——僕《しもべ》のひび割れた鏡がアイルランド芸術の象徴だっていうのなんか、べらぼうにいいじゃないか。

バック・マリガンがテーブルの下でスティーヴンの足をぽんと蹴り、熱っぽい語気で言う。

——いまにハムレット論も聞かせるってさ、ヘインズ。

——いや、本気だよ、ヘインズはなおもスティーヴンに話しかける。さっきのしわくちゃ婆さんが入ってきたときにそう考えていたんだ。

——それ、金になりそう？　スティーヴンは問いかける。

ヘインズは高笑いをし、グレーの中折れ帽を吊床《つりどこ》の締金《しめがね》から手にして言った。

——どうかな、それはわからない。

そのままゆったりと戸口へ出て行った。バック・マリガンがスティーヴンに面と向って体を乗り出し、語気を荒らげる。

——おい、どじを踏んだぞ。なんであんなこと言った？

——そうかい？　スティーヴンは言った。要は金をせしめることだろ。誰から？　牛乳婆さんからか、あいつからか。どっちにしたって見込みはないだろう。

——せっかく吹聴《ふいちょう》してやってるのに、と、バック・マリガンは言った。またいつもの嫌味な眇《すがめ》で鬱《うつ》陶《とう》しい耶蘇《やそ》会《かい》仕込みの苦口《にがぐち》をほざく。

——まあ、望みはないね、スティーヴンは言った。婆さんからにしろ、あいつからにしろ。

バック・マリガンは悲劇役者然とため息をつき、スティーヴンの腕に手をのせた。

——あたいからもよ、キンチ、と、言った。

がらりと一変した口調でおっかぶせる。

——神かけてぶっちゃければ、おまえの言うとおりだろうな。糞の役にも立たない輩《やから》どもめが。ちゃらかしてやりゃいいんだ、おれみたいに。あのくたばりぞこないども。さあて、色宿をおん出るか。

おもむろに立ち上り、いかめしげに紐を解いてガウンを脱ぎ、観念したみたいに言った。

――マリガンはその衣を剝がれたり。

ポケットの中身をテーブルにひろげる。

――ほれ、さっきの鼻拭き、と、言った。

そしてそっくり返るカラーとおさまりの悪いタイを着けながら、その両方に話しかけ、叱りつけ、ぶらさがる懐中時計の鎖にも声をかける。両の手をトランクに突っ込んでひっかき回しながら、きれいなハンカチはないかと呼ばわる。独知《どくち》の噬臍《ぜいせい》。やれやれ、誰しも役柄相応の扮装が必要か。おれには蚤《のみ》色の手袋と緑のブーツが要るな。ちぐはぐ。おれはちぐはぐ？　それならそれでいいとも、おれはちぐはぐで通す。気働《きばたら》きマラキ。ふにゃっとした黒いものがしゃべりまくる手から放られる。

――ほれ、巴里《パリ》っとしたお帽子、と、言った。

スティーヴンは拾い上げて、かぶった。ヘインズが戸口から呼ぶ。

――行くんだろ、きみたち？

――いま行く、バック・マリガンが答え、戸口へ向う。行くぞ、キンチ。残り物はもう平らげたろよ。

待ちきれないとばかりに重ったるい言葉と足をひきずりながら外へ出ていき、まるきり惜別の口調でつづけた。

――いざ敷居《しきい》跨《マタ》イでおん出んとすルカ。

スティーヴンは、立てかけてある梣《とねりこ》のステッキを手に取り、二人のあとから外に出て、二人が梯子段を下りる間に、閉りにくい鉄扉をぐいっと引いて閉め、錠を掛けた。大きな鍵を内ポケットに入れる。

梯子段を下りたところでバック・マリガンが訊く。

――鍵は持ってきたか？

――持ってる、スティーヴンは言い、先を進む。

そのまま歩いた。背後でバック・マリガンが分厚いバスタオルで羊歯《しだ》や雑草の若茎をばしっぱしっと打つのが聞える。

――こら、お座りだ！　わんきゃんうるさい！

ヘインズが訊く。

――この塔は賃借りしてるのかい？

――十二ポンド、バック・マリガンが言った。

――陸軍大臣に、スティーヴンが振り向いて付け足す。

三人は足をとめ、ヘインズが塔をしげしげ眺め回してから言った。

――冬はそうとうに冷え込むだろうね。海岸砲塔《マーテロウ》っていうんだっけ？

――ビリー・ピットがあちこちに造らせたんだ、バック・マリガンが言った。フランス軍が海にありの頃さ。でもここのが**中心なる臍**《オムパロス》だ。

――きみのハムレット説って、どういうもの？　ヘインズがスティーヴンに尋ねる。

――おいおい、よせったら、バック・マリガンが悲鳴をあげた。トマス・アクィナスを持ち出されたり、それの突っかい棒に五十五の理屈をおっ立てられたりしちゃかなわないね。おれがまず二、三杯入れてからにしてくれ。

スティーヴンに向き直り、薄黄色のチョッキの両の先っぽをきちんきちんと引き下ろしつつ言った。

――三杯ぐらいじゃ聞かせられないよなあ、キンチ？

――どうせ延び延びになってる、スティーヴンが生返事をした。まだ先でもいいだろ。

――興味津々《きょうみしんしん》だな、ヘインズが水を向ける。なにか逆説？

――てへッ！と、バック・マリガン。おれたちはワイルドや逆説は卒業してるんだぜ。いとも単純。この男はね、ハムレットの孫がシェイクスピアの祖父であり、ご本人は実の父親の亡霊であるということを代数で証明するんだ。

――え？ヘインズが言い、思わずスティーヴンを指さす。この本人が？

バック・マリガンはタオルをばしっとストラふうに首へ回し、しまりのない笑い声をたてながら腹をかかえ、スティーヴンの耳もとで言った。

――おい、このいんちきキンチき！　父親探しのヤペテん師！

――ぼくら、朝はいつも疲れてるんだ、スティーヴンがヘインズに言った。まあ、話せば長いけど。

バック・マリガンがまた先に立って歩き出し、両手をさしあげた。

――聖なる一パイントのみがデッダラスの舌を解《ほど》きうるものなり、と、のたまう。

――つまりさ、と、そのあとを歩きながらヘインズがスティーヴンに言い足す。この塔とこのへんの崖がなんとなくエルシノアを思わせるんだ。**つんのめるがごとく海へげじげじ突き出す**だっけ？

バック・マリガンがふっと一瞬、スティーヴンのほうを振り返ったが、何も言わない。そのまばゆい沈黙の一瞬、スティーヴンの目には、二人の派手な衣裳にはさまれて己のみすぼらしいくすんだ喪服姿が映った。

——不思議な物語だよね、と、ヘインズがまた二人を立ち止らせた。

両の目は、風に吹かれて勢いづいてきた海と同じような淡い青、もっと淡い青、じっと据わって、慎重になる。海の支配者、その男が湾の南方を眺めやった。明るい地平線にもやもやっと揺曳《ようえい》する郵便船の煙、そしてマグリン小島を間切って行く帆影が一つあるきり。

——神学で解釈してるのをなにかで読んだなあ、と、目映《まばゆ》げな顔でつづける。父なる神と神の息子っていう考えさ。父と合一せんと奮闘する息子だって。

バック・マリガンが、とたんに浮れ立った手放しの笑顔になる。二人を見て、その形《なり》のいい口が幸せそうに開き、狡《こす》っ辛《から》い分別をにわかに引っ込めた目が狂喜にちかちか光った。人形みたいに首をぎくしゃく振り振り、パナマ帽の縁《ふち》をふるわせ、たるんだおめでたいたわけ声で歌い出す。

——おいらの生れはすこぶる奇天烈《きてれつ》
おふくろユダヤで親父は鳥よ
反《そ》りが合わんぜ叩き大工のヨセフとは
さあて乾杯、弟子さんがたと髑髏《どくろ》の丘に。

次も聞けと人差指を突き立てる。

——おいらを神だと思わぬならば
飲ませるものか水甕《みずがめ》仕込みのワインをば
出してやろうぜ尿袋《ゆばりぶくろ》の搾《しぼ》りたてをな

そいつを呷《あお》って吠《ほ》え面《づら》かくな。

さらばとばかりにスティーヴンの桴《とねりこ》のステッキをぐいっとひっぱると、迫《せ》り出す崖へ走り出し、いまにも宙に舞い上るかのごとく両手を脇腹に当てて鰭《ひれ》か翼みたいにひらひらさせながら、なおも歌う。

——さいなら、ではでは、おさらばよ！ 残した言葉は書き留めとくれ
おいらが死者より蘇《よみがえ》ったぞとそこらの皆に告げとくれ
生れつきゆえおいらは飛ばずにいられるか
オリーブ山は風強し——さいなら、ではでは、おさらばよ！

二人の前をフォーティフットの入江へ戯《ざ》れ踊りをしながら進み、翼みたいな両手をぱたぱたやりながら、ひょいひょい下って行く。メルクリウスの帽子をふるわせる疾風に乗って切れ切れの甘ったるい鳥真似声が二人のもとへ戻ってきた。

ヘインズは高笑いを抑え抑え、スティーヴンと並んで歩きながら言った。

——笑っちゃまずいんだろうね。ずいぶん罰《ばち》当りな男だ。べつにぼくは信心があるわけじゃないけど。それにしてもああまで陽気だと、なんとなく棘《とげ》がないって感じだね。なんて言ってた？ 叩き大工のヨセフ？

——おどけイエスの小唄さ、スティーヴンが答えた。

——ふーん、と、ヘインズが言う。前にも聞いてるの？

――一日三回、毎食後、スティーヴンがすげなく言う。

――きみは信者じゃないわけ？　ヘインズが尋ねた。つまり、狭い意味での信仰ってことだけど。無からの創造とか奇蹟とかペルソナとしての神とか。

――信仰には一つの意味しかないね、スティーヴンは言った。

ヘインズは足を止め、艶《つや》のある銀ケースを取り出した。象嵌《ぞうがん》された緑の石が一つ、きらっと光った。親指でぱちっと開いて差し出す。

――ありがとう、と、スティーヴンは煙草を一本取った。

ヘインズも一本抜き取ると、ぱちんとケースを閉じる。脇ポケットにしまい込むと、チョッキのポケットからニッケルのライターを取り出し、それもぱちっと開いて、自分のくわえた煙草に火をつけてから、火口《ほくち》の炎を両手で囲ってスティーヴンに差し出した。

――それはそうだ、ヘインズは言い、二人はまた歩き出す。信じるか信じないか、二つに一つだよね。ぼく自身は、あのペルソナとしての神という考えがしっくり入ってこなかった。きみだってあれは擁護しないだろう？

――きみの目の前にいるのは、と、スティーヴンはむっと不愉快になって言った。自由思想のおぞましい実例だよ。

そのまま歩く。なにか言ってくるだろうと、榤《とねりこ》のステッキを片手にひきずる。その石突《いしづ》きがとことこついてきて、すぐ後ろできィィきィィっと鳴く。おれの使い魔、あとを追ってきて、呼んでいる。スティィィィィィィィィヴン！　道につづく一本の折れ線。二人して今夜踏みつけるだろうな、真っ暗な中を帰ってくるんだ。あいつは鍵をほしがっている。おれの鍵だ。おれが借り賃を払った。今はあいつの塩辛いパンを食らう身。鍵もくれてやれ。いっそ全部。よこせと言い出すだろう。目に書いてある。

――つまりさ、と、ヘインズが……

スティーヴンは振り向き、さっき自分を値踏みしていた冷やかな視線が必ずしも不人情なのではないのを見て取った。

――つまりさ、きみは自分を自由の身にできる男だということなんだ。自分の思いどおりにやっていける、ぼくにはそう思えるんだ。

――ぼくは二人の主人に仕える僕《しもべ》でね、スティーヴンは言った。イギリス人とイタリア人の。

――イタリア人？　ヘインズが問う。

狂乱の女王、年老いて妬《ねた》み深い。妾《わらわ》の前に跪《ひざまず》け。

――それに三人目のもいる、スティーヴンが言った。雑用ばかりさせたがってさ。

――イタリア人？　ヘインズはもう一度言った。どういう意味？

――大英帝国と、スティーヴンは顔をほてらせながら答えた。それに聖なるローマカトリック使徒教会さ。

ヘインズは下唇から煙草の葉屑《はくず》をつまみ取ってからしゃべり出す。

――それはよくわかるなあ、と、穏やかに言った。アイルランド人というのはきっとそういうふうに思ってるんだろう。ぼくらイギリスでも、アイルランド人を不当な目にあわせてきたと感じてる。歴史に罪があるようだね。

権勢を誇示する呼称のかずかずが、スティーヴンの記憶に高らかな勝利の鐘の音《ね》を打ち鳴らす。**また一にして聖、公、使徒伝来なる教会**《エト・ウナム・サンクタム・カトリカム・エト・アポストリカム・エクレシアム》。まどろこしく成長し変化する祭式と教義は己の珍奇な思想にも似て、星の世界の化学反応のようなもの。教皇マルケルスのミサの使徒信経、交じり合う声が、ただ人声《じんせい》のみで朗々と肯定して歌う。その歌声の背後で戦闘教会の見張番天使が、あの老女王に楯突《たてつ》く異端の始祖から次々と武器を取り上げて嚇《おど》した。司教冠《ミトラ》をずり落さんばかりにして逃げる大勢の異端者たち。フォティウスやマリガンと同類の嘲笑《あざわら》う者の群れや、それにアウリウス、生涯をかけて子と父の同一実体説に戦《いくさ》を挑んだ男、それにヴァレンティヌス、キリストの現世肉体説をてんから相手にしなかった男、そしてアフリカ人の奸智《かんち》に長《た》けた異端の始祖サベリウスは父なる神がみずから己の子なる神だと主張した。マリガンがついさっき嘲りながらこのよそ者にしゃべっていた言葉のかずかず。むだな嘲り。空談を織る者すべてを必ずや空虚が待ち構える。陣立《じんだて》をした教会の天使たち、戦闘時となれば槍と盾をもって教会を守るミカエルの軍勢によって威嚇され武器を奪われ壊滅されるのみ。

そうだ、そのとおり！　鳴りやまぬ拍手喝采。**ちぇっ《ズュット》！　ばかばかしい《ノム・ド・デュ》！**

――もちろんぼくはイギリス人だ、と、ヘインズの声が聞えた。だからイギリス人としての感じ方をする。ぼくだって自分の国がドイツ系ユダヤ人の手に落ちるなんてのを見たくはない。それがわが国の問題でね、最近は。

二人の男が崖の縁に立って眺める。実業家、船方《ふなかた》。

――あれはブロック港へ向うところだな。

船方はわかっちゃいないというそぶりで湾の北のほうへ顎をしゃくった。

――あそこは五尋潟《ごひろがた》さ、船方が言う。一時頃に潮が満ちてくればあっちへ流されて浮ぶんだ。今日で九日になるから。

溺れ死にした男。帆船《ほぶね》が一隻、無表情な湾を下手《したて》回《まわ》しに動く。むくれ土左衛門《どざえもん》がぷかぷか浮いてきて、くるっと仰向きに、ふくれあがった塩白《しおじろ》の顔を日にさらすのを待っている。おいら浮んで来たぜ。

二人は曲りくねる小徑《こみち》を入江へ下りた。バック・マリガンが岩の上に立つ。上着を脱いで、タイピンを外したネクタイを肩になびかせている。一人の若者がそばの岩角につかまりながら、どろんとしたゼリーのような水の中で蛙式にゆっくりと緑色の足を動かす。

――弟もいっしょか、マラキ？

――ウェストミーズに行ってる。バノンのとこだ。

――まだあっちか？　バノンから葉書が来たぜ。かわいいのができたんだとよ。フォトガールだとさ。

――速射でばっちりか？　短時間露出だな。

バック・マリガンは腰をおろしてブーツの紐をほどきにかかる。初老の男が岩角の近くへひょいと赤い顔を現し、ぷーっと息を吐いた。岩に手をかけながら上って来て、てかてか頭と白髪の花冠に水滴がきらきらと光り、胸からほてい腹へざーっと水が伝って、黒いたるんだ腰蓑《こしみの》から勢いよく流れ出す。

バック・マリガンは男の上って来るのに道をあけ、ヘインズとスティーヴンにちらちらっと目配せしてから、恭《うやうや》しく親指の爪で額と唇と胸骨《むなぼね》を指して十字を切った。

――シーマーが町へ戻ったぜ、若者がまた岩角につかまりながら言った。医者になるのはご破算にして、軍隊へ入るだとよ。

――ゴッ、ドったまげたな！　バック・マリガンが言う。

――来週はわざわざシチューにされに行くんだ。ほら、カーライルのあの赤毛の娘、リリーって知ってるだろ？

——うん。

——ゆうべ桟橋《さんばし》でやつといちゃついてたぜ。親父は金が腐るほどある。

——孕《はら》んじゃったか？

——そりゃシーマーに聞くんだな。

——シーマーが士官様かい！　バック・マリガンが言う。

独りでうなずきながらズボンを脱いで立ち上り、昔から決ってるとばかりに言った。

——赤毛の女はまぐわひ狂《ぐる》ひなり。

ぎくりとしたそぶりでふっと口をつぐみ、ひらひらするシャツの下へ手を入れて脇腹を探る。

——十二番目の肋《あばら》が失せた、と、頓狂声《とんきょうごえ》をあげた。おれは**超人**《ウーベルメンシュ》だ。歯牙《しが》無《な》きキンチとおれは、これすなわち超人なるぞ。

やおらシャツを脱ぎ、脱いだものをまとめてあるところへ後ろ向きのまま放った。

——ここから入るか、マラキ？

——そうよ。ベッドあけてちょうだい。

若者はぐいっと水を切って後退し、大きなストロークを二つ鮮やかに決めて入江の真ん中へ出た。ヘインズは岩に腰を下ろして、煙草をくゆらせている。

——入らないのか？　バック・マリガンが言った。

——あとにする、ヘインズが言った。朝をすませたばかりだからね。

スティーヴンが立ち去りかける。

——もう行くから、と、言った。

——その鍵よこしてよ、キンチ、と、バック・マリガンが言った。あたいのシミーズの重しにするの。

スティーヴンは鍵を渡す。バック・マリガンは、まとめた衣類に差し渡すようにそれをのせた。

――それから二ペンスね、と、付け足す。一杯やるぶん。そこへ投げとくれ。

スティーヴンはふわっとした山の上へペニー貨を二枚放った。着衣、脱衣。バック・マリガンが直立し、両手を前で組合せ、大真面目に唱えた。

――貧者よりくすねる者は主なる神に貸し与う。ツァラトゥストラはかく語りき。

そのふくらかな肉体がざぶんと飛び込んだ。

――それじゃまたあとで、と、小徑を上へ歩きかけたスティーヴンにヘインズが振り向いて言い、未開アイルランド人種に笑みかける。

牡牛の角《つの》、馬の蹄《ひづめ》、サクソン人の笑み。

――舟《シップ》、バック・マリガンががなった。十二時半。

――わかった、スティーヴンは言った。

上へ湾曲する道を歩く。

百合のごとく耀く《リリアタ・ルテイランテイウム》
汝を取り囲まんことを《トゥルマ・キルクムデト》。
輝かしき童貞らの汝を《ユビランテイウム・テ・ウイルギヌム》。

さっきの司祭の白髪の後光がつつましく服を着る壁龕《へきがん》に。今夜は寝に帰るもんか。家にも帰ることはできない。

声が、甘ったるげなふんわり吹かれてくる声が、海から呼びかけた。角を曲りながら手を振る。また呼ぶ。てかてかっと光る褐色の頭、海豹頭《あざらしあたま》が一つ、向うの海面にぽかっと、まん丸く。簒奪者《さんだつしゃ》め。

第二章《エピソード》

ネストール

Nestor

時刻　午前九時四十分～十時五分
場所　ドーキーの学校（マーテロウ塔のさらに南東約一・五キロ）
人物　スティーヴン、ディージー・ガレット校長　他

――さあ、コクラン、なんという市《まち》が遣いを送った？

――タレントゥムです。

――よろしい。それで？

――戦争になりました。

――よろしい。どこで？

少年の目《め》暗《くら》み顔が盲窓《めくらまど》に問う。記憶の娘たちの手になる寓話《ぐうわ》。とはいえともかくもあったことだ、記憶の織り成したとおりではないにしても。それからあの苛立ちの句、ブレイクの過度の翼の羽ばたき。全空間の破壊が聞える、砕けるガラスと崩れ落ちる石造り、そして時は一個の青鈍《あおにび》の最後の炎。それから何が残された？

――場所は忘れました。紀元前二七九年です。

――アスクルムだ、スティーヴンは言い、血《ち》糊傷《のりきず》にまみれた書の地名と年代をちらりと見た。

――はい。そして言いました。**かくのごとき勝利ふたたびあれば我らは破滅。**

あの文句は世界中が諳《そら》じてしまった。さえない気休め。屍《しかばね》散らばる野を見下ろす丘から将軍が幕僚《ばくりょう》に演説をぶつ、槍にもたれながら。将軍も将軍なら幕僚も幕僚。そろって拝聴。

――では、アームストロング、スティーヴンは言った。ピュロスの最期は？

——ピュロスの最期ですか？

——ぼく知ってます。ぼくに当てて、先生、カミンが言った。

——待って。きみだ、アームストロング。ピュロスのことは何か知ってるか？

アームストロングの肩掛け鞄には無花果巻き《いちじくロール》が一袋、忍ばせてある。それをちょいちょい両の掌《てのひら》へくるむようにしてはそっと飲み込む。唇の薄葉《うすよう》にパン屑《くず》がべたつく。甘ったるい少年の息。金持一家、長男が海軍にいるのが自慢。ヴァイコウ通り、ドーキー。

——ピュロスですかあ？　ピュロスは、ぴゅろっとした桟橋《さんばし》。

いっせいに笑いが起る。おかしくもないのに甲高《かんだか》く当てつけがましい笑い。アームストロングは級友を見回した。愚かな嬉しげな横顔。たちまちみんなでげらげら笑い出すだろう。おれに抑えつける力がないのもパパたちが授業料を払ってるのも知っているのだ。

——じゃあ言ってくれ、と、スティーヴンは少年の肩を本で突く。桟橋ってのは何かな。

——桟橋です、アームストロングは言った。海に出っぱってるもの。橋みたいなもの。キングズタウン桟橋です。

何人かがまた笑った。おかしくもないのにわざとらしく。後ろの席の二人がひそひそっと言葉を交わす。そう。知ってるのだ。人から教えられたのでもないし、とうに無邪気でもない。全員が。猜《そね》みを抱きつつこの子らの顔を見つめる。イーディス、エセル、ガーティー、リリー。この子らの同類。同じように茶とジャムの甘ったるい息をして、ブレスレットがもがきながらくつくつ笑う。

——キングズタウン桟橋か、スティーヴンは言った。なるほど、がっかりの橋だ。

この言葉に皆、きょとんとした目になった。

——どうしてですか？　カミンが言った。橋は川に懸《かか》ってます。

ヘインズの行商本向きだ。ここで聞かせてもしようがない。今晩、飲んだくれてわいわい言い合うさなかにずばっと、あいつのつんつる磨いた鎧《よろい》みたいな胸の内を突き刺す。で、どうなる? 主人の宮廷に仕える道化、お目こぼしに与《あずか》り蔑《ないがし》ろにされ、寛大なるご主人のお褒《ほ》めをいただく。どうして皆、ああいう役を選んだのか。撫で撫でしてもらうためばかりじゃあるまい。あの連中にとっても歴史はさんざん聞かされた変哲もない作り話だし、己の国土は質屋だから。

もしピュロスがアルゴスで一老婆の手に掛って斃《たお》れなかったなら、あるいはもしユリウス・カエサルが刺殺されなかったとしたら。どちらも頭の中で解き放してやることはできない。時が二人に烙印《らくいん》を押し、足枷《あしかせ》をはめられて二人とも己らの追放した無限の可能性の部屋に留め置かれているのだ。しかしそういった可能性は現実とならなかったのだから、それはそもそも可能でありえたのか? 織るがいいさ、空談《くうだん》を織る者。

——先生、お話。

——そうだ、してください。お化けの話。

——これはどこからだった? と、スティーヴンはもう一冊の本を開く。

——**泣くのをやめよ**、カミンが言った。

——ではそこからだ、トールボット。

——だってお話は、先生?

——あとで、スティーヴンは言った。さあ、トールボット。

浅黒い少年が本を開くと、胸壁《きょうへき》がわりにした鞄の陰に素早く立て掛ける。ちらちら盗み見しながら突っかえ突っかえ暗誦《あんしょう》を始めた。

——泣くのをやめよ、嘆きの羊飼ら、泣くのをやめよ、
汝《なれ》らの悼《いた》むリシダスは死せるにあらず、
たとえ水底《みなそこ》に沈みたるも……。

するとーつの運動でなければならないわけだ、つまり可能としての可能態の一つの現実態。アリストテレスの言回しがぎくしゃく声の詩句の中にくっきり浮び、そのますーっと聖ジュヌヴィエーヴ図書館の勤勉な静寂の中へ流れ込む。パリの罪から隔離されて、夜な夜な、読みふけった。肘の触れ合わんばかりの席で神経質そうなシャム人が用兵学教本を貪《むさぼ》り読んでいた。おれの周りの、詰め込んだうえになおも詰め込む脳みそのかずかず。白熱灯の下、串刺しになって、かすかに蠢《うごめ》く触覚をゆらす。そしておれの心の闇の中で冥界《めいかい》の樹懶《なまけもの》の牝が一匹、嫌がりながら、明光を恐れながら、竜鱗《りゅうりん》のような襞《ひだ》をひくひく動かす。思惟とは思惟の思惟なり。静寂の明光。霊魂とはいわば存在するもの一切なり。霊魂は形相中の形相なり。突然の、広大な、白熱まばゆき静寂。形相中の形相。

トールボットが先へ進めない。

——波上《なみうえ》を歩み給いし主の御力によりて、
主の御力によりて……。

——次をめくって、スティーヴンは静かに言った。先生には見えないから。

——え？　とだけ言って、トールボットは前屈《まえかが》みになる。

片方の手がページをめくった。背を伸ばし、再びつづける。いま思い出したとばかりに。波上を歩み給いし主のことを。ここでもやはりこの子らのいじけた心に主の影は宿りそしてまたこのとぼけ者の心と唇にもおれの心と唇にも。一枚の貢《みつぎ》の銀貨を差し出してしきりに謀《はか》ろうとしたあの者たちの顔にもそれは宿る。カエサルのものはカエサルに、神のものは神に。黒い瞳の長い凝視、教会の機《はた》で幾度も幾度も織られていく謎掛けの文句。久《ひさ》に。

謎々なあに、なんじゃらほい、
父さん畑に蒔《ま》く種くれた。

トールボットが閉じた本を鞄に滑り込ませる。

——それで全部かな？　スティーヴンは言った。

——はい。十時からホッケーです。

——半日休みです。木曜日です。

——誰か謎々が解ける者？　スティーヴンは問いかけた。

皆、本をしまいこみにかかり、鉛筆がかちゃかちゃ鳴り、紙がかさかさ擦《こす》れる。いっせいにざわつき始めて、鞄の紐《ひも》を締め金具を留めながら、そろってわいのわいのとはしゃぎ出す。

——謎々ですか？　ぼくに当てて。

——だめだよ、ぼくです。

——むずかしいの出してください。

——こういう謎々だ、スティーヴンは言った。

雌鶏《めんどり》鳴いた、
空青かった。
天の鐘打つ
十と一つ。
かわいそうなこの魂
今から天へいざ旅立つ。

——さあ、なんだろう?

——えっ、なあに?

——もう一回、先生。聞えなかったもん。

もういっぺん繰り返すうちに、皆の目がますますぱちくりする。ちょっと静まってからコクランが言った。

——なんですか、先生? ぼくたち、わかんないや。

スティーヴンは、喉がくすぐったくなりながら答えた。

——狐が亡くなったお婆ちゃんを柊《ひいらぎ》の下に埋めているんだ。

立ち上って引《ひ》き攣《つ》った笑い声をたてると、返すように子供らの戸惑いの叫びがひびく。

スティックが扉を叩き、廊下で一つ声がした。

——ホッケーだぞ!

とたんに全員が、座席をするするっとすり抜けたり飛び越えたり、てんでばらばらに飛び出して行く。すぐにいなくなり、用具室からスティックのぶつかり合う音やどたばたいう靴音とがやがや喧《やかま》しい声が聞えた。

サージャントだけが居残っていて、のそのそ前に出てくると、開いた練習帖を見せた。鬱陶《うっとう》しい髪の毛と貧相な首にのろまぶりがあらわに窺《うかが》え、曇った眼鏡から弱々しい目が見上げて訴える。精彩のない、血の気のない片方の頰に、ぼてっとインクの染みが一つ、棗椰子《なつめやし》の実の形をして、いまつけたらしく蝸牛《かたつむり》の寝床みたいにぬめぬめしている。

練習帖を差し出した。**計算**と上欄に書かれている。その下には肩下りに数字が並び、一番下にはやみくもに弧を描くひん曲った署名とインクの滲《にじ》みが一つ。シリル・サージャント。署名捺印。

——ディージー先生が初めから書き直しなさいって、と、口を開く。そして先生に見せなさいって。

スティーヴンは帖面の両縁に指を触れた。無益。

——もうやり方はわかるんだね？　と、訊く。

——十一番から十五番までは、サージャントは答えた。ディージー先生が黒板のを写しなさいって。

——あれは自分でできる？　スティーヴンは問う。

——できません。

醜く、かつ無益。やせこけた首と鬱陶しい髪の毛とインクの染み、蝸牛の寝床。それでもこの子を愛した女はいた。腕に抱いて心に抱いた。その女がいなかったなら人世の競争に踏みつけにされていただろう。ぐにゃっとつぶれた骨なし蝸牛。女は己の血から搾《しぼ》り出されたこの子の希薄《きはく》な水っぽい血を愛したのだ。するとそれが実在ということか？　人生唯一の真実か？　母親の突っ伏す体を炎火の聖徒コルンバヌスは聖なる熱情に燃えて跨《また》ぎ越した。母はもういない。炎に焼かれる小枝のように震えおののく骸骨、紫檀《したん》と湿った灰の匂い。踏みにじられるのから救ってくれて、往《い》ってしまった、はかなく生きただけで。天へ旅立った可哀そうな魂。そして瞬《またた》く星明りの照すヒースの野で狐が一匹、暴掠《ぼうりゃく》の血染めの体臭を放ちながら、無情な目をぎらつかせて、地面を引っ掻き、耳をそばだて、掘り起こし、耳をそばだて、引っ掻き、また引っ掻く。

少年の傍《かたわ》らでスティーヴンは問題を解いてやった。この男はね、シェイクスピアの亡霊がハムレットの祖父であるということを代数で証明するんだ。サージャントがずれた眼鏡の奥から横目で覗《のぞ》く。ホッケー棒が用具室でがつんがつんぶつかる。ボールを打つ鈍い音と叫び声が運動場から聞える。

帖面を記号が大真面目なムーア踊りで動いていく。それぞれの字体が四角や賽子《さいころ》の乙《おつ》な帽子をかぶって、だんまり芝居だ。両手を出して、交差して、相手におじぎ。よし。ムーア人の思いつきの悪戯《いたずら》っ子たち。やはりもうこの世にいない。アヴェロエスとモーゼズ・マイモニデス、風采《ふうさい》も動きも定かならぬこの男たちが、この世の曚昧《もうまい》な魂を嘲笑の鏡にぱっと閃《ひらめ》かす。明光の理解しえなかった闇が明光の中で光る。

——さあこれでわかるね？　二題目は自分で解けるかな？

——はい。

のたのたと心もとない書き方でサージャントは数字を写す。たえず助言を待ってその手が座りの悪い記号を忠実に動かしていった。恥じらいの仄《ほの》かな赤みが精彩のない肌の下にちらつく。**母の愛**《アモル・マトリス》。主格的所有格と目的格的所有格。希薄な血と酸っぱい薄い乳でこの子を育て、この子の襁《むつき》を人目から隠した。

似たようなものだったんだ、おれも、こういうでれっとした肩、この品のなさ。おれの幼年時代が傍《かたわ》らで背を丸める。もはや遥か彼方《かなた》なので手を置いてやることも軽くふれてやることもできない。

おれの秘密は彼方にあり、この子の秘密はおれたちの眼同士《まなこ》と同じ。双方の秘密が、押し黙って、石のごとく、おれたち双方の心の暗い宮殿に座している。どっちも己の専制に嫌気が差してきた秘密、どっちも退位したがっている専制君主。

計算が終った。

——とても簡単だろ、と、スティーヴンは立ち上った。

——はい。ありがとう、先生、サージャントは答えた。

書き終えたところに薄手の吸取紙を当ててから、練習帖を抱えて席へ戻る。

——きみもスティックを持ってみんなのところへ行くんだ、と、スティーヴンは少年の見苦しい後ろ姿を追いながら戸口へ向う。

——はい。

廊下へ出ると、少年の名を呼ぶ声が運動場から聞えた。

——サージャント！

——走って、スティーヴンは言った。ディージー先生が呼んでるぞ。

柱廊に立ち、ぐずな姿が甲高い声の諍《いさか》う揉《も》め合いの運動場へ急ぐのを見送った。チーム分けをしてからディージー校長がゲートルを着けた足でまばらな草地を踏みつけながらやって来る。校舎に入りかけたところで、またやり合う声が呼ぶ。校長は怒りの白い髭を向けた。

——今度はなんだ？　そのまま耳も貸さずにどなった。

——コクランとハリデイが同じチームなんですよ、スティーヴンは言った。

——わたしの書斎でちょいと待ってくれんか、ディージー校長は言った。騒ぎを鎮《しず》めてきますわい。

せかせかと運動場を引き返しながら老人の声がきびしくひびく。

——どうしたのだ？　今度はなんだ？

甲高い声が四方八方から取り巻いて、大勢の輪がぐるっと囲んだ。ぎらぎらする陽光が老人の染め損ねの蜂蜜色を晒《さら》す。

むっとこもった空気が椅子のくすんで擦《す》り切れかかった革の匂いといっしょに書斎に漂う。最初の日、おれとここで取引したときもこうだった。始めにありしごとく、今もあり。サイドボードには皿に集めたスチュアート硬貨、沼地の鐚銭宝物《びたせんほうもつ》。かつまた将来も。そして紫色のフラシ天の匙箱《さじばこ》におさまり、艶褪《つやあ》せて、十二使徒が全異教徒に教えを説いてきたところ。世々にいたるまで。

せっかちな足音が石畳の柱廊を通って廊下へ。まばらな口髭をふーっと吹き払いながら校長はテーブルのそばに立った。

——まずは、お金のほうをすませて、と、言った。

上着から革紐を巻いた札入れを取り出す。ばさっと開いて、中から紙幣を二枚、一枚は破れた半分ずつを貼り合せてある、その二枚をきちんきちんとテーブルに置いた。

——これで二、と言って、札入れに紐を巻いてしまいこむ。

さてお次は黄金の納まる金庫室。スティーヴンのばつの悪い手が冷たい石の乳鉢に積まれてある貝殻の上を動いた。蛽貝《ばいがい》あり宝貝《たからがい》あり豹貝《ひょうがい》あり、そしてこいつはアラビアの王侯のターバンみたいな渦巻き、そしてこいつは聖ヤコブの帆立貝。昔の巡礼の秘蔵、死せる宝物、虚ろな貝殻。

ソヴリンが一枚、きらきらの真新しいのが、テーブルクロスの柔らかな毛羽に落ちた。

——これで三、ディージー校長は言い、小さな貯金箱を片手でくるりと回してみせる。こういうものは便利ですな。ほら。ここにソヴリンを入れる。ここにシリング。半ペンス、半クラウン。で、ここにクラウン。どうです。

そして貯金箱からクラウンを二枚、シリングを二枚、弾き出した。

——三ポンド十二、と、念を押す。間違いないでしょうな。

——ありがとうございます、と、スティーヴンは、照れ臭さまじりにそそくさ金をまとめてズボンのポケットへ収めた。

——いやいや、どうして、ディージー校長は言った。きみの稼《かせ》ぎですぞ。

スティーヴンの手は、また用がなくなり、虚ろな貝殻に戻った。美の象徴でもあり、力の象徴でもあるかずかず。ポケットの中のひとかたまり。貪欲と困窮に汚された象徴。

——そんなふうに持ち歩いてはいけませんな、ディージー校長は言った。どこかでひっぱり出したらなくしてしまう。こういうからくりものをお買いなさい。重宝《ちょうほう》しますぞ。

なにか返事をしろ。

——ぼくが買ってもたいがい空っぽでしょう、スティーヴンは言った。

同じ部屋と時刻、同じ知恵。そしておれも同じ。これで三度。ここでは三本の輪索《ロープ》が巻きついてくる。で？　その気になればこの瞬間にも断ち切れるのだ。

——それは貯めることをせんからです、と、ディージー校長は人差指を突き出す。まだ金の何たるかを知らんのですな。金は力ですぞ。わたしの歳になればわかる。そう、そうですとも。若い時分に知るならば。しかしシェイクスピアは何と言ってます？　**財布には金だけ入れておけ**。

——イアーゴ、と、スティーヴンはつぶやいた。

むなしい貝殻から目を上げて老人の見つめる目を見る。

——金の何たるかを知っておったのです、ディージー校長は言った。金をこしらえた。なるほど詩人ではあったが、イギリス人でもあった。イギリス人の誇りが何か知っていますか？　イギリス人の口から出る最も誇らしげな言葉は何か知っていますか？

五つの海の支配者。あの男の冷海の目が空っぽの湾を見つめた。歴史に罪があるようだね。おれに対してとおれの言葉に対して、嫌がらせではなく。

——己の帝国に、と、スティーヴンは言った。太陽の沈むことなしですね。

——はッ！　ディージー校長は語気荒く言った。それはイギリス人じゃない。フランスのケルト人が言ったのです。

こつこつと親指の爪で貯金箱を叩く。

——教えましょう、と、真顔になった。イギリス人の最大の誇りは何か。**自分の金でやってきたな**んですな。

感心、感心。

——**自分の金でやってきた。生涯、一シリングも借りたことはない**。この気持がわかりますか？**一文の借りもない**。わかります？

マリガン、九ポンド、靴下三足、どた靴一足、ネクタイ数本。カラン、十ギニー。マッカン、一ギニー。フレッド・ライアン、二シリング。テンプル、ランチ二回。ラッセル、一ギニー。カズンズ、十シリング、ボブ・レノルズ、半ギニー、コウラー、三ギニー、マッカーナン夫人、下宿代五週間分。もらったひとかたまりじゃどうにもならない。

——いまのところはどうにも、スティーヴンは答えた。

ディージー校長はさも愉快そうに笑い出しながら貯金箱を置く。

——やはりわかってはくれんか、と、顔がほころぶ。しかしいつかはきっとその気持がわかる。わしらは気前の好い国民だが、正当をも重んじねばならんのです。

——そういう立派な言葉は怖いんです、スティーヴンは言った。それのおかげでずいぶん不幸な思いをしますから。

ディージー校長は煖炉の上に掛っている品のいい堂々たる体躯《たいく》の人物をしばしきびしい目で見つめた。格子縞《こうしじま》キルト、英国皇太子アルバート・エドワード。

——わたしのことをこちこちの古頭《ふるあたま》で老いぼれの保守と思っておるでしょうな、と、思慮深い声が言った。これでもわたしはオコンルの時代からの三世代を見てきた。四六年の飢饉《ききん》も覚えている。オレンジ党の者たちがこぞって連合撤廃を叫んで世を騒がしたのをご存知かね、オコンルよりも二十年前、つまりきみらの宗派のお偉方があの人物を煽動家として糾弾するよりずっと昔のことだがね？　フィニアン会の諸君はいろいろ忘れておるのだ。

栄光の、信心深き、不滅の思い出か。光輝のアーマー州ダイアモンド村集会所に吊された教皇かぶれどもの死体。声を嗄《か》らし、覆面を着け、武器を手に、入植者らの契約。黒い北と真紺の聖書。いがぐり頭がばたばた倒れる。

スティーヴンはちらりとだけ反応をしてみせた。

——わたしにも反逆者の血は流れておる、ディージー校長は言った。母方に。しかしわたしは連合に一票を投じたサー・ジョン・ブラックウッドの末裔《まつえい》でしてな。われらは皆アイルランド人、王の息子なり。

——情けないですがね、スティーヴンは言った。

——**まっすぐな道によりて**《ペル・ウィアス・レクタス》、ディージー校長は毅然と言った。それをモットーとした人物だった。そのために一票を投じた。しかもそのためにわざわざトップブーツを履《は》いて馬にまたがり、ダウン州アーズからダブリンまで赴《おもむ》いたのですぞ。

ぱっぱか、ぽこぱか、
岩ごつ道をダブリンへ。

ぴかぴかのトップブーツをはいて馬にまたがるおっかなそうな地主様。生憎《あいにく》の雨ですなあ、サー・ジョン！　行ってらっしぇえませ！……らっしぇえ！……らっしぇえ！……二つのトップブーツがぶんらぶんら、ひょっこひょっことダブリンへ。ぱっぱか、ぽこぱか。ぱっぱか、ぱっぱか、ぽこぱっぱ。

——それで思い出したが、と、ディージー校長は言った。ひとつ頼み事があるのだがね、デッダラス君、きみの文筆仲間に当ってみてはくれませんか。新聞に投稿を載せたいのですよ。まあ、腰掛けて。終《しま》いのところを写すだけなので。

そして窓に近い机へ行き、椅子を二度引き寄せてから、タイプライターのロールにのった紙に打ちかけている言葉を読み返した。

——腰掛けなさい。ちょっと失礼、と、肩ごしに言った。**常識の然《しか》らしむる處《ところ》**。すぐにすみます。

もじゃもじゃの眉の下から傍《かたわ》らの原稿を覗《のぞ》き、低くつぶやきながら、キーボードのぎすぎすしたキーをのろのろと叩いていき、ときおりロールを巻き上げては打ち間違いを消しゴムでこすってふーっと息で払う。

スティーヴンは皇太子の前へそっと腰をおろした。額縁におさまって壁をぐるりと今は亡き名馬たちが恭順の姿勢で立ち、従順な鼻面《はなづら》を高くもたげている。ヘイスティングズ卿の**リパルス**、ウェストミンスター公爵の**ショットオーバー**、ボーフォート公爵の**セイロン**、一八六六年**巴里賞《プリ・ド・パリ》**。小妖精みたいな騎手がそれぞれにのっかり、合図を待ち構えている。各馬の速さを目に浮べながら、国王の旗に賭け、今は亡き観衆の喚声といっしょになって叫んだ。

――ピリオド、ディージー校長がキーに命じる。**しかしながらこの至要なる問題を即刻世論に問うことこそ……**。

クランリーにひっぱられて俄成金《にわかなりきん》になるべく出かけたことがあった。あいつの狙いの勝馬を探して泥っ跳ねまみれの四輪馬車の並ぶ中をすり抜け、めいめいの持場に陣取る馬券屋の喚《わめ》き声と屋台の異臭を浴びながら、まだらなぬかるみを進んだ。フェアーレベル！　フェアーレベル！　一番人気は元手返し、本命外は十倍返し。ダイス賭博師やらシンブル賭博師やらのそばをすり抜けて二人で蹄《ひづめ》のあとを追い、競《せ》り合う帽子とジャケットを追いかけ、するとあの肉ぼて顔の女、肉屋のおかみさんみたいな女がいて、鷲摑《わしづか》みにしたオレンジにがつがつ鼻面《はなづら》をこすりつけていたっけ。

わーっと叫ぶ声が少年たちの運動場から甲高くひびき、ピーッと笛が鳴った。

まただな。ゴールだ。おれもあの仲間、入り乱れて戦う肉体の仲間だ。人生という馬上槍合戦。まさかあの母親っ子の内股歩き、あのちょいと餌袋病《えぶくろや》みらしい耶蘇末《やそまつ》なやつが？　馬上槍合戦。時が衝撃を食らい、衝撃のたびに跳ね返る。馬上槍合戦、戦闘のぬかるみと喧騒、屠《ほふ》られた者たちの凍《い》てついた血反吐《ちへど》、人の血まみれのはらわたを饗応された槍先たちの叫び。

――さあて、と、ディージー校長が机を離れる。

原稿をピンで綴《と》じながらテーブルへ向って来た。スティーヴンは立ち上った。

――ごく簡潔にしたためておいたが、と、ディージー校長は言った。口蹄疫《こうていえき》の件ですよ。ちょっと目を通してくれんかな。この問題に関しては意見が二つとないはずだ。

貴重なる紙面を拝借し。思うに**自由放任主義**《レッセ・フェール》がわが国の歴史にしばしば。わが国の家畜貿易。わが国旧来のすべての産業政策は。ゴールウェイ港湾計画に対し画策を働いたリヴァプール業者連。ヨーロッパの大火。海峡の狭い水路による穀物供給。農務省の完璧無欠の固陋《ころう》。古《いにしえ》ギリシアの例を引かせていただければ。カッサンドラ。身をわきまえぬふしだら女によって。当面の問題に入るとして。

——歯に衣《きぬ》着せぬ書き方をしておるだろう？　ディージー校長の言うのを耳にしながらスティーヴンは先を読む。

口蹄疫《こうていえき》。コッホの予防法として周知の。血清と病毒。免疫となった馬の百分率。牛疫。低地オーストリア、ミュルツシュテークの御料馬。獣医ら。ヘンリー・ブラックウッド・プライス氏。存分なる試用をという鄭重《ていちよう》なる申し出。常識の然《しか》らしむる處《ところ》。至要なる問題。あらゆる意味において角《つの》を矯《た》めて牛を殺すことのなきよう断乎《だんこ》。ご掲載の好意を感謝し。

——新聞に載せて読んでもらいたいのですよ、ディージー校長は言った。今度勃発したらアイルランドの牛は入港禁止にされるだろう。それにこれは治療できる。現に治っている。従兄弟《いとこ》のブラックウッド・プライスの手紙によれば、オーストリアでは獣医が定期的に治療を施して治しているそうだ。向うの獣医は当地へ来てくれるとまで言っておるのですぞ。農務省には働きかけているのだがね。今度は世論に訴えてみたい。なにしろどっちを向いても難しいことばかり、つまり……、陰謀あり……、黒幕の影響あり……。

人差指を突き立てて年寄っぽく空《くう》を打ってから声がつづく。

——よいかね、デッダラス君、校長は言った。英国はユダヤ人の手に握られておる。最高の地位はすべて、財界も、新聞界も。それにあの輩《やから》は国家の衰亡の徴候ですぞ。どこへ寄り集っても必ずやあの輩《やから》はその国の生命力を食いつくす。わたしは長年そうなるのを見てきた。まず間違いなく、ユ

Nestor So. Yamamoto '97

ダヤ商人はすでに破壊工作に取りかかっておる。古き英国は死にかけておる。

そう言って小足《こあし》に二、三歩、歩き出す。幅広の日差しに入ると両の目が青い生気に色づいた。もう一度、くるりと向き直る。

――死にかけておる、と、もう一度言った。もはや死んでいるとは言わぬまでも。

娼婦の叫びは街から街へ
古き英国の網衣《あみぎぬ》を織らん。

差込む光の中に足をとめたまま大きく見開いて夢想する目がきっと見つめてくる。

――商人というのは、と、スティーヴンは言った。安く買って高く売りつけるんじゃありませんか、ユダヤ人であろうと異邦人であろうと。

――なにせ光に背いた輩《やから》だからして、ディージー校長はいかめしく言った。だからあのとおり目が暗闇だ。だからこそ今日にいたるまで地上の流離人《さすらいびと》となっておる。

パリ株式取引所の石段で金無垢肌《きんむくはだ》の男たちが宝石ごてごての五本指を振り立てて相場をつけていた。囂《かまびす》しく群がる鵞鳥《がちょう》。わいわい野暮《やぼ》な態《てい》であの殿堂に寄り集っては、据わりの悪いシルクハットの下で頭にぎっしり企みを練り上げる。どれも己らのものではないのだ、そんな服装も、そこでしゃべる言葉も、そんな身ぶり手ぶりも。どう見ても鈍重《どんじゅう》そのものの目にはそぐわない言葉をしゃべり、熱っぽくそつなくふるまう身ぶり手ぶりをしてはいたけれど、その目は己らを包囲して集結する怨恨を知り、己らの熱気がむなしいことを知っていた。蓄えては貯め込むむなしい辛抱。必ずや時がすべてをばらばらに散らしてしまう。路傍に積み上げた財宝、略奪されて人手に渡るだけの話。

あの日は皆、己らの流離の歳月を知っていたし、辛抱強く、己らの肉体の汚辱《おじょく》のかずかずを知っていた。

――誰しもそうでしょう、スティーヴンは言った。

――どういう意味かね？　ディージー校長が質《ただ》す。

一歩進んできて、テーブルのそばに立つ。顎ががくんと斜交《はすかい》に危なっかしく開いた。これが老人の知恵かな？　おれの返答を待っている。

――歴史は、と、スティーヴンは言った。ぼくが目覚めようとしている悪夢なんです。

運動場から少年たちの叫びが一つになって湧き上った。ピーッと鳴る笛、ゴールだ。その悪夢がおまえを蹴り返してきたらどうなる？

――創造主の道はわれらの道にあらず、と、ディージー校長は言った。すべて人間の歴史は一つの偉大な目標に向って動くのです、神の顕現《けんげん》に向って。

スティーヴンは窓のほうへ親指をぐいっと突き出して言った。

――あれが神です。

行けーッ！　やったーッ！　ピッピーッ！

――何がですと？　ディージー校長が問う。

――街の叫び声です、スティーヴンは答えて肩をすくめた。

ディージー校長は目を伏せて、指先につまんだ小鼻をしばしひっぱった。また顔を上げると、その指先を放す。

――わたしはきみより幸せですな、と、言った。われわれは多くの過ちと多くの罪を犯してきた。一人の女がこの世に罪をもたらした。身をわきまえぬふしだら女のために、男に走ったメネラオスの妻、ヘレネのために、十年間、ギリシア人はトロイア相手に戦《いくさ》をつづけた。不貞な女が海向うの余所者《よそもの》をこの地へ引き入れた。マクマラーの妻とその情夫、ブレフニーの領主オラークが。パーネルを失脚させたのもやはり女だ。多くの過ち、多くの失敗、しかしその一つの罪だけは犯していませんぞ。わたしはいまや老い先短い戦士です。しかし最後の最後まで正義のために戦うつもりでおるのです。

アルスターは戦わん
アルスターは義《ただ》しき道を。

スティーヴンは原稿を手にかざした。

――それではそろそろ、と、言いかけて……。

――わたしは見越しておるよ、ディージー校長が言った。きみにはここの仕事が長くはつづかんだろう。きみは教師に生れついてはおらんようだから。まあ違うかもしれんが。

――むしろ学ぶ側です、スティーヴンは言った。

で、ここでこれ以上に学ぶものがあるのか？

ディージー校長は首をふった。

――さてどうかな、と、言った。学ぶためには謙虚でなければならぬ。ともかく人生は偉大な教師ですぞ。

スティーヴンはもう一度、原稿をかさかさいわせた。

――この件ですが、と、言い出す……。

——そうそう、ディージー校長は言った。二通お渡ししました。同時に掲載してもらえれば。**テレグラフ。アイリッシュ・ホームステッド。**

——なんとかしましょう、スティーヴンは言った。明日、お知らせします。編集者に二人、ほんの顔見知りがいますから。

——それは結構、ディージー校長は即、応じた。ゆうべ、代議士のフィールド氏にも手紙を書きましてな。家畜業者組合の会合が今日、シティアームズ・ホテルで開かれるのでね。その席でわたしの手紙を披露するように頼んでおきましたよ。だからその二つの新聞に載せてもらえれば。何と何です？

——**イヴニング・テレグラフ……。**

——それは結構、ディージー校長は言った。なにしろ急を要しますのでな。さて従兄弟の手紙に返事を書かねば。

——失礼します、と、スティーヴンは原稿をポケットにしまった。どうもいろいろ。

——とんでもない、ディージー校長は言い、机の上の書類を掻き回す。きみとはいつでも渡り合うつもりですぞ、老いたりとはいえ。

——じゃあ失礼します、スティーヴンはもう一度言い、校長の猫背に軽く頭を下げた。

開け放してある玄関ホールから外へ出て、立木の並ぶ砂利道を行くと、運動場の叫び声やクラブのぶつかり合う音が聞える。両方の門柱の上に臥《ふ》している獅子の下を抜けて表へ出る。歯牙《しが》無《な》き脅威か。でも校長の奮闘の手助けはしよう。マリガンが新しい渾名《あだな》をつけてくれるだろう。親牡牛派《しんぼぎゅうは》詩人。

——デッダラス君！

追いかけてきた。もう投書はご免だが。

――ちょっと待ってくれんか。

――はい、なんでしょう、と、スティーヴンは門を出たところで振り返った。

ディージー校長は立ち止った。はあはあ喘《あえ》ぎ、ごくりと息を呑む。

――ちょっと言っておきたかったのだ、と、口を開く。アイルランドはだね、名誉なことにユダヤ人を断じて迫害したことのない唯一の国だそうだ。知っているかね？　知らん。で、なぜかわかるかね？

そして眩《まぶ》しい大気に険《けわ》しく顔をしかめた。

――なぜです？　スティーヴンは尋ね、笑顔になりかける。

――断じてこの国へ入れてやらなかったからだよ、ディージー校長は大真面目に言った。

ゴホッと咳き込む笑いがその喉から跳ねるや、ぜいぜいいう痰《たん》の絡《から》まりをひきずってくる。くるりと向きを変え、ごほごほ咳き込みながら、ぜいぜい笑いながら、両腕を虚空《こくう》へ振り上げた。

――断じて入れてやらなかった、と、高笑いの切れ目に大声で繰り返し、ゲートルを着けた足で道の砂利を踏みつけて行く。そういうわけだ。

その分別人の肩に木の葉の格子《こうし》縞《じま》の合間から陽光がきらきらきらっと光るものを、踊る硬貨をばらまいた。

第　三　章《エピソード》

プ　ロ　テ　ウ　ス

P　r　o　t　e　u　s

時刻　午前十一時～十一時三十分
場所　サンディマウントの海岸（市の東に隣接する遠浅の海岸）
人物　スティーヴン

可視態の不可避の様式。少なくともそれ、それ以上でないにしても、おれの目を通しての思考。万物の署名をおれはここで読み取る。海落し卵、海捨て草、寄せる潮、あの色褪《いろあ》せたブーツ。青《あお》っ洟緑《ぱなみどり》、青銀色、赤錆《あかさび》色、彩色された署名のかずかず。透明の限界。しかしあの人物はこう付け加えている。物体における、と。すると色がついていることよりも先に物体だったことを意識したわけだ。どうやって？ ごつんとおつむをぶつけたんだろうよ。大丈夫かい。禿頭《はげあたま》だったし大金持だった、あの**色いろな物知りお師匠さん**《マエストロ・ディ・コロール・ケ・サンノ》は。おける透明の限界。なぜ、おけるなのだ？ 透明、非透明。五本指が通るならば門である、扉ではなく。目を閉じて見るのだ。

スティーヴンは目を閉じて、ブーツがかさッ、がさッと、打ち上げられた海草や貝殻を踏み拉《しだ》くのを聞いた。とにかく通り抜けて歩いてるじゃないか。このとおり、一度に一歩ずつ。きわめて短い間隔の時間にきわめて短い間隔の空間を。五歩、六歩。**順　次**《ナツハアイナンダー》。まさしくそうだ。これが可聴態の不可避の様式だ。目を開けろ。いや。ひぇッ！ もしつんのめるがごとくげじげじ突き出す絶壁から落っこちたとしたら、不可避的に**並　列　態**《ネーベンアイナンダー》を抜けて落っこちたら！ 暗闇の中でもけっこううまくやれるじゃないか。梣《とねりこ》の剣は腰にぶらさがっているし。これでコツコツやってみろ、盲人みたいに。あいつのブーツをはいたおれの両足があいつの脛《すね》の先っぽにある、**並　列　態**《ネーベンアイナンダー》で。硬い音がする。**造物主ロス**《デミウルゴス》の木槌《きづち》の音。こうしてサンディマウントの磯を果てしなく歩いて行く？

かさッ、がさッ、ばりッ、ばりッ。荒磯《ありそ》のぎざたち。ディージー先生ならなんでも知ってるべさ。

　　サンディマウントへ行こうじゃないか
　　ひんひんマデリン牝馬《ひんば》ちゃん？

リズムが始まる、ほら。聞える。音綴《おんてつ》完備の弱強四歩格の行進。おっと違う、ギャロップだ。**デリン牝馬ちゃん。**

さあ目を開け。よし。いや待て。あれから何もかも消え失せてしまったかな？ もし目を開けて永久に暗黒の不透明の中にいることになったら。**もういい**《バスタ》！ 見えるかどうか見てみよう。

さあ見ろ。おまえがいなくともずっとこのとおり。永久《とわ》に、世々にいたるまで。

リーヒーの高台から段々を下りて来るぞ、用心しいしい、**女人連**《フラウエンツィンマー》が。だらだら坂の浜辺をぶたぶたとやって来て、外鰐足《そとわにあし》が泥砂《でいさ》に沈む。おれと同じく、アルジーと同じく、われらが強大なる母のもとへ。先に来るのがぶらさげた産婆《さんば》鞄を重ったるげにゆらせて、もう一人のでか傘が磯を突く。自由区から本日のお出まし。フロレンス・マッケイブ夫人、惜しくも故人となられしブライド通りパトリック・マッケイブ未亡人。あの婆さん仲間の誰かがぎゃあぎゃあ泣くおれをこの世へひきずり出したのだ。無からの創造。鞄に何を入れてる？ 臍《へそ》の緒《お》をひきずる死産の赤子、赤地の羅紗《ラシャ》にくるんで黙らせて。すべてのものの緒は遡って繋がる。撚《よ》り絡《から》み合う万人のケーブル。だから秘教の修道士たちは。神々のようになる気か？ **臍**《オムパロス》を見つめるんだな。もしもし！ こちらキンチ。エデン市へ繋《つな》いでよ。アレフ、アルファ、〇〇一。

アダム・カドモンの妻なる伴侶《はんりょ》、ヘヴァ、裸のイヴ。臍のない女だった。よく見ろ。瑕瑾《かきん》なき下腹、大きくふくらんで、ぴんと張った子牛皮の円盾《まるたて》、いや、白積《しらづ》みの麦、白玉《しらたま》のごとくきららかに不滅、永劫《えいごう》の過去から永劫の未来へと在りつづける。罪の子宮。

罪の闇の中でおれも孕《はら》まれた。こしらえられたのであって、ひょこっと生れたんじゃない。二人でこしらえた、おれと同じ声の男と灰のにおう息をする亡霊女が。しっかと抱き合い、離れ、結びの神の意志を果した。太古の昔から神はおれを望み、いまさら消し去るわけにもいかず、これから先もそうだ。神には**永遠の法**《レクス・エテルナ》がある。するとそれが父と子の同一実体たる神性というものか？　決戦を挑もうとしたアリウスはどうしていることやら。生涯かけて戦った同変母救《どうへんぼく》猶騒譁《ゆうそうか》癇説《かんせつ》。星巡りの悪かった異端の始祖、ギリシア式水洗便所で息を引き取った。**安楽往生**《ユータナシア》。宝石きらびやかな司教冠を着け、十字錫杖《しゃくじょう》を手に、玉座《ぎょくざ》に鎮座ましまし、司教に先立たれた管区の男鰥《おとこやもめ》、**オモフォリオン**が吊り上がり、尻には固まっちまったのがこびりついて。

風が周りを躍り跳ねる。身を切る寒風だっけな。来るぞ、波が。白鬣《しろたてがみ》の海馬《かいば》ら、馬銜《はみ》を噛みながら、光風《こうふう》に手綱《たづな》取られて、マナナーンの駿馬《しゅんめ》ら。

投書を忘れずに新聞社へ届けなくては。で、そのあとは？　舟《シップ》、十二時半。ところであの金はほどほどにだぞ、若き石部金吉《いしべきんきち》といくんだ。そう、そうしなくては。

歩みがのろくなる。ここだ。セアラ叔母さんのところへでも行くか？　おれと同一実体の父の声。近頃、文士先生のスティーヴンを見かけたか？　見かけん？　まさかストラスバーグ高台《テラス》のサリー叔母のところにいるんじゃあるまい？　あいつももうちと高台《こうだい》なる志を抱けぬものかいな。ででで、スティーヴン、サイ伯父は元気か？　ああ、ありがたくてめそめそ泣けるね、ああいうのと縁続きになっちまって！　坊主どもは秣棚《まぐさだな》だ。飲んだくれのちんけな代言銭《だいげんぜに》せびりに弟はコルネット吹き。たいそうご立派なゴンドラ漕ぎどもだよ！　それにやぶにらみのウォルターがあの父親になんと様づけのお行儀だ！　お父様。はい、そうです。いえ、違います。イエス泣き給えりか。そりゃそうだろう、耶蘇《やそ》めそ泣けるって！

おれは鎧戸《よろいど》を閉めきったちっぽけな家の喘息《ぜんそく》持ちみたいな呼鈴をひっぱる。そして待つ。借金取りと勘違いして、向うは有利の一角から窺《うかが》う。

——スティーヴンです、お父様。

——入ってもらえ。スティーヴンに入ってもらえ。

ガチャッと錠が外されてウォルターが出迎える。

——ほかの人かと思った。

幅広《はばひろ》のベッドでリッチー叔父貴が、枕を支《か》い、毛布にくるまり、小山になった膝の上からごつい二の腕を差し伸べる。こぎれいな胸。上半分は洗ったばかり。

——よく来た、甥っ子。座って散歩でもするか。

叔父は膝盤《ひざばん》を脇へ押しやる。この上でゴフ殿およびシャプランド・タンディ殿親展の費用請求書をしたため、同意云々と共同調査云々と**証拠携帯出廷**《ドゥケス・テクム》の令状を整理するのだ。禿頭《はげあたま》の上には埋《う》もれオークの額縁。ワイルドの**鎮魂祈禱**《レクイスカト》。取り違えるのもむりない口笛がウォルターを呼び戻す。

——はい、なんですか？

——リッチーとスティーヴンにモールトだ、母さんに言え。どこへ行った？

——クリッシーを洗ってやってます。

パパの幼いベッド仲良し。接吻愛子《せっぷんまなご》。

——いいですよ、リッチー叔父さん……。

——叔父さんはよせ。リチア水なんて飲んでられるか。滅入っちまう。ワスキーだ！

――リッチー叔父さん、ほんとに……。

――座らんてのなら、こんにゃろ、ぶん殴っても座らせてやる。

ウォルターが無い椅子を眇《すがめ》で探す。

――座るものがありません、お父様。

――尻の置き場がないってのか、この阿呆《あほう》め。わしのチッペンデイル椅子をもってこい。なにか食うかい？　うちへ来て阿呆《あほ》ん面《づら》こくんじゃないぞ。こってりしたベーコンと鰊《にしん》の炒《いた》めたのは？　どうしてもか？　ならよかろう。うちにゃ腰痛《こしいた》の丸薬しかないからな。

見張れ《アッツレルター》**！**

叔父はフェランドの**登場のアリア**を何小節か唸《うな》る。最高の曲《ナンバー》だ、スティーヴン、あのオペラ全幕を通して。どうだい。

節回《ふしまわ》したっぷりの口笛がふたたびひびく。細かな陰影をつけ、ぐっとアリアを盛り上げ、両のこぶしで毛布の下の膝頭を大きく打つ。

この風のほうが美声だ。

凋落《ちょうらく》の家。おれの家にしろ叔父の家にしろ。クロンゴウズの連中に言ったっけな、判事の叔父がいるとか将軍の叔父がいるとか。あの輩《やから》とは手を切れっての、スティーヴン。ああいうつきあいに美はないじゃないか。あるいはあのマーシュ図書館の澱《よど》んだ柱間《はしらま》にも。あそこでおまえはヨアキム・アバスの色褪《いろあ》せかけた予言を読んだっけな。誰に宛てた予言だ？　大寺院境内の百頭の烏合《うごう》の衆にだ。己の同類たちを嫌悪した男が同類たちを逃れて狂気の森へ走った。月明りに揺髪《ゆがみ》が泡を吹き、目玉は星。フウィーンヒヒン族、馬鼻穴。縦長の馬面《うまづら》たち。テンプル、バック・マリガン、提《ちょう》灯顎《ちんあご》の狐キャンベル。大修道院長神父《アバス》、狂乱の主席司祭、何に憤慨してあの二人の脳天に火がついてしまったのか？　ふふっ！　**降り来れ、光頭の君、総禿とならぬまに**《デセンデ・カルウエ・ウト・ネ・アムプリウス・デカルウエリス》。神罰を言い渡されたその頭にのっかる白髪の花冠がおれに蹴躓《けつまず》かんばかりに祭壇を転がり降りる己の身を見る（**降り来れ**《デセンデ》**！**）。聖体顕示台をしっかと摑《つか》んで、バジリスク眼《まなこ》。降りて来い、つんつるおつむ！　聖歌隊が威嚇《いかく》と応《おう》誦《しょう》を返す。祭壇の両角《りょうつの》に控えて鼻息まじりのラテン語を唱えつつぶよぶよ動き回る祭衣《アルバ》の坊さん連中、剃髪《ていはつ》して聖油を塗った去勢男たち、小麦の最もよきものを食らって脂《あぶら》ぎっている。

　そして同じ瞬間にどこかそのあたりの司祭がそれを捧げ持っているだろう。ちりんちりん！　そして二丁目先では別の司祭がそれを聖体匣《こう》にしまい込んで鍵を掛けている。ちりんちりん！　そして聖母礼拝堂でまた別の司祭が聖体を独り占めにしている。ちりんちりん！　下へ、上へ、前へ、後ろへ。学兄オッカムが思いついたことだ、無敵の博士。霞《かすみ》けむるあるイギリスの朝、ちゃめっ子位格《ヒポスタシス》に脳みそをくすぐられたってわけか。ホスチアを下ろしながらひざまずいたとき手にする鈴の二度目の音と絡《から》み合って翼廊《よくろう》の最初の鈴の音が聞え（あっちが持ち上げとるな）、立ち上ると（今度はわしが持ち上げるぞよ）両方の鈴が（あっちはひざまずくところだ）重音となって響いたのだ。

　おい、スティーヴン、おまえさんは聖人にはなれないね。聖人たちの島。おまえも以前はやたら信心深かったじゃないか。赤鼻にならないようにと聖処女マリアに祈ったりして。サーペンタイン通りでは前を行くぼってりした後家さんがびちゃびちゃの道でもっと裾を捲《まく》り上げないかと悪魔に祈ったよな。**ああ、そうだとも**《オ・シ・チェルト》。魂なんか売り飛ばせっての、土人女のけばけば衣装をひっぱがしたいんなら。もっと吐いちまえ、もっとあるだろ！　ホウス行き電車の上の席でたった一人雨に向って叫んだじゃないか。**裸の女！**　**裸の女！**　あれはなんだ？
なにがなんだだ？　女はそのために造られたんだろ？

七冊の本を二頁ずつ毎晩読もうとしたっけな。青くさかった頃だ。鏡の前で自分におじぎをし、喝采《かっさい》に応えて前へ進み出て、とっておきの顔。わーい、馬鹿丸出し！　へーい！　誰にも見られなかった。内証にしておけよ。アルファベットをタイトルにした本を書こうなんてしてたじゃないか。きみはFは読んだ？　うん、でもQのほうがいいなあ。あれもいいけど、Wはすばらしい。うんうん、Wね。忘れちゃいまいな、緑の楕円の葉に何枚も書きつけたエピファニーのかずかず、どこまでも深い深みのかずかず、おまえの死後に世界中の大図書館へ、アレクサンドリアへも送られるはずの書。何千年後、数十万億土後に誰か読むはずの。ピコ・デラ・ミランドラみたいに。さよう、まさしく鯨のようで。遠き古人の著したこうした不思議な頁を繰るとその古人と一体になった感を抱き……。

　さくさくする砂が足もとから消えていた。ブーツがまた、ふやけてめりっという帆柱《ほばしら》を、剃刀貝《かみそりがい》やら軋《きし》む小石やらを踏みつける。無数の小石に打ちつける、船食虫《ふなくいむし》に食い荒らされた船材、敗残の無敵艦隊。不潔な干潟《ひがた》が、踏み進む靴底を吸い込もうと待ち構え、下水の息を吐き上げる。人の骨《こつ》灰《ばい》の貝塚の下に埋れて海の燐光《りんこう》に燻《くゆ》る海草の息だ。足もとに用心しながら避けて歩く。黒ビールの瓶が一本、固まった砂のパン生地にくびれまで埋って、突っ立っている。歩哨《ほしょう》だ。恐ろしき渇きの島。波打ち際にちらばるぶち壊れた箍《たが》、陸に張りめぐらされた黒い狡猾な網の迷路。もっと向うにはチョークの落書きのされた裏戸が並び、一段高くなった浜辺に物干綱が一本、二枚のシャツを磔《はりつけ》にしている。リングズエンド。潮焼けした舵《かじ》取りや船頭たちの梲小屋《うだつこや》。人の住まう殻。

　立ち止る。セアラ叔母さんのところへ行く道を通り過ぎてしまった。どうせ寄る気はないんだろ？　そうらしいね。人気《ひとけ》なし。北東へ向きを変え、固めの砂地をピジョンハウスのほうへ向う。

——**誰がおまえさんをこんなひどい目にあわせた《キ・ヴ・ザ・ミ・ダン・セット・フィシュ・ポジション》？**

——**あの鳩《セル・ピジョン》なの、ヨセフ**。

賜暇《しか》帰省中のパトリス、おれと入ったバー・マクマオンでホットミルクを啜《すす》った。パリのケヴィン・イーガン、雁《ワイルドグース》の息子。親父は鳥よ、ピンクの幼っぽい舌で甘い**ホットミルク**《レ・ショ》をぴちゃぴちゃ、ふくらかな兎《うさ》ちゃん顔。ぴちゃぴちゃ、**兎ぴょん**《ラパン》。**宝籤**《グロ・ロ》を当てたくってさあ。女の本性のことはミシュレに書いてあるよ。それよりムッシュー・レオ・タクシルの**イエスの生涯**《ラ・ヴィ・ド・ジェジュ》を絶対送ってあげる。いま友達に貸してあるけど。

——**腹の皮がよじれる本だってば**《セ・トルダン・ヴ・サヴェ》。**ぼくはね、社会主義者なんだ**《モワ・ジュ・スイ・ソシアリスト》。**神の存在は信じない**《ジュ・ヌ・クロワ・パ・ザン・レグジスタンス・ド・ディユ》。**親父に言っちゃだめだよ**《フォ・パ・ル・ディール・ア・モン・ペール》。

——**信じてるわけ**《イル・クロワ》**?**

——**親父はね**《モン・ペール》**、うん**《ウイ》。

ちゅちゅッ《シュルス》。啜《すす》り終える。

おれの巴里《パリ》っとした帽子か。やれやれ、誰しも役柄相応の扮装が必要だよ。おれには蚤色《のみいろ》の手袋が要るな。大学に通ってたろ? あちゃらの言葉じゃ何ていう? ペーセーエヌ。P・C・N。**物理、化学と博物学**《フィジーク・シミーク・エ・ナチュレール》。あ、そう。**臓煮込み**《ム・アン・シヴェ》、エジプトの肉鍋をちょっぴり食ったな、臭いげっぷの馭者たちにはさまって。さらっと言ってみろ。パリにいた頃さ、**ブール・ミシュ**、よくそんなことしてたね。そう、パンチの入った切符をよく持ち歩いたよ、なにかの殺人犯と間違われて逮捕されたときのアリバイ証明に。裁判。一九〇四年二月十七日夜、被告人は二名の証人によって目撃されております。人違いです、ぼくの別人です。帽子、タイ、外套、鼻。**そやつは吾なり**《リュイ・セ・モワ》。なかなか楽しかったようだな。

偉そうに歩いて。誰の歩き方を真似してたんだ? いいって、そんなこと。どうせ放逐《ほうちく》された身。

Proteus

母の為替《かわせ》を、八シリングのを手に、ばっしゃーんと郵便局の入口を玄関番に鼻っ先で閉められた。腹ぺこ歯痛《はいた》。**まだ二分前じゃないか《アンコール・ドゥ・ミニュット》**。時計を見ろよ。どうしても要るんだ。**終りです《フェルメ》**。雇われ犬め！ ばーんと猟銃で粉微塵《こなみじん》にぶっと飛ばしてやるぞ。こなごな人体が真鍮《しんちゅう》のボタンになって壁じゅうに飛び散る。こなごな破片がカチャチャチャチャっとすっかりもとにおさまる。お怪我は？ いやいや、大丈夫。握手を。ついついかーっとなったものでね。いやいや、大丈夫。握手、握手。いやいや、ほんとになんでもありませんから。

奇蹟でもやってみせる気だったのか？ 炎火のコルンバヌス気取りでヨーロッパに伝道かい。フィアクラとスコトゥスが天国の腰掛台にそれぞれ座ってパイントジョッキのビールをこぼしながら、げらげらラテン語朗笑《ろうしょう》だろう。**見事《エウゲ》！** **見事《エウゲ》！** わざとフランス語訛《なまり》でしゃべりながら旅行鞄を、赤帽三ペンスをひきずりひきずり、ニューヘイヴンのぬるぬるする桟橋《さんばし》を渡った。はあ？ たいそうな土産《みやげ》を持ち帰ったもんだ。**ル・チュチュ、パンタロン・ブラン・エ・キュロト・ルージュ**のおんぼろバックナンバー五冊。フランスの青紙電報一通、人に見せたい珍品。

——ヘハキトクスグカエレチチ。

叔母がね、きみがおふくろさんを殺したと思ってる。だからきみとかかわりをもたせまいと。

さあて乾杯、マリガン君の叔母君に
なぜっていえばこんなわけ
いつもとってもお上品
叔母のおかげのハニガン家。

両の足が急に昂揚したリズムで砂の畝《うね》を行進し、丸石を積み上げた南岸壁に沿って進む。累々《るいるい》たる丸石を誇らしい思いで眺める。積み重なる石マンモスの頭蓋。金色《こんじき》の光が海に、砂に、丸石に。日が高くなった。すらりと伸びる木々、レモン色の家並み。

起き抜けのパリ、無遠慮な日差しがレモンの町並みを照す。パンケーキのしっとりした中身、雨《あま》蛙《がえる》緑《みどり》の苦艾《にがよもぎ》、パリの払暁《ふつぎょう》の芳香が、大気に言い寄る。色男が女房の愛人の女房のベッドから起き上り、スカーフをかぶった主婦が酢酸の皿を持って立ち働く。ロドの店のイヴォンヌとマドレーヌが剝げ落ちた化粧を作り直し、金歯で**果実**《ショソン》**パイ**を嚙みくだき、**カスタード**《フラン・ブルトン》の黄色い膿《ピュ》が口もとにべたつく。パリ男たちの顔がいくつも通る。女を喜ばせた満足髭、カール髭の**征服者たち**《コンキスタドール》。

昼がまどろむ。ケヴィン・イーガンが活版インクの染みついた指先で火薬煙草を巻きながら、パトリスが白を啜《すす》るみたいに緑の妖精を啜る。おれたちの周りでがっつく連中がスパイスの効いた豆料理をフォークでかっこむ。**半**《アン・ドウミ》 **スチエ！** コーヒーの湯気がぴかぴかに磨かれたコーヒー沸《わか》しから噴き出す。女がイーガンの合図でおれの注文を訊きにくる。**この人、愛蘭人でね**《イレ・イルラーンデ》。**和蘭ですか？**《オラーンデ》 **乾酪じゃない**《ノン・フロマージュ》。**二人とも愛蘭人だ**《ドウ・イルラーンデ》、**わたしらは愛蘭**《ヌウ・イルラーンド》、**わかるかい？**《ヴ・サヴェ》 **まあ、そう！**《アー・ウイ》 きみがチーズ**和蘭**《オラーンデ》を頼むかと思ったんだな。ほら、茶の子、茶の子って言葉は知ってるかね？ 茶の子だよ。以前、バルセロナで知り合った男がいてね、妙なやつだったが、そいつがチーズを茶の子と言っていた。さあて、**乾杯**《スラーンチェ》**！** 板石張りテーブルの並ぶ店じゅうに酒臭い息ともぐもぐがつがつのもつれ合い。話しかけてくる息がソースのひろがる皿の上でただよう。緑の妖精の牙がその口から突き出す。アイルランド、ダルカシア一族のこと、希望、陰謀のこと、かと思うとアーサー・グリフィスのこと、AE、ポイマンドレス、善き牧者のこと。おれを侶伴《りょはん》として相伴《しょうばん》させようというわけだ。われらの犯罪はわれら共伴《きょうはん》の大義。きみは親父さん似だな。声が同じだよ。ファスチアンのシャツ、鮮血花模様、それのスパニッシュ飾り房《タッセル》が秘密を語るごとにふるえる。ムッシュー・ドリュモンが、有名な新聞記者のドリュモンが、ヴィクトリア女王のことをなんと称したか知ってるかね？　歯の黄ばんぢまった鬼婆だとさ。**歯の黄ばんぢまった鬼婆**《ヴィエーユ・オグレス・ウイズ・ザ・ダン・ジョーヌ》。モード・ゴン、別嬪《べっぴん》だ、**祖国**《ラ・パトリ》、ムッシュー・ミルヴォワ、フェリクス・フォール、あの男の死にざまは知ってるかね？　淫蕩《いんとう》男ばかりだからな。**湯女**《フレッケン》、**なんでもの女**《ボンヌ・ア・トウ・フエール》、ウプサラの浴場じゃ男の裸をごしごしやる。**わたしします**《モワ・フエール》、と、その女が言ってな。**全部**《トウ・レ》**のムッシューに**だとさ。この**ムッシュー**はお断わりだ、そう言ってやったよ。実にいかがわしい風俗だ。入浴ってのは他人に見られるものじゃない。わたしは兄弟でもいやだね、自分の兄弟だってご免だ、実にいかがわしい。緑の目、いまも目に浮ぶ。牙、いまも感触がする。淫乱の輩《やから》か。

　青い導火線が手にはさまれて生気なく燃えてからパーッと燃える。ぽろぽろする煙草の葉に火がつく。いがらっぽく燃える炎がテーブルの一角を照す。ごつごつした頬骨が夜明け隊の帽子の下から覗《のぞ》く。首脳御体《おんたい》がどうやって逃げおおせたか、事の真相。なんと若い花嫁に変装したのだよ、ベールをかぶり、オレンジの花を着け、はるばるマラハイドまで馬車を走らせた。いやはや、ほんとだ。行方知れずの指導者たちのこと、裏切られた者たちのこと、必死の逃亡。扮装のあれこれ、引っ捕まえられそうになり、逃げのび、いなくなった。

　愛する相手にふられた男。これでも当時はがっちりした若者だったのだがね。いつかわたしの肖像画を見せよう。ほんとうに、若い頃はな。愛したのだ。愛したからこそ己の氏族の長《おさ》の跡継ぎたるリチャード・バーク大佐とともにクラーケンウェルの石塀の中で透《す》きを窺《うかが》い、そうして身を伏せて、報復の炎が霧の上空に塀を吹っ飛ばすのを見た。砕けるガラスと崩れ落ちる石造り。そして花の都へ身を隠す。パリのイーガン、おれ以外に誰一人訪ねる者はない。一日の道行き、薄汚い印刷所、行きつけの三軒の酒場、束の間の夜の眠りをとるモンマルトルの隠れ部屋、**金滴街**《リュ・ド・ラ・グート・ドール》、世を去りし者たちの蛆顔《うじがお》に食刻された界隈《かいわい》。愛なく、国土なく、妻なく。女房は世に捨てられた旦那がいなくてけっこうよろしくやっている。**面影街**《リュ・ジル・クール》のマダム、カナリアを飼い、若い男を二人下宿させて。桃色の頬、縞のスカート、小娘みたいに跳ね回ってる。ふられても失意にめげず。わたしに会ったとパットに伝えてくれんかね。パットも不憫《ふびん》でな、勤め口を見つけてやろうとしたこともあるんだが。**わしの倅**《モン・フィス》、それがフランスの兵隊だ。歌を教えたもんだ、**キルケニーの若者たちは腕っぷし逞し暴れん坊**。あの古い歌を知っとるかね。パトリスにあれを教えたんだ。懐かしのキルケニー。聖カニス教会、ノー河畔のストロングボウの城。出だしはこうだ。**おお、おお**。おれの手を取るナッパー・タンディー。

おお、おお、キルケニーの
若者たちは

力ないやつれた手がおれの手に。世はケヴィン・イーガンを忘れたけれど、本人は世を忘れない。汝《なれ》を思い出《い》でたり、おお、シオンよ。

波打ち際まで来ていたので濡れた砂がブーツにぴしゃぴしゃ跳ねる。新たな風が出迎えて、荒々しい勢いで竪琴《ハープ》を掻き鳴らす。光輝の種子の荒々しい調べを奏《かな》でる風。おいおい、キッシュの灯船《とうせん》まで歩こうってんじゃないだろ？　ふっと足をとめる。両足がぐらつく砂地にゆっくりと沈み始める。引き返そう。

向きを変え、海岸を南へ目が行く。新たな受け口にまたずぶっずぶっと両の足が沈む。塔の寒い円部屋《まるべや》が待っている。鎗眼《そうがん》から射し込む光の筋が相変らず動いている。ゆっくりゆっくり、おれの足が沈み込むように、日暮の方角へ日時計の床《ゆか》を這っている。青い日暮、宵、濃紺の夜。円部屋の闇の中であの二人が待つ。押しやった椅子、おれのオベリスクの旅行鞄、食いちらかした皿ののったままの食卓。後片づけは誰がする？ あいつが鍵を持っている。おれは今夜は寝に帰らないんだ。応答なし。吸い込む砂地から足を持ち上げて、二人の正体ない体が、豹《ひょう》殿下とその猟犬が、墓所にある。呼ぶ。静まり返った塔の扉を閉め切って、おれは丸石の防波堤伝いに引き返す。何もかもくれてやるさ。おれの魂がおれとともに歩む、形相中の形相が。そうして月の夜半直《やはんちょく》の刻《とき》、おれは岩崖を見下ろす小道をそろそろ歩くのだ。銀まじりの黒を着て、エルシノアの誘《いざな》う潮騒を聞きながら。

　潮騒が追ってくる。もう追い越して行くのがここから見える。それならプールベッグ通りに出て向うの砂洲《さす》へ戻るか。菅《すげ》やぬめぬめすべっこい昆布を踏み越えて岩の上に腰をおろし、梣《とねりこ》のステッキを岩の割れ目に寝かせた。

　ぶよっとむくんだ犬の骸《むくろ》が一つ、檜葉股《ひばまた》の中で舌を出している。すぐ目の前には小舟の舷頭《げんとう》、砂に埋れて。**砂に埋れた辻馬車《アン・コシュ・アンサブレ》**、ルイ・ヴィヨがゴーチエの散文を評していたっけ。この重たい砂土は潮と風がここに蓄積した言語だ。そしてこれ、今は亡き土木師たちの築いた石垣、鼬鼠《いたちねずみ》の兎穴《うさぎあな》。あそこに金貨を隠すか。試してみろよ。少しは持ってるじゃないか。砂と石。ずっしりした過去の重み。田吾作《たごさく》様のおもちゃだぞ。横っ面を張り飛ばされないように気をつけろい。俺様はすげえでっかな巨人だぜ、こんなちょこざいな丸石なんぞ片っ端からころがしちまって、俺様の踏石に砕いてやらあ。ふぃーふぉーふむ。アイルランド人《びと》の血《ち》のにおいがずるど。

　ぽつんと一つ、生きている犬が、広がる砂浜をぐんぐん駆けてくるのが目に入った。ひぇっ、おれに襲いかかってくる気か？ あれはあれの勝手。こっちは他者を言いなりにするのも他者の言いなりになるのもご免だ。おれにはステッキがある。じっとしてろ。もっと向う、潮の波頭の向う側から岸辺のほうへ歩いてくる人影、二つ。さっきの二人マリアだ。太藺《ふとい》の茂みにあれを押し込んできたな。いないない、ばー。みーつけたー。違う、犬だ。二人のほうへ駆け戻っていく。誰だろう。

北の夷狄《ロックラン》のガレー船団がここの磯辺に押し寄せた。餌食《えじき》を求めて、血まみれ嘴《くちばし》の舳《へさき》が白鑞《しろめ》の鑠《とろ》けたような寄せ波に乗って突っ込んでくる。デーン人のヴァイキング、戦斧《いくさおの》をぶら下げた首飾りを胸にぎらつかせる。高王《こうおう》マラキが金襟飾りを着けていた頃。仰鼻《ぎょうび》鯨の一群れが暑い真昼に乗り上げてきて、潮を噴き上げ、浅瀬をのたうつ。すると飢えた鳥籠細工の町から革チョッキを着た侏儒《こびと》の大群が、おれの同胞が、皮剝《かわはぎ》包丁を手に手に、駆けずり回り、よじ登り、生の脂《あぶら》っぽい鯨肉《げいにく》に切りつける。飢饉、疫病、殺戮。同じ血がおれにも流れ、同じ欲情がおれのうねる波。皆にまじっておれは凍《い》てついたリフィー川を動き回った。あのおれ、取り替えっ子、ぱちぱちと松脂《まつやに》のはぜる篝火《かがりび》の照す中を。おれは誰にも話しかけなかった。誰もおれに話しかけなかった。

あの犬の吠え声が向ってきて、止り、駆け戻っていく。おれの敵の犬。おれは真っ青になって、物も言えず、吠えたてられるままに立ち竦《すく》んだ。**なれのみわざは恐るべきかな**《テリビリア・メディタンス》。薄黄色のダブレット、運命の下男が、おれの怖がるのを見てにやりとした。まさか切望しているんじゃあるまいな、あいつたちの称賛の吠え声を？　王位をねらう者ら、好きなように生きるがいい。ブルースの弟、トマス・フィッツジェラルド、絹飾り騎士、パーキン・ウォーベック、ヨークの偽公達《にせきんだち》、白薔薇象牙色の絹ズボン、三日天下、それにラムバート・シムンル、女中や酒保《しゅほ》商人をぞろぞろ引き連れて、王冠を戴《いただ》いた厨夫《くりやおとこ》。皆、王の息子なり。昔も今も王位をねらう者たちの楽園だ。あいつは溺れかけた人間を助けたってのに、おまえはたかが犬ころがきゃんきゃん吠えるのにびくつくのか。しかしオルサンミケーレでグイードをからかった廷臣《ていしん》らは己らの家にあり。家とはつまり……。もういいって、得意の中世ふう玄遠幻学《げんえんげんがく》の講釈は。あいつと同じことをしてみせちゃどうだい？　小舟が近くにあるだろうし。救命ブイもな。**自然態として**《ナチュールリッヒ》、ほら、あるぞ。やってみせるのかい、やらないのかい？　九日前にメイドゥン岩の沖で溺れた男。そろそろぷかぷか浮んでくるのだ。本音を吐いちまえ。おれだってやってみせたい。できるかどうかやってみたい。泳ぎが達者じゃないんだ。水は冷たくて柔らか。クロンゴウズ校で洗面器に顔を突っ込んだっけ。見えないよう！　誰だ、後ろから？　やめろ、早く、やめろ！　おや、潮の流れが四方からぐんぐん迫ってきて砂地の凹《くぼ》みをぐんぐん蔽《おお》っていく。シェルココア色。背が立つ深さならおれだって。そいつの命も助けてやりたいし、おれの命も惜しい。溺れかけてる男。その人間の眼《まなこ》が死の恐怖からおれに向って絶叫する。おれが……。そいつといっしょに沈んで……。母も救ってやれなかった男だ。水、苦しい死、今はなし。

　女と男。女のアンダースカートが見える。捲《まく》り上げてピンで留めてるんだろう。

　二人の連れている犬が潮の差してくる砂洲《さす》をあっちへこっちへ動き、ちょんちょこ駆けては、どこそこかまわずくんくん嗅ぐ。前世で失くしたものを探してるのか。いきなり跳ね兎みたいに駆け出したぞ。両耳を後ろへ走らせて、低く掠《かす》め飛ぶ一羽の鷗《かもめ》の影を追う。男のピーッと吹いた口笛が犬のくにゃっとした耳を打つ。犬はくるっと向き直り、ぴょんぴょん引き返し、近くへ駆け寄り、潮しぶきの跳ねがちかちか光る脚を見せて駆け回る。黄褐色紋地に牡鹿一頭、右顧挙手《うこきょしゅ》、自然色、無着衣。潮のレース縁《べり》で止って両前足を突っ張り、海方向に耳先を突き出す。鼻面《はなづら》を持ち上げて波音に、寄せくる海驢《あしか》の群に吠えたてる。相手はその足もとへとうねり寄せ、数多《あまた》の波頭をもたげてはひろげて、九つめごとに、砕け、飛び散り、遠くから、さらに遠くから、波また波。

　鳥貝掬《とりがいすく》いだな。二人は海へ少し入っていき、腰をかがめ、それぞれ手にした攩《たも》を差し入れて、すっと掬い上げ、磯地へ戻ってくる。犬がきゃんきゃん吠えながら二人に駆け寄り、後ろ足立ちになって前足でじゃれつき、ひょいとやめたかと思うと、また後ろ足立ちになって物言わぬ熊みたいにじゃれつく。相手にされないまま二人が乾いた磯地へ向うのについていき、べろべろと狼みたいな舌が開いた口から赤く喘《あえ》ぐ。泥砂ぶちの体が二人の先に立って進み、それから子牛のギャロップで駆け出した。あの骸《むくろ》が行く手にころがっている。犬はふいっと足をとめ、くんくん嗅ぎ、それの周りを、同胞の周りをそろりそろりと歩いてから、鼻を近づけ、もう一回りして、泥砂《でいさ》まみれの息絶えた犬を犬らしくせわしなくくまなく嗅ぐ。犬頭が、犬嗅ぎが、地べたに視線を落し、一つの大きな目標に向って動く。おい、こけ犬わんちゃん！ ここにこけたるこけ犬の骸あり。

——ぼろ乞食！ よさないか、このやくざ犬！

荒らげ声に犬はすごすご主人のもとへ引き返し、するとぽーんと一つ素足で蹴られて、今度は背中を丸めて無傷で出洲《でず》を逃げ出した。ぐるっと弧を描いて戻ってくる。おれを見ない。防波堤の縁伝いにちょこまこ動き、あちこちうろうろし、岩を嗅ぎ、そしてひょいと撥《は》ね上げた後ろ足の下から小便をひっかけた。ちょこちょこ前進し、また後ろ足を持ち上げ、くんと嗅ぎもしない岩にぴっと素早くひっかける。哀れな者の手っ取り早い楽しみだ。それから二本の後ろ足が砂を蹴散らす。次いで二本の前足がぱしゃぱしゃ引っ掻いて掘る。なにか埋めてるんだろよ、亡くなったお婆ちゃんでも。砂に鼻先を突っ込むようにして、ぱしゃぱしゃ引っ掻き掘り返し、ふっとやめて風に耳をすませ、また猛然と前足を突っ立てて砂を掻き上げ、またぴたっと動きを止め、不義の子なる豹《ひょう》が、パンサーが、屍《しかばね》を禿鷹《はげたか》のごとく引き裂く。

あいつにゆうべ起こされたあとで同じ夢を見たんだっけな。いや待て。開けっ放しの入口。娼婦街。思い出せ。ハルン・アッラシード。そうかもうちょい。あの男がひっぱり込もうと、話しかけてきた。怖くはなかった。メロンを手にしてそれをおれの顔に押しつけてきた。にたっと笑った、クリームフルーツの匂い。決りの作法だ、と、言った。入んなよ。ついて来い。敷き詰められた赤絨毯。どれがいいか自分で見なって。
攩《たも》を肩に、二人はとぼとぼ歩き出した。赤膚《あかはだ》のジプシー。男の青ずんだ足がたくしあげたズボンから見えてひんやりねばつく砂地をぺたぺた叩き、くすんだ煉瓦《れんが》色のスカーフが剃《そ》ったことのない首を締めつける。女の足どりで女は後ろをついていく。やくざ者と辻君情婦《つじぎみいろ》。収穫が女の背でぶらんぶらんゆれる。柔《やわ》い砂と貝殻くずが徒跣《かちはだし》にこびりつく。風焼けした顔に髪の毛がなびく。旦那のしりえにくっついて、その内助《ないじょ》、流れ流れて色香《いろか》の都へ。夜陰に造作《ぞうさく》の粗《あら》が隠れる頃、焦茶のショールをかぶって犬の糞のちらばる路地の軒下で客を引く。情夫《ひも》のほうはブラックピッツのオロックリンの店で大英ダブリン歩兵隊の兵隊二人に一杯おごってもちかける。ぎゅっと口づけしちまうんでさあ、よた仲間のひねた隠語でかますってやつか、ああ、おれと谷地《やち》行く眩助《まぶすけ》よ！　鼻衝《つ》く臭いのぼろ着の下の妖婦の白。ファムバリー小路であの夜。鞣《なめ》し場の臭い。

真っ白えんこに赤いちく
りなたおやかなおまえさん
やらせてくれな谷地《やち》攻めを
暮場《くれば》でだっここに口吸いだ

邪想の愉楽《ゆらく》と酒樽《さかだる》腹アクィナスはこれを称している。あの**豪猪修道士**《フラーテ・ポルコスピーノ》。失墜以前のアダムは乗ったのであって発情したのではない。声をかけさせてみようか。**りなたおやかなおまえさん**。ちっともひけを取らない言語。修道僧語、マリア珠《だま》が腰帯に連なってぺちゃらぺちゃら。やくざ語、ごつい粗金《あらがね》がポケットの中でぺじゃらぺじゃら。

いま、前を通り過ぎる。

おれのハムレット帽をちらり横目に。もしおれがこうしてここでいきなり素っ裸になったら？　おれは裸じゃないよ。世界中の砂地を、太陽の燃える剣に追われて、西方へと、夕暮の地へと渡り行く。女はとぼとぼ歩む。荷物を引こじる、引こじろふ、引こづらふ、引こづる。潮が西方《にしかた》へ、月に引かれ、女の後を追う。潮流、無数の島がちらばり、あの女の体内を、おれのとは違う血、**オイノパ・ポントン**、葡萄酒色の海。お月様の侍女か。眠りの最中に来潮の合図が女に刻《とき》を告げ、起きろと命ずる。花嫁の床、出産の床、臨終の床、亡霊蠟燭の明り。**諸人《オムニス・カロ・アド・テ・ヴエニエト》こぞりて汝に来らん**。あいつがやって来る、青白い吸血蝙蝠《きゅうけつこうもり》、嵐を貫くその眼《まなこ》、その蝙蝠帆が海を血染めにし、口を女の口の接吻に。

これ。あの行商本にぽつりと一本入れちゃどうだ？　おれの手帖は。口を女の接吻に。いや。二つなくちゃな。くちゅっとくっつける。口を女の口の接吻に。

唇を突き出して大気の肉なき唇に口でふれる。口を女の口宮《ムーム》に。ウーム、すべてを子宮《ウーム》に宿す墓《トウーム》。口をすぼめて言葉にならないまま息を吐く。ううぃぃぃはーっ。瀑布《ばくふ》の惑星群の轟《とどろ》き、球体となって、めらめら燃えながら、轟きが遠くへ遠くへ遠くへ遠くへ。紙は。札《さつ》か、これじゃだめ。ディージー御体《おんたい》の投書。これがいい。貴重なる紙面を拝借し余白の端っこをちぎって。太陽を背にして岩のテーブルにぐっと屈《かが》み込んで数語走り書きする。二度目だな、図書館のカウンターから貸出票を失敬してくるのを忘れたのは。

屈《かが》み込む己の影が岩から岩へと延びて、終りになる。果てしなく延びて一番遠い星まで行き着いてもいいのにな。暗く、この光の背後に存在するのだ、光輝の中で輝く闇、カシオペアのデルタ、いくつもの世界が。おれはそこに鎮座する。あの占師の梣《とねりこ》の杖を手に、借物の履物をはき、昼間は青鈍《あおにび》の海辺で見とがめられることなく、菫色《すみれいろ》の夜には未知の星のかずかずの治める下を歩く。おれはこの有限界の影を、不可避の人形《じんけい》を己から投じて、それを呼び戻す。無限界だとしたならば、それは、おれの形相の形相は、おれのものだろうか？　誰かに見られてるか？　この記した語をどこの誰が読むだろうか？　白地に記された記号。おまえの思いっきり清澄な声でどこかの誰かに読んで聞かせるか。クロインの主教様は頭に戴《いただ》くシャベル帽から寺院の垂衣《たれぎぬ》を取り払った。地に有色文様が陰影画法で描かれた空間という垂衣を。おっと待った。平面上に彩色されただ。そう、それが正しい。平たくおれは見る、それから距離を思考する、近い、遠い、平たくおれは見る、東、後ろ。うん、なるほど！　不意に後方へ退き、立体像となって凝固する。見事にうまくいく仕掛け。ぼくの言葉はすっきりしないって言うけどね。暗黒がぼくらの魂の中にあるんだ、そう思わない？　もっと清澄な声で。ぼくらの魂はね、かずかずの罪に恥傷《はじきず》を負わせられているから、それでなおなぼくらにしがみつくんだ。女が恋人にしがみつくように、傷つけば傷つくほどますます。

　その女はおれを信頼する。やさしい手、長睫《ながまつげ》の目。で、一体全体おれは垂衣《たれぎぬ》の彼方《かなた》のどこへ女を連れていく？　不可避の可視態の不可避の様式の中へと。女、女、女。どの女？　月曜日にホッジズ・フィギスのウインドウを覗《のぞ》き込んでおまえが書くはずだったアルファベット本を探していたおぼこ娘。じろっとおまえは目をやったじゃないか。日傘の編み足緒《あしお》に通した手首。嘆きの種やらなんやらを抱えてリースンパーク暮し。文学少女。そんなことはほかの人に言ったら、スティーヴィ、街の女にでも。どうせ野暮くさいコルセットに靴下留めに黄色のストッキングだろう、ごわごわの毛糸で縢《かが》り縫いしてあって。林檎《りんご》菓子の話でもしろよ、**そのほうがまし**《ピウットスト》。いつもの機転はどうしたい？
ぼくに触ってよ。柔らかな目。柔らかな柔らかな柔らかな手。ここで一人ぽっちなんだ。ねえ、すぐに、いますぐ触ってよ。男なら誰しも知るあの一語はなんだっけ？　ぽつねんとここで一人ぽっちさ。それに悲しい。触ってよ、触ってくれよ。

ぎざぎざの岩にごろっと仰向けにひっくり返り、走り書きのメモと鉛筆をポケットに押し込んで、帽子を目深《まぶか》にひっぱりおろす。ケヴィン・イーガンの仕草の真似。こうしてこっくりこっくりうたた寝に、安息日の眠りに入ったっけな。**かくて神見たまえり**《エト・ウイディト・デウス》。**これを善しと見たまえり**《エト・エラント・ヴァルデ・ボナ》。やっ！　**こんにちは**《ボンジュール》。ようこそ五月の花のごとく。帽子の葉陰から孔雀《くじゃく》羽ばたきの睫《まつげ》を通して見える南中の太陽。おれはこの燃える情景に捕えられる。パンの刻《とき》、牧神の真昼。樹液滴《したた》る蛇木《じゃぼく》の生い茂る中、果汁滲《にじ》む果実たわわの中、渋色《しぶいろ》の水面《みなも》に葉が連々とひろがる。苦痛は彼方へ。

もはや顔をそむけて思い乱れるなかれ。

視線が爪先広がりのブーツに思い乱れた。洒落者《しゃれもの》の履き捨て、**並列態**《ネーベンアイナンダー》で。別人の足がほかほか巣ごもっていた皺々《しわしわ》の革のひび割れを勘定する。念仏踊りで地べたを叩く足、おれの不好《ぶす》きの足。だけどエスター・オスヴァルトの靴を履いてぴったりだったときは嬉しがったろ。パリで知り合ったあの娘。**あら、ちっちゃな足！**《ティアン・ケル・プティ・ピエ》　頼りになる友、水魚《すいぎょ》の交わりか。ワイルドのその名を口にせぬ愛。あいつの腕、クランリーの腕。今度はあいつが離れていくだろう。で、悪いのは？　おれはこのとおり。おれはこのとおり。すべてを取るか、すべてを捨てるか。

幾重もの長い投げ縄になってコックレイクから潮がぐんぐん満ちてきた。砂の干潟を次々と金緑《きんりょく》色《しょく》に蔽《おお》いながら、嵩《かさ》を増し、流れ込む。おれの栲《とねりこ》が流されてしまうぞ。待とうか。いや、ここまでは来ない、近くまで来るだけ、低い岩にぶち当っては、渦巻いて、去る。こっちの用事を早いとこすませたほうがいい。ほら、四語の波言葉。じゃしょッ、ひょしッ、ろじょじょじょッ、しょーッ。海蛇や立ち上る海馬や岩に囲まれて水流の激烈な息づかい。いくつも連なる岩のカップにそれがだぶだぶ跳ねる。ばしゃッ、じょろッ、どぼッ。幾樽にもなって弾みがつく。そして、消耗しきって、その話言葉がぴたりと止む。それが水紋の輪なりになって流れ、ひろがりひろがり流れ、泡を浮べ、花をくりひろげる。

　盛り上る潮をかぶって、身をもがく海草が渋る腕をかったるげに持ち上げてゆらすのが見えた。ペチコートをば捲《まく》り上げ、さわさわささやく水の中ではにかむ銀の葉身《ようしん》をゆらしては裏返す。朝な朝な、夜な夜な。持ち上げられ、どっと潮流にもまれ、落っことされる。いやはや、くたびれるね。だからささやきかけられると、ため息をつく。聖アンブロシウスがそれを聞いた。葉と波のつぶやき、時の満ちるのを待ちわび待ちこがれ、**日夜、非道を忍びつつ嘆きいるなり**《ディエブス・アク・ノクティブス・イニウリアス・パティエンス・インゲミスキト》。目的もなく寄せ集められて、それからむなしく解き放たれ、流れ進んでは、もとへ赴く。月の機織《はたお》り。これまた恋人やら好き者やらの目にさらされてくたびれている。己の廷《にわ》にて光輝く裸女、この裸女が潮の網を手繰《たぐ》る。

　あそこは五《ご》尋潟《ひろがた》さ。優に五尋の深みにそなたの父君は寝ておられる。一時に、と仁助《にすけ》が言った。溺死体発見。ダブリン砂洲《さす》満潮時。追い立てられるようにまずぷかぷか浮ぶがらくた、扇形に群れ泳ぐ魚、間抜けな貝。死体は塩白《しおじろ》となって引波《ひきなみ》の下から上ってくる。ぽっかり浮んでぷっかりぷっかり海豚《いるか》が一匹陸《おか》めざし。あそこだ。早いとこ引っ掛けろ。ひっぱれ。たとえ水底《みなそこ》に沈みたるも。よしいいぞ。ゆっくりいけ。

汚い塩水にどっぷり浸かった死体ガスの袋。ぴくぴく泳ぐ雑魚《ざこ》が、汁気《しるけ》ぶよぶよの珍味をたらふく食らったのが、ボタンのはまったままのズボンの前立ての隙間からすいすい飛び出す。神は人となり人は魚となり魚は黒雁となり黒雁は羽根蒲団《はねぶとん》となり。死せる息をおれは生きながら吐き、死せる塵《ちり》を踏み、あらゆる死者の尿臭《いばりしゅう》漂う屑《くず》を貪《むさぼ》る。硬直して船縁《ふなべり》から引き揚げられて死人は己の緑の墓所の臭気を噴き上げる。その癩病病みのごとき鼻孔が太陽に向って鼾音《いびきね》をたてる。

海化《うみば》けってのがこれ、茶色の目が塩青《しおあお》に。海中死、人の知るすべての死の中で最も穏やかなる死。老父なる大海。**巴里賞**《プリ・ド・パリ》、類似品にご注意。一度是非お試しを。好評嘖嘖《さくさく》。

行こう。われ渇きたり。日が陰ってきた。黒雲は出てないよな。雷雨か。晧晧《こうこう》として落ちる知恵の誇らかな稲妻、**われ明の明星は落ちるを知らず**《ルキフェル・ディコ・クイ・ネスキト・オッカスム》。いや。この鳥貝帽と杖と彼私物《かしもの》のどた靴でか。どこへ？ 夕暮の地へ。夕暮がまた帰ってくるんだ。

梣《とねりこ》の柄《え》をにぎり、軽く突きながら、なおも思いに戯《たわむ》れる。そう、夕暮がおれの内に、おれの外にやってくるだろう。すべての一日は終る。ところで来週のいつだっけ火曜日が一番長い日になるんだな。嬉しい新年、お母さん、ぷかぷかどんどん、その日が最高。ローン・テニスン、紳士詩人。**まったく**《ジア》。歯の黄ばんぢまった老婆か。それにムッシュー・ドリュモン、紳士記者。**まったく**《ジア》。おれの歯はかなりひどいや。どうしてだろう。これかな。こっちも抜けそうだ。貝殻だな。歯医者へ行かなくてはならないかな、あの金で？ こっちもだ。これも。歯牙《しが》無きキンチ、超人なるぞ。なんでそうなんだ、それともなにか意味があるのかも。

おれのハンカチ。あいつが放ってよこした。そうだった。拾わなかったっけ？
片手がむなしくポケットを探る。やっぱり、拾わなかったんだ。一枚買わなくちゃ。
鼻の穴からほじくり出したひからびた鼻くそを岩の出っぱりにのせる、注意深く。あとは見てのお楽しみ。

後ろ。誰かいるかも。

肩ごしに顔を向ける。後方後顧紋《こうほうこうこもん》。風を切って移動する三檣帆船《さんしょうはんせん》の高い帆柱、帆桁《ほげた》に帆を絞って、家路へと、潮流に遡航《そこう》して、無言で進んで行く、一隻《せき》の無言の船。

II

第四章《エピソード》

カリュプソー

Calypso

時刻　午前八時～八時四十五分
場所　エックルズ通り七番地のブルームの家（市の北西部）
人物　リアポウルド・ブルーム（三十八歳）、モリー・ブルーム（妻三十三歳）他リアポウルド・ブルーム氏は禽獣《きんじゅう》の臓物《ぞうもつ》をうまがる男である。どろっとしたもつがらスープ《ジブレット》もいいし、こりこりする砂肝《すなぎも》、詰物をして焼いた心臓、パン粉をまぶしてソテーにした肝臓スライス、生鱈子《なまたらこ》のソテーもいい。とりわけ大好物は羊の腎臓の直火《じかび》焼き、かすかに匂う尿の微妙な味がぴりっと舌を刺す。

腎臓を思い浮べながら台所をそろりそろり動き回り、運んでやる朝食の食器をでこぼこした盆に整える。台所は薄日と寒気、しかし外は柔和《にゅうわ》な初夏の朝がみなぎる。ちょっぴり腹苛立《はらいらだ》ちを感じた。

石炭が赤々と燃えてきた。

もう一枚、パンにバターをぬってと。三枚、四枚。よし。皿に山盛りにすると嫌がるからな。盆から向き直り、煖炉の内棚《うちだな》の湯沸しを持ち上げ、ずらして火に当てる。ぽけっと蹲《うずくま》るように、湯沸《ゆわか》しが口をとんがらせた。これですぐに茶が。よしと。口がからから。

猫が尻尾《しっぽ》をぴーんと立て、テーブルの脚に体をすりつけるようにしてぐるっと回った。

――ンニャー！

――おや、来たな、と、ブルーム氏は煖炉から振り向く。

猫はニャオと返事をし、もう一度テーブルの脚に体をすりつけて気取り歩きに一巡りすると、ニャオと鳴いた。おれの書き物机の上を気取り歩きするときと同じ。ごろごろ。あたいの頭を掻き掻きしてよ。ごろごろ。

ブルーム氏はしげしげと、優しく、つややかな黒の姿を見守った。見目《みめ》がきれいだ。すべすべの毛艶《けづや》、尾の付け根の白いボタン、緑のきらきらする目。手で膝に突支棒《つっかいぼう》をして、猫に屈《かが》み込む。

——にゃんちゃんにはミルクかい、と、声をかける。

——ンニャアー！　猫は応じた。

愚かだなんていわれてるが。こっちが分ってやる以上に猫はこっちのいうことを分る。こいつときたら分りたいことだけは分るんだ。執念深いところもある。残酷。生れつき。鼠《ねずみ》の鳴き声がしないのも妙だよな。好物らしい。こいつにはおれが何に見えるんだろう。塔ぐらいの高さ？　いや、おれぐらいなら飛び越せる。

——鶏《にわとり》さんは怖いんだよな、と、からかうように言った。鶏《とり》とっとが怖いんだろ、こりゃ。こんな猫ちゃんみたいな阿呆《あほ》猫ちゃんは見たことないぞ。

——ンンニャアー！　猫は大きな声になった。

飲みたいくせに取り繕《つくろ》い閉じの両目をぱぱっと瞬《まばた》き、せがむ調子でニャオの鳴き声を引き伸ばし、乳白色の歯を見せる。そのまま見ていると、黒い縦割れ瞳がミルク欲しさに狭まっていき、両の目が緑の宝石になった。それから調理台へ行き、ハンロン牛乳店の牛乳配達がたっぷり入れていったばかりの牛乳沸しを取り、温泡《ぬるあわ》のミルクを皿に注ぎ、そろりそろりと床《ゆか》に置く。

——グルルル！　と、勇んで、牝猫は舐《な》めに駆け寄った。

見ていると弱い明りの中でヒゲが針金のように光り、猫は三度ぺちゃぺちゃぺちゃっとやってから軽く舌先を動かす。あれをちょん切ると鼠を追いかけられなくなるというのは本当だろうか。なぜ？　暗闇の中でもあれが光るんだろう、あの先っちょが。それとも暗闇の中での触覚のようなものか。

猫がぴちゃぺちゃ舐めるのをじっと聞く。ハムエッグにしようか、いや。こう雨が降らなくちゃ卵のいいのはない。きれいな新鮮な水がなくちゃ。木曜日か。バックリーの店の羊の腎臓もいいのがない日だ。バターで炒《いた》めて、胡椒をふりかける。ドルーガックの店の豚の腎臓のほうがいい。湯沸しが沸いているあいだに。猫のぺちゃぺちゃがだんだんゆっくりになり、そのうちに皿をきれいに舐め終った。どうして猫の舌はあんなにざらざらしているんだ？　ぴちゃぴちゃ飲みやすいようにだ、全部が極細《ごくぼそ》の穴になって。食べさせられるものはなかったっけ？　ぐるっと見回す。ない。

そろりそろりと軋《きし》るブーツで階段を上って廊下へ入り、寝室の前で足をとめた。おいしいもの買ってきて、なんて言うかも。薄切りのパンにバターをぬったのが朝の好み。でもひょっとして。たまには。

がらんとした廊下からそっと声をかける。

——ちょっとそこまで行ってくるから。すぐに戻る。

いったんそう言っておいてから付け足す。

——朝はなにも要らないか？

眠たげな柔らかい鼻声が一つ返ってきた。

——んーん。

やっぱり。なにも要らない。それからぬくぬくした深い寝息が一つ、もっと柔らかにもれる。寝返りを打つのといっしょに、ベッドの脚のゆるんだ真鍮《しんちゅう》の輪形《わがた》がカチャカチャ鳴った。修理屋を呼ばなくちゃな、ほんとに。せっかくの。はるばるジブラルタルから。ちょっぴり知っていたスペイン語も忘れてしまって。親父さんにいくらで買ってもらったのか。古い型。ああ、そうそう、そのはずだよ。総督の競売で手に入れたんだもんな。ぱっと落札《らくさつ》。掘出物《ほりだしもの》には強いよ、親父さんのトウィーディは。いや、まったく。プレヴナにおった当時だ。わしは一兵卒からの叩き上げでな、それを誇りにしておるわい。といってもああして切手の買占めをするなんぞ、なかなかの才覚。今となっては先見の明ありだった。

手が伸びて頭文字入りの厚ぼったい外套と遺失物取扱所の古物防水服の上の掛釘から帽子を取る。切手か。絵入りのぺたんこシール。うまいこと泳いでる将校クラスも大勢いるんだろう。もちろんだ。帽子の内縁《うちべり》の汗じみた文字が無言で告げる。プラストウ高級帽。革のヘッドバンドの内側を素早く覗《のぞ》く。白い紙片。あるある。

戸口段で尻ポケットに手を入れて表戸の鍵を探った。おや、ない。脱いだズボンに置左離《おきざり》に。取ってこなくては。じゃがいもは持ってるな。簞笥《たんす》が軋《きし》るから。まだ眠ってるのを起すこともない。さっき眠そうに寝返りを打ってたっけ。表へ出て玄関の戸をそーっと引く。もうちょい、裾《すそ》ひらが敷居《しきい》にふわっとかぶさる。へなっとした蓋《ふた》。閉っているように見えるな。帰ってくるまではとにかく大丈夫。

陽の当る側に渡り、七五番地のゆるんだ揚げ蓋をよけて歩く。太陽はジョージ教会の尖塔《せんとう》に近づいている。今日は暑くなりそうだ。とくにこんな黒服を着ていちゃなおさら。黒は熱を伝導し、反射する（屈折するだっけ？）。かといってあの明るいスーツを着ていくわけにもいくまい。ピクニックじゃないんだし。幸せな温《ぬく》もりの中を歩みつつ瞼《まぶた》が幾度もじわっと重くなる。ボーランド麵麭《パン》の荷車が日々の糧《かて》を盆にのっけて配達してくれるけど、あれの好きなのは昨日《きのう》のパン、パイはぱりぱり冠焼《かんむりや》きは熱《あつ》あつ。なんだか若者気分になってきた。どこか東方の地、朝まだき、夜明けとともに出立《しゅったつ》。太陽より一足先にぐるりと一周、一日分先回りする。それをいつまでも続ければ理論上は一日も年を取らない。砂浜を、異国の地を歩いて行き、市の城門へ着くと、そこに歩哨《ほしよう》がいる。これまた兵卒上りの老将校、トウィーディ爺さんみたいな大きな口髭、長い槍みたいなものによりかかっている。天幕の迫り出《せ》す街路をいくつもぶらつく。頭にターバンを巻いた面々が行き交う。暗い洞穴《ほらあな》みたいに並ぶ絨毯《じゆうたん》屋の店、大男が、快傑ターコウが、あぐらをかいて、とぐろ巻きの煙管《きせる》をふかしている。通りにひびく物売りのがなり声。茴香《ういきよう》の香りのする水、清涼水《シャーベット》を飲む。一日中、ぶらりぶらり。辻強盗《つじごうとう》の一人や二人に出っくわすかも。まあ、出くわしたら出くわしたで。だんだん夕暮が迫る。モスクの影が石柱の間を縫《ぬ》っていき、僧が丸めた巻物を抱えて。木々のそよぎ、合図、夕風。おれはすたすた歩く。薄れゆく金色の空。母親が一人、戸口からおれを見張る。昧《くら》い言葉で家へ入るようにと子供らを呼ぶ。高い壁、その向うで弦の音。夜空、月、菫色《すみれいろ》、モリーの今度のガーターの色だ。弦のひびき。ほら。若い娘が弾いてるんだ、ええと、なんていったっけ、ダルシマーだ。なおもすたすた。

たぶん本当はまるきり違うんだろうな。本にはあるけど。太陽の跡を追って。扉頁《とびらページ》には光眩《まぶ》しい日輪《にちりん》。独り愉快になって頬がゆるむ。アーサー・グリフィスが**フリーマン**の社説の頭の図案のことを言ったっけな。自治の太陽が北西の方《かた》アイルランド銀行の裏路地より昇る。愉快になってなおも頬がゆるむ。うまいこと言ったもんだ。自治の太陽が北西の方より昇るか。

ラーリー・オロークの店まで来た。地下の酒蔵の格子《こうし》から黒ビールのぶよんとした余臭《よしゆう》が漂う。開け放った戸口の奥から酒場が生姜《しようが》や茶がらやふやけビスケットの匂いをぷんぷん吐き出す。繁盛してるんだ、とにかく。市の交通のちょうど終点だからな。たとえばこの先のマッコーリーの店なんかは、場所がダメ。もちろん北環状道路沿いに家畜市場から河岸まで電車が走ることにでもなれば値は一気に跳ね上るだろうが。

ブラインドの向うに禿頭《はげあたま》。はしっこい偏屈爺《へんくつ》さん。広告の話を持ちかけてものってこない。ところが商売のこつはちゃんと心得ている。いるぞ、やっぱり、励みのラーリーのおっさん、シャツ一枚で砂糖袋に寄りかかり、前掛け姿のバーテンがモップをバケツに浸してはごしごしやるのを監視している。サイモン・デッダラスが目を窄《すぼ》めてそっくり物真似をしてみせる。いいかね、わしはこう思っておるんだが？　どう思ってるんです、オロークさん？　ロシア軍はだな、あいつらは日本軍にとっちゃ八時の朝飯前ってもんだ。

ちょっと声をかけていくか。まあ葬式のことでも。ディグナムは気の毒でしたね、オロークさん。

角を曲ってドーセット通りへ入るなり、戸口から爽《さわ》やかに挨拶した。

——お早よう、オロークさん。

——ああ、お早よ。

——いい天気ですね。

——んだってば。

ああいう連中はどうやって金をこさえるんだ？　リートリムの田舎から出てきて酒場の下働きをする赤毛の連中、地下の酒蔵で空《から》のグラスを洗い流したり飲み残しを流し込んだり。すると、あれまあ、パッと花咲く、アダム・フィンドレイターとかダン・タロンみたいに。それに競争だってあるし。皆よく飲むからな。面白い謎になりそうだぞ、パブの前を通らずにダブリンを端から端まで歩け。貯めようたってできっこない。酔っ払いからせしめるんだろう。三ペンスの勘定にしておいて五ペンスいただく。それじゃどうってことはないか、ちょろちょろっと、ちょびちょびのちょろまかしじゃな。卸しの仕入れでやるんだろう。外回りの注文取りとぐるになって。旦那《ボス》には帳尻《ちょうじり》を合せといて二人で半々だ、いいだろ？

黒ビールからは月にいくらの儲《もう》けになるんだろう。まあ十樽《たる》として。一割として。いや、もっとか。一割五分。聖ヨセフ公立小学校の前を通る。じゃりたちのわいわいがやがや。窓を開け放して。新鮮な空気は記憶を助ける。いや節《ふし》をつけて読むのが。色葉《いろは》に穂《ほ》へとォォ地理塗《ちりぬ》るをォォ若《わか》よ打《う》たれそつなら無《む》ゥゥ。男の子のクラスだな？ うん。イニシュタ―ク。イニシュアーク。イニシュボフィン。地理《ちり》ちりばらばら。おれの名も。ブルーム嶽《だけ》。

　ドルーガックのウインドウの前で立ち止り、ごろんごろんと並ぶソーセージ、黒白のポローニを見つめた。一割五分として掛けることの。数字が頭の中で白くなっていき、解けずじまい。癪《しゃく》だけれど、消えるにまかせる。フォースミートの詰ったつやつやの繋《つなが》りに見とれつつ、湯煮《ゆに》をして香料を効かせた豚の血の生温かい息を沈着に吸い込んだ。

　腎臓が柳模様の皿の上でじくじく血をしたたらせている。残りはこれきり。隣家の女中とカウンターに並ぶ。この女もこれを買う気かな、手にした紙切れのメモを読んでるが。ひび割れ、洗濯ソーダのせいだ。それとデニーのソーセージを一ポンド半ね。女のもりもりした尻に目がとまる。ウッズといったな、隣に住む男は。あの男、なにをしているものやら。女房はもういい婆さんだし。新しい血。忍男《しのびおとこ》、立入無用。逞《たくま》しい腕。物干綱に掛けた絨毯《じゅうたん》をばんばん叩く。叩くのなんの、ぶっ叩く。ぶっ叩くたびに波打つあのよじれたスカート。

　鼬目《いたちめ》の豚肉屋はちょんちょん切ったソーセージを重ねる。べとべとしたソーセージピンクの指先。こっちは健全むちむち肉、牛舎飼い太りの若牝牛。

　ちらし折りの切った山から一枚手に取ってみる。テベリア湖畔キンネレテのモデル農場。理想の冬季保養地としても。モーゼズ・モンティフィオーレ。やっぱりこの男は。農場の家、ぐるりと柵《さく》を巡らせ、ぼやけた牛の群れが草を食《は》む。少し離して見る。面白い。近づけて読む、見出し、ぼやけた草を食む牛の群れ。紙がかさかさいう。若い真っ白い牝牛。家畜市場にいた頃は毎朝、囲いの中でモーモー啼《な》く牛、烙印《らくいん》を押した羊、糞をべちゃッぼたッと落して、そんな敷藁《しきわら》を飼育業者がブーツの底釘をガチャガチャいわせながら踏みつけて歩き、熟れ肉の尻っぺたをぺたんぺたん叩いては、こいつは特上、生木《なまき》の鞭を振り回していた。ちらしをじっと斜めにかざしながら、五官と意志を傾け、ほだされた従属の視線が静止する。よじれたスカートがゆらゆら揺れては、ばしッ、ばしッ、ばしッ。

豚肉屋の親父はちらし折りの重ねたのからさっさっと二枚取り、女の注文した極上のソーセージをくるむと、赤ら顔をにたっとさせた。

——はいよ、お姐《ねえ》ちゃん、と、差し出す。

女は硬貨を一枚出して、はにかみもせずに笑い返し、むっちりした手首が覗《のぞ》く。

——ありがとよ、お姐ちゃん。するってえと一シリング三ペンスのお釣だね。さあて、こちらさんは？

ブルーム氏は素早く指差した。ゆっくり歩いていくんなら追いついて後ろからついていける、あのむちむち揺れる尻の後を。朝一番に目の保養とはね。ちぇっ、早くしてくれ。お天道様《てんとさま》の明るいうちになんとやら。女は店の外の日差しを受けて立ち止ってから、ぶらりぶらりと右側へ歩き出す。思わずふーっと鼻息をもらした。てんで察しが悪いよ、女ってのは。洗濯ソーダ荒れの手。足の爪までかさかさ。焦茶色《こげちゃ》の擦《す》り切れたスカプラリオが、あの女の前も後ろも守ってるのさ。無視された癪《しゃく》な思いが火照《ほて》るうちに胸の中でほんのりした快感に変る。どうせ男がいるさ。エックルズ小路で非番の巡査に抱きすくめられて。でっかいやつが好きなんだ。極上のソーセージ。あら、すみません、お巡りさん、あたし迷っちゃったの。

——三ペンスいただき。

片手でじんわり柔らかな臓物を受け取り、脇ポケットに滑り込ませる。その手がズボンのポケットから硬貨を三枚運び上げ、ゴムの棘々皿《とげとげ》に置いた。並んだそれが素早く読み取られ、素早く滑り込む。一枚ずつ、銭箱へ。

——ありがとさんよ。またよろしく。

狐目《きつねめ》の商い《あきな》熱心の炎がちろりと礼を言う。ふっと間をおいてから、視線をそらせた。うん、言わないでおこう。また今度。

——どうも、と、店を出る。

——ありがとさんよ。

跡形《あとかた》なし。行っちまった。まあいいさ。

ドーセット通りを引き返しながら、真面目顔で読む。アジェンダス・ネッテイム、拓殖《たくしょく》会社。トルコ政府から不毛の砂地帯を購入しユーカリを植樹。緑陰、薪、建材に最適。ヤッファ北方にオレンジ樹の森と広大なメロン畑。八十マルクの投資にて一ドゥナムの土地に貴方に代りオリーヴ、オレンジ、アーモンド、あるいはシトロンを植樹。オリーヴが安上り。オレンジは人工灌漑《かんがい》の要有り。毎年、収穫を直送。ご芳名は終身所有者として当社原簿に記載。頭金十マルク残金年賦可。ベルリン西十五区ブライプトロイ通り三四。

乗る気はないね。でも思いつきは悪くない。

牛の群れが銀色の熱気にかすむのを見る。銀粉《ぎんぷん》をかぶったオリーヴ樹。静寂の長い一日一日。めかしながら、熟していく。オリーヴの実は瓶詰にするのだろうな。アンドルーズの店のがまだ少し残ってる。モリーときたら吐き出しちまって。今では味が分るようになった。オレンジは薄紙にくるんで柳籠《やなぎかご》に詰める。シトロンもだ。シトロンのやつはまだ聖ケヴィン街に暮してるのかな。それからあの古いシターンを爪弾《つまび》くマスティアンスキーも。あの頃はいっしょに楽しい晩を過した。モリーがシトロンのとこの柳椅子《バスケットチエア》に腰かけて。すっと手になじんで、ひんやり蠟引《ろうび》きしたみたいな果物、手に取り、鼻先へもっていって香りをかぐ。なにかこう、強い、甘ったるい、野性の香り。いつも同じ、来る年来る年。それにいい値で売れるしなあとモイゼルがおれに言ってたっけ。アービュタス・プレイス、プレザンツ通り、愉快通りのあの頃。疵《きず》一つあってもだめなんだぞと言ってた。はるばる遠くから、スペイン、ジブラルタル、地中海、レヴァント。柳籠がヤッファの埠頭にずらっと並び、それを勘定しいしい帳簿と突き合せる男がいて、汚れた作業服の裸足《はだし》の人足《にんそく》たちが積み込みをやっている。あれ、なんていう男だっけな。やあ、どうも。気がつかない。挨拶するだけの顔見知りってのはかえって煩《わずら》わしいや。背中があのノルウェー人船長そっくり。今日また出会うかな。水撒《みずまき》車。雨を降らせる呼び水。天のごとく地にも。

雲が一つ、太陽をゆっくり覆《おお》い始めた、すっぽりと。灰色。まだ遠い。

いや、そんなふうじゃないんだ。不毛の地、何一つ生えない荒地。火山湖、死海。魚も棲まず、水草も生えず、地中深くに沈み込んで。どんなに風が吹いてもあそこに波の立つことはなく、鉛色の金属のような、有毒の霧にけむる水面。湯泡《ゆのあわ》と降る雨を昔は称した。平地《ひらち》の邑《むら》、ソドム、ゴモラ、エドム。すべて死せる名。死の地の死せる海、鉛色の、大昔の。もう大昔のこと。最古の、最初の人類を生んだ地。腰の曲った老婆がキャシディの店から出て道を渡る。小瓶の首を握りしめて。最古の民。世界中の遠い彼方へとさまよい歩く。囚われの身から囚われの身へ、数を増やし、死んでいき、いたるところで生れる。その地は今もあるのだ。今やもう子を産むことはできないが。死んでしまった。老婆のあれ。この世の黒ずんで萎《しな》びてしまったぼぼ。

荒廃。

鉛色の恐怖がじゅっと肌に焼鏝《やきごて》を這わせた。ちらしをたたんでポケットに突っ込み、エックルズ通りへ入り、早足に家へ急ぐ。ひんやりぬるぬるものが全身に流れ、血を冷やす。老いが塩の外套をおっかぶせようとする。なあに、おれはこのとおりさ。そう、おれはこのとおり。朝は口の中がすっきりしないから妙なことが浮ぶ。左足からベッドを出たか。またサンドウ体操でも始めるか。腕立て伏せでも。しみだらけの茶煉瓦の家並み。八〇番地はまだ借手がつかない。どうしてだろう。評価額はたった二十八ポンド。タワーズ、バターズビー、ノース、マッカーサー。居間の窓にべたべた貼ってある広告。ただれ目に貼っつけた膏薬《こうやく》だ。すぐに紅茶の柔らかな湯気、フライパンの煙、じゅじゅっととけるバターの匂いが。あれの豊かなベッドぬくもりの肉体のそばで。うんうん。

早足の暖かな日差しがバークリー道路から駆けて来る。素早く、ほっそりしたサンダル履きの足で、陽光の照し始めた歩道を。駆ける、おれを出迎えに走る娘、金髪を風になびかせて。

二通の手紙と一枚の葉書が玄関床にあった。屈《かが》んで拾い上げる。マリアン・ブルーム様。弾んでいた心がたちまち静まった。力まかせの筆跡。マリアン様。

——ポウルディー！

寝室へ入って目を細め、暖かな黄色の薄明りの中、ベッドの乱れ髪のほうへ進む。

——手紙は誰に？

二通を見直す。マリンガー。ミリー。

——僕にミリーから、と、さりげなく言う。それからきみに一通。

細君宛の葉書と手紙を綾織《あやおり》のベッドスプレッドの上、膝を折り曲げたあたりへ置く。

——ブラインドを上げようか？

ゆるゆると紐《ひも》を引いてブラインドを半分ほど上げながら後ろについた目が見て取る。手紙をちらっと見るなり枕の下に押し込んだ。

——これでいいかい？　と、向き直った。

片肘をついて葉書を読んでいる。

——小包が届いたんですって、と、言った。

そのまま待つと、やがて葉書を脇に置き、ゆっくり体を丸めてベッドにもぐり込み、気持のよさそうな吐息を一つもらす。

——早くあのお茶持ってきて、と、急《せ》かせる。喉がからから。

——もうお湯が沸いてるから、と、言った。

しかしすぐには寝室を出ずに椅子の上を片づけにかかる。縞柄《しまがら》のペチコート、脱ぎすてっぱなしの汚れた肌着。ひとまとめに掬《すく》い上げてベッドの足もとのほうへのっける。

台所の階段を降りかけたところへ声が追ってきた。

——ポウルディー！

——なんだい？

——ティーポットは熱くしてね。

こりゃぐらぐらだ。羽毛のような蒸気が口からしゅんしゅん。ティーポットにぐらぐらの湯を入れて濯《ゆす》いでから、茶をスプーンに山盛り四杯、そうして湯沸しを傾《かし》げて湯を注ぐ。茶が出るのを待って、まず湯沸しを退《の》けてから、赤々と燃える石炭の上へカシャッとフライパンをのせ、バターの塊がすーっと滑って溶けるのを見守る。腎臓の包みを開いていると、猫がひもじそうに鳴いて体をすりつけてきた。肉を食べさせすぎると鼠を捕らなくなるからな。豚肉は食べないなんていわれて

Calypso　　Yo. Yamamoto '97

るけど。清浄《コーシャー》の食物だぞ。ほら。血滲《ちにじ》みのちらしをふわっと猫に落してやり、じゅうじゅう溶け出したバターの真ん中へ腎臓を落す。胡椒。縁《ふち》の欠けた茹卵《ゆでたまご》入れからつまんだ指先でぱらぱらっとふりかける。

そうしておいて手紙の封を切り、さっと下まで、それから裏へ目を通す。ありがとう。新しいベレー。コックランさん。オウェル湖へピクニック。若い学生。めらめら大尽《だいじん》ボイランの浜辺の娘たち。

茶が出た。自分のマスターシュカップ、紛《まが》いのクラウンダービーに注ぎながら、思わず微笑む。ミリーちゃんのバースデープレゼント。五つになったばかりの頃。いや、待て、四つだ。こっちは琥珀《こはく》紛《まが》いのネックレスをプレゼントにしたあの子はばらばらにしてしまったっけ。包装紙を便箋《びんせん》代りに折り畳んであの子の郵便箱に入れてやったり。思い出し笑いを浮べ、紅茶を注ぐ。

おお、ミリー・ブルーム、きみはわが恋人
夜から朝までわれの見つめる鏡
一文無しでもきみがいい
おけつと庭持ちケティー・キーオウなんかより

グッドウィン先生もお気の毒にな。おっそろしい奇人の御老体。それでも礼儀正しい年寄だった。舞台袖へ引っ込むモリーに昔風のおじぎをして。それからシルクハットに入れてたあの小さな鏡。あの晩、ミリーが居間へ持ってきた。ねえ、ほら、グッドウィン先生の帽子の中に入ってた！　みんなで笑いころげたっけ。あんな幼くても色気づいてたんだ。おしゃまな子だったよ。

腎臓にフォークを突き刺し、ぴしゃっとひっくり返す。それからティーポットを盆にのせた。持ち上げるのといっしょに盆のでこぼこがつんと鳴った。全部のってるな？　バターをぬったパン、四枚、砂糖、スプーン、いつものクリーム。よしと。ティーポットの把手《とって》に親指をかけて、盆を運んで階段を上る。

膝でドアを押し開けて盆を運び入れ、ベッドの枕元の椅子にのせた。

――遅いんだもん！　細君が言った。

真鍮輪形《しんちゆうわがた》をがちゃがちゃいわせて勢いよく上体を起し、枕に肘をつく。夫はその太《ふと》り肉《じし》を黙って見おろし、ネグリジェの下で牝山羊の乳みたいに起伏する大きく柔らかな乳房の谷間を眺めた。横《おう》臥《が》の女体のぬくもりが立ち昇り、細君が自分で注ぐ紅茶の香りと混じり合う。

ささくれになった封筒の端がへこみのついた枕の下から覗《のぞ》いていた。部屋を出がけに夫はふと足をとめてベッドスプレッドを伸ばす。

――手紙は誰から？　一言訊いた。

力まかせの筆跡。マリアン。

――ああ、ボイラン、細君は言った。プログラムを持ってきてくれるんですって。

――きみは何を歌うんだい？

――**あそこで二人で**《ラ・チ・ダレーム》をJ・C・ドイルとよ、と、細君。それから**恋の懐かし甘き歌**。

ふくよかな唇が、飲みながら、笑む。むーっとこもった臭いになるなあの香りは次の日になると。いたんだ花香水みたいに。

――窓を少し開けようか？

細君はパンを折り重ねて口に入れながら訊く。

――お葬式は何時？

――十一時だったと思う、夫は答えた。まだ新聞を見てないんだ。

細君の指差すのに従って夫は汚れたズロースの片脚をベッドからつまみ上げた。違う？　じゃ、よじれたグレーのガーターかストッキングに絡みついたままの。くしゃくしゃっと、てかてかの足裏。

――違う。そこの本。

またストッキング。ペチコート。

――きっと落ちたの、細君は言った。

夫はあちこち手探りする。**行きたくって行きたくなくて**《ヴォーリオ・エ・ノン・ヴォッレイ》。発音を間違えずに歌うかな。**ヴォーリオ**。ベッドの中にはない。ずり落ちたんだろう。屈《かが》んでベッドの垂れ布を持ち上げた。本、落っこちてる、橙紗綾《だいだいさや》形《がた》の室内便器の横っ腹にでれっとへばりついている。

――こっちへちょうだい、細君は言った。しるしを付けといたの。あなたに訊こうと思った言葉があって。

カップを無《む》把手《とって》持ちにしてぐいっと一飲みすると、指先を上手に毛布でぬぐってから、ヘアピンで頁をたどっていき、その言葉に突き当る。

――会った者がどうしたって？　夫は聞き返す。

――これよ、と、細君。どういう意味？

夫は前屈《まえかが》みになって、細君の親指の磨いた爪のあたりを読んだ。

――会《え》者定離輪廻《しゃじょうりりんね》かい？

――それ。その人そもそもどこの誰？

——会者定離輪廻《えしゃじょうりんね》、と繰り返し、眉を顰《ひそ》めた。ギリシア語さ。もとはギリシア語。つまり、霊魂の転生という意味だ。

——わあ、ごっつごつ！　細君は言った。やさしい言葉で言ってくれなくちゃ。

夫は笑顔になり、細君のおどけた目を横目で窺《うかが》う。同じ娘っぽい目。初めての晩、語当て遊《シャレード》びのあと。ドルフィンズ・バーン。しみの滲んだ頁を繰ってみる。**ルービー、曲芸団の花**。ほほう。挿絵。馬車鞭を手に荒れ狂ったイタリア人。これがルービーか曲芸団の花が床に裸で。シーツ有難く拝借。**人非人マッフェイはぐっと思いとどまり、嬲《なぶ》りものにした女に罵《ののし》りを浴びせて放り出した。**ああいうのはすべて裏では残酷。興奮剤を飲まされた獣《けだもの》だよ。ヘングラー曲芸団の空中ぶらんこ。とても見ちゃいられなかった。口あんぐりの愚衆。そっちが首の骨を折ってくれりゃこっちは腹の皮がよじれるぞ。身内が多いんだ。輪廻生れになるように子供のうちに骨を抜き取ってしまう。われわれが死後も生きるってこと。われわれの霊魂。ディグナムの霊魂……。

——読んでしまったのかい？　夫が尋ねる。

——ええ、細君が言う。ぜんぜんいやらしいとこなんかないわ。この人、最初の男をずっと愛しているわけ？

——さあ、読んでないからな。別のを読んでみたい？

——ええ。ポール・ド・コックのをまた借りてきて。名前がいいじゃない。

紅茶を注《つ》ぎ足しながら、それがカップに流れ込むのに目をやっている。

あのケイプル通り図書館の本を貸出延期にしておかないと、おれの保証人のカーニーのところに催促状を出されてしまうな。霊魂再来、うん、この言葉だ。

——こう信じている人もいるんだよ、と、夫は始める。つまり、われわれは死んだあとも別の肉体となって生き続ける、われわれは以前にも生きていたんだとね。それを霊魂再来というんだ。みんな数千年前にこの地球かどこかの惑星で生きていた。それを忘れてしまっているというわけだ。なかには過去の生涯を覚えているなんていう人間もいる。

どろりとしたクリームが渦巻を描いて紅茶の中で固まっていく。さっきの言葉をもういっぺん教えておかねば。会者定離輪廻《えしやじようりりんね》。例があればいいんだが。なにか例は？

ニンフの沐浴《もくよく》が枕元の壁に。**フォトビッツ誌**の復活祭号の付録、アート紙カラー印刷の大傑作。ミルクを入れる前の紅茶の色。髪をたらしたこれに似ていなくもない、もっと細身だけど。三シリング六ペンスで額縁を買ったっけ。枕元の壁に掛けたら素敵そう、と、あのとき言った。裸のニンフたち、ギリシア人、それとたとえば当時生きていたすべての人間。

さっきのところへ頁を繰る。

——会者定離輪廻《えしやじようりりんね》というのは、と、先をつづけた。古代ギリシア人の言葉だ。人がたとえば動物や木に変りうるんだと、昔は信じていたのさ。ニンフというのがそれだ、たとえばね。

細君のスプーンが砂糖をかきまぜるのをふっとやめる。まっすぐに前方を見据え、鼻の孔をふくらませて大きく息を吸う。

——焦げくさいわ、細君は言った。なにか火にかけたままじゃない？

——腎臓！　いきなり頓狂声《とんきようごえ》をあげた。

本をがさがさっと内ポケットに押し込め、壊れたほうの室内便器に爪先をぶっつけ、匂いに向って駆け出して、鸛《こうのとり》のあたふた歩きみたいに階段を駆け降りる。鼻にツーンとくる煙がフライパンの片側からすごい剣幕《けんまく》で噴き上げていた。フォークの先っぽを腎臓の下へ突っ込んで剝がしてから、くるっと亀みたいにひっくり返す。ちょっぴり焦げただけ。ぽーんと皿に移して、わずかばかり残った焦茶の焼き汁をちょろちょろっと垂らした。

さあて茶を一杯。テーブルに向い、パンを一枚切ってバターをぬる。焦げたところを削《そ》いで、ひょいと猫に放ってやった。それからフォークに一口ほおばって、しこしこくのある臓物の味を確かめつつ噛んだ。ちょうどの焼き具合。紅茶を口にふくむ。それからパンを賽《さい》の目に切って、焼き汁に一つひたし、口に入れる。なにか書いてあったな、若い学生とかピクニックとか。皿の脇に手紙をひろげ、ゆっくり読みながら噛み、もう一つ賽の目を焼き汁にひたして口へ運ぶ。

大好きパパちゃんへ

ステキな誕生日のプレゼントありがとうございました。とっても似合います。新しいベレー帽かぶったらすごい美人だってみんな言います。マミーから可愛い箱のクリームチョコが来たのでこれから書くところ。可愛いチョコ。写真の仕事はもうけっこううまくやってます。コックランさんが私と奥さんの写真をとってくれました。現像したら送ります。きのうは大いそがし。天気がいいので牛っぺぶと足がぞろぞろ来たの。月よう日にはオウェル湖へ行きます、友だちとちょっとピクニック。マミーによろしく、パパにはチューッとありがとうのキスしてあげる。下でみんながピアノをひいてます。土よう日にグレヴィル・アームズでコンサートがあるから。時々晩に遊びに来る若い学生さんがいてバノンという人だけどいとこか何んかがエライ人よボイランの（うっかりめらめら大尽《だいじん》ボイランって書くところ）浜辺の娘たちの歌を歌うんだって。おばかちゃんミリーからよろしくって言っておいてね。ではこれで、

大事な大事な娘

ミリーより

P・S　字がきたなくてごめん急いでるの。バイバイ。　M

きのうで十五歳。面白いものだ、十五日生れ。家を離れて初めての誕生日。別れ別れ。あの子の生れた夏の朝を思い出す、デンジル通りのソーントンさんを叩き起しに走ったんだ。愉快な婆さん。ずいぶんたくさんの赤ん坊を取り上げたろうな。死んだルーディが助からないのは最初から見て取っていた。これも神様の思召《おぼしめ》しでござんすわな。のっけから分ったんだ。生きていれば十一歳か。

虚ろな顔が愛《いと》おしむように追伸を見つめる。字がきたなくてごめん。急いでるの。下でピアノ。そろそろ貝から出る年頃。XLカフェで腕輪のことでけんかになったっけな。ケーキに手もつけず、口もきかず、そっぽを向いたきり。こまっしゃくれ。賽の目のパンを次々に焼き汁にひたしては、腎臓を一切れ一切れ食べる。週給十二シリング六ペンス。多くはない。でも、これくらいでよしとしなくちゃ。ミュージックホールの踊り子よりは。若い学生か。さめかけた紅茶をごくりと飲んで、臓物を流し込む。それから手紙を読み直した。二度。

なあに、いいだろう。自分の面倒ぐらい見られる子だ。しかし、そうでないなら？　いや、まだ何ごともないんだ。もちろん、これからないともかぎらないが。どのみちそうならそうなったときのこと。おてんば娘。細い脚で階段を駆け上って。生れついた定め。そろそろ成熟。見えっぱり、かなりの。

心配半分の愛情を抱きつつ台所の窓に向ってにやりと笑む。いつだったか通りで出会ったら、血色をよく見せようとほっぺたをつねりながら歩いてた。ちょっぴり貧血症。いつまでも母乳だけで育てたから。**愛蘭王**《エリンズ・キング》に乗ってキッシュの灯船《とうせん》をぐるり一周した日もあった。ひどいぼろ船が揺れたのなんの。ぜんぜんけろっとしてたな。淡い青のスカーフが髪といっしょに風になびいて。

どっちを向いてもえくぼと巻毛、
のぼせて頭がくーらくら。

浜辺の娘たち。ささくれになった封筒。一日の暇をもらった馭者みたいに、両手をズボンのポケットに突っ込んで歌うあの男。家族ぐるみの友人か。**くゎーらくら**、と、あいつは発音する。灯りのともる桟橋《さんばし》、夏の宵、楽団。

あの娘たち、あの娘たち、
可愛い海辺の娘たち。

ミリーもか。うぶな口づけ、初めての。今やはるかかなたの過去。マリアン様。読んでるな、今頃仰向けになって、髪の房を指でいじりいじり、微笑みながら、髪を編み編み。

軽い胸騒ぎ、後悔、それが背筋をすーっと流れて、勢いを増す。そうなるだろうな、きっと。防げ。むだだ、動きようがない。若い娘の甘い軽やかな唇。こっちもそうなるだろう。流れる胸騒ぎが全身にひろがるのを感じる。いまさら動いてもむだ。キスされて、キスして、キスされる唇。ぴったり吸いつく女の唇。

あっちにいるほうがいいんだ。家を離れて。仕事に追われて。退屈しのぎに犬を飼いたいなんて言ってたが。一度行ってみようか。八月の公休日に。往復たった二シリング六ペンス。しかしまだ六週間先。新聞社のパスが手に入るかも。それともマッコイに頼んで。

猫が、すっかり毛づくろいをすませ、臓物しみの残るちらしに戻ってくると、くんと一嗅ぎし、つんとしてドアへ向う。振り返って、ニャーと鳴いた。出たいんだな。前で待っていればそのうち開くぞ。じらしてやるか。そわそわし始めた。ぴりぴりしてる。雷雲でも出てるかな。煖炉に背を向けてしきりに手を舐《な》めては耳の後ろを掻いてもいたし。

ずっしりと、満腹感。それから腸がじんわりゆるむ。立ち上って、ズボンのベルトをゆるめた。猫がニャーと訴える。

——ニャーオ！　と、返事を返した。ちょっと待っててくれよ。

重ったるい感じ、今日は暑くなりそうだ。階段を踊り場までえいこら上るのは面倒だ。

新聞。便座でじっくり読むのがいいんだよな。ちょうど出そうってときにノックする阿呆《あほう》がいなけりゃいいが。

テーブルの引出しに**ティットビッツ**の古い号があった。それを脇の下に折り挟んで、戸口へ行き、ドアを開く。猫がひらりと跳んで階段を駆け上る。そうか、上へ行きたかったんだ。ベッドで丸くなってお寝んねか。

聞いていると、細君の声がする。

——おいで、おいで、にゃんちゃん。おいで。

自分は裏戸から庭へ出た。隣の庭の気配を窺《うかが》って立つ。物音なし。そろそろ洗濯物を外へ吊す頃だが。お女中はお庭にお出まし。いい朝だ。

屈《かが》み込んで、壁際にかぼそく生えるスペアミントを見つめる。ここに四阿《あずまや》を造ろうか。紅花隠元《べにばないんげん》。アメリカ蔦《つた》。全体に肥《こや》しをやらないとな、この瘡蓋《かさぶた》だらけの土では。硫肝《りゅうかん》を塗りたくったような。糞をやらない土はみなこんなふう。家の汚水ばかりじゃな。壌土《ローム》か、これじゃせっかくのそれも。

隣の庭には鶏が何羽かいるから。あれがぽとぽと落っことすのが極上の上肥《うわごや》しだ。もっとも最高は牛、とくに油糟《あぶらかす》で飼育してるのは。牛糞まみれの朽藁《くちわら》。女物の子山羊皮の手袋の汚れを取るのに一番。汚物が汚れ取りになる。灰もだ。ここをぜんぶ開墾しようか。あの一角に豆を植える。レタスも。そうすればいつも新鮮な青物が食べられる。しかし菜園も善し悪しだからな。聖霊降臨祭の次の日ここであの蜂だか青蠅だかに。

歩き出す。ところで帽子はどうしたっけ？　きっと釘にまた掛けたんだ。それとも上の階に掛ってるか。おかしいな、覚えてない。玄関衝立《スタンド》は超満員。傘四本、あれの雨外套。手紙を拾い上げたとき。ドラーゴーの店の戸の鈴が鳴って。妙なことにちょうど頭に浮んでいたときだった。焦茶の髪を艶出し油《ブリリアンテイン》で光らせていつものカラーを着けていたあの男。ぱりっとめかして出てきたところだった。ところで午前中に風呂屋へ行く時間があるかな。タラ通り。勘定場のあの男はジェイムズ・スティーヴンズを逃がしてやったという噂だ。オブライアン。

太い声をしてるなあ、あのドルーガックって男は。アジェンダス何だっけ？　はいよ、お姐《ねえ》ちゃん。熱烈信者。

便所のがたぴし戸をぽんと蹴り開ける。ズボンを汚さないようにしなくては、葬式に行くんだから。中へ入り、頭を屈《かが》めて低い楣《まぐさ》をくぐる。戸を閉めきらずに、黴臭《かびくさ》い漆喰《しっくい》と古びた蜘蛛の巣の悪臭の中、ズボン吊りを外す。腰をおろす前に、隙間から隣家の窓をちらり見上げた。王様は金庫の間《ま》にて金勘定。誰も見えない。

便座に踞《ここ》んで新聞をひろげ、むき出しの膝の上でぺらぺらめくっていく。目先の変った軽い記事は。急ぐことはない。ちょいと辛抱。本紙入賞小品。**マッチャム墓地《まつしぐら》**。ロンドン観劇倶楽部会員フィリップ・ボーフォイ氏作。一段につき一ギニーの原稿料を作者にお送り致しました。三段半。三ポンド三シリング。三ポンド、十三シリング六ペンスか。

　静かに読んでいく。こらえつつ、第一段、そして屈しつつも抗しつつ、第二段が始まる。途中半ば、最後の抵抗が屈していき、腸が静かに排出するのに任せて読み進み、なおも辛抱強く読むうちに昨日の僅《わず》かの滞《とどこお》りがすっきり去った。また痔になるようなでっかいやつでなけりゃいいが。それ。うへッ！　便秘。緩下剤《カスカラ・サグラダ》を一錠。人生もそういくといいが。べつに動かされも惹《ひ》かれもしないが手際よくまとまってはいる。今は何でも活字になるからな。どうせ夏涸《なつが》れ。読みながら、己の立ち昇る臭気を下に黙々と座す。確かにまとまりはいい。**マッチャムはしばしば思い出す己が驀地《まっしぐら》にものにしたけたたましく笑う魔女は今。**始めも終りも教訓的。**手に手をとって。**うまいもんだ。読んだところにもう一度さっと目を通し、尿の静かに流れ出るのを感じながら、これをものして三ポンド、十三シリング六ペンスの賞金を受け取ったボーフォイ氏に心優しく嫉妬した。

　短いものなら書けないこともない。L・M・ブルーム夫妻作。なにか寓話めいた物語をこさえる。いどんな？　以前、あれが着替えをしながら言うせりふをカフスに書きつけてみたことがあった。いっしょに着替えをするのはご免だね。髭を剃ってたら切ってしまったよ。下唇を噛んで、スカートのホックがはまらないのどうのと。時間もメモしておいたことがある。9・15。ロバーツはまだ払ってくれないの？　9・20。グレタ・コンロイはどんなの着てた？　9・23。あたしとしたことがこんな櫛《くし》を買っちゃって。9・24。さっきのキャベツでおなかふくれちゃった。ブーツのエナメル革に泥が一つ。両方の細革をストッキングのふくらはぎに上手にこすりつけている。前の晩バザーのダンスパーティーがあって、メイの楽団がポンキエルリの時の踊りを演奏していた。あれ、説明してくれる。朝の時間、昼、それから夕暮になって、夜の時刻になるんだ。あれは歯を磨いてた。あれが最初の晩。あれの頭が踊っていた。扇をかたかた鳴らして。ボイランって人、お金持？　金はあるね。なぜだい？　踊ってるとすごくお金持の匂いの息なんだもの。これじゃ曲を口ずさんで聞かせても無駄。それとなく遠回しに。ゆうべのあれは変った曲だったね。鏡が暗くて見えないわ。あれは自分の手鏡をウールのベストの上からふくよかに揺れる乳房にささっとこすりつける。じっと覗《のぞ》き込む。目尻の皺《しわ》。どうしても話にのってこない。

夕暮の時刻、娘らはグレーの薄物。それから夜の時刻、黒衣装に短剣と目隠し。詩的な着想じゃないか。ピンク、それから金色、それからグレー、それから黒。しかもあくまで写実的。昼、それから夜。

懸賞小説をビリッと半分に破り、それで拭《ぬぐ》う。それからズボンをずり上げ、ズボン吊りを掛けてボタンを留める。ギギーッという便所のがた戸を内へひっぱり、暗がりから外へ出た。

陽光の中、目映《まばゆ》く手足を冷えきらせて、黒ズボンを念入りに点検する。両裾、両膝、両膕《ひかがみ》。何時だったっけ、葬式は。新聞で確かめておいたほうがいいな。

キーンと鋭く、ぐぁーんと鈍く、頭上高くにひびく音色。ジョージ教会の鐘。刻《とき》を告げる弔鐘《ちょうしょう》、声高に呼ばわる色暗い鉄。

くゎーん！　くゎーん！
くゎーん！　くゎーん！
くゎーん！　くゎーん！

十五分前。もう一つ、倍音が追いかけて大気を貫く。音程三度。
可哀そうに、ディグナム！

第五章《エピソード》

食蓮人たち

Lotus-eaters

時刻　午前九時四十分～十時五分
場所　リフィー川南岸の船寄通りから下町の駅、郵便局、教会、薬局、浴場
人物　ブルーム、マッコイ、バンタム・ライアンズ　他

荷台車の連なるサー・ジョン・ロジャースン船寄《ふなよせ》通りをブルーム氏は粛々《しゅくしゅく》と歩いた。ウィンドミル小路を過ぎ、リークス亜麻仁《あまに》加工所、郵便電報局を過ぎる。この局の番地も知らせておけばよかったか。そして海員宿泊所を過ぎる。角を曲って埠頭一帯の朝の喧騒《けんそう》から逃れ、ライム通りに入る。ブレイディ路地に皮剝《かわは》ぎ手伝いの少年がでれんと立っていた。くず肉のバケツを腕にぶらさげ、ひしゃげた吸いさしの煙草を吸っている。額《ひたい》に湿疹《しっしん》の跡だらけのもっと小さな女の子がこっちに目を向ける。がたがたになった桶輪《おけわ》をぼやんと抱えている。煙草を吸うと大きくなれないぞと言ってやれ。なあに、放っておくさ。どうせあの子は薔薇の人生じゃないんだ。酒場の前でお父《とう》を待って連れ帰る。お母《かあ》のとこさ帰ろよ、お父《とう》。客の切れる時間帯、あそこは混んでいないだろうな。タウンゼンド通りを渡って、ベセルのいかめしい顔を過ぎる。エル、そう。の家。アレフ、ベース。そしてニコルズ葬儀屋を過ぎる。十一時だ。時間はたっぷり。おおかたコーニー・ケラハーがこの仕事をうまいことオニールの請負《うけおい》にしたんだろう。あいつは両目をつぶって歌う。狡兄《コーニー》さんか。あの娘とは公園の出会い。あたりは幸い真っ暗い。なんとまこいつは愉快も愉快。警察の犬めが。名前も住所も教えてくれて俺はばいばい、ばばいのばいばい。うん、あいつがうまく立ち回ったに決ってる。どっか安い場所に埋めりゃいいって。俺はばいばい、ばばいのばいばい、ばばいのばいばい、はいあばよ。

ウェストランド通り《ロウ》でベルファースト・アンド・オリエンタル紅茶商会のウィンドウの前に立ち止り、銀紙包装の文句を読む。精練ブレンド、最高級品、家庭用紅茶。かなり暑くなった。紅茶。トム・カーナンのところのを買っておかなくては。でも葬式で頼むわけにもいかないし。おっとりと文句を追ったまま、おもむろに帽子をぬいで髪油の匂いを吸い込み、右手をゆっくりさりげなく額と髪に走らせる。朝からずいぶん暑い日だ。落した瞼《まぶた》の下に高級帽 の内側の革のヘッドバンドの小さな蝶結びが見える。あるな。右手が帽子の凹《くぼ》みへ下りていく。指先がヘッドバンドに隠れた一枚のカードを素早く見つけ、それをチョッキのポケットへ移した。

ああ、暑い。右の手がもう一度もっとゆっくり額から髪へと動く。それから帽子をかぶって、ふーっと一息もらす。また読む。精練ブレンド、最高級セイロン銘柄。極東。きっといいところなんだろうな。この世の楽園、のらりくらり水に浮ぶ乗っかれるくらい大きな葉、サボテン、花咲き乱れる草原、蛇の蔓草《つるくさ》とかいうんだ。ほんとうはどうなんだろう。陽光の中でのらくら暮しのセイロン住民、**無為甘美**《ドルチェ・ファル・ニエンテ》、一日中、指一本動かさない。一年の六ヵ月は寝て暮す。暑すぎて喧嘩もない。気候のせい。嗜眠《だみん》。安逸《あんいつ》の花々。空気が一番の栄養だ。窒素。植物園の温室。含羞草《ねむりぐさ》。睡蓮。ぐったりした花びら。空気にただよう眠り病。薔薇の葉の上を歩く。牛胃袋《トライプ》や牛足《カウヒール》煮込みなんぞを食べようなんて思いもつかないだろうさ。どこの男だっけ、いつか写真で見たのは？　ああそうだ、死海に仰向きに浮び、パラソルを開いて本を読んでいた。沈もうとしたって沈めない。それくらい塩分が濃い。なにしろ水の重さが、いや、人体の重さが何の重さに等しいだっけ？　容積が重さに等しいだっけな？　なんかそんな法則。ヴァンスが高校で指をぽきぽき鳴らしながら教えてくれた。大学進学カリキュラム。ぽきぽき指動《しどう》カリキュラム。重さというときの重さとは本当は何か？　毎秒毎秒三十二フィート。落下する物体の法則、毎秒毎秒。物体はすべて地上に落下する。地球。地球の重力が重さだ。

　向きを変えて、ゆったりと道を渡る。あの女はソーセージを持ってどんなふうに歩いたっけ？　なんかこんなふうか。歩きながら、折りたたんだ**フリーマン**を脇ポケットから抜いて、それをひろげ、縦に巻いて警棒《バトン》の恰好にし、ゆったり一歩歩くごとにズボンの上から脚をぽんと一つ打つ。なにげないそぶりで、ついでに立ち寄ったふうに。毎秒毎秒。毎秒とは一秒ごとという意味。歩道へ渡ったところで郵便局の入口から中へさっと視線を投げた。時間外受付。ここへ投函のこと。誰もいない。入ろう。

　カードを真鍮《しんちゆう》の格子《こうし》から差し出す。

——なにか手紙がきていますか？　と、訊いた。

　女郵便局長が区分棚を探しているあいだ、全兵科の兵隊が行進中の募兵ポスターを見つめる。そして手にした警棒《バトン》の先っぽを鼻先に近づけ、印刷したてのざら紙の匂いを嗅ぐ。たぶん返事はきていない。このあいだは行き過ぎだったから。

　女郵便局長が格子から一通の手紙といっしょにカードを返してよこした。礼を言い、封筒のタイプ文字を素早く見る。

市内
ウェストランド通り郵《ロウ》便局私書箱
ヘンリー・フラワー様

　ともかく返事がきた。カードと手紙を脇ポケットに滑り込ませ、行進中の兵隊を再び眺める。トウィーディ爺さんの連隊はどれかな？　お払い箱になった兵士。あれか、羽根飾りつきの黒毛皮帽。いや、あれは近衛歩兵だ。袖口《そでぐち》が尖《とが》っているはず。あれがそうか。大英ダブリン歩兵隊。赤制服。ずいぶん派手。だから女が追っかけ回すんだろう。軍服。募集も教練もしやすいってわけだ。夜はオコンル通りに立入らせないようにと求めたモード・ゴンの投書。わがアイルランド首都の恥辱。グリフィスの新聞が今でも同じ針路だ。性病でただれた軍隊、海を支配する帝国あるいは膿《うみ》で弛廃《しはい》の帝国か。ぼんくら顔ばかり、催眠術にでもかかったような。気をつけィ。足踏みィ。おいっち、にィ。おいっち、にィ。国王直属のか。国王が消防士や巡査の服装をしたのは見たことがないね。フリーメイソンのなら、うん。

郵便局をゆっくり出て、右へ向う。話すってのは、それで事が改まるわけでもなかろうし。手がポケットへ入り、人差指が封筒の開き口を探り、ぐいっぐいっとこじ開ける。女はたいへんに用心深い、なんて思っちゃだめ。指先が手紙をひっぱり出し、ポケットの中で封筒をくしゃくしゃっと丸める。なにかピンでとめてある。写真かな。髪の毛？　おっと。

マッコイだ。早いとこ消えてもらおう。うるさくつきまとうからな。つきあいはご免だよこんなときに。

――やあ、ブルーム。どこへお出掛けだい？

――やあ、マッコイ。べつにどこってわけじゃない。

――元気かよ？

――うん。そっちは？

――まあなんとかね、マッコイは言った。

黒タイと黒の上下に目をやりながら声を落して改まった調子で尋ねた。

――なにかその……不幸があったんじゃないだろ？　つまりきみのその……。

――いやいや、そうじゃない、ブルーム氏は言った。ほら、ディグナムがね。葬式が今日なんだ。

――ああそうか、気の毒だったなあ。そうそう、今日だ。何時だっけ？

写真じゃないな。バッジかも。

――十一時、ブルーム氏は答えた。

――なんとか顔を出さなくちゃな、マッコイは言った。十一時だって？　ゆうべ聞いたばかりなんだ。誰からだっけ。ホロアン。ピョンピョコのやつは知ってるだろ？

――知ってる。

ブルーム氏は道の向う側を見つめた。背中合せに座る二輪馬車《アウトサイダー》が一台、グロウヴナー・ホテルの入口前に停っている。門衛《ポーター》が旅行鞄を持ち上げ、荷入れ席へ収める。女をそばに待たせたまま、男は、夫か、兄か、似てるから、ポケットの小銭を探す。ああいう折返し襟《えり》の粋《いき》な上着も今日みたいな日には暑苦しい、まるで毛布じゃないか。両の縫付《パッチ》ポケットに手を突っ込んだ女の無造作《むぞうさ》な姿。ポロの試合に来ていたあのお高くとまった女に似てる。女はぴたっとくるまでメンツが大事大事。見目より見目。身を任す気でよそよそしく。高潔な令夫人ありてブルータスは高潔な人物なり。ものにしてしまえばめろめろさ。

――ボブ・ドーランといっしょだったんだ。やつは例の調子で浮れ騒ぐし、それに誰だっけバンタム・ライアンズもいた。このすぐ先のコンウェイで飲んでたんだ。

ドーラン・ライアンズがコンウェイの店で。女が手袋をはめた手を髪へやる。そこへピョンピョコが入ってきたもんだ。一杯やろうってんで。頭を後ろへ引いて窄《すぼ》めた目で向うを凝視すると、眩《まぶ》しい光の中に明るい黄褐色の革が光る。編紐《あみひも》の尾根。くっきりと見えるな今日は。湿り気がある日は遠見がきくのか。よくまあしゃべるやつ。淑女の手。どっち側に乗るのかな？

——で、やつが言ったんだ、**可哀そうによう、いい友達だったのに、あのパディー！**って。**どこのパディーだ？**って訊いたさ。**可哀そうに、パディー・ディグナムがよ、**って言うじゃないか。

田舎へお出掛け、たぶんブロードストーン駅から。靴紐の垂れた長い焦茶のブーツ。恰好のいい足。あの男なんで小銭ごときにあたふたしてる？　こっちを見る。いつもほかの男を物色して。いい後釜《あとがま》を。ちゃあんと両天秤《りょうてんびん》。

——**なんでだい？**って訊いたよ。**あいつがどうかしたのか？**ってな。

高慢。金持。絹のストッキング。

——うーん、ブルーム氏は言った。

じりっと動いて、マッコイのしゃべりまくる顔の脇へ寄る。もうすぐ乗るぞ。

——**どうかしただって？**って言うんだよ。**死んだんだ、**って言うんだもんな。そして、ほんとにあいつ今にも泣き出しそうになって。**パディー・ディグナムがか？**って訊いたさ。そう言われたって信じられるもんじゃない。つい先週の金曜だったか木曜だったかにアーチの店でいっしょだったんだぜ。**そうだ、**って言うんだ。**あの世行きよ。月曜日に死んだんだ、可哀そうに、**ってな。

見ろ！　見ろ！　絹がきらきらっと金持のストッキングの白。見ろ！

電車の大きな図体《ずうたい》が警笛を鳴らしながらカーブを曲って割り込む。

見逃した。ちぇっ、このけたたましい獅子《しし》っ鼻《ぱな》。これじゃ閉め出しだ。天国と天女。いつも必ずこうだ。いざその一瞬ってときに。ユースタス通りの戸口の女が月曜だっけガーターを直してた。その友達が邪魔になってせっかく見えるところを。**団結精神**《エスプリ・ド・コール》ってやつ。おい、何ぽかんと見てるんだい？

――うーん、そう、と、ブルーム氏はなまくらため息を一つついてから言った。また一人いなくなったな。

――あんないいやつが、マッコイが言った。

電車が通り過ぎた。二人連れの馬車はループライン橋のほうへ走り去る。金持女の手袋をはめた手が鉄の握りを握っていた。きらり、きらり、陽光にきらめく帽子のレースフレア、きらり、きらッ。

――奥さん元気なんだろ？　マッコイの打って変った声が言った。

――ああ、元気、ブルーム氏は言った。おかげでぴんぴんしてる。

新聞警棒《バトン》をうわのそらにひろげて、うわのそらに読む。

お宅には無いですって
プラムトリー印のミートパテ？
ならば不備
あればこそ至福の住い

――うちの家内に口がかかってね。まだ本決りではないんだが。

また旅行鞄へと間切ってきたな。どっこい大丈夫。こっちはすたこら、おあいにく。

ブルーム氏は鷹揚《おうよう》な親しみをこめて広瞼《ひろまぶた》の目を向けた。

――うちの女房もなんだ、と、言った。なんかごたいそうな催しで歌うことになってね、ベルファーストのアルスター・ホールでこの二十五日に。

——そうなのか、マッコイは言った。そいつはいい話だ。誰のお膳立《ぜんだ》てだい？

マリアン・ブルーム様。まだお膳《ぜん》がすまず。女王様は寝室にてパンを召し上がら。本がない。黒ずんだトランプ絵札が七枚ずつ腿の上に並んでいる。黒髪の女と金髪の男。手紙。猫のふさふさ毛の黒い毬《まり》。手紙。封筒のささくれ。


恋の。

懐かし。

甘き。

歌。

恋のぉぉ懐かし……。


——なあに、観光旅行みたいなものだろよ、ブルーム氏は言葉を選んで言った。**甘ぁぁぁき歌。**委員会方式にしたのさ。費用も儲けも共同分担。

マッコイはうなずき、無精髭をひっぱる。

——なるほど、と、言った。そりゃいいじゃないか。

さて立ち去ろうと動く。

——とにかくはりきってる様子でなによりだったよ、と、まだしゃべる。またひょっこり会おうよ。

——うん、ブルーム氏は言った。

——あ、そうそう、マッコイは言った。葬式に行ったらおれの名前も書いといてくれないかなあ。行きたいんだけど、行けなくなるかもしれないんでね。サンディコウヴの溺死事件があってどうなるか、死体があがるかもしれないから、そうしたら検死官《けんしかん》といっしょに行かなくちゃならないんだ。おれがいなかったらちょろっと名前を書いといてくれるかい？

——いいとも、ブルーム氏は言い、歩き出しかけた。ちゃんと書いておく。

——よかった、と、マッコイは嬉々として言う。そりゃありがたいや。行けたら行くから。じゃあ。よろしく。ただC・P・マッコイでいいよ。

——任せといてくれよ、ブルーム氏はきっぱり言った。

うまくひっかけられなかったな、あのいつもの手じゃ。油断も隙もあったもんじゃない。いいカモか。そうやすやすと渡さないよ。ことさら気に入っている旅行鞄だ。革製。角々に補強革、縁取りに鋲《びょう》、両開きのレバー式の錠。ボブ・カウリーが去年のウィックロウ・レガッタ・コンサートに貸してやったのはそれっきり今日まで音沙汰なし。

ブルーム氏は、ブランズウィック通りのほうへぶらぶら歩きながら、にやりとした。うちの家内に口がかかっ。ひょろひょろっとしたそばかすだらけのソプラノ。あるかないかの鼻。それなりに聞けるさ、ほんのバラッドでも歌うなら。厚みがない。きみと僕、なんせそうだろう、同じ境遇だもんな。歯の浮くような台詞《せりふ》。ぞっとするね、そんなことを言ったら。違いを聞き分けられないのかなあ。ちょいとあっちの気がありそうだ。とにかく性に合わないや。ベルファーストと言えばがつんと効くだろうと思ったよ。天然痘《てんねんとう》がはやってるというけど、もうおさまるだろう。また種痘《しゆとう》だなんてぜったいいやよって言うだろうな。おまえの女房《にようぼ》もおれの女房《にようぼ》も。

ぽん引きみたいにしつこくついてこないだろうな？

ブルーム氏は通りの角に立ち止り、色とりどりに目を引く広告を見るともなく見た。カントレル・アンド・コクランのジンジャーエール（芳香性）。クリアリー百貨店サマーセール。うん、やっこさん真っ直ぐ歩いて行く。ほほう。**リーア**、今晩。バンドマン・パーマー夫人。あの役はもう一度観たいな。**ハムレット**役だったんだ、ゆうべは。男役もやる。もしかすると女だったかも。オフィーリアも自殺するわけだよ。親父も哀れに！　あれを演じたケイト・ベイトマンのことをしょっちゅう話してた。ロンドンのアデルフィ座では昼間から行列してやっと入れたとか。おれの生れる一年前の話。六五年だ。それからウィーンでのリストーリ。ええと何という題だったかな。作者はモーゼンタール。**ラケル**だっけ？　いや。しょっちゅう話してた場面は老いた盲目のアブラハムが声に気づいてその声の主《ぬし》の顔を指で探るくだり。

ナタンの声じゃ！　あの男の倅《せがれ》ナタンの声！　これはナタンの声じゃ、わが腕にて悲痛と困窮ゆえに息絶えたあの父親を捨てた男、父親の家を捨て父親の神を捨てた男。

一語一語に実に深みがあるんだ、リアポウルド。

可哀そうに、親父！　あんな死に方をして！　部屋へ入ってその顔を見ずにすんだのはよかったんだ。あの日！　まさか、あんな！　まさか、あんな！　ふーっ！　まあおそらくあれが親父にとって一番よかったのかも。

ブルーム氏は角を曲り、客待場の首うなだれた馬車馬の並ぶあたりへ出た。いまさら思い出しても仕方ないこと。飼葉《かいば》袋の時間か。マッコイのやつなんかに出会いたくなかったよ。

近づくにつれて、ばりッばりッと金箔衣《きんぱくごろも》の烏麦《からすむぎ》を嚙む音が聞えた。おとなしく嚙み鳴らす歯。どんぐり鹿毛《かげ》眼《まなこ》に見つめられながらずんずん歩く。馬尿《ばにょう》の麦藁《むぎわら》まじりのけっこうな臭いが一帯にただよう。馬たちの黄金郷《エルドラード》。哀れな馬太郎ども！　飼葉袋に長い鼻面《はなづら》を突っ込んでいりゃあ、なにがどうあろうと知ったことじゃない。もぐもぐほおばって口もきけない。それでもちゃんと食うものにはありついて寝場所もあるか。去勢までされて。黒いグッタペルカのちょん切れ中足が股間でぐにやりぐにゃりゆれている。あれでも幸せなのに変りないのかも。おとなしい四つ足動物って顔をしてるな。それにしてもヒンヒン嘶《いなな》くのが苛立たしくなることもある。

ポケットから手紙を取り出し、手に持つ新聞へくるんだ。ここで本人にばったり出会わないともかぎらない。横丁へ入ったほうが安全だ。

馭者溜《ぎょしゃだま》りを通る。流れ流れの辻馬車渡《と》世《せい》ってのは妙なものだ。天気がどうあれ、場所がどこであれ、何時とかどこそこまでとか、自分の意志なんてあったもんじゃない。**行きたくって行きたくなくて**《ヴォーリオ・エ・ノン・ヴォッレイ》。煙草の一本もくれてやりたいや。愛想がいいし。通りすがりに威勢のいい声を掛けて行ったり。鼻歌を歌い出していた。

あそこで二人で手をとって《ラ・チ・ダレーム・ラ・マーノ》
ララララララーラ

カムバーランド通りへ折れて、数歩すたすた進んでから、停車場の塀の陰に立ち止る。誰もいないな。ミードの材木置場。山積みになった角材。廃屋《はいおく》保有権ってわけか。足もとに気をつけながら、ぽつんと一つ、けんけん石《いし》の置き忘れられた石蹴《いしけ》り遊びの跡をまたいで通った。ほら、線を踏まなかったろ。材木置場の近くで、子供がしゃがみこんで玉弾《たまはじ》きをしている。ひとりぼっち、親指のばねでぽーんと弾き玉を飛ばす。賢い虎猫が、瞬《まばた》くスフィンクスが、ぽかぽかする出窓から見守っている。どっちの気を散らすのも悪いな。マホメットは眠ってる猫を起すまいとして衣の裾をちょん切ったんだ。開こう。それにおれだってあのおばあちゃん先生の学校に通ってた頃は玉弾きをしたものだし。木犀草《もくせいそう》が好きな人だった。エリス夫人。ええと旦那は？　新聞で隠したまま手紙を開いた。
　花が。たぶんこれは。黄色の花びらがつぶれて。すると怒ってない？　何て書いてきた？

ヘンリーさまへ

　お手紙いただいて本当にありがとうございます。このあいだの私の手紙は気に入らなかったみたいですね。どうして切手なんか入れたんですか？　貴方のことをとっても怒っています。罰でこらしめてあげたいくらい。悪い子って書いたのは他界行儀《たかいぎょうぎ》が好きじゃないからです。あの言葉の本当の意味を教えて下さい。お家では幸せではないのですか、悪い子さん？　何かしてあげられたらいいのにと思っています。かわいそうな私の事をどう思っているかぜひ教えて下さい。貴方の美しいお名前のこと考えてばかりいます。大好きなヘンリー、私達はいつ会えます？　いつもいつも貴方の事を思ってるのがわからないでしょうね。貴方ほど男の人に夢中になったことはありません。とてもつらい気持です。長いお手紙下さってもっと教えて下さい。下さらなかったら罰ですからね。だからどんな目にあうかわかるでしょ、悪い子さん、もしお手紙くれなかったらです。もう本当にお会いしたくてたまりません。大好きなヘンリー、私が辛抱しきれなくならないうちに、どうかお願いをかなえてね。そうしたら私も全部話してあげます。ではさようなら、悪い子ちゃん、すごく頭痛がするの。今日は。また**お返事**書いてね、待ちこがれている

マーサ

　P・S　奥さんがどんな香水使ってるか教えて。知りたいの。

x x x x

ピンで留めてある花をすまし顔でもぎとってほとんど香りの失せた匂いをかいでから、胸ポケットに収めた。いろんな花言葉。誰にも聞かれないから女は使いたがる。あるいは男をぶちのめす毒の花束も。それからゆっくりゆっくり歩きながら手紙を読み返し、あっちこっちの言葉を低くつぶやく。怒っていますチューリップ貴方のことを貴方ほど男花《マン・フラワー》罰でこらしめて貴方のサボテン下さらなかったかわいそうな忘れな草もう本当に菫《すみれ》ちゃん薔薇私達はいつじきにアネモネお会い悪い子夜茎《ナイト・ストーク》妻マーサの香水。しまいまで読んで、新聞から取り出し、脇ポケットに戻した。

ほのかな喜びに口もとがゆるむ。最初の手紙とはずいぶん変った。自分で書いたんだろうか。憤慨したふりをして。あたしみたいな良家の娘、品行方正なんですからね。いつか日曜日のロザリオのお祈りのあとにでもお会いできれば。せっかくだけど、ご免だね。例によって痴話喧嘩。それから家じゅう駆けずり回って。モリーとの喧嘩みたいにひどいことになる。葉巻をやって頭を冷やすさ。鎮静剤代り。この次はもっと行ってみるか。悪い子、罰、言葉に出すのを怖がっているな、むりもない。荒っぽく行く手もあるな。とにかくやってみよう。じわりじわりと。

ポケットの中の手紙をなおも指先で探りながら、ピンを引き抜く。なんだ、ふつうのピン。道にぽいと捨てる。なにか着ているものに着けていたんだろう。あちこちピンで留めてあるからな。女ってのはいつもずいぶんあっちこっちにピンを着けているから妙だ。薔薇には必ず棘《とげ》がある。

訛《なま》ったダブリン声が頭の中でがなりたてた。あの晩クーム街にいた二人の商売女、雨の中で腕を組んでいた。

おや、メアリーったら、ズロース留めをなくしちゃって
さてはて困ったどうしよう
ずり落ちないよに
ずり落ちないよに。

あれか？　女は。すごく頭痛がするの。たぶん赤薔薇なんだな。それとも一日中タイプを打ってたのか。目を使いすぎると胃にこたえる。奥さんがどんな香水使ってるか。ところでなんでそんなことを知りたがる？

ずり落ちないよに。

マーサ、メアリー。あの絵をどっかで見たっけなもう忘れてしまったけど昔の巨匠のだったか金のための贋作《がんさく》だったか。キリストがその二人の家にいて、語っている。神秘的な。クーム街の二人の商売女だって耳を傾けるだろう。

ずり落ちないよに。

いい感じの夕暮気分。さまよい歩きはもうやめだ。あそこで休憩、静寂の黄昏《たそがれ》、すべて成行きまかせ。忘れる。行ったことのある土地の話、異国の風習の話でも聞かせるか。もう一人は、頭に水《みず》甕《がめ》をのせて、夕食を運んでくる。果物、オリーヴ、旨い冷たい井戸水、アッシュタウンの壁の穴みたいに石冷《いしび》えして。こんど馬車競馬に行くときには紙コップを持っていかなくちゃ。女は黒い優しい目を大きく見開いて聞く。話してやろう、次から次へ、何もかも。それからため息をつく。沈黙。長い長い長い休息。

線路のガード下へ来たところで封筒を取り出し、手早くちぎって道のほうへまき散らした。ちぎれた紙がひらひらと舞っていき、湿っぽい空気の中に沈む。白いひらひらが一つ、そしてすべてが沈んだ。

ヘンリー・フラワー。百ポンドの小切手だってこれと同じように破り捨てることもできるさ。ただの紙切れ。アイヴァー卿はアイルランド銀行で七桁数字百万ポンドの小切手を現金に替えたことがあったとか。黒ビールがどれほど儲かるかよく分る。ところが兄のアーディローン卿のほうは一日四回、シャツを替えなくちゃおさまらないそうだ。皮膚には虱《しらみ》や蜱《だに》の利子がつくってわけ。百万ポンドだって、おいおい。一パイントが二ペンス、一クォートで四ペンス、黒ビール一ガロンで八ペンス、いや、黒ビール一ガロンで一シリング四ペンス。二十割る一シリング四ペンスは。約十五。違う、ぴったし。千五百万樽《バレル》の黒ビール。

なに言ってるんだ樽《バレル》だなんて。ガロンだろ。でも樽《バレル》でも約百万か。

駅へ入る列車が頭上でがったんがったん重い響きをとどろかせる。一輌、また一輌。酒樽が頭の中でぶつかり合う。どろりとした黒ビールが樽の中でごぼごぼ揺れて泡立つ。栓口があちこちでぱかっと開き、どろりとした液体がどぶどぶ流れ出し、一つの流れとなり、干潟《ひがた》をくねくね抜けて平地を覆い、ぶくぶく溜りながら渦巻く酒が白泡の花びらを次々に大きく開いて残してゆく。

諸聖人教会の開け放してある裏戸へ来ていた。柱廊《ちゅうろう》に入りながら帽子をぬぎ、ポケットのカードを取り出して、革のヘッドバンドの内側へもとのように差し込む。しまった。マッコイにマリンガー行きのパスを頼んでみるんだった。

ドアに同じ掲示。イエズス会士ジョン・コンミー修道院長、イエズス会士聖ペドロ・クラベルとアフリカ人への伝道について。すでに意識不明になったグラッドストンの改宗を祈ったりもした宗徒たち。プロテスタントだって同じだ。神学博士ウィリアム・J・ウォルシュを真の宗教に改宗させようというんだから。中国の数百万に救いを。異教徒のチャンコロにどう説明しようってのかな。阿片《あへん》一オンスのほうが喜ぶだろうに。なにせ天上の民だ。向うにしてみれば外道《げどう》も外道。仏陀《ぶつだ》って崇《あが》めてる神様が博物館で横向きに寝そべっていたっけな。のうのうと頬杖なんかついて。線香が煙って。この人を見よ《エッケ・ホモ》とはてんで違う。荊《いばら》の冠と十字架。うまい思いつきだ聖パトリックのシャムロック。箸《はし》じゃどうなる？　コンミーか、マーティン・カニンガムの知合いだ、気品のある風貌。モリーを聖歌隊に入れてもらう話はあの神父に持ちかけてみるんだったな、ファーリー神父みたいに誑《たぶら》かされそうな顔をして実はそうでない男に頼むんじゃなく。神父というのはああいうふうに仕込まれているんだ。青っぽい色メガネをかけて玉の汗を流しながら黒人を洗礼しに出かけるような人物じゃないさ。眼鏡ってのは黒人の気に入るかもしれないや、ぴかぴかっと光るから。さぞかし見ものだろうな、厚ぼったい唇をした黒人が輪になって座り、うっとりと聞きほれる。静物画だ。猫がミルクを舐《な》めるみたいに無邪気なものだろうよ。

聖なる石のひんやりする匂いに促される。くたびれた石段を上り、スイングドアを押し、アーチをくぐってふんわりと入る。

なにかの最中、なんとか信心会か。おや、がらがらじゃないか。若い女のとなりに座るにはもってこいの場所なんだが。わが隣とは誰《たれ》なるか。一時間はぎゅうぎゅう詰めになってゆるやかな音楽を聴く。深夜のミサにいたあの女。第七天だったよ。跪《ひざまず》く会衆席の女たち、深紅の面繋《おもがい》を首に巻きつけて、頭を垂れている。祭壇欄《らん》に跪《ひざまず》く一群《ひとむれ》。司祭がそこを進み行き、両手にあれを捧げ持ちながら、なにやらぼそぼそ唱える。一人一人の前で立ち止り、聖餅《せいへい》を一枚取り出しては一、二滴しずくを振って（水にひたしてある？）その女の口へ上手に入れてやる。その女の帽子と頭が沈む。はい、お次。小柄な老婆。司祭は身を屈《かが》めてその口に入れてやり、なおもぼそぼそ続ける。ラテン語だな。お次。目をつむってお口を開けて。なんだっけ。**コルプス**、肉体。屍《コープス》。ラテン語とは考えたものだよ。まずはぽかんとさせてしまう。末期の病人を引き取る救護院だ。噛まないみたいだ。そのまま飲み込む。へんてこな考えだよ、屍《コープス》のかけらを食べるってんだから。人食い人種に好まれるわけだ。

立ったまま眺めていると、虚ろ目の虚ろ顔が一つまた一つと通路を戻ってきて、席を探す。自分もベンチに歩み寄り、その端っこに座って、帽子と新聞を膝に抱えた。なんでこういう山高なんてかぶらなくちゃいけないのか。帽子はそれぞれ頭に合せて誂《あつら》えたのにすべきだよ。どっちもこっちも深紅《しんく》の面繋《おもがい》を着けてまだ頭を垂れている女たち、あれが胃の中で溶けるのを待っている。マッツォーみたいなものだな、あのたぐいのパン、種入れぬ供《そな》えのパン。どっちを見てもあのとおり。きっと幸せいっぱいになってるんだろう。ぺろぺろキャンディー。あれのおかげ。そう、なにしろ天使のパンともいうから。たいそうな思いつきが隠れてるよ、神の御国《みくに》が己の内に在りってな感じか。初めて聖餐《せいさん》に与《あずか》る者たち。安いよ安いよアイスクリーム、一つたったの一ペニー。それからみな一家族になったような気分、同じ芝居見物仲間、みんなで同じ溜り場に。それだよ。間違いないね。そんなに寂しくないんだろ。われらが結社に結束か。それからちょっぴりご機嫌になって出てくる。もやもやをすっきりさせて。要は、ほんとに信じ込むかどうかだ。ルルドの霊験、忘却の水、ノックの村の幻、血を流す石像。懺悔《ざんげ》室《しつ》の近くで居眠りしている爺さん。ゆえにこのいびき在り。盲目の信仰。来《きた》らん御国の腕に安らかに抱かれ。一切の苦痛を寝かせつける。来年の今頃お目覚めか。

司祭が聖餐杯を片付けるのが見える。きちんとしまい込んで、その前でちょっと跪《ひざまず》き、レースの裾の下から大きな灰色の靴底が覗《のぞ》く。留めピンをなくしたりしたら。さてはて困ったどうしようになるだろな。後ろ頭が禿《は》げている。背中に文字。I・N・R・I？ 違う。I・H・S。いつかモリーに訊いたら言ってたっけ。我罪を犯したり《アイ・ハヴ・シンド》。いや、違う。我苦しみたり《アイ・ハヴ・サファード》、そう。するともう一つのほうは？ 鉄の釘は打ち込まれたり《アイアン・ネイルズ・ラン・イン》。

いつか日曜日のロザリオのお祈りのあとにでもお会いできれば。どうかお願いをかなえてね。ベールに黒のハンドバッグでひょっこり現れるかも。薄暗がりの逆光の中へ。首にリボンなんか巻いてここへ通っていたってそのくせ裏じゃあらぬことをやらないともかぎらない。この連中の性格だ。無敵党の仲間を裏切る証言をしたあの男もやっぱりこういう、ケアリーっていったな、こういう聖餐を毎朝受けていたんだから。しかもこの教会で。ピーター・ケアリーだ、うん。いや、ついペドロ・クラベルとごっちゃになった。デニス・ケアリー。ちょっと考えられないね。女房と子供六人の所帯持ち。それでずっとあの暗殺を企んでいたとは。寡徳離《カトクリ》ッ苦《ク》とはな、なるほどしっくりの名だよ、いつもなんかこう目つきが据わらない。あけすけな商売人でもない。ああ、やっぱり、来ちゃいないね、あの花、うんやっぱり、いないいな。ところであの封筒は破いたっけ？ 破いた、ガード下で。

司祭が聖杯をゆすいでいる。それから残りをさっと一口に飲み干した。葡萄酒。このほうが格式高いってわけだ、たとえば誰でも飲んでるギネスの黒ビールやホィートリーのダブリン・ホップビターズとかカントレル・アンド・コクランのジンジャーエール（芳香性）とか禁酒家飲料を飲むよりは。会衆には一滴も飲ませない。葡萄酒はお供《そな》え。パンのほうだけ。聞いてがっかり。騙《だま》すも方

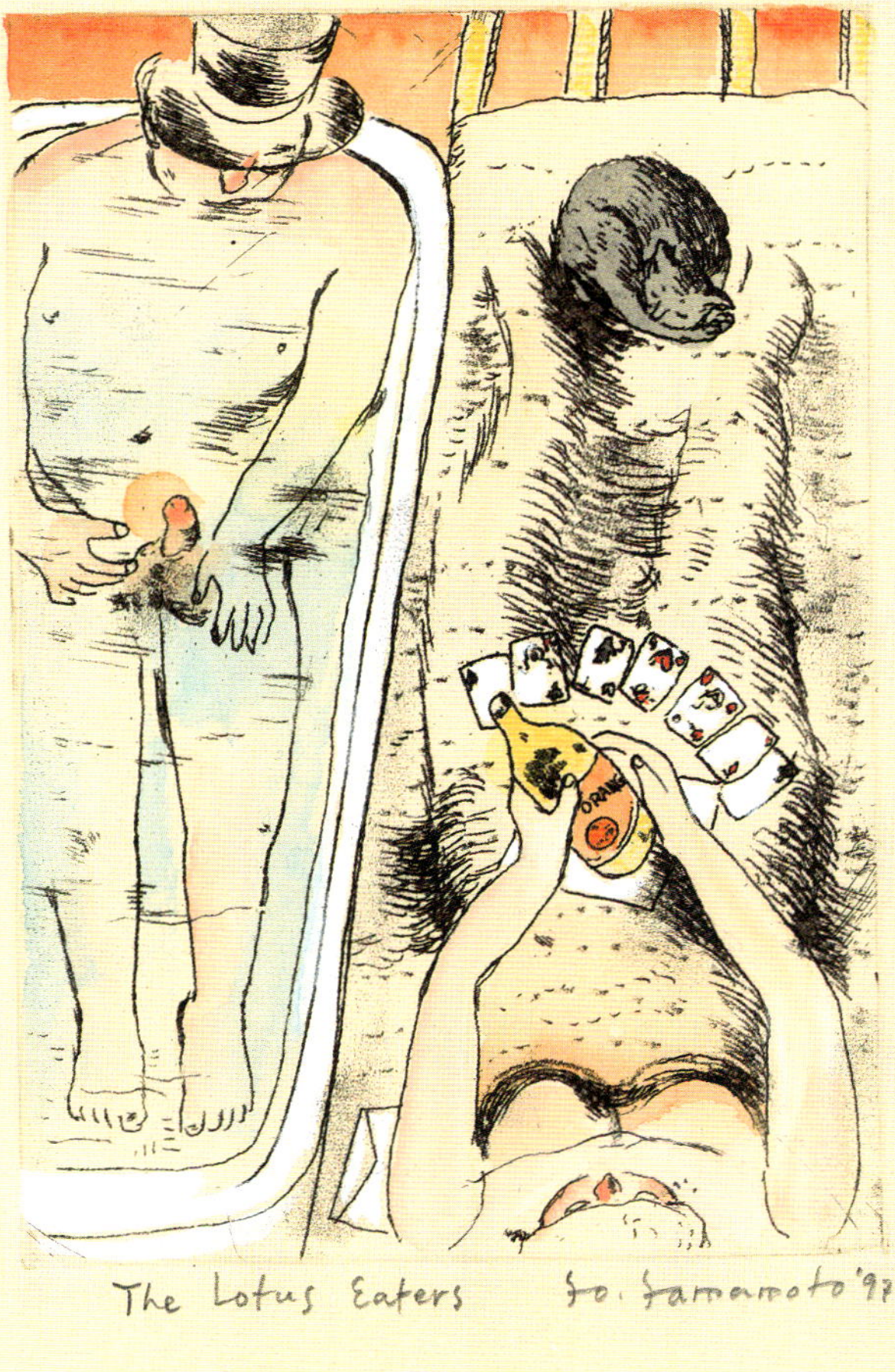

The Lotus Eaters　So. Yamamoto '97

便ってやつだがそれでいいのさ。でなけりゃ次から次へとひどい飲み助が押しかけてきて、一杯くれとせがむだろう。妙な雰囲気に包まれるよ、ここの。それでいいのさ。まったくもってそれでいい。

　ブルーム氏は聖歌隊のほうを振り返った。音楽はなさそうだ。残念。ここのオルガン奏者をしているのは誰だろう。グリンの爺さんはあの楽器にしゃべらせるこつを心得ていたっけな、あの**ヴィブラート**。年に五十ポンドもガーディナー通りの教会でもらってたそうだ。モリーはあの日はいい声だった。ロッシーニの**スターバト・マーテル**。バーナード・ヴォーン神父の説教がまずあった。キリストかピラトか。そりゃキリストですけどね、一晩中そのお話ではやりきれない。みんな音楽を聴きたがっていた。踏子《ふみこ》ドリルが止んだ。留めピン一本落ちても聞えそう。あの一角を背にして声の高さを決めるといいと言っておいた。身震いする空気、充足が感じ取れた。会衆がみな上を見上げていた。

誰かあらんや《クウィス・エスト・ホモ》。

　ああいう古い宗教音楽にはすばらしいのがある。メルカダンテ、七つの最後の言葉。モーツァルトの十二番目のミサ曲、あの中の**グロリア**。昔の法王は音楽に、美術に、ありとあらゆる彫像や絵画に熱心だった。たとえばパレストリーナにも。楽しめるうちは楽しくやろうってわけだ。おまけに健康的、聖歌を歌い、規則正しい日課、それからリキュールの醸造。ベネディクティーヌ。緑のシャルトルーズ。だけど聖歌隊にカストラートを入れたってのはちょいと行きすぎだったね。どういう声なんだろう。自分らの太いバスのあとを追う声がきっと妙なふうにひびいたろうさ。音楽通か。去勢されたら何も感じなくなるんだろうな。一種の平静な。悩みなし。ぼてぼてと肉がついてくるんじゃなかろうか。大食漢、大男、長い脚。さあてね。去勢か。それも一策かも。

司祭が屈《かが》んで祭壇に口づけし、それから向き直って会衆を祝福した。皆、十字を切り、立ち上る。ブルーム氏はちらっと周りを見て、おもむろに立ち上り、波打つように並ぶ帽子を見渡した。福音のときには立つんでしたっけね。それから一同がまた跪《ひざまず》いたので、自分はそっとベンチに腰を戻す。司祭があれを捧げ持ちながら祭壇を下りて、ミサ少年とラテン語で応答し合う。それから司祭は跪《ひざまず》き、一枚のカードの文句を読み始めた。

——おお、神よ、われらの依り頼みと力にましします天主……。

ブルーム氏は顔を前へ突き出して言葉を聞き取った。英語じゃないか。食らいつきやすい餌を放ってやるってわけ。ちょいとは覚えてる。このあいだミサに来てからどれくらいたつ？　栄光の無原罪の聖母。その連合い、ヨセフ。ペテロとパウロ。どういうことなのか解ればもっと面白いんだろうが。なるほど感心する組織だよ、時計仕掛みたいに動く。告解《こっかい》。みんながしたがる。では何もかもお話しします。改悛《かいしゅん》。どうか罰してください。なにしろ相手は大した武器を握ってる。医者や弁護士なんてものじゃない。女は告解したくてうずうず。それでわたくしはひそひしょしょしょしょ。するとあなたはぼそぼちょちょちょちょ？　なにゆえにそんなことを？　俯《うつむ》いて指輪を見つめながら言訳《いいわけ》を探す。囁《ささや》きの回廊の壁に耳あり。亭主が知ってびっくり仰天《ぎょうてん》。神様のちょいとした悪戯《いたずら》。それから女は出てくる。愛らしき恥じらい。祭壇に向って祈る。めでたしマリアと聖なるマリア。花、香、燃える蠟燭。顔の赤らみが蔽《おお》われる。救世軍てのがこれの喧《やかま》しい物真似。更生した売春婦が集会で呼びかける。いかにしてわたしは主に巡り合ったか。遠謀深慮ぞろいだ、きっとローマの連中は。これだけの見ものを仕組むんだから。それに金も掻き集めるんだろ。遺贈《いぞう》もあるし。当面は管区司教自由裁量のものとす。わが魂の安眠のために門戸《もんこ》を開け放って公開ミサを執り行なうこと。男子修道院があり修道院があり。あのファーマーナの遺言事件で証人席に立った司祭。手きびしい詰問《きつもん》もなんのその。何を質《ただ》されてもすらすら答弁。聖母なる公教会の自由と高揚だとさ。教会博士っていう連中、それが神学の一から十まで画策《かくさく》したんだ。

司祭が祈りを唱える。

――大天使聖ミカエルよ、戦《いくさ》の時に我らを守り給え。悪魔の邪悪と罠《わな》を我らから遠ざけ給え（神がかの者を拘束せんことを我ら伏して願わん！）。おお、天軍の総帥《そうすい》よ、霊魂を害《そこな》わんとてこの世を徘徊《はいかい》するサタンと邪悪の霊を天主の御威力によりて地獄へ閉じ込め給え。

司祭とミサ少年が立ち上って歩み去る。終った。女たちはそのまま。感謝の祈りだ。そろそろ失《う》せるとするか。平僧《ひらそう》ブーンが五月蠅《うるさ》いからな。たぶん盆を持って回ってくる。復活祭のお務めの献金を。

席を立つ。おっと。このチョッキのボタン二つ、ずっと外れていたのかい？　女ってのは喜んで見てるだけ。まず教えてくれない。でもおれたち男は。あのう、お嬢さん、ほらここに（ふーっ！）一つ（ふーっ！）ふわっとなにか。あるいはスカートの後ろ、脇明《わきあけ》のホックが外れていたりして。お月様がちらちらちらっと。教えてやらないとぷりぷりする。もっと早く言ってくださいな。なのにこっちがだらしないほうがいいってんだから。もっと南方じゃなくてよかったよ。目立たないようにボタンをはめながら通路を抜け、正面口から外の光の中へ出た。一瞬、目がくらんだまま冷たい黒の大理石の水盤のそばにいると、前と後ろで二人の礼拝者が残り少ない聖水にそそくさと手をひたす。路面レール、プレスコット染物工場の荷馬車、喪服姿のどこかの孀《やもめ》。こっちも喪服だからつい目につくんだ。帽子をかぶる。ええと何時だ？　十五分過ぎ。時間はまだたっぷり。あの化粧水をこさえてもらっとくか。あれはどこだっけ？　ああそうそう、このあいだの。リンカン・プレイスのスウィニー薬局。薬屋ってのはめったに引越さない。緑や金色の標識瓶の重いのがごろごろあっては手に余るさ。ハミルトン・ロングの店なんか、創業が洪水の年。ユグノー教徒の墓地があのあたりにあったな。いつか行ってみよう。

ウェストランド通り《ロウ》を南へ歩く。あいにく処方箋《しょほうせん》があっちのズボンだ。しまった、鍵まで忘れたじゃないか。面倒だね、葬式ってのは。いやいや、かわいそうに、死んだあの男のせいじゃない。このあいだ作ってもらったのはいつだった？　待てよ。ソヴリンを一枚出してくずしたんだったな。今月の一日か二日のはず。なあに、処方箋の控え帳を見てもらえばいいさ。

薬屋は控え帳を一枚一枚めくった。かさかさにひからびた匂いって感じだよこの主《あるじ》は。萎《しな》びた頭蓋。年寄だし。賢者の石を探し求めて。錬金術師たち。薬は神経を興奮させてから老《ふ》け込ませる。その次には虚脱感。なぜ？　反作用。一晩のうちに一生を過すようなもの。徐々に性格も変るね。一日中、薬草や軟膏や消毒剤の中で暮してるんだから。どこもかしこもこの主の雪花石膏白百合壺ばかり。乳鉢に乳棒。液。蒸。葉。樕。茶、緑。匂いだけで治りそうだよ歯医者の呼鈴みたいに。配剤博士。自分もちょっぴり下剤服薬をしてみりゃいいのに。練り薬とか乳剤とか。初めて薬草を摘んで自分を治したやつはなかなか度胸があったものだ。草薬《そうやく》類。取扱注意。ここにいるだけでクロロホルム麻酔にかかっちまいそう。試験、青のリトマス紙が赤になる。クロロホルム。致死量の阿片調合薬。液状眠り薬。愛の霊薬。鎮痛芥子《けし》シロップは咳《せき》に悪いんだ。毛孔を塞《ふさ》いだり痰《たん》を詰らせたり。毒が唯一の治療薬。思ってもみないものが特効薬。自然はうまくしたもんだ。

——二週間ほど前ですね？

——そうです、ブルーム氏は言った。

カウンターで待ちながら、薬品のつーんと鼻を衝《つ》く匂いをじんわり吸い込む。海綿《スポンジ》や糸瓜束子《へちまたわし》のほこりっぽい乾いた匂い。どう痛いとかどう苦しいとか話すのにとられてしまう莫大な時間。

——甘アーモンドの油と安息香《あんそっこう》のチンキです、ブルーム氏は言った。それからオレンジフラワー水……。

確かにあれのおかげで女房の肌は蠟《ろう》みたいにきめこまかな白になった。

——それと白の蜜蠟《みつろう》も、と、言い足す。

瞳の黒いのも引き立つし。こっちを見ながら、上掛けシーツを目のところまで引き寄せて、いかにもスペイン女、自分の匂いをかぐ。おれがカフスボタンを留めているときだった。田舎療法が一番ってこともよくある。歯には苺《いちご》。刺草《いらくさ》と雨水。オートミールをバターミルクに浸すのだそうだ。肌の栄養。老女王の息子に、オールバニー公だっけ？　皮膚が一枚しかないのがいたな。リアポウルドだ、そうそう。ふつうは三枚だよ。おまけに疣《いぼ》だの胝《たこ》だの吹出物だのとひどいことになる。それで香水までつけなくちゃおさまらない。奥さんがどんな香水使ってるか。**スペインの肌《ポー・デスパーニュ》**さ。あのオレンジフラワー水はほんとにすっきりする。いい匂いだねこの石鹸は。純粋乳脂石鹸。あの角でひと風呂浴びる時間は。蒸風呂《ハマーム》。トルコ式。マッサージ。垢《あか》が臍《へそ》にぽろぽろたまる。いい女がやってくれるんならもっといいんだが。それにおれは。うんその気だ。風呂の中でやる。妙なことをしたがるねおれも。水から水へ。趣味と実益を兼ねて。あいにくマッサージの時間はないけど。それで一日中すっきり。葬式は滅入るから。

——これですね、薬屋が言った。この前は二シリング九ペンスいただいています。壜《びん》はお持ちになりました？

——いえ、ブルーム氏は言った。こしらえといてくれませんか、今日のうちに来ますから。それとこの石鹸を一つもらいます。おいくら？

——四ペンスです。

ブルーム氏は一個手にして鼻に近づけた。甘ったるいレモンのような蠟。

——これにしよう、と、言った。全部で三シリング一ペニーですね。

——さようです、薬屋は言う。いっしょでけっこうですよ、あとで来られるときに。

——それはどうも、ブルーム氏は言った。

ゆっくりと店を出る。新聞警棒《バトン》を腋の下にはさみ、ひんやりする包紙の石鹼を左手に持つ。

腋の下へバンタム・ライアンズの声と手が届いた。

——やあ、ブルーム。どうだい、ご機嫌は？　それ今日のか？　ちょっくら見せろ。

また髭をすっぱり剃《そ》ったのか、てへっ！　薄い、血の気のない上唇。若く見せようと。さっぱりしたことはさっぱりした。おれより若い。

バンタム・ライアンズの黄ばんだ黒爪の指が警棒《バトン》をひろげた。こっちも洗ってさっぱりしなって。ごわごわの泥をほじり出すんだ。お早うございます、今朝ももうピアズ石鹼を？　頭垢《ふけ》だらけの肩。頭にオイルを塗り込まなくちゃ。

——今日走るフランス馬のことが見たいんだ、バンタム・ライアンズは言った。ちぇっ、どこに出てんだ？

折り皺《じわ》のできた新聞をがさがさやりながら、ハイカラーにぐいっと顎をこする。剃刀負《かみそりま》け。きちきちの襟をつけてりゃ頭も禿《は》げるだろうに。新聞をくれて早いとこ撒《ま》いちまおう。

——いいから持ってけよ、ブルーム氏は言った。

——アスコット。金杯《きんぱい》。待て待て、バンタム・ライアンズはもごもご言う。ほんのちょい。マクシマムザセカンドか。

——もう要《い》らないんだ、ブルーム氏は言った。

バンタム・ライアンズは急に目をあげて、ちらりと横目遣いに窺《うかが》う。

——なんだって？　と、尖《とが》った声が質《ただ》した。

——いいから持ってけよって言ったのさ、ブルーム氏は言った。も、要《い》らないんだよ。

バンタム・ライアンズは横目遣いのまま、一瞬、いぶかしげな顔をした。それから、ばさっとひろげたままの新聞をブルーム氏の腕の中へ突っ返す。

——そいつで一発いくぞ、と、勢い込んだ。じゃこれ、ありがとよ。

コンウェイの店の一角へそそくさ消えた。まあ頑張りな。

ブルーム氏は新聞をきちんと四角にたたみ直し、その中へ石鹼をおさめながら笑いを浮べた。あの男の間抜けな口もとときたら。賭け事か。近頃はまるきり温床のはびこりようだ。使い走りの子供が六ペンス賭けるために盗みをやらかす。大きな柔らかい七面鳥の当る籤《ラツフル》。お宅のクリスマスディナーを三ペンスで。ジャック・フレミングは着服した金で賭けに走ってアメリカへ船で高飛び。今ではホテルの持主。ああいう連中は二度と帰ってこない。エジプトの肉鍋で豪勢にか。

足どり軽く浴場のモスクへと向う。モスクに似てるよな、赤煉瓦《れんが》、ミナレット。そうか今日は大学の試合があるんだ。カレッジパークの門の上に掲《かか》げられた蹄鉄《ていてつ》形の案内に目がいく。鍋に放り込まれた鱈《たら》みたいに体を折り曲げたサイクリング選手。へたくそな広告だ。車輪みたいに円くすればよかったのに。そうして輻《スポーク》を描いて、スポーツ、スポーツ、スポーツと入れる。そして轂《ハブ》に大きく、カレッジ。ぐっと目を引く。

ホーンブロウアが守衛の詰所《つめしよ》の前に立ってるぞ。あいつを手なずけておくか。顔パスで構内へ入ってぶらつくのもいい。元気ですか、ホーンブロウアさん。はあ、おかげさまで。

神々しいような天気だ、まったく。人生がいつもこんなふうならな。クリケット日和《びより》。木陰のあたりに腰をおろして。オーバーで投球交替。アウト。アイルランドの選手はぜんぜんだめ。六ウィケット対零《ゼロ》で鴨《かも》にされる。それでも主将のカラーは左翼へスロッグを飛ばしてキルディア・ストリート・クラブの窓ガラスを壊したっけ。ドニブルック市《いち》のどんちゃん騒ぎのほうが連中は得意だ。マッカーシーが踊り出しゃ、おれたち頭をかち割ったんよ。熱波か。長続きはしまい。つねに過ぎ行く、生の流れ、われわれが生の流れの中でたどるそれのほうが何よりかによりだあああいじなんだ。

さあて、ひと風呂浴びようか。浴槽の透明な湯、寒色の琺瑯引《ほうろうび》き、柔らかなぬくぬくする流れ。これは我が體《からだ》なり。

己の白っぽい体が湯の中でのびのびと仰向くのを目に浮べた。裸になり、ぬくもりの子宮の中、香り入りの溶ける石鹼をぬるぬる塗りつけて、ふんわりと洗われる。己の胴体と手足にさわさわと湯がかぶさり、ぷかっとかるく持ち上げられて、支えられる黄蘗《きはだ》色が目に浮ぶ。臍《へそ》、肉の蕾《つぼみ》。黒いもつれあう縮れ毛の茂みがふわふわ漂い、漂う毛の渦に囲まれてでれんとなった大犬《おおいぬ》の陰嚢《ふぐり》、一輪のものうげな漂う花。

第六章《エピソード》

ハーデス

Hades

時刻　午前十一時〜十一時四十五分
場所　市の南東部サンディマウントのディグナムの家から中心部を通り、馬車で市の北西部にあるプロスペクト墓地へ
人物　ブルーム、マーティン・カミンガム、サイモン・デッダラス、ジャック・パワー　他

マーティン・カニンガムが、まず先に、シルクハットの頭をギーッと軋《きし》む馬車の中へ差し入れ、するりと乗り込んで席におさまった。パワー氏がそのあとから、おもむろに長身を折り曲げて入る。

——さあさ乗って、サイモン。

——どうぞお先に、ブルーム氏が言った。

デッダラス氏は素早く帽子をかぶり、乗り込みながら言う。

——ではでは。

——これでみんなかな？　マーティン・カニンガムが問う。行くよ、ブルーム。

ブルーム氏は中へ入って、空《あ》きの席に腰を下ろした。後ろ手にドアを引き寄せ、ばたんばたんと二度音を立てて、閉まったのを確かめる。片腕を腕革に通し、ガラスなしの馬車窓から真面目くさって外に目をやり、ブラインドを下ろした家並みを眺める。一枚、横にずれて、老婆が覗《のぞ》いている。鼻を白くぺたんと窓ガラスに押しつけて。己の番でなかった星巡りに感謝しているんだろ。尋常じゃないよ女が死体に示す関心は。男があの世往《い》きになると嬉しいのかね生れるときにさんざん苦労させたから。向いてる仕事なんだろさ。隅っこでこそつく。すり切れスリッパすり足歩き、死人を起しちゃならないからな。それから用意にかかる。あれを広げる。モリーとフレミングのおかみさんが寝床を整える。もっとそっちへひっぱってちょうだい。おれたちをくるむ網衣《あみぎぬ》。死んだら誰に触られるか分ったもんじゃない。体をごしごし拭かれて髪の毛はシャンプー。爪も髪の毛も切るものらしい。ちょっぴり封筒に入れて取っておく。それでもやっぱりあとから生える。不浄の仕事。皆、じりじりする。誰も口をきかない。花輪を積み込んでいるんだろう。なんか尻の下にごつごつするものが。ああ、あの石鹼、尻ポケットの中。別のところに入れたほうがいいな。あとでなんかのときに。

皆、じりじりする。やがて先頭のほうで車輪の回る音、それから近くで、それから馬の蹄《ひづめ》。がっくん。馬車が動き出し、軋《きし》んで揺れる。別の蹄と軋む車輪が後方で動き出す。家並みのブラインドが一つ一つ去り、九番地の黒喪章のノッカーも、半開きの表戸も。並足ゆるゆる。

まだじりじりしながら、膝をぱかぱか揺らせて、そのうちに角を曲って路面線路沿いに進んでいた。トライトンヴィル通り。速くなる。車輪ががらがらいって玉石《たまいし》敷きの街道を行き、がたぴしのガラスがドアの窓枠《まどわく》でがたがた揺れる。

——どういう道を行くのかな？　と、パワー氏が両側の窓の外へ問う。

——アイリッシュタウンだ、マーティン・カニンガムが言った。リングズエンド。ブランズウィック通り。

デッダラス氏がうなずき、外を見る。

——ほんとうにいい慣習だよ、と、言った。廃《すた》れてないのはありがたいね。

皆、しばし窓の外を眺めた。通りすがりの男女がめいめいに帽子を取っては去って行く。弔意《ちょうい》。馬車は路面線路からがくんとそれて平坦な道に入り、ウォータリー横町を渡った。じっと見つめるブルーム氏の目に一人のしなやかな若者が入る。喪服姿、鍔広《つばひろ》の帽子。

——身内の方が通りましたよ、デッダラスさん、と、言った。

——誰かね？

——跡取《あとと》り息子さん。

——どこにいる？　と、デッダラス氏が横から体を乗り出す。

馬車は、棟割長屋《むねわりながや》の連なる掘り返された道のむき出し下水や盛り土のそばを通って、傾《かし》ぎながら角を曲り、またがくんと路面線路に戻って、車輪をがらがらいわせながら騒々しく進む。デッダラス氏がのけぞり返りながら言った。

——あのマリガンのろくでなしもいたかい？　あれの**股肱の臣**《フィドウス・アカテス》は！

——いえ、ブルーム氏は言った。一人でした。

——叔母のサリーのところだろう、デッダラス氏は言った。グールディングの一味だ。飲んだくれのちんけな代言銭《だいげんぜに》せびりにパパの脱糞愛子《だつぷんまなこ》のクリッシー、父親《てておや》のことを分ってる賢い子だよ。

ブルーム氏は浮かない笑みをリングズエンド道路に向けた。ウォレス兄弟、壜《びん》製造、ドッダー橋。リッチー・グールディングっていえばいつもあの法律書類鞄。あの男に言わせるとグールディング＝コリス＝ウォード法律事務所。得意の冗談もちょいとふやけてきたな。昔はあいつもなかなかの豪傑だった。いつだったかステイマー界隈《かいわい》で週末の夜中過ぎに、イグネイシャス・ガラハーとワルツを踊ってみせたときには留めピンでおさえた女将《おかみ》の帽子を二つも頭にのっけて。一晩中、暴れまくってた。いまごろそれがこたえてきたらしい。例の腰痛だろう。あの女房じゃ背中に火熨斗《ひのし》掛けとくるね。本人は丸薬《がんやく》で治ると思ってる。あんなものはみなパン屑《くず》。薬六層倍。

——下《げ》の下《げ》の輩《やから》どもとつるみおって、と、デッダラス氏が声を荒らげた。あのマリガンってのは誰に聞いたって腐れきった根っからべらぼうな悪党だ。ダブリン中の鼻つまみ者めが。しかし神様と聖母様のご加護を借りて、あれのおふくろだか叔母だかにそのうち必ず一筆書いてやるつもりだ、目の玉がでんぐり返るような手紙をだ。とにかくやつのけつの皮をひんむいてやる。

車輪のがらがらに負けじとがなり声になった。

――どこの馬の骨だか分らん女の甥っ子なんぞに倅《せがれ》を台無しにされてたまるかい。たかが前垂掛《まえだれがけ》の小倅《こせがれ》に。わしの従兄弟《いとこ》のピーター・ポール・マクスウィニーの店に出入奉公してた親父だ。とんでもない。

ふっと口をつぐむ。ブルーム氏はその怒りの口髭からパワー氏の柔和な顔へ、それからマーティン・カニンガムの目と顎鬚のいかめしく揺れるのへ視線を移した。喧《やかま》しい依怙地《いこじ》な男だ。息子のことしかない。むりもないな。跡継ぎなんだから。うちのルーディが生きていれば。だんだん大きくなる姿を見て。家の中であの子の声が聞えて。イートンスーツを着てモリーと並んで歩く。おれの息子。あの子の目に映るおれ。妙な気分なんだろうな。おれが因《もと》。ほんのはずみで。レイモンド台《テラス》に住んでたあの朝、あれが邪悪を為すのをやめよの塀のそばで二匹の犬がやってるのを窓から眺めていた。そして巡査がにたっと顔をあげた。クリーム色のガウンをひっかけていたっけな、綻《ほころ》びができてるのに繕《つくろ》わないいんだ。ねえ、したくなっちゃった、ポウルディ。ああ、もうたまんない。かくて生の始まり。

それから腹が出っぱった。グレイストーンズのコンサートを断わることになった。おれの息子があれの体内に。生きていれば力になってやれたのに。力になれたのに。一人前にしてやれた。ドイツ語も習わせて。

――遅れてるかな？　パワー氏が訊く。

――十分ほど、と、マーティン・カニンガムが懐中時計を見ながら言う。

モリー。ミリー。同じものの水割りだ。男の子顔負けの口のききよう。ちぇっ、こんちくしょッ！　けしからんぞ！　でも、可愛い子だ。じきに女になるだろう。マリンガー。大好きパパちゃんへ。若い学生さん。うん、うん、やっぱり女だよ。人生、人生。

馬車がぐらっ、ぐらっと左右に傾《かし》いで、四人の上体が揺れた。

――コーニーのやつ、もっとゆったりしたのを回してよこしてもよかったろうに、パワー氏が言った。

――そうだとも、と、デッダラス氏が応ずる。ただし、やっこさんにあの眇《すがめ》って病《やまい》がなけりゃだがね。わたしの言う意味は分るだろう？

そして左の目をつむってみせる。マーティン・カニンガムが腰を浮せてパン屑《くず》を払いのけ始めた。

――こいつはなんだ、と、言った。信じがたいね。パン屑か？

――最近、ここでピクニック・パーティーをやらかした者がいるらしい、と、パワー氏が言った。

皆、尻を浮せると、白黴《しろかび》の生えかけて鋲《びょう》のとれた革の座席を疎《うと》ましげに眺める。デッダラス氏が、鼻に皺《しわ》を寄せ、しかめっ面で見下ろしながら言った。

――やはりどうやら……どう思う、マーティン？

――わたしもぴんときていた、と、マーティン・カニンガムが言った。

ブルーム氏は片尻から座り直す。風呂へ入ってきてよかった。足がさっぱりした感じ。でもフレミングのかみさん、この靴下をもっとうまく縢《かが》ってくれられないものかね。

デッダラス氏が仕方ないとばかりにため息をつく。

――まあこれも、と、言った。この世で一番の自然なことだからして。

――トム・カーナンは来ているかい？　マーティン・カニンガムが鬚の先をゆったりひねりながら訊く。

――ええ、ブルーム氏は答えた。ネッド・ランバートやハインズと後ろの馬車です。

――で、コーニー・ケラハー御大《おんたい》は？　パワー氏が訊く。

――墓地に行ってる、マーティン・カニンガムが言った。

――今朝、マッコイに会いましたよ、ブルーム氏は言った。なんとか顔を出すそうです。

馬車がいきなり止った。

――どうした？

――止ったぞ。

――どこだい？

ブルーム氏は窓から首を突き出す。

――大運河《グランド・カナル》ですね、と、言った。

ガス工場。百日咳《ひやくにちぜき》があれで治るんだそうだ。ミリーが罹《かか》らなくてやれやれだった。可哀そうだよ、小さな子供が。体を二つ折りにして青黒くなって咳《せ》き込む。とても見ちゃいられない。それに比べたら病気も軽くてすんだ。麻疹《はしか》だけ。亜麻仁《あまに》を煎《せん》じて飲ませた。猩紅熱《しょうこうねつ》だの、流行性感冒だの。死亡広告の注文取りみたいなものだ。この機会に是非。あれが犬の収容所だな。可哀そうに、老いたエイトスも死んでしまった。エイトスを可愛がってくれよ、リアポウルド、わしの最後の願いだ。御心の行われんことを。墓に入った人間の言い付けには従うものさ。臨終の走り書き。あいつはひどくこたえたんだ、やつれて死んだもんな。静かなる獣《けもの》。老人の飼犬はたいていそうだ。

雨粒がぽつりと帽子に落ちた。首を引っ込めるなり、ぱらぱらと俄雨《にわかあめ》が灰色の敷石に水滴をまき散らす。ばらばらに。妙なものだ。水切りを通したみたいに。降ると思ったよ。靴がいやにきゅうきゅう鳴ってたもんな。

――天気がくずれてきた、ぼそっと言う。

――降らずにいてくれると助かるんだが、と、マーティン・カニンガムが言った。

――田舎は潤《うるお》うだろな、と、パワー氏が言った。おや、また陽が差してくるぞ。

デッダラス氏が眼鏡の奥から雲間の太陽を覗《のぞ》き、無言の悪態を空に投げつける。

――子供の尻みたいに当てにならん、と、言った。

――やっと動いた。

馬車はまた車輪をぎくしゃく回して動き出し、四つの体がゆらゆら揺れる。マーティン・カニンガムが鬢の先をさらにせわしなくひねり回す。

――ゆうべのトム・カーナンは大評論家だったなあ、と、言った。そしたらパディー・レナードがその場で口真似をして。

――そうだ、やってみせたら、マーティン、と、パワー氏が乗り出す。まあ聞いてなって、サイモン、ベン・ドラードの歌ったい**いがぐり頭**の感想。

――大評論家だぞ、と、マーティン・カニンガムが大仰《おおぎょう》に言う。**あの素朴なバラッドをだよ、マーティン、あれほどめりはり鮮やかに歌いこなすのを聴いたのは生れて初めてだね。**

――**めりはり鮮やか**、と、パワー氏が笑い出す。なんとかの一つ覚え。それと**回顧整理**。

――ダン・ドースンの演説は読んだかね？　マーティン・カニンガムが訊く。

――いや、まだ、デッダラス氏が言った。何に載ってる？

――今朝の新聞です。

ブルーム氏は内ポケットから新聞を取り出した。あの本を返して別のを借りてきてやらなくては。

――いや結構、デッダラス氏は即座に言った。あとで見せてもらおう。

ブルーム氏の目が新聞の縁《へり》を下って、死亡欄を見ていく。カラン、コウルマン、ディグナム、フォーセット、ラウリー、ノーマン、ピーク、ピークってどこの？　クロズビー・アンド・アリーンの？　違う、セクストン、アーブライト。印刷文字は擦《す》れてしわしわになったところがすぐ見づらくなる。小さき花に感謝。悲しくも故人となられ。言い知れぬ悲しみにある遺族の。長の患《わずら》いの享年八十八歳。一月《ひとつき》の忌、クィンラン。その魂を慈悲深きイエスの憐れみ給わんことを。

懐かしのヘンリーが逝《い》って一月《ひとつき》
今や住いは天に在りて
家族は嘆き悲しみつつ
いつの日か天上にての再会を思う。

封筒は破いたよな？　うん。手紙はどこへしまったんだっけ読んだあと風呂へ入って？　チョッキのポケットを軽く叩く。大丈夫、あるある。懐かしのヘンリーが逝《い》ってか。私が辛抱しきれなくならないうちに。

公立小学校。ミードの材木置場。客待場。二頭しかいない。こっくりこっくりやってら。たら腹食ったな。おつむの骨が重すぎるか。もう一頭は客をのっけてとっとことっとこ。一時間前に通ったところだ。馭者たちが帽子を挙げる。

転轍手《てんてつしゅ》の後ろ姿がいきなりぬっと立ち上った。ブルーム氏の窓側の電車道の電柱の前。そのまま楽に転換できるような自動装置ができないものかね。でもそうなればあの男は失業か。でもそうなれば別の男が新装置を作る仕事にありつけるのでは？

エインシェント音楽堂。今日はなにも。揉革《もみがわ》色の上着に黒紗《こくさ》を腕に着けた男。あまり悲しそうじゃない。四分の一の喪ってとこか。たぶん義理の親戚。

聖マルコ教会の寒々とした説教壇を過ぎ、鉄道橋の下を抜け、クイーン座の前に出る。皆、無言。いろいろポスターが貼ってあるぞ。ユージーン・ストラットン、バンドマン・パーマー夫人。今夜は**リーア**を観られるかな？　観に行くとは言った。それとも。**キラーニーの百合**にするか？　エルスター・グライムズ歌劇団。豪華強力新陣容。来週の出し物の刷り立てぴかぴかのポスター。**ブリストル号の愉快な船旅**。マーティン・カニンガムならゲイアティ座のパスが手に入るだろうな。一、二杯おごらなくちゃならないけど。結局は同じことか。

あいつが午後に来るんだ。歌のプログラム。

プラストウ帽子店。フィリップ・クランプトン卿記念噴水胸像。どんな人物だったっけ？

――やあ、これはこれは、と、マーティン・カニンガムが言い、敬礼みたいに手を額に当てた。

――気がつかないんだ、パワー氏が言う。いや、気がついたぞ。やあ、どうも。

――誰だね？　デッダラス氏が訊く。

――めらめら大尽《だいじん》ボイランさ、パワー氏が言った。ほれ、兵隊カールの前髪ひらひら。

ちょうどおれが考えていた矢先。

デッダラス氏が横から乗り出して会釈《えしゃく》する。レッドバンクの扉口のところから麦藁帽の白い円盤がちらっと閃《ひらめ》いて応じた。めかした身なり。去った。

ブルーム氏は左手の爪を、それから右手の爪を矯《た》めつ眇《すが》めつ眺めた。爪、なるほどね。あの男には女たちのうちの目を引くものがもっとなにかあるのか？　たらしこむ力。ダブリンで最低の男。それがあの男の生きがい。女ってのは人となりを感じ取ることもある。本能。なのにあんなタイプのやつを。おれの爪。おれは今この爪を見つめてる。きちんと切ってある。で、そのあとは。一人で考えるんだ。体がちょっぴりたるんできたわ。おれでも気づく、昔を思い出してみると。原因はなんだろう？　たぶん皮膚が収縮するのより早く肉が落ちるから。でも輪郭はそのまま。輪郭はまだそのままだ。肩。尻。むっちりして。ダンスに行くのに着替えてた晩。スリップが尻頰っぺたにはさまっていた。

握りしめた両手を膝にはさむ。納得し、空虚な目で三人の顔を窺《うかが》う。

パワー氏が尋ねた。

——演奏旅行の話は進んでる、ブルーム？

——ああ、とんとん拍子、ブルーム氏は言った。前景気はずいぶんいいようでね。なんせうまい計画だから……。

——きみも行くの？

——え、いや、ブルーム氏は言った。実はちょっと私用でクレア州へ行かなくちゃならないんだ。なにしろ主な町を廻るっていう計画だからね。こっちで赤字を出してもあっちで取り返すってわけさ。

——それはそうだろう、マーティン・カニンガムが言った。メアリー・アンダースンが向うでちょうど舞台に立っているし。きみのほうはいい歌い手がいるのかね？

——ルーイ・ワーナーがあちらさんの座元だそうです、ブルーム氏は言った。ええ、それはもう、こっちはとびきり金になる面々ぞろいですよ。J・C・ドイルにジョン・マコーマックも来るはずだしそれに。とにかく最高です。

——それに**マダム**もだろ、と、パワー氏がにやりとする。末筆なれど特筆すべきはさ。

ブルーム氏はいかにも物柔らかなおっとりした仕草で両手をひろげ、また握り直した。スミス・オブライアン。花束が一つ供《そな》えてある。女が置いたんだろう。きっと命日。いつまでも健《すこ》やかに。馬車がファレル作の銅像のそばを通過したとき、四人の窮屈な膝が音もなくくっつき合った。

おめ。だらしない身なりの老人が歩道から商物《あきもの》を差し出し、口をひん曲げる。おめ。

——おめかし靴紐、四本たったの一ペニー。

どうしてこの男は弁護士名簿から除名されたんだろう。以前はヒューム通りに事務所を構えていた。モリーと同姓のトゥィーディというウォーターフォード州担当事務弁護士と同じ建物。いまでもこのシルクハットを手放さない。これぞ昔の佳《よ》き日の名残《なごり》か。喪服もそうだ。恐ろしく落ちぶれたもんだ、哀れだよな。いいように扱《こ》き使われてる。落ちぶれはてたオキャラハン。

それに**マダム**もだろ。十一時二十分。もう起きてる。**行きたくって行きたくなくて**《ヴォーリオ・エ・ノン・ブオッレイ》。フレミングのおかみさんが掃除に来てる。髪をととのえながら口ずさんでるだろう。**ちょっと怖いのその**《ミ・トレマ・ウン・ポッコ・イル》。違う。**行きたくて行きたくなくって**《ヴォッレイ・エ・ノン》。枝毛がないかと髪の先っぽを点検する。あの**トレ**のところの声がすごくいい。哀調。鶫《つぐみ》。歌鶫《うたつぐみ》。歌鶫って言葉があの声にぴったりだ。

視線がパワー氏の男前の顔にすーっと走る。こめかみのあたりに白いものが混じる。**マダム**もだろ、にやりとして。こっちも笑みを返した。笑みは効き目あり。ただのお愛想だったかも。いいやつだ。女を囲っているというのは本当だろうか。女房は面白くないだろな。でもそういう噂だ。誰に聞いたんだっけな、肉体関係はないんだとか。それならじきに切れそうなものだが。そうそう、クロフトンだよ、いつかの晩にその女のところへ一ポンドの腿肉をかかえて行くのに出会ったって。何をしていた女だったかな。ジュアリ・ホテルのバーの女給。いや、モイラ・ホテルだっけ？

巨大マント姿の解放者の像を見上げて通る。

マーティン・カニンガムがパワー氏を肱《ひじ》でくいっと突いた。

――ルベンの子孫だぞ、と、言った。

長身の黒鬚《くろひげ》の姿が、杖を突き突き、エルヴァリーのエレファント・ハウスの一角を曲って行き、骨ばった指をこちら向きにひろげて腰に当てているのが見える。

――みずみずしくも美しきかな、と、パワー氏が言う。

デッダラス氏がのたのた行く姿を目で追いかけ、声を落して言った。

――悪魔に背骨をへし折られるがいい！

パワー氏が、けたけた笑いくずれながら、窓の光に手をかざす。馬車はグレイの銅像を過ぎた。

――誰でも身に覚えがあるさ、マーティン・カニンガムがおおまかな物言いをする。

その目がブルーム氏の目と合う。鬚をなでなで言い添えた。

――まあ、たいていの者はね。

ブルーム氏が急に勢い込んで一同の顔に向ってしゃべり出した。

――あれはものすごく愉快じゃないですか、ルーベン・Jと息子のことで広まった話は。

――あの船頭《せんどう》の件？　パワー氏が訊く。

――そう。ものすごく愉快だよね。

――なんの話かね？　デッダラス氏が問う。耳にしてないが。

――女がからんでましてね、と、ブルーム氏が始めた。で、後腐《あとくさ》れのないようにとマン島へ遣《や》ろうと決めて、親子二人して……。

――なに？　デッダラス氏が訊く。あの札付《ふだつ》きの青二才野郎をかね？

――ええ、ブルーム氏は言った。二人で船に向っていたら、いきなりどぼんと……。

——バラバを突き落したか！　デッダラス氏が大声になる。でかしたぞ、基督《きとく》なことを！　パワー氏が手をかざしたまま鼻の先でくっくと笑いをもらす。

——いえ、と、ブルーム氏は言った。息子のほうが……。

マーティン・カニンガムが無遠慮に話の腰を折った。

——ルーベンと息子がマン島行きの船に乗ろうってんで川沿いの波止場をとっとこ歩いてたら、その温若《ぬくわか》がやにわに親父の手をすり抜けて岸壁を乗り越え、リフィー川に飛び込んだ。

——ええ、まさか？　デッダラス氏がぎょっとした声をあげる。お陀仏《だぶつ》かい？

——お陀仏だと？　マーティン・カニンガムが言った。とんでもない！　船頭が棹《さお》を手に、ズボンのたるみに引っ掛けて釣り上げたよ。そして半死半生のそいつを波止場の親父に引き渡した。野次馬がたかるわたかるわ。

——ええ、ブルーム氏が言った。だけど滑稽なのは……。

——するとルーベン・Jはだね、と、マーティン・カニンガムがつづける。息子の命を救ってくれたってんでその船頭にぽんと一フロリンくれたんだ。

パワー氏の手の下からおさえきれない笑いがもれる。

——そう、あの男がだぜ、と、マーティン・カニンガムが念を押す。天晴《あっぱれ》なもんだよ。フロリン銀貨ぽんと一枚。

——ものすごく愉快でしょう？　と、ブルーム氏が乗り出す。

——一シリング八ペンス多いね、デッダラス氏はそっけなく言った。

パワー氏の押し殺した笑いが馬車の中でぷーっと弾《はじ》けた。

ネルソンの記念柱。

——プラムは八つで一ペニー！　八つでたったの一ペニー！

——少し真面目な顔をしようじゃないか、マーティン・カニンガムが言う。

デッダラス氏がため息をつく。

——ああ、まったくだよ、と、言った。死んだパディーは笑ったって悪く思うような男じゃないもんな。傑作な話をずいぶん聞かせてくれたよ。

——主よわれをお許しくだされ！　と、パワー氏が指先で笑い涙をぬぐう。死んじまって、パディー！　まさかなあ、一週間前に会ったときにはふだんと同じように元気だったから、こんなふうに馬車であいつのあとをついて行くとは思ってもみなかった。先に往《い》ってしまったのか。

——あんないい男はまたといない、デッダラス氏が言った。ほんとにぽっくり往《い》ってしまって。

——衰弱してたんだ、マーティン・カニンガムが言った。心臓が。

そして痛ましげに胸を叩く。

赤ら顔。真っ赤っか。麴先生《きくせんせい》の度が過ぎた。赤鼻の治療薬みたいに。鼻が晶石色《しょうせきいろ》になるまで飲む。あの色になるには相当に金を使ったろう。

パワー氏が沈痛な面持ちで去り行く建物を見つめる。

——突然だったよなあ、可哀そうに、と、言った。

——最善の死ですよ、と、ブルーム氏。

一同の見開いた目がきょとんと見つめた。

——ぜんぜん苦しまないから、と、つづける。一瞬にしてすべてが終るんです。眠っているうちに死ぬようなもので。

誰も口をきかない。

死んだような通りだこっち側は。日中から景気が悪そう。地所管理人事務所、禁酒ホテル、フォーコナー鉄道案内、文官養成所、ギル書店、カトリック倶楽部、勤労盲人育成所。なぜだろうな。なにか理由があるはず。日当りとか風とか。夜も同じだ。煙突掃除の小僧や端女《はしため》ばかり。故マシュー神父の庇護のもと。パーネルの礎石。衰弱。心臓。

白の羽根飾りを額につけた白馬が、ロウタンダの角を曲ってぱかぱか駆けて来る。小さな棺《ひつぎ》がぱっとすれ違う。急いで埋葬。お供の馬車が一台。未婚。既婚者なら黒馬。独身なら白黒駁毛《ぶちげ》。尼さんなら栗毛。

——痛ましいね、マーティン・カニンガムが言った。子供だよ。

ちっぽけな顔、青紫《モーヴ》のしわしわ、うちのルーディの顔がそうだった。ちっぽけな体、パテみたいにぐにゃっとしたのが、白布の裏張りをした樅《もみ》の箱におさまって。埋葬互助会が費用を持つ。一塊《ひとくれ》の芝土のために週一シリング。うちの。ちびの。がきっこ。あかんぼ。なんの意味もなかった。自然の過ち。健康なら母親ゆずり。そうでなければ父親のせい。今度は幸運に生れてくるさ。

——可哀そうに、生れたばかりで、デッダラス氏は言った。浮世にかかずらわなくてよかったさ。

馬車はのろのろとラトランド広場の坂道をのぼって行く。遺骨が鳴るよ、からからと。石ころ道を。たかが細民《さいみん》。身寄りはおろか知己《ちき》もなし。

——生の只中《ただなか》にありてか、マーティン・カニンガムが言った。

——それにしても最悪なのは、と、パワー氏が言った。自ら命を絶つ人間だな。

マーティン・カニンガムがさっと懐中時計をひっぱり出し、一つ咳払《せきばら》いをしてからもとに戻す。

——家族にとっては最大の面汚《つらよご》しだし、と、パワー氏が言い添える。

——一時《いっとき》の錯乱にすぎんさ、と、マーティン・カニンガムが断じる。そこを思い遣《や》ってやらなくては。

――臆病者のすることだというね、と、デッダラス氏。

――われわれが裁くことじゃないな、と、マーティン・カニンガム。

ブルーム氏は、なにかしゃべろうとして、そのまま口をつぐむ。マーティン・カニンガムの大きな目。おや、目をそらす。いたわりの心ある人物だ。気持を解する男。シェイクスピアみたいな顔つき。必ず一言優しいことを言う。皆、このこととか間引《まび》きとかに容赦しない。絶対にキリスト教式の埋葬はしてやらないんだ。昔は墓穴に入れて心臓を杭《くい》で突き刺した。まだ動いているとばかりに。でも後悔が遅すぎたって場合もあるだろうな。藺草《いぐさ》をにぎりしめて川底に沈んでいたりして。今度はおれを見たぞ。それにあのおっそろしい飲んだくれ女房。何度家具調度をそろえてやってもほとんど毎週土曜には夫の名で全部質《しち》に入れてしまう。おかげで地獄の生活だ。あれじゃ石の心臓だって擦《す》り切れるね。月曜の朝。新規蒔直《しんきまきなお》し。またまた奮発。そりゃもう見ものだったろうな、デッダラスが居合せたっていうその晩は。ぐでんぐでんになってマーティンの傘を振り回しながら家中を跳《は》ね回ったそうだ。

あたしはアジアの宝石よ
アジアの宝石
ゲイシャです。

さっきは目をそらした。知ってるんだ。遺骨が鳴るよ、からからと。

検死のあったあの昼下り。赤ラベルの瓶がテーブルに。ホテルの部屋には狩の絵が掛っていた。

むっと空気がこもっていた。ブラインドの隙間から射し込む日の光。検死官の耳に日が当って。大きな、うぶ毛の濃い耳。ボーイの証言。初めは眠ってると思ったんだ。そしたら顔に黄色の筋みたいなのが見えた。ベッドの足もとの方へずり落ちてたね。裁断、薬物服用過多。過失死。あの手紙。わが息子、リアポウルドへ。

もはや苦痛なく。もはや目覚めることなく。身寄りはおろか知己《ちき》もなし。

馬車はがたがたとブレシングトン通りを急ぐ。石ころ道を。

——飛ばし始めたようだ、と、マーティン・カニンガム。

——道中ひっくり返らないように頼むよ、と、パワー氏。

——そう願うね、と、マーティン・カニンガム。明日のドイツの大レースじゃないんだからな。ゴードン・ベネット杯さ。

——いや、まったく、と、デッダラス氏。そいつはご免こうむりたいね。

バークリー通りへ入ると、貯水池のあたりから手回しオルガンの奏でるミュージックホールの戯《ざ》れ囃《はや》し唄が追いかけてきた。誰かケリーを見かけなかった？　ケイ、イー、ダブルエル、終《しま》いがワイ。**サウル**の葬送行進曲ならな。アントニオみたいな悪《わる》なんだから。あたしをおいてけぼーりに。急旋回！　**慈恵聖母病院**《マーテル・ミゼリコルディアエ》。エックルズ通り。あっちがおれの家の方。大きな建物だ。あれが不治の患者の病棟。なんとも心強いことだね。末期の病人を引き取る聖母救護院。死体置場が手近な地下室に。リオーダンの婆さんが息を引き取ったところだ。すさまじい形相《ぎょうそう》になるよ女ってのは。病人食のカップがあってスプーンで唇をなでてやるだけ。それからベッドに衝立《ついたて》を回して死ぬのを待つ。あのインターンはいい若者だったなおれが蜂にやられたとき包帯を巻いてくれたっけ。産科医院に移ったそうだ。極端から極端へか。

馬車がギャロップで角を曲る。止った。

——今度は何だ?

烙印《らくいん》の押された牛の群れが二つに分れて窓の両側を通って行く。モーモー鳴きながら、かったるげな蹄《ひづめ》をゴッツゴッツと引きずり、なにやらこびりついた骨張った尻に尾をのんびり打ち振りながら進む。群れの内外《うちそと》を代赭色《たいしゃいろ》の羊たちがおびえた鳴き声をあげながら駆ける。

——移住の群れだ、パワー氏が言った。

——ほれーッ! 牛追いががなり立て、生木《なまき》の枝でピシッピシッと群の横腹を打つ。ほれーッ! そっちじゃねえ!

木曜日だからな。明日が屠畜の日。孕《はら》み牛。カフは一頭二十七ポンドくらいで売ってたっけ。たぶんリヴァプール行きだろう。英国伝統のローストビーフ。肉づきのいいのはすべて買い占められる。それで残ったのは行き場なし。どれも何かの原料になるだけ。皮、毛、角。一年たまれば大変な量になる。死肉の取引。鞣《なめ》し革や石鹸やマーガリンになる屠畜場の副産物。いかれた肉をクロンシラ駅で貨車からじかにさばく横流しを今でもやってるんだろうか。

馬車は牛の群れの中を進む。

——市が公園門から埠頭まで線路を通してもいいと思いますがね、ブルーム氏が言った。こういう家畜を貨車で船まで運べるじゃないですか。

——交通の邪魔にもならんしな、マーティン・カニンガムが言った。まったくだね。ぜひそうすべきだ。

——ええ、ブルーム氏は言った。それともう一つ、しょっちゅう思うんですが、市営の葬儀電車があってもいいですよ、ミラノにあるみたいな。墓地の入口まで線路を敷いて特別電車を走らせるんです、柩車《きゅうしゃ》とか会葬車《かいそうしゃ》とかいろいろなのを繋《つな》いで。どうでしょうね？

——そりゃまたべらぼうな話だ、と、デッダラス氏。寝台車に食堂車もかい。

——コーニーにとっちゃ有難くはないけどね、と、パワー氏。

——どうしてです？　と、ブルーム氏がデッダラス氏に向き直る。二頭挽《にとうびき》をとっとこ走らせるよりさまになるでしょう？

——なるほど、それもそうか、デッダラス氏が一歩譲る。

——それに、と、マーティン・カニンガム。柩馬車《ひつぎばしゃ》がダンフィーの角でひっくり返って棺桶を道に放り出すなんて騒ぎもなかろうし。

——あれにはおったまげたな、と、パワー氏の怪顛顔《けでんがお》が言った。しかも死んでる本人が道に転がり出たんだから。おったまげたのなんの！

——ダンフィーの第一コーナーだったな、と、デッダラス氏がうなずく。まさにゴードン・ベネット杯だよ。

——罰当《ばちあた》りなことを言っちゃいかん！　マーティン・カニンガムが信心顔で言う。

がったん！　横転。柩《ひつぎ》ががたがたっと道に飛び出す。ぱっくり開く。パディー・ディグナムがぽんと飛び出し、だぶだぶの茶色の衣を着せられたまま地べたをごろんごろんと転がる。赤ら顔、いまや灰色。口がでれっと開いている。何事だいと怪訝《けげん》な顔。口は閉じてやるのが当然だ。開いてると恐ろしい形相《ぎょうそう》。それに内臓の腐敗が早い。穴は全部ふさいだほうがいいんだ。そう、あそこも。蠟《ろう》で。括約筋《かつやくきん》がゆるむから。すっかり封印する。

——ダンフィーの角だ、パワー氏が告げるのと同時に馬車が右へ曲る。

ダンフィーの角。葬儀の馬車が何台か横づけになっていて、一杯やりながら悲しみを紛《まぎ》らしている。路傍の小休止。パブにはとびきりの地の利だ。われわれも帰りにはここへ立ち寄ってあいつの冥福《めいふく》を祈って一杯やることになるだろう。さあて、景気づけといこうや。不老長寿の霊薬。だけど今ほんとにそうなったら。ごろごろっとぶち当った拍子に釘か何かで切れたら血が出るだろうか？ 出るかもしれないし出ないかもしれない。切れた場所によるな。血液の循環は止る。それでも多少は動脈から洩れないともかぎらない。赤い衣を着せて埋葬するほうがいいんじゃなかろうか。ダークレッドのを。

無言の一同を乗せて馬車はフィブズボロウ道路を進む。空の柩馬車がからからと通り過ぎる。墓地帰り、やれやれという様子。

クロスガンズ橋。ロイヤル運河。

水が勢い荒く水門を潜り抜ける。水位の下っていく艀《はしけ》に男が一人、積み上げた泥炭《でいたん》に囲まれて立っている。閘門《こうもん》沿いの舟曳路《ふなひきみち》にはゆるんだ繋ぎ綱に繋がれた馬が一頭。**お化け号**《ブガブー》でご出立か。

一同の目が男を見守る。流れの鈍い水草だらけの水路をあの男は筏《いかだ》に乗って陸を目指してアイルランドを巡って来たのだ。曳綱《ひきづな》に曳かれて、葦の生い茂る河床を避けながら、泥砂《でいさ》や汚物の詰った瓶や犬の腐肉を越えて。アスローン、マリンガー、モイヴァリー、運河伝《づた》いに歩き旅をしてミリーに会いに行くって手もありそうだ。あるいは自転車で。ぽんこつの安全自転車でも借りて。このあいだレンの競売に出ていたけど婦人用だったもんな。水路があちこちへどんどん延びている。ジェイムズ・マッカンの木馬に渡し場を渡してもらえるわけだ。安上りの移動だよ。ゆーるりゆるりと。家船《ハウスボート》もいいな。キャンプをしたり。柩船なんてもあっていい。水路伝いに天国へ。手紙で知らせずに行こうか。いきなり行ってびっくりさせてやる、リーシュリプ、クロンシラ。閘門を一つ一つ下ってダブリンまで。内陸の沼地から泥炭を運んで。敬礼。男は焦茶色の麦藁帽を持ち上げて、パディー・ディグナムに敬礼する。

　ブライアン・ボルー亭の前を過ぎる。さあ、もうすぐだ。

――フォガーティーのおっさんはどうしてるかな、パワー氏が言った。

――トム・カーナンに訊くがいい、と、デッダラス氏。

――それはどんなものかねえ。マーティン・カニンガムが言った。去られて泣き寝入りじゃなかろうか。

――いなくなっても、と、デッダラス氏。忘れられぬ君なれば。

　馬車は左へ折れてフィングラス道路へ入った。

　右手に石切場。いよいよゴールだ。出洲《でず》のような地所に所狭しと並ぶ沈黙の像が見えてくる。白く、悲しげに、静寂の手を差し伸べたり、跪《ひざまず》いたり、何かを指差したり。鑿《のみ》を入れられた未完の像のかずかず。白の無言のまま、訴えてくる。飛切極上《とびきりごくじょう》。トマス・H・デナニー、記念碑建造制作。

　通り過ぎた。

　墓守のジミー・ギアリーの家の前で年老いた浮浪者が一人、道端に座り込んでなにやらもごもご言い言い、泥のこびりついて紐のとれた大きなブーツから泥や小石を叩き落としている。人生の旅路の果て。

　陰気な庭が次に連なる。一つ、また一つ。陰気な家並み。

　パワー氏が指差す。

――あそこがチャイルズの殺されたところだ、と、言った。あの一番端っこの家。

――そうだ、と、デッダラス氏。陰惨な事件だよ。シーモア・ブッシュのおかげで無罪になったがね。弟が殺したんだ。ともかくそういう噂だ。
——裁判で証拠が出なかったから、と、パワー氏。
——状況証拠だけではな、と、マーティン・カニンガムが言い添える。法の原理だよ。一人の無実の者が誤って処刑されるよりは九十九人の罪人が逃れるほうをよしとす。

四人とも見つめる。殺人犯の屋敷。暗く通過する。鎧戸《よろいど》を閉めきって、空家のまま、草ぼうぼうの庭。敷地全体が荒れ放題。誤って処刑される。殺人。殺された者の目に焼きつく殺人犯の形相《ぎょうそう》。みんな、そういう記事を読むのが好きだからな。庭内に人の首。女の着衣は。殺された経緯。直前に暴行。使われた凶器。殺人犯依然として捕まらず。手がかり。一本の靴紐。遺体発掘の予定。殺しは露見する。

こんな馬車に乗せられちゃ脚が引き攣《つ》っちまう。手紙で知らせないで行ったら怒るかも。女には気を配らなくては。不意打ちをくらわせようものなら。それきり絶対に許さない。十五歳か。

プロスペクト墓地の高い鉄柵が漣《さざなみ》となって一同の凝視を通過する。立ち並ぶ黒っぽいポプラ、たまに現れる白い像。像が数を増し、白い姿が木立にひしめき、白い姿と跡切《とぎ》れ跡切れの輪郭が無言で流れ行き、虚空《こくう》にむなしい身振りを送る。

車輪がギギーッと縁石《えんせき》をこする。止った。マーティン・カニンガムが腕を外へ伸ばし、そうして取っ手をぐいっとひねってから、膝で扉を押し開けた。そうして下りる。パワー氏とデッダラス氏がつづく。

石鹸を入れ替えるのは今だ。ブルーム氏の片手が尻ポケットのボタンをさっとはずして紙にぺたっとくるまれた石鹸を上着の内ポケットに移した。馬車を下りながら、もう一方の手がまだにぎっていた新聞を持ち替える。

Hades

お粗末な葬式だ。柩馬車に会葬者の馬車三台。どうせ同じことさ。棺舁《かんかき》、金糸《きんし》の手綱《たづな》、死者のためのミサ、弔礼砲《ちょうれいほう》。死んだら派手にか。しんがりの馬車の向うで果物と菓子の屋台車を出す行商人が一人。シムネルケーキだな、あのごそっとまとめてあるのは。死者のための菓子。犬に食わせるビスケットだよ。あんなものを食うやつがいるもんか。ほかの会葬者もぞろぞろ下りてきた。

同じ馬車の連れのあとを追う。カーナン氏とネッド・ランバートがそのあとから、ハインズがそのまたあとからつづく。コーニー・ケラハーが扉の開いた柩馬車の傍《かたわ》らにいて、花輪を二つ取り出した。遺された少年にその一つを手渡す。

あの稚児《ちご》の葬式はどこへ消えた?

一組の馬車馬がフィングラスから重たるげな足どりでふんばりふんばり通りかかる。どっしりした御影石《みかげいし》を載せて軋《きし》む馬車を引きながら葬儀の沈黙の中を抜けて行く。先頭を歩む馬引《うまひき》が会釈《えしゃく》をした。今度は柩だ。われわれより先にここへ着いたんだ、死人でありながら。馬が毳立《けばだ》つ鬣《たてがみ》を斜めに傾《かし》げて柩に振り向く。どんよりした目。首ねっこを絞めつけられるから血管でも圧迫されるんだろか。毎日毎日ここへ運んでくる荷が何なのか分っているのかね。毎日、二十や三十の葬式があるだろう。それにプロテスタントはプロテスタントでマウント・ジェロウム墓地へ。世界中いたるところで毎分毎分、葬式がある。荷馬車一台分をまとめてさっささっさと埋めるなんてのは。毎時、数千体か。世の中死体が多すぎるよ。

遺族が門を出てくる。女と娘。とんがり顎の烏《う》喙面《かいづら》、強突張女《ごうつくばり》だね、ボンネットをひん曲げて。娘の顔は垢《あか》まみれの涙まみれ、女の腕にすがりつき、見上げて泣き出す合図を待っている。だぼ鯊《はぜ》面《づら》、血の気のない青鈍《あおにび》。

雇われ葬儀人たちが柩を担いで門の中へ運び入れる。死人はずっしり重いんだ。おれも浴槽から出るときぐっと重たくなった感じがしたっけな。まずは死体、次いで死体の身内。コーニー・ケラハーとさっきの男の子が花輪をかかえてついて行く。あの横にいるのは？　ああ、義理の弟か。

皆、ぞろぞろとつづく。

マーティン・カニンガムがささやいた。

――気が気じゃなかったよ、ブルームの前で自殺の話なんか持ち出すから。

――え？　パワー氏もささやき声。どうしてまた？

――親父さんが服毒死《ふくどくし》したんだ、と、マーティン・カニンガムがささやく。エニスのクイーンズ・ホテルで。クレアへ行くって言ってたろ。命日なんだ。

――しまった！　パワー氏がささやく。初めて聞きましたよ。服毒死？

ちらりと振り返ると、黒い考え深げな目をした顔が枢機卿の霊廟《れいびょう》のほうへとついてくる。しゃべり出す。

――保険に入っていたんでしょうか？　ブルーム氏が問う。

――入っていたらしい、と、カーナン氏が答える。しかし保険証書を担保に相当の借金を抱えておったから。マーティンが男の子をアーテインの施設に入れてやろうと骨折ってるところでね。

――子供は何人？

――五人。ネッド・ランバートが女の子を一人、トッドの店へ世話しようと言っている。

――痛ましい話ですよ、ブルーム氏がおっとりと言った。五人も幼子《おさなご》がいて。

――残された女房も大打撃さ、カーナン氏が言い添える。

――いや、まったくです、ブルーム氏は相槌《あいづち》を打つ。

これで女房はしてやったり。

自分で靴墨《くつずみ》をぬって磨いてきた靴を見下ろす。亭主が先立ったってわけか。夫がいなくなったってわけ。おれなんかよりあの女房のほうが死んだってことを感じてるんだ。どっちかが先立たれる定め。賢いお方のおっしゃるに。この世は女が多すぎる。慰めの言葉を言わなくちゃな。このたびは大変な方を亡くされて。じきに後を追われるんでしょうね。まさかヒンズー教の未亡人じゃないから。再婚するかもしれない。あの男と？　いや、そんな。でも死んでからのことは分らない。老女王が死んで以来、寡婦暮《やもめ》しは流行《はや》らなくなった。砲車に乗って引かれて。ヴィクトリアとアルバート。フロッグモア霊廟で故人を偲《しの》んで服喪《ふくも》。でも結局はボンネットに菫《すみれ》なんか挿してたな。心の奥は虚栄の女。すべて影法師のため。夫君といったって王じゃない。女王にとっては息子が実体だった。期待をかける新たなもの、取り戻そうとして待った過去とは別のもの。過ぎ去ったものは帰って来やしない。どっちかが先に逝《い》かねばならないんだ。一人、土の下。もはや女王の暖かなベッドに横たわることはない。

――元気かい、サイモン？　ネッド・ランバートが柔らかく声をかけ、手を握る。ずいぶん久しぶりだなあ。

――相変らずだよ。コークのおいらが町の連中はどうしてる？

――復活祭の月曜のコークパーク競馬に行ってきたんだ、と、ネッド・ランバート。例によって取られる一方。ディック・タイヴィーといっしょにやられちまったね。

――で、ディックはどうしてる、あのがっぽり持ってる男は？

――すってんてんのお天道様《てんとさま》さ、と、ネッド・ランバート。

――おんや、ま！　デッダラス氏が驚き控え目に言った。ディック・タイヴィーのやつ、お天道禿《てんとはげ》になったのかいな？

――マーティンが子供らのために金を出し合おうと言ってるんだ、と、ネッド・ランバートが前を指差す。一人頭二、三シリング。保険のほうがすっきりするまで助けてやろうってわけさ。

――ああ、ああ、と、デッダラス氏は生返事をした。一番前にいるのが長男かね。

――うん、ネッド・ランバートが言った。女房の弟だ。ジョン・ヘンリー・メントンが後ろにいるだろ。あの男はぽんと一ポンド出すときた。

――やっこさんならそうだろう、と、デッダラス氏。わしもパディーによく言ったもんだよ、きちんと仕事をせいってな。ジョン・ヘンリーはあれでなかなかいい男なんだ。

――どうして首になったんだ？　ネッド・ランバートが問う。酒かい、え？

――えてして善人の欠点さ、と、デッダラス氏がため息をつく。

一同は霊安堂《れいあんどう》の入口で止った。ブルーム氏は花輪を抱えた男の子の後ろに立ち、滑らかに撫でつけた髪と真新しいカラーを着けた垢皺《あかじわ》の走る細い首筋を見つめた。可哀そうに！　父親が死んだとき同じ部屋にいたのだろうか。どっちも眠ったまま。最後の瞬間にぱっと気がついて最後の見納め。仕残したことばかり。借りたまんまよ、オグラディーに三シリング。ちゃらにしてくれるかなあ？　葬儀人が柩を霊安堂に運び込む。どっちを頭にするのかな？

少し待ってから皆のあとについて中に入り、明りを遮《さえぎ》られた中で目をしばたたく。柩は内陣前の柩台に置かれ、四隅に四本、長い黄色の蠟燭が立っていた。いつでも皆の目の前。コーニー・ケラハーが、手前の両隅に花輪を置き、少年に跪《ひざまず》くよう合図する。会葬者もめいめいに祈り台を前にして跪《ひざまず》く。ブルーム氏は聖水盤近くの後方に立ち、全員が跪《ひざまず》いたのを見計らって、ポケットから出して広げた新聞をそーっと床に落し、そこへ片膝をついた。黒の帽子をふんわり膝にかぶせ、縁《ふち》をおさえて、恭《うやうや》しげに上体を屈《かが》める。

侍者《じしゃ》が一人、なにやら入った真鍮《しんちゅう》のバケツを持って扉口から登場だ。白スモックの司祭が次いでご登場。一方の手でストラをととのえながら、もう一方の手で蝦蟇腹《がまがえるばら》に当てた小さな本をひょこひょこ踊らせる。この本読むのはだーれ？　ぼーくだよー、深山烏《みやまがらす》が言いました。

両者は柩台のそばに立ち止り、司祭が手にした本の一節を流暢《りゅうちょう》な烏声《からすごえ》で朗読する。

コフィー神父だ。柩《コフィン》みたいな名前だから覚えたんだ。ドミネ名《ナ》ミネ。ブルドッグそっくりの面《つら》がまえ。すべてを切り回す。壮健キリスト教徒か。僻目《ひがめ》を向ける者は禍《わざわい》なるかな。なにしろ司祭だからね。汝はペテロなり。クローバー畑の豚太り羊みたいに横っ腹から破裂するぞ、デッダラスに言わせれば。毒を盛られた小犬みたいな腹だもんな。実に愉快な言い回しをしてみせる男だよ。ふふん、横っ腹から破裂ときた。

——**御身の僕とともに裁きに臨み給うなかれ、主よ**《ノン・イントレス・イン・ユディキウム・クウム・セルヴォ・トゥオ・ドミネ》。

祈りの文句が全部ラテン語だとありがたみが増すわけだ。死者のためのミサ。クレープの喪章。黒枠の用箋《ようせん》。参列者名簿にご記名を。ひんやりするね、ここは。たらふく食いたくなるさ、朝からこんな薄暗がりの中でお次の方どうぞとじりじり待っているんじゃ。眼《まなこ》も蝦蟇《がま》だぞ。なんでああ膨《ふく》れるんだ？　モリーはキャベツを食べたら膨れたっけな。ここの空気のせいかも。いかにも悪いガスが充満って感じだ。この中は悪いガスがむちゃむちゃこもってるにちがいない。たとえば、肉屋。ビフテキの生《なま》みたいになるもんな。誰に聞いたんだっけ。マーヴィン・ブラウン。聖ワーバーグ教会のあのすばらしい百五十年前のオルガンのある教会の地下納骨所ではときどき柩に穴をあけて悪いガスを出して燃やすんだそうだ。シューッと噴き出し、ボーッと青い炎。ちょっとでも吸い込んだらそれでお陀仏《だぶつ》。

膝頭《ひざがしら》が痛いな。痛ッ。これでいい。

司祭が侍者のバケツから先っぽに球のついた棒を取り出し、柩の上でそれを振る。それから向う側へ回って、もう一度振る。もとの場所に来て、バケツに戻す。永眠せる以前の汝のごとく。すべて決った手順。そのとおりやらねばならない。

――**我等を試みに引き給わざれ**《エト・ネ・ノス・インドゥカス・イン・テンタティオネム》。

侍者が震え声で応答をさえずる。前々から思ってるけど、侍者は少年のほうがいいな。十五歳くらいまで。十五を過ぎるとやっぱり……。

聖水っていうやつだろう。眠りを振りかけるってわけ。いいかげんうんざりだろうさ、お馬でとっとこ運ばれてくる死体の上であんなものを振る仕事は。連日連日、新荷到着。中年男、老女、子供、産褥死《さんじょくし》の女、髭面男、つるっ禿《ぱげ》の実業家、胸ぺちゃの肺病娘。年がら年中、そんな屍《しかばね》に一つ残らず同じ祈りを唱えては、その上へ水を振りかける。眠りを。さあてディグナムの番だ。

――**天国**《イン・パラディスム》**に**。

天国に行くとか天国に在るとか言ったんだ。誰にもかれにもそう言うんだ。退屈な仕事だね。でもなにか言わなくちゃならないからな。

司祭が本を閉じ、侍者を従えて去る。コーニー・ケラハーが脇扉を開くと、墓掘りたちが入ってきて、また柩を担ぎ、外へ運び出して手押車へぐっと押してのっけた。コーニー・ケラハーが花輪の一つを少年に、もう一つを義弟に渡す。全員が二人のあとから脇扉を通って生暖かいどんよりした外気の中へ出る。ブルーム氏は一番後ろを歩きながら新聞をたたみ直してポケットに戻した。沈痛顔で地面を見つめていると柩車が左へ動き出す。鉄の車輪がギィーッ、キーッといいながら砂利道を軋《きし》んで行き、一群の鈍い靴音が墓の並ぶ小道をごっとんごっとん進む。

りーら、りーら、るー。おっと、鼻唄歌ってる場合じゃないか。

――オコンルの塚だ、と、デッダラス氏がぐるっと見回す。

パワー氏の柔和な目がそびえ立つ円錐《えんすい》形の頂点を見上げた。

――眠ってるよ、と、言った。同胞に囲まれて、ダン・オコのおっさんは。だけど心臓はローマに埋められてるんだ。この下で眠る失意の人々はずいぶん大勢いるんじゃないか、サイモン!

――うちのやつの墓は向うだよ、ジャック、と、デッダラス氏。わしもじきにあれのそばに横たわるさ。神様のお望みのときにいつでも入れてもらうって。

ふっと途切れて、あたりを憚《はばか》るようにすすり泣きになり、ちょっぴり足どりが乱れる。パワー氏が腕を取った。

――奥さんは今のままのほうがいいんだ、と、思いやりの言葉をかける。

――そうだろうな、と、デッダラス氏は弱々しくしゃくりあげた。天国にいるんだろうよ、天国があるんなら。

コーニー・ケラハーが列を離れて会葬者たちをやりすごした。

――痛ましいことですな、カーナン氏が慇懃《いんぎん》に口をひらく。

ブルーム氏は両の目を閉じ、痛ましげに二度うなずいた。

――皆、帽子をかぶっていますよ、と、カーナン氏。わたしらもかぶっていいでしょう。あとはわたしらだけですよ。この墓地は油断のならないところでしてな。

二人は帽子をかぶった。

――あの神父さん、式の祈りが急ぎすぎではありませんか? と、カーナン氏が不服をにおわす。

ブルーム氏は大仰《おおぎょう》にうなずきながら、きょときょと動く血走った目を覗《のぞ》く。秘密ありげな、秘密を探る目だ。フリーメイソンらしい、確かじゃないが。またこの男といっしょ。あとはわたしらだけですよか。同舟《どうしゅう》の仲だね。なにかほかの話にしてくれよ。

カーナン氏がなおもしゃべる。

——マウント・ジェロウムのしきたりになっておるアイルランド教会の埋葬式のほうが、気取りがないなりに感銘がありますな。

ブルーム氏は控え目に賛同した。もっとも何語を使うかは別の話。

カーナン氏は厳《おご》かに唱《そ》えた。

——**我は復生《よみがえり》なり生命《いのち》なり**。英語のこの響きが人の心の奥に届くんですな。

——そうですね、と、ブルーム氏。

あんたの心はともかく、窮屈な棺桶に入れられて埋められる当人はどうってことないね。届きっこないっての。情動の座。失意のハートか。要するにポンプだよ、毎日数千ガロンの血液を送り出す。そのうちいつか栓が詰って、ぽっくりそれまで。そこいらじゅうそんなのがごろごろしてるんだ。肺だの、心臓だの、肝臓だの。錆《さび》ついた古ポンプ、つまりはそれだけのこと。復生《よみがえり》なり生命《いのち》なりか。死んだら死んだまでさ。最後の審判の日って考え。墓所から皆叩き出される。出来《いでき》たれ、ラザロ！　かくて畳五《でつく》わしたのは余分《ヨブん》なる不運。起きろ！　最後の日だ！　すると皆が皆、自分の肝臓や肺臓や何やかやをそろりそろり探し回る。この朝になって全部見つけろってのかい。頭蓋骨の中身は一ペニーウェイトの塵《ちり》ばかり。十二グラムよ一ペニーウェイトは。トロイ衡《こう》なら。

コーニー・ケラハーが並んで歩き出す。

——万事上々でしたよ、と、言った。どうでした？

例によってしつっこい目で一行を窺《うかが》う。巡査みたいな両肩。これでばいばい、ばばいのばいばい。

——なかなかのものでした、と、カーナン氏。

――でしょう？　え？　と、コーニー・ケラハー。

カーナン氏はそうそうと相槌《あいづち》を打つ。

――あの男は誰かね、トム・カーナンと後ろにいるだろ？　ジョン・ヘンリー・メントンが尋ねた。顔は見覚えがあるんだが。

ネッド・ランバートがちらっと振り向く。

――ブルームか、と、言った。マダム・マリアン・トウィーディっていうソプラノ歌手がいたでしょ、いや、いるでしょう。あの男の女房なんです。

――ああ、そういえば、と、ジョン・ヘンリー・メントンが言った。しばらく顔を見ない。なかなかの別嬪《べっぴん》だった。いつかダンスの相手をして、ええと、十五年、十七年前の大昔、ラウンドタウンのマット・ディロンのところでだ。抱き心地満点でね。

一同の中から後ろを見やる。

――何者かね？　と、訊いた。どういう仕事だい？　以前は文房具関係の商売じゃなかったかな？そうそう、いつだったか一揉《ひとも》めしたよ、芝ボールをした晩に。

ネッド・ランバートがにやりとする。

――そうです、と、言った。ウィズダム・ヒーリーの店。吸取紙の注文取りをしてましてね。

――いやはや、と、ジョン・ヘンリー・メントンが言う。どこがよくてあんな狸と結婚したのかね。あの頃はけっこうあだっぽい女だったのに。

――今でもそうですよ、ネッド・ランバートが言った。旦那は新聞の広告取りです。

ジョン・ヘンリー・メントンの大きな目が前方を見つめた。

柩車が横道へ入って行く。恰幅《かっぷく》のいい男が、茂みの中で待ち受けていて、弔意《ちょうい》を表して帽子を取る。墓掘人たちも帽子に手をやった。

――ジョン・オコンルだ、パワー氏が嬉しそうに言った。友達には義理堅い男だもんな。

オコンルは無言で一人一人と握手する。デッダラス氏が言った。

――またあんたの顔を見に来た。

――おいおい、サイモン、と、墓地管理人は低い声で言った。贔屓《ひいき》にしてもらっちゃ困るぜ。

ネッド・ランバートとジョン・ヘンリー・メントンに挨拶をして、後ろ手に二本の長い鍵をもぞもぞ探りながらマーティン・カニンガムと並んで歩き出す。

――聞いたかいな、と、問いかける。クームのマルカーヒーの話は？

――聞いていない、と、マーティン・カニンガム。

そろってシルクハットが傾《かし》ぎ、ハインズは耳を傾《かし》げる。管理人は懐中時計の金鎖の輪に両の親指をひっかけて、ぽかんと笑顔を向ける面々に声を抑えながらしゃべり出す。

――こういう話なんだ、と、始めた。酔っ払いが二人、霧の深い晩に友達の墓を尋ねてここへやって来た。クームのマルカーヒーの墓はどこだいなと訊いて、場所を教えられた。霧の中をほっついたあげく、なるほど墓は見つかった。片方の酔っ払いが名前をたどろたどろ読み上げる。テレンス・マルカーヒー。もう一人の酔っ払いは、後家さんの建てさせた救世主様の像を見上げて目をぱちくり。

管理人は立ち並ぶ墓碑の一つを見上げて目をぱちくり。再び先をつづける。

――で、主の像を見上げて目をぱちくりやってから、**てんで似てねえぜ**、と、言ったもんだ。**こりゃマルカーヒーじゃねえ**、と、言ったもんだ。**誰がこさえたんか知らねえけどよ**。

笑顔に見送られて列を離れると、コーニー・ケラハーに話しかけ、差し出された書類を受け取って、それをめくりめくり目を通しながら歩いて行く。

——わざとああいう話をしてみせるんだ、と、マーティン・カニンガムがハインズに向って言う。

——分るよ、と、ハインズが応じる。分る分る。

——慰めようってわけさ、マーティン・カニンガムが言った。純然たる善意、それだけのことだ。

ブルーム氏は管理人の矍鑠《かくしゃく》たる巨体に見とれた。人のいい男、ジョン・オコンル、まったくもって好人物。鍵をじゃらじゃら。キーズの店の広告みたいだな。どなたもお出になられるに及びません。再入場券は発行致しません。**人身保護令状**《ハベアト・コルプス》だよ。あの広告を葬式のあとで手直ししなくちゃ。宛先はボールズブリッジと書いたっけな、マーサに書いてたらあれが入って来たんで封筒で隠そうとしたとき。宛先不明で配達不能になっていなければいいけど。髭を剃ったほうがいいのにな。髭白髪《しらが》になりかけている。頭も白髪になる最初の徴候。そしてだんだん気短《きみじか》になる。白髪頭に白金のォォ。この男と連れ添うってのはどんなふうなのか。よくもまあ嫁になってくれなんぞと言い出せたもんだね。ねえ、いっしょに墓地で暮そうよ。それを目の前にちらつかせる。女も最初はわくわくするかも。口説《くど》きの死神。そこらじゅう骸《むくろ》の横たわるこのあたりを夜の影がうろつく。教会墓地が欠伸《あくび》をする時刻に墓所を抜け出す亡霊たちやダニエル・オコンルがきっと子孫だろう誰だっけよく言ってたなやたらな種付け男だったたってでもやっぱし偉大なカトリック教徒だよでっかい巨人みたいに暗闇の中に。鬼火ちらちら。墓ガスしゅうしゅう。気をそらせてやらなくちゃそもそも孕《はら》めませんての。女はとにかく癇《かん》持ちだからね。寝物語に怪談でも聞かせてやるんだ。幽霊を見たことある？　うん、ぼくはあるんだ。真っ暗な夜だった。時計が十二時を打っていた。だけどちゃんとその気になれば女ってのはキスをしてくる。トルコの墓場の夜鷹《よたか》たち。若いうちにやっておけば何でも身につく。ここで若い孀《やもめ》をひっかけるという手もある。男はそういうのがよくてね。墓石に囲まれた恋。ロミオ。快楽の薬味《やくみ》。死の只中にありて我ら生の最中《さなか》にあり。両極端の出会い。可哀そうに、死んでるほうは見せつけられるだけ。飢えてる連中にビフテキじゅうじゅうの匂いをかがせるようなもの。急所にぐいぐいこたえるって。他人をちょくりたくなる気持。モリーが窓際でやりたがったっけ。ともかく子供が八人いるんだ、この男には。

これまでごっそり地下へ赴《おもむ》くのを見届けてきたんだろう。それが周りの一画に、また一画にと横たわっている。聖なる用地。立たせて埋めればもっと余地があるのに。座らせたり跪《ひざまず》かせたりじゃ駄目さ。立たせて？　地滑りでもあったらにょきっと首が突き出てこないともかぎらないぞ、片方の手が指差しをしたまんま。土の中はどこもかしこもきっと蜂の巣。筒長の巣部屋だらけ。それにまたよくきちんと手入れをしているね。芝の長さも縁取りも。自分の庭だとギャンブル少佐はマウント・ジェロウムを称している。まあ、そうだろうさ。眠りの花もなくちゃね。中国の墓地にはでっかい芥子《けし》が生えてて最高の阿片《あへん》になるってマスティアンスキーが言ってたな。植物園が目と鼻の先。血が地面に滲み込んで新しい命が生れる。ユダヤ人たちがキリスト教徒のあの男の子を殺したのも同じ考えか。人それぞれに値段あり。保存のいい肥満の骸《むくろ》、紳士、美食家、果樹園には最高級貴重品。お買い得。会計検査官兼会計士、故ウィリアム・ウィリキンスン遺体全品、三ポンド十三シリング六ペンス。御愛顧感謝。

骸《むくろ》肥料の土壌はそうとう肥えるんじゃなかろうか。骨あり、肉あり、爪あり。遺骸安置所ばかり。おっそろしいね。蒼白くなり赤茶けながら朽ちていく。じめじめした地中で腐敗は早い。痩せこけた老人のほうがなかなか朽ちない。それから獣脂みたいなチーズみたいなものになる。それから黒ずんでいき、黒い糖蜜がじくじく滲み出す。それから干涸《ひから》びる。飛び交う髑髏蛾《どくろが》。もちろん細胞やらなんやらは生き続けるけど。あれこれ変化しつつ。永久に生き続けると言ってもいい。養分がなければ己を養分にして。

だけどそうとうむちゃくちゃに蛆《うじ》がわくぞ。きっと蛆がうじょうじょいるだけの土壌。のぼせて頭がくゎーらくら。くゎーいらしき海辺の娘ら。それにしてもこの男はなんとも朗《ほが》らかな顔をしてそんな土を眺める。他人がみんな先に地下へ行くのを目にして力がわくんだ。人生というものをどう見てるんだろうか。冗談まで飛ばすし。ほのぼの気分になるんだろな。告示のあの冗談。スパージャン午前四時天国へ。午後十一時（閉店時）。未だ到着せず。ペテロ。死人だって男ならたまには冗談も聞きたいだろうし、女なら最近の流行を知りたいだろうさ。とろけるような梨やレディーズ・ポンチ、熱くて強くて甘ったるいやつ。湿っぽくならないように。誰だってときには笑わなくちゃな、だからあんなふうにしたほうがいいんだ。**ハムレット**の墓掘りたち。人間の心情をいかに深く知りつくしていたかを示す。死んだ人間のことを冗談の種にするなんて少なくとも二年はできないな。**死者に棒打つなかれ**《デ・モルトゥイス・ニル・ニシ・プリウス》。喪が明けてからの話だよ。この男の葬式ってのはちょっと想像しがたい。冗談事といったふう。自分の死亡記事が出たりすると長生きするそうだ。第二呼吸で元気回復。生命賃貸契約更新。

――明日は幾体《いくたい》だね？　管理人が尋ねた。

――二体、と、コーニー・ケラハー。十時半と十一時だ。

　管理人はポケットに書類を突っ込む。柩車のがらごろが止っていた。会葬者たちは二手に分れ、足もとに気をつけながら墓石をぐるっと回って墓穴の両側に移動する。墓掘りたちが柩を担ぎ、その頭のほうを穴の縁へ持っていくと、ぐるぐる綱を回す。

　いよいよ埋めるんだ。我らシーザーを葬るために来《きた》り。三月の十五日、いや六月の。当人は誰が来ているのか知らないし気にもしていないや。

おや、あそこの雨外套《マッキントッシュ》のげっそり顔の木偶坊《でくのぼう》は誰だ？　おやおや誰だい、知りたいね。おやおや誰だい、教えてくれたら粗品を進呈。思ってもみなかったやつって、ひょっこり現れるものだ。人は一生、人里離れて暮すこともできる。そう、できるだろう。それでも死んだら誰かに土をかけてもらわねばならない、墓穴は自分で掘ることができるにしてもだ。人間は皆そうする。人間のみが埋葬をする。いや、蟻もだ。真っ先に誰でも思いつく。死者を埋める。かりにロビンソン・クルーソーが実在したなら。それならフライデイが埋葬したさ。考えてみれば、すべての金曜日《フライデイ》は木曜《サーズ》日《デイ》を埋葬してるんだ。

ああ、可哀そうに、ロビンソン・クルーソー！
なんでそんなことをしちゃったのォ？

可哀そうに、ディグナム！　箱におさまって地上に横たわるのもこれが最後。皆こうなるって考えると木材がもったいないって感じだ。すっかり蝕《むしば》まれてしまうんだから。うまいこと滑り板みたいなのがついてる骸台《むくろだい》が発明されないものかね、そこからすとんと落っことす。だけど他人の使い古しで埋葬されるってのには反対するのもいるか。皆、こむずかしいことを言うから。生れ故郷の土に埋めてほしい。聖地の土を少しでも入れてくれ。一つ柩に入れるのは母親と死産の子だけ。それは分るね。分る。土の下に埋められてもできるだけ長く守ってやるため。アイルランド人の家は柩なり。地下墓地で防腐保存、ミイラも同じ考え。

ブルーム氏はずっと後ろのほうに控えて帽子を手にし、無帽の頭数《あたまかず》を勘定した。十二。十三。おれで十三人。いや。雨外套《マッキントッシュ》の男が十三。死の数。一体全体、あいつはどこからぽっと現れたんだい？　霊安堂にはいなかった、絶対に。十三がどうのとくだらない迷信さ。

ふんわり柔らかそうなツイードだなネッド・ランバートのあの服は。臙脂《えんじ》が入ってる。ロンバード通り西に住んでた頃、おれもあんなのが一着あった。あいつは一時、服装にこってたっけな。日に三度もスーツを替えたりして。おれのグレーのスーツ、メサイアスに裏返しの直しを頼まなくちゃ。ほほう。染め直したんだな。女房がいやあいつは独身なんだそれなら女将《おかみ》があの糸屑《いとくず》を取ってやればいいものを。

柩が沈んで見えなくなり、墓丈継《はかたけつぎ》にふんばる人夫たちがしずしずと綱を繰り出す。それからえいこらさっと腰を伸ばし、足場を下りる。そして帽子を取った。これで二十人。

一休止。

ここの全員が突如、別人になったとしたら。

遠くで驢馬《ろば》が嘶《いなな》いた。雨になるな。驢馬は魯馬《ろば》じゃない。死体を見せないんだそうだ。死を恥じるんだろ。姿を隠してしまう。可哀そうに、おれの親父も遠くへ出かけて行った。

爽《さわ》やかな微風がさわさわいいながら無帽の頭を巡って吹く。さわさわ。墓穴の頭側に立つ少年が両手に花輪を抱えて、暗い空間の中を黙って見つめる。ブルーム氏は恰幅《かっぷく》のいい気さくな管理人の後ろへ移動した。仕立のいいフロックコート。次に逝《い》くのはどれだろうと見比べているんだろう。さあ、長の休息。もう何も感じない。感じるのはその一瞬だけ。きっとべらぼうに不愉快。最初は信じられない。間違いに決ってる。人違いだ。向いの家に当ってくれ。待てったら、おれはまだ。やり残してることが。そうして真っ暗な臨終部屋。明りが要るのに。周りでさわさわ囁《ささや》き声。神父様を呼びましょうか？　それから取り乱して支離滅裂。生涯隠しに隠してきたことを譫言《うわごと》で口走る。断末魔《だんまつま》の苦しみ。ふつうに眠ってるのと違うわね。下瞼《したまぶた》を押してごらん。見ててよ鼻が詰ってない顎がゆるんでない足の裏が黄ばんでいない。枕なんか外して早いとこ死なせてあげようよどうせ駄目なんだから。罪人《つみびと》の死というあの絵、悪魔が男に女を指し示す。寝間着のまま女に抱きつこうともがく男。**ルチア**の終幕。**もはや永久にそなたを見ることはないのか？** ばたり！ 男は息絶える。とうとう死んだんだって。ちっとは噂になる。それから忘れる。忘れずにあの人のために祈るのよ。お祈りするときあの人のことを思い出すのよ。パーネルですら。蔦《つた》の日も消え去りつつあるんだ。それからそう言ってる連中もあとに続く。穴の中へ落っこちるんだ、次々に。

おれたちは今、あの男の魂の安息を祈っている。大丈夫だろうな、地獄に落ちないでくれよ。けっこうな転地だ。酔難《すいなん》去ってまた煉難《れんなん》。

穴が待ってるってことを当人は思い浮べるものだろうか。日向《ひなた》でぶるっと寒気が走るときにそれを思い浮べるという話だ。誰かあれの上を歩いてるな。楽屋の呼出係の催促。そろそろです。おれのはあっちのフィングラスのほう、一区画買った。おふくろもあそこだ。それにちっちゃなルーディも。

墓掘りたちがスコップを手にし、ずしッずしッと大きな土くれを柩へかぶせていく。ブルーム氏は顔をそむけた。あいつがまだ生きているとしたら？ ひェッ！ まさかそんな、おっそろしい！ そうさ、うん、もちろん死んでる。月曜に死んだんだ。なにか法律があって然るべきだよ、心臓に針を突き刺して確かめるとか、柩の中へ電気時計や電話を備え付けて、テントの空気穴みたいなものを付けるべしとか。遭難信号旗。三日間。夏だとそんなにもたないか。事切れたのが間違いないとなればやっぱり早いとこ縁を切ったほうがいいね。

土くれの落ちる音が和《やわ》らいできた。忘れられる始まり。去る者は日々に疎《うと》し。

管理人が数歩離れてから、帽子をかぶった。やれやれ、もういいだろ。会葬者たちも一人一人ふっと気を取り直して、目立たないように帽子をかぶる。ブルーム氏は帽子をかぶり、恰幅《かっぷく》のいい姿が墓の迷路を器用に進んで行くのを眺めた。落着いて、歩きなれた足どりで、その姿が陰鬱《いんうつ》な地所を行く。

ハインズがメモ帳に書きつけてる。ああ、名前か。だけど全員の名前を知ってるはずだ。いや、こっちへ来る。

――名前をメモしてるんだが、ハインズが息を弾《はず》ませながら言った。あんたの洗礼名はなんだっけ？　はっきり知らないもんで。

――L、と、ブルーム氏は言った。リアポウルド。それからマッコイの名前も書いておいてくれないかな。頼まれたんだ。

――チャーリーだな、と、ハインズが書き留める。知ってる。**フリーマン**にいたことがあるから。

そうそう、そのあと死体公示所に勤めてルーイ・バーンの下で働くようになったんだ。検死を医者に任せるってのはいい考えだよな。知ってるつもりのことを見つけりゃいいわけだ。死んだのはしかじか火曜なわけですな。首になったんだったけ。広告料をちょろっとちょろまかして。チャーリーちゃんよ、愛しのダーリン。だからおれに頼んだな。まあいいさ、べつに損をするわけじゃない。名前書いておいたよ、マッコイ。やあ、それはどうも。恩に着るよ。恩の一つも着せておくさ。金のかかることじゃない。

――それから、ええと、ハインズが言った。あの男を知ってるかい、ほら、あそこにいるあの……。

きょろきょろ見回す。

――雨外套《マッキントッシュ》。ああ、さっき見かけたよ、ブルーム氏は言った。あれっ、どこかな？

――マキントッシュか、と、ハインズがメモする。知らない男だ。姓だろ？

きょろきょろ見回しながら、立ち去って行く。

――いや、ブルーム氏は言いかけ、振り返って立ち止る。おーい、ハインズ！

聞えなかったな。はて？　どこへ消えてしまった？　影も形もなし。こりゃいったい。誰か見かけなかった？　ケイ、イー、ダブルエル。どろんと消えた。おいおい、どうなっちまった？

七人目の墓掘りがブルーム氏のそばへ来て、遊んでいるスコップを取り上げた。

――おっと、失礼！

ひょいと脇へよけてやる。

赤土の湿ったのが穴の中に見え始める。盛り上ってきた。地面とすれすれ。湿った土くれがなおもこんもり盛り上り、盛り上り、墓掘りたちがスコップの手を休めた。皆、再び帽子を取ってしばし黙禱《もくとう》。少年が花輪を一角に立てかける。義弟は花輪を盛土に載せる。墓掘りたちは帽子をかぶり、手押車の方へスコップを運ぶ。それからスコップの刃を芝に軽くこすりつける。よし、落ちた。一人が屈《かが》み込むと、柄《え》にもじょもじょ絡《から》みついた長い草の塊を引き離す。一人が仲間から離れ、肩に担いだ武器の刃を青光りさせながら、ゆっくりと歩き去る。黙々と墓の向う側で別の一人が柩綱を巻く。あいつの臍《へそ》の緒《お》。義弟が、去り際に、その墓掘りの空いた手に何か握らせる。無言の感謝。悪いけど、旦那、こんな困るんすよ。首振り。分る分る。あんた方だけでちょっと。

会葬者たちはなんとなくゆっくり散らばり始め、あっちこっちの曲りくねった小道を行き、ときおり立ち止っては墓石に刻まれた名前を読んでいた。

――党首の墓へ回っていこうじゃないか、ハインズが言った。急ぐわけじゃないし。

――そうしよう、パワー氏が言った。

右へ曲り、それぞれの沈んだ思いをたどっていく。畏敬をこめてパワー氏の空ろな声がしゃべった。

――本当はあの墓にいないんだという説もあるがね。棺には石ころを詰めたんだとか。いつの日か戻って来るだろうと。

ハインズが首をふった。

――パーネルは戻ってなんかこない、と、言った。あの中だよ、あの人の亡骸《なきがら》は。遺骨よ安らかに。

ブルーム氏は独りきりで葉陰の道を歩く。悲しみの天使、十字架、欠けた円柱、家族の丸天井、天を仰ぎ見て祈る希望の石像、今は亡きアイルランドの心と手。どうせ金を使うんなら生きてる者の慈善に使ったほうが気がきいてるね。魂の安息を祈るか。誰が本気で祈るのかいな。埋めてしまえば、はいさよなら。石炭落しへ石炭ごろごろ。それから全部まとめて時間の節約。万魂節《ばんこんせつ》ときた。二十七日に親父の墓へ行くんだ。あの墓掃除に十シリング。草むしりはしてくれる。あれも爺さんだ。曲った腰で鋏《はさみ》をちょっきんちょっきん。片足は棺桶。逝《い》ける誰それ。この世を去りし誰それ。なにも好き好んで死んだわけじゃないよ。お払い箱になったんだ、誰もかれも。くたばりし誰それさ。生前は何をしてたか碑に記してあれば面白いのに。何の何某、車大工。余はコルクリノリウムの注文取りなりき。余は借金未済の身なりき。あるいは片手鍋を持つ女の碑。アイリッシュ・シチューならお手のものなりき。田舎の教会墓地の碑文はワーズワースだかトマス・キャンベルだかの詩にしなくては。憩《いこい》に入りたるとプロテスタントは記す。マレン博士の墓碑。大いなる医師に呼び戻されし。なんせ教会墓地は連中のための神の地所だ。快適な別荘。漆喰塗装新装成る。ゆったりと葉巻をくゆらせながら**教会タイムズ**を読むのに理想の場所です。婚礼広告は誰も飾り立てようとしないな。扉の把手《とって》に錆びた花輪が掛ってる、青銅箔《はく》の花飾り。これのほうが安上りなんだろう。だけどね、本物の花のほうが趣きがあるよ。金属のは飽きがくる、萎《しぼ》むこともないし。何も表現しない。永久花ね。

鳥が一羽、ポプラの枝に飼いならされたみたいに止っている。まるで剝製《はくせい》。参事会員のフーパーにもらった結婚祝いそっくり。おい、こりゃ！　ぴくとも怖がらない。ぱちんこで狙われることなんかないのが分ってるんだ。生き物が死ぬともっと哀れだ。おばかちゃんミリーが死んだ小鳥を台所用のマッチ箱に入れて埋めたっけな、雛菊《ひなぎく》を編んだのと皿かなんかの欠けたかけらを墓にのっけて。

聖心だなあれは。心臓のつもりなんだ。あけすけ心臓。もっと横へやって本物の心臓らしく赤く塗るべきだよ。アイルランドは聖心とか何とかにひたむきだったんだ。さっぱり楽しそうじゃない。どうしてこういう刑罰に遭う？　鳥が突っつきに群がってくるかな果物の籠《かご》を抱えた少年の絵みたいにでもこれじゃ駄目だと言ったんだよな鳥が少年を怖がるくらいじゃなくてはと。そう言ったのはアポロだっけ。

なんとまあたくさん！　ここにいる者が皆かつてはダブリンを歩き回ってたとは。信仰厚き故人。汝の今在るごとく我もかつて在りき。

それにだよ、一人一人を皆思い出せるわけでもない。目、歩き方、声。そうか、声なら、うん、蓄音機。墓の一つ一つに蓄音機を備えるとか家に置いておくのもいい。日曜のディナーのあとなんかに。亡くなった曾祖父《ひいじい》さんの声をかけてみようよ。ザーッザザザーッ！　やあやあやあこりゃ嬉しいわいなザザザーッ嬉しいわいなまた会えるとはのうやあやあ嬉しッカチャシュシュ。声が思い出せるな写真で顔を思い出すみたいに。写真がなかったら十五年もたてば思い出せなくなるね。たとえば誰？　たとえばおれがウィズダム・ヒーリーのところに勤めていた頃に死んだ誰か。

ジャリズズッ！　砂利の音。待て。おっととッ！

目をこらして石の地下室を見下ろす。なにか生き物。待て。ほら、いるぞ。

ころころ太った灰色の鼠《ねずみ》が地下室の斜面を走り、砂利を動かす。古顔。曾祖父さん。勝手知ったるだな。灰色の生き物は台座の下へぺしゃっと潜《もぐ》って、もぞもぞっと這《は》いずり込む。宝を隠すには恰好《かっこう》の場所だ。

住人は誰かな？　ロバート・エマリーの遺骸ここに眠る。ロバート・エメットは松明《たいまつ》明りを頼りにここに埋葬されたんだっけ。鼠公《ねずこう》の縄張り巡りか。

おや、尻尾《しっぽ》が見えなくなった。

ああいう手合《てあい》なら大の男一人くらいあっさり片付けてしまうだろうな。誰だろうとおかまいなしに骨までしゃぶってきれいさっぱり。やつらにとっては普通の食事。死体ってのは腐った肉だ。うん、するとチーズは？　ミルクの屍《しかばね》。**中国旅行記**に書いてあったけど中国人は白人が屍みたいなにおいがすると言うそうだ。火葬のほうがいい。神父たちは猛反対。別乃来世社《べつのらいせしゃ》のために御利薬味《ごりやくみ》を聞かせているんだからな。焼却《しょうきゃく》 万請負人《よろずうけおいにん》やらオランダ天火《てんぴ》行商人やら。疫病の時代。生石灰の熱病穴に放り込んで。無痛屠畜室。灰から灰へ。あるいは海へ埋葬というのもある。パルシー教徒の寂静《せきせい》の塔はどこにあるんだっけ？　鳥に食われるんだ。土、火、水。溺れ死ぬのが一番気持いいんだそうだ。全生涯を一瞬のうちに見る。でも生き返るなんてことになったら元《もと》の木阿弥《もくあみ》。それにしても空気に埋葬というのはできないんだな。飛行機からでも。新しいのが落っこちてくるたびに報《しら》せが広まるんだろうか。地下通信。鼠のやつらが言ってたもんでよ。べつに驚きやしねえぜ。あいつらの三度の飯だもんな。蠅《はえ》は死にきらないうちからたかってくる。ディグナムのことも嗅ぎつけて。死臭なんぞ気にしない。塩白のくずれかけたぶよっとした死体。匂いも味も生の白蕪《しろかぶ》。

前方に鉄柵がきらっと光った。まだ開いている。やれやれ浮世に戻れる。ここはもういいや。来るたびにちょっぴり近くなるんだ。このあいだはシニコウのおかみさんの葬式だった。おれの親父もやはり。愛が殺す。それどころか夜中に手提《てさ》げランプを提げてきて地面の下を引っ掻き回すなんて事件が新聞に出てたっけな埋められたばかりの女とか膿《う》んだ墓傷だらけの腐敗したのまで。死んだらちょっと怖い思いさせてあげるから。死んでから化けて出てやるから。死んだら幽霊になって出てやるから。死んだら幽霊になって取り憑《つ》いてやるから。死後の世界には地獄というのがある。他界行儀《たかいぎようぎ》が好きじゃないって手紙にあった。おれもそうだよ。見たり聞いたり感じたりすることがまだまだ山ほどある。血の通う温かい存在を身近に感じたいね。あちらさんたちは蛆《うじ》だらけの寝床で眠ってもらおう。まだまだ天寿《てんじゅ》のイニングありさ。温かい寝床。温かい血のみなぎる命。

マーティン・カニンガムがぬーっと横道から現れた。大事な話をしている様子。

確か、弁護士。顔は見覚えがある。メントン、ジョン・ヘンリー、弁護士、宣誓供述書監査官。ディグナムが事務所に勤めていたことがある。マット・ディロンのところでずいぶん昔。陽気なマット。夜集ってはわいわい飲み食い。鶏の冷肉、葉巻、タンタロスグラス。まったくもって気前のいい男。そうだ、メントン。あの晩芝ボールをして癇癪《かんしやく》を起した男、おれがさっと中へ決めたから。まぐれもまぐれ、曲球《くせだま》になったんだ。どうしておれを根っから嫌っていたんだろう。一目嫌い。モリーとフロウイー・ディロンがライラックの木の下で手をつないで、けたけた笑っていた。男ってのは必ずだよな、女に見られているとすぐにむきになる。

帽子の片側がへこんでいる。たぶん馬車でだろう。

——あの、失礼ですが、と、ブルーム氏は追いついて言う。

二人は足をとめた。

——帽子がちょっとつぶれてますよ、と、ブルーム氏は指差す。

ジョン・ヘンリー・メントンは一瞬、ぴくとも動かずに相手を睨《ね》めつけた。

——ほら、と、マーティン・カニンガムが助け舟を出して指差す。

ジョン・ヘンリー・メントンは帽子をぬぎ、へこみをふくらませ、上着袖で慎重に毳《けば》をなでつけた。ぴしっと帽子をかぶり直す。

——それで直った、と、マーティン・カニンガム。

ジョン・ヘンリー・メントンは了解とばかりにぐいっとうなずく。

——ありがとよ、と、そっけなく言った。

二人は門に向って歩き出す。ブルーム氏は、しょぼんとなり、話を聞かないようにして数歩後ろを歩く。マーティンがぴしぴしやりこめている。マーティンなら相手の気づかないうちに、あんなど阿呆《あほう》を苦もなく丸め込むだろう。

牡蠣眼《かきまなこ》め。まあいいや。あとでじんわり悪かったなあと思えばいいんだから。そうなればこっちの勝ちってわけ。

ありがとよか。みんな今日はお偉いさんだよ。

第七章《エピソード》

アイオロス

Aeolus

時刻　正午~午後一時

場所　市の中心部、新聞社の印刷所・編集室・事務室

人物　ブルーム、スティーヴン、ハインズ、ヒュー・マッキュー、レネハン　他

ヒルベニアの首都の中心にて

ネルソン記念柱の前で路面電車は徐行し、待避線に入り、トロリーポールの移動をすませ、そうして発車する。ブラックロック、キングズタウン、ドーキー行き、クロンスキー、ラスガー、テレニュア、パーマーストン・パーク行き、アッパー・ラスマインズ、サンディマウント・グリーン、ラスマインズ、リングズエンド行き、サンディマウント・タワー、ハロルズ・クロス行き。嗄《しやが》れ声のダブリン合同軌道会社発車係がどなり声で急《せ》き立てた。

——ラスガー、テレニュア！

——よし、サンディマウント・グリーン！

右左並行に、がったんチンチンがったんチンチン、ダブルデッカーとシングルデッキが始点線路から動き出し、カーブして下り線に入り、並行に滑り行く。

——発車、パーマーストン・パーク！

王冠印

中央郵便局の玄関先で靴磨きが口々に呼び立て、靴磨きに精出す。北プリンス通りに並ぶ国王陛下の朱塗りの郵便車が、横腹に王の頭文字E・Rを見せて、どさっどさっと放り投げられる袋を次々に受け取る。封書、葉書、郵便書簡、小包、書留、料金支払済、市内、地方、英国本土、外国。

新聞業界人

どた靴の酒樽《さかだる》運びの馬方《うまかた》たちがプリンス通りの貯蔵所からごろんごろんと酒樽を転がして酒樽車《さかだるぐるま》へずしんずしんとのっける。酒樽車へどた靴の酒樽運びの馬方たちがプリンス通りの貯蔵所から転がしてきた酒樽がずしんずしんとのっかる。

——あったぞ、と、レッド・マリーが言った。アレグザンダー・キーズ。

——切り抜いてくれないかな、と、ブルーム氏。**テレグラフ**の編集室へ持って行くから。

ラトリッジの事務室のドアが再びギーッと鳴った。デイヴィー・スティーヴンズが、大きなケープコートにちっちゃな体をすっぽりくるみ、巻毛《まきげ》をくるくるこしらえた頭に小さなフェルト帽をちょこんとのっけ、一巻きの書類をケープの下に抱えて出て行く。さながら国王の使者。

レッド・マリーの大きな鋏《はさみ》がチョッキンチョッキン四度動いて、新聞の広告を切り取った。鋏と糊《のり》のちょろい仕事。

——印刷所へ寄ってみよう、と、ブルーム氏が四角い切抜きを手にする。

——もちろん向うさんが数行入れてくれって言うなら、と、レッド・マリーがペンを耳にはさんで乗り出す。うちで入れるから。

——分った、と、ブルーム氏がうなずく。そこは念を押しておこう。うちときたね。

ウィリアム・ブレイドゥン殿
オークランド、サンディマウント

レッド・マリーが鋏をブルーム氏の腕にぽんとやって、小声で言う。

——ブレイドゥンだ。

ブルーム氏が振り向くと、制服の玄関番が文字入りの帽子をとるのに迎えられて、ふんぞり返った人物が**ウィークリー・フリーマン＝ナショナル・プレス**と**フリーマンズ・ジャーナル＝ナショナル・プレス**の新聞掲示板の向き合う廊下を入ってくる。ずっしんずっしん響くギネスの酒樽。人物は堂々と階段を昇り、その先を雨傘が行く。髯《ひげ》の縁取るいかつい顔。ブロードクロスの後ろ姿《バック》が一歩一歩、昇って行く。醸造大桶《バック》。サイモン・デッダラスに言わせると、ありったけの脳みそが盆《ぼん》の窪《くぼ》に溜《たま》ってしまったんだな。みみず腫《ば》れみたいな肉が首根っこに幾重にも。脂肪のひだひだの首、脂肪、首、脂肪、首。

——顔が救世主キリストそっくりだと思わないか？　レッド・マリーがそそめく。

ラトリッジの事務室のドアがそそめく。イーッ、キィーッ。ドアがどれも向い合せの造りだから風が。すーっと入って。すーっと出て。

救世主、髯《ひげ》の縁取る卵形の顔、夕闇の中で語りかける。マリア、マーサ。雨傘剣《あまがさつるぎ》に先導されてフットライトへ。テノール歌手、マリオ。

——というかマリオに似てるな、と、ブルーム氏。

——うん、と、レッド・マリーは同意する。しかしマリオは救世主キリストの生写《いきうつ》しと言われてたんだぜ。

イエスマリオ、紅厚《べにあつ》の頬、ダブレット、長ひょろ脚。胸に手を当てて。歌劇**マルタ**。

来たぁぁれ、去りし汝《なれ》
来たぁぁれ、愛《いと》しき汝！

司教杖《しきょうじょう》とペン

——大司教閣下が今日はもう二度電話をかけてきなすったよ、と、レッド・マリーが真面目くさって言う。

二人は、膝が、脛《すね》が、靴が消え去るのを眺めた。足首頓首《とんしゅ》。

電報配達がひょいと飛び込んできて、カウンターに封書を放り投げ、一言《ひとこと》残して駆け去る。

——**フリーマン！**

ブルーム氏はおもむろに言った。

——それはまあ、われわれの救世主の一人ではあるね。

含み笑いを浮べつつカウンターの跳《は》ね蓋《ぶた》を持ち上げ、横の戸口を抜け、もわっとする暗い階段と通路を通り、今度はごとごと振動する板張り壁伝いに行く。だけどあの男が部数挽回《ばんかい》の救世主になるかね。ごっとんごっとん。ずっしんずっしん。

ガラス張りのスイングドアを押して入り、ちらかっている包装紙をまたいだ。ガッチャンガッチャン鳴り響くローラーの並ぶ間を抜けてナネッティの校正部屋へ向う。

ハインズも来てるぞ。葬式の記事だろう。ずっしんずっしん。ずしん。

衷心《ちゅうしん》より哀悼《あいとう》の念をもって
盛名《せいめい》のダブリン市民の卒去《そっきょ》を
ここに謹告《きんこく》する

本日故パトリック・ディグナム氏の遺体は。機械。挟《はさ》まれたりしちゃ粉々に砕かれちまうぞ。もはや世界制覇だ。あいつの機械だってせっせこ動いてるさ。ここのと同じで、手がつけられないね。醱酵《はっこう》中の大暴れ。齷齪汲々《あくせくきゅうきゅう》、がむしゃらもがく。そこへあの灰色の鼠公《ねずこう》がしゃにむに入り込む。

大日刊紙はいかに作られるか

ブルーム氏は現場主任の痩せこけ姿の後ろに立ち止り、見事なつるっ禿頭《ぱげ》をとくと拝んだ。

あのご本人が自分の本当の国を見たことがないとは妙なものだ。アイルランドが私の故国か。カレッジ・グリーン区選出議員。一介の労働者という路線をとことん張った。週刊紙が売れるには広告と三面記事のネタだよ。官報に載るような黴臭《かびくさ》いお報《しら》せじゃない。アン女王御逝去《せいきょ》なんて。政府発行壱千云々年。ティナヒンチ郡ローズナリス町区所在占有地。関係者各位に、バリナより輸出したる騾馬《らば》及び牝驢馬《めすろば》頭数法令準拠報告明細。風物詩。漫画。フィル・ブレイクの連載パットとブルの五一愚話《ぐいちぐばなし》。トビー叔父さんのちびっこ頁。田舎《いなか》っぺの質問コーナー。担当者様、腹にガスが溜るのですがいい治療法はありませんか。おれもああいう役をやりたいや。他人に教えながら教わることも多い。個人消息。M・A・P。もっぱら有り体《あってい》ピント写真。黄金の砂浜の端麗なる水着姿。世界最大の気球。姉妹合同結婚式。満面の笑顔を見合せる両花婿。印刷工のキュプラーニもそうだっけな。アイルランド人以上のアイルランド人だ。

機械が四分の三拍子で騒音を奏《かな》でる。ガシャン、ガシャン、ガシャン。この男がいきなり卒中で倒れたりして誰も停め方が分らなければ機械はいつまでも同じガシャンガシャンを続けて、刷った上に何度でも刷っては刷ってはを繰り返すだろうな。なにもかも猿の落書きになっちまう。頭の涼しい男がいなくちゃね。

——それじゃ、夕刊に入れといてくださいよ、市議さん、と、ハインズが言った。じきに市長さんと呼ぶことになるかも。のっぽジョンが後押ししてるっていうから。

現場主任は、返事を返さず、紙の端に印刷と走り書きして、植字工に合図した。汚れたガラスの仕切りごしに黙って紙を渡す。

——よしと。どうも、と言って、ハインズが立ち去りかけた。

ブルーム氏がすっと立ちふさがる。

——金をもらうつもりなら経理がいまランチに出かけるところだよ、と、親指で後ろを差した。

——もらったのか？　ハインズは言った。

——ん、と、ブルーム氏。すぐ行けばつかまる。

Aeolus Yo. Yamamoto 2016

——ありがとさん、ハインズは言った。おれもせしめてこよう。

嬉々として**フリーマンズ・ジャーナル**の事務室へ向う。

三シリング貸してある、ミーガーの店で。三週間。それとなく三度目。

広告勧誘員始動

ブルーム氏は切抜きをナネッティ氏のデスクに置いた。

——失礼します、市議さん、と、切り出す。この広告なんですが。キーズの、覚えてますでしょ？

ナネッティ氏は切抜きをしばし見つめてからうなずいた。

——七月に載せてほしいそうで、と、ブルーム氏は言った。

現場主任は切抜きへ鉛筆を動かしかけた。

——いえ、それが、と、ブルーム氏は言った。変えてほしいと言うんです。キーズですからね。上へ二つ鍵《キー》を入れてくれと。

たまらんよ、この喧《やかま》しさ。この男には聞えてないんだ。ナナンさんには。鉄の神経だね。分ってるんだろうな、こっちの。

主任はじっくり聞こうと振り返り、肱《ひじ》を上げると、アルパカのジャケットの脇の下をもぞもぞ掻き始めた。

——こんなふうにです、と、ブルーム氏は、切抜きの上段で人差指を交差させた。

まずはこれを分らせてと。

ブルーム氏がこしらえた十字から横目で見上げると、主任の黄ばんだ顔があり、おや黄疸《おうだん》気味じゃなかろうか、その向うでは従順な輪転機が巨大な巻紙を巻き込んでいる。ガッチャン。ガッチャン。何マイルも繰り出していく。そのあとどうなる？　なあに、肉を包むさ、小包なんかも。用途はいろいろ、一千一とある。

ガッチャンガッチャンの合間合間にするするっと言葉を滑り込ませながら、傷だらけの木造台に手早く図を描く。

鍵《キーズ》の家

——こんなふうにですよ。ここに二つの鍵を交差させるんです。ぐるっと円を一つ。それからここに名前です。アレグザンダー・キーズ、茶、葡萄酒、酒類販売。とかなんとか。

下手な口出しはしないほうがいいか。

——分りますでしょう、議員さん、先方の注文は。上のところを丸く囲んでインテルを入れて、鍵の家。どうです？　名案だと思いますか？

主任はもぞもぞ掻く手を下脇腹へずらせて、そこをもぞもぞ掻いた。

——つまり趣向は、と、ブルーム氏が言う。鍵《キーズ》の家です。ほら、議員さん、マン島の下院。自治もにおわせましてね。観光客も来ますでしょ、マン島から。目につくじゃありませんか。やっていただけます？

あの**ヴォーリオ**の発音を訊いてみようか。いや、知らなかったら気まずい思いをさせるだけだ。やめておこう。

——いいだろう、と、主任は言った。図案はあるのかね？

――持ってきますよ、と、ブルーム氏は言った。キルケニーの新聞に載せたんです。あっちにも店を出してるので。ひとっ走りして訊いてきましょう。それで、そういうふうにして、目を引く文句を二、三行入れてください。ありきたりでいいですから。高級酒類販売免許店。待望久しき。とかなんとか。

主任はちょっと考えた。

――いいだろう、と、言った。三ヵ月の更新契約にしてもらってくれ。

植字工がしなっとしたゲラ刷をもってきた。主任は無言でそれの校正にかかる。ブルーム氏は突っ立ったまま、クランクの騒々しい鼓動を聞きながら、黙々と活字を拾う植字工たちを眺めた。

正綴法《せいてつほう》

この男、綴《つづ》りは確かなんだろうな。校正ばやり。マーティン・カニンガムのいつもの綴り検定問題は今日は忘れたらしくて出なかった。柿落《こけら》しが柿《かき》落しなんてのは愉快だし均衡が均衡なんてのはお笑いだよ恋慕が恋墓になっちゃ比類なき困惑いや比類なき困惑だね。あいつがぱしっと山高帽を叩いたときに言ってやればよかった。ありがとさんか。帽子も古くなりますとねとか言ってやるんだったな。いや。それで新品みたいになりましたねなんて。あいつどんな顔したろう。

するるっ。最初の機械の最下段が突き揃え台を揺さぶり出して、するるっと一帖折りの最初の一束が載っている。するるっ。するるっと注意を促すなんぞは人間顔負け。精一杯しゃべろうとして。あのドアもするるっと軋《きし》って、閉めてくれと言ってるな。どれもこれもそれなりにしゃべってる。

するるっ。

著名聖職者、折々の投稿

主任がいきなりゲラ刷を突っ返して言った。

――待て。大司教の投書はどこへ行った？　**テレグラフ**にも載せなけりゃならん。どこにいる、あの何とかいう男は？

大声をあげるばかりで何も返答しない機械のあたりをきょろきょろと探す。

――マンクスですか？　と、鉛版鋳型《えんばんいがた》ケースから声が問い掛けた。

――ああ。マンクスはどこだ？

――マンクス！

ブルーム氏は切抜きを手にした。このあたりが潮時《しおどき》。

――それから図案はわたしが探してきます、ナネッティさん、と、言った。配置はうまいことしてくれますよね。

――マンクス！

――はい、ただいま。

三ヵ月の再契約ときた。まずはぶっちゃけたところを言いたいね。とにかくやってみるさ。しつこく八月で攻めるか。うまく行きそうだ。馬術大会の月。ボールズブリッジ。観光客もぞろぞろ来るし。

植字工代表

植字室を進んで一人の老人とすれ違う。猫背で、眼鏡をかけ、前掛けを着けて。マンクス爺さん、植字工代表。これまで妙な記事をずいぶんその手で拾ったんだろうな。死亡記事、パブの広告、演説、離婚訴訟、水死体見つかる。そろそろ力尽きる頃。銀行に小金を貯めた酒もやらずの真面目男なんだろう。女房は料理上手の洗濯好き。娘は居間でミシンを踏む。でで福ちゃん、不真面目なんて大嫌い。

かくて過越《すぎこし》の祭

しばし足をとめて、一人の植字工が手際よく活字を並べるのを見守る。まず逆に読む。素早く読み取る。あれはかなり慣れなくちゃな。ムナグィデ・クッリトパ。死んだ親父がハガーダの本を持ち出して、指で右から左にたどりながら読んでくれたっけ。過越の祭《ペサーハ》。来《きた》る年はエルサレムの地にて。おいおい、頼むよ。一かバチかやっとこおれたちをエジプトの地から連れ出して束縛の家へ入れてくれたんだから有難くて**アレルヤ**だね。**聞けイスラエルよ我らの神なる主は**《シエマ・イスラエル・アドナイ・エロヘニュ》。いや、これはもう一つのほう。それから十二人の兄弟、ヤコブの息子たち。それから羊と猫と犬と棒と水と肉屋。それから死の使いが肉屋を殺してそして肉屋が牛を殺してそして犬が猫を殺す。ちとばかげているみたいだけどよく読めばなるほどと分る。裁きってことなんだがそれにしてもよくまあ皆そろって食い合いをするものだ。結局、人生はそんなもの。素早いもんだね、あの仕事っぷり。習うより慣れろ。指先に目がついてるらしい。

ブルーム氏はガッシャンガッチャンいう騒音を逃れて廊下を抜け階段の踊り場へ出た。さあて、これから電車でまっすぐ向えばキャッチアウトにしてやれるか。やっぱり先に電話を入れておくほうがいい。番号は？　うん。シトロンの家と同じ。二八。二八四四。

もう一度だけあの石鹸を

建物の階段を下りる。どこの連中か知らないが壁じゅうマッチの擦《す》り跡だらけじゃないか。点《つ》くか点《つ》かないかで一勝負したわけでもあるまいに。重ったい脂《あぶら》っぽい匂いがいつもこもってるな、印刷所ってのは。隣のトム印刷にいた頃も膠《にかわ》を溶かす匂いが。

ハンカチを取り出して鼻に当てる。シトロンレモン？　ああ、石鹸を入れたんだっけ。このポケットじゃ落してしまう。ハンカチを戻して石鹸を取り出し、ズボンの尻ポケットにしまい込んでボタンをかける。

奥さんがどんな香水使ってるか教えて。まだ家へ戻っても。電車。忘れ物をしたんだとか。ちょっと様子を。まずは。着替えか。いや。やめとこう。うん。

いきなりけたたましい笑い声が**イヴニング・テレグラフ**の編集室から聞えた。あの男だな。なんだろう。ちょいと寄って電話を。ネッド・ランバートだ。

ふんわり中へ入る。

エリン、銀《しろがね》の海の緑の宝玉《ほうぎょく》

——給与《きゅうよ》の一策士亡《いちさくしぼう》っと入来《にゅうらい》、マッキュー先生がもごっと、ビスケット頬ばりばり、埃《ほこり》だらけの窓ガラスを覗《のぞ》き込んでつぶやく。

デッダラス氏が、火の気のない煖炉のそばからネッド・ランバートのからかい顔を見つめ、その顔に苦々しく問う。

——苦リスト様もご苦悶《くもん》だろよ。尻《けつ》の穴がむしゃくしゃせんか？

ネッド・ランバートが、テーブルに尻をのせたまま、先を読む。

——**はたまた、見よ、うねりうねりさわさわと流るる細流は泡立ちつつ先を行き、行く手を阻《はば》む石のかずかずに抗《あらが》い抗い、ネプチューンの青き領地の砕け散る波を目指し、苔生《こけむ》す堤を縫って、いと優しき微風の戯《そば》える中、ちらつき輝く陽光に照され、あるいはまたその思い惑う胸に森の巨樹の覆い被さる葉叢《はむら》の投げかける影に葉隠《はがく》れて行く。**どうだい、サイモン？　と、新聞の縁から顔を覗《のぞ》かせた。なかなかたいしたもんだろう？

——機嫌上戸《きげんじょうご》らしいな、と、デッダラス氏。

ネッド・ランバートが、げらげら笑いながら新聞で膝を打ち、もう一度唱える。

——**思い惑う胸と覆い被さる葉叢尻臀《はむらしりこむら》。**こりゃいい！　こりゃいい！

——かくてクセノフォンはマラトンに臨みたり、と、デッダラス氏がまた煖炉から窓へと視線を動かす。かくてマラトンは海に臨みたり。

——いいかげんにしちゃあどうだ、と、マッキュー先生が窓辺から大きな声で言った。あほらしくて聞いちゃいられん。

ぼりぼりやっていたクラッカーの半月が口の中に消えると、まだ食い足りないとばかりに、もう一方の手のクラッカーに食らいつく。

時代な駄文。空念仏《からねんぶつ》。ネッド・ランバートは今日は休もうって気らしい。一日の予定が狂ってしまうからな、葬式ってのは。人脈があるんだそうだ。ご老体のチャタートン副大法官が大叔父だとか大大叔父だとか。そろそろ九十歳だっていう。追悼記事がとっくに出来上ってるだろうさ。そう長生きじゃ書いたほうも困るね。この男だって先に逝《い》かないともかぎらないよ。ジョニー、叔父さんに席を譲っておあげ。華冑《かちゅう》の君、ヘッジズ・エア・チャタートンか。定期金の支払日には、おぼつかない手つきで小切手の一、二枚書いてやるんだろうさ。ころっと逝《い》ってくれりゃ棚《たな》ぼただね。めでたしめでたし。

――もうひと奮いさせてくれ、と、ネッド・ランバート。

――それ、何です？ ブルーム氏が訊く。

――最近発見されたるキケロの断章なり、と、マッキュー先生が厳《いか》つ声で答えた。**麗《うるわ》しき我らが国土**。

短くも急所を

――誰の国土？ ブルーム氏はさらっと問う。

――実に適切なる質問だ、と、口をもぐもぐやりながら大先生。誰のを強めて質《ただ》すところなんぞ。

――ダン・ドースンの国土だよ、と、デッダラス氏。

――ゆうべの演説？ と、ブルーム氏が問う。

ネッド・ランバートがうなずく。

——まあ聞いてくれ、と、言った。

ドアノブがブルーム氏の腰のくびれにぶつかって、扉が内に押し開けられる。

——失礼、と言って、J・J・オモロイが入ってきた。

ブルーム氏は颯《さつ》と脇へよける。

——いや、こちらこそ、と、言った。

——やあ、ジャック。

——入った、入った。

——やあ。

——元気かい、デッダラス？

——ああ。そっちは？

J・J・オモロイは首を振った。

悲哀

そうとうなやり手の法廷弁護士だったのにな、かつては。肺病、哀れなもんだ。こういう消耗熱の赤みが出るようになってはもうおしまい。ま、ちょいとお愛想だけにして。どういう風の吹き回しなのか。金の工面。

——**あるいはまた、切り立つ山々の頂《いただき》に登るなら……**。

——とてもお元気そうで。

——編集長に会えるかな？　と、Ｊ・Ｊ・オモロイは奥のドアを見やる。

——いかにも、と、マッキュー大先生。会えもするし声も聞ける。レネハンと奥の院においでだ。

Ｊ・Ｊ・オモロイは傾斜机に歩み寄り、ピンクの紙面の綴じ込みをめくり始めた。

弁護士稼業は左前。一廉《ひとかど》の人物になれたかもしれない男。気力が萎《な》える一方。賭け事。証文無しの借金だらけ。狂風《はやち》を刈り取るはめに。以前はＤ＆Ｔ・フィッツジェラルド法律事務所からけっこう契約料をもらっていたんだ。連中のつける鬘《かつら》は灰白質《かいはく》を見せびらかそうってわけさ。あけすけ脳みそ、グラスネヴィンにあったあの彫像みたいに。ゲイブリエル・コンロイと同じ**エクスプレス**の文芸欄に書いてたはず。なかなかの読書家。マイルズ・クローフォードが**インディペンデント**で口火を切ったんだ。滑稽だよな、こういう新聞屋ってのは新たな風穴を嗅ぎつけるとくるり向きを変えるんだから。風見鶏だよ。どっちつかずのふうらふら。どっちを信じていいのかわかりゃしない。なんせ話がころころ変る。新聞紙上でがむしゃらにやり合っているかと思うと、ふっと風が吹きやむ。次の瞬間には馴れ合いだ。

——まあ、頼むから聞いてろって、と、ネッド・ランバートがせっつく。**あるいはまた、切り立つ山々の頂《いただき》に登るなら……**。

——大仰《おおぎよう》な！　大先生が苛立たしげに割り込む。袋笛を吹きまくるのはいいかげんにしろってんだ！

——**頂は**、と、ネッド・ランバートがつづける。**上天高く聳《そび》え、我らが魂はあたかも水浴びに興ずるがごとく……**。

——その大口に水浴びさせろっての、と、デッダラス氏。ありがたい福吹くの神だよ。ええ？　そんなもんでなにがしか貰うのか？

――いわば、アイルランドの絵画帖の比類なき広がりの無類のパノラマの中にあり、他国の誇る景勝の絶賛の風範《ふうはん》に勝るとも劣らぬその美観、鬱蓊《うつおう》たる森と起伏する原野と目もあやに緑滴《したた》る牧野《ぼくや》は、我らがアイルランドの静謐《せいひつ》なる神秘の薄明《はくめい》の超自然なる半透明に浸され……

――月だ、と、マッキュー先生。ハムレットを忘れとる。

故郷訛《なまり》

――その眺望を遠く広く帷《とばり》の包《くる》むうち、やがて煌々《こうこう》たる玉輪《ぎょくりん》の耀き出《いで》て銀《しろがね》の光華《こうか》……。

――ああ！　デッダラス氏がほとほと参ったという態《てい》の呻《うめ》き声をはりあげた。糞うんざりだ！　もうよさんかい、ネッド。人生は短いんだ。

シルクハットを脱ぐと、もじゃもじゃの口髭を苛立たしげにふーっと吹き払い、熊手搔きに髪を搔き上げる。

ネッド・ランバートは新聞をぽんと脇へ放って、さも愉快そうにくっくっと笑う。一瞬あってから、嗄《かす》れた高笑いがマッキュー先生の無精髭《ぶしょうひげ》の黒縁眼鏡の顔に弾《はじ》けた。

――ドーしようもない捏《こ》ねくり黒丸烏《こくまるがらす》め！　と、大先生。

ウェザラップ発言

冷《さ》めた活字になったのを笑いものにするのは結構だけど、ホット景気《ケーキ》よろしく売れるんだよ、その手の駄文が。パン屋商売もやっていたっけな。だから捏《こ》ねくり黒丸烏《ドー》なんて名を頂戴してる。とにかく羽振りのいい巣をこさえたってわけだ。娘の婚約したのが内国歳入庁勤めで自動車も持ってるあの男。うまいことひっかけたね。客を呼んでは宴会だ。来客歓迎。大盤振舞。ウェザラップの言い草がある。胃袋をつかまえちまえばこっちのもんだ。

奥のドアが乱暴に開かれて、真っ赤な尖《とが》り顔が、鶏冠《とさか》を広げたみたいな髪の毛をおっ立てて、ぐいっと覗《のぞ》き込んだ。険《けわ》しい青い目が一同をじろりと見回し、濁声《だみごえ》が質《ただ》す。

——何事だ？

——これはこれは、贋《にせ》地主殿のお出ましとございい！　と、マッキュー先生がおごそかに宣した。

——頭《ず》が高いやい、この老いぼれ教師！　と、編集長がお返しに言う。

——さあ行くか、ネッド、と、デッダラス氏が帽子をかぶる。あんなものを聞かされちゃあ飲まずにいられるか。

——飲むだと！　編集長がどなった。ミサの前に酒は出んぞ。

——そりゃそうだとも、と、デッダラス氏が外へ出る。来いよ、ネッド。

ネッド・ランバートがテーブルからずり下りた。編集長の青い目がよろけよろけ向ってきて、ブルーム氏の顔が笑みに翳《かげ》る。

——あとで落ち合うか、マイルズ？　ネッド・ランバートが誘いをかけた。

忘れえぬ戦《いくさ》の追憶

——北コーク民兵隊！　と、編集長が喚《わめ》きながら煖炉のそばへ歩み寄る。わが軍は連戦連勝！　北コークとスペインの将校たちがだ！

——どこでの話だ、マイルズ？　と、ネッド・ランバートがはてなという目を靴の爪革《つまかわ》に落して問う。

——オハイオだ！　と、編集長のがなり声。

——てへッ、そうだったっけな、と、ネッド・ランバートは逆らわない。出がけにJ・J・オモロイに耳打ちした。

——よいよいの初期症状。けっこうひどいぜ。

——オウハイオウ！　と、編集長が首を伸ばした赤ら顔から思いっきり高音で鬨《とき》を作る。オウ、ハイ、オウ！

——お見事、クレタ節《ぶし》！　と、大先生。長、短、長。


ああ、風神《ふうじん》アイオロスの竪琴《ハープ》！


大先生はチョッキのポケットから糸楊子《いとようじ》を取り出すと、巻軸からぷつんと引きちぎり、鳴りのいい食べかすだらけの歯の隙間を一つ一つ、びょーん、びょーんと弾《はじ》いた。

——びょろーん、びょろーん。

ブルーム氏は、敵さん無しと見て、奥のドアへ向う。

——ちょっと失礼、クローフォードさん、と、声をかける。広告のことで電話をしたいもので。中へ入った。

——夕刊のあの社説はどういうことだ？　と、マッキュー先生が編集長に歩み寄り、がっしりした手を相手の肩にかける。

――いいってことよ、と、マイルズ・クローフォードは受け流す。かりかりするな。やあ、ジャック。あれでいいんだ。

――やあ、マイルズ、と、J・J・オモロイが言い、手で支えていた綴じ込みをくにゃっともとへ戻す。例のカナダの詐欺事件は今日のに載ってるかい？

電話機が中でチン、ヂリリンと回った。

――二八。いや。二ィです。四四、そうです。

本命確実

レネハンが奥のオフィスから**スポーツ**のゲラ刷を持って出てきた。

――金杯《きんぱい》の大本命を知りたいやついるか？　と、言った。O・マッドゥンの乗るセプターだ。

ゲラ刷をテーブルにぽーんとのっける。

キャッキャッと大声をあげながら新聞売りの少年たちが裸足《はだし》で廊下を突っ走ってきて、ドアがぱっと開いた。

――静かにせい、と、レネハン。走るどだがき憂《う》さの芋《いも》。

マッキュー先生が大股に近づくと、竦《すく》んでいた子供の首っ玉をつかまえ、ほかの子らはパーッと廊下に散って階下へ逃げていく。ゲラ刷が吹き込んできた風にバサバサッと舞い上り、宙に青インクのなぐり書きをふんわり描いてからテーブルの下に落ちた。

――おれじゃないです。あのでっかいやつに押されたんです。

――そいつをつまみ出してドアを閉めてくれ、と、編集長。これじゃ台風だ。

レネハンは床《ゆか》のゲラ刷を掻き集めにかかり、ぶつくさ言い言い二度屈《かが》み込む。

——競馬版を待ってたんです、新聞売子は言った。パット・ファレルが押したんです。

少年は扉口から覗《のぞ》き込んでいる二つの顔を指差した。

——こいつです。

——いいから出て行け、と、マッキュー先生は怖い顔。

少年をぐいと押し出し、バタンとドアを閉める。

J・J・オモロイが綴じ込みをがさがさめくりながら、もごもごつぶやき、探している。

——六面四段目に続くか。

——そうです、**イヴニング・テレグラフ**にいるんです。ブルーム氏が奥のオフィスで電話している。大将は……？　そう、**テレグラフ**……。どこへです？　ああ、あそこね！　部屋はどこ？……ああ！　わかります。大丈夫。つかまえますから。

結果は衝突

受話器を置くと、またチン、ヂリリンと鳴る。急ぎ足に戻った拍子に、二枚目のゲラ刷を拾いにかかっていたレネハンにぶつかった。

——**これはこれは失礼《パルドン・ムッシュー》を**、と、レネハンがとっさに相手にしがみつきながら顔をしかめる。

——こっちが悪いんです、と、ぎゅっと摑《つか》まれたままブルーム氏が言う。痛かったでしょう？　急いでたもので。

——膝が、と、レネハン。

おどけた顔で長吠えをしてみせ、膝をさする。

――なにせ歳なもんでね。

――すみません、と、ブルーム氏。

戸口へ行ったものの、ドアを半開きにして立ち止る。J・J・オモロイがばさっと分厚い綴じ込みを戻した。喧《かまびす》しい二つの黄色い声が、一つのハーモニカとなって、がらんとした廊下にひびく。戸口階段にしゃがんでいる新聞売りの二人だ。

おれらの生れはウェックスフォード
守り抜いたぞおれらのお国。

ブルーム退場

――バチャラーズ・ウォークまでひとっ走りしてきますから、と、ブルーム氏は言った。このキーズの広告の件です。話を決めておきたいんで。ディロンに行っているそうです。

ためらうように、一瞬、一同の顔を見た。編集長は、炉棚に寄り掛って頰杖《ほおづえ》をついていたが、やにわに一方の腕を大きく差し出す。

――行けい！ と、言った。世界は汝の前に在り。

――すぐに戻ります、と、ブルーム氏は外へ急ぐ。

J・J・オモロイがレネハンの手からゲラ刷を取って、ふーっと息を吹き吹きめくりながら、黙々と読む。

——広告は取ってくるだろうさ、と、大先生が、半開きの引上げ式連桁《れんこう》ブラインドの上から黒縁眼鏡ごしに覗《のぞ》く。見ろよ、悪《わる》がきどもがついて行くぞ。

——どれどれ。どこだ？　レネハンが大きな声で言い、窓に駆け寄った。

供揃《ともぞろ》い街へ

連桁《れんこう》ブラインドの上から覗《のぞ》いて二人ともにやりとする。新聞売りの少年がぞろぞろひょこひょこブルーム氏のあとを追い、一番後ろを風に乗ってふらりふらり行く白は嘲《あざけ》り凧《だこ》、白い蝶結びの連なる尻尾《しっぽ》がうねる。

——すぐ後ろのあのどぶ育ち、泥棒待てってな声をはりあげてるじゃないか、と、レネハン。こいつはたまらん。ああ、横っ腹がよじれらあ！　あいつの扁平足のがに股歩きをまねしやがって。なかなかなもんだぜ。こりゃ待て、ひょいひょい。

即興のマズルカもどきを踊り出すと、すり足に進んで煖炉のそばを通ってJ・J・オモロイの前へ行き、差し出した手にゲラ刷を受け取る。

——ありゃ？　マイルズ・クローフォードがはっとしたように言った。あの二人はどこへ行った？

——誰？　と、大先生が振り向く。オーヴァルへ一杯やりに行ったよ。パディー・フーパーがジャック・ホールと飲んでるんだ。ゆうべこっちへ来たんだとさ。

——ならば出かけるか、と、マイルズ・クローフォード。おれの帽子は？

よたよたっと後ろの部屋へ入って行く。上着の背割れが開き、尻ポケットの鍵がガチャガチャ鳴った。それからジャラジャラジャランと音が舞い、ガチャンジャラジャランと木机にぶつかって引出しに鍵が掛った。

——けっこう回ってる、と、マッキュー先生が声を落して言う。

——らしい、と、J・J・オモロイがぶつぶつ考え事をするみたいな口調で言いながらシガレットケースを取り出す。しかしものごと必ずしも見た目どおりではない。マッチをいちばんたくさん持ってるのは誰かね？

和睦《わぼく》の煙管《きせる》

大先生に煙草を勧めてから自分も一本取った。レネハンがすぐさまマッチを擦《す》ると、二人の煙草に順に火をつける。J・J・オモロイがまたケースを開いて差し出す。

——おっと、いただき、と、レネハンも一本取った。

編集長が奥の部屋から出て来た。麦藁帽がつんのめらんばかり。いかめしげにマッキュー先生に指を突きつけながら、高らかに歌う。

地位と名誉に誘惑されて
帝国に魅せられし汝の心よ。

大先生はその鰐口《わにぐち》に錠を掛けたまま、にっと笑う。

——だろう？　このローマ帝国野郎め！　マイルズ・クローフォードは言った。

蓋のあいたままのケースから自分も一本取る。レネハンが、すいと手早く火をつけてやりながら言った。

——静粛に。できたての謎々を披露する！

——**イムペリウム・ローマヌム**、と、J・J・オモロイがぼそり言う。響きに威厳があるよ、ブリティッシュやブリックストンと違って。こっちはなにかこう火の中で脂《あぶら》が弾《はじ》ける感じだ。

マイルズ・クローフォードが最初の一服をぷーっと天井へ吹き上げた。

——それだそれ、と、言った。われわれは脂だよ。あんたもおれも火の中の脂。灼熱地獄《しゃくねつじごく》の雪だるまの見込みもありゃせん。

かつてローマなりし壮観

——待て待て、と、マッキュー先生がおもむろに両のひょろ長の手を挙げる。言葉に、言葉の響きに踊らされてはいかん。ローマといえば諸君は帝国、君臨、絶対服従を思ってしまう。

擦《す》り切れて薄汚れたワイシャツ袖から雄弁家の腕を伸ばし、一呼吸おいた。

——ローマ人の文明とは何であったか。なるほど宏大、しかし卑しい。下水道《クロアカ》、つまりは汚穢溝《おあいこう》だ。ユダヤ人は荒野で、山頂で、こう言った。**ここに在るは善きかな。いざエホバのために祭壇を造らん**。ローマ人はだな、それに倣《なら》ったイギリス人も同じく、新たな国土に足を踏み入れるたびに（わが国土に足を踏み入れたことはなかったがね）そこへ己の下水道強迫観念を持ち込んだにすぎん。トーガを纏《まと》ってあたりを見回し、そしてこう言った。**ここに在るは善きかな。いざ水洗便所を造らん**。

——よってそれを為《な》したるなり、と、レネハン。なにせわれらのご先祖様たちは、創世記宜熱《ギネツ》ス第一章にあるように、三水《さんすい》をことさら好んだからな。

――憚《はばか》りながら紳士だったし、と、J・J・オモロイがつぶやく。しかしローマ法ってのも頂戴したさ。

――そしてポンティウス・ピラトがその預言者だ、と、マッキュー先生が応じた。

――財務裁判所長官パリスの話を知ってるかい？　J・J・オモロイが言った。王立大学晩餐会の席だ。万事そつなく運んでいたら……。

――こっちの謎々が先だ、と、レネハン。さあ、いいか？

オマッドゥン・バーク氏が、長身をドニゴールツイードのだぶだぶのグレーに包み、表廊下から入って来た。スティーヴン・デッダラスが、そのあとから、帽子をぬいで入る。

――**ようこそ、諸君《アントレ・メ・ザンファン》！**　レネハンが大声で迎える。

――こちらにお連れ申せしは嘆願人、と、オマッドゥン・バーク氏が節回《ふしまわ》しをつけて言った。年の功に先導されたる青年、悪名を訪れるなり。

――これはこれは、と、編集長が手を差し出す。まあこっちへ。厳君《げんくん》がたったいまお帰りになられたよ。

？　？　？

レネハンが一同に言う。

――静粛に！　鉄道に似ているオペラは何か？　黙考、熟考、案出のうえ、答えられたし。

スティーヴンがタイプ原稿を手渡し、題と書名を指差す。

――誰？　編集長が訊く。ちょっぴりちぎれている。

――ガレット・ディージー校長です、と、スティーヴン。

――あのこぶい爺さんか、と、編集長。誰が破いた？　急にもよおしたんかい？

駿足の帆を紅《くれない》に翻《ひるがえ》し
嵐逆巻《さかま》く南から
来るは青白き吸血鬼
この歯並みのわが口へ

――やあ、スティーヴン、と、大先生が近づいて二人の肩ごしに覗《のぞ》いた。口蹄疫《こうていえき》？　きみは転身したのかい、その……？

親牡牛派詩人《しんぼぎゆうは》にです。

有名レストランでお騒がせ

――こんにちは、と、スティーヴンが顔を赤らめる。ぼくの投書じゃないんです。ガレット・ディージー校長に頼まれて……。

――ああ、あの男なら知ってる、と、マイルズ・クローフォードが言った。あのかみさんも知ってたよ。あんな狐婆《きつねばばあ》はざらにはいないっての。ちぇっ、あれが口蹄疫にやられたにちがいないって！

あの晩、スター・アンド・ガーターで給仕の顔にスープぶっかけたっけ。うへッ！

一人の女がこの世に罪をもたらした。男に走ったメネラオスの妻、ヘレネのために、十年間。ブレフニーの領主オラークが。

——あの人は男寡暮《やもめ》しですか？　スティーヴンが尋ねる。

——ああ、別居中、と、マイルズ・クローフォードが言い、目はタイプ原稿を追う。御料馬。ハプスブルク家。一人のアイルランド人がウィーンの塁壁《るいへき》でその命を救った。忘れてはならない！　マクシミリアン・カール・オドンル、アイルランドのティアコンル伯を。跡継ぎを遣《や》って国王を今のオーストリア陸軍元帥に任命した。いつの日か面倒が起こる。雁《ワイルドグース》の同志たちが。然り、必ずや。断じて忘れてはならぬ！

——論ずるべきはむこうさんが忘れたのかということだな、と、J・J・オモロイが静かに言い、蹄鉄型《ていてつがた》の文鎮《ぶんちん》をくるりと回す。王子の命を救ったってのは感謝されていい。

マッキュー先生がそっちを向く。

——で、忘れてないなら？　と、言った。

——いいかね、事はこういうことだ、と、マイルズ・クローフォードが切り出す。あるハンガリー人が、とある日……。

負け軍《いくさ》
侯爵閣下の名挙がる

——われわれは負け軍《いくさ》にばかり忠義立てをした、と、大先生。われわれにとっての勝ち軍《いくさ》は知性の死であり想像力の死だ。われわれは勝利者の忠臣だったことはただの一度もない。僕《しもべ》になるだけだ。わたしは喧《やかま》しいだけのラテン語を教えている。わたしのしゃべる言語はどういう民族のものかといえば、時は金なりという格言を知性の極致としている。物欲支配。なにが**主よ**《ドミネ》だい。主よときた。精神性ってものがないじゃないか。主《ロード》なるイエスだと？　侯爵《ロード》なるソールズベリーかね？　ウェストエンド界隈の社交倶楽部のソファじゃあるまいし。しかしギリシア語は違う！

キリエ・エレイソン！

ぱっと笑顔になって黒縁眼鏡の目が光り、鰐口《わにぐち》がひろがる。

――ギリシア語は違う！　再度、言った。**主は**《キリオス》！　語が煌《きら》めいている！　こういう母音をセム語系やサクソン語系の輩《やから》は知らん。**主よ**《キリエ》！　知性の光輝だ。わたしはギリシア語を教授すべきなのだ、精神の言語を。**主よ憐れみたまえ**《キリエ・エレイソン》！　厠《かわや》大工や汚穢溝《おわいこう》職人にわれわれの主人となられてはたまったもんじゃない。われわれはトラファルガー沖に沈没した欧州のカトリック騎士道の、かつまたアエゴスポタミでアテナイ艦隊とともに海中に没した魂の帝国《エムパイア》の、**イムペリウム**のではないぞ、その双方の臣民なのだ。さよう、さよう。没したのだよ。ピュロスは、神託に惑《まど》わされて、ギリシアの命運を取り戻すべく最後の勝負に出た。負け軍《いくさ》に忠義立てをしたのだな。

おもむろに一人離れて窓辺へ向う。

――鬱勃《うつぼつ》として出陣し、と、オマッドゥン・バーク氏が陰鬱《いんうつ》に口を開く。皆、しかし斃《たお》れたり。

――あーんあん！　と、レネハンが泣きじゃくり声で茶々を入れる。マチネーの大詰で煉瓦をぶつけられたせいだよう。かわいそうに、かわいそうになあ、ピュロスの御大《おんたい》！

それからスティーヴンに耳打ちした。

レネハンのリメリック

お偉い物知りマッキュー先生
黒縁眼鏡がこれまた端正
ものが二重に見えるとあらば
いっそ眼鏡なしならば？
こっちが洒落を解《げ》さぬせい？

サルスティウスに代って喪に服してるんだ、マリガンなら言うな。おふくろが畜生みたいに死んじまったやつ。

マイルズ・クローフォードが原稿を脇ポケットにしまい込む。

——使えそうだ、と、言った。続きはあとで読もう。まあなんとかなる。

レネハンが待ってくれとばかりに両手をひろげた。

——おいおい、さっきの謎なぞ！　と、言った。鉄道に似ているオペラは何か？

——オペラ？　と、オマッドゥン・バーク氏のスフィンクス顔が返し謎になった。

レネハンが嬉々として披露する。

——**カスティーリャの麗《うるわ》しき薔薇《ばら》**。オチが分るか？　スティール乗場《のりば》か、汽《き》車笑《しゃわら》う。いいだろう！

そう言ってオマッドゥン・バーク氏の脾《ひ》腹《ばら》を軽く突く。オマッドゥン・バーク氏はくなりと雨傘にもたれかかり、喘《あえ》いでみせた。

——助けてくれ！　と、一つ呻《うめ》く。強烈な衰弱が来た。

レネハンが爪先立ちになり、ゲラ刷をばさばさいわせてその顔を忙しく煽《あお》ぐ。

大先生が、綴じ込み棚の側から戻りがてら、スティーヴンとオマッドゥン・バーク氏のゆるんだネクタイを順にすいすいっと撫でた。

——パリ、今昔《こんじゃく》のパリ、と、言った。両人ともコミューンの党員みたいじゃないか。

——バスチーユをぶち破った連中そっくりだな、と、J・J・オモロイがぼそっとからかう。それともフィンランドの総督を射殺したのは両人のどちらかかね？　どっちも実行犯って顔だ。ボブリコフ将軍をだよ。

——ちょうど計画していたところです、と、スティーヴンが言った。

雑多《オムニウム・ギャザラム》まぜこぜ

——多士済々《たしせいせい》だな、と、マイルズ・クローフォードが言った。法律、古典……。

——競馬もいるぜ、と、レネハン。

——文学、新聞。

——これでブルームがいれば、と、大先生が言う。広告という高尚芸術もだ。

——それにマダム・ブルームもいれば、と、オマッドゥン・バーク氏が付け足す。かの歌姫様がな。ダブリン一の花形がだよ。

レネハンが一つ大きく咳払《せきばら》いをした。

——えへん！　ぐっと物柔らかに言う。ああ、新鮮な息抜きが吸いたいわ！　公園で風邪を引いたんですもの。門が開いてたから。

“きみならできる！”

編集長がぐらつく手をスティーヴンの肩に置いた。

——きみに何か書いてほしいんだな、と、言った。ひとつぴりっとしたのを。きみならできる。顔を見れば分る。**青春の辞書には……**。

顔を見れば分る。目を見れば分る。ぐうたらなまくらのずるけ者。

——なにが口蹄疫《こうていえき》だ！　編集長は侮蔑をこめて吐き捨てた。ボリス＝イン＝オソリーの国民党大集会だとよ。くだらん、くだらん！　大衆に脅しをかけやがって！　たまにはぴりっとしたものを食わせてやらにゃあ。おれたち皆を放り込んじまえ、こんちくしょう。父も子も聖霊もジェイクス・マッカーシーもだ。

——精神の糧《かて》なら誰しも調達できるね、と、オマッドゥン・バーク氏。

スティーヴンは顔をあげ、その傍若無人《ぼうじゃくぶじん》な目を見遣る。

——きみを新聞ギャングの一員にしたいんだとさ、と、J・J・オモロイ。

偉大なるガラハー

——きみならできる、と、マイルズ・クローフォードが拳を握り締めてもう一度勢い込む。まあ見てろって。ヨーロッパ中の度胆を抜いてやろうじゃないか、イグネイシャス・ガラハーの口癖だったよな、クラレンスでビリヤードのスコア付けなんかして食い繋いでた頃だ。ガラハー、あいつこそ新聞記者だった。ブン屋だった。どうやって名を揚げたか知ってるか？　教えてやろう。あれほど見事な抜け駆け記事はない。あれは八一年、五月六日、無敵党の時代、フィーニクス公園の殺人事件だ、まだきみは生れておらんだろうな。ひとつ示してみせよう。

一同を押し退けるようにして綴じ込み棚へ行く。

——いいか、きみ、と、振り返った。**ニューヨーク・ワールド**が特電を送れと電報をよこしたんだ。あのときのことを覚えてるか？

マッキュー先生がうなずいた。

——**ニューヨーク・ワールド**がだぞ、と、編集長は麦藁帽を押し上げて息巻く。事件の現場。ティム・ケリー、いやカヴァナーだ。ジョウ・ブレイディなんかの一党だ。綿羊全剝《めんようつはぎ》がどう馬車を突っ走らせたか。ずーっとその道順をだ。

——綿羊全剝《めんようつはぎ》か、と、オマッドゥン・バーク氏が言った。フィッツハリス。バット橋のとこの馭者溜りはやつのものだそうだ。ホロアンが言ってた。ホロアンは知ってるよな？

——ヒョンピョコのやつだろ？　マイルズ・クローフォードが言った。

——それにガムリーのやつもあそこにいるって言ってたぜ、石番に雇われてるそうだ。夜警だよ。

スティーヴンが驚いて振り向く。

——ガムリーですって？　と、言った。ほんとうですか。父の知合いですよね？

——ガムリーなんてどうでもいい、と、マイルズ・クローフォードが声を荒らげる。ガムリーなんぞは石番をさせとけ、石が逃げないようにな。いいか、きみ。イグネイシャス・ガラハーがどういうことをしたか。ひとつ示してみせよう。天才の閃《ひらめ》きだ。ただちに返電を送った。貴社二三月十七日ノ**ウィークリー・フリーマン**ハオアリカ？　そう。分るかね？

綴じ込みをばさばさっとめくり返して、人差指を一点に置く。

——たとえば四面、このブランサムのコーヒーの広告とする。もう分ったかね？　そう。

電話がチン、ヂリリンと鳴った。

遠い声

——わたしが出よう、と、大先生がその場を離れる。

——Bが公園門だ。よしと。

人差指がぴょんぴょん跳ねては、ふるえながら次々に点を示す。

——Tが総督公邸。Cが殺害現場。Kがノックマルーン門。

首のたるみ肉が鶏の肉垂れみたいにひくひく動く。糊のきいていない替えカラーが突き出すと、無造作にチョッキの下へ押し戻す。

——もしもし？　こちら**イヴニング・テレグラフ**。もしもし？……どちらさん？……はい……はい……はいよ。

——FからPは綿羊全剝《めんようぜんはぎ》がアリバイ作りに馬車を走らせた道順だ。インチコア、ラウンドタウン、ウィンディ・アーバー、パーマーストン・パーク、ラニラー。F。A。B。P。分ったろう？　Xはアッパー・リーソン通りのデイヴィーの酒場だ。

大先生が奥のドア口へ出て来る。

――ブルームから電話だ、と、言った。

――あんなもんは放っとけ、と、編集長が即座に撥《は》ねつける。Xはデイヴィーの酒場、だろ?

賢い、実に

――賢い、と、レネハンが言った。実に。

――ほいほいっと向うさんへ送ってやったわけだ、と、マイルズ・クローフォードが言った。血みどろ歴史をまるごとな。

悪夢だ、おまえが決して目覚めることのない。

――おれはこの目で見たんだ、と、編集長は得意満面。その場にいたんだ。ディック・アダムズ、神様から命をもらった野郎でもべらぼう気のいいコーク男よ、やつとこのおれがな。

レネハンが誰か目の前にいるみたいに、恭《うやうや》しく告げる。

――はい、アダムだ、マダムだ、愛《あい》は。宵居《よいい》、エルバの島《しま》、今偲《いましの》ばる栄誉《えいよ》。

――歴史だ! と、マイルズ・クローフォードががなる。プリンス通りのおふくろさんが第一報よ。泣こうが歯ぎしりしようがもう遅いっての。たった一つの広告からだ。グレガー・グレイのデザインした広告だった。これでやっこさんはのしあがった。それからパディー・フーパーがティ・ペイに口ききをして、**スター**に引き抜いてもらう。いまじゃブルーメンフェルドと親しい仲だ。それがブン屋稼業よ。それが才能よ。ピヤだ! ブン屋稼業のおやじさんだ!

――こけ脅《おど》しジャーナリズムの父だろ、と、レネハンがまぜっ返す。かつまたクリス・カリナンの義兄弟。

——もしもし？　お待たせ。そう、いることはいるよ。自分で言うんだな。

——ああいうブン屋が今どこにいる、ええ？　編集長ががなる。

ばさっと綴じ込みを戻した。

——からぼうにべしこい、と、レネハンがオマッドゥン・バーク氏に言う。

——実に切れる、と、オマッドゥン・バーク氏。

マッキュー先生が奥の部屋から出てきた。

——無敵党といえば、と、口を開く。読んだかね、大道商人が何人か市裁に出頭して……。

——ああ、あの記事だろ、と、J・J・オモロイが乗り出す。ダドリー総督の奥方が帰り道に公園を抜けて、去年のあの竜巻でなぎ倒された木を一本一本見ながら歩いていた。そこでダブリンの風景写真を一枚買おうとしたんだ。するとそれがジョウ・ブレイディだかナンバー・ワンだか綿羊全剝《めんようぜんはぎ》だかの記念絵葉書だったという。なんと、総督公邸の目と鼻の先でだってんだから！

——どっちも甘っちょろい成業《なりわい》だっての、と、マイルズ・クローフォードが言った。へっ！　新聞屋も弁護士も！　今の弁護士でこれぞってのはいるかい、ホワイトサイドみたいな、アイザック・バットみたいな、達弁のオヘイガンみたいなのが。ええ？　ふん、あほくさいってんだ。へっ！

二束三文のばかりよ。

口もとがそのままひくひく動き、何も言わず苛立たしげに軽蔑に歪む。

あんな歯並みの口にキスをする女がいるだろか？　どんなものか。ならどうしてあんなことを書いた？

韻律も因果も

歯並《はな》み、南《みなみ》。歯並みは南みたいなもの？　それとも南は歯並み？　きっとなにか。南、人並み、花見、不嗜《ぶたしな》み、年波。押韻《おういん》。二人の男が同じ服装で、同じ顔つきをして、二人ずつ。

…………………………**君の安らぎ**《ラ・テュア・パーチェ》
…………**語らいに君は和らぎ**《ケ・パルラール・ティ・ピアーチェ》
風は今もわれらがために平らぎ《メントレケ・イル・ヴエント・コメ・フア・シ・ターチェ》

あれは三人ずつ近づいてくる娘が見えたんだ。緑、薔薇色、朽葉《くちば》色、腕をからませあい、**荒廃の空を**《ペル・ラエル・ペルソ》、藤色、深紅《しんく》、**かの平安の紅王旗**《ケラ・パチフィカ・オリアフィアマ》、紅王旗《くれないおうき》の金色《こんじき》、**なおも熱っぽく凝視を**《ディ・リミラール・フィ・ピュ・アルデンティ》。でもおれに見えるのは老人、悔《く》いの繰《く》り言《ごと》、鈍《なまり》なまくら足、夜陰の翳暗下《かげぐらした》。歯並み南、墓子宮《トウーム・ウーム》。

——弁明披露を願いたいね、と、オマッドゥン・バーク氏。

その日は足れりが……

J・J・オモロイが、青白い笑みを浮べ、挑戦に応じた。

——おいおいマイルズ、と、煙草をぽいと捨てる。わたしの言葉をわざわざ歪《ゆが》めてもらっちゃ困る。こっちはなにも、目下その任にないから、職業としての第三職業を弁護するわけじゃないがね、しかしコーク生れのきみの速攻苦《そっコーク》言《げん》は勇み足ってものだ。ヘンリー・グラッタンやフラッドやデモステネスやエドマンド・バークを引合いに出してはどうかね。イグネイシャス・ガラハーのことは皆よく知ってる。あれのチャペリゾッドのボス、三文新聞のハームズワースのことも、バウアリー通りの赤新聞のアメリカ人従兄弟のこともそうだし、**パディー・ケリー新報**や**ピュー日報**やわれらの見張番**スキバリーン・イーグル**は言うに及ばずだ。ホワイトサイドのような法廷弁論の大家をどうして引合いにするんだい？　その日は足れりが新聞なりだよ。

昔日の過ぎし日々との繋り

——グラッタンもフラッドも、ほかならぬこの新聞に書いたんだぜ、と、編集長は噛みつく。アイルランド義勇軍よ。今をいつだと思ってる？　創刊は一七六三年だぞ。ルーカス博士もいた。ジョン・フィルポット・カランのようなのが今の時代にいるか？　へっ！

——そうかな、と、J・J・オモロイ。たとえば、勅撰《ちょくせん》弁護士のブッシュだ。

——ブッシュ？　と、編集長。うん、まあ、ブッシュはそうだ。あいつにはなんとなくそんな血が流れてる。ケンダル・ブッシュな、いやシーモア・ブッシュ。

——とうに判事になっていていい男なのに、と、大先生。ただあの……。いや、べつに。

J・J・オモロイがスティーヴンに向って穏やかにゆっくり話しかける。

——あれほど練りに練られた名調子を聞かされたことはそうざらにない。それがシーモア・ブッシュの口から滔々《とうとう》と流れてくる。例の兄殺し、チャイルズ殺害事件の公判だ。ブッシュが弁護に当った。

そしてわが耳の玄関口へと注《そそ》ぎ込んだのだ

それにしてもどうして分った？　眠ってるうちに死んだのに。あるいはもう一つの話、二つの背の獣《けもの》のことも。

——どんなだったい？　大先生が問う。

イタリア、諸芸の女師範《マジストラ・アルティウム》

——証拠法について弁じ立てたね、と、J・J・オモロイ。ローマの裁きをさらに古いモーセの律法、復讐法《レックス・タリオニス》と比較して論じた。かつまたバチカン宮殿にあるミケランジェロのモーセ像を引合いに出した。

——はっ。

——選《よ》りに選った言葉ですぞ、と、レネハンが前口上《まえこうじょう》をつける。静粛に！

間。J・J・オモロイはシガレットケースを取り出す。

ここで一服の勿体《もったい》。なんとも古い手だ。

勅使《ちょくし》は考え深げにマッチ箱を取り出し、葉巻に火をつける。

あれ以来、おれはあのときの妙な間合いを思い返しては、いつも思う。あの小さな仕草、それ自体は些細《ささい》な仕草、あの一本のマッチを擦《す》ったそのことが、自分たち双方のその後の針路を決めたのだ。

典雅なる句点

Ｊ・Ｊ・オモロイが、一語一語彫琢《ちょうたく》するように先を続ける。

――こう言ったよ。**氷結の音楽なる石像、角突《つの》き出し形相《ぎょうそう》すさまじく、神々しき人間像、知恵と預言の永遠の象徴、それは、もし彫刻家の想像力もしくはその手によって霊魂に変容し霊魂を変容せしめる大理石に刻まれたるものが生きるに値するとするならば、生きるに値するのであります。**

細い手が一振りして反復の結びを飾った。

――いいぞ！　マイルズ・クローフォードが間髪《かんぱつ》を入れず言う。神憑《かみがか》りの霊感だ、オマッドゥン・バーク氏が言った。

――どう、いいだろう？　Ｊ・Ｊ・オモロイがスティーヴンに問う。

スティーヴンは、血潮がお上品な言語と身ぶりに言い寄られ、顔を赤くする。差し出されたシガレットケースから一本手にした。Ｊ・Ｊ・オモロイはマイルズ・クローフォードへも差し出す。レネハンが前と同じく二人の煙草に火をつけて、自分も一本せしめた。

――深謝感謝入魂昵懇《じっこんじっこん》。

意気軒昂《いきけんこう》の士

――マゲニス教授からきみのことを聞いていてね、と、Ｊ・Ｊ・オモロイはスティーヴンに言う。きみなんかは本当はどう思うんだい、あの秘教信者の有象無象《うぞうむぞう》、オパールだの密《ひめ》やかだのの詩人連中、ＡＥを総本家に仰いでいる連中のことは？　もとはといえば、例のブラヴァツキーって女だろ。

あれは海千山千の女だった。ＡＥがなんとかいうヤンキーのインタビューを受けて言ってるんだ、きみが真夜中に意識の階層のことを訊きに来たなんて。きっとＡＥをおちょくったんだとマゲニスは言う。なにせたいそう意気軒昂《いきけんこう》の士だからね、マゲニスは。

　ぼくのことをですか。なんて言ってました？　どう言ってました？　訊かなくていいや。

――いや、けっこう、と、マッキュー先生はシガレットケースを払いのけるように断わった。まあ、待て。ひとつ言わせてもらおう。わたしが知る最高の雄弁をふるったのは、ジョン・Ｆ・テイラーが大学歴史協会で演説したときだな。フィッツギボン判事、今の控訴院判事がその前に一席ぶって、槍玉《やりだま》に挙げた論文はある試論（当時としては新しかった）、アイルランド語の復興を主張したものだった。

　マイルズ・クローフォードに向って言う。

――ジェラルド・フィッツギボンを知ってるだろ。だからあの男の論法ぶりも想像できるはずだ。

――ティム・ヒーリーと同じ委員をしてる、と、Ｊ・Ｊ・オモロイが言った。トリニティ・カレッジ管財委員会の一員という噂だ。

――可愛らしいのといっしょかい、と、マイルズ・クローフォード。稚児《ちご》ちゃん服の。続けろよ。それで？

――一席ぶったそれがだな、と、大先生。いやはやご立派な演説で、あふれるばかりの慇懃無礼《いんぎんぶれい》、おしとやかな語法を駆使して憤《いきどお》りの鉢《はち》といわないまでも驕《おご》れる者の倨傲《きょごう》をその新しい運動に注《そそ》ぎ掛けた。当時は新しい運動だ。われわれは弱かった。ゆえに、無価値だった。

　鰐口《わにぐち》をきっと閉じたが、すぐにも先を続けようと、片手をひろげて眼鏡にやり、ふるえる親指と薬指で軽く黒縁にふれ、焦点を定め直す。

即興演説

しめやかな口調でJ・J・オモロイに語りかける。

——テイラーはだな、いいか、病身なのにあえて来ていた。演説の草稿を用意してあったとは思えない。会場には速記者の姿は一人もなかったから。黒ずんでげっそりした顔に無精髯《ぶしょうひげ》が伸びていた。白い絹のスカーフをぶかぶかっと首に巻き、どう見ても瀕死《ひんし》の病人だった（そうではなかったにせよ）。

その視線がふっと動いて、ゆっくりとJ・J・オモロイの顔からスティーヴンの顔へと移り、それからふっと床へ傾《かし》いで這《は》っていく。艶《つや》のなくなったリネンの襟《えり》が前屈《まえかが》みの首の後ろに現れた。生気のない髪に擦《こす》れて垢《あか》じみている。なおも床に視線を這わせたまま、口を開く。

——フィッツギボンの演説が終ると、ジョン・F・テイラーは立ち上がって応じたね。かいつまむなら、わたしの覚えているかぎり、こういう言葉だった。

しっかと顔をあげる。その目がもう一度、思い起こすように瞬《しばたた》いた。迂愚《うぐ》な貝が二つ、濁《にご》ったレンズの中をおろおろ泳ぎ、出口を探す。

始めた。

——**議長ならびに紳士淑女の皆さん、ただいま博学なる友よりアイルランドの若人に対して向けられた言葉を傾聴し、わたくしはおおいに感銘を覚えた次第であります。あたかもこの国からはるか彼方《かなた》の国へと、この時代から遠い時代へと運ばれ、古代エジプトの地に立ち、かの地の高僧が若きモーセに垂《た》れたる訓言《くんげん》を拝聴している感がありました。**

聞き手一同は煙草を吸う手を休めて聞く。立ち昇る煙がひょろひょろっと茎になり、演説といっしょに花開いた。**そしてわれらのくねり昇る煙を。**高潔なる言葉が来るぞ。構えて聞け。おまえさんもひとつやってみちゃどう？

——そしてまた、かのエジプトの高僧の声が同じ傲慢と同じ高慢の口調にて高揚するのを聞く思いがいたしました。お言葉を聞き終え、その意味がわたくしにはこう啓示されたのであります。

教父たちから

私にはこう啓示された。すなわち、善きものは善きにもかかわらず滅ぶのであり、至高の善きものも善きものでなきものも滅ぶことすらできぬのである。ちぇっ、なに言ってんだい！　それじゃ聖アウグスティヌスじゃないか。

——おまえたちユダヤ人は、どうしてわれわれの文化を、われわれの宗教を、われわれの言語を受け入れようとせぬか。おまえたちは遊牧の民の一種族にすぎん。われわれは強大な一国を成しておる。おまえたちには都市もなく富もない。われわれの都市はどれも人類の群居《ぐんきょ》する中心であり、われわれのガレー船は三層、四層の櫂《かい》を備え、ありとあらゆる商品を満載して、この地球の大海を白《しら》波蹴《なみけ》立《た》てて進む。おまえたちは原始人の状態から抜け出したばかりだが、われわれには文学、聖職、悠久の歴史、政治組織がある。

ナイル川。

幼子《おさなご》、成人、彫像。

ナイル河畔で赤子マリア二人が跪《ひざまず》く。パピルスの籠。しなやかに戦う男。石角《いしづの》の、石鬚《いしひげ》の、石の心の。
——おまえたちは辺境の名もなき偶像に祈る。われわれの寺院は荘厳《そうごん》にして神秘なる聖殿、イシスとオシリスの、ホルスとアモン・ラーの住いである。おまえたちに相応《ふさわ》しきは農奴の身分、畏怖、卑賤であり、われわれに相応しきは雷霆《らいてい》であり大海原である。イスラエルはひ弱であり、その子らは少ない。エジプトは大軍勢であり、その武力は恐ろしい。おまえたちの名は浮浪人であり日雇《ひやとい》である。世界はわれわれの名に震え慄《おのの》く。

すきっ腹の言葉なき音《ね》が一つ、演説に割り込んだ。それに負けじと声を高くする。

——しかしながら、紳士淑女の皆さん、もし若きモーセがかかる人生観に耳傾けてそれを受け入れていたならば、もしかかる横柄《おうへい》な訓戒の前に頭を垂《た》れ意志を曲げ気概を拉《ひし》いでいたならば、選ばれたる民を奴隷の家から連れ出すことはしなかったであろうし、昼は雲の柱に導かれることもなかったでありましょう。シナイの山頂にて稲妻走る中、永遠の神と言葉交わすこともなく、あるいはまた霊感の光を顔に放ちつつ、放逐民《ほうちくみん》の言語にて刻まれた掟《おきて》の板を両腕に抱えて山を下ることもなかったでありましょう。

演説を終え、一同を見やりながら沈黙を楽しむ。

不吉——当事者には！

J・J・オモロイがいささか無念という口ぶりで言った。
——にもかかわらず約束の地に入らずして死んだ。
——前兆《ぜんちょう》 頻繁《ひんぱん》喀痰《かくたん》性《せい》長病《ながやみ》誘因《ゆういん》性《せい》突然《とつぜん》ぽっくり死、と、レネハンが言い足す。しかも大いなる将来を後に残してな。

裸足《はだし》の一隊が廊下を突っ走り、階段をばたばた上って来るのが聞えた。

――あれこそ雄弁だ、と、大先生が反駁《はんばく》のないままに言った。颪とともに去り。マラマーストと諸王のタラに集う群衆。幾マイルも連なる耳の玄関口。護民の志士の言葉が、怒号となって四方の風に散った。その声の内に庇護《ひご》される民衆。息絶えた喧騒。所と時を問わず存在した一切をとどめる　空《アーカーシャ》　の記録。あの男を愛して讃えるがいいさ。おれはもはや。

　金があるんだっけ。

――皆さん、と、スティーヴンは言った。本会議の次なる動議として、ただいまより休会を提案してよろしいでしょうか？

――こいつは驚いた。巴里《パリ》っとした紳士よりご招待の申し出かね？　と、オマッドゥン・バーク氏。思うにちょうど時刻は、譬《たと》えで言うなれば、汝らの古き旅籠《はたご》にて酒盃のいとも忝《かたじけな》き頃合。

――ならばここに採決したい。賛成の者は賛成と答えよ、と、レネハンが宣した。反対の者は反対と。よって決議された。目指す酒宿は……？　議長決定により、ムーニー！

　先に立ちながら、訓辞をのたまう。

――粗酒のご相伴《しょうばん》は断乎拒否しましょうぞ。そう、それはいただけん。なにがなんでもいただけん。

オマッドゥン・バーク氏が、すぐあとにつづき、雨傘で盟友の一突きをして言った。

――かかってこい、マクダフ！

――親父さんそっくりだな！　編集長がどら声で言い、スティーヴンの肩をぽんと叩く。さあ、行くぞ。ちくしょッ、鍵はどこだ？

ポケットをもぞもぞやって、しわくちゃになったタイプ原稿をひっぱり出す。

——口蹄疫《こうていえき》か。はいよ。使えそうだ。載せてやるって。どこへやった？　まあ使える。

原稿をまた突っ込み、奥の部屋へ入って行った。

希望を抱こう

J・J・オモロイが、追うように中へ入りかけながら、そっとスティーヴンに言う。

——きみの生きているうちに活字になりゃいいがね。マイルズ、ちょっと。

奥の部屋へ入ると、ドアを閉めた。

——来いよ、スティーヴン、と、大先生。さっきのはいいだろう？　預言者の目で見えているんだな。**今は無し**《フィット》**、イリウム！**　風騒ぐトロイの略奪。この世の幾多の王国。地中海を支配した連中が今では農夫だ。

真っ先に出てきた新聞少年が二人のあとからばたばた階段を駆け下りると、表へ飛び出して黄色い声をはりあげる。

——競馬版！

ダブリン。憶えておくべきことがまだまだ多い。

二人でアビー通りを左へ向う。

——ぼくも見えているんですよ、と、スティーヴンは言った。

——ほう？　大先生は言い、ひょいと歩調を合せる。クローフォードはあとから来るだろう。

新聞少年がもう一人、さっと追い越して、声はりあげながら走って行く。

――競馬版！

大好き濁汚《だくお》ダブリン

ダブリナーたち。

――二人のダブリン不嫁後家《いかずごけ》がいます、と、スティーヴンは言った。初老で信心深く、五十年と五十三年間、ファムバリー小路に暮してます。

――どこだね、それは？　大先生が訊く。

――ブラックピッツの外れです、と、スティーヴン。

じめじめする夜、ひもじいパン生地がむっと臭う。路地壁に寄り掛って。安ショールの下の牛脂《ぎゅうし》のようにぎらつく顔。狂乱の鼓動。空《アーカーシャ》の記録。早くったら、お兄《あに》ぃさん！

さあ、行け。話しちまえ。命あれだ。

――二人はネルソン記念柱のてっぺんからダブリンを眺めてみたくなったんです。赤いブリキの郵便受貯金箱には三シリング十ペンス貯っている。箱をじゃらじゃら振って三ペンス玉と六ペンス玉を出してから、ナイフの刃を使ってペニー硬貨をだましだまし穿《ほじく》り出します。銀貨で二シリング三ペンス、銅貨で一シリング七ペンス。どっちもボンネットをかぶり、とっておきのお洒落《しゃれ》をして、雨が降ったときの用心に雨傘を持ちます。

――賢いおぼこだ、と、マッキュー先生。

生身の暮し

——それからマールバラ通りの北町食堂で女主人のミス・ケイト・コリンズから、一シリング四ペンス分の塩豚とパン四枚を買います。ネルソン記念柱の下では女の子から熟《う》れたプラムを二十四個買い、これは塩豚で喉が渇くのを癒《いや》すため。回転木戸の男に三ペンス玉を二枚渡して、えっちらおっちら廻り階段を上り始め、もごもご言い言い、励まし合っては、暗い段々をこわごわ進み、あえぎあえぎ、塩豚はあんた持ってるでしょ、神様聖母様お護りを、わたしゃもうだめ降りるわよなどと言って、横長孔《エアスリット》から外を覗《のぞ》きます。まさかもまさか。そんなに高いとは知らなかったんです。

二人の名はアン・カーンズとフローレンス・マッケイブ。アン・カーンズは腰痛持ち。いつもルルドの水を擦《こす》り込んでいて、これはあるご婦人が受難会神父から一瓶もらったのを分けてもらっているものです。フローレンス・マッケイブのほうは毎週土曜の晩、豚足《とんそく》を一本平らげてダブルXを一本空けます。

——対照の修辞法を心得ておる、と、大先生は二度うなずく。貞操の不嫁後家《いかずごけ》両人。目に浮ぶわい。なにをぐずぐずしとる、やっこさん？

後ろを振り返る。

先を争う新聞少年の一団が表の石段を駆け下りて来て、四方八方にちらばり、声をはりあげ、白い新聞がひらひら躍る。すぐあとからマイルズ・クローフォードが石段に姿を見せた。麦藁帽が真っ赤な顔の暈《かさ》になり、J・J・オモロイとしゃべっている。

——さあ行くぞ、と、大先生が大きく手を振った。

またスティーヴンと並んで歩き出す。

——なるほど、と、言った。目に浮ぶわい。

ブルームの帰還

ブルーム氏は、息を切らせ、**アイリッシュ・カソリック**社と**ダブリン・ペニー・ジャーナル**社の鼻先で、わーっと突っ走る新聞少年の渦《うず》に捕まりながら、大声で呼びかけた。

——クローフォードさん！　すみません、ちょっと！

——**テレグラフ**！　競馬版！

——なんだい？　マイルズ・クローフォードが言い、一歩引き返す。

新聞少年の一人がブルーム氏の真ん前でどなる。

——ラスマインズですごい事故だぞ！　子供がふいごに挟《はさ》まったんだあ！

編集長と会見

——ちょっとこの広告のことで、と、ブルーム氏は押しのけながら石段へ向い、はあはあふうふう、ポケットから切抜きを取り出す。キーズ氏と話してきました。二ヵ月の更新《こうしん》契約にすると言ってます。それからまた考えるそうで。ところが目につくような寸評も**テレグラフ**に載せてほしいと言いましてね、土曜ピンク版に。そしてまだ間に合うならナネッティ議員にぼくから言ってあった**キルケニー民報**のをそのまま使ってくれということです。国立図書館で見つけてきます。鍵《ハウス・オブ・キーズ》の家、お分りでしょう？　名前がキーズですから。名前の語呂合《ごろあわ》せです。とにかく更新契約は間違いなくすると言ってますし。ただ、ちょいと提灯持《ちょうちんも》ちをというわけです。何と伝えましょうか、クローフォードさん？

ケ・ミ・ア

——尻見せ阿呆《ケツミアほう》と伝えてやりゃいい、と、マイルズ・クローフォードは腕で払い退《の》けるように言った。直々《じきじき》にそう言ってやれ。

いささかぴりぴり。一荒れ来そうか。そろって一杯やりに行くんだ。皆、仲良く。先に行くのはたかり専門のレネハンのヨット帽。例によって口の減らないことをへらへらか。デッダラスの息子が音頭取《おんどと》りなのかな。今日はまともな靴をはいている。このあいだ見かけたときは両の踵《かかと》に穴があいていたっけ。泥の中でも歩いてきたらしい。無頓着《むとんちゃく》な男だよ。アイリッシュタウンで何をしていたものやら。

——それで、と、ブルーム氏は視線を戻す。ぼくがその図案を見つけてくれれば短評が載ったのと同じことでしょう。広告は出してくれますよ。伝えておきましょう……。

ケ・ミ・レ・イ・ア

——尻見せ劣等芋阿呆《ケツミレっとうイもアほう》めとな、と、マイルズ・クローフォードが振り向きざまに喚《わめ》くように言った。おれの尻でも舐《な》めに来いと言っておけ。

ブルーム氏が真意を測りかねて作り笑いをしようとするうちに、相手はぎくしゃくぎくしゃく大股に歩き出した。

金策の風起し

——無資産報告《ヌーラ・ボーナ》さ、ジャック、と、顎に手をやる。こっちもあっぷあっぷなんでな。おれ自身がすっからぴんよ。つい先週もおれの小切手に裏書してくれるやつを探してたんだ。悪いなあ、ジャック。その気はあっても役に立てずだ。工面《くめん》してやれりゃあ一も二もなく風起しと行くんだが。

J・J・オモロイは仏頂面《ぶっちょうづら》をして、黙りこくって歩く。二人は先の仲間に追いついて、並んで歩いた。

——二人は塩豚とパンを食べ終え、パンを包んであった紙で二十本の指を拭《ぬぐ》ってから、手すりにぐっと近づきます。

——きみ向きの話だよ、と、大先生がマイルズ・クロフォードに言った。二人のダブリン婆《ばあ》さんがネルソンの柱のてっぺんにいるんだとさ。

たいした柱だねえ！ ——よたつき婆さん言明

——そいつは初耳だ、と、マイルズ・クロフォード。ネタになる。よたつき蠟燭《ろうそく》のダーグル遠足とはな。やり手婆《ばばあ》が二人だと？

——でも柱が倒れるんじゃないかと心配になるんです、と、スティーヴンが続けた。屋根ばかり見えて、どれがどの教会だなどと言い合っている。ラスマインズ教会の青の円屋根だの、アダム・アンド・イヴ教会だの、聖ローレンス・オトゥール教会だの。ところが見てると目がくらくらするものだから、スカートをたくしあげて……。

いささかはしたなき両婦人

——おっとそのへんで、と、マイルズ・クローフォード。詩人の特権は許されんぞ。ここは大司教区だからして。

——そして縞柄《しまがら》のペチコートをひろげてどっかと腰をすえ、しげしげと片手間夜鍋男《かたてまよなべおとこ》の立像を見上げます。

——片手間夜鍋男だと！　と、大先生が大きな声。そりゃあいい。うまいこと言う。分る分る。

二婦人よりダブリン市民に寄贈　速効丸薬高速隕石、信心なり

——そうしているうちに首筋が寝違えたみたいになります、と、スティーヴン。二人ともへとへとで、上を見ることも下を見ることもしゃべることもできません。プラムの入った袋をはさんで、中からプラムを取っては食べ取っては食べ、口もとにしたたるプラムの汁をハンカチで拭い、手すりからプラムの種をぷわりぷわりと吐き出します。

いきなり大きな子供みたいな笑い声を立てて、しめくくった。レネハンとオマッドゥン・バーク

氏がそれを聞いて振り返り、合図すると道を渡ってムーニーへ向う。
——終りかね？　マイルズ・クローフォードが言った。悪さはそのへんですんだか。

ソフィスト、自惚《うぬぼ》れヘレネの鼻っ柱を挫《くじ》く
スパルタ人切歯扼腕
イタケー人ペネこそチャンプと宣言

——きみはアンティステネスを思い出させるな、と、大先生が言った。ソフィストのゴルギアスの弟子だ。他人に対して辛辣《しんらつ》なのか自分に対して辛辣なのか分らない人物だったそうだよ。貴族と女奴隷の間に生れた男でね。ある著作では、アルゴスのヘレネから美の棕櫚《しゅろ》冠を取り上げて、それを気の毒に、ペネロペーに授けている。
気の毒ペネロペー。ペネロピー・リッチ。
オコンル通りにさしかかる。

はい、中央電話局です！

八つの路線のさまざまな地点で路面電車がトロリーポールの動かないまま立往生している。ラスマインズ、ラスファーナム、ブラックロック、キングズタウンとドーキー、サンディマウント・グリーン、リングズエンドとサンディマウント・タワー、ドニーブルック、パーマーストン・パークとアッパー・ラスマインズ、どこ行きもどこ発もすべて停電で止ったまま。貸馬車、辻馬車、配達馬車、郵便馬車、自家用一頭立《ブルーアム》、がちゃがちゃ鳴る木枠《きわく》の瓶《びん》を載せた炭酸水運搬荷馬車、そんなあんなが、がらがら、ごろごろ、馬に引かれて、慌《あわただ》しく先を急ぐ。

何と？――さらにまた――どこで？

――しかし何という題にする？　マイルズ・クローフォードが問う。プラムはどこで買ったんだい？

ウェルギリウス風、と師範の言。大学二年生はモーセ親父に一票

――題は、そうだな、と、大先生が鰐口《わにぐち》をぱくり開いて思案する。題はだな、ええと。こういうのがいい。**神は我らにこの憩いを作り給いし**《デウス・ノビス・ハエク・オティア・フェキト》。

――いえ、と、スティーヴン。ぼくなら**ピスガ山よりパレスティナを望む、あるいはプラムの寓話**とつけます。

――なるほど、と、大先生。

おおらかに笑った。

――なるほど、と、改めて愉快げに繰り返す。モーセと約束の地か。われわれの話で思いついたんだよ、と、J・J・オモロイに言い添える。

ホレイショーが注目の的、麗《うるわ》しき六月の今日

J・J・オモロイは、だるそうな横目をちらりと彫像に向け、口を開かない。

——なるほど、と、大先生。

ジョン・グレイの像の立つ安全歩道帯で足をとめ、皺《しわ》だらけの歪《ゆが》み笑いを浮べてネルソンを頭上高く見上げた。

指不足にけたけたくすくすはしゃぎの老嬢
アンはうはうは、フローうふうふ
——しかし責めるは酷

——片手間夜鍋男《かたてまよなべおとこ》とは、と、笑みが翳《かげ》る。こりゃくすぐったいや、まったく。

——婆さんたちもくすぐったい思いをしたろうよ、と、マイルズ・クローフォード。全能なる神様のなせる業《わざ》と知ったらな。

第八章《エピソード》

ライストリュゴン人

Lestrygonians

時刻　午後一時～二時
場所　市の中心部、オコンル橋からグラフトン通り、デューク通りへ
人物　ブルーム、パディー・レナード、バンタム・ライアンズ　他

パイナップル氷砂糖《ロック》、レモン棒飴《ブラット》、バター飴玉《スコッチ》。粗目糖顔《ざらめとう》の娘がクリスチャン・ブラザーズの男にせっせとクリームボンボンを掬《すく》っている。小学校のお楽しみ会だろうか。ぽんぽんによくないよ。国王陛下御用達甘味金平糖本舗《ごようたしかんみこんぺいとうほんぽ》。神よ。救い給え。我らの。玉座《ぎょくざ》にお着き遊ばして赤い棗《なつめ》ドロップを白くなるまでしゃぶるとはね。

陰気な感じのYMCAの若者が、グレイアム・レモン菓子店の生暖かな甘ったるい匂いの漂う中で目をぎょろつかせ、ブルーム氏の手にビラを押しつけた。

心と心の語らい。

ブル……。おれ? 違う。

血《ブラッド》、小羊の。

のんびりと川方向へ足を運びながら、文句をたどる。貴方は救われるでしょうか? すべては小羊の血で洗われます。神は血の犠牲を求めるんだ。出産、処女膜、殉教者、戦争、建物一つ建てるにしたって、生贄《いけにえ》、腎臓の燔祭《はんさい》、ドルイド教の祭壇。エリヤは来《き》らん。シオンの教会の再建者、ジョン・アレグザンダー・ダウィー博士は来《きた》らん。

來《きた》らん! 來らん!! 來らん!!!

どなたも心から歓迎。

儲かるんだろな。去年はトリーとアレグザンダー。一夫多妻。あれは本人の女房がやめさせるだろう。あの広告はどこで見たっけバーミンガムのなんとかいう会社の発光十字架。救世主様。真夜中に目をさますと壁に救世主様がぶらさがっている。ペッパー奇術の幽霊からの思いつきだ。鉄の釘は打ち込まれたり《アイアン・ネイルズ・ラン・イン》。

きっと燐《りん》を使ったんだ。たとえば鱈《たら》なんかの残りをおきっぱなしにすると。青っぽい銀色をかぶったようになっていた。あれは夜、台所の戸棚を開けたとき。こもっていた匂いが待ち構えたようにいっせいに飛び出してくるのはかなわない。何を食べたいって言い出したんだっけ。マラガの乾《ほし》葡萄《ぶどう》。スペインが懐かしくなって。ルーディの生れる前。燐光、青っぽくて緑っぽい。脳みその働きはよくするとか。

記念像隣バトラーの家の角からバチャラーズ・ウォークを道なりに見やる。デッダラスの娘がまだディロン競売場の前にいる。古い家具でも売りに来てるんだろう。目が父親そっくりだからすぐ分る。親父さんの出てくるのを待ってぶらぶら。母親が逝《い》くと家庭は壊れるものだ。十五人も産ませたってんだから。ほとんど毎年お産じゃないか。なにせそういう神学、さもないと可哀そうに司祭様の告解《こつかい》を、ご赦免《しやめん》をいただけないってわけ。殖《ふ》えよ、地に満ちよ。どっかで聞いたような。家も家庭も食いつぶせるか。宣《のたま》うご本人たちは養う家族がないときてる。国の最上のものを食べてるんだし。葡萄酒を貯め込み、食い物を貯め込み。贖《あがな》いの日の黒断食《ブラック・ファースト》をするのをこの目で見てみたいや。クロスバンをむしゃむしゃ。祭壇で卒倒しちゃ困るから食事を一回に軽食を一回。誰かこういう御仁《ごじん》の家政婦を突《つつ》いて聞き出せるかな。突いても無理か。その御仁から金を搾《しぼ》り出すようなもの。自分ばかりいい暮し。客なんぞはお断わり。すべて己に利用。すべて己の利尿《りにょう》か。パンとバターは自分で持って来いだとさ。なんせ神父様だもんな。内証内証。ありゃま、あの女の子のぼろぼろの恰好《かっこう》。栄養も悪そうだ。ジャガイモとマーガリン、マーガリンとジャガイモ。あとになってからひびいてくるんだ。プディングの味は食べてこそ。いつのまにか体をこわす。

オコンル橋にさしかかると、綿毛みたいな煙が欄干《らんかん》からぷわっと上ってきた。移出スタウトの醸造所艀《はしけ》。イングランド行き。海風に当ると気が抜けるって言ってたっけ。そのうちハンコックに通行証を手配してもらって醸造所見学なんてのも面白いな。それ自体で世界そのもの。黒ビールの大樽が並んで壮観だろう。鼠《ねずみ》もどぼんどぼん。たらふく飲んだやつらが寄り集ってコリー犬みたいなでかい塊になってぷかりぷかり。黒ビールでへべれけ往生《おうじょう》。人間並みにげろげろやるまで飲む。それを飲むんだからなあ。鼠《ラット》、大樽《ヴァット》。そりゃまあ、何もかも知ったら。

見下ろすと、力強く羽ばたきながら、すーっと弧を描いては侘《わび》しい岸壁を行き来する鷗《かもめ》たちが見える。海が荒れてるんだろ。ここからどぼんと飛び込んだら？　ルーベン・Jの息子はあの汚水《おすい》をしこたま飲み込んだろうよ。一シリング八ペンス多いか。ふふふ。ひょいとおどけた物言いをする男だよ。話しぶりもうまいし。

弧を描き描き低く飛ぶ。餌を探してるな。待て待て。

鷗の舞う中へくしゃくしゃっと丸めた紙をぽいと放る。エリヤは毎秒三十二フィート来れ。てんで違う。丸めた紙は波の間に間にぷかぷか浮んで見向きもされず、下の橋杙《はしくい》のところを流れ行く。べらぼう阿呆《あほう》ってわけじゃない。愛蘭王《エリンズ・キング》号から黴《かび》の生えかけたケーキを投げてやったあの日なんかも船尾五十ヤードのところでぱくっとくわえたもんな。その日その日のやりくり暮し。弧を描いて飛び交い、羽ばたく。

飢餓の鷗《かもめ》のひもじく
鈍色《にびいろ》の水面《みなも》の上を羽ばたく

詩人てのはそんなふうに書く。音《おん》をそろえて。でもシェイクスピアには韻《いん》がない。無韻詩。言葉の流れそのもの。思考の。重々しい。

ハムレットよ、わしはそなたの父の霊
しばしこの地を歩む定め

――リンゴ二つ一ペニーよ！　二つで一ペニーだよ！

艶《つや》光りする林檎《りんご》のぎっしり並ぶ台をすーっと眺めて通る。オーストラリア産だな、この時季のは。皮はぴかぴか。布切れか手ぬぐいできゅっきゅと拭いて艶を出す。

待てよ。さっきのひもじげな鳥。

ふっと足をとめ、その老婆から二つ一ペニーのバンベリー菓子を買い、そのぼろぼろする焼菓子を割っては、かけらにしたのをリフィー川に落してやる。分るかな？　鷗は音もなく獲物を狙い、まず二羽、それからこぞって舞い下りて餌に食らいつく。もうないや。一屑《くず》も。

なんとも食い意地が張って抜け目ないものだと思いながら、両手の粉っぽいざらざらを払い落す。思いがけないものにありついたろうよ。天与の糧《マナ》。魚ばかり食ってるから、魚《ぎょ》っとして食えたもんじゃない、海鳥はみんな、鷗にしても磯鳴《いそしぎ》にしても。アナ・リフィーの白鳥はたまにこのあたりまで泳いで来て羽根搔きをする。蓼食《たでく》う虫も好き好き。白鳥の肉はどんなだろう。ロビンソン・クルーソーは海鳥を食って生き延びたんだ。

今度は羽ばたきを弱めながら弧を描く。もう投げてやらないぜ。一ペニーで懲《こ》りたね。たっぷり礼を言ってくれるしな。旨《うま》いのウぐらい言えよ。口蹄疫《こうていえき》を伝染させるし。七面鳥にたとえば栗ばかり食わせると栗みたいな味になる。豚を食って豚みたい。でも海水魚が塩辛くないのはなぜだろう。どうしてだ？

川に答えを求めて見ていると、一隻《せき》の漕ぎ舟が錨《いかり》を下ろしているのが目に入った。糖蜜のような波に乗ってゆらりゆらりと広告の看板を揺らせている。

キーノー謹製
11シリング
ズボン

うまいこと考えたもんだ。市に賃貸料を払ってるのだろうか。川の水を個人所有とはいかないよな。つねに流れている流水、絶えざる変移、それをわれわれは生の流れの中でたどる。だって人生は一つの流れだ。ありとあらゆる場所が広告にはおあつらえ向き。瘡《かさ》っ搔《か》き専門のあの藪《やぶ》医者のなんかはどこの共同便所にも貼ってあった。このごろはぜんぜん見かけないけど。秘密厳守。ハイ・フランクス博士。あれじゃ一銭もかからない。ダンス教師のマギニ本人が派手派手看板なのと同じ。てきとうなやつに貼らせるとか、なんならボタンを外しに駆け込んだときに自分でこっそり貼るとか。

どうせうさん臭い。臭い場所が似合いだよ。ビラ、ダンコ禁止。ビラン、ダンコン禁止。あそこが靡爛《びらん》の男の仕業《しわざ》かね。

ひょっとしてあいつ？

まさか！

どうなんだ？

そんな……違う。

違う、まさか。そんな、ありえない。ほんとにまさかか？

違うったら、まさか。

ブルーム氏はすたすた歩き出し、うろたえた目をあげる。もうあのことは考えるな。一時過ぎか。底荷事務所の報時球《ほうじきゅう》が下にきてる。ダンシンク標準時。わくわくするような本だ、あのロバート・ボールのは。視差《パララクス》。よくは理解できなかったな。あそこに神父がいるぞ。ちょっと訊いてみるか。パルってのはギリシア語だ。並行《パラレル》、視差《パララクス》。会った者定め難輪廻《なんわまわ》しなんて訊くんだからな、会者定《えしやじよう》離輪廻《りりんね》を。わあ、ごっつごつ！

ブルーム氏は、わあ、ごっつごつに笑みを浮べて底荷事務所の二つの窓を見た。あれの言うことも当ってるね。ひびきに勿体《もったい》をつけるためにありきたりのことに大げさな言葉を使うだけ。あれもウィットがあれば。礼儀をわきまえないこともある。おれなんかは胸にしまっておくことをぽろっと口に出してしまうんだから。でも、そうとも言えないか。ベン・ドラードはバス樽節《だるぶし》の淫《みだ》ら声だわなんてよく言ってたっけ。あの樽みたいな脚だから、樽の中に歌ってるみたいなものだった。うん、なかなかのウィットじゃないか。巨鈴《きよりん》ビッグベンって渾名《あだな》だった。バス樽節の半分もウィットがきいてないね。信天翁《あほうどり》も唖然の食欲。牛の両腰肉をぺろり。ナンバーワン・バスビールをがぶがぶやるのも逞《たくま》しいものだった。バス腹ビヤ樽節。おや、ま。次々うまくいく。

白スモックのサンドイッチマンの行列がゆっくりと下水溝沿いに進んで来た。深紅《しんく》の肩紐を前後に渡して看板をぶらさげている。見切品特売。今朝の司祭にそっくりじゃないか。我ら罪を犯したり。我ら苦しみたり。五つの白のシルクハットの緋文字を順にたどる。H。E。L。Y。S。ウィズダム・ヒーリーの店。Yが少し遅れて前看板の下からパンの厚いのを取り出すと、口に押し込み、むしゃむしゃむしゃやりながら歩く。我らの主食なりか。一日三シリングばかしで通りから通りへ下水溝巡りとは。骨と皮のしのぎがせいぜい、パンと薄粥《うすがゆ》じゃな。連中はボイラ、いや、マグレイドのところで雇ったんだ。こんなことしたって客寄せにならないね。いつかせっかく案を出してやったのに。素通しガラスの展示馬車におしゃれな娘が二人、中で手紙を書いていて、練習帖や封筒や吸取紙も飾る。受けたこと間違いなしだ。おしゃれな娘が何か書いてるなんてのはたちまち人目を引く。どんなことを書いているのか誰だって知りたくなるさ。すまし顔して書いていればすぐにも人だかり。ついついパイに手が出るのと同じようなもの。女だって立ち止る。好奇心。塩の柱。やっこさんがうんと言わなかったのは要するに自分の思いつきじゃなかったからだ。それと黒いセルロイドでインクの滲《にじ》んだみたいにしたインク瓶の案も出してやった。やっこさんの思いつく広告といったらプラムトリー印のミートパテと同じようなものだ、訃報《ふほう》欄の下、冷肉欄の下にもってくるなんて。なめちゃいけませんよ。何を？　当店の封筒です。やあ、ジョウンズ、どこへ行く？　寄らないぜ、ロビンソン、唯一確実なインク消し**カンセル**を買いに販売元デイム通り八五ヒーリー商会へ大急ぎだから。あそこのがらくた売りと手を切ってよかったよ。あちこち修道院へ勘定を取りに行かされるのはどえらい仕事だった。トランクイラ修道院。優しい尼さんがいたな、ほんとに優しい顔の。頭巾《ずきん》が小さな顔に似合って。シスター何とか。シスター何だっけな。ままならぬ恋に破れたという目だったね。あの手の女に掛合うのは骨だったよ。あの日の朝は祈りの最中に邪魔してしまった。でも外の世界の人間と話せて嬉しそうだった。今日は大事な日なんですのと言ってたな。カルメル山の聖母の祝日。語呂《ごろ》も甘ったるいや。カラメル砂糖。知ってる女だったね、たぶんあの身ごなしからして知ってる女。結婚していれば別の女になってたろうに。どうやらほんとに金に困っていたらしい。それでいて何を炒《いた》めるのも最高のバター。女ってのはラードはだめ。脂《あぶら》がしつこかったから胸焼けがするのなんて言って。そもそもべたバタべたバタお化粧しちゃあ猫被《ねこかぶ》りだからな。被りものを上げてバターをなめるモリーだよ。シスター何だっけ。パット・クラフィー、質屋の娘。有刺鉄線は尼さんが発明したそうだ。

　とことこ通り過ぎるアポストロフィSを見てから、ウェストモアランド通りを渡った。ロウヴァー自転車店。あのレースは今日か。あれからどれくらいたつ？　フィル・ギリガンが死んだ年。ロンバード通り西に住んでいた。そうか、トムの店にいたんだ。ウィズダム・ヒーリーの店へ勤めた年に結婚した。六年。すると十年前、九四年に死んだわけだからそうなるよなアーノットの店が大火事になって。ヴァル・ディロンが市長をしていた。グレンクリーの慈善食事会。参事会員のロバート・オライリーは幕開け前からポルトを開けちゃってスープ代りだ。がぶボブがぶボブ、助役の意は胃醸薬ってわけ。楽隊の演奏なんて聞えやしない。ご馳走さまいただきます。ミリーはまだよちよち。モリーは組紐飾り釦《ボタン》のついたあのエレファントグレーのワンピース。男物風仕立で包釦《くるみボタン》。気に入ってなかったな、とんがり山《シュガーローフ》の聖歌隊ピクニックに初めて着て行ったときおれが足を挫《くじ》いたもんだから。まるであの。グッドウィン先生のシルクハットはなにか糊《のり》みたいなもので繕《つくろ》ってあって。蠅もいっしょにピクニック。ワンピースの後ろ姿があんなふうになったことはなかった。きちきちだった、肩も尻も。そろそろ出っぱりが目立ってきて。あの日はラビットパイを食べたっけ。

みんな気を遣ってくれて。

幸せ。あの頃のほうが幸せだった。こぢんまりした部屋で赤い壁紙。ドックレルの店で、十二枚セット一シリング九ペンス。ミリーを盥湯《たらいゆ》に入れてやる夜。アメリカの石鹸を買ったんだ。接骨木花《にわとこ》。あの子の浸《つ》かる湯のなごむ香り。体じゅう石鹸のあぶくになって滑稽だった。もう体つきがしゃんとして。今は写真屋か。死んだ親父から銀板写真の暗室のことを聞かされたよ。趣味の遺伝。

歩道を進む。

生の流れ。なんて名前だったっけあの司祭みたいな男はいつも通りすがりに横目で家ん中を覗《のぞ》いて行ったのは？　弱視の、女々しいやつ。聖ケヴィン街のシトロンのとこに泊ってた。ペンなんとか。ペンデニス？　おれの記憶力もそろそろ。ペン……？　もう何年も前だから。電車が喧《やかま》しいせいだろさ。だけどあの男みたいに毎日顔を突き合せてる植字工代表の名前を思い出せなくなっちゃね。

バートル・ダーシーはテノール歌手で、あのころ売り出し始めていた。稽古が終るとあれを送って来た。髭油なんかつけて口髭を跳ね上げた気取ったやつ。あの歌を習ってたんだ、**南から吹く風**。風の強い晩だったなあれを迎えに行ったのは例の富籤《とみくじ》のことで支部の集りがあってグッドウィンのコンサートが市長公邸の食堂の間《ま》だったか樫《かし》の間《ま》だったかであったんだ。あの御大《おんたい》とおれが後ろを歩いて。あれの楽譜を持ってやってたのが吹き飛ばされて高校の柵に。幸いうまいこと。あんなことがあるとせっかくのご機嫌もふいになる。グッドウィン先生があれと腕を組んで先に立つ。危なっかしい足どりの飲み助爺さん。お別れコンサートを幾度も。舞台に立つたびにこれがほんとに最後のリサイタル。数ヵ月かもしれないし永久にかもしれない。あれが風をまともに食らって笑いころげたのを思い出す。猛吹雪みたいな襟がおっ立った。ハーコート道路の角でそうそうあの突風。

ビュヒューッ！　スカートもなにも捲《まく》れ上がって毛皮襟巻がグッドウィン爺さんに巻きついて危うく息を詰らせるところだった。風吹く中、なおも笑いころげて火がついた。そうそう家へ帰ってから煖炉の火を掻《か》き熾《おこ》してマトンのひらひらしたのをジューッと炒めて好きなチャツネソースをかけて夜食をこさえてやったんだ。それとマルド・ラムも。寝室でコルセットを外しているのが煖炉から見えた。白。

しゅっと擦《こす》れてぱさっとコルセットがベッドの上へ。いつも体のぬくもりがほんのり。いつもすぐ外したがって。それからヘアピンを抜いたりして二時近くまで。ミリーはベッドのお家《うち》でお寝《ね》んね。幸せ。幸せだった。あの晩だったな……。

——あら、ブルームさん、こんにちは。

——おや、元気、ブリーンさん？

——愚痴《ぐち》ってもしようがないもの。モリーはこの頃どうしていて？　ずいぶん会わないけれど。

——元気元気、と、ブルーム氏は陽気に言った。ミリーはマリンガーで働き口を見つけてね。

——もうそんな！　偉いじゃない。

——うん。写真屋に勤めたんだ。けっこう気に入られてるらしくて。お宅はみんな手のかかる頃？

——なにせ食べ盛りばかり、と、ブリーン夫人。

何人いるんだっけ？　見たところまた出来てるふうじゃない。

——あの、その喪服。誰か……？

——いやいや、と、ブルーム氏。葬式の帰りなんだ。

今日はずっとこれだろうな。誰が死んだ、いつ、どんな病気で。ひょいひょい付きまとわれるのか。

――まあ、そうなの、と、ブリーン夫人。近い親戚の方じゃないでしょうね。同情を引いておくのもいいか。

――ディグナム、と、ブルーム氏。長いつきあいだったんだ。まるで急だった、かわいそうに。心臓が悪かったらしい。葬式が昼前にあったもので。

あんたの葬式あしただよ
ライ麦畑をやってきたら。
とっとことことこ
とっとことっとこ……

――古いお友達を亡くして悲しいでしょう、と、ブリーン夫人の女眼《おんなまなこ》が憂《うれ》いをこめて語る。

もうこれくらいでいいな。ちょいと、穏やかに、旦那のことを。

――ところでご主人は？

ブリーン夫人は二つの大きな目をくりくりっとさせた。とにかくこの目は変っていない。

――よしてよして！　と、言った。世話が焼けるなんてもんじゃないのよ。今も法律本を抱えてその店へ入って名誉毀損《めいよきそん》の法律のことを調べてる。気の休まるひまもありゃしない。ちょっとこれ見てくれる。

熱いモックタートル・スープと焼き立てジャム入りプディングの湯気がもやもやほかほかとハリソンの店からこぼれ出す。こってりした昼時臭がブルーム氏の食道の突先《とつさき》を擽《くすぐ》った。旨《うま》いペストリーをこさえるにはバターと極上の小麦粉とデメララ砂糖がなくちゃね。不味《まず》いとなれば熱い紅茶を

て。

快感なのか苦痛なのか。義援ペニー・ディナーね。ナイフとフォークがテーブルに鎖で繋いであっ

乗り出し、もやもや煙るにおいを吸い込んでいる。ああして空《す》きっ腹《ぱら》のさしこみを和《やわ》らげるんだ。

啜《すす》り啜り口に入れるんだろう。いや、これはこの女のにおいか？　裸足《はだし》の浮浪児が一人、格子柵《こうしさく》に

ハンドバッグを開いてる。剝《へ》げた革。帽子ピン。こういうのには気をつけないとな。電車の中で男の目を突き刺すんだから。がさごそ掻き回して。ぱっくり開く。金。一枚取っていいわ。六ペンスでもなくしたら鬼みたいになる。どえらい騒ぎ。旦那が荒れ狂う。月曜に渡した十シリングはどうしたんだ？　おまえの弟の家族を食わせてるのか？　汚れたハンカチ。薬瓶。口中剤がぽろっと一つ。何を出す気で……？

——きっと新月なのね、と、言った。新月になると必ずおかしくなるんだから。ゆうべ、あの人どうしたと思う。

手が掻き回すのをやめた。両の眼《まなこ》がじっと見つめる。先行きを案じるようにきょとんとして、しかし笑みが浮ぶ。

——どうって？　ブルーム氏が問う。

しゃべらせてやろう。まっすぐ目を見返す。きみの言うとおりさ。打ち明けてごらん。

——夜中にわたしを起すのよ、と、言った。夢を見たんですってさ、うなされる夢を。

消化不。

——スペードのエースが階段を上って来ただなんて。

——スペードのエース！　と、ブルーム氏。

ハンドバッグから二つ折にした葉書を取り出した。

――読んでみて、と、差し出す。今朝、うちの人宛に届いたの。

――なんだい？　と、ブルーム氏は葉書を手にした。Ｕ・Ｐ？

――Ｕ・Ｐ。アッパッパーよ、と、言った。誰かがおちゃらかしてるんでしょ。ひどいことするわ、誰だか知らないけれど。

――まったくだ、と、ブルーム氏。

返した葉書を手にして、ため息をつく。

――それでこれからメントンさんの事務所へ寄るんですってさ。一万ポンドの訴訟をするなんて言って。

乱雑なバッグに葉書を折って突っ込み、パチンと止め金を閉じる。

二年前と同じ紺《こん》のサージのワンピース。毳《けば》が色褪《いろあ》せて。この服が最高に似合った頃もあったのに。耳にかぶさったほつれ毛。おまけにどろくさいトーク帽。所帯やつれ隠しに葡萄のお飾り三つときた。着古しおしとやか。ひと味違うおしゃれをする女だったけどな。口もとに皺《しわ》も。モリーより一つ二つ上なだけなのに。

ほら、あの女がその立ち姿をじろっと見て通り過ぎたぞ。怖いね。女はおしっとやかだから。なおも面と向いつつ、食指が動かない色を顔に出さないようにする。鼻をつくモックタートルにオックステールにマリガトーニ。おれも腹がへった。継《つ》ぎ当てみたいな胸もとにはペストリーの薄皮ひらひら、頬には砂糖みたいな白粉《おしろい》べたべた。たっぷり詰め物をした大黄《ルバーブ》タルト、中身はとろけるような果物。ジョウシー・パウェルの頃はそうだった。ルーク・ドイルの家でずいぶん前になる。ドルフィン・バーンズ、語当て遊び。Ｕ・Ｐ。アッパッパーか。

話題を変えよう。

――たまにはボーフォイ夫人に会う？　と、ブルーム氏。

――マイナ・ピュアフォイ？　と、聞き返す。

フィリップ・ボーフォイのことを思い出してたんだが。芝居常連会。マッチャムはしばしば思い出す己が蓦地《まっしぐら》にものにした。チェーンを引っ張ったっけな？　うん。最後の尻始末。

――うん。

――途中ちょっと寄ってきたところ、そろそろかなと思って。ホリス通りの産院にいるの。ホーン先生が入院させたのよ。痛み出してもう三日。

――そう、と、ブルーム氏。それは気の毒に。

――ええ、と、ブリーン夫人。家には子供がたくさんいるし。そうとう重いお産になるって、看護婦さんが言ってたわ。

――そう、と、ブルーム氏。

浮かない憐れみの目が女の話を吸い込む。同情の舌打ちが弾ける。ちッ！　ちッ！

――気の毒に、と、繰り返した。かわいそうに。三日もか。たいへんだろうね。

ブリーン夫人はうなずく。

――この火曜に痛み出して……。

ブルーム氏がその肘先にそっとふれて、かばうように言う。

――ほら気をつけて。あの男を通してやらなくちゃ。

痩せこけた人影が、太紐のついた片眼鏡でうっとり太陽を見つめながら、歩道を川のほうから大股にやって来た。きちきちの小さな帽子が頭をしっかと摑《つか》んでいる。片腕に掛けたダスターコート、ステッキ、雨傘が、歩くのに合せてぶらりぶらり揺れる。

——見てごらん、と、ブルーム氏。いつも街灯柱の外側を歩くんだ。ほら！

——誰なの、訊いてよければだけど？　ブリーン夫人が問う。ちょっとおかしい人？

——名前はキャッシェル・ボイル・オコナー・フィッツモーリス・ティズダル・ファレル、と言って、ブルーム氏はにこりとする。気をつけて！

——ずいぶんあること、と、言った。デニスも近いうちにああなるんだわ。

ふっと口をつぐむ。

——ほら来た、と、言った。ついて行かなくちゃ。じゃあ。モリーによろしく言ってね？

——ありがとう、と、ブルーム氏。

通行人の間を縫《ぬ》って急ぎ足に商店街へ向う後ろ姿を見送った。デニス・ブリーンが、寸詰《すんづま》りのフロックコートに青のズック靴、のったらのったらハリソンの店を出てくる。二冊の分厚い本を脇腹に抱えている。湾の方角からふんわか吹かれて。昔と同じだな。追いついた女房に驚くでもなく、くすんだグレーの鬚を突き出し、たるんだ顎をひくひくさせながらさかんにしゃべりまくる。

キ印。くるくるぱあ。

ブルーム氏はまた呑気《のんき》に歩き出した。前方の陽光の中、きちきち帽、ぶらぶらステッキ雨傘ダスターコートが行く。晴好雨季浮き。ほら、あれだ！　また逸《そ》れたぞ。あれも世渡りの一つの手か。それにもう一人はあのいでたちの気がふれたもさもさ髭。あの旦那と暮すのはさぞかし大変だろう。U・P。アッパッパー。きっとアルフ・バーガンかリッチー・グールディングの仕業《しわざ》だ。スコッチ亭あたりでふざけて書いたに決ってる。メントンの事務所へ寄るときた。あの牡蠣眼《かきまなこ》が葉書をしげしげまじまじ。こりゃ面白いや。

アイリッシュ・タイムズの前を通る。あそこにほかの返事が来ているかも。全部に返事を書きたくなるね。やましい企みにはうまい仕組みだ。暗号。ちょうど昼時。あの眼鏡の事務員はおれを知らない。いいさ、とろ火にかけておけ。四十四通も付き合うなんてのは面倒だよ。求む、優秀女性タイピスト、当方男性文筆家。悪い子って書いたのは他《た》界行儀《かいぎようぎ》が好きじゃないから。あの言葉の本当の意味を教えて下さい。奥さんがどんな香水使ってるか教えて。この世を誰が造ったのか教えて。女ってのはいきなりそんなことを訊くからな。一方ではリジー・トウィッグなんてのもいる。拙い作品が幸いにも高名な詩人A・E（ジョージ・ラッセル氏）の目にとまることとなりました。まずい茶を啜《すす》っては、しこしこ詩を書いて髪を整えるひまもないんだろね。

　小さな広告を出すなら断然この新聞だ。いまや田舎のすみずみまで。料理家事全般、厨房完備、住込女中在。求活発男子酒場接客。当方身元確実女子（羅加）求職果実店又豚肉店。ジェイムズ・カーライルがあの欄を作ったんだ。配当六・五パーセントか。コーツ製紙の株で大儲けしたやつ。深用心。狡《こす》い吝株《しわかぶ》のスコットランド男。ごますり記事ばかり。恵み深く人望厚き総督夫人。**アイリッシュ・フィールド**も買収した。マウントキャシェル令夫人は産後の疲れも全く癒え、昨日、ウォード・ユニオン・スタッグハウンド会とともにラトホウスにおける狩始めの儀に乗馬で臨まれた。食えやしない狐。食えるものなら撃ちまくる連中も。恐怖がじくじく滲み込んで連中が食えるくらい柔らかくなるか。両足をおっぴろげて乗る。男みたいに乗りこなす。重量負担もなんのその狩猟女傑馬だ。横乗鞍《よこのりくら》も添鞍《そえくら》も無用だとさ。要りませんたら要りません。勢ぞろいには一番乗り、死ぬところにも居合せる。繁殖牝馬《ひんば》みたいに逞《たくま》しいよあの手の馬好き女たちは。貸馬屋界隈《かいわい》をのし歩く。ブランデーなんぞクイッと飲み干す。今朝グロウヴナーの前にいたあの女。それお馬車へお乗せしろ、ピシュピシッ。石垣でも五本横木の柵でも飛び越させりゃいい。狆《ちん》くしゃ運転手め、わざとやったんだろう。あの女、誰かに似てたっけ？　あ、そうか！　ミセス・ミリアム・ダンドレイド、シェルボーン・ホテルであの女から古物の肩掛けや黒の下着を買ったんだ。旦那と別れたスペイン系アメリカ人。おれがあんなものをいじり回してもてんでへっちゃら。おれのことをハンガーくらいにしか思ってない。総督のパーティーに来てたな、王室公園番のスタッブズが**エクスプレス**のウェランといっしょにおれを入れてくれたんだ。上々の残り物を下々があさるってわけ。ハイティー。マヨネーズをおれはカスタードだと思ってプラムにたっぷりかけてしまった。あの女、あの日からひと月は耳ががんがんしたろうよ。あれの牡牛になりたいや。生れながらの娼婦タイプ。子供の面倒を見るなんてのはお断わりだが。

ピュアフォイの女房もかわいそうに。メソジストの亭主。狂ってもメソッド持《じ》する。飼育酪農の店でサフラン入りバンとミルクと炭酸水のランチ。ＹＭＣＡ。ストップウォッチ片手に食べて、一分間に三十二回噛む。それでもマトンチョップ髯《ひげ》なんぞはやして。縁故関係がいいんだそうで。シアドーの従兄《いとこ》はダブリン城に勤めていますの。どこの家にも羽振りのいい親戚が一人いるね。旦那は毎年、女房畑に一年草の種付け。いつか三酔人亭の前を帽子もかぶらず浮れ歩いてたな、長男が下の子を一人入れた買出し籠をかかえて。ぎゃあぎゃあ泣きわめくのばかり。女房が哀れだよ。あれじゃ来る年来る年、夜中じゅう乳をやらねばならない。自分勝手なんだ、ああいう禁酒主義者ってのは。意地くね悪いし。わたしのティーは砂糖一つだけにしてくれないか。

フリート通りの十字路で立ち止った。昼を食べるか。ロウの店の六ペンスのですませる？　国立図書館であの広告を調べなくちゃならないから。バートンの八ペンスのやつ。あれのほうがいいや。どうせ通り道。

そのまま歩いてボルトンのウェストモアランド店の前を通り過ぎる。紅茶。そうだ、紅茶、紅茶。トム・カーナンに言い出すのを忘れてた。

ふーッ。ちッ、ちッ、ちッ！　三日も寝たまま呻《うめ》いてるんじゃな、酢をしませたハンカチを額にあてがって、腹を膨《ふく》れ上がらせ。ふぇッ！　いやはや、おっそろしいね。子供の頭も大きすぎたりして、鉗子《かんし》を。腹の中で体を二つ折りにして、出口を探りながら、やみくもに外へ突進しようとする。おれなんかじゃ殺されっちまうね。幸いモリーはどの子も軽くてすんだ。ああいう目にあわなくてすむ方法を発明すべきだよ。陣痛重労働あっての命か。半麻酔法ってのもある。ヴィクトリア女王がそうだった。九人も産んだんだ。コケコッコーとよく産むね。お靴がお家《うち》のおばあちゃん、なんせとっても子沢山。旦那は肺病だったらしい。そろそろ誰かが考えてもいい頃だ、なんだったっけ思い惑う胸の銀《しろがね》の光華《こうか》がどうのこうのとほざいたりしてないで。馬鹿たれがばつを合せるだけの場当り茶々。大きな施設を作るのだってたやすいだろうになすべて無痛ですむようにしてなんでも税金税金なんだから生れた子供一人につき五ポンド与えて二十一歳まで五分の複利にしてやれば五掛ける厄介だよポンドは二十倍だ十進法で倹約の奨励にもなるし百十ともうちょい二十一年間で紙に書いてきちんと計算したいところだが意外とけっこうな額になるじゃないか。

死産児はもちろんだめ。出生届けすら出されない。無駄な苦労。

おかしな光景だった、二人とも大きな腹をしたのが居合せるなんて。モリーとミセス・モイズル。母親の会。肺結核はその間は引っ込んで、またぶり返す。産んでしまうといきなりぺしゃんこ。穏やかな目。心の重荷が下りるんだ。ソーントンさんは愉快な婆さんだったな。みんなあたしの産んだ子よ、なんて言って。パン粥《がゆ》のスプーンをまず自分の口に入れてから、赤ん坊の口にふくませる。ほーら、おいち、おいち。トム・ウォールの息子に片手を叩きつぶされたんだ。あの公僕の初のお目見え。特大カボチャみたいな頭。横柄《おうへい》な医者のマレン。夜もかまわず叩き起されるからな。お願いしますよ、先生。陣痛が始まってるんです。それで支払いは何ヵ月も待たす。自分の女房を診てもらったってのに。ありがたいって気持がないんだ。人助けの医者、まあたいていは。アイルランド議事堂の見上げるように巨大な扉の前を鳩の群れが飛んだ。食後にちょいとひとふざけ。どいつにひっかけてやろか。おれはあの黒服の男にしよっと。それ、行くぞ。それ、命中。空からだとスリルがあるだろよ。アプジョンとおれとオウエン・ゴールドバーグとでグース・グリーンのあたりの木に登って猿ごっこをしたなあ。鈍臭《どんくさ》なんて言いやがって。

巡査の一隊がコレッジ通りから進出し、一列縦隊で行進してきた。鵞鳥《がちょう》歩調。食熱《しょくぼて》りの顔、汗ぎとのヘルメット制帽、警棒をぱたぱたいわせて。脂《あぶら》っこいスープを胃袋たっぷり詰め込んできたんだ。巡査稼業は楽なもの。数人ずつに分れ、敬礼を交わしては、それぞれの持場へ散って行く。放牧場へ放免か。人を襲うんなら一番の時刻だね、デザートタイムは。そいつのディナーにパンチ一発。別の一隊が、てんでばらばらに行進し、トリニティの柵を回って署へ向う。目指すはそれぞれ秣桶《まぐさおけ》。いざ騎兵隊を迎え撃たん。いざスープを迎え撃たん。

トミー・ムアの悪さ坊主みたいな人差指の下を渡った。小便の場を見下ろすところに建てたのは気がきいてるよ。流るる水の集《つど》いてか。女が用を足す所も作るべきだ。菓子屋へ駆け込んだりして。帽子を直させてくださらない。**広き世界にまたとなき谷**。ジュリア・モーカンのすばらしい歌声。最後の最後まで声が衰えなかった。マイケル・バルフの弟子だったな。

一番後ろを行く肩幅の広い制服を見送った。相手にしたらやばい連中。ジャック・パワーなら秘話の一つも。親父が公安《でか》。しょっぴかれるときに面倒を掛けようもんなら豚箱でこっぴどい扱《しご》きだ。仕事が仕事だから責められないか特に若いお巡りは。あの騎馬巡査なんかジョウ・チェンバレンがトリニティ大で学位をもらった日そりゃもう猛然と追っかけてきた。すさまじいのなんの。やつの馬の蹄《ひづめ》がカッパカカッパカおれたちに迫ってきたアビー通り。幸いおれはひょいとマニングの店へ逃げ込んだけど危うくどえらい目にあうところだった。なんとギャロップで突っ走ってきたからな。きっと敷石で頭をぶち割ったろうよ。あの医学生連中に巻込まれたのがまずかった。それに角帽のトリニティ大一年連中《ジブ》。面倒を起したがるんだ。でもあのディクスンって若者と知り合えて蜂にやられたのを聖母病院で手当してもらった、今はホリス通り勤めであそこにピュアフォイ夫人が。輪の内にまたまた輪ありて。警官の呼子《よびこ》がまだ耳の奥に。皆、一目散。それでおれを取っ捕まえようと。おれをぶち込む気で。ちょうどここで始ったんだ。

——ボーア人万歳！

——デ・ウェットに万歳三唱！

——ジョウ・チェンバレンは酸っぱい林檎《りんご》の木に吊せ！

どんたくれども。青二才の愚衆がやみくもに喚《わめ》きちらす。ヴィネガーの丘。バター取引所楽隊。何年もたたないうちに連中の半分はそこそこの判事様やお役人。戦争になる、あたふた軍隊に入る、昔はああだった連中が。なにが絞首台に上るともだい。

誰に話してるか分ったもんじゃない。コーニー・ケラハーなんて目つきがハーヴィ・ダフだ。ピーターとかデニスとかケアリーとか無敵党をちくったやつみたいな。自治体会員だし。山出しの若者をけしかけて内情に通じながら城からスパイ活動の報酬をもらってた。それでぽんとお払箱。だから私服連中は必ず下働き女中に言い寄る。制服を着慣れたやつはすぐにばれるもんな。裏口あたりでよろしくやる。ちょいと手荒くする。それから次のメニュー。ところであの男は誰だいあの家へよく来るんか？　若旦那はなんか言ってたか？　鍵穴覗《のぞ》きの覗《のぞ》き屋トム。囮鴨《おとりがも》。熱血の若い学生が火熨斗《ひのし》仕事の女中の太腕にちょっかいを出す。

——これ、おまえのか、メアリー？

――こんなの着ません……やめてったら、奥様に言いつけますよ。夜中まで出歩いたりして。

――今に素晴しい時代が来るぞ、メアリー。まあ見てろ。

――素晴しい時代のお話はもういいですってば。

酒場女も。煙草屋娘も。

ジェイムズ・スティーヴンズの思いつきが一番だった。連中を知っていた。十人ずつの組にして一人が自分の仲間のことしか密告できないようにした。シン・フェイン。身を引いたらグサリと殺《や》られる。見えざる手。とどまったら。銃撃部隊。看守の娘がやっこさんをリッチモンド監獄から逃したんだ、ラスクから船。泊ったのがバッキンガム・パレス・ホテルで当局の目と鼻の先。ガリバルディ。

ある種の魅力がなくちゃな。つまり、パーネル。アーサー・グリフィスは実直な男だけど大衆にウケるものがない。我らが愛《いと》しき国土なんてぶちあげなくちゃ。主我問答《しゆガモンどう》の放嗹草《ほうれんそう》さ。ダブリン・ベイカリー社の喫茶室。討論クラブがあれこれ。共和制こそ最良の政治形態であります。言語問題は経済問題に先行すべきであります。娘たちに言いつけて上手に家へ誘い込む。たっぷり飲み食いさせる。聖ミカエル祭の鵞鳥《がちよう》。さあさ、皮の下の香料の効いた旨《うま》いところを。冷めないうちに脂身《あぶらみ》たんとお代りなさいな。ひ文字の熱血漢たち。安パン一個で楽隊と練歩《ねりある》く。肉分ける主《しゆ》の胃乗合《いのりあい》無用。すきっ腹にまず異論なしという思い。すっかりくつろぐ。その杏《あんず》、いや桃こっちへくれませんか。さほど遠からぬ日。自治の陽の北西に昇り来る。

笑みが薄れつつ歩く。厚い雲に太陽がゆっくり隠れていき、トリニティ大学のむっつりした正面を翳《かげ》らす。電車がすれ違う。上りが行き、下りが来て、ガッタンゴットン。無益な言葉。物事は同じ路線、来る日も来る日も。巡査隊がぞろぞろ出て行っては、戻って来る。電車が入って、出て行く。あの二人のいかれたのがほっつき歩く。ディグナムは馬車で運ばれて行った。マイナ・ピュアフォイは腹を膨《ふく》らませてベッドで唸《うな》りながら子供を引きずり出される。一秒ごとにどこかで赤子が生れる。一秒ごとに誰かが死ぬ。あの鳥たちに餌をやってから五分。三百人がおっちんだ勘定。代りに三百人が生れ、血を洗い流し、皆が子羊の血で洗われ、めえええええと泣き喚《わめ》く。

市一杯分が世を去り、またぞろ市一杯分がやって来て、これまた去って行く。またやって来ては、去って行く。家並み、いくつもの家並み、いくつもの通り、何マイルもの歩道、積上げられた煉瓦《れんが》、石材。人手から人手へ。今の持主、次の持主。家主は死なずというからな。立退《たちの》き通告がきたときには誰かが後釜《あとがま》に座る。家主は金で建物を買占めてもまだまだ金がうなるほどある。どっかでちょろまかしをするんだ。都市に積上げられ、年々歳々、摩滅《まめつ》していく。砂地に建つピラミッド。パンと玉葱《たまねぎ》だけを食わせられて建てた。奴隷たち。万里の長城。バビロン。巨石だけが残る。円塔。あとは屑《くず》さ、拡がり放題の郊外、安普請《やすぶしん》。カーワンの筍《たけのこ》住宅なんか吹けば吹っ飛ぶって。一夜凌《しの》ぎ。一廉《ひとかど》の人物がいない。

今頃が実に最悪の時間帯だ。活力が。だるいし、気がもやもや。嫌いな時間帯。自分が食われて吐き出されたような気分。

学長の邸宅。ドクター・サーモン師、罐詰サーモン。あそこにちんまり罐詰住いか。霊安堂《れいあんどう》みたいだね。金をもらってもあんなとこには住みたくない。今日はレバーとベーコンがあるといいが。自然は真空を忌《い》むだよ。

太陽がゆっくり雲を離れて、きらきらっと向い側のウォルター・セクストンの陳列窓の銀器が光ったそのそばをジョン・ハワード・パーネルが目もくれずに通り過ぎた。

あの男だ。実の兄。生写《いきうつ》し。しょっちゅう浮ぶ顔。偶然の一致だな。ある人間のことを何百遍思い浮べたって本人に出くわすものじゃない。まるで夢遊病者。誰にも顔を知られてないつもり。きっと今日は市会だ。就任以来、決して式典長の制服を着ないそうだ。チャーリー・ボールジャーは三角帽に、髪粉、白粉《おしろい》、鬚もさっぱり、これ見よがしに偉ぶってたものだ。あの暗鬱《あんうつ》そのものの歩き方ときたら。悪い卵を食ったのか。幽霊顔の落し卵眼《まなこ》。我に苦痛あり。偉大な人物の兄。実の弟の実の兄。あれで市の馬に乗ったらさぞかしご立派なことで。DBCに寄って、たぶんコーヒーを飲んで、それからチェス。実の弟は部下をポーンみたいに使った。誰も彼も使い捨て。怖くて一言も文句を言えない。あの眼《まなこ》で射竦《いすく》める。それが魅力さ。つまり、名前だ。皆、ちと気がふれている。気違いファニーに、もう一人の姉ディッキンスン夫人は真っ赤っかの馬具の馬を乗回して。外科医マードルみたいに直立姿勢。だけどデイヴィッド・シーヒーに南ミーズの選挙戦で負けたんだ。下院議員を辞任して公人生活に引退。愛国者の宴《うたげ》。公園でオレンジの皮を噛みつぶす。サイモン・デッダラスが言ってたっけ、あの御大《おんたい》が議員になったりしたらパーネルが墓から出てきて、腕をひっつかんで議事堂の外へ連れ出すだろうって。

——その双頭《そうとう》の蛸《たこ》のだな、片っ方の頭には世界の両方の果てがまだ来忘れておるし、もう片っ方の頭はスコットランド訛《なまり》でしゃべる。蛸の足は……。

後ろからブルーム氏を追越して縁石《えんせき》ぞいに行く姿。鬚と自転車。若い女。

おやまたこの男も。こりゃほんとに偶然の一致だ。二度目。来るべき出来事が前方に影を投ずるなり。著名詩人、ジョージ・ラッセルの是認をもってして。リジー・トウィッグだろう、連れは。A・Eって、どういう意味だろ。頭文字、たぶん。アルバート・エドワード、アーサー・エドマンド。アルフォンサス、エブ、エド、エル、エスクワイア。何を言ってたのかな。世界の両方の果てとスコットランド訛《なまり》。足、蛸。なにやら神秘学、象徴主義。ご高説。女はひたすら鵜呑《うの》み。一言も言わない。紳士の文筆の助手役ってわけ。

長身の手織質素《ホームスパン》、髭、自転車、聞き入る連れの女を、目が追った。菜食主義の店で食べてきたな。菜粗《さいそ》と果物だけ。ビフテキは食べない。食べようものならその牛の目が未来永劫つきまとう。健康にいいそうだ。でもおならお小水ですな。一度試しに食べた。一日中駆込みっぱなし。腹脹り身《はらはみ》あがき鰊《にしん》だ。一晩中夢を見るし。あの店で出たのをどうしてナッツテキなんていうんだろう。ナッツタリアン。フルーツタリアン。腿肉ステキでも食べてる気になるからか。ばかばかしい。おまけに塩っ辛い。料理に炭酸を使う。おかげで蛇口と夜明しだ。

女のストッキングが両の踝《くるぶし》にゆるゆるだぶつく。あれは大嫌いだ。まったく趣味が悪い。ああいう文学のぼせの天上人《てんじょうびと》はみんなああだ。夢うつつ、雲かげり、象徴かぶれ。なにせ審美主義者。あの類《たぐい》を食うから脳みその波だか何だか詩らしきものが生れるとしても不思議じゃないね。たとえばさっきの巡査なんかはアイリッシュ・シチューの汗をシャツに染込ませてるからそいつから詩の一行を搾《しぼ》り出そうたって無理だ。そもそも詩の何たるかさえ知らないし。ある種の気分にならなくちゃ。

飢餓の鷗《かもめ》のひもじく
鈍色《にびいろ》の水面《みなも》の上を羽ばたく

ナッソー通りの角で道を渡り、イェーツ父子商会の陳列窓を前に、双眼鏡の値踏みをした。いや、老ハリスの店へ寄って若シンクレアと話でもしようか。礼儀正しい男。たぶんランチに出てる。おれの古い双眼鏡直しに出さなくちゃな。ゲルツのレンズ六ギニー。ドイツ人てのはいたるところに進出だ。払いやすい値で売って商売を独占する。値引き。鉄道の遺失物取扱所へ行けば一つくらい見つかるかも。汽車やクロークの忘れ物にはびっくりするようなのがあるからな。何を考えてるんだろ。女でもそうだ。信じられない。去年エニスへ出掛けたときはあの百姓娘の手提《てさげ》を拾ったもんだからわざわざ乗換駅のリメリックで渡してやった。持主不明の金《かね》も。あの銀行の屋根にちっちゃな懐中時計があるっていうからこの双眼鏡を試すのにいい。

両の瞼《まぶた》が虹彩《こうさい》の下の縁《へり》まで下りた。見えないや。あると思えば見えるも同然。見えないね。

くるりと向きを変え、軒《のき》の日除《ひよ》けと日除けの間に立ち、右手を太陽の方角へいっぱいに伸ばした。前々からやってみたかったんだ。うん、完璧。小指の先が太陽の円形を消し去る。ここがきっと光線の交差する焦点だ。黒眼鏡があればな。面白いものだ。太陽黒点のことを皆よく話してたっけなロンバード通り西に住んでた当時。裏庭から見上げて。すごい爆発なんだあれは。今年は皆既日食がある。秋のいつ頃だったか。

そういえば時報球はグリニッジ時に下りるんだ。時計のほうはダンシンクからの電線で動く。いつか第一土曜日に行ってみなくちゃ。ジョリー教授への紹介状を手に入れるとか家柄のことなんかを覚えておくとかすれば。そうすればいい、誰だって悪い気はしない。まるきり思いがけないお世辞。国王の妾《めかけ》の子孫だってことが誇りの貴族。母方の先祖が。べんちゃらべたべた言ってやるのさ。ぺこぺこへこへこどこまでも。入っても口にしちゃいけないって分ってることを口走らないこと。視差《パララクス》って何でしょうかなんて。お引取り願いなさい。

あーあ。

右手が脇腹へ下りた。

さっぱり分らない。時間の無駄。気体球《だま》がいくつもぐるぐる回転し、交差し合い、消えてしまう。

どんちゃかどんちゃかいつまでも。気体、それから固体、それから世界、それから冷え、それから死に貝の殻がぷわぷわ漂い、凍りついた岩、あのパイナップル氷砂糖《ロック》みたいな。月。きっと新月なのねと言ってたな。そうらしいや。

ラ・メゾン・クレールの前を過ぎる。

待てよ。満月は日曜の夜だったから二週間ちょうどで今は新月だ。トルカ川べりを歩いてた。フェアヴューの月としては最高だった。あれが鼻歌なんか歌い出して。皐月《さつき》の月が晴《はれ》やかに笑《え》む、恋人よ。あの男も片方の脇に。肘、腕。あの男。蛍のラアーンプが輝く、恋人よ。ふれる。指。訊いてる。返事。いいわ。

もういい。もういい。そうだったのならそうだったということ。仕方ない。

ブルーム氏は、息早《いきばや》くなり、歩みをゆるめてアダム路地を進む。

ふーッ落着け落着けほっとしてなんだ見るとあれはこの通りで真っ昼間からボブ・ドーランの酔《よ》いよい酒瓶肩。年に一度の羽目外《はめはず》しだってマッコイが言ってた。連中酒の勢いで言いたい放題かしたい放題か**女を探せ**《シェルシエ・ラ・ファム》か。ポン引きや商売女のいるクーム街へ繰出してあとは一年じゅう判事みたいに素面《しらふ》を通す。

うん。やっぱり。エンパイアにしけこむな。消えた。炭酸水でも飲んでりゃ体にいいのに。あそこでパット・キンセラがハープ劇場をやってたんだホイットブレッドがクイーン座を経営する前。気骨者《きこつもの》だった。仲秋満月《ちゆうしゆうまんげつ》顔にちっぽけボンネットをかぶってダイアン・ブーシコー稼業。学校出の三人の純情娘。時の過ぎるのは早いよなあ。スカートなんかはいて長い真っ赤なパンタロンがはみ出してた。飲んべえたちが、がぶがぶ飲んでは笑いこけ、噎《む》せちまって飲んだのを噴き出す。もっとやれえ、パット。下品な真っ赤、酔っ払いたちのお楽しみ、ばか笑いと煙草の煙。その白帽ぬいじまえ。半熟眼《まなこ》だった。今はどうしてるのか。どっかで乞食でも。あの竪琴《ハープ》に我ら皆がっつきてか。

おれはあの頃のほうが幸せだった。それともあれがおれだった？ いや今のおれがおれか？ 二十八だった。あれが二十三。ロンバード通り西から引越して何か変った。その気になれなくなったんだルーディのあれから。時は取戻せない。手に水を摑《つか》むようなもの。あの頃に戻りたいのか？ ちょうど始りかけたあの頃。戻りたい？ お家では幸せではないのですか、悪い子さん？ おれにボタンを縫《ぬ》いつけたいってわけ。返事を出さなくちゃ。図書館で書こう。

グラフトン通りに軒並み連なる日除《ひよ》けが華《はな》やいで五感がそそられた。モスリンのプリント柄、シルクおばちゃまやら奥方様やら、馬具のチリンチャリン、蹄音《ひづめね》のパン焦げ舗道の低鳴《ひくな》り。太足《ふとあし》だねあの女の白ストッキング。雨でも降って泥っぱねが掛かりゃいい。田舎《いなか》育成丸出しベーコン。牛っぺぷと足がぞろぞろ来たの。これじゃ女は不細工な足になる。モリーはまっすぐじゃないみたいだ。

ぶらりぶらりとブラウン・トマス絹織商会の陳列窓を過ぎる。リボンの滝だ。ひらひらのチャイナシルク。壺が傾《かし》げられてその口から血赤のポプリンがどっと流れ出た。艶《つや》光りする血。ユグノー信者たちがあれをこの国へ持ってきた。**大義は聖なり**《ラ・カウザ・エ・サンタ》、ターラ、ターラ。最高の合唱曲だよあれは。タレー、ターラ。洗いは必ず雨水で。マイヤーベーア。ターラ、ボン、ボン、ボン。

針刺《はりさし》。一つ買わなくちゃだめだってずっと言ってるんだが。ところかまわず刺しっぱなしだもんな。窓のカーテンは針だらけ。

左の手首の上を少し捲《まく》り上げる。傷跡、消えかけてる。まあ今日でなくても。あの化粧水を取りに戻らなくては。誕生日に買ってやろうか。六月七月八九月八日。三月ほど先。でも気に入らないかも。女ってのは針を拾おうとしない。指切りげんま。

てかてか光るシルク、細い真鍮《しんちゅう》レールに掛るペチコート、ぺったりしたシルク・ストッキングの光る筋。

過去へ戻ってもしようがない。仕方なかった。全部話してくれれば。

高い声また声。陽《ひ》ぬくもりのシルク。チリンチャリン馬具。すべて女のため、家庭と家、薄絹、銀、ヤッファからの濃厚な香ばしい果物。アジェンダス・ネッテイム。この世の富。

ぬくぬくする人体のふくよかさが脳裏に居座った。脳が屈する。抱擁の芳香《ほうか》が一斉《いっせい》に襲い来る。もやもやと肉体が飢えて、声なく崇《あが》め欲《ほっ》したくなった。

デューク通り。さあ着いた。食べなくちゃ。バートン。気分もよくなるさ。

コンブリッジの角を曲っても、まだつきまとう。チリンチャリン、蹄音《ひづめね》。芳香の肉体たち、ぬくぬく熱《ほて》って、はちきれんばかりの。皆、口づけし、屈して。夏も真っ盛りの野原で、もつれ合い押付けられた草むらで、安アパートの雨漏りする廊下で、ソファで、軋《きし》むベッドで。

——ジャック、好きよ！

——あなた！

——キスして、レギー！

——あたしのもの！

——愛して！

心臓が昂《たかま》りつつバートン・レストランの扉を押して入る。鼻衝《つ》く臭《にお》いが乱れる息を捕まえた。つーんとくる肉汁、ぐしゃぐしゃの青物。獣《けもの》どもが食らってるぞ。

男、男、男。

カウンターあたりの高いスツールにのっかり、帽子を後ろへずらしているのやら、テーブルのあ

Lestrygonians　So. Sakamoto 2016

っちこちから只《ただ》のパンをもっとくれとがなるのや、がつがつばくばく、大口開けてまずそうな料理に食らいつき、眼《まなこ》をぎょろつかせ、鬚の濡れ汚れを拭《ぬぐ》うのやら。青白い牛脂《ぎゆうし》顔の若者がタンブラーナイフフォークスプーンをナプキンでご丁寧に磨く。またぞろ黴菌《ばいきん》発生。子供用液汁汚れナプキンを襟元《えりもと》にたくしこんだ男がガチャガチャごぶごぶスープを喉に流し込む。ペッと皿に吐き戻す男。噛みかけの筋肉《すじにく》、歯茎むき出し、噛み噛み噛むには歯がないときた。羊の厚切れグリル焼き。丸飲みにやっつけようとして。悲しげな飲助眼《のみすけまなこ》。噛み切れないほどのに食らいつく。おれもあんなふうか？ 他人の見る目でわが身を見よ。空腹《ハングリー》は立腹《アングリー》に通ず。歯と顎をせっせこせっせっせこ。まさか！ おいッ！ 骨だぞ！ 教科書詩のアイルランド最後の異教王コーマックはボイン川南方のスレッティで喉詰りになった。何を食べていたのかなあ。馳走馬食《ちそうばしよく》か。聖パトリックがキリスト教に改宗した。でもそれは丸飲みできなかった。

——ローストビーフにキャベツ。

——シチュー一つ。

男の臭《にお》い。痰唾《たんつば》まみれの大鋸屑《おがくず》、甘ったるくむんむんする煙草烟《たばこけむ》、つーんとくる噛み煙草、こぼれたビール、男のビール臭い小便、黴《かび》臭い澱《よど》み。

げっと喉がむかつく。

ここじゃとても食えたもんじゃない。目の前のものを全部平らげようとナイフとフォークを研《と》ぎに掛る男、歯をかっぽじる親爺。げっぷっぷ、満腹鱈腹《まんぷくたらふく》、口に戻ったのをくちゃくちゃ。食前食後。食後の祈り。どっちを見てもこのざまだ。パンのかけらを浸してはシチュー汁を残さずいただく。皿ごと舐《な》めろってのよ、おい！ ここは出よう。

スツールとテーブルの食事客を一渡り眺めつつ、鼻をつまんだ。

――スタウト二本くれ。

――コンビーフにキャベツだ。

あの男はナイフ山盛のキャベツを押込んで、まるで命懸け。名人芸だね。見ててはらはら。手三本で食べたほうが安全だよ。こっちは滅多切りか。第二の天性ってやつ。銀のナイフを啣《くわ》えて生れた。うまい洒落じゃないか。いやいや。銀は生れが金持の意味だ。ナイフを啣えて生れた。これじゃ捩《もじ》りにならない。

前掛ぶざまの給仕が、ぎとぎとガチャガチャの皿を集めに掛る。小役人頭《がしら》ロックがカウンターにいて、ジョッキの泡立つ冠を吹き飛ばした。思いっきりふーッ。足元に黄色く散る。お食事中の男が、ナイフとフォークを突っ立て、テーブルに両肘を突き、お代りを待ちながら、しみ汚れの四角い新聞越しに料理リフトのほうを見やる。連れの男が口一杯ほおばったまま何やらしゃべっている。共感する聞き手。食卓談義。ぼかァもぐァったんだもムもんアンチスターがんこうでごつ曜日。は？　そうかい、ははーん。

ブルーム氏は二本の指を疑わしげに唇に当てた。目が言った。

――居ない。姿が見えない。

出よう。汚い食い方をするやつらは大嫌いだ。

後退《あとずさ》りに扉へ向う。デイヴィー・バーンで軽く食べよう。口凌《くちしの》ぎ。それで持つさ。朝は充分食べたから。

――ローストにマッシュくれ。

――スタウト、パイントでな。

誰も彼もが自分本位、噛むも引っ掻くも。ごくり。がぶッ。ごくり。食えるもんなら。

すっきりする大気に出て、グラフトン通りの方へ引返す。食うか食われるか。殺せ！　殺せ！

何年か後に公共炊事場なんてのができたらどうだろう。皆、入れてもらうポリッジ皿だの携帯罐だの持参でとっとこやって来る。往来で中身を貪《むさぼ》り食う。ジョン・ハワード・パーネルにたとえばトリニティの学長にどこの男もそんじょそこらの学長じゃなくてトリニティの学長に女子供に馭者に神父に牧師に元帥に大司教。エイルズベリ通りから、クライド通りから、工員住宅から、北ダブリン救貧院から、市長は飾り菓子馬車で、女王婆ちゃんは車椅子で。この皿、空いたよ。先にやってくれ、市の共用カップで。フィリップ・クランプトン卿の噴水みたいなもんだ。自分のハンカチで黴菌《ばいきん》を擦《こす》り落す。次のやつがそいつので新たなのを擦《こす》りつける。オフリン神父なら笑いものにするだろうな。やっぱり喧嘩はあるさ。皆、一番を争う。子供らが鍋底にひっついたのを争って取っ組み合い。フィーニクス公園みたいにどでかいスープ鍋が要る。豚腹肉や尻肉を銛《もり》で突刺して出す。周りの人間がみんな憎たらしい。シティアームズ・ホテルの定　食《ターブル・ドート》か、あれに言わせると。スープ、肉料理、デザート。誰かが考えたことを反芻《はんすう》しているんじゃないかな。だけど皿やフォークは誰が洗う？　その頃にはみんな錠剤が主食になってるかも。歯がどんどん悪くなるね。

　つまりは菜食主義のけっこうな匂いもなかなかおおいになんせ大地の恵みもっとも大蒜《にんにく》は後で臭うイタリア人の手回しオルガン弾きぱりぱり玉葱茸《たまねぎきのこ》トリュフ。動物の苦痛ってこともある。鳥の羽根を毟《むし》って内臓を引きずり出す。あの家畜市場の哀れな動物たちは屠畜斧《おの》で脳天を叩き砕かれるのを待つだけ。もぉぉぉ。可哀そうに、打ち震える子牛たち。めぇぇぇ。よちよち歩きのちびべこ。牛キャベ炒《いた》め。屠畜人のバケツにぶよんぶよんの肺臓。その鈎《かぎ》の胸肉よこせ。どてん。生首やら血まみれ骨やら。皮を剝がれたガラス眼《まなこ》の羊たちが腰から吊され、血まみれ紙ぐるぐる巻き鼻面《はなづら》が鼻ジャムを大鋸屑《おがくず》に滴《したた》らせる。独楽《こま》が止る。傷つけんなよ、小僧。

熱い新鮮な血を肺病の処方にする。血は需要が絶えない。潜行性の。ぐらぐら熱くして、どろっとべとつくのを舐《な》める。飢餓の幽霊病者たち。

ああ、腹がへった。

デイヴィー・バーンへ入る。謹厳なるパブ。親爺は無駄口を叩かない。たまに一杯おごることもある。もっとも閏年《うるうどし》みたいに四年に一度。いつか小切手を両替してくれたっけ。

さて何を食おうか？　懐中時計を引っ張る。さて、ええと。シャンディーガフ？

——やあ、ブルーム。おせせ鼻フリンが席から声をかけてきた。

——やあ、フリン。

——元気か？

——ああ、ぴんぴん……。ええと。バーガンディを一杯もらおう……それから、ええと。

サーディンが棚に。見ただけで味が分りそうだ。サンドイッチは？　ハムとその子孫ら産土《さんど》一致《いっち》に集《つど》いて芥子《からし》舐《な》め繁食《はんしょく》せり。ミートパテ。お宅には無いですってプラムトリー印のミートパテ？　ならば不備。あほな広告だよ。それも訃報《ふほう》欄の下に入れたとは。腐乱《ふらん》ぷらん無印になっちまう。ディグナムの肉パテ。人食い人種ならレモンとライス添えでだろうよ。白人の伝道師はしょっぱすぎていけねえ。豚の塩漬けみてえよな。酋長が宝殿《ホーデン》を食らうんだろうさ。鍛錬《たんれん》してるから固いはず。女房たちが並んで効果を見守る。**昔むかし王家のお偉い黒ん坊。マックトリガー師の何を食らった卑《いや》しん坊。**あればこそ至福の住い。何を混ぜ込んでるか分りゃしない。羊膜古腸空気《ようまくふるわたくうき》管《くだ》こねくり回して微塵切《みじんぎ》り。肉なんぞどこにあるやら。清浄食《コッシャー》。肉とミルクのいっしょは駄目。衛生健康法って近頃いってるのがそれだ。贖罪日《ヨーム・キップール》の断食も春の内臓大掃除。戦争と平和は誰かの消化の具合で決るんだ。いろんな宗教。クリスマスの七面鳥と鵞鳥《がちょう》。罪なき者たちの虐殺。食い飲みして楽しむ。

それから後は救急病棟が満杯。頭に包帯巻かれて。チーズは己以外の一切を消化する。蜱実《だにげ》に偉大なるチーズ。

——チーズ・サンドイッチある？

——あります。

オリーブもあれば食べたいな。イタリアのが好きだけど。うまいバーガンディを一杯やればあのもやもやもすっきり。潤滑油。うまいサラダ、胡瓜《きゆうり》のごとく究理沈着《きゆうりちんちやく》。トム・カーナンはドレッシングもなかなかだ。風味を入れる。純オリーブオイル。ミリーが肉のスライスにパセリを一本添えてくれたっけ。スペイン玉葱を一つもらうか。神が食物を作り、悪魔は料理人を作った。あくまで辛々蟹《からからかに》料理。

——奥さん元気？

——元気だとも……。じゃ、チーズ・サンドイッチだ。ゴルゴンゾラはある？

——あります。

おせせ鼻フリンがグロッグを啜《すす》る。

——ここんとこ歌うほうはやってんのかい？

こいつの口を見ろ。自分の耳に口笛吹くって芸もできそうだ。うまい具合に耳もおっぴろがって。音楽。せいぜい馭者ふぜいくらいしか知らないくせに。でも言っておいたほうがいいか。差障りはない。無料広告。

——でかいツアーが決ってる、今月末。聞いてるかもしれないけど。

——いや。ほう、そりゃあ豪勢だ。誰がおっ立てるんだ？

バーテンが運んできた。

——おいくら?

——七ペンスですが……。ありがとうございます。

ブルーム氏はサンドイッチをすいすい切り分けた。**マックトリガー師**の。夢みたいなクリームたっぷりの一物《いちもつ》よりはやさしいね。**女房なんと五百人**。みんなぞっこんいい思い。

——芥子《からし》はいかがです?

——ありがとう。

一切れずつ上をめくっては黄色い滴《したた》りを散らす。**いい思い**。これでよしと。**そいつはでっかくでっかくでっかくなった**。

——おっ立てる? と、言った。まあね、会社みたいなもんだから。経費を分担して、利益を分配。

——ああ、そういえば思い出した、と、おせせ鼻フリンが言い、ポケットに手を入れて股座《またぐら》を掻く。誰からだっけよ聞いたぜ。めらめら大尽《だいじん》ボイランも首突っ込んでるんだろ?

生暖かくずきんと芥子の熱気の刺激がブルーム氏の心臓をど突《づ》いた。目を上げると、むかっ腹面《づら》の時計が睨《にら》む。二時。パブの時計は五分進んでる。時が進んで。手動の針が動いて。二時。まだだ。

横隔膜が上へ昇りたがって、内に沈み、なおもしきりにしきりに昇りたがる。

ワイン。

気付けの液香《えきか》を啜《すす》り、喉に急げと強く命じて、ワイングラスを注意深く置いた。

——うん、と、言った。催《もよお》しの手配をしてくれてるんだ。

怯《ひる》むことはない。どうせ脳足りん。

おせせ鼻フリンが鼻を鳴らして掻いた。蚤《のみ》がしこたま食事中。

——あいつしこたま儲けたってよ、ジャック・ムーニーが言ってたぜ、ボクシングでマイラー・キーオウが例のポートベロウ兵舎の兵隊をやっつけた試合だ。てへッ、あの若僧をカーロウ州くんだりで見つけたんだとよ……。

あの露滴《つゆしずく》がグラスに落っこちなければいいが。いや、啜《すす》り上げた。

──一ヵ月近くもだぞ、おい、試合の前のよ。家鴨《あひる》の卵吸ってろって、てへッ、いいと言うまでだ。酒飲ませねえってんだからよう。てへッ、めらめら大尽《だいじん》ってのはうまくやりまくる。

デイヴィー・バーンが後ろのカウンターからタック縫いの袖をまくって出てくると、ナプキンで口を二拭《ふたぬぐ》いした。鰊《にしん》の赤らめ顔。その笑みは顔すみずみにぃぃ何とか何とか満ち満ちてぇぇ。愛想脂肪の付きすぎだね。

──おっとお出まし精《せい》つけて、と、おせせ鼻フリン。金杯《きんぱい》の有望なやつを教えてくれないかい。

──わたしは縁がないもので、フリンさん、と、デイヴィー・バーンは応じる。馬には賭けないんです。

──それが間違いねえやな、と、おせせ鼻フリン。

ブルーム氏は切り分けたサンドイッチを食べた。真新しい清潔なパン、むかつき刺激の芥子の風味、グリーンチーズの足蒸《あしむ》れ香味《こうみ》。ちびりちびり口にふくむワインが味覚を和《なご》める。ログウッド香料じゃない。今の季節にはぬるめにしたほうがコクがある。

静かでいいバーだ。カウンターの木材もいい。削りもいい。あそこが曲線になっている感じがいいね。

──そっちの方面には手を出しませんな、と、デイヴィー・バーンが言う。破産したのがずいぶんいるでしょ、やっぱり馬で。

酒造酒販連合特別杯。麦酒葡萄酒酒精飲料店内消費認可。表なら私の勝ち、裏なら貴男の負け。

――話は分るけどよ、と、おせせ鼻フリン。ただし裏を知りゃあ別だ。今どき八百長なしの勝負はないっての。レネハンなんかいいネタつかんでる。今日はセプターに賭けるときた。ジンファンデルが本命よ、ハワード・ド・ウォルドゥン卿の、エプソンで勝った。モーニー・キャノンが乗る。先々週はセントアマントに賭けれれば七倍取れたのによ。

――そうですか、と、デイヴィー・バーン。

窓のほうへ行き、小銭帖を手にして、ぺらぺらめくる。

――取れたのによ、まったく、と、おせせ鼻フリンが鼻を啜《すす》る。あれは滅多矢鱈《めったやたら》な馬じゃないぜ。なんせセントフラスクィンの娘《こ》だ。雷嵐の中で勝ったもんな、さすがロスチャイルドの牝馬《ひんば》よ、耳に詰物したそうだ。青の勝負服に黄色の帽子。忌々《いまいま》しい、ベン・ドラードの野郎がジョン・オゴーントだなんて言いやがって。おかげで外した。そうよ。

参ったとばかりにタンブラーをぐいっとやり、溝ひだに指を走らせる。

――そうよ、と、溜息をつく。

ブルーム氏は、もぐもぐやりながら、立ち上り、その溜息を見物した。おせせ鼻の薄馬鹿。レネハンの馬を教えてやろうか？　もう知ってるさ。忘れさせておくほうがいい。どんどん負けろ。馬鹿と財布は。露滴がまた垂れる。ひんやり鼻《はな》で女にキスするんだろうよ。でもそれがいいのかも。ちくちくする鬚が女は好きだ。犬ってのはひんやり鼻だ。リオーダン夫人のとこには腹のごろごろ鳴るスカイテリアがいたなシティアームズ・ホテルで。モリーがあの牡を膝にのせて撫で回して。まあ、おおきなお犬のわんわんちゃんわんわんわんちゃん！

ワインに浸りつつ柔らかく転がるパンの芯芥子一瞬むかつきかけるチーズ。いいワインだ。喉が渇いていないからとくに味がいいんだ。もちろん風呂へ入ってきたことも。軽くだけ食べて。六時頃にはちゃんと。六時。六時。その頃には時が過ぎ去って。女房は。

ワインの穏やかな炎が全身の血を滾《たぎ》らせた。むしょうに飲みたくなった。冴《さ》えない気分だったから。両の眼が無餓《むが》に棚に並ぶ罐詰を見る。サーディン、けばけばしいロブスターの爪。とにかくいろんなものを人間はほいほい見つけちゃ食べ物にする。いろんな貝から、金串で玉黍貝《たまきびがい》を穿《ほじく》り出し、いろんな木から、地面からはフランス人の食べる蝸牛《かたつむり》、海からは鈎《かぎ》に餌を引っ掛けて。魚は阿呆《あほう》で千年たっても何も覚えない。人間だって危ないと知らなければ何だって口に入れる。毒苺《いちご》。野茨《のいばら》の実。丸ければ大丈夫だと思う。けばけばしい色だと警戒して止《よ》す。人伝えに次々と。まずは犬で試す。匂いや見た目に引きずられる。そそられる果物。円錐アイス。クリーム。本能。たとえばオレンジ畑。人工灌漑が必要になる。ブライプトロイ通り。うん、でも牡蠣《かき》ならどうだ。痰《たん》の塊《かたまり》みたいに見苦しい。汚い貝だしな。開けるのも厄介。誰が見つけたものやら。台所の廃物、下水の汚物を養分にしてる。シャンパンにレッドバンクの牡蠣か。性的な効能。催淫《さいいん》。あいつ昼前レッドバンクにいた。テーブルでは牡蠣みたいに口きかずのだぼ鯊《はぜ》だったろうけどベッドでは張切り肉いや六月《ジューン》はアール無しで牡蠣無しか。それにしても腐りかけたのが好きな連中もいる。傷《いた》みかけた獣《けもの》肉。とろ火煮菟《うさぎ》。捕らぬ菟の何とやらか。中国人は五十年物の卵を食べる、青身と緑身になったのを。三十コースの食事。一皿それぞれ無害としても腹の中で混じったら。毒殺探偵小説のアイディアに。レオポルド大公だっけいやうんそれともオットーだったっけハプスブルク家の。いや誰だったっけ自分の頭の雲脂《ふけ》を食べてたのは。町一番の安ランチ。もちろん貴族がやるから、それで皆が真似て流行になる。ミリーも石油と麦粉を。おれだって生のパン生地が好きだし。牡蠣は採れた半分を海に捨てて値崩れを防ぐ。安いと誰も買いやしない。キャビア。勿体《もったい》つけちゃって。緑のグラスに白ワイン。お洒落《しゃれ》族の大宴会。レディー何とか。白粉《おしろい》胸の真珠。**エリート族**。**精華の粋**《クレーム・ド・ラ・クレーム》。いかにもぶって特別料理をご注文。隠者は豆の大盛で肉欲を抑えるんだ。余を知るには来て食べよ。王室蝶鮫《ちょうざめ》州長官閣下許與肉商コフィー森林鹿肉権。お返しに牝牛半頭分。ごっそりひろげてあったのを見たよ控訴院判事の厨房地下勝手口に。律法師《ラビ》みたいな白帽子のシェフ。ぼうぼう燃やし鴨《かも》。縮れキャベツ**パルム公爵夫人風**《ア・ラ・デュシエス・ド・パルム》。献立表に書いてくれなくちゃ何を食べたか分らないね。薬味多ければスープ台無し。おれにも経験がある。エドワーズのスープの素を入れたとき。ばか太《ぶと》りさせた鵞《が》鳥《ちょう》。生きたまま茹《ゆ》でたロブスター。どうぞ雷鳥をらしあがってくださいらせ。お洒落族ホテルで給仕をやってみるのも悪くないね。チップ、イブニングドレス、肌もあらわなレディーたち。レモン鰈《がれい》のフィレをもう少々お勧めしたいのでございますが、デューブダット様？　ええ、いたデューいちゃうわね。そしてまあ、いたデューいちゃった。ユグノー系の名前だろうな。そういえばミス・デューブダットというのがキリニーに住んでた。**デュ、ド・ラ**、フランス名。だけどべつに魚に変りあるわけじゃなくておおかたムーア通りのミッキー・ハンロン爺がはらわた引っこ抜いたやつさ拳骨指《げんこつゆび》を鰓《えら》に突っ込んでは金稼いで小切手に名前も書けやしない風景画でも描くつもりか口ひん曲げて。ムーイッキル、エー、エーッチ、ハーんかくさい笊頭《ざるあたま》、そのくせ五万ポンドためこんで。

ペタッと窓ガラスに二匹の蠅が羽振《はぶ》く、ペタッ。

じーんと熱《ほて》るワインが味覚を名残惜《なごりお》しむように飲込まれる。葡萄搾り器でバーガンディの葡萄をつぶす。太陽の熱《ほて》りだなこれは。密かな感触がおれに思い出を語っているみたいな。感触にふれて感覚がじんめりと思い出した。野生の羊歯《しだ》陰でホウスの丘からふたりで見下ろす湾が眠っていた。空。音一つしない。空。湾がライオン岬のあたりで深紅《しんく》に。ドラムレックあたりは緑。サットンの方角は黄緑。海底の野原、輪郭が淡い褐色となって草むらに、埋れた都市のかずかず。頭をおれの上着にもたせかけて髪が、ヒースの鋏虫《はさみむし》が項《うなじ》をのせるおれの手に擦《こす》れて、さあこっちへ全部おいでよ。まさかこうは！　ひんやり柔《やわ》く化粧軟膏の手がおれにふれて、撫でられる。ふたつの目がおれを見つめて逸《そ》れなかった。我を忘れて体を重ねていき、むちむちの唇をむちむちと開いて、口づけをした。うまうま。そっとその口からおれの口へシード菓子の熱《ほて》って噛んだのが入る。饐《す》えたようなどろっと噛んでよこした唾液の甘酸《あまず》っぱみ。歓喜、おれは食べた、歓喜を。若い命、突出してよこす唇。柔く熱《ほて》る粘っこいべたつきゼリーの唇。花そのものの目だった、あげるわ、求める目。石ころがばらばらっと落ちた。あれはじっと横になっていた。山羊が一匹。誰もいない。ベン・ホウスの丘上に石楠花《しやくなげ》が連なり牝山羊が一匹踏み固めるような足取りで、酸塊《すぐり》の実をぽろぽろ落っことして行く。羊歯陰で覆いかぶされて熱《ほて》り包《ぐる》みにされたままあれはけたけた笑った。激しくおれは体を重ねて、口づけした。目に、唇に、伸びて脈打つ首筋に、薄平織のブラウスの中のむちむちの女の胸に、突起した肉厚の乳首に。熱くおれは舌を使った。口づけしてきた。口づけしてくれた。すっかり身をまかせておれの髪を掻上げた。口づけされては、おれに口づけを返す。

おれに。そして今のおれには。

ペタッ、蠅が羽振《はぶ》く。

伏せた目がオークの厚板の物言わぬ木目《もくめ》を追う。美、美が曲線になる、曲線は美だ。姿よき女神、ヴィーナス、ユーノ。曲線に世の人間は見とれる。図書館博物館に行けば円形ホールに立ってるのが見られる、裸の女神たち。腹ごなしの一助《いちじよ》に。どんな男が見ようと気にしない。全部見せる。決してしゃべらない。つまりフリンみたいなやつには口をきかない。もしピグマリオンとガラテイアのようなことになったらまず何を言うだろう。命限りある者よ！　身の程を知れ。神々と会食して神醺酒《ネクタル》をがぶがぶなんてね、黄金の料理はどれもどれも天上の美味。ここいらの六ペンスランチ、マトンを茹でたのに人参と蕪《かぶ》、オールソップの安ビールなんてのとは違う。神醺酒《ネクタル》って飲んだらビリビリッと電気みたいだろうな。神々の食べ物。見てうっとりする女の姿は彫像のユーノみたいだ。不死の美女。それに人間は食べ物を一つの穴から詰込んで後ろの穴から出す。食物、乳糜《にゆうび》、血液、糞便、大地、食物。エンジンに燃料補給するみたいに食べさせてやらねばならないんだ。女神にはない。見たことないが。今日は見てやろう。館員は気がつかないさ。屈《かが》んで何か落っことして。はたしてあの女神は。

滴滴《しずくしたた》るように静かな指令が膀胱から届いて行くいやしなくても行ってするか。いざ出陣とグラスを一滴残らず飲干して歩き出し、女神たちだって男に身をまかせたんだ、と雄々しく意識して、恋人と寝たんだ、若者がその女神を楽しんだのだ、裏庭へ。

靴音が已《や》むとデイヴィー・バーンが小銭帖を見たまま言った。

——何をしてるんでしたっけ、あの人？ 保険の関係でしたかね。

——とうの昔に離れてる、と、おせせ鼻フリン。今は**フリーマン**の広告取りだ。

——よく見る人なんですが、と、デイヴィー・バーン。鬱《ふさ》ぐようなことでも？

——鬱ぐこと？ と、おせせ鼻フリン。聞いてないね。なんでだい？

——喪服を着てましたよ。

——そうかい？ と、おせせ鼻フリン。ああ、着てた着てた。お宅はみんな元気かっておれ訊いたもんな。そのとおり、てへッ。確かに着てた。

——こっちからは切出さないことにしてまして、と、デイヴィー・バーンが人情味を示す。お客さんがあんなふうに鬱いでいるときはね。また思い出させてしまうだけですから。

——とにかく女房は健在よ、と、おせせ鼻フリン。おとといあの男に出会ったらよ、ちょうどジョン・ワイズ・ノーランのかみさんがヘンリー通りでやってるアイリッシュ酪農の販売所から出てきて、クリーム一瓶持って奥方のもとへ帰るとこだった。栄養たっぷりの女だぜ、そりゃもう。ぶるるん載せの肉厚トーストよ。

――で、今は**フリーマン**の仕事ですか、と、デイヴィー・バーン。

おせせ鼻フリンは口をすぼめた。

――広告ほいほいで乳繰《ちちク》リーム買うってんじゃない。賭けても大丈夫だぜ。

――それはまた？　と、デイヴィー・バーンが、小銭帖を置いて戻ってきた。

おせせ鼻フリンは、手品師の指使いで宙にひらひらっと科《しな》を作って見せた。片目を瞬《しばたた》く。

――あいつは結社に入ってんだ、と、言った。

――ほんとですか？　と、デイヴィー・バーン。

――ほんともほんとよ、と、おせせ鼻フリン。古き自由の公認教団。ご立派な会員でよ。光と命と愛ときた、てへッ。そっちの皆さんがお足《あし》のご用を足《た》してくれるんだ。いつかそう話してくれたのがいてよ――ま、誰かは言わないがね。

――ほんとの話で？

――ああ、そりゃもう大層な教団だ、と、おせせ鼻フリン。しおたれりゃあ、ぴんぴんにしてくれる。入れてもらおうとした野郎がいたんだ。ところがあいつら、べらぼう親密なお仲間同士だってよ。てへッ、女を入れないわけだぜ。

デイヴィー・バーンは、にたりあくびこくりを一度にすませる。

――いぃいぃいぃいッはぁぁぁぁぁぁぁッ！

――ある女がいてよ、と、おせせ鼻フリン。大時計の中に隠れて連中が何をするか見届けようとした。ところがどっこい、女のにおいを嗅ぎつけて、その場で誓いを立てさせて棟梁《とうりよう》メイソンにしちまったね。それがドナレイルのセント・レジャーズ一家の娘よ。

デイヴィー・バーンは、欠伸《あくび》を終えて満足げに、涙目のまま言った。

——どれもほんとの話で？　穏やかで物静かな人ですよ。よく来てくださるんですが、一度も見たことはありませんな、その、羽目を外すなんてのは。

——全能なる神様だってあの男を酔っ払わせるのはできないぜ、と、おせせ鼻フリンが言い放つ。座がもりあがりすぎるとすーっと消える。さっき懐中時計を覗《のぞ》いたのを見なかったかい？　ああ、向うにいたもんな。あの男に一杯勧めてみろって、まずはおもむろに時計を出してさて何を飲もうとくる。間違いなくそうするっての。

——そういう方もいますよ、デイヴィー・バーンは言った。無難な人なんでしょう。

——全然悪い男じゃあない、と、おせせ鼻フリンは鼻を啜《すす》る。仲間のためなら手妻《てづま》も厭《いと》わないそうだし。虫が好かないやつにも取柄はある。ああ、ブルームにもいいところはある。しかし一つだけ、あいつが絶対にやらないことがあるんだぜ。

片方の手がグロッグのわきでインク切れペンの署名を走り書きした。

——そうなんですか、と、デイヴィー・バーン。

——ぐりぐりっとのの字を書くのは駄目だとよ、と、おせせ鼻フリン。

パディー・レナードとバンタム・ライアンズが入ってきた。トム・ロッチフォードがその後ろから浮かない顔で現れ、赤ワイン色のチョッキに嘆きの片手を当てている。

——こんちは、バーンさん。

——やあ、おそろいで。

三人はカウンターの前で立ち止った。

——さあて、誰にたかろうかい？　パディー・レナードが言った。

——あいにくおれは、したたか老獪《ろうかい》、と、おせせ鼻フリン。

——さて、何にするか？　と、パディー・レナード。

——おれはストーンジンジャーにしよう、と、バンタム・ライアンズ。

——どでかいのでか？　パディー・レナードががなった。いつからだ、おいおい。そっちは何だ、トム？

——配水管の具合はどうだい？　と、おせせ鼻フリンが一口啜《すす》る。

返事の代りにトム・ロッチフォードは胸骨に片手を押し当て、しゃっくりをした。

——悪いけど新鮮な水をもらえるかな、バーンさん？　と、言った。

——いいですとも。

パディー・レナードが飲み仲間に目交《めくば》ぜをする。

——勝手にしやがれっての、と、言った。おれがおごろうってのにそれかよ！　お水におジンジャーときやがった！　ふたりとも足傷につけたウィスキーだって舐《な》めたい口だろが。こいつなんかは金杯《きんぱい》の馬をこっそり仕入れてやがるってのに。ガチガチのやつをだ。

——ジンファンデルだろ？　と、おせせ鼻フリン。

トム・ロッチフォードは、よじれた紙から前に置かれた水の中へ粉をこぼして言った。

——ちくしょう消化不良、と、言ってから飲む。

——重曹がよく効くんですがね、と、デイヴィー・バーン。

トム・ロッチフォードはうなずいて飲んだ。

——ジンファンデルだろ？

──言えんな！　と、バンタム・ライアンズは片目を瞬《しばた》く。とにかくおれは五シリングぶち込む気だ。

──おまえもそれなりの男なら教えろってんだ、こんちくしょうめが、と、パディー・レナード。

誰からのネタだい？

ブルーム氏が店を出《で》しなに三本指を挙げて挨拶した。

──あばよ！　と、おせせ鼻フリン。

一同が振向く。

──今の男がネタをくれた、と、バンタム・ライアンズが小声で言った。

──ふへへッ！　と、パディー・レナードがせせら笑う。バーンさんよ、このあとはジェイムソンの小を二つに、それと……。

──ストーンジンジャーですね、と、デイヴィー・バーンが慇懃《いんぎん》に言い添えた。

──あいよ、と、パディー・レナード。坊やには哺乳瓶。

ブルーム氏はドースン通りへ向いつつ、舌で歯をすべすべにしていく。青物でなければだめだろうな、たとえばホウレン草。それなら例のレントゲン線サーチライトで可能に。

デューク通りで一匹の餓《う》えたテリアが饐《す》えた骨肉の食い戻しに喉を詰らせて舗道の敷石へ吐き出し、またがつがつと貪《むさぼ》り始めた。食傷《しょくしょうけんえつ》犬悦。中身は充分消化したのでありがたくお返しだ。最初は味でそれから匂い。ブルーム氏は用心深くわきを通った。反芻《はんすう》動物。あいつの二番目の品《コース》。上顎をこいつたちは動かす。トム・ロッチフォードはあの発明をどうにかする気だろうか。フリンの口に説明しても時間の無駄。痩せの大口。発明家が自由に集って発明できるような会館とか建物とかがあるべきだな。もちろんそうなると奇人変人のたまり場になるけど。

鼻歌を歌い出し、数小節のしまいのところを伸ばしながら重々しく声ひびかせた。

ドン・ジョヴァンニ、ア・チェナール・テーコ

ミンヴィタスティ。

また一段と気分がいいや。バーガンディ。よし元気ほいほい。最初に酒をこさえたのは誰だろな。どっかの鬱《ふさ》いでたやつ。酒の勢い。国立図書館で**キルケニー民報**を調べなくちゃ。

むき出しのきれいな室内用便器が配管設備ウィリアム・ミラーの陳列窓で待ちかまえていたので、またさっきの考え事に戻された。可能だろう。そしてずっと下って行くのを見守る、針を呑込んで何年かたって肋骨《ろっこつ》あたりから出てくることもあるんだし、体内周遊の旅ってな具合に乗換えで輸《ゆ》胆管《たんかん》から脾臓《ひぞう》から噴出して肝臓から胃液から渦巻の腸の配管へ。しかし可哀そうにその緩衝器《かんしょうき》役は自分の内臓を見世物にしてずっと立ちっぱなし。科学。

——**ア・チェナール・テーコ**。

この**テーコ**ってどんな意味だっけ？　今夜だ、たぶん。

ドン・ジョヴァンニ、そなたは招待してくれた

今夜の晩餐にと

タンタラ、タンタン。

調子がよくないや。

キーズ。ふた月、もしうまいことナネッティを。それで二ポンド十くらい二ポンド八になる。ハインズに三貸してる。二ポンド十一。プレスコット染物工場の荷馬車だあれは。もしビリー・プレスコットの広告を取れれば、二ポンド十五。五ギニーくらい。豚《とん》とん拍子。

モリーにあのシルクのペチコートを買ってやれるな、新しいガーターと同じ色の。

今日。今日。考えるな。

それから南のほうへ旅行しよう。イギリスの海水浴場なんかどうだろ。ブライトン、マーゲイト。月明りの桟橋《さんばし》。あれの声がふんわかと流れて。可愛らしき海辺の娘ら。ジョン・ロングの店にもたれ掛って寝ぼけ半分の浮浪者が重たげな思いに沈みつつ、瘡蓋《かさぶた》だらけの指の節《ふし》を噛んでいる。当方雑役夫求職。低賃金可。食如何様可。

ブルーム氏は陳列窓に売れないパイの並ぶグレイ菓子店の角で曲り、トマス・コネラン師の本屋の前を通った。**余は如何《いか》にして羅馬《ローマ》教会を去りし乎《か》。**鳥乃巣協會の女たちが牛耳《ぎゅうじ》っている。かつてはジャガイモ飢饉《ききん》のとき貧家の子供にスープを与えてプロテスタントに改宗させようとしたそうだ。この向うの協会へは親爺が通ってた貧しいユダヤ人の改宗の。同じ餌。**我らは如何にして羅馬教会を去りし乎。**

生若《なまわか》い盲人が細い杖で縁石《えんせき》をこつこつやりながら立ち止っている。電車は来ない。渡りたいんだ。

——渡るつもり？　ブルーム氏は訊ねた。

生若い盲人は返事をしない。その壁顔が弱々しく眉をひそめた。不確かに首を動かす。

——君はドース通りにいるんだ、と、ブルーム氏は言った。モウルズワース通りが向う側。渡るつもり？　今なら大丈夫だよ。

杖がふるえつつ左へ動き出す。ブルーム氏の目がその動きを追って、再び染物工場の荷馬車がドラーゴーの店の前に停っているのを見た。あそこであいつの艶《つや》出し油てかてかの髪を見たんだちょうどおれが。馬が首を垂れて。馬追《うまおい》はジョン・ロングの中。ちょいと喉をうるおしに。

——あっちに荷馬車が来てるけど、と、ブルーム氏は言った。でも停ってるから。いっしょに渡ってあげよう。モウルズワース通りへ行きたいんだろう？

——うん、と、生若い男は答えた。南フレデリック通り。

——行こう、と、ブルーム氏。

やせた肘にそっとふれた。それからくにゃりとした物見る手を取って前方へ導く。

何か話しかけよう。いたわりに出ないほうがいい。言うことをそのまま受取らないんだ。ありきたりの言葉がいい。

——雨にならなかったね。

返事なし。

しみだらけの上着。食べるときぼろぼろこぼすんだろうな。味覚もぜんぜん違う。まずはスプーン食じゃないと。子供の手みたいだ、この手は。ミリーの手がこうだった。感じやすい。きっとおれの手を物差にして品定めしてるんだろう。名前はあるんだろうな。荷馬車だぞ。杖を馬の足にぶつけないように。へとへと奴隷がついついうとうと。よし。大丈夫。牛の後ろ、馬の前。

——どうも、おじさん。

おれが男だって分ってる。声。

——もういいかな？　最初を左へ曲るんだよ。

生若い盲人は縁石をこつこつやって先を進み、杖を後ろに引いては探り直す。

ブルーム氏の前を目のない足が、へなへな杉綾《ヘリンボーン》のツイードが行く。こんな年で可哀そうに。いったいどうして荷馬車が停ってるのが分ったんだろう。きっと感じたんだ。額《ひたい》で物を見るのかも。一種の量感覚。それの重さとか大きさとか、闇よりも黒いものの。何か除《の》けてもそれを感じ取るのだろうか。隙間を感じ取る。ダブリンの概念も普通と違うはずだ、石をこつこつやりながら歩き回るんだから。あの杖がなければ一直線に歩けるだろうか。血の気のない信心深げな顔は司祭になる勉強を始めた学生みたいだ。

ペンタテリ！　そうだったあの男の名前。

見えなくてもずいぶんいろんなことができるようになるものだ。指で読む。ピアノを調律する。というかそもそも頭脳があるってことに皆驚く。誰でも言いそうなことを不具者や佝《せむし》が言うと賢いと思うってのもおかしな話だ。もちろんほかの感覚は常人以上さ。刺繍《ししゅう》。籠を編む。みんなで助けてやらなくちゃ。裁縫籠をモリーの誕生日に買おうか。針仕事が嫌いだからな。要らないなんて言い出すかも。闇の人たちと皆言ってる。

嗅覚もきっと鋭い。四方八方の匂いが、束になっていても。通りそれぞれが違う匂い。人それぞれも。それと春、夏、いろんな匂い。味は？　目をつぶるとワインの味が分らないそうだ、あるいは鼻風邪を引いてると。煙草だって真っ暗な中で吸うとてんで旨《うま》くないとか。

それにたとえば女にしても。見えなければそれだけ恥知らずになる。スチューアト協会医院の前を歩いているあの娘、つんと頭を上げて。あたしを見てよ。着るものはちゃんと着てるでしょ。あの姿が見えないというのは妙なものだろうな。あの男の心眼に映る人影のようなもの。声、体温。直に指でふれればきっと輪郭、曲線がほぼ見える。たとえば両手であの娘の髪を。たとえば黒い髪だとしよう。よし。これが黒だよ。それから白い肌へ滑らせていく。たぶん違う感じだろう。白の感触。

郵便局。返事を出さなくちゃ。今日はくたびれる。二シリング、二シリング半の郵便為替を送る。ささやかなプレゼントです。文具屋もうまいことここにあるし。待てよ。よく考えてから。

そっと一本の指で、耳の後ろまでなでつけてある髪にゆっくりゆっくりふれてみた。も一度。細い細い藁《わら》のような繊維。それからそっとその指が右頬の肌にふれた。ここにも綿毛のような毛が。あまりすべすべじゃない。腹がいちばんすべすべなんだ。誰もいないな。おや、フレデリック通りへ入るぞ。たぶんレヴェンストンのダンス教室のピアノ。ズボン吊りを直しているのならかまわないだろさ。

ドーランの酒場前を通りすがりにチョッキとズボンの間に片手をすべり込ませ、シャツをそっと脇へひっぱり、腹の柔らかなひだにふれた。しかし白っぽい黄色だってことは知ってるからな。暗い中で試してみよう。

手を引っこめて、服装をきちんと整えた。

可哀そうだよ。まだまだ子供なのに。酷《むご》い。ほんとに酷い。どんな夢を見るのだろう、目が見えなくては。人生はあの子にとっては夢。あんなふうに生れるなんて不当じゃないか。ニューヨークではあんなに大勢の女子供が行楽パーティーで焼け死んだり溺れ死んだり。大虐殺《ホロコースト》。業《カルマ》っていうんだ前世で犯した罪の転生輪廻《てんせいりんね》会った者定め難輪廻《なんわまわ》しか。やれやれまいったね。もちろん不憫《ふびん》。でもなんかこう、盲人とはしっくりいかない。

サー・フレデリック・フォーキナーがフリーメイソン会館へ入っていく。トロイに劣らず峻厳《しゅんげん》。アールズフォート・テラスでいつもの上等ランチをすませてきたな。司法仲間の年寄たちがマグナム瓶のワインを空ける。法廷だの巡回裁判だのブルーコート校年報だの、あることないこと。わしはその男を十年の刑にしたね。おれが飲んだのなんぞには鼻も引っ掛けないだろうさ。もっぱらビンテージワイン、埃《ほこり》をかぶった瓶に年号が記されているやつ。市裁では独特の正義感を発揮する。善意の老人。警察の告訴状は事件をやたら詰込んで点数稼ぎに犯罪のでっちあげ。そういうのを撥《は》ねつける。金貸しには鬼になる。ルーベン・Jをけちょんけちょんの麦藁呼ばわり。まあ、あいつは汚いユダヤ人って言われるとおりのやつだ。権力があるよな判事ってのは。仏頂面《ぶっちょうづら》の酒飲み爺さんたちが鬘《かつら》を着けて。前足怪我した熊みたいな。主があなたの魂を憐れみ給うことを。

おや、ポスター。マイラス・バザー。総督閣下。十六日。今日だ。マーサー病院援助基金。**メサイア**が最初に上演されたのはあの病院のためだった。うん。ヘンデル。行ってみようか、ボールズブリッジ。ついでにキーズのところへ寄る。蛭《ひる》みたいにへばりついても無駄か。あまり顔を出して厭がられてもなんだし。きっと門で知合いに出会いそうな気が。

ブルーム氏はキルデア通りに来た。まずは最初に。図書館。

麦藁帽が陽光の中に。黄褐色の靴。折返しのズボン。あれは。あれは。

心臓がじわっとどきめきし始める。右へ。博物館。女神たち。さっと右へ曲った。

そうかな？　まず間違いない。あっちを見るな。ワインが顔に。なんで飲んだんだろ。頭がくらっと。うん、やっぱり。あの歩き方。見るな。急げ。

博物館の門へ向って大股にすたこら歩きながら目を上げた。見事な建物。サー・トマス・ディーンの設計だ。後ろから来ないな？

どうせ見られてないさ。日光が眩しくて。

はあはあいう息が短い溜息となって出た。早く。ひんやりする彫像たち。あそこは静か。もうじき無事に。

そうとも。見なかったさ。二時過ぎ。すぐそこが門。

心臓が！

両の目がずきずきしつつじっとクリーム色の石の曲線を見た。サー・トマス・ディーンはギリシア建築だった。

何か探すものがおれは。

あたふたした手がさっとポケットに入り、つかみ出して、ひろげたアジェンダス・ネッテイムを指に読む。どこへ入れた？

せわしなく探して。

アジェンダスを押し戻す。

午後にとあれは言った。

あれを探してるんだ。うん、あれ。ポケットを全部探してみなくちゃ。ハンカ。**フリーマン**。どこにおれは？　ああ、そうだ。ズボン。ポテト。財布。どこだ？

急げ。落着いて歩け。もうちょっとで。このどきどき。

手が探してどこへ入れたっけな尻ポケットには石鹸ローション取りに行かないと温もりのする紙がべとっと。ああ石鹸かこれうん。門だ。

ほッ！

第九章《エピソード》

スキュレーとカリュブディス

Scylla and Charybdis

時刻　午後二時〜二時五十五分
場所　市の南部、キルデア通りの国立図書館
人物　スティーヴン、マリガン、ジョン・エグリントン、リスター　他

慇懃《いんぎん》に、場を和《なご》めるべく、篤震《とくしん》の図書館長が喉《のど》ふるわせた。

――それに**ウィルヘルム・マイスター**のあの貴重な一節もあるわけだから。偉大な詩人が偉大な同胞《はら》詩人《から》を論じている。逡巡《しゅんじゅん》する魂が、葛藤《かっとう》する疑念に引裂かれつつ、苦難の海に立ち向う、実人生さながらに。

一歩、五拍子踊りに歩を進めて鞣革《なめしがわ》をキュッと鳴らし、素面《しらふ》の床《ゆか》を一歩退《しりぞ》く。

音無しの従者がわずかに扉を開いて音無しのうなずきを送った。

――すぐ行く、と言い、キュッと行きかけながら、なおも渋る。美しき無力の夢想家が苛酷な現実に直面して破滅に至る。いつもながらゲーテの判断は実に正確だと思うがね。正確だよおおむね分析が。

キュッキュッと分析を三拍子踊り《クーラント》で運び去る。てかてか頭が、熱っぽく扉口で従者の言葉に大きな耳を傾け、聞き終え、そして去った。

二人残った。

――ムッシュー・ド・ラ・パリスは、と、スティーヴンが冷笑まじり言った。死ぬ十五分前には生きていた。

――例の六人の勇敢なる医学生は見つけたかい、と、ジョン・エグリントンが年上の横柄《おうへい》口調で尋ねた。きみが**楽園喪失**を口述筆記させようってのは？　**サタンの嘆き**というしろものだったっけな。

にこり。クランリーのにこり笑み。

まずは女をくすぐり回し
それからそっと撫で回し
膣《ちつ》カテーテルの通り良し
なにせ手慣れた医学生
浮れはしゃぎの医学……

——**ハムレット**となるともう一人要るだろう。七は謎めいた人物のお気に入りだ。輝ける七とW・Bは言っているし。

きらり眼《まなこ》で赤茶頭が緑笠の卓上スタンドから髭面《ひげづら》を暗緑色の陰の中に探す。学聖を、聖なる眼《まなこ》を。

低く笑った。トリニティ大給費生の笑い、応じられず。

奏楽隊のサタン、さめざめと幾ルードも
涙流すは天使のごとく
而して尻を喇叭となせり《エド・エリ・アヴエア・デル・クル・ファアット・トロムベッタ》

おれの愚行を形《かた》に取ってる。

クランリー率いる十一人のウィックロウ勇夫《ゆうふ》が祖国を解放するってわけ。歯っ欠けキャスリーン、四つの美しき緑の野、その家に居る異邦人。そしてその男に挨拶するもう一人。安かれ、師《ラビ》よ。ティナヒーリー村の十二人。谷間の翳《かげ》りの中であいつが仲間に呼ばわる。魂の青春をおれはあいつに与えた、夜ごと夜ごと。まあ頑張れ。よき狩りを。

マリガンに電報は届いてるはず。

愚行。とことんやる。

——今のアイルランドの若い詩人は、と、ジョン・エグリントンが譴責《けんせき》口調で言った。まだサクソン人シェイクスピアのハムレットに並ぶ人物を創り出していないね、もっともぼくだって、あのベンさん同様、偶像崇拝に至らないまでも崇拝してはいるが。

——ああいう論議は空理空論だ、と、ラッセルがその影像《えいぞう》から神託《しんたく》を発した。つまり、ハムレットがシェイクスピアかジェイムズ一世かエセックスかなんてのは。聖職者がイエスの歴史性を論ずるのと同じさ。芸術はわれわれに理念を啓示するのでなければならないんだ、形なき精神の本質をだ。芸術作品の至高の問題は、どれくらい深い生命がそれの源泉であるかだ。ギュスターヴ・モローの絵画は理念の絵画だ。シェリーの深遠な詩にしろハムレットの言葉にしろ、それはわれわれの心を永遠の叡智、プラトンのイデアの世界にふれさせてくれる。そのこと以外は青書生《あおしょせい》同士で張合う憶測さ。

AEがなんとかいうヤンキーのインタビューを受けて言ってるんだ。ふん、べらぼう得意げ。

——師範も初めは青書生でした、と、スティーヴンが馬鹿丁寧に言った。アリストテレスはプラトンの生徒でしたし。

——そして相変らずそうらしい、と、ジョン・エグリントンが動ぜずに言った。目に浮かぶよ、卒業証書を小脇に抱えた模範生だな。

今や笑む髭面に向って再び笑いかけた。

形なき精神の。父と言葉と聖なる息吹。全父、上天人《じょうてんびと》。ヒエソス・クリストス、美の魔術師、われらの内にありて瞬時瞬時に苦しむ聖言《ロゴス》。これぞまさしくそれなり。われは祭壇の火なり。われは犠牲のバターなり。

ダンロップ、判事、徒党中の最も高潔なローマ人、A・E、農耕神官団員《アルウァアレス》、畏《おそ》れ多き名、天上の高みの人。K・H、同志たちの師、その正体は秘儀信奉者には周知のこと。大白色結社の兄弟たちは誰か助けになってやれる者がいないかと四六時中、物色中。光の潤《うるお》いたる花嫁尼僧《シスター》を連れたキリストは、魂を吹込まれた処女なる悔い改めたソフィアより生れ、菩提《ぼだい》の境地へと去った。秘教の人生は俗人向きではないね。俗物はまず悪しき業《カルマ》を千摩《せんま》せねば。クーパー・オウクリー夫人は高名なる妹《シスター》H・P・Bの楚楚《そそ》たるご本尊を拝顔した。

まあ、いやだ！　いやだったら！　**とんでもない人《プファイトイフェル》**！　見ちゃだめよ、奥さん、レディーがそそ見せてるところを見ちゃだめ。

ベスト氏が入って来た。長身、童顔、柔和、敏捷。片手にお行儀よくノートを捧げ持つ。新品、大判、清白《せいはく》、光沢。

――あの模範生なら、と、スティーヴンが言った。ハムレットが王子様なる己の魂の死後をあれこれ瞑想するのを、ありそうにない、取るに足らない、ドラマ性のないあの独白を、プラトンの瞑想同様に浅いと見るでしょう。

ジョン・エグリントンが、眉顰《ひそ》め、憤りつのらせた。

――断っておくが、ぼくはアリストテレスとプラトンを比べようなんて聞くと腹が煮えくり返る。

――二人のうちどっちが、と、スティーヴンは質《ただ》す。ぼくを共和国から追い出したでしょうね？

おまえの匕首《あいくち》定義を抜くんだ。馬性とは全馬の何たるかである。趨勢《すうせい》の流れと永劫《えいごう》を彼らは崇《あが》める。神、街の騒音。いかにも逍遥派《しょうようは》。空間、厭でも見なくてはならないもの。人間の血液の赤血球より小さな空間を抜けて連中はブレイクの尻にくっついてもじょろ這《ば》いに永遠へ入り込む。この植物界はその影でしかない。今を、ここを、放すな。それを通って一切の未来が過去へ飛び込む。

ベスト氏が愛嬌よく、同僚のほうへ歩み寄った。

——ヘインズは帰ったよ。

——あ、そう。

——ジュバンヴィルの本を見せていたんだ。もう夢中なんだよ、ねえね、ハイドの**コナハトの恋歌**にさ。連れてきて議論を聞かせたかったんだけどな。ギル書店へ買いに行ったよ。

駆け出《いで》て迎えるわが小冊子
冷やかな大衆の来《きた》るを察し
願わくは伝わらんわが悔悟《かいご》
やせぎすの不器量なる英語

——泥炭燻《でいたんいぶ》りで頭に来たか、と、ジョン・エグリントンが評した。

ぼくらイギリスでも感じてる。悔い改めた盗人。去った。おれはあいつのモクを吸った。緑の煌《きら》めく石。海の指輪に嵌《は》め込まれたエメラルド。

——恋歌がどれほど危険になりうるかを人は分っていない、と、ラッセルの金色卵《こんじきたまご》が神秘学者ふうに警告した。世界に革命をもたらす動きは、丘に暮す農夫の夢や幻から生れる。彼らにとって、大地は開発すべき土地ではなく生きている母だ。学園の稀薄な空気と文壇が生み出すのは、大衆小説、寄席《よせ》の端唄《はうた》だ。フランスはマラルメという最高級の頽廃《たいはい》の花を咲かせるがね、しかし望ましき生活は心の貧しき者にのみ明かされる。ホメロスのパイアケス人の生活は。

この言葉からベスト氏は無害の顔をスティーヴンへ移した。

――マラルメは、ねえね、と、言う。素晴しい散文詩を書いてるよね、スティーヴン・マッケナがパリでよく読んで聞かせてくれたんだ。ハムレットのことを書いた詩。こういうのさ。**彼は漫ろ歩く、**《イル・ス・プロメーヌ》**己の書を読みつつ、**《リザン・オ・リーヴル・ド・リュイメーム》ねえね、己の書を読みつつだよ。フランスで上演された**ハムレット**のことを描写してるんだ、ねえね、田舎町でだよ。

空手《フリーハンド》がお行儀よく小さな文字を宙に書く。

アムレット
又《ウ》は
放心者《ル・デイストレ》
シェークスピールの逸物《ピエス》

ジョン・エグリントンの新たな眉顰《ひそ》め顔に向って繰返した。

――ねえね、**シェークスピールの逸物《ピエス》**。すごくフランス的でしょ。フランス人の物の見方。**アムレット、又《ウ》は……**。

――放心の物乞い、と、スティーヴンが締めくくる。

ジョン・エグリントンが笑った。

――うん、そんなところだろう、と言った。優秀な国民なんだが、物事によっては近視眼的で困る。豪奢にして進捗《しんちょく》せぬ誇張殺人劇。

――魂の死刑執行人とロバート・グリーンは称しました、と、スティーヴンが言った。だてに肉屋の息子じゃなかった、波蘭《はらん》万丈、橇身《そりみ》の屠牛斧《とぎゅうおの》を振回して果し合いをするんですから。父親の命一つと引替えに九つの命が奪われる。煉獄《れんごく》に在《まし》ます我らが父よですね。今風《いまふう》軍服ハムレットたちなら、ためらわずして撃ちます。第五幕の血塗られた屠殺場はスウィンバーン氏の歌う捕虜収容所を見越していています。

クランリー、おれはあいつの無言の従卒、遠くから戦闘についてゆく。

殺戮の敵の女子供に
手を下さぬは我らのみ……

サクソン人のにたつきとヤンキーの野良声《のらごえ》。前門の悪鬼《あっき》、後門の奈落《ならく》。

――**ハムレット**は幽霊譚だと言いたいんだろうさ、と、ジョン・エグリントンがベスト氏の後ろ盾になる。ピックウィックのふとっちょみたいに、躰《からだ》をぞくっとさせてくれるんだろ。

耳立てよ！　耳立てよ！　よいか、耳立てよ！

わが肉体がその声を聞く。ぞくっとしつつ、聞く。

——幽霊とは何者です？　スティーヴンは勢い疼《うず》きつつ言った。死によって、不在によって、様態の変化によって、手応えなき存在へと消え失せた者です。エリザベス朝のロンドンはストラトフォードから遠かった、自堕落《じだらく》パリが童貞《どうてい》ダブリンから遠かったのと同じくらい。**父祖獄舎**《リンボ》を出て、自分を忘れてしまった現世に戻る幽霊とは何者です？　ハムレット王とは何者です？

ジョン・エグリントンが暇気味《ひまぎみ》細身《ほそみ》を反《そ》り身《み》にして、判定しようとする。

魚信《あたり》あり。

——ちょうど今頃の時刻、六月中旬のある日、とスティーヴンは言い、ちらりと目をやって傾聴《けいちょう》を求めた。川岸の芝居小屋に旗がなびいています。熊のサッカーソンが近くのパリ庭園の檻《おり》で唸《うな》り声をあげる。ドレイク船長の船の下《した》っ端《ぱ》船乗りたちが平土間《ひらどま》客にまじってソーセージをかじっている。

地方色。知っていることは残らずぶちこめ。なんでも共犯《ぐる》にしてしまえ。

——シェイクスピアはシルヴァー通りのユグノー教徒の家を出て、川岸の白鳥檻のそばを歩いて行く。しかし雛《ひな》の群れを藺草《いぐさ》の茂みへ追いやる母親に餌をやるために立ち止りはしない。エイヴォンの白鳥は考え事をしているからです。

場所の構成。イグナティウス・ロヨラよ、早く助けにきておくれ！

——芝居が始まります。一人の役者が舞台奥の片庇《かたびさし》の下に現れる。宮廷の伊達《だて》男のお古の鎖帷子《くさりかたびら》に身を固めたがっしりした男で、声は低音《バス》。それが亡霊、国王、王にして王でない者、そしてその役者とはシェイクスピアです。亡霊の役を演ずるために空《くう》ならざる少《わか》き時と壮《さかり》なる時にわたってハムレットを研究してきた人物です。彼は、バーベジに、架台《かだい》に掛る蠟引布《ろうびきぬの》を隔てて己の前に立つ若い

役者に、台詞《せりふ》を言う。名前を呼んで、

ハムレットよ、わたしはそなたの父の亡霊だ

耳立てよと命じる。一人の息子に彼は語りかけます、己の魂の息子に、王子に、若きハムレットに、そしてまた己の肉体の息子に、酷似名《こくじめい》の人物が永久に生きながらえるようにとストラトフォードで死んだハムネット・シェイクスピアに。

――いったいありえますか、その役者シェイクスピアが、不在による亡霊が、埋葬されたるデンマークの衣装をまとい、死による亡霊の衣装をまとい、己の息子の酷似名の人物に己自身の台詞《せりふ》を言うのですから（ハムネット・シェイクスピアが生きていたら王子ハムレットと瓜二つになっていたでしょうね）、いったいありえますか、ぼくは知りたいですね、ありうるでしょうか、彼がそういう前提の論理的結論を引き出さなかった、あるいは予見しなかったということがです。つまり、おまえは廃嫡《はいちゃく》された息子なのだ、わたしは殺害された父親だ、おまえの母は罪を犯した女王、アン・シェイクスピア、旧姓ハサウェイなのだという結論をです。

――しかしそういうふうに偉人の家庭生活を詮索《せんさく》するのはだね、と、ラッセルがじれったげに切り出した。

そこにいたか、律儀者。

――興味を抱くのは教会の庶務係くらいのものだ。つまり、われわれには劇作品がある。つまり、われわれが**リア王**という詩作品を読むとき、詩人がどう生きたかなんぞはどうでもいいじゃないか。生きるなんてことは召使にまかせりゃいいと、ヴィリエ・ド・リールが言っている。当時の楽屋話を覗《のぞ》き込んだり詮索したりはね、詩人の飲みっぷりだの、詩人の借金だのと。われわれには**リア王**があり、それが不滅なんだ。

ベスト氏の顔が、訴えかけられて、同意した。

汝の大波を、汝の渦潮を彼らにおっかぶせて行け、
マナナーン、マナナーン・マックリア……。

ところで、おまえさん、腹をすかしたときあの御仁《ごじん》から借りた一ポンドは？

いやはや、どうしても要ったのだよ。

このノーブル金貨を受取ってくれ。

ほざくな！　牧師の娘ジョージーナ・ジョンソンのベッドで大方使い果したくせに。独知《どくち》の噬臍《ぜいせい》。

返済する気はあるのか？

うん、ある。

いつ？　今か？

いや……今は。

ならば、いつ？

自分の金でやってきたんですな。自分の金でやってきた。

慌《あわ》てるな。あの御仁はボイン川の彼方《かなた》の出だ。北東の僻地《へきち》。そのおかげだ。

待て。五ヵ月。分子はすべて変化する。おれは今や別のおれ。別のおれが一ポンドを借りたんだ。

ぶんぶん、ぶつくさ。

でもおれは、エンテレケイアは、形相中の形相は、不断に変化する形相のもとにあるゆえに記憶によっておれである。

罪を犯し、祈り、断食したおれ。

コンミーに鞭打ちの罰から救ってもらった子供。

おれ、おれとおれ。おれ。

A・E、会《ア》イ負《オ》ウ融資《ユーし》。

——きみは三百年の伝統に真正面から逆らおうって気かい？　ジョン・エグリントンの咎《とが》める声が質《ただ》す。彼女は死んだんだよ、少なくとも文学にとっては、生れる前からね。

——彼女が死んだのは、と、スティーヴンは反駁《はんばく》した。生れてから六十七年後です。彼女は彼がこの世に登場するのも去るのも見たんです。彼女は彼の最初の抱擁を受入れた。彼の子供を産み、臨終の床に横たわる彼の目の上にペニー玉を置いて瞼《まぶた》を閉じてやったのです。

母の臨終の床。蠟燭《ろうそく》。シーツで覆った鏡。おれをこの世へもたらした女が横たわる、青銅瞼《せいどうまぶた》を閉じて、わずかばかりの安っぽい花の下に。**百合のごとく耀く《リリアタ・ルティランティウム》。**

おれは独りで泣いた。

ジョン・エグリントンは己の卓上スタンドのもつれた地蛍《つちぼたる》を覗《のぞ》き込む。

——世の中誰しも、シェイクスピアは過ちを犯したと思っている、と、言った。そしてできるだけ早く、ものの見事にそこから抜け出したんだとね。

——ばかな！　と、スティーヴンが無遠慮に言った。天才は過ちを犯しません。天才の過ちは有意のもので、発見の入口です。

発見の入口が開いて篤震《とくしん》の図書館長を中へ入れた。そっとキュッと歩《ほ》一歩《いっぽ》に、てかてか頭が、耳側《そば》めて孜孜《しし》として。

——じゃじゃ馬は、と、ジョン・エグリントンが如才《じょさい》なくじゃじゃばる。発見の入口として役立ったとは思えないがね。ソクラテスはクサンティッペからなにか役立つ発見を教えられたかい？

——弁証法です、と、スティーヴンが応じた。そして母親からは思想をこの世へもたらす方法を。もう一人の妻ミュルト（**よく見《ミ》ュルト嫌な名！**）、ソクラテスちゃん《ディディオン》の魂の魂《エピプシキディオン》から何を教わったか、それは誰にも分りませんがね、女にだって分らないでしょうけど。もっとも産婆《さんば》の智慧《ちえ》にしろ閨《ねや》のお説教にしろ、国粋党《シン・フェイン》の執政官《アルコン》らと毒人参の責め苦からは救ってくれませんでしたが。

——それにしてもアン・ハサウェイ？　と、ベスト氏の静かな声がつい忘れていたみたいに言った。そうか、ぼくらは彼女のことをつい忘れているかも、シェイクスピア自身が彼女を忘れたみたいに。

その眼差《まなざ》しが思案屋の髭から咎《とが》め屋の頭蓋へ、喚起するように、やんわり叱るように移動し、それから誹《そし》られても罪無き嘸喃《ぶなん》屋震徒《しんと》のてかてかピンクのリンゴおつむへ移動した。

——彼には三文珠《さんもんじゅ》の才気があった、と、スティーヴンは言った。これっぽちもずるけ癖《ぐせ》のない記憶力も。彼はずだ袋に入れた記憶を担いで、**郷《さと》に残したあの娘《こ》**を口笛で吹きながら、色香の都へてくてく歩いて行った。ちょうどそのとき地震《ない》ふることがなかったとしても、塒《ねぐら》に居竦《いすく》む哀れなる野兎《やと》、猟犬たちの吠《ほ》え声、鋲《びょう》飾りの付いた轡《たづな》、女の青き窓、そうしたものの場所はぼくらには分るはずです。その記憶、**ヴィーナスとアドニス**は、ロンドンのどんな尻軽女の寐部屋《ねべや》にもちゃんとあった。カタリーナは不器量なじゃじゃ馬でしょうか？　ホーテンショーは若い別嬪《べっぴん》と言っている。**アントニーとクレオパトラ**の作者が、あの情熱の巡礼者が、頭の後ろに目がついていたためにウォーリックシャー中で一番の醜女《しこめ》を選んで寝たなんて考えられますか？　なるほど、彼は彼女を捨てて男の世界を得た。しかしその男子《おのこ》女《おんな》たちは一人の男子《おのこ》である女たちです。その生き方、考え方、話し方は男たちからの借物なのです。まずい女を選んだ？　彼は選ばれたんです、ぼくにはそう思われる。ほかの女たちにまらめら燃える意志があるなら、アンには案の定跡《じょうせき》ありです。ほんとに、罪な女ですよ。たらしこんだんです、可憐なる二十六歳。少年アドニスに身を屈《かが》めて、屈して征服すべく、山場孕《はら》みの一場の序幕を演ずるグレーの眸《ひとみ》の女神とは、小麦畑で年下の恋人を寝転ばす恥知らずなストラトフォードの田舎女なのです。

で、おれの番は？　いつ？

なに言ってる！

――ライ麦畑でしょ、と、ベスト氏が晴やかに嬉しげに言い、新しいノートを嬉しげに晴やかに掲《かか》げた。

それから金髪の歓喜とともに一同に口ずさむ。

ライ麦畑に囲まれて
田舎育ちの可愛い二人が寝そべった。

パリ、わが喜悦はそなたの喜悦。

長身のもつれ髭《ひげ》手織質素《ホームスパン》姿《すがた》が陰から立ち上り、それと連携《れんけい》する懐中時計の素顔を見せた。

――そろそろ**ホームステッド**へ行かなくては。

何処《いずこ》へ去る？　開発すべき地所。

――行くのかい？　ジョン・エグリントンのひくひく動く眉《まゆ》が問う。今夜、ムアのところへ顔を出してくれる？　パイパーが来るんだ。

――パイパーが！　と、ベスト氏がバグパイプ声を発した。パイパーが帰って来た？

ピーター・パイパーぴりぴりピクルスぴりひく食ってぴりひっく。

――行けるかどうか。木曜日だろ。こっちも集りがあるからな。間に合うように抜け出せれば。

ドースン集会所のびっくりヨガリ箱。**素顔を見せたイシス**。連中のパーリ語聖典を質に入れようかなんて相談したっけな。暗褐色にょきり傘の下で脚を組んで玉座《ぎょくざ》におさまる彼はアステカ族の聖子《ロゴス》なり、幽《アストラル》の諸段階にて務めを果し、彼らの大霊、マハ帽マハートマなり。忠実なヘルメス文書信者らが門弟となるべく成熟し、光明を待つ。お手てつないで車座囲みに。ルーイス・H・ヴィクトリー。T・コールドフィールド・アーウィン。神妙呆蓮華《しんみようほうれんげ》の淑女らがその目色を、その松果体の輝きを窺《うかが》う。己の神に満たされて、彼は玉座に座す。芭蕉の下の仏陀《ぶつだ》。魂たちを深淵へ呑み込む者、呑嚥者《どんえん》。男魂《だんこん》ら、女魂《にょこん》ら、心魂《しんこん》の群泳《ぐんえい》。呻《うめ》き泣く叫《ひめ》き叫びとともに呑み込まれ、渦巻かれ、渦巻き、魂たちが悲鳴を上げる。

第五元素の些末《さまつ》の内に
幾年月かこの肉箱の中に一つの女魂《にょこん》が住めり。

――ちかぢか思いがけない文芸本が出るそうだね、と、篤震《とくしん》の図書館長が好意と熱意をこめて言った。噂によると、ラッセル君が若手の詩人の作品を一冊にまとめようとしているとか。皆、刮目《かつもく》して待っているよ。

刮目して彼は円錐形の灯火を覗《のぞ》き込む。三つの顔が、照らされて、光った。

これを見よ。記憶せよ。

スティーヴンは幅広の頭無し古帽《ふるぼう》を見おろした。片膝の上方、梣《とねりこ》ステッキの柄《え》にぶら下っている。おれの兜《かぶと》と剣。両の人差指で軽くふれてみる。アリストテレスの実験。一か二か？　必然とは、一《いっ》なるものがそれゆえにそれ以外になりうることの不可能であるものである。然るが故《ゆえ》を以《もっ》て、一《いっ》なる帽は一《いっ》なる帽である。

聞け。

若手ではコラムとスターキーさ。ジョージ・ロバーツが出版を引き受けることになっていてね。ロングワースが**エクスプレス**で喧伝《けんでん》してくれる。ああ、そう。コラムの**牛追い**はよかった。うん、彼には天才という妙なしろものがそなわっていると思う。彼にはほんとに天才がそなわっていると思うのかい？　イェーツがあの行《くだり》を絶賛してたんだ。**荒涼たる地中にギリシアの壺のごとく**。そうかい。今晩、来てくれるといいな。マラキ・マリガンも来るって。ムアがヘインズを連れてきてほしいと話していた。ミッチェル女史がムアとマーティンのことを笑いの種にしたってのは聞いたかい？　ムアはマーティンの若気の至りだってのを？　いやはや、気の利いたことを言うだろ？　あの二人はドン・キホーテとサンチョ・パンサを思わせるからね。われわれの国民的叙事詩は未だに書かれていない、シガーソン博士に言わせれば。ムアは打ってつけだ。このダブリンの憂い顔の騎士だよ。真っ黄色のキルトを穿《は》いて？　オニール・ラッセルは？　ああ、そう、彼には荘重なる古詞《いにしえことば》をしゃべってもらわなくては。で、彼のドゥルシネアは？　ジェイムズ・スティーヴンズが気の利いた短篇をいくつか書いている。われわれも重きをなしつつあるらしい。

コーディーリア。**悲嘆**《コルドーリヨ》。リアの最も孤独な娘。

端離《はじか》れしもの。さあ糊塗《こと》の葉《は》巧みに。

——申し訳ないんですが、ラッセルさん、と言って、スティーヴンは立ち上った。差支えなければこの投稿をノーマン氏に渡していただけると……。

——ああ、そう。彼が重きを置けば載るだろう。なにせ投書が多くてね。

——でしょうね、と、スティーヴンは言った。すみません。

恐悦至極《きょうえつしごく》。豚どもの新聞。親牡牛派《しんぼぎゅうは》。

——シングは**ダーナ**にも寄稿すると約束してくれたんだ。ぼくらの雑誌も読まれるようになるかな？　そんな気がする。ゲール語同盟はアイルランド語のものを載せてほしいと言ってる。今晩、顔を出してくれるといいんだけどな。スターキーを連れてくるといい。

　スティーヴンは腰をおろした。

篤震《とくしん》の図書館長が暇乞《いとまご》い人らのもとからやって来た。赤らみつつ、その仮面が言う。

——デッダラス君、きみの見解にはおおいに啓発されるね。

　キュッキュッと前後に歩み、爪先立ちになって厚底靴《チョピーン》の高さだけ天に近づき、それから出て行く物音にまぎれて低く言った。

——するときみの見解では、彼女は詩人に貞淑ではなかったと？

狼狽《ろうばい》顔がおれに質《ただ》す。なぜ来たんだ？　礼儀、それとも内なる光？

——和解があるからには、と、スティーヴンが言った。まず軋轢《あつれき》があったはずです。

——なるほど。

　革の細身糟《トルーズ》を穿《は》いたキリスト狐《フォックス》が、身を隠す、枯れた木股にひそむ逃亡者、叫喚《きょうかん》から逃れて。女狐をまるきり知らず、追立てられつつ独り歩む。そんな男が女たちをものにした、ひ弱なる者たち、バビロンのある娼婦、判事の奥方ら、がさつな酒場の親爺の女房ら。狐と鵞鳥《がちょう》の鬼ごっこ。そしてニュープレイスでは、面目失墜のたるんだ肉体が、かつては見目麗《みめうるわ》しく、かつてはシナモンのように芳《かぐわ》しく新鮮だった肉体が、今やすっかり葉を落し、末枯《うらが》れて、狭い墓穴を怖れ、赦されざるままに。

――なるほど。つまり、きみは……。

人影を送り出して扉が閉じる。

ふっと休止が丸天井の慎み深い小部屋にひろがる、蒸暑く重苦しい空気の休止。

ウェスタの処女の松明《ランプ》。

ここで彼は存在しなかった事柄をとっくり考えるのだ。シーザーが占師の予言を信じたなら生きていて何をしたろうか、あったかもしれないこと、可能としての可能態のもろもろの可能態、知られざる事柄、アキレスが女の中で暮していたときに何という名前だったたか。

柩《ひつぎ》に納められた思索のかずかずがおれを取囲む、ミイラ箱に入れられ、言葉の香料に保存されて。トート、図書館の神、鳥なる神、三日月冠の。そしてまた、かのエジプトの高僧の声を聞いたのです。**瓦本《かわらぼん》のぎっしり詰った極彩色の部屋にて。**

どれも皆、静止している。かつては人間の頭脳の中ですばしこく動いていた。静止しながらも、死の疼《うず》きがあって、おれの耳に切ない話を語り、己らの意志を完遂《かんすい》してほしいとおれに迫る。

――たしかに、と、ジョン・エグリントンが思慮深く言った。あらゆる偉大な人間の中でも彼は最も謎にみちている。彼が生きて苦悩したということ以外、われわれは何一つ知らない。そのことすらもよく知らない。われわれの疑問を待ち受けていることがほかにもいろいろある。あとはすべて影が覆い被さる旧史だ。

――でも**ハムレット**はとっても個人的なものじゃないかなあ？　と、ベスト氏が申立てをした。つまり、一種の私文書、ねえね、私生活の。つまり、ねえね、ぼくはちっとも関心がないんだ、誰が殺されたとか誰の罪だとか……。

　無邪気に動くノートを机の端っこに休止させて、笑顔で挑みかける。彼の私文書原典。**舟は丘の上にある。**《トー・アン・ボード・エル・アン・テイール》**私は司祭です。**《トイム・イン・モ・サガルト》これに英語《ベアルラ》を添えよ、リトル・ジョン。

　リトル・ジョン・エグリントン言えり。

――マラキ・マリガンから聞いていたから、きみのもろもろの奇説は予期していたが、警告しておこう、シェイクスピアがハムレットだというぼくの信念をゆさぶろうとするのなら、厳しい難題を抱えることになるね。

　ご勘弁願おう。

　スティーヴンは顰《ひそ》めた眉の下で厳しくぎらつく邪悪な眼《まなこ》の毒に耐えた。バシリスク。**そして**《エ》**人を見るときその人に毒を盛る。**《クアンド・ヴェーデ・ルオモ・ラットスカ》ブルネット殿、お言葉感謝。

――ぼくらが、あるいは母なるダーナが、ぼくらの肉体を織っては解《ほど》き織っては解くように、と、スティーヴンは言った。日々、その分子を杼《ひ》で行ったり来たりさせるように、芸術家も己の描く像《イメージ》を織っては解き織っては解く。そしてぼくの右胸の痣《あざ》が生れたときから同じところにあるように、ぼくの全身は次々に新たな素材で織られてきたのにです、それと同じように、穏やかならざる父親の亡霊をとおして、生きていない息子の像《イメージ》が顔を覗《のぞ》かせます。想像力の働く強烈な瞬間、シェリーが言うには、精神が燃え尽きようとする石炭となる瞬間、過去のぼくは現在のぼくとなり、たぶん将来のぼくかもしれないものとなる。だから過去の妹である未来においては、こうしてここにいる今のぼくと同じぼく自身を見るかもしれません、その未来のぼくからの投影によってですが。

　ホーソーンデンのドラモンドのおかげで、あの垣根をうまく越えられたぞ。

――うん、と、ベスト氏が青くさく言った。ハムレットはとても青くさいって気がするな。あの辛《しん》辣《らつ》ぶりは父親のものだとしても、オフィーリアとの行《くだり》は息子のものだ。なんとも豚珍漢《とんちんかん》。彼は吾《われ》の父親の中にあり。吾は彼の息子の中にあり。

——そういう痣《あざ》はなかなか消えないね、と、スティーヴンが言って笑い出す。

ジョン・エグリントンはちっとも面白くないという渋面《じゅうめん》を作った。

——もしそれが天才の母斑《ぼはん》なら、と、言った。天才は有余《ありあま》った品の売残りということになろう。シェイクスピアの後年の演劇はルナンが絶賛しているように、別の精神が息づいている。

——和解の精神、と、篤震《とくしん》の図書館長が息継ぎした。

——和解なんてありえません、と、スティーヴンは言った。もし軋轢《あつれき》がなかったのなら。

さっき言ったたな。

——**リア王**、**オセロ**、**ハムレット**、**トロイラスとクレシダ**といったあの陰惨きわまる時代に影を投げ掛ける出来事が何かを知りたければ、いついかなるふうにその影が晴れるかをよく見ることです。猛烈な嵐の中で難破して、もう一人のユリシーズのごとく試練に遭遇する男、タイアの王子ペリクリーズの心を何が和《やわ》らげるか?

頭には赤尖《あかとんが》り帽、波にもまれ、塩水盲《しおみずめしい》となって。

——子供です、腕に抱上げた一人の女の子、マリーナです。

——外典《げてん》の脇道好みの詭弁家はつねに一定数いる、と、ジョン・エグリントンが探知した。大道は物淋しいけれども、しかし大都《だいと》に通じるのだ。

結構なベイコン。黴《かび》が生えちゃって。シェイクスピアはベイコンの若気の至り。暗合曲芸師たちが大道を行く。大いなる探索に出立《しゅったつ》する求正《きゅうせい》教徒たち。どちらの大都へ、皆様方? 名前で黙《だんま》り。A・E、霊体《アイオーン》。マギーこと、ジョン・エグリントン。太陽の東、月の西。**青春の地**《ティール・ナ・ノーグ》。半長靴に杖《つえ》携《たずさ》えてご両人。


ダブリンまでは何マイル？

七十マイルでございます。

蠟燭点《とも》る頃には着くかしら？


——ブランデス氏は認めていますね、と、スティーヴンは言った。それが晩年期の最初の芝居だと。

——ああ、そう。シドニー・リー氏、一説によれば本名はサイモン・ラザラス氏、彼はどう言ってる？

——マリーナは、と、スティーヴンは言った。海嵐《マリーン》の子、ミランダは奇跡《ミラクル》の驚異、パーディタは失われたる《ペルデュ》もの。失われたるものが彼のもとに返される、彼の娘の子が。**わが最愛の妻は**、と、ペリクリーズは言います。**この乙女のようであった**。その母を愛さずして娘を愛する男がいるでしょうか？

——祖父となる術、と、ベスト氏がつぶやきをもらす。**ラール・デートル・グラン……**。

——彼は娘の内に、己の青春の思い出も加わって、もう一つの像《イメージ》の生れ変るのを見るのではないでしょうか？

　何を言ってるか分ってるのか？　愛、そう。万人の知る言葉。**愛は我々が何かを望むとき人に善きことを求める。**

——己自身の像《イメージ》が、天才という妙なしろものがそなわった者にとっては、肉体的かつ精神的な一切の体験の基準です。そういう魅力が彼をひきつける。己と同じ血のほかの男の像《イメージ》は彼を撥《は》ねつける。己自身を予告し、あるいは反復する自然の奇怪な企てをそこに見てしまうからです。

篤震《とくしん》の図書館長の心優しき額《ひたい》が希望の薔薇色に燃え立った。

――わたしの希望としては、デッダラス君には世人《せじん》の啓蒙のためにその理論を練り上げていただきたい。そしてもう一人のアイルランド人注釈者、ジョージ・バーナード・ショー氏の名も挙げておくべきだろうね。フランク・ハリス氏も忘れてはならない。**土曜評論**に書いていたシェイクスピア論は実に素晴しい。意外なことに、彼もまたソネットの黒婦人《ダーク・レディ》との不幸な関係を論じている。寵《ちょう》愛《あい》された恋敵《こいがたき》はウィリアム・ハーバート、ペムブルク伯爵だという。わたしの認知するところ、もし詩人が拒絶されねばならないならその拒絶はいっそう調和することになる――その、どう言おうか――あってはならなかったことに関するわれわれの概念と。

言い回し巧みに終えて、頭《ず》が低い頭を持ち上げた。海雀《うみすずめ》の卵、争いの戦利品。

重々しい夫語《おっとご》で妻に汝《なれ》や其方《そなた》を使う。汝《なれ》は愛しているか、ミリアム？　汝《なれ》は其方《そなた》の夫を愛しているか？

――それもありえますね、と、スティーヴンは言った。マギー氏のよく引くゲーテの言葉があります。若いときに求めるものには用心せよ、中年になってそれを手に入れることになるから。なぜ彼は**上玉女**《ブオーナローバ》のもとに、男という男が乗っかる鹿毛《かげ》、娘時代にとかく風評のあった女官のもとに、ちんけ貴族を遣《や》って自分の代りに口説かせるのです？　彼は言語の貴族だったし、すでに女たらしの紳士ともなっていたし、**ロミオとジュリエット**を書いていた。なぜです？　自信というものが若くして殺されてしまったからです。彼はまず小麦畑で（ライ麦畑だっけ）ねじ伏せられ、それ以後は己の目に勝利者たる己を見ることはなく、笑っておねんねみたいなお遊びでも勝つことはない。ドン・ジョヴァンニ流を装っても救いにはならない。のっけから降伏《こうふく》したのを後に興復《こうふく》して幸福《こうふく》になろうとしても無理です。愛が血を流している彼の傷口を猪の牙がさらに傷つけた。じゃじゃ馬がやっつけられたとしても、目に見えぬ女の武器がこの女には残っている。ぼくはその言葉の中に感じるのですが、新たな情熱へ、最初の情熱のさらに暗い影へ駆り立てる肉欲の突《つつ》き棒のようなものがあります、それが己自身の理解を翳《かげ》らせてゆく。同じような宿命が彼を待ちかまえ、二つの激情が混ざり合って渦を巻く。

そろって耳を立てる。そしてこの者たちの耳の玄関《ポーチ》におれは注《そそ》ぐ。

——魂はすでに致命的な打撃を受けています、眠れる耳の玄関《ポーチ》に注《そそ》がれた毒のせいで。しかし眠ったまま殺された者はどのように殺戮《さつりく》されたかを知ることはできません、創造主がその魂にあの世でそのことを教えてやるのでないかぎりは。毒殺やそれをけしかけた二つの背中を持つ獣《けもの》のことを、ハムレット王の亡霊は己の創造者に教えられるのでなければ知る由《よし》もなかった。だから台詞《せりふ》が（彼のやせこけた不器量な英語が）いつもどこか別のところへ逸《そ》れる、後戻りする。強奪する者と強奪される者が、欲しながらしかし決行しなかったものが、ルークリースの紺碧《こんぺき》の囲む象牙の球体からイモジェンの胸、むき出しの、五つ黒子《ぼくろ》の染《し》みのある胸まで、彼につきまとう。彼は己を己自身から匿《かくま》うために積み上げた創造に倦《う》み疲れて引き返す。古傷をなめる老犬です。でも失うことが彼には利得なので、彼は目減《めべ》り無き人格のまま永遠へと歩み続ける。己の書いた智慧《ちえ》にも己の顕示した法則にもなんら教育されぬままに。面頰《めんぼお》が上がっている。彼は亡霊、今や影、エルシノアの岩壁なり何なりを吹き行く風、海の声、彼の影の実体である者、父と同一実体の息子である者の心の内にのみ聞える声なのです。

——賛同《アーメン》！　と、扉口から応答があった。

我敵《わがてき》よ爾我《なんぢわれ》に遭《あ》ふや？

Scylla and Charybdis Yo. Sakamoto 2016

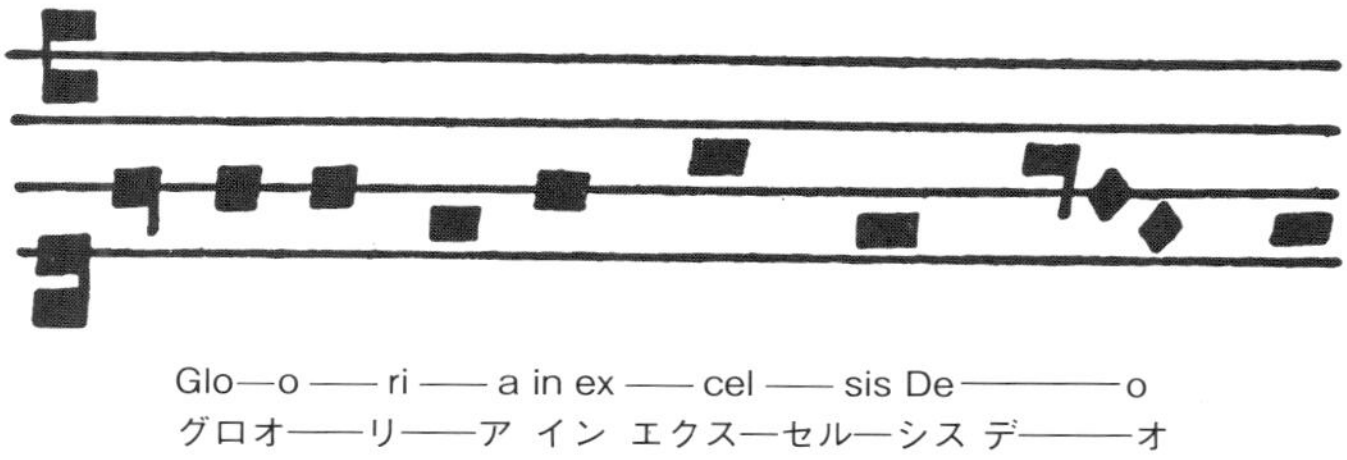
Glo—o — ri — a in ex — cel — sis De——o
グロオ——リ——ア イン エクス—セル—シス デ——オ

幕間《アントラクト》。

野卑な顔、学生監みたいな仏頂面《ぶっちょうづら》、バック・マリガンが進み出てきて、それから斑服《まだらふく》道化のすっとぼけ顔になると、笑みで迎える面々に歩み寄る。おれの電報。

――正体不明の脊椎動物のことをしゃべっていたようだが、違うか？

と、スティーヴンに質《ただ》す。

黄水仙《きずいせん》色のチョッキ、脱いだパナマ帽を道化棒みたいにふり回して浮かれながら挨拶した。

こいつを歓迎する面々。**おまえの嘲笑うものはおまえの仕えるものと《ヴァス・ドゥー・フェアラハスト・ヴィルスト・ドゥー・ノッホ・ディ》なる《ーネン》。**

嘲笑《あざわら》う者の群れ。フォティオス、偽マラキ、ヨーハン・モースト。

御身自身を生める存在、聖霊なる仲介者、そして御身自身が贖罪主《しょくざいしゅ》なる御身自身を御身自身と他者らの間に遣わし、御身の友らに裏切られ、衣を剥がされ、鞭打たれ、納屋扉に蝙蝠《こうもり》のごとく釘付けにされ、十字樹に掛けられて飢え、御身を葬らせ、立ち上がり、黄泉《よみ》に下り、天に赴《おもむ》き、そこでこの一千九百年に亘って御身自身の右手に座し、にもかかわらずすべての生者がすでに死者となるのちの日に生者と死者を裁くべく来《きた》らん。

彼は両手を高く掲《かか》げる。肩衣《かたぎぬ》が落ちる。おお、花また花々！　鈴が鈴とまた鈴と詠唱《えいしょう》ひびかせ。

——いやまったく、と、篤震《とくしん》の図書館長が言った。実に有益な論だ。マリガン君も、わたしの思うに、きっとこの芝居とシェイクスピアについての持論があるはず。人生のあらゆる方面の意見が代表されるべきだからね。

彼はあらゆる方面に等しく笑みを送る。

バック・マリガンが戸惑ったふうに考え込む。

——シェイクスピア？　と、言った。聞いたような名前だ。

流離《さすら》いの陽光のごとき笑みが締りのない顔つきに放射した。

——そうかそうか、と、明るく思い出す。シングみたいに芝居を書く男だっけ。

ベスト氏が彼のほうを向く。

——ヘインズが探してたよ、と、言った。会ったかい？　あとでDBCで待ってるって。ギル書店へハイドの**コナハトの恋歌**を買いに行った。

——おれは博物館を通って来たんだ、と、バック・マリガンが言う。あいつはここにいたのか？

——詩人の同郷人というのは、と、ジョン・エグリントンが応じる。われわれの才気煥発《さいきかんぱつ》なる論議にたぶん閉口しているんだ。どこかの女優がゆうべダブリンで四百八回目のハムレットを演じたそうじゃないか。ヴァイニングは王子が女だったという説を立てた。アイルランド人だったと看破した者はまだいないのかい？　バートン判事がなにか手がかりを探しているだろう。彼は（王子様はだ、判事閣下ではなく）聖パトリックに懸けて誓うからな。

——中でも光を放つのはワイルドの小説だよね、と、ベスト氏が言い、光を放つノートを高く掲《かか》げる。あの**W・H氏の肖像**で、ソネットはウィリー・ヒューズという、比喩随所の多彩な人物によって書かれたと証明している。

——ウィリー・ヒューズのために、ではなかったかな？　と、篤震《とくしん》の図書館長が問う。

それともヒューイー・ウィルズ？　ウィリアム英知氏。W・H。私は、はて？

——つまり、ウィリー・ヒューズのために、と、ベスト氏があっさりと注釈を訂正した。もちろんすべて奇説さ、ねえね、ヒューズと比喩《ヒユ》随所《ずいしょ》と比喩《ヒユ》図《ズ》多才、でも仕上げ方がいかにもって感じでしょ。ねえね、まさしくワイルドの真髄でしょ。軽いタッチで。

その視線を居並ぶ顔に軽く接触《タッチ》させつつ、笑みが浮かぶ。金髪青年《エフエボス》。ワイルドの飼いならされた真髄。

おまえもべらぼう機知甲斐性《きちがいしょう》だな。ディージー師匠の銭で勁水《ウスケボー》を三杯飲んだから。

いくら使った？　なあに、ほんの二、三シリング。

新聞仲間でわいわい。ユーモア、酔狂《すいきょう》なのや無愛嬌《ぶあいきょう》なのや。

機知。あいつのめかしてる青春の誇らしき晴着と交換なら、おまえは機知を五《ご》っそりくれてやるんだろ。満足せる欲望の面持ち。

ほかにもたくさんいるんでしょ。一人取り持ってくれよ。交尾期に。神よ、冷えた盛《さか》り時《どき》が彼女らを遣わしてくれんことを。うん、彼女を雉鳩《きじばと》してやれ。

イヴ。裸の麦腹の罪。蛇が巻きつく、牙噛《きばが》みのキス。

——きみはあれが奇説にすぎないと思うのかな？　と、篤震《とくしん》の図書館長が問い掛ける。戯《おど》け者は本気で真面目になると決して真面目に受取ってもらえないからね。

戯《おど》け者の真面目さについての真面目なやり取りが始まった。

バック・マリガンのまたもや重苦しくなった顔がしばしスティーヴンを見つめる。それから首をふりふり近づいて来ると、折りたたんだ電報をポケットからひっぱり出す。よく動く唇が、改めて嬉しげに笑いを浮べて読んだ。

——電報！　と、言った。驚愕の発想！　電報！　教皇様の大勅書《だいちょくしょ》！

明りのついていない机の一角に腰掛け、愉快げに朗読する。

——**感傷家とは為されたることに莫大な負目を背負うことなく楽しむ者である。**署名、デッダラス。どっから打ったんだ？　色宿《いろやど》か？　違う。カレッジ・グリーンだ。四ポンド、もう飲んじまったのか？　あの叔母ちゃんがおまえの非実体親爺のところへ行く頃だぞ。電報！　マラキ・マリガン、ロウアー・アビー通り舟《シップ》気付。ああ、おまえってのは無類の道化役者だよ！　ああ、信心顔した切《き》っ刃《ぱ》のキンチ派め！

愉快げに電文と封筒をポケットに突っこんだが、不平たらたらのアイルランド訛《なまり》で嘆き節になる。

——言っとくけどよ、お兄ちゃん、めためた待ちこがれたんだぜおれらは、ヘインズとおいらはよ、そこへこいつが届きやがった。ぼそぼそやってたのよ、乞食坊主でも一発やりたくなるような薬ひっかけてえなとおれは思ってるし、あいつは助平根性ででれでれしやがる。そんでおれら一時間と二時間と三時間もよコナリーでおとなしくしながらてんでにがっぽり飲めるかと待ってたんだ。

なおも嘆き節！

——そんでおれらはそうやってたらよ、なあ、おい、おまえは居所不明であんな礫岩《れきがん》みてえのを送りつけてきやがる、おれらは喉からからの坊さんみたいに舌を一ヤードも突出《つきだ》して一杯ほしくてぶっ倒れそうだってのによ。

スティーヴンは笑い出した。

いきなり、警告するみたいにバック・マリガンが身を屈《かが》めた。

——浮浪人シングがおまえさんを探してるぜ、と、言った。おまえを殺してやるってさ。グラステユールのあいつの家の玄関に小便ひっかけたって聞いたんだ。おまえを殺すって破れ靴《パンプーティ》履《は》いて歩き回ってる。

――ぼくを！　と、スティーヴンが声をあげた。あれは文学へのきみの投稿だったじゃないか。バック・マリガンは上機嫌にのけ反《ぞ》り、盗み聞きしている暗い天井に向って高笑いした。

――おまえを殺すとさ！　と言って、げらげら笑う。とげとげしい樋嘴顔《ガーゴイル》、サン・タンドレ・デ・ザール通りで臓物《ぞうもつ》の安料理を食べながらおれに挑み掛かってきた。言葉のための言葉の言葉で、論戦《パラブラス》。オシアンとパトリック。彼がクラマールの森で出会った牧神《ぼくしん》男、ワイン瓶をふり回していたそうだ。今日は聖金曜日だぞ《セ・ヴァンドルディ・サン》！　殺戮《さつりく》するアイルランド人。己の像《イメージ》に、放浪しながら、彼は出会った。おれはおれの像《イメージ》に。森で阿呆《あほう》に出会いましたぞ。

――リスターさん、と、従者が半開きの扉から声を掛けた。

――……その中で誰もが自分のものを見つけることができる。だからマッドゥン判事は**御曹司ウィリアム・サイレンスの日記**で狩猟の専門語を見つけては……うん？　何かな？

――男の方が来てますが、と、従者が言い、進み出て名刺を手渡した。**フリーマン**の人です。去年の**キルケニー民報**の綴じ込みを見たいそうです。

――いいとも、いいとも、いいとも。その人は……？

せっつくその名刺を手に取り、ちらっと見て、見直さず、ちらっと見ずに置き、見て、訊き、キュッキュッと歩み、訊く。

――その人……？　ああ、あそこ！

さっと三拍子踊り《ガイヤルド》に立ち去った。陽光明るい廊下で彼は舌滑《したなめ》らかな苦心の熱意こめて、義務拘束の、実に公正な、実に親切な、実に正直な篤震《とくしん》教徒の鍔広《つばひろ》応対。

——こちらの方？　**フリーマンズ・ジャーナル？　キルケニー民報？**　もちろん。こんにちは。**キルケニー**……もちろんあります……。

　辛抱強い影法師《シルエット》が耳を傾けつつ待つ。

——主な地方紙はすべて……**ノーザン・ホイッグ**、**コーク・エグザミナー**、**エニスコージー・ガーディアン**。去年の。一九〇三年……どうぞこちら……エヴァンズ、この方をご案内して……この者に案内させま……いや、わたしが……こちらへ……。どうぞ、さあ……。

　舌滑らかに、義務に忠実《まめ》に、全地方紙のほうへ案内し、会釈《えしゃく》する黒い人影がその急ぎ足について行く。

　扉が閉った。

——あのユダ公さんだ！　と、バック・マリガンが言った。

　ひょいと立ち上り、名刺をひったくるように手にする。

——なんて名だい？　目奇異《アイキイ》モージズ？　ブルームだ。

　なおもべらべらやる。

——エホバ、包皮《ほうひ》の取立屋、もはやなし。博物館で見かけたよ、おれは泡生れのアフロディーテに挨拶に行ったんだ。一度として祈りを唱えてひん曲ったことのないギリシア人の口。おれたちは毎日欠かさず敬意を表すべきだ。**命の命、汝《なれ》の唇燃え立ちて。**

　不意にスティーヴンに向き直る。

——あいつ、おまえを知ってるぜ。おまえの親爺さんを知ってるんだ。ああ、怖ろしや、ギリシア人以上にギリシア人ぽいやつ。あの青白いガリラヤ人の目が彼女の縦溝《たてみぞ》に貼付いてたぜ。美臀《びでん》のヴィーナス。ああ、あの腰はこたえられねえ！　**神は隠れ潜む乙女を追いて。**

——もっと聞きたいね、と、ジョン・エグリントンがベスト氏の同意とともに決心した。S夫人に興味がわいてきた。今までは彼女のことを考えたとしても、忍耐強いグリセルダ、出不精《でぶしょう》のペネロペイアみたいに思っていたよ。

——ゴルギアスの弟子アンティステネスは、と、スティーヴンは言った。キュリオス・メネラオスの交配牝馬《こうはいひんば》、アルゴスのヘレネ、二十人の勇士がもぐり込んで寝たトロイの雌木馬《めすもくば》から美の棕櫚《しゅろ》冠《かんむり》を取り上げて、それを気の毒に、ペネロペイアに授けました。二十年間、彼はロンドンで暮し、一時はアイルランド大法官の俸給《ほうきゅう》に等しい俸給を得た。生活は豊かでした。彼の芸術は、ウォールト・ホイットマンの言う封建制度の芸術であるより、むしろ飽食の芸術です。熱々《あつあつ》の鰊《にしん》パイ、緑のマグになみなみと注がれたサック酒、蜂蜜ソース、薔薇の砂糖漬け、マーチパン、グズベリー詰め鳩肉料理、薊《あざみ》菓子。サー・ウォールター・ローリーは、捕えられたとき、特上のコルセットを含めて五十万フランを身に着けていた。高利貸女イライザ・チューダーはシバの女王と張り合えるくらいの肌着を持っていた。彼は二十年間、合婚愛とその純潔な悦楽、淫婦愛とその不潔な快楽、その二つを行ったり来たりして戯れていた。マニンガムの話はご存知でしょ、市民の女房が**リチャード三世**の舞台で見たディック・バーベジをベッドに誘うと、シェイクスピアはそれを立ち聞きして、そこは空騒ぎをせずに、牝牛をがっしり押えておいて、バーベジがやって来て門を敲《たた》いたとき、寝取られ男の寝床から応答した。**リチャード三世より先にウィリアム征服王が来ておるぞ。**それにまた尻軽女のミストレス・フィットン、乗っかっておおと叫ぶ、それに上玉《じょうだま》あれこれ、淑女ペネロピー・リッチ、清純な上流女は役者向きなんです、そしてまた一回一ペニーの川原の夜鷹《よたか》たち。クール・ラ・レーヌ通り。**もう二十スー《アンコール・ヴァン》。ちょっと悪遊びしましょうよ《ヌ・フロン・ド・プチット・コショヌリ》。あなた《ミネット》？　やりたい《テュ・ヴ》？**

——上流社交の極みです。オクスフォードのサー・ウィリアム・ダヴィナントの母親はカナリアワインを注いだ杯《さかずき》を手に、やりまくりの雄《おす》カナリアの相手をする。

バック・マリガンが、恭《うやうや》しく天を仰いで祈った。

——天にましますマーガレット・メヤリー・マクリー様！

——それにまた、妻六人のハリーの娘。ほかにも紳士詩人ローン・テニスンの歌う近隣屋敷の女友達。しかしその二十年間ずっと、ストラトフォードの哀れなペネロペイアは菱形窓の奥で何をしていたと思います？

どんどんやれやれ。為されたること。植物学者ジェラードのフェッター通りの薔薇園《レイン》を、彼は歩く、白髪まじりの鳶色《とびいろ》の髪。彼女の静脈のような青い釣鐘《つりがね》水仙。ジュノーの瞼《まぶた》、菫《すみれ》。彼は歩く。一つの人生がすべてだ。一つの肉体が。やれ。やるだけやれ。遠くで、情欲と卑しさの悪臭の中、両手が白色の上に置かれる。

バック・マリガンがジョン・エグリントンの机をコツコツと叩いた。

——相手は誰だと思っているんだい？　と、彼は挑む。

——かりに彼がソネットの中の撥《は》ね付けられた愛人だとします。一度撥ね付けられれば二度撥ね付けられます。でも宮廷の浮気女は彼を撥ね付けて、一人の貴族に走った、彼の愛しきわが愛に。

その名をあえて言わぬ愛。

——つまり、一人のイギリス人として、と、ジョン・不屈エグリントンが口をはさむ。彼は一人の貴族を愛したということだな。

古い壁に不意に蜥蜴《とかげ》たちがちろちろ動く。シャラントンで見たんだっけ。

——らしいです、と、スティーヴンは言った。その人物のために、またほかのすべての個々の犂《す》かれざる母胎のために、馬丁《ばてい》が種馬に行う神聖なる職務を果そうとするのですから。たぶん、ソクラテスと同じように、産婆《さんば》を母親に持ち、じゃじゃ馬を妻に持っていた。しかし彼女は、件《くだん》の淫奔《いんぽん》な浮気女は、閨《ねや》の契りを破らなかった。二つの行為があの亡霊の心の中に根を下ろしている。契りの破られたことと、頭の鈍い田舎者、亡き夫の弟に彼女の好意が向けられたことです。優しきアンは、ぼくの思うに、血の気が多情だった。一度言い寄れば二度言い寄るのです。

スティーヴンは、椅子に掛けたまま臆せずぐるりと見回した。

――立証責任は皆さんにあってぼくにはありませんよ、と、彼は眉を顰《ひそ》めて言った。**ハムレット**五場で彼が彼女に汚名の烙印《らくいん》を押したということを皆さんが否定するのなら、彼女が彼と結婚した日から彼を埋葬した日までの三十四年間、彼女についての言葉が一つもない理由を教えてほしいですね。ああいう女たちは皆、男たちを見送っている。メアリーは良夫《りょうふ》ジョンを、アンは可哀そうな人ウィランを、彼は自分が先に逝《い》くことに憤りながら彼女に看取られて死にました、ジョウンは四人の兄弟を、ジューディスは夫と息子全部を、スーザンも夫を、そしてスーザンの娘エリザベスは、お爺ちゃんの言葉を借りれば、最初のを殺してから二番目のと結婚した。

ああ、そうそう、彼女についての言葉があることはある。彼が首都ロンドンで豊かに暮していた当時、借金を返すために彼女は父親の羊飼から四十シリング借りなければならなかった。それなら説明してください。彼が彼女を後世に伝えたあの白鳥の歌も説明してください。

一同の沈黙と対決する。

これに対してエグリントン曰く、

つまり、遺書《ウィル》のことだろ。

しかしそれはすでに説明されておるだろう、法律家によって。
彼女には寡婦産の権利があった、
普通法の定めるごとくに。彼の法知識は大層なものであった、
今日の判事らはそう教える。
　　彼をサタンが嘲《あざけ》る、
戯《おど》け者曰く、
　　それゆえに彼は彼女の名を最初の草稿から省《はぶ》き
しかし省かずにおいた贈物は
孫娘らに、娘らに、
姉に、ストラトフォードやロンドンの
昔なじみに。それゆえに俺様の信じるところ、
彼女の名を出すようせっつかれて
彼は彼女に遺したのだ
セカンドベストなる
ベッドを。
　　休止《プンクト》。
彼女に遺した彼の
セカンドベストの
彼女に遺した彼の
ベストベッド

セカベスト
遺したベッド。

はいどう、はいどう!

——田舎育ちの可愛い連中に当時は動産なんてろくになかった、と、ジョン・エグリントンが指摘した。今日の農民劇が典型に忠実なら今でもそうだが。

——彼は金持の田舎紳士でした、と、スティーヴンは言った。紋章があり、ストラトフォードに地所があり、アイルランド・ヤードに屋敷もあった。資本家株主、法案請願者、十分の一税徴収人。彼女が残りの夜々を高鼾《たかいびき》で安らかに過すようにと望んだのなら、なぜ最高のベッドを遺してやらなかったのです?

——ベッドが二つあったのは明らかでしょ、ベストのとセカンドベストのが、と、セカンドベスト・ベスト氏が見事に言った。

——**食卓及び閨房よりの離別**《セパラティオ・ア・メンサ・エト・ア・タラモ》、と、バック・マリガンがベターな言い方をして笑みに囲まれた。

——古人は有名なベッドのことをいろいろ述べている、と、セカンド・エグリントンが口をすぼめ、笑みのベッドをこしらえる。たとえば、ええと。

——古人はあのスタゲイロス生れの腕白学童で禿《は》げ頭の異教の賢者について述べています、と、スティーヴンは言った。流謫《るたく》の身で死ぬとき、奴隷たちを解放して金を与え、祖先を称《たた》え、亡き妻の亡骸《なきがら》のそばに埋めてほしいと望み、年老いた愛人に親切にしてやって(ネル・グウィン・ヘルピュリスをお忘れなく)自分の別荘に住まわせてほしいと友人たちに言い残す。

——そんな死に方だったってわけ? と、ベスト氏がさほど関心なさげに問う。つまりさ……。

——へべれけでへなへなっとへたった、と、バック・マリガンがおっかぶせた。ビール一杯、王様気分。ああ、ダウデンが言ったことを話さなくちゃ！

——なんて？　と、ベストエグリントンが問う。

ウィリアム・シェイクスピア有限会社。大衆のウィリアム。照会先、E・ダウデン、ハイフィールド・ハウス……。

——素敵なのよ！　と、バック・マリガンが婀娜《あだ》っぽくため息をつく。あの詩人が男色の嫌疑を掛けられたことをどう思うか訊いてみたんだ。両手を上げてこう言ったね。**われわれに言えるのはただ、当時の生活が絢爛《けんらん》たるものであったということのみです。**素敵でしょ！

若契《じゃっけい》。

——美の感覚はぼくらを迷わせるからね、と、哀愁美《あいしゅうび》ベストが哀醜《あいしゅう》エグリントンに言った。

微動だにせぬジョンがとげとげしく応じる。

——医者ならそういう言葉の意味を教えてくれなくてはな。自分だけ得色顔《よがりがお》をしてもらっちゃ困る。

汝、そう言うか？　おれたち二人から、おれから、美の棕櫚冠《しゅろかんむり》をもぎ取る気か？

——それに財産の感覚も、と、スティーヴンは言った。彼は金の詰ったポケットからシャイロックをひっぱり出した。モールト仲買人で金貸《かねかし》の息子、自分もまた小麦仲買人で金貸、飢饉《ききん》暴動のときにはごっそり小麦を貯めこんでいた。金を借りたのは間違いなく諸々の偉い連中、チェトル・フォールスタッフによれば、彼の取引の仕方は公正だったと述べている連中です。彼はモールト数袋の値段のことで役者仲間を訴えたし、貸した金はびた一文まで一ポンドの肉の利子を取り立てた。そうでなければオーブリーの言う馬丁《ばてい》で楽屋の呼出係がたちまち金持になれますか？　どんな出来事でも儲けの種にしたんです。シャイロックは、女王の侍医ロペスを吊し首にして四つ裂きにした一件に始まるユダヤ人迫害とぴたり調和します。まだ生きているユダ公の心臓を剔《えぐ》り取っちまったぞという一件です。**ハムレット**と**マクベス**は、魔女焙《あぶ》り焼きの趣味があるスコットランドの似非《えせ》哲学者の即位と。無敵艦隊《アルマダ》敗北は**恋の骨折り損**で嘲笑の的になる。彼の野外劇、史劇は、マフェキング的な熱狂の潮流に便乗して風を孕《はら》んで進行する。ウォーリックシャーのイエズス会士たちが裁判に掛けられると、門番のあやふやな御託《ごたく》を用意する。**海洋冒険号**がバーミューダ諸島から帰ると、ルナンが絶賛したあの芝居が書かれて、アメリカ人のわれらが従兄弟《いとこ》、パッツィ・キャリバンが登場する。シドニーのソネット集が出ると、口当りのいいソネットを書く。妖精エリザベス、又の名を赤毛のベス、**ウィンザーの陽気な女房たち**の着想となった淫《みだ》ら未通女《おぼこ》については、独逸《アルマニー》のどこかの御大《マインヘル》が一生懸けて洗濯籠の奥に深く隠された意味を探ってくれるでしょう。

　なかなかうまいこと行ってるじゃないか。神学論理学言語学哲学ごたまぜ混合酒をこしらえる。吾放尿す《ミンゴ》、放尿せり《ミンクシ》、放尿せる《ミクトウム》、放尿すること《ミンゲレ》。

——彼がユダヤ人だったと証明してみたまえ、と、ジョン・エグリントンが期待の口ぶりで挑む。きみのとこの学部長は彼がカトリック教徒だったと主張しているがね。

抑制すべきなり《スフラミナンドウス・スム》、吾は。

——それはドイツ仕立てです、と、スティーヴンは応じた。イタリアの醜聞《しゅうぶん》にフランス風な磨きを掛ける名人というのは。

——無数の心持つ男、と、ベスト氏が喚起する。コウルリッジが無数の心持つ男と言ったでしょ。

更に《アムプリウス》。人間社会においては多数間の友情が存在することが最重要である《イン・ソキエターテ・フマナ・ホク・エスト・マクシメ・ネセッサリウム・ウト・シト・アミキティア・インテル・ムルトス》。

——聖トマスは、と、スティーヴンが言いかける。

——**我らがために祈り給え《オーラー・プロー・ノービス》**、と、修道士マリガンが呻《うめ》き声をあげ、椅子に沈んだ。

沈んだまま、よよとばかりに嘆きの歌を歌う。
——尻見せ阿呆《ボーガ・マホナ》！　動悸《アキュシュラ・マクリー》がするよ！　今日で我らはもうおしまい！　我らはほんとにもうおしまい！

一同がそれぞれの笑みを見せた。

——聖トマスは、と、スティーヴンは笑みを浮べつつ言った。あの布袋腹《ほていばら》の著作を僕は原文で読むのが好きだけど、マギー氏の言う新ウィーン派とは異なる見地から近親相姦について書いていて、独自の賢明かつ奇抜な論法で、それを感情の貪欲《どんよく》に見立てています。つまり、血縁の近い者に与えられる愛は、それに飢えているであろう異邦人に対しては強欲《ごうよく》にも拒まれる。キリスト教徒に貪欲を責められるユダヤ人は、あらゆる人種の中で近親結婚の傾向が著しい。告発は怒りの中で為されるものだ。キリスト教徒の法律はユダヤ人の蔵を築き上げたが（ユダヤ人にとって、嘸喃《ぶなん》屋信徒たち同様、嵐が避難所となった）、それは彼らの愛情を鋼《はがね》の箍《たが》で束縛した。そうした愛情が罪悪であるか美徳であるかは、最後の審判の領主裁判所で無名天神が決めてくれるだろう。しかし己の債務と称するものに対する己の権利と称するものにしがみつく男は、己の妻と称する女に対する権利と称するものにもしがみつく。隣人なるいかなるにたつき御大《おんたい》とて、己の牛も妻も僕《しもべ》も婢《しもめ》も驢馬《ろば》も欲しがるなかれです。

——それに牝驢馬も、と、バック・マリガンが答唱した。

——柔和《にゅうわ》なるウィルが手荒に扱われているな、と、柔和なるベスト氏が柔和に言った。

——どのウィルが？　と、バック・マリガンが甘ったるげに茶化《ちゃか》す。こんぐらかっちゃうわ。

——生きる意志《ウイル》は、と、ジョン・エグリントンが哲学者ぶる。哀れなアンにとっては、ウィルの未亡人にとっては、死ぬ意志《ウイル》だ。

――**鎮魂祈願《レクイエースカト》！** と、スティーヴンが祈った。

　一体全体、為さんとする意志は？
　其《そ》は消え失せて久しく……

――彼女はまさしく硬直してあのセカンドベストのベッドに横たわるのです、裏《つつ》まれし后《きさき》、たとえ当時のベッドは今の自動車と同じくらい珍しく、その彫刻が七つの教区の驚異であったと証明するにしてもです。年老いて彼女は福音伝道者たちと付き合い始め（その一人はニュープレイスの家に泊り町議会支給のサック酒一クォートを飲んだ、どのベッドで寝たかはともかくとして）、そして自分に魂があるということを聞かされる。この男の小冊子を読んだか読んでもらったかして、そのほうが**陽気な女房たち**より好きになり、夜な夜な溲瓶《ヨルダン》に跨《また》がって小用をたしながら、**信者のズボンのためのホックと留め穴**や**如何《いか》に信心深き魂にも嚔《くしゃみ》をさせる最も霊的な嗅煙草《かぎたばこ》入れ**のことを考えた。ヴィーナスが祈りを唱えて唇をひん曲げた。独知《どくち》の噬臍《ぜいせい》、良心の呵責《かしゃく》。疲弊した淫風がその神を手探りする時代です。

――歴史はそれが真実であることを示している、と、**エグリントヌス・クロノロロゴス述べり《インクウイト》**。時代は次々と継承される。しかし人間の最悪の敵はその家の者と家庭なるべしという確かな根拠もある。ラッセルの言うとおりだとぼくは思う。彼の女房だの父親だのはどうでもいいじゃないか。家庭があるのは家庭詩人だけだろうな。フォールスタッフは家庭人ではなかった。あの肥満の騎士こそ彼の最高の創造だというふうにぼくは思う。

細《ほそ》り身が反《そ》り身になった。おずおずと、親族を断ち切るがいい、じょっぱり独善め。おずおずと、神無き者らとがっついて、杯《さかずき》をくすねる。アルトニアン・アントリムの種牡馬《しゆぼば》が彼にそれを命じた。四半期支払日ごとにここへやって来る。マギーさん、男の方がお見えです。僕に？　父上だとおっしゃっています。僕のワーズワースをお通ししなさい。マギー・耄《モー》・マシュー登場。蓬頭垢面《ほうとうこうめん》の田舎《いなか》っ兵卒《ぺいそつ》、釦《ボタン》式股袋付き細身ズボン、十の森の埿《どろ》にまみれた縫上げ靴下、野林檎《のりんご》の細杖片手に。

おまえ自身のは？　おまえの親爺さんを知ってるんだ。男鰥《おとこやもめ》。

むさ苦しい死の床に駆けつけるために花のパリから戻った埠頭《ふとう》でおれはあの手にふれた。あの声が、それまでなかった暖かみが、話しかける。ボブ・ケニー先生が看てくれとる。おれの幸せを願う目。でもおれのことを分っちゃいない。

——父親は、と、スティーヴンは無力感に抗《あらが》いつつ言った。必要悪です。彼は父親の死後数ヵ月のうちにその芝居を書いたんです。もしその彼が、二人の年頃の娘をかかえて白髪のまじり始めた男が、三十五年の人生を過してきて、**われらの人生の道半ばにて**《ネル・メッツオ・デル・カンミン・ディ・ノストラ・ヴィタ》、五十年の経験を持ち合せている男が、ウィッテンベルク帰りの青くさい大学生だというのであれば、七十歳の老いた母はあの好色の王妃だと言わなくてはならない。それは違う。ジョン・シェイクスピアの屍《しかばね》は夜歩きをしない。刻一刻と朽ちて朽ちる。彼は休息するんです、父権を奪い取られ、その神秘的財産を息子に遺贈《いぞう》して。ボッカチオのカランドリーノだけが、己が子を孕《はら》んだと思った最初にして最後の男ですよ。父権は、意識的に子供を設けるという意味においては、男にとって未知のものです。それは神秘的財産、使徒継承です、作為者のみから被作為者のみへの。その秘儀の上に、そして狡猾《こうかつ》なイタリアの知性がヨーロッパの群衆に放り投げてやった聖母像の上にではなく、教会は築かれている、かつまたこの世界、つまり大宇宙と小宇宙と同じように空無の上に築かれているゆえに、動かし難く築かれている。不確実の上に、非可能性の上にです。**母の愛**《アモル・マトリス》という主格的かつ目的格的属格が、人生におけるたった一つの真理かもしれない。父性とは一つの法的擬制《ぎせい》かもしれない。そもそも息子の父とは誰です、息子が父を愛するとか父が息子を愛するとは？

　いったいなにを言いたいってんだ？

分ってる。黙ってろ。ひっこんでろ。おれにはもろもろ理由があるんだ。

更に《アムプリウス》。これまで《アドゥク》。再び《イテルム》。この後《ポステア》。

　おまえはこんなことをやれと宣告された身か？

——両者はあまりにも不変不動の肉体的恥辱によって切り離されているので、世界の犯罪史は、近親相姦やら獣姦やらの汚れまみれなのに、その離間《りかん》をほとんど記録していない。息子と母親、父と娘、同性愛の姉妹、禁忌《きんき》の愛、甥と祖母、囚人と鍵穴、女王と特等牡牛。息子は産まれないうちから美を損《そこな》う。生れるや苦痛をもたらし、愛情を分断し、悩みをふやす。息子は新しい男です。その成長は父親の衰退、その青春は父親の妬《ねた》み、その友人は父親の敵です。

　ムッシュー・ル・プランス通りでそう思いついたんだ。

——事実上、両者を結合するものは何か？　盲目的欲情の一瞬です。

　おれは父親か？　もしそうなら？

　しなびた不確かな手。

——アフリカ人サベリウス、野の生物《いきもの》の中にて最も狡猾《さが》しき異端始祖は、主なる父は御自らが自身の息子であると主張しました。ブルドッグのごときアクィン、どんな言葉で称することもできないことはない人物ですが、その男がそれを論駁《ろんばく》します。それならば、もし息子を持たない父が父でないとするなら父を持たない息子は息子なのか？　ラトランドベイコンサウサンプトンシェイクスピアであれ間違いの喜劇中の同名の詩人であれ、その男は**ハムレット**を書いたとき、己自身の息子の父ではなかっただけではない。もはや息子ではないのだから、一族全部の父、己自身の祖父の父、己のまだ生れぬ孫息子であったし、己自身をそう思っていた。もっともその孫息子は、同じ理屈で、生れることはなかった。なぜなら自然は、マギー氏が理解しているように、完成を忌《い》むのですから。

エグリントン卵爛眼《らんらんまなこ》が、愉悦《ゆえつ》を孕《はら》み、てれ輝いて見上げる。喜楽《きらく》のきら光り、陽気なピューリタン、からまり合うエグランティン薔薇から透《す》けて。

へつらうさ。まれには。でもへつらってやる。

——己自身が己の父ね、と、息子マリガンがつぶやく。待て。おれは妊《みごも》ってるぞ。おれの頭ん中にまだ生れぬ子供がいる。パラス・アテナだ！　芝居だ！　芝居こそだ！　分娩《ぶんべん》させてくれ！

盛り上がり腹おでこを助産の両手でぽんぽん叩いた。

——家族についていえば、と、スティーヴンは言った。母親の名前はアーデンの森で生きている。母の死は**コリオレーナス**のヴォラムニアとの場面を彼から引き出した。幼な息子の死は**ジョン王**の若きアーサーの臨終場面です。黒王子ハムレットはハムネット・シェイクスピアです。**テンペスト**の、**ペリクリーズ**の、**冬物語**の娘たちが誰であるかを僕らは知っている。エジプトの肉鍋クレオパトラ、クレシダ、そしてヴィーナスが誰であるかは推測がつく。ところが家族の人間がもう一人記録されている。

——談佳境《かきよう》に入る、と、ジョン・エグリントンが言った。

篤震《とくしん》の図書館長が、ゆらゆら歩き、爪先《つまさき》歩きに入ってきた。ゆらゆら、仮面が、ゆららか、急ぎ足に、ゆららか、ゆらら。

扉が閉じた。小房。昼間。

彼らは耳を立てる。三人。彼ら。

おれおまえ彼彼ら。
さあ来い、皆の衆。

スティーヴン　彼には三人の弟がいた。ギルバート、エドマンド、リチャード。ギルバートは晩年、どこかの騎士たちに言ってます、いつだったか木戸銭《きとせん》取りのやつから只券《ただけん》もらってよそんで兄貴の芝居書きウァルが出てるのをロンノンで見たさ馬乗りになった野郎と取っ組み合いする芝居に出てたべさ。芝居小屋のソーセージでギルバートは大満足。ギルバート本人の名はどこにもない。しかしエドマンドなる男とリチャードなる男は心優しきウィリアムの作品に記されています。

マギーグリンジョン　名前！　名前に中身があること？

ベスト　それ、僕の名前だよ、ねえね、リチャードってさ。リチャードのことはよく言ってくれるんだろうね、ねえね、頼むから。

（笑い）

バック・マリガン　（弱《ピアノ》、漸弱《デイミヌエンド》）

医者の卵のディック君はあまらさまに
医者の卵の友達デイヴィ君に……

スティーヴン　彼の黒有意流《ウィル》の三位一体、悪玉三羽烏、イアーゴ、僂《せぐつ》リチャード、**リア王**のエドマンドのうち、二人は邪悪な叔父たちと同じ名前です。いや、最後の芝居は弟エドマンドがサザックで死にかけていた頃に書かれた、もしくは書かれつつあった。

ベスト　エドマンドがとっちめられるんだろうね。リチャードは困るよ、ぼくの名前だから……

（笑い）

篤震《とくしん》のリスター（**もとの速さで**《アテンポ》）だがわが善き名をわれよりくすねる者は……

スティーヴン（**だんだん速く**《ストリンジエンド》）彼は己の名前、美しき名、ウィリアムを芝居の中に隠し入れた。こっちには端役《はやく》、あっちには道化、ちょうど昔のイタリアのある画家が己の顔をキャンバスの暗い片隅に描いたように。彼は有意流《ウィル》あふれる一連のソネットの中でそれを明かした。ジョン・オゴーント同様、己の名が大事だった、もみ手すり手にほしがった兜《かぶと》飾りを頂く紋章と同じくらい大事、黒地の斜め帯に槍先というか鋼鉄の白銀、令名名誉誉望《れいめいめいよよぼう》と同じくらい大事、この国最大の右往沙翁《うおうさおう》の場という光栄よりも大事だった。名前に中身があること？　子供の頃、自分の名前だと教えられたものを書きつけるときぼくらは自分にそう問う。一つの星が、明けの明星《みょうじょう》が、火を吹く龍が、彼の生れたときに現れた。日中、それは夜空の金星よりも明るく上天に単独で輝き、夜にはカシオペイア座の、彼の頭文字の署名である横臥《おうが》する星座のデルタ星をしのぐ光を放った。彼の目はそれを見つめた。真夜中にショッタリー村から、そして彼女の腕から帰る道すがら、まどろむ夏の野を歩きながら、それが大熊座の東、地平線上に低く位置するのを。

二人とも満足。おれも。

その星が消えたとき彼が九歳だったということは言わないでおけ。

そして彼女の腕から。

そのうち言い寄られて口説き落とされるさ。なんだ、めめしい。誰がおまえに言い寄る？

星占《ほしうら》。**自虐者。牛魂ステパノス。**おまえの星座はどこにある？　スティーヴン、スティーヴン、パンを半々《イーブン》に切っておくれ。S・D。**彼の女《スア・ドンナ》。そうか《ジャ》、彼の《ディ・ルイ》。ジェリンドはS・Dを愛すまいと決意《リゾルヴェ・ディ・ノン・アマール》した。**

——どういうことかな、デッダラス君？　と、篤震《とくしん》の図書館長が問う。天体現象だった？

――夜には星です、と、スティーヴンは言った。日中は雲の柱です。

これ以上話すことがあるか?

スティーヴンは已の帽子を、ステッキを、深靴を見つめた。

ステパノス、おれの冠《かんむり》。おれの剣。やつの靴がおれの足の恰好《かっこう》をいびつにしそうだ。一足買え。穴だらけのおれの靴下。ハンカチも。

――名前をうまいこと使うもんだ、と、ジョン・エグリントンが一歩譲る。きみ自身の名前もけっこう変ってるがね。それで持ち前のとっぴな気質も分る気がするよ。

おれとマギーとマリガン。

伝説の工匠。鷹のような男。おまえは飛んだ。どこへ? ニューヘイヴン゠ディエップ、三等船客。パリへ行って帰る。田鳧《たげり》。イカロス。**父よ《パーテル》、彼は叫ぶ《アイト》。**墜落し、みみず腫《ば》れになり、海水まみれになり。田鳧《たげり》だ、おまえは。田鳧《たげり》になるがいい。

ベスト氏が熱意静かにノートを掲《かか》げて言った。

――とても面白いよね、その兄弟モチーフ、ねえね、昔のアイルランド神話にもあるからさ。きみの言うそのもの。シェイクスピア三兄弟。グリムにもあるでしょ、ねえね、おとぎ話に。必ず三番目の弟なんだ、眠れる美女と結婚して優勝するのは。

ベスト兄弟のベスト。グッド、ベター、ベスト。

篤震《とくしん》の図書館長が孿《つ》り足歩きに近づく。

――どうなんだろうね、と、言った。兄弟のうち誰がときみは……つまり、きみは兄弟の一人に不始末があったと言いたいようだが……でもそれは早とちりかな?

ふっとやめて、一同を見て、控えた。

従者が扉口から呼び掛けた。

――リスターさん！　ディニーン神父が……。

――ああ、ディニーン神父！　すぐ行く。

素早くすぐッとキュッとすぐッとすぐッと、すぐッと去った。

ジョン・エグリントンが挑戦する。

――さあ、と、切り出す。リチャードとエドマンドについて言わんとするところを聞かせてもらおうか。二人を最後に取っておいたんだろ？

――その二人の高貴なる肉親、叔父貴リッチーと叔父貴エドマンドをお忘れなくとお願いするのは、と、スティーヴンは応じた。押しつけがましいように思います。兄弟は忘れられやすいですからね、傘みたいに。

田晁《たげり》。

おまえの兄弟はどこにいる？　薬剤師組合事務所。おれの砥石《といし》。弟、それからクランリー、マリガン。今はこの三人。台詞《せりふ》だ、台詞。しかし演技も。台詞を演じろ。三人でおまえを嘲《あざけ》って試してる。演じろ。演じさせられてやれ。

田晁《たげり》。

おれの声にはうんざりだ、エサウの声には。一杯飲ませりゃ王国をくれてやる。

つづけろ。

――そういう名前は彼が芝居の素材を取った年代記にすでに記されていたと言うでしょうね。ではなぜ、ほかの名前でなくそういう名前を選んだか？　リチャード、ろくでもない傴《せむし》、生れ損《そこな》いが、後家のアン（名前に中身があること？）に言い寄り、口説き、そのろくでもない浮かれた後家をものにする。征服王リチャード、三番目の弟は、征服されたる男ウィリアムのあとから現れる。この芝居の残り四幕は第一幕から片ちんばでのたのた進む。彼の国王のうち、リチャードはシェイクスピアの敬意、この世の天使に庇護《ひご》されていないただ一人の国王です。エドマンドの登場する**リア王**の脇筋はシドニーの**アルカディア**からもらってきて、歴史よりも古いケルト伝説に挿入したのはなぜか？

――それがウィルのやり方だ、と、ジョン・エグリントンが弁護した。今のわれわれなら北欧伝説《サーガ》をジョージ・メレディスの小説の一節と結合したりはしないがね。**仕方なかろう**《ク・ヴレ・ヴ》**？** ムアなら、おフランス語でそう言うだろう。シェイクスピアはボヘミアを海岸に置き、ユリシーズにアリストテレスを引用させる。

――なぜか？ スティーヴンは自ら答えを開陳《かいちん》した。なぜなら、偽りの、あるいは簒奪《さんだつ》の、あるいは間男《まおとこ》の弟、あるいはその三者一体のテーマが、シェイクスピアにとって、貧しき者はおらず、つねに彼とともにありであったからです。追放の調べ、愛情からの追放、家庭からの追放の調べが、**ヴェローナの二人の紳士**からずっと中断することなく鳴りひびく。プロスペロが魔法の杖を折り、それを深さ数尋《ひろ》の地中に埋めて魔法の書を水中に沈めるまで鳴りひびく。それは彼の人生の半ばにおいて二倍に増幅し、また別の人生において反響し、導入部《プロタシス》、展開部《エピタシス》、山場《カタスタシス》、大団円《カタストロフィ》というふうに反復する。彼が墓に近づいた頃、結婚した娘スーザン、親そっくりなその子が姦通の罪を着せられたときにもまたまた鳴りひびく。しかし彼の理解を暗ませ、彼の意志を弱め、悪への強い傾向を内面に残したのは、原罪だった。この言葉はメイヌースの司教様方のものです。一つの原罪、そして然るべき原罪らしく、彼も犯してしまった罪の共犯者によって為出《しで》かされたもの。それは最後に書かれた彼の言葉の行間にある。それは彼女の四骨《しこつ》がその下に置かれることのなかった彼の墓石

ほかの全ての芝居の中に。
までは二度、**テンペスト**、**ハムレット**、**尺には尺を**では一度ずつ、そしてぼくのまだ読んでいない
それは彼が創造した世界の至るところに無限の多様性となって存在する。**空騒ぎ**で、**お気に召すま**
の碑《いしぶみ》となっている。歳月もこれを腐朽《ふきゆう》することはなかった。美と安らぎもそれを始末してはいない。

彼は心の束縛から心を解き放つために声を立てて笑った。

裁定人エグリントンが要約する。

——真理は中庸にあり、と、断じた。彼は亡霊であり王子だ。彼は全てにおける全てだ。

——そのとおり、と、スティーヴンは言った。第一幕の少年は第五幕の成人です。全てにおける全て。**シンベリン**では、**オセロ**では、取持ちにして寝取られ亭主。彼は演じ、かつ演じさせられる。理想を、さもなければ倒錯を愛する者であって、ホセのように現実のカルメンを殺す。彼の弛《たゆ》まぬ知性は、彼の内にあるムーア人が苛《さいな》まれることを不断に願う逆上情欲のイアーゴです。

——くっくー！　くっくー！　烏亀浮《うき》き声マリガンが淫《みだ》らに啼《な》いてみせる。おお、恐ろしの言葉！

暗い丸天井が受けとめ、共鳴した。

——それにしてもイアーゴはなんたる人物！　と、臆せぬジョン・エグリントンが言い放つ。全くもって、**息子**《フィス》デュマは（いや**父**《ペール》デュマは？）正しい。神に次いでシェイクスピアは最も多くを創造したのだ。

——男は彼を楽しませず女もまた然り、と、スティーヴンは言った。彼は長い不在の後、己の生れたその地へ、成人として少年として沈黙の証人だったところへ戻ってくる。そしてそこで人生の旅が終り、その地にマルベリー樹を植える。そうして死ぬ。活動は終った。墓掘りたちが**父**《ペール》ハムレットと**息子**《フィス》ハムレットを埋葬します。国王と王子はついに死んで一体となる、付随音楽を伴って。

そして、たとえ殺害され裏切られたにせよ、か弱き優しき心の皆々に泣き悲しまれる。というのも、デンマーク人であれダブリナーであれ、死者への哀悼《あいとう》は皆々が決して離別しないただ一人の夫ですからね。もし納め口上がお望みなら、とっくりご覧あれ。裕福《プロスペラス》プロスペロは報《むく》いられたる善人、リッジーはおじいちゃんの接吻愛子《せっぷんまなご》、そして叔父貴リッチーは、勧善懲悪詩的正義によって悪い黒ん坊の行くところへ連れ行かれる悪い男。感動の終幕。彼は現実態としての外界に、可能態としての己の内なる世界を見出した。メーテルリンクは言っています。**ソクラテスが今日、家を出るなら、戸口に賢者が腰をおろしているのに出会う。ユダが今夜、外へ出るなら、その足はユダのもとへと向う、**と。あらゆる人生は数多《あまた》の日々です、明けては暮れる日々です。ぼくらは己自身の中を通って歩いて行き、追剝ぎ、亡霊、巨人、老人、若者、人妻、後家、色事仲間に出会う。しかしつねに己自身に出会う。この世のフォリオ判《ばん》を書いた、しかも下手なのを書いた芝居作家は（主は最初に光を、二日後に太陽を与えてくれた）、つまり今あるがままの万事を統《す》べる神は、カトリックの中でも最もローマ人的な者たちの言う**ディオ・ボイア**、絞首刑執行神は、間違いなく全くもってわれわれ全ての内に在り、馬丁《ばてい》にして屠殺人、取持ちにして寝取られ亭主にもなるでしょう。ただし天の摂理事情《エコノミー》によって、ハムレットの予言したように、もはや結婚がなくなり、栄光の男、両性具有の天使が、己自身の妻となるなら話は別ですが。

——**われ発見せり《ユリーカ》！**　と、バック・マリガンが叫んだ。**われ発見せり《ユリーカ》！**

いきなり上機嫌になるや、一またぎにジョン・エグリントンの机へ行った。

——ここ、いいかな？　と、言った。主はマラキに告げ給いたり。

紙切れに走書きを始める。

帰りがけにカウンターから数枚失敬しよう。

――結婚している者は、と、甘美なる声《ドウース》の伝令ベスト氏が言った。一人を除き皆、生かしてやろう。ほかの者は今のままにしておく。

無妻なる身が独身文学士エグリントン・ヨハネスをげらげら嘲笑《あざわら》った。

非婚、女気無《おんなけむ》、妖惑用心《ようわく》、この輩《やから》は夜ごとに**じゃじゃ馬馴らし**の異文版を一つ一つ指按《しあん》する。

――きみのは妄想だな、と、ジョン・エグリントンがスティーヴンに露骨に言った。さんざん御託《ごたく》を並べてフランス式三角関係へ案内してくれたわけだ。きみは自分の説を信じているのかい？

――いえ、と、スティーヴンは即座に言った。

――それ、書くつもり？ と、ベスト氏が問う。対話に仕立ててくれなくちゃ、ねえね、ワイルドが書いたプラトン式の対話みたいなのに。

ジョン・折衷《セッチユー》トンが二重に笑む。

――ふん、そういうことなら、と、言った。自分が信じていないのに原稿料を期待するってのは分らんな。ダウデンは**ハムレット**には謎があると信じているが、しかしそれ以上は言わない。ヘール・ブライプトロイ、パイパーがベルリンで会った男だが、あの男はラトランド説をまとめていて、謎はストラトフォード祈念碑に隠されていると信じている。まもなく現公爵を訪ねるはずだと、パイパーが言っている。先祖が全作品を書いたと証明してみせるのだそうだ。公爵閣下もびっくり仰天だろう。しかしあいつは自分の説を信じている。

我信ず、おお主よ、わが不信を助け給え。つまり、信じるのを助けてくれ、それとも不信を助けてくれ？ 信じるのを誰が助けてくれる？ **別我**《エゴメン》。誰が不信を？ 別なやつ。

――**ダーナ**の寄稿者で銀貨数枚くれと言うのはきみだけだ。それなら次号は分らないね。フレッド・ライアンが経済事情《エコノミー》について一本書くスペースをくれと言ってるし。

フレドリーヌ。銀貨を二枚貸してもらった。これでなんとかしろよ。経済摂理《エコノミー》。

――ギニーもらえるんなら、と、スティーヴンは言った。このインタビューを載せていいですよ。

バック・マリガンが、げらげら笑いの走り書きからげらげら笑いつつ立ち上がった。それから重々しく、蜂蜜声の悪意をこめて言った。

――吾輩がアッパー・メクレンバーグ通りの夏住居に詩人キンチを訪れると、詩人は二人の淋病病みレディー、すなわちぴちぴちネリーと石炭舟場の娼婦ロザリーとともに**反異教徒大全**《スンマ・コントラ・ジエンティーレ》の研究にどっぷり漬かっている最中であった。

ふっと言葉を切る。

――来いよ、キンチ。来いよ、鳥たち率いる流離《さすら》いのエインガス。

来いよ、キンチ。残り物はもう平らげたろよ。そうとも、おまえの残りかすと残りくずを出してやる。

スティーヴンは立ち上った。

人生は数多《あまた》の日々。今日も終る。

――今夜会おう、と、ジョン・エグリントンが言った。**われわれの友**《ノートル・アミ》ムアがぜひともマラキ・マリガンに来てもらいたいと言ってる。

バック・マリガンは紙切れとパナマ帽をひらひらさせた。

――ムッシュー・ムアがね、と、言った。フランスの今度産《コンドウ》ム文芸をアイルランドの若者に講釈ってわけ。行きますぞ。来いよ、キンチ、詩人は飲まなくちゃな。まっすぐ歩けるか？

高笑いをしながら、こいつは……

十一時までがぶ飲み。アイルランド千夜一夜物語。

戯《たわ》け者……。

スティーヴンは戯《たわ》け者について行く……。

ある日、国立図書館でおれたちは議論をした。シェイクス。そのあとで。この戯《たわ》け背に、おれはついて行った。こいつの踵《かかと》の皹《ひび》を爪先で。

スティーヴンは、会釈《えしやく》をし、それから気鬱《きふさ》ぎになり、戯《たわ》け道化師のあとに、整髪したてのきちんと櫛を入れた頭のあとに付き随《したが》いながら丸天井の独房を出て、思考無き眩《めくら》むばかりの昼光の中へ入った。

おれは何を学んだ？　彼らについて？　おれについて？

さあヘインズみたいに歩け。

志操堅固な閲覧室。閲覧者名簿にキャッシェル・ボイル・オコナー・フィッツモーリス・ティズダル・ファレルが長々しい名を略文字書き。一、ハムレットは狂っていたか？　篤震《とくしん》の図書館長のおつむが信心深《ふか》ぶかと出居人《でいにん》神父と書物談義。

――ええ、どうぞどうぞ……それはもう喜んで。

嬉しげなバック・マリガンが憂《うれ》いげに楽しげなつぶやきを独《ひと》りごちて独《ひと》り合点《がてん》にうなずく。

――もう喜びの尻《けつ》。

廻り木戸。

あれは……？　青リボンの帽子……？　なんか書いてる……？　おや？……見た……？

曲線描くバラスター手摺《てすり》。スライド滑らかなミンキウス川。

パナマ帽兜《かぶと》のパック・マリガンが一歩一歩、弱強格を踏み踏み、朗々と歌う。

ジョン・エグリントン、いとしのあなた、ジョンさんよ、
　どうして女房もらわない？

あたり憚《はばか》らずにしゃべりちらす。

——ちぇっ、顎無し支那人《チンレス》め！　珍虫卵淋頓《チンチヨンエッグリントン》。連中の玩具館へ行ってみたよ、ヘインズとおれはさ、鉛管工会館に。あの役者どもがギリシア人やムッシュー・メーテルリンクみたいにヨーロッパのための新しい芸術を創造しようってんだからな。修道院《アビー》劇場だとよ！　修道僧の股ぐら汗の臭《にお》いぷんぷんだ。

ペッと唾を吐く。

言い忘れた。卑劣なルーシーに喰らわせられた鞭打ちを当の本人が忘れたのと同じように。それに三十女《ファム・ド・トラン・タン》を置き去りにしたこと。なぜほかに子供が生れなかったかということも。なぜ最初の子が女の子だったのかということも。

後知恵《あとちえ》。引返すか。

気難し顔の隠遁者がまだあそこにいる（あれはあれで得色顔《よがりがお》）、それと甘美《ドゥース》なる声の若人、愉悦《ゆえつ》のお気に入り、パイドンの玩《もてあそ》ぶべき金髪の具現。

あの……ぼくちょっと……思って……忘れてたんだ……あの……。

——ロングワースとマカーディ・アトキンソンが来てた……。

パック・マリガンが脚韻《きやくいん》巧みに踏み踏み、顫音《トリル》で歌う。

　叫びの飛び交うあの界隈《かいわい》

兵隊《トミー》さんのしゃべりは卑猥
おいらの思いもついつい不遜
F・マッカーディ・アトキンソン
ゴッツンゴッツンあの義足
も一人キルトのあいつは姑息《こそく》
断じて決して渇きをいやさん
顎《あご》無し口のマギーさん
独身主義をひきずりひきずり
ひたすら勤しむせんずりせんずり

ふざけるがいい。汝自身を知れ。

足をとめ、おれの下方、ふざけ屋がおれを見る。おれは足をとめる。

——喪中の黙然《もくねん》さんよ、と、バック・マリガンが悶叫《もんきょう》した。シングは自然と同じようになるために黒を着るのをやめたんだぜ。烏と神父とイギリス石炭だけよ、黒いのは。

笑いがその唇に跳ねる。

——ロングワースがやけにむくれてたぜ、と、言った。おまえがグレゴリー姐御《あねご》について書いたことをさ。ああ、おまえってのは審問官気取りの飲んだくれ耶蘇会士《やそかいし》だよ！　あの姐御から新聞の仕事をもらったくせに、あの女のよだれみたいなものをこっぴどくやっつけるからだ。少しはイェーツの物言いを真似ちゃどうだい？

どんどん下りて行き、渋い顔をしながら、優雅に両腕をふりふり美辞を唱えた。

——わが時代わが国に生れた最も美しい作。ホメロスを思わせる。

階段下で立ち止った。

——道化役者のための芝居を思いついたんだ、と、厳《いか》めしげに言った。

円柱の並ぶムーア建築ふうのホール、影が絡《から》み合う。索引の帽子をかぶった九人のムーア踊りは終った。

調子よく声色を変えながらバック・マリガンはメモ紙を読み上げる。

人は皆、己の女房
あるいは
手の中の蜜月旅行
(絶頂三幕不死《ふし》だら国民劇)
作
マラキック・マリガン

脂下《やにさが》った道化の薄笑いをスティーヴンに向けて言う。

——粉飾《ふんしょく》はすぐにばれそうだがね。まあ聞いてくれ。

各音強調《マルカート》で読み上げる。

——登場人物。

トビー・センズリー(零落したポーランド人)

ケジラミー（田吾作）

医学生ディック

および　　　　　　　（一石二鳥）

医学生デイヴィ

グロウガン婆さん（水運び女）

ぴちぴちネリー

および

ロザリー（石炭舟場の娼婦）

げらげら笑いながら、頭をゆらせゆらせ、スティーヴンを従えて先を行く。そしてさも楽しげに、影に、男たちの魂に、話しかけた。

——ああ、カムデン・ホールのあの晩、エリンの娘らがスカートまくっておまえをまたいで行ったっけな、おまえは寝ころがったまま、マルベリー色《カラー》の、マルチ色《カラー》の、まるきり抑えのきかないげろまみれでよ！

——エリンの最も無垢《むく》な男さ、と、スティーヴンは言った。あの娘らがスカートをまくってみせた男の中では。

出口を抜けようとしたとき、背後に人の気配を感じて、脇へ寄った。

決別。今がそのときだ。それからどこへ？　もしソクラテスが今日にも家を出るなら、もしユダが今日にも外へ出るなら。なぜ？　おれが時間内で至ることになるものは空間内に在る、不可避的に。

おれの意志《ウィル》。おれに立ち向う彼の意志《ウィル》。海が間に。

一人の男が二人の間を通り抜けて行き、頭を下げて、会釈《えしゃく》する。

——あ、さきほどは、と、バック・マリガンが言った。

柱廊《ポルチコ》玄関。

ここで鳥たちを眺めて占ったっけ。鳥たち率いるエインガス。あっちへ飛び、こっちへ飛び。ゆうべおれは飛んだ。らくらく飛んだ。皆あっけにとられて。そのあとは娼婦の通り。クリームフルーツメロンをあの男がおれに差し出した。入りなよ。いいのがいるぜ。

——流離《さすら》いのユダヤ人、と、バック・マリガンは道化のおののき顔で言った。あいつの目つきを見たか？　おまえの尻《けつ》にむらむらって目で見てたぜ。われは汝を怖れる、老水夫よ。おお、切《き》っ刃《ぱ》のキンチ、汝の身が危うい。尻当てをしておくがよいぞ。

牛津《ぎゅうしんにゃくどう》若道。

まぶしい。手押車の太陽が橋のアーチにさしかかる。

黒い背中が前を行き、豹《ひょう》の足取りで、すたすたと門を出て、墜《おと》し格子《ごうし》の逆棘《さかとげ》をくぐる。

二人はあとにつづいた。

もっと侮辱してくれ。しゃべりまくれ。

温和な大気がキルデア通りの家並の外郭《がいかく》をくっきり浮き出す。鳥はいない。か弱げに家並の屋根から二筋の羽毛のような煙が立ち昇り、ふんわりただよい、柔らかな風にのって柔らかに吹かれて行った。

争うのはやめだ。シンベリンのドルイド僧、秘儀の司祭の平和、広がる大地から一つの祭壇が。

われら神々を讃美し
曲りくねる煙を神々の鼻衝《つ》くまで立ち昇らせん
われらの聖なる祭壇から。

第十章《エピソード》

さまよえる岩

Wandering Rocks

時刻　午後二時五十五分～四時
場所　市内各所
人物　ブルーム、スティーヴン、コンミー神父、ボイラン　他多数

修道院長イエズス会士ジョン・コンミー師は、てかてかの懐中時計を内ポケットに戻しながら、司祭館の階段を下りた。三時五分前。アーテインまで歩いて行くにはちょうどいい。ええと、あの子の名前は何といった？ ディグナム。そう。**真にふさわしく義しきかな《ウェレ・ディグヌム・エト・ユストゥム・エスト》**。まずはスウォン修道会士に会って。カニンガム氏の手紙。そう。できれば貸しを作っておこう。けっこう気働きのあるカトリック。寄付の時期に動いてくれる。

一本足の水兵が、松葉杖をかったるげにぎくしゃく引きずりながら前進し、なにやら節回《ふしまわ》しをうなった。慈善童貞会修道院の前でぐいと止り、庇《ひさし》付きの物乞帽をイエズス会士ジョン・コンミー師のほうへ差出す。コンミー神父は陽光の中、祝福を与えた。財布の中身がクラウン貨一枚だったから。

コンミー神父は通りを渡ってマウントジョイ広場へ出た。少しの間だったけれど、兵士や水兵のことを思い浮べた。大砲の弾に脚を吹き飛ばされて貧民病棟で生涯を閉じた兵士や水兵、かつまたウルジーの言葉。**王に仕えたように神に仕えていたなら、神は老いたるわが身を見捨て給わなかったろうに。**陽光瞬《まばた》く木の葉の陰を歩いて行く。すると向うから来るのは、デイヴィッド・シーヒー下院議員の奥方だ。

——とても元気ですの、神父様。神父様は？

コンミー神父もまったくもっておおいに元気。バクストンへ鉱泉保養にでも行こうかと。で、息子さんたちはベルヴェディア校で元気に？　それはそれは。コンミー神父はそれを聞いておおいに嬉しい。で、シーヒー氏は？　まだロンドンに。なるほど、まだ会期中。よい天気ですな、まったくもって気持いい。ええ、まず間違いないでしょう、バーナード・ヴォーン神父はまた説教に来てくださる。そうです、大成功。ほんとうに素晴しいお人で。

コンミー神父はデイヴィッド・シーヒー下院議員夫人がたいそう元気な様子なのでおおいに嬉しい。で、デイヴィッド・シーヒー下院議員によろしくお伝えを。ええ、おじゃましますとも。

——さようなら、シーヒーさん。

コンミー神父はシルクハットを取り、別れ際、陽光に黒光りするマンティラの漆黒珠《しっこくだま》に向ってにこりとした。そしてもう一度にこりとしてから歩き出す。檳榔子《びんろうじ》練歯磨《ねりはみがき》で歯をぴかぴかにしてきたから。

コンミー神父は歩いた。歩きながら、にこりとした。バーナード・ヴォーン神父のおどけ眼《まなこ》とコックニー訛《なまり》の声を思い出したから。

——ピラト！　なんであの騒動《そうどう》しい群衆を放《ほう》っ払《ぱら》わなかった？

でも熱心な人だ。とにかく熱心。あの人なりにずいぶん尽してくれる。確かに。アイルランドを愛していると言っていた、アイルランド人を愛していると。家柄もいいのではなかろうか。ウェイルズ系だったかな。

そうそう、忘れないうちに。管区長への手紙を。

コンミー神父はマウントジョイ広場の角で三人の小さな小学生を呼び止めた。うん、ベルヴェディアだよ。ちっちゃい組。やはりそうかね。で、学校ではいい子にしているかな？　ほう。それはとてもえらい。で、名前は？　ジャック・ソーン。で、きみは？　ジェラ・ギャラハー。で、そっちの坊やは？　ブラニー・ライナムです。ほう、なかなかいい名前じゃないか。

コンミー神父は胸元から一通の手紙をブラニー・ライナム君に手渡して、フィッツギボン通りの角の赤い郵便ポストを指さす。

——でも、いいね、いっしょにポストの中へ落っこちないように、と言った。

少年たちがコンミー神父を六《む》つ目《めみ》見て、けたけた笑った。

——そんなあ。

——ようし、ちゃんと手紙を入れられるかどうか見ていよう、と、コンミー神父。

ブラニー・ライナム君は走って通りを渡り、コンミー神父の管区長宛の手紙をまばゆい赤の郵便ポストの口へ差入れた。コンミー神父はにこりとしてうなずいてにこりとしてマウントジョイ広場を東へ歩く。

ダンス教習会教授デニス・J・マギニ氏は、シルクハット、シルクの縫取り入りの石版色《スレート》フロックコート、白のアスコットタイ、細身の藤色ズボン、カナリア色の手袋、爪先《つまさき》のとがったエナメル革ブーツ、歩容《ほよう》ご大層に歩いていたが、いとも恭《うやうや》しく縁石《えんせき》の側へ寄るとディグナム路地の角でレディー・マクスウェルとすれ違った。

あれはマッギネス夫人では？

マッギネス夫人が、ふんぞり返って、銀髪際《きわ》やかに、コンミー神父へ会釈《えしやく》して反対側の歩道をしずしずと行く。コンミー神父はにこりとして挨拶を返す。ご機嫌いかがです？

ご立派な容止《ようし》。スコットランド女王メアリー様か何かみたいな。ところが質屋さんとは。いやはや。あんなふうな……何というか……あんなふうな女王様のごときお振舞い。

コンミー神父はグレイト・チャールズ通りを行き、扉を閉ざした自由教会を左手にちらり見やった。文学士T・R・グリーン師講話予定（神意《しんい》に適《かな》いたれば）。聖職禄《せいしょくろく》所有者と呼ばれている。二言三言しゃべるのが聖職碌碌《ろくろく》たる思いになるというわけ。しかし寛仁大度《かんじんたいど》にならねば。克服不能の無知。人はそれぞれ己の光に従って行動する。

コンミー神父は角を曲り、北環状道路を行く。こういう主要道路に電車が走っていないというのは驚きだ。絶対、走らせるべき。

肩掛け鞄の小学生の一団がリッチモンド通りから前を横切った。皆、薄汚れた帽子を取って挨拶した。コンミー神父は一度ならず温和に挨拶を返す。クリスチャン・ブラザーズの男の子たち。

コンミー神父は右手に香《こう》の薫《かお》りを感じながら歩く。聖ヨセフ教会、ポートランド通り。老齢有徳《ろうれいゆうとく》婦人施設。コンミー神父は聖餐式《せいさんしき》に向って帽子を取った。有徳。しかしひどくご機嫌斜めになることもあるから。

オールドバラ邸に近いところでコンミー神父はかの散財家の貴族のことを思った。今は事務所か何かになっている。

コンミー神父が北ストランド道路を歩き出すと、店の戸口にいたウィリアム・ギャラハー氏が挨拶した。コンミー神父はウィリアム・ギャラハー氏に挨拶を返し、脇腹ベーコンと大樽バターの匂いをかぐ。グローガン煙草店の前を通ると、立て掛けてある告示板にニューヨークの大惨事のことが出ていた。アメリカではこういう事件がひっきりなしに起る。不運な人々がこんなふうに不慮の死を。でも、完全なる痛悔《つうかい》の行いというものも。

コンミー神父がダニエル・バーギンの酒場の前を通ると、そこの窓に寄り掛って二人の職無しの男が所在なげにしている。二人は神父に挨拶をし、挨拶を返された。

コンミー神父がH・J・オニール葬儀店の前を通ると、コーニー・ケラハーが干草《ほしくさ》の葉っぱを噛み噛み、帳簿を〆《しめ》た。巡回中の巡査がコンミー神父に挨拶し、コンミー神父が巡査に挨拶を返した。ユークステッター豚肉店の店先で、コンミー神父は豚の腸詰《プディング》の白いの、黒いの、赤いのが丸まった筒になってきちんと並ぶのをしげしげ見つめた。

チャールズヴィル遊歩道の木々の下に、舫《もや》ってある一隻《せき》の泥炭艀《でいたんバージ》をコンミー神父は目にとめた。首を垂れた馬車馬を一頭載せ、泥だらけの麦藁帽の船頭が艀《はしけ》中央に腰を据え、煙草をふかしながら頭上のポプラの大枝を睨《ね》め付ける。牧歌的な風情、コンミー神父は創造主の摂理《せつり》に思いを馳《は》せた。主が沼地に泥炭を造り給うたおかげで人はそれを掘り出して町や村へ運び貧しき人々の家で煖炉火となる。

ニューカメン橋で、アッパー・ガーディナー通り聖フランシスコ・ザビエル教会イエズス会士ジョン・コンミー師は、市外行き電車へと歩を進めた。

市内行き電車から降りて、北ウィリアム通り聖アガタ教会主席助任司祭ニコラス・ダドリー師がニューカメン橋へ歩を進めた。

ニューカメン橋から、コンミー神父は市外行き電車に乗り込んだ。徒歩で泥ヶ島《マッド・アイランド》のすすけた道を行くのは嫌《いや》だったから。

コンミー神父は電車の片隅の席に座り、ふくらかな子山羊革手袋のホック穴に青い切符をそうっと押し込んで、シリング貨四枚、六ペンス貨一枚、ペニー貨五枚をもう片方のふくらかな革掌《かわたなごころ》から財布の中へ落す。蔦《つた》教会を過ぎながら、そういえばうっかり切符を捨てたときにかぎって車掌が検札に来ると思った。車内の乗客の謹厳ぶりがコンミー神父には、こんな短い安い道中にしては大《おお》袈裟《げさ》すぎるように思われた。コンミー神父は朗らかなお行儀が好きなのだ。

穏やかな日だった。コンミー神父の向いの眼鏡の紳士が釈明を終えて下を向く。奥さんだな、とコンミー神父は思った。ふっと欠伸《あくび》が眼鏡の紳士の奥方の口を開いた。奥方は小さな手袋の拳を上げて、実におしとやかに欠伸をし、小さな手袋の拳で開いた口をとんとんと叩き、ふっと優しく笑む。

コンミー神父は奥方の香水が車内にただようのに気づいた。奥方と反対側のふなふなした男が席からずり落ちそうになっているのにも気づいた。

コンミー神父は聖体顕示台で、首のぐらつくふなふなした老人の口にホスチアを授けるのに苦労したことがある。

アンズリー橋で電車が停った。そして発車しようとすると、一人の老女が急に席を立って降りようとする。車掌がベル紐を引いて発車を制した。老女はバスケットと買物網袋を提げて去る。コンミー神父は車掌が老女と網袋とバスケットに手を貸すのを見た。そしてコンミー神父は思った。一ペニー区間を乗り越しそうになったところなのだから、この人もまた善良な魂の持主、**祝福を、わが子よ**とか、もはや赦免されたりとか、**わがために祈らんことを**とか、いつも二度唱えてやらねばならない善良な魂の持主なのだ。しかしこういう人たちこそ人生の苦労が多い、心配事が多い、可哀そうなことに。

広告掲示板からユージーン・ストラットン氏がコンミー神父に向って分厚い黒ん坊唇をひん曲げた。

コンミー神父は黒や褐色や黄色の人間の魂のこと、イエズス会の聖ペテロ・クラベルとアフリカ伝道についての自分の説教のこと、信仰の伝播《でんぱ》のこと、水の洗礼を受けていない幾百万もの黒や褐色や黄色の魂に盗人の夜来《きた》るがごとく最期の時が来《きた》るときのことを思った。ベルギー人のイエズス会士が著したあの書、**選ばれし者たちの数《ル・ノンブル・デ・ゼリュ》**が、コンミー神父にはもっともな抗弁に思われる。信仰が（神意に適いたれば）もたらされなかった者たちは、神が御身に似せて造り給いし幾百万の人間の魂だ。しかしそれも神の魂であり、神の造り給いしものである。コンミー神父にとって、それがすべて失われる、いうなれば廃物となるのは残念でならない。

ホウス街道停留所でコンミー神父は電車を降り、車掌に挨拶され、挨拶を返す。

マラハイド道路は静かだった。コンミー神父はこの道も名前も気に入っている。祝鐘《しゅくしょう》の音《ね》、華《はな》やぐマラハイドに鳴り。トールボット・ド・マラハイド卿、マラハイド及び近海直系世襲海事大臣。そこへ召集令が下り、女は一日のうちに処女、妻、孀《やもめ》となった。旧時代の日々、楽しき領地の忠誠厚き時代、男爵領の昔むかし。

コンミー神父は歩きながら、自分の書いた小冊子**男爵領その昔**やイエズス会の建物について書けそうな本のこと、モールズワース卿の娘、初代ベルヴェディア伯爵夫人メアリー・ロッチフォートのことを思った。

物憂《ものう》げな、もはや若くない貴婦人が、エネル湖の畔《ほとり》を一人歩く。メアリー、初代ベルヴェディア伯爵夫人、物憂げに夕暮の中を歩き、川獺《かわうそ》の飛込む音にハッとするでもない。誰も真実を知らない。嫉妬深いベルヴェディア卿も知らず、聴罪《ちょうざい》司祭も知らない。夫の弟と十全に姦通を犯さなかったのかどうか、**女の自然なる管の中への射精《エイアクラティオ・セミニス・インテル・ウアス・ナトウラレ・ムリエリス》**がなかったのかどうか。すっかり罪を犯さなかったのなら、女がよくするように半分は告解《こっかい》するだろう。神のみが知る、そして夫人とその男、つまり夫の弟。

コンミー神父は、あの暴虐的な色欲、しかし地上の人類にとっては必要な色欲について、かつまた人の道ではない神の道について考えた。

ドン・ジョン・コンミーは過ぎし時代を歩き回った。彼はそこで思いやりあふれ尊敬される人物だった。告解された秘密を心にしまい込み、彼は蜜蠟《みつろう》の照《て》り映《は》え、ふくよかな果物の房ふさと並ぶ客間で、にこやかに笑む高貴の面々に微笑みかけた。そして花嫁の手と花婿の手が、華族から華族へ、ドン・ジョン・コンミーによって掌把《しょうは》された。

うっとりするような日だ。

とある畑の屋根付き門がコンミー神父に幾重にも広がるキャベツを見せ、ありあまる下葉《したば》を広げて挨拶する。空は小さな白い雲の群れがゆっくりと風に吹かれて行くのを見せる。**羊群れる《ムトネ》**、と、フランス人は言う。ぴったりの素朴な言葉。

コンミー神父は、聖務日課を唱えながら、羊群れる雲の群れがラスコフィの上空を行くのを見つめた。薄靴下の足首をクロンゴウズ原の切株がチクチクくすぐった。彼はあそこを歩きながら夕暮の祈りを唱え、少年たちが組ごとにはしゃぎ回る叫び声を聞いた。静かな夕暮にひびく年若い叫び。彼はあの子たちの校長だった。彼の統率は穏やかだった。

コンミー神父は手袋をひっぱって脱ぎ、赤い縁取りの聖務日課書を取り出した。象牙の栞《しおり》が頁を示す。

九時課。昼食前に読んでおくべきだったのに。ところがマクスウェルの奥方がやって来て。

コンミー神父は**主禱文《しゅとうぶん》**と**天使祝詞**を唱えて、胸に十字を切った。**神よ我を助けに《デウス・イン・アデイウトリウム》**。

彼はしずしずと歩き、無言で九時課を唱え、歩きながら唱えながら**幸ひなりなほき者《ベアティ・イムマキュラティ》のレシ**まで来た。——**なんぢのみことばの總計はまことなり《プリンキピウム・ウエルボルム・トウオルム・ウエリタス》、なんぢのたゞしき審判はとこしへにいたるまで《イン・エテルヌム・オムニア・イウディキア・》皆たゆることなし《ユスティティアエ・トウアエ》**。

顔赤らめた若い男が垣根の隙間から現れ、その後ろから若い女がゆらゆらお辞儀する雛菊《ひなぎく》の束を手に現れた。若い男がとっさに帽子を取って挨拶した。若い女がとっさに腰を屈《かが》め、ひらひらのスカートに小枝が一本からみついているのをそろりそろりと引き剝がした。

コンミー神父は二人を厳かに祝福してから、聖務日課書の薄い頁をめくった。**シン**。——**もろもろ《プリンキペス・》のきみはゆゑなくして我をせむ、《ペルセクティ・スント・メ・グラティス》されどわが心はたゞ汝のみことばを畏る。《エト・ア・ウエルビス・トゥイス・フォルミダウイト・コル・メウム》**

コーニー・ケラハーは縦長の帳簿を閉じると、かぶさり瞼《まぶた》の目で一隅に歩哨《ほしよう》みたいに立つ松材の柩蓋《ひつぎぶた》をちらりと見やった。やおら腰を伸ばして、そこへ行き、その心棒でくるりと回転させ、出来と真鍮《しんちゆう》金具の取付け工合を検分した。干草《ほしくさ》の葉っぱを噛み噛み、彼は柩蓋をもとへ戻し、戸口へ出た。そこで目が陰になるように帽子鍔《つば》を傾けて扉枠に寄り掛り、ぼんやりと外を眺めた。

ジョン・コンミー神父はニューカメン橋でドリーマウント行きの電車に乗り込んだ。

コーニー・ケラハーは深靴の大足を組むと、帽子を下へ傾《かし》げたまま、干草の葉っぱを噛み噛み目をこらす。

巡回中の巡査57Cが立ち話でもしようと声を掛けた。

——いい天気だね、ケラハーさん。

——ああ、と、コーニー・ケラハー。

——けっこう蒸《む》す、と、巡査は言った。

コーニー・ケラハーが無言の干草汁を口から弓形に吐き出すと、おおらかな白い腕がエックルズ通りの窓から硬貨を一枚放り投げた。

――なんか変ったことあるかい？　と、彼は言った。

――ゆうべ例のあいつを見たんだけどさ、と、巡査は息をひそめて言った。

一本足の水兵が松葉杖をつきながらマッコンル薬局の角を曲り、ラバイオッティのアイスクリーム車を回り込んで、ぎっくりぎっくりエックルズ通りを行く。シャツ一枚で戸口に立つラーリー・オロークのほうへ、彼は無愛想《ぶあいそう》に唸《うな》った。

――**イングランドのためなれば**……。

彼は荒々しく体を前へ泳がせてケイティとブーディ・デッダラスを追い越し、止まって、そして唸《うな》った。

――**家も美女**も。

J・J・オモロイの青白いやつれ顔がランバート氏は客といっしょに倉庫にいると告げられた。どっしりした婦人が立ち止まり、財布から銅貨を一枚取り出すと、ぐいっと差し出された帽子の中へ落した。水夫はもごっと礼を言い、どれも無反応な窓を苦々しげに見やり、頭を垂れて、体を前へ泳がせて四歩進んだ。

立ち止まり、怒ったように唸《うな》る。

――**イングランドのためなれば**……。

裸足《はだし》の腕白小僧《わんぱくこぞう》が二人、細長い甘草紐《かんぞうひも》をしゃぶりながらそのそばへ来て立ち止まり、ぶらぶらする切株足に黄色涎《きいろよだれ》の口をあんぐりさせた。

水兵はぎっくりぎっくり猛然と体を前へ泳がせて、止まり、頭を一つの窓に向けて持ち上げ、そして太い声で吠えた。

——**家も美女も**。

楽しげな甘ったるいさえずるような口笛が一、二小節続いて、ふっと止《や》む。窓のブラインドが横にずらされた。**貸間有家具無**の厚紙が窓枠から滑り落ちた。むっちりしたむき出しのおおらかな腕が日射しの中、ぱっと見えて、白いペチコート胴着《ボディス》とぴんと張ったシュミーズ紐から差し出された。女の手が一枚の硬貨を凹庭《くぼにわ》鉄柵ごしに放る。硬貨は道へ落ちた。

腕白の一人がそこへ走り、拾い上げ、吟遊詩人の帽子の中へ落して言った。

——そら、おじさん。

ケイティ・デッダラスとブーディ・デッダラスがドアを押し開け、湯気もうもうの台所へ入った。

——本全部、入れた？　と、ブーディが問う。

マギーが炊事煖炉の前で灰色っぽいかたまりをぶくぶく泡立つ石鹸泡の下へ鍋棒《なべぼう》で二度押し込んでから、額《ひたい》をぬぐった。

——あれじゃ貸してくれないんだとさ、と言った。

コンミー神父がクロンゴウズ原を歩き、薄靴下の足首をクロンゴウズ原の切株がチクチクくすぐった。

——どこへ持ってった？　と、ブーディが問う。

――マッギネス。

ブーディは足をどたばたさせ、肩掛鞄をテーブルの上へ放り出した。

――なによあの婆《ばば》、でっかい顔して！　と、悪態をついた。

ケイティが炊事煖炉に近寄って、横目に覗《のぞ》き込む。

――鍋の中、なに？　と、訊いた。

――シャツ、と、マギーが言う。

ブーディが腹立たしげに言った。

――ちぇっ、食べるものないの？

ケイティが、汚れじみだらけのスカートをあてがって鍋蓋を持ち上げながら言った。

――それじゃこの中は？

濃い湯気がほとばしり出て返答した。

――豆スープ、と、マギーが言う。

――どこでもらったの？　と、ケイティが訊いた。

――尼《シスター》さんメアリー・パトリック、と、マギーが言う。

従僕が鐘を鳴らした。

――ジャラン！

ブーディはテーブルに着いてひもじげに言った。

――それちょうだいよ。

マギーは黄色のどろんとしたスープを鍋から器《うつわ》へ入れた。ケイティが、ブーディと向き合って座り、指先でそのへんのパンくずを口へ運びながらぼそっと言った。

――これだけあればたいしたもん。ディリーはどこ？

――父さんを捜しに、と、マギーは言った。

ブーディが、パンの大きなかたまりを割って黄色のスープにひたしながら言い足す。

――天にましませんわれらの父よ。

マギーが、ケイティの器に黄色のスープを入れながら、ぴしゃりと叱りつける。

――ブーディ！　なんてこと言うの！

小舟が一つ、丸められて捨てられたビラが、エリヤは来《きた》らんが、軽やかにリフィー川を下り、ループライン橋の下をくぐり、水流が渦巻いて橋脚《きょうきゃく》にぶち当る早瀬を乗りきって、東方向へ、船体やら錨鎖《びょうさ》やらのそばを通り過ぎ、税関旧ドックとジョージ埠頭《ふとう》の間を巡航して行った。


ソーントンのブロンドの売子が枝編み籠にかささかさいう繊維のベッドを仕立てた。めらめら大尽《だいじん》ボイランがピンクの薄葉紙《うすようし》にくるまれた瓶《ボトル》と小さな広口瓶《ジャー》を渡す。

――こっちを先に入れてくれないか？　と、言った。

――はい、分りました、と、ブロンド娘が言う。果物は上に。

――それでいい、結構結構、と、めらめら大尽《だいじん》ボイランが言った。

娘は太った梨を上下互い違いにきちんきちんと並べ置き、その間へ熟《う》れた恥じらい顔の桃をあしらっていく。

めらめら大尽《だいじん》ボイランは新調の鞣革《なめしがわ》色の靴で果物薫《かお》る店内をあちこち歩き回りながら、果物を、新鮮なの瑞々《みずみず》しいの皺《しわ》のよったのを、それからふっくら赤いトマトを、手にとっては匂いをかぐ。
Ｈ、Ｅ、Ｅ、Ｙ、'Ｓが、白シルクハットの列が、縦一列に目の前を通り過ぎ、タンジア小路を行き、目的地へのろのろ向う。
彼は苺《いちご》の経木籠《きょうぎかご》からふいっと向き直り、チョッキの隠しから金時計を取り出すと、鎖をいっぱいに伸ばして眺めた。

——電車の便で届けてもらえる？　今？

黒背中の人影がマーチャンツ・アーチで露天の荷車に並ぶ本を漁《あさ》っていた。

——いいですとも。市内ですか？

——うん、そう、と、めらめら大尽《だいじん》ボイランは言った。十分のところだ。

ブロンド娘は荷札《にふだ》と鉛筆を手渡した。

——住所を書いてくれます？

めらめら大尽《だいじん》ボイランはカウンターで鉛筆を走らせて荷札をすっと戻した。

——すぐに出してくれるね？　と、言った。病気見舞いなんだ。

——ええ、分りました。そうします。

めらめら大尽《だいじん》ボイランは浮かれ銭《ぜに》をズボンのポケットでじゃらつかせた。

——勘定は？　と、訊く。

ブロンド娘のほっそりした指が果物をかぞえる。

めらめら大尽《だいじん》ボイランは娘のブラウスの襟《えり》ぐりを覗《のぞ》き込んだ。まだ雛《ひよっこ》。彼はひょろっとしたステムグラスの花瓶から赤のカーネーションを一本取った。

——これ、プレゼントしてくれる？　と、色男っぽく言った。

ブロンド娘はちらっと横目で見て、金《かね》に無頓着《むとんちやく》にめかしたて、ネクタイをちょっぴり曲げているのを見て、顔を赤らめた。

——ええ、どうぞ、と、言った。

ちゃめっけまじりに前屈《まえかが》みになり彼女はふくよかな梨と赤らんだ桃をもう一度かぞえた。

めらめら大尽《だいじん》ボイランはますますむらむらしてブラウスを覗《のぞ》き込む、赤い花の茎をにやつく口にくわえて。

——きみの電話にちょいと挨拶していいかい、嬢ちゃん？　と、悪《わる》っぽく言った。

——しかし《マ》！　と、アルミダーノ・アルティフォーニが言った。

彼はスティーヴンの肩ごしにゴールドスミスの凸凹《でこぼこ》おつむを見やった。

観光客をいっぱい乗せた二台の馬車がゆっくりと通って行く。女たちは前の席に座って人目憚《はばか》らず手摺《てすり》を握りしめている。うらなり連中。男たちは女たちの寸詰《すんづま》りの体に人目憚らず腕を回して。一行がトリニティから見やる暗い柱の立並ぶアイルランド銀行の正面口《ポーチ》では鳩の群れが、るーくーくーと鳴いていた。

——わたしも同じ考えでしたよ《アンキオ・オ・アヴト・デイ・クエステ・イデエ》、と、アルミダーノ・アルティフォーニは言った。あなたのように若かりし頃は《クアンデーロ・ジオヴィーネ・コメ・レイ》。当時はこの世は獣だと思い込んでいた《エッボイ・ミ・ソノ・コンヴィント・ケ・イル・モンド・エ・ウナ・ベスティア》。残念ですな《エ・ペッカート》。だって《ペルケ》、あなたの声なら《ラ・スア・ヴォーチェ》……。収入の源などになるでしょうに《サレッベ・ウン・チエスピーテ・デイ・レンデイタ・ヴィア》。ところがあなたは自分を犠牲にしている《インヴェーチェ・レイ・シ・サクリフィカ》。

——無血の犠牲《サクリファイツイーオ・インクルエント》、と、スティーヴンは笑みを浮べ、梣《とねりこ》ステッキをその中点からゆっくりゆらりぐらり軽く揺らせた。

——**それならいいですが《スペリアーモ》**、と、口髭を生やした丸顔が愛想よく言った。**しかし《マ》、いいですか《ディア》、わたしの言うことも聞きなさい《レッタ・ア・メ》。考えてみてください《チ・リフレッタ》。**

止まれと命ずるグラッタンの厳《いかめ》しい石の手の近くで、インチコア発の電車がばらばらとハイランド兵士の軍楽隊を降ろす。

——**考えてみます《チ・リフレッテーロ》**、と、スティーヴンは言い、固いズボンの膝下を見やった。

——**しかし《マ》、本気でしょうな《スル・セリオ》？** と、アルミダーノ・アルティフォーニは言った。

その重い手がスティーヴンの手をしっかりと握る。人間の目。その目が一瞬探るように見つめ、それからさっとドーキー行き電車のほうへ転じた。

——**あれだな《エッコロ》**、と、アルミダーノ・アルティフォーニは親しみこめながらも急ぎつつ言った。**会い《ヴェニヤ・》にいらっしゃい《ア・トロヴァルミ》、ぜひとも《エ・チ・ペンシ》。失礼、じゃあ《アディオ・カーロ》。**

——**さようなら《アリヴェデルラ》**、**マエストロ**、と、スティーヴンは言い、手が自由になってから帽子を取った。**感謝しています《エ・グラチエ》。**

——**とんでもない《ディ・ケ》**、アルミダーノ・アルティフォーニは言った。**失礼しますぞ《スクシ》。ごきげんよう《タンテ・ベッレ・コーゼ》！**

アルミダーノ・アルティフォーニは、巻いた楽譜の指揮棒《バトン》を信号にして、丈夫なズボン足で駆け出すとドーキー行き電車を追った。駆け出したが無駄だった、楽器やら何やらをトリニティ門から運び込む膝むき出しのハイランド兵の群団の中から信号を送ったが無駄だった。

ダン嬢はケイプル通りの図書館から借りた**白衣の女**を抽斗《ひきだし》の奥へ押し戻すと、派手な便箋《びんせん》をタイプライターに差し入れた。

謎めいたことばかり。いったいあの人は愛しているのかしら、マリアンを。取っ替えてメアリー・セシル・ヘイのにしよう。

円盤《ディスク》が溝を駆け出し、しばしぐらつき、止まり、流し目を送った。六。

ダン嬢はキーボードをカチャカチャ叩く。

――一九〇四年六月十六日。

五人の白シルクハットのサンドイッチマンがマニペニーの角からウルフ・トーンの銅像のない台座へのらりくらりと歩いて、H、E、L、Y、'Sの向きを変え、来たときと同じように戻って行った。

それから彼女は愛くるしい小間使女優《スーブレット》マリー・ケンダルの大きなポスターを見つめ、ぼけっと息抜きをしながら、メモ帳にいくつもの16と大文字のSを落書した。マスタード色の髪と頬紅《ほおべに》べたべた。そんなに美人じゃないわね。ちょっとスカートを持上げてるあの仕種《しぐさ》。あの男、今晩の楽団に出るかしら。あの仕立屋にスージー・ネイグルのみたいなアコーディオン・プリーツのスカートを作ってもらえたらいいのに。パーッと目立つもん。シャノンでもどこのボートクラブでも伊達《だて》男たちが彼女から目を離さなかった。七時までここに居ろなんて言われちゃかなわない。

電話が荒っぽく耳もとで鳴った。

――もしもし。はい、そうです。いいえ。はい、そうです。五時過ぎに電話してみます。その二枚だけですね、ベルファーストとリヴァプール。わかりました。お戻りじゃないときは六時過ぎに帰ります。十五分過ぎ。はい、わかりました。二十七と六。そう伝えます。はい。1、7、6。

三つの数字を封筒に書きつけた。

――ボイランさん！　もしもし！　**スポーツ**のあの方がお会いしたいって。レネハンさん、そうです。四時にオーモンドへ行っているそうです。いいえ。はい、そうです。五時過ぎに電話してみます。


二つの薄赤い顔が小さな松明の光る中でふり向いた。

――誰だい？　と、ネッド・ランバートが問う。クロッティか？

――リンガベルとクロスへイヴン、と、一つの声が足場を探りながら応答した。

――やあ、ジャックじゃないか、と、ネッド・ランバートが言い、ちらちら光るアーチの中から手にしたしなやかな木摺《きすり》を合図に掲《かか》げた。来いよ。そこ、足もと気をつけてくれ。

聖職者の掲《かか》げた手の蠟《ろう》マッチが長い柔らかな炎となって燃え尽き、そのまま落ちた。彼らの足もとでその赤い点が消え、そして黴《かび》っぽい空気が周りを閉ざす。

――実に興味深い！　と、洗練された音勢《アクセント》が暗がりの中で言った。

――そうですとも、と、ネッド・ランバートが張り切って言った。われわれが今いるのは聖マリア修道院の歴史的会議室、一五三四年に絹のトマスが謀叛《むほん》を宣言した場所です。これこそダブリン随一の歴史的名所です。オマッドゥン・バークがちかぢかそのことについて書くはずです。旧アイルランド銀行が連合の時点までこの向うにありましたし、元のユダヤ人の寺院も、ユダヤ教礼拝堂《シナゴーグ》が向うのアデレイド道路に建つ前はここにありました。きみは前にここへ来たことがなかったろ、ジャック？

――ないんだ、ネッド。

――デイム・ウォークを通って馬で馳《は》せ参《さん》じたんですよね、と、洗練された音勢《アクセント》が言った。もしわたしの記憶に間違いがなければ。キルデア家の屋敷はトマス・コートにあったから。

――そのとおり、と、ネッド・ランバートが言った。まったくそのとおりです。

――もしご厚意に甘えられるのなら、と、聖職者は言った。この次にはお許しを得て……。

――もちろんですとも、と、ネッド・ランバートは言った。いつでもお好きなときにカメラをお持ちになるといい。窓をふさいでるこの袋を片付けさせましょう。ここからでも、こっちからでも、どうぞ撮ってください。

まだ仄《ほの》かな明りの中を彼は動き回り、手にした木摺《きすり》で種袋の山や床の恰好《かっこう》な位置をこつこつ叩いた。

馬面《うまづら》から髭と眼差《まなざ》しがチェス盤に貼り付いていた。

――恐縮です、ランバートさん、と、聖職者が言った。貴重なお時間を煩《わずら》わせてはいけないのですが……

――どうぞご遠慮なく、と、ネッド・ランバートは言った。いつでもお好きなときにいらしてください。来週にでも。いかがです？

――ええ、ぜひ。失礼します、ランバートさん。お目に掛かれてとてもよかった。

――こちらこそ、と、ネッド・ランバートが応じた。

彼は訪問客を出口まで送り、それから木摺《きすり》を円柱の立ち並ぶ中へ放り投げた。J・J・オモロイと連れ立ってゆっくりとマリア修道院通りへ出ると、荷車引きたちが蝗豆《いなごまめ》や挽割棕櫚《ひきわりしゅろ》の実の大袋を台車に積み上げていた。ウェックスフォード州オコナー運送。

彼は立ち止まって、手にした名刺を読んだ。

——ヒュー・C・ラヴ師、ラスコフィ。現住所サリンズ聖ミカエル教会。感じのいい若者じゃないか。フィッツジェラルド家の本を書いていると言ってた。歴史に詳しい、いやまったく。

若い女が、ひらひらのスカートに小枝が一本からみついているのをそろりそろりと引き剝がした。

——きみが当世の火薬陰謀事件でも企んでいるのかと思ったよ、と、J・J・オモロイが言った。

ネッド・ランバートは突き上げた指をパチンと鳴らした。

——しまった！　と、叫ぶ。キルデア伯爵がキャシェル大聖堂に火を放ってからの後日談《ごじつだん》を話してやるのを忘れた。それ、知ってるかい？　**ひでえ失態をやらかした、**と言ったんだ。**しかし神に誓う、大司教が中に居ると思ったのだ。**しかし気に入ってくれないかもな。え？　いや、とにかく話してみよう。それが大伯爵、大フィッツジェラルドだ。皆、直情径行だった、ジェラルドの血を引く一族は。

彼が通りかかると馬たちが弛《ゆる》んだ輓具《ばんぐ》の下で物怖《ものお》じするように身動《みじろ》いだ。彼はすぐそばでぴくぴく動く青駁毛《あおぶちげ》の尻をぴしゃりと叩いて号令した。

——どうどう、ほれ！

J・J・オモロイに振り向いて問い掛けた。

——おい、ジャック。どうした？　何を苦にしてる？　ちょっと待て。おっと待った。

口をあんぐり開けて頭をのけ反《ぞ》らせ、彼は立ち止り、一瞬の間を置いてから、おおきくくしゃみをした。

——はっくしょ！　と、言った。ちくしょう！

——この袋の粉塵《ふんじん》だね、と、J・J・オモロイが品よく言った。

——いや、と、ネッド・ランバートはあえぎあえぎ、風邪を……引いちまった、おとといの晩……

こんちくしょう……おとといの晩……すきま風がびゅんびゅん吹込みやがって……。

彼はハンカチを手にして次の……。

——おれは……。グラスネヴィンに今日……死んじゃったあの……なんてったけ……はっくしょ！

……くそっ！


トム・ロッチフォードは赤ワイン色のチョッキに重ねて押しつけているディスクの一番上の一枚を取った。

——な？　と、言った。演目《えんもく》六だとする。ここに入れる、ほら。只今《ただいま》上演中。

彼は皆に見えるように左側のスロットにするっと入れた。ディスクは溝を滑り落ち、しばしふらついて、静止し、一同に秋波《しゅうは》を送った。六。

過去の法律家たちが、居丈高《いたけだか》な顔やら抗弁中の顔やらが、グールディング＝コリス＝ウォードの経費鞄を抱えて連結納税局から巡回陪審裁判所へ通過するリッチー・グールディングを眺め、本当かしらとほくそ笑む入歯むき出しに玉座《ぎょくざ》海事部から高等法院へと向う初老女の幅広振幅《はばひろしんぷく》たいそうな黒絹スカートのそよぐ音を聞いた。

——な？　と、言った。な、さっき入れたのがこっちへ出る。演目終了。ぶつかった衝撃。梃子《てこ》だよ、な？

彼は右側の迫り上がるディスクの柱を示した。

――うまいこと考えるもんだ、と、おせせ鼻フリンが鼻をうごめかす。だから遅く来たやつは何が上演中で何と何が演目終了か分るわけだ。

――な？　と、トム・ロッチフォード。

今度は自分でディスクをするっと入れた。そしてそれが滑り落ち、ふらついて、秋波《しゅうは》を送り、静止するのを見守る。四。只今上演中。

――これからオーモンドでやつに会うんだ、と、レネハンが言った。本音《ほんね》を探ってやるよ。お互いさまの友情縁故だ。

――頼むぜ、と、トム・ロッチフォードが言う。慕意《ボイ》爛々《ランらん》と焦《こが》れてるって言ってくれ。

――お休み、と、マッコイが唐突に言った。この二人がやり始めたら……。

おせせ鼻フリンは梃子《てこ》のほうへ屈《かが》み込み、それに向って鼻をうごめかす。

――だけどここはどういう仕掛けだい、トミー？　と、彼が問う。

――そんじゃ、あばよ、と、レネハンが言った。またあとでな。

彼はマッコイのあとから外へ出てクランプトン・コートの小さな広場を横切った。

――あれは英雄だ、と、ぽつり言った。

――知ってる、と、マッコイが言った。下水溝だろ。

――下水溝？　と、レネハンが言った。マンホールん中だ。

二人はダン・ラウリーのミュージックホールの前を通り過ぎた。マリー・ケンダルが、愛くるしい小間使女優《スーブレット》が、ポスターから頬紅《ほおべに》べたべたの笑みを二人に投げかけた。

エンパイア・ミュージックホールわきのシカモー通りの歩道を行きながら、レネハンはマッコイに事の顚末《てんまつ》を説明した。ああいうマンホール、ぼろいガス管みたいなのがあって、そん中へ哀れなやつが落っこちて下水ガスで窒息しかけた。そこへなんとトム・ロッチフォードが下りて行った、馬券屋のチョッキなんかを着たまま、ロープをぐるりと巻きつけて。そしてたまげたのなんの、そいつにロープを巻きつけて、二人いっしょに引き上げさせた。

——英雄の行為だ、と、彼は言った。

ドルフィン・ホテルの角で二人は足を止め、救急馬車がギャロップでジャーヴィス通りへ向うのをやり過ごした。

——こっちだ、と言って、彼は右へ曲った。ちょっとライナムんとこへ寄って、セプターの最終オッズを見ておく。おまえさんの懐中金時計では何時だい？

マッコイはマーカス・ターシャス・モーゼズの薄暗い営業所を覗《のぞ》き込み、それからオニールの大時計を見た。

——三時過ぎか、と、言った。誰が乗る？

——O・マッドゥンだ、と、レネハン。しかもあれはバテない牝馬《ひんば》だし。

テンプルバー通りで待つあいだに、マッコイはバナナの皮を爪先でずるりずるりと歩道から溝へ遣《や》り除《の》けた。暗い中、べろんべろんのやつが通り掛ったらずでんと転んでこっぴどい目に遭わないともかぎらない。

車寄せの門が大きく開いて総督の騎馬行列の出去《しゆつきよ》となった。

——倍返し、と、レネハンが戻って来て言った。中でバンタム・ライアンズに出くわしたら、誰に聞いたのかてんで勝ち目のないぼろい馬に賭けるとこだった。こっちへ出よう。

二人は石段を上り、マーチャンツ・アーチをくぐった。黒背中の人影が露天商の屋台車の本を漁《あさ》っている。

——あそこにいるぞ、と、レネハンが言った。

——何を買う気だ、と、マッコイがちらりと後ろを見やる。

——**リアポウルド、ライ麦畑は花盛り《ブルーム》**だろよ、と、レネハンが言った。

——安売りに目がないやつだからな、と、マッコイが言った。いつだったかいっしょに歩いてて、リフィー通りの爺さんから二シリングの本を買ったぜ。見事な図版入りで二倍の値打ちはあったな、星だの月だの長い尻尾《しっぽ》の彗星《すいせい》だの。天文の本だった。

レネハンがげらげら笑った。

——まあ聞けよ、彗星の尻尾っていえばべらぼう面白い話があるんだ、と、言った。日の当るほうへ行こうぜ。

二人は通りを渡って鋳鉄《ちゆうてつ》橋に向い、ウェリントン埠頭《ふとう》を堤防沿いに進む。

パトリック・アロウイシャス・ディグナム君は前フェーレンバック現マンガンから一ポンド半の豚肉数枚を持って出て来た。

——グレンクリーの感化院で大宴会があってな、と、レネハンは急《せ》き切るようにしゃべり出す。ほら、例年の晩餐会《ばんさんかい》よ。糊煮《のりに》白シャツ親睦会《しんぼくかい》だ。市長が来てた、ヴァル・ディロンだったな、そしてサー・チャールズ・キャメロンとダン・ドーソンが演説をぶって、音楽もあった。バーテル・ダーシーが歌ったし、それからベンジャミン・ドラードも……。

——知ってる、と、マッコイがさえぎった。うちの家内もあそこで歌ったことがあるから。

——そうかい、と、レネハンが言った。

貸間有家具無の厚紙がエックルズ通り七番地の窓枠に再び現れた。

彼は一瞬、話の間をおいたが、ぜいぜい咳《せ》き込むみたいに笑い出した。

――まあ聞けってば、と、言った。カムデン通りのデラハントの店が出張料理《ケータリング》を請負って、小生はボトル係を仰せつかったんだ。ブルームと女房も来ててな。わんさかアルコールを積み上げたね。ポートワインにシェリーにキュラソー、それをしこたまいただいた。宴たけなわとなりにけりよ。液体の次には固体が来た。冷肉のでかいのもごっそりあるわミンスパイもあるわ……。

――知ってる、と、マッコイが言った。あの年うちの家内も出てて……。

レネハンが熱っぽく腕をからませた。

――まあ聞けってば、と、言った。さんざん浮かれ騒いでから真夜中の腹ごしらえも終って、おれたちが外へ出たのは、一晩過ぎての夜も白むブルー時だった。帰り道は羽布団山《フエザーベッド》での豪勢な冬の夜と相成ったね。ブルームとクリス・カリナンが馬車の片側、おれはあの女房と反対側よ。おれたちは合唱《グリー》や二重唱《デュエット》を始めた。**見よ、朝まだきの光。**なんせあの女房、デラハントのポートワインを腹帯の下にがっぽり流し込んでたもんな。ぼろい馬車ががくんと揺れるたびに、むちむちするのがぶつかってくる。恐悦至獄《きようえつしごく》だねえ！　いいおっぱいでよ、ふるいつきたくなるっての。こんなんだぜ。

凹《くぼ》ませた両手を一キュービット離して、しかめっ面《つら》をしてみせた。

――道中ずうっと膝掛《ラグ》を尻の下に突っ込んでやったり襟巻《ボア》を直してやったりよ。意味分るだろ？

両手がふくよかな曲線を中に描く。恐悦とばかりに目をつむり、首をすくめ、ヒューーッと嘯《うそ》を吹いた。

――とにかくムスコが気を付けィをしちまってよ、と言って、ため息を一つ。あれはやる気満々の牝馬《ひんば》だ、いやはやまったく。ブルームは夜空に瞬《またた》く恒星やら彗星やらをクリス・カリナンと馬追《うまおい》にことごとく指さして教えてた。大熊座にヘラクレス座に竜座に、とにかくもう丸ごと全部だ。ところが、てへっ、こっちはだな、言うなれば銀河快道でおっ立往生《たておうじょう》よ。あいつは、まあほんとに全部知ってる。とうとう女房がはるか遠くにちっこいちっぽいのを見つけた。**じゃあ、あれはなんていう星、ポウルディ？**　って言ったね。てへっ、ブルームも返答に窮《きゅう》したね。**あれかい？**　ってクリス・カリナンが言ってよ。**あれはきっと針小棒追星《しんしょうぼうおいぼし》ってやつさ。**てへっ、当らずと言えども遠からずじゃないか。

　レネハンは立ち止って堤防に寄り掛り、包み笑いをしながらあえいだ。

――倒れそうだ、と、あえぐ。

　マッコイの白い顔がちらりちらりと笑い、そして真面目になった。レネハンが再び歩き出す。ヨット帽を上げて、後頭部をせかせかと引っ掻いた。日射しの中で横目にマッコイを見やる。

――あいつは円満具足《えんまんぐそく》の教養人よ、ブルームはな、と、真顔で言った。そんじょそこらのやつとは違う……つまりよ……芸術家っぽいところがあるぜ、ブルーム先生は。

　ブルーム氏は**マライア・マンクの恐るべき暴露**をぺらぺらっとめくり、それからアリストテレスの**傑作**をめくった。歪《ゆが》んでぶざまな刷り。図版。胎児たちが血染めの子宮の中で丸くなっている、屠殺された牝牛の肝臓みたいに。こんなのがこの今も世界中にわんさといる。みんなぐいぐい頭突《ずつ》きをして外へ出ようとしている。瞬時瞬時にどこかで子供が生れる。ピュアフォイの奥方も。

　二冊とも脇へ置き、三冊目に目をやる。**ゲットーの物語、**　レオポルド・フォン・ザッヘル・マゾッホ著。

——これは読んだ、と言って、脇へ押しやる。

露天商がカウンターにぽんぽんと二冊落っことした。

——この二冊はいいぜ、と、言った。

玉葱臭《たまねぎしゅう》の息が歯の欠けた口からカウンター越しに襲来する。そして身を屈《かが》めてほかの本を束《たば》ねると、ボタンのもげ落ちたチョッキに押しつけてかかえ、薄汚いカーテンの奥へ運ぶ。

オコンル橋の上では、歩容《ほよう》ご大層に歩むダンス教習会教師デニス・J・マギニ氏の派手な身なりに大勢が目をとめた。

ブルーム氏は、独り、書名を見た。**麗《うるわ》しき暴君たち**、ジェイムズ・ラヴバーチ著。このたぐいは知ってる。読んだっけな？　うん。

開いてみる。やっぱり。

薄汚いカーテンの奥で女の声。待て、あの男だ。

うーん、彼女はそそられなさそうだ。前にも買ったな。

もう一冊の書名を読む。**罪の甘露《かんろ》**。これのほうが彼女向き。どれどれ。

指がめくったところを読む。

——夫の与えるドル札のすべてはほうぼうの店で素敵なガウンやフリル付きの高価な下着に使い果した。彼のために！　ラーウールのために！

うん。これ。これだ。ええと。

——女の唇は男の唇に吸いついて官能のとろける接吻をむさぼり、彼の手は女の部屋着の下の豊満な曲線をまさぐる。

うん。これにしよう。終りは。

——**遅いじゃないか、と男は乾いた声で言い、疑りの目で女を睨《ね》めつけた。美しい女は貂《てん》の毛皮の飾りの付いた肩掛けをかなぐり捨て、女王のような両肩とむちむちした肉付きをあらわにした。精《せい》美《び》な唇にかすかな笑みをただよわせつつ女は静かに男のほうを向く。**

ブルーム氏は再び読む。**美しい女は**……。

熱《ほて》りがじんわりと襲ってきて、彼の肉をおびやかす。しわくちゃの衣服の下で、肉がとことん屈服する。白目が放心状態になる。鼻孔が獲物を求めてひろがった。胸の軟膏がとろける（**彼のために！　ラーウールのために！**）。腋の下の玉葱くさい汗。鮸膠《にべにかわ》みたいなぬめり（**女のむちむちした肉付き！**）。感触！　圧迫！　つぶされる！　ライオンたちの硫黄のような糞！

若い！　若い！

年輩の、もはや若くない女が、大法官裁判所、高等法院玉座部、財務裁判所、民訴裁判所のある建物から出た。大法官裁判所でポッタートンの精神錯乱事件の訴訟を、海事裁判所でバーク船モーナ号船主に対する原告レディー・ケアンズ号船主の当事者申立出廷命令を、控訴裁判所で被告海難保険会社に対する原告ハーヴィの判決書保留を傍聴してきたところである。

痰《たん》のからんだ咳《せき》が本屋の空気をゆさぶり、薄汚いカーテンをふくらます。店主のくしゃくしゃの白髪頭《しらがあたま》が現れて、無精ひげの赤ら顔が咳《せ》き込む。荒っぽく喉を引っ掻いて、ペッと床に痰《たん》を吐いた。吐いた跡をブーツで踏みつけ、靴底でなすりつけ、前屈《かが》みになり、頭のてっぺんの禿《は》げかけた地肌を見せた。

ブルーム氏はそれを見つめる。

息の乱れをおさえながら言った。

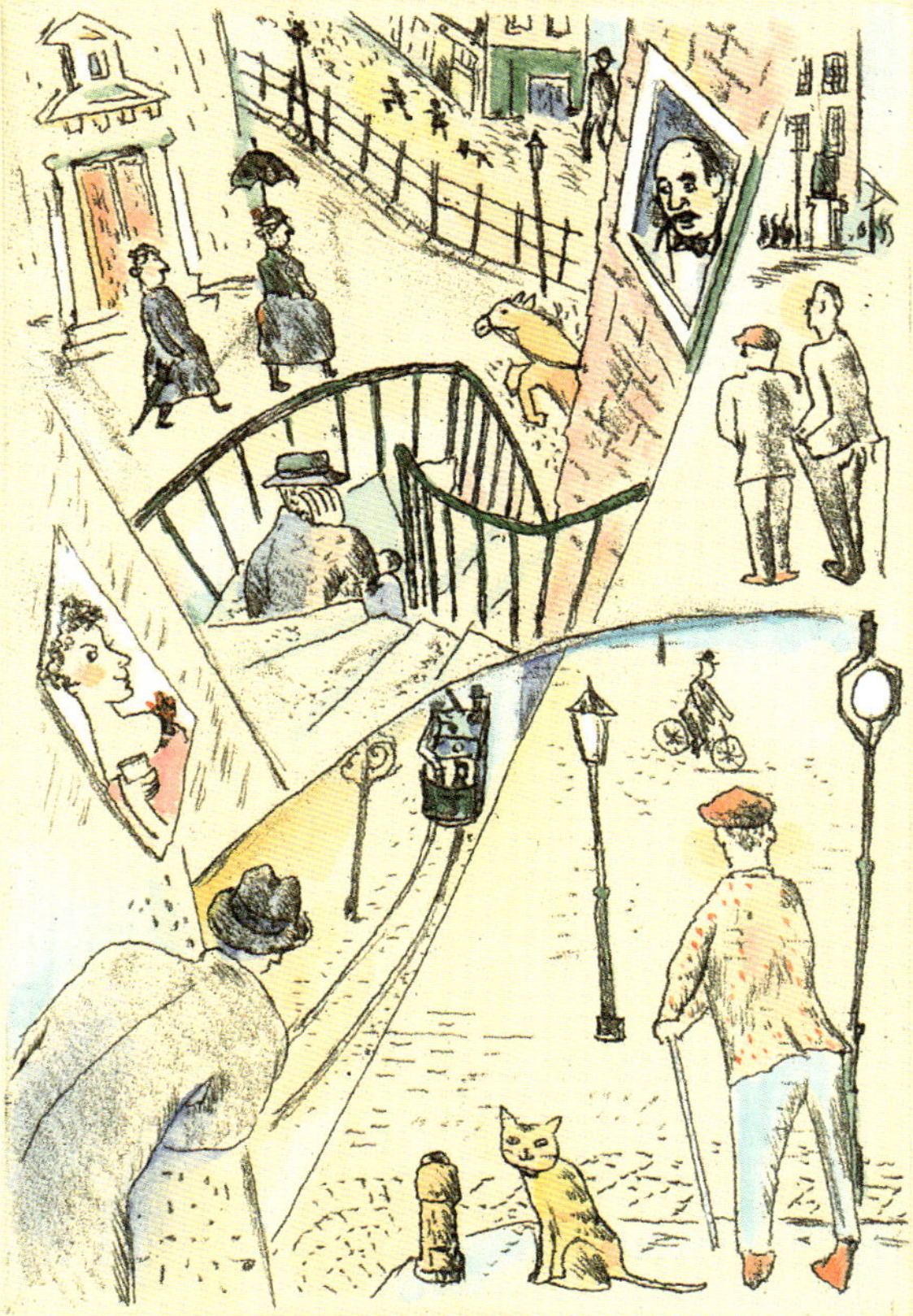

Wandering Rocks So. Sawamoto 2016

――これをもらおう。

店主は目脂《めやに》のこびりついた目を上げた。

――罪の甘露ね、と、彼は言い、ぽんと叩いた。こいつは面白いぜ。


従僕がディロンの競売場の入口で柄付鐘《ハンドベル》を再び二度振って、飾り戸棚のチョークで印を付けてある鏡に映る自分の姿を見た。

ディリー・デッダラスが、縁石沿《えんせきぞ》いにぶらぶらしながら、鐘の鳴る音を、中の競売人の張上げる声を聞いた。四シリング九。この見事なカーテン。五シリング。くつろげるカーテンだよ。新品なら二ギニー。五シリングの上、いないかな？　五シリングで決り。

従僕が柄付鐘《ハンドベル》を持ち上げて振った。

――ジャラララーン！

ジャランと最終ラップの鐘が鳴って半マイル自転車競走の選手たちがラストスパートに入った。J・A・ジャクソン、W・E・ワイリー、A・マンロウ、そしてH・T・ガーンが、伸ばした首を振り振り、コレッジ図書館のカーブを通過する。

デッダラス氏が、長い口髭をひっぱりながら、ウィリアムズ通り《ロウ》の角からやって来た。そして娘のそばに立ち止まった。

――そろそろ来ると思った、と、娘が言う。

――おまえね、頼むから背筋をぴんと伸ばしなさい、と、デッダラス氏が言った。コルネット吹きのジョン叔父さんの真似かい、そんな猫背で。まったく情けない！

ディリーは肩をすくめた。デッダラス氏は娘の両肩に手をのせて後ろへ反《そ》らす。

――背筋を伸ばしなさい、と、言った。背骨が曲っちまうぞ。人にどう見えるか分ってるのか？

ひょいと首をちぢめて前へ突き出し、背を丸めて顎をがくっと落してみせる。

――やめてよ、父さん、と、ディリーが言った。みんな見てるじゃない。

デッダラス氏は上体を伸ばして、再び口髭をひっぱる。

――お金入った？　と、ディリーが訊く。

――どこで金を手に入れる？　と、デッダラス氏が言った。わたしに四ペンス貸してくれる人間はダブリンに一人もいない。

――少しは入ったでしょ、と、ディリーが彼の目を見つめる。

――どうしてそんなことが分るんだ？　と、デッダラス氏がからかい半分に問う。

カーナン氏は、注文が取れたことにほくほくして、ジェイムズ通りを堂々と進んで行く。

――持ってるくせに、と、ディリーが応じた。スコッチハウスで飲んでたでしょ、さっきだって？

――殺気立《さっきだ》ってなんかいないさ、と言って、デッダラス氏が笑む。そんな生意気言うように尼ちゃんたちに教えられたのかい？　ほら。

彼は一シリング手渡す。

――これでなんとかしなさい、と、言った。

――五枚は持ってるでしょ、と、ディリーが言った。もっとちょうだい。

――今に見てろ、と、デッダラス氏がおどし文句みたいに言った。おまえもみんなと同じかい？

母さんが死んでからというもの、こまっしゃくれた娘ばかりになって。しかし今に見てろ。おまえたちは皆、誰にも相手にされなくて辛い思いをするぞ。はしたない不良みたいな口をきくがいい！　おまえたちなんぞ、じきにおさらばだ。わたしがぽっくり逝《い》ったって平気《へいき》の平左《へいざ》だろうよ。あの人死んだの。二階のあの人死んだのよ。

娘を置き去りにしてすたすた歩き出す。ディリーが急いで追いかけてコートを引っぱった。

——おや、なんだい？　と言って、立ち止まる。

従僕が二人の背後で鐘を鳴らした。

——ヂャララーン！

——やかましい野郎だな、おまえ、と、デッダラス氏ががなり声をあげ、従僕に振り向く。

従僕は、咎《とが》められたのに気づき、だらりと垂れた鐘の舌を弱々しく振った。

——チャラン！

デッダラス氏は彼を睨《ね》めつけた。

——あの男を見てごらん、と、言った。よくわかるだろ。ここで立話をさせてくれそうな顔つきかい。

——もっと持ってるんでしょ、父さん、と、ディリーが言った。

——ちょいと手品をしてみせようか、と、デッダラス氏が言う。イエス様がユダヤ人を置き去りにしたところにおまえを置いて行くぞ。ほら、わたしはこれっきりしか持っていない。ジャック・パワーから二シリング借りて、葬式に出るんで髭剃りに二ペンス使った。

彼は一握りの銅貨をぎごちなく取り出した。

——どこかお金の入る当てはないの？　と、ディリーが言った。

デッダラス氏は考えて、そしてうなずく。

——ないこともない、と、おもむろに言った。オコンル通りの溝《どぶ》に洗いざらい当ってみたさ。今度はここの溝《どぶ》に当ってみよう。

——父さんって、すごく面白い、と、ディリーがにこりと笑って言った。

——ほら、と、デッダラス氏は言い、二ペンス手渡す。ミルクを一杯と甘パンか何か買いなさい。わたしもじきに帰る。

彼は残りの硬貨をポケットに入れて歩き出した。

総督の騎馬行列が、畏《かしこ》まる巡査らの敬礼に送られて、公園門を出た。

——もう一シリング持ってるでしょ、と、ディリーが言った。

従僕が大きく鐘を鳴らした。

デッダラス氏は騒音の中を歩き去りながら、口をすぼめて気取った口調でつぶやいた。

——かわいい尼ちゃんたち！　やさしい子たち！　もちろん、なんにもしやしない！　ほんと、なんにもしやしない！　なにが尼《シスター》さんモニカだい！


日時計からジェイムズ門に向ってカーナン氏は歩く。プルブルック・ロバートスンに注文を取り付けたので嬉々として、大手を振ってジェイムズ通りを行き、シャックルトンの事務所を通り過ぎる。うまいこと丸めこんだ。ご機嫌いかがです、クリミンズさん？　上々だね。ピムリコウのお店のほうへいらしてるかなとも思ったんですけれど。景気はどうだい？　まあなんとか生きてます。今日はいい天気ですねえ。ああ、まったく。田舎《いなか》にはいいだろさ。田舎の百姓はしょっちゅう愚痴ばかりですからね。こちらの特上ジンをちょっぴりだけいただきましょうか、クリミンズさん。薄めて、ええ。はい、それくらいで。恐ろしい事件ですねえ、あのジェネラル・スロウカム号の爆発。恐ろしいも恐ろしいも！　死傷者千人。胸掻きむしられる惨事ですよ。男が女子供を踏みつけて。野蛮な事態です。原因は何だと言ってるのかね？　自然発火。まったくけしからん発表です。救命ボートが一隻《せき》も下ろせなかったし消火ホースは破裂したってんだから。分らんのは、なんで監査局があいう船を認可したのか……。いや、ずばりおっしゃるとおりです、クリミンズさん。なぜだか知ってます？　袖《そで》の下ですよ。実の話かい？　間違いなしです。だからこそ、ああいう事態になった。それでアメリカは自由の国だなんてほざく。こっちこそひどい国だと思ってましたがね。

にやり笑ってみせた。**アメリカねえ**、と、あんなふうにぼそりと言ってみせる。**あれは何ですかね？　あらゆる国の掃きだめですよ、この国も含めて。ほんとの話、そうでしょう？**　実の話だ。収賄《しゅうわい》ってやつですな。そりゃもちろん、金の動くところには必ずおこぼれを拾うやつがいますけど。

おれのフロックコートを見てた。着てるものが物を言う。パリッとした見た目に勝るものはない。相手はころっとひっくり返る。

——やあ、サイモン、と、おっさんカウリーが言った。景気はどうだい？

——やあ、ボブ、久しぶり、と、デッダラス氏が応じて足をとめる。

カーナン氏は足をとめ、ピーター・ケネディ理髪店の傾《かし》げてある鏡の前で身なりをつくろった。洒落《しゃれ》たコートだ、どっから見たって。ドーソン通りのスコット。ニアリーに半ソヴリン払っただけの値打ちは充分。三ギニー以下ではこの出来にならない。上から下までおれにぴったしし。キルデア通り倶楽部の伊達《だて》男が着てたんだろう。ジョン・マリガンが、あのヒルベニア銀行頭取が、きのうカーライル橋でおれをキッと見た、見覚えがあるみたいに。

うふん！　ああいう手合にはひとかどの人物って身なりでなくては。街道の騎士。紳士。ところでクリミンズさん、またご贔屓《ひいき》にお願いしますよ。元気づけるも酔わせぬ一杯と、古くから言いますからね。

ノースウォールとサー・ジョン・ロジャーソン埠頭が、船体と錨鎖《びょうさ》を引き連れて、西へと航行し、一艘《そう》の小舟、しわくちゃの、も要《い》らないビラ、渡船場《とせんば》の岩場に乗上げるエリヤ来《きた》らんを見ながら航行して行く。

カーナン氏は己の鏡像を一瞥《いちべつ》して別れを告げた。もちろん、血色もいい。ごま塩の口髭。帰還したインド駐留軍士官だな。勇ましく、ずんぐりした躰《からだ》をスパッツ着用の両足にのっけて、肩をいからせながらずんずんと進む。道の向うにいるあれはネッド・ランバートの弟、サムか？　どうかな？　うん。なんせべらぼう似てる。いや。あの自動車の風防ガラスが日光に反射したせいだ。ギラッと光ったから。べらぼう似てた。

うふん！　杜松液《としようえき》の熱い酒精《しゆせい》が彼の内臓と息を熱《ほて》らせる。いいジンだったな、あれは。フロックコートの裾が陽光の中で肥満体の闊歩《かつぽ》にウインクした。

この向うでエメットが吊されて、引きずり回され、四つ切りにされたんだ。脂《あぶら》ぎとぎとの黒いロープ。総督夫人がぱかぱか二輪で通り過ぎたとき、犬どもが道に飛び散った血を舐《な》めていたそうだ。ええと。聖ミカン教会に葬られてるんだっけ？　いや違う、グラスネヴィンで深夜の埋葬があったんだ。遺体は塀の隠し扉から運び込まれて。ディグナムも今あそこにいる。ぽっくり逝《い》ってしまった。やれやれ。ここを曲ったほうがいい。回り道をしよう。

カーナン氏はギネス見学者待合室の角を曲って、ワトリング通りの坂を下る。ダブリン醸造会社貯蔵所の外に、乗客も馭者もいない一頭立て二輪馬車が手綱《たづな》を車輪に巻き付けて止めてあった。危ないことをしやがる。ティパレアリーあたりの田舎者が市民の命を危険にさらしている。放れ馬になったら。

法律本を抱えたデニス・ブリーンが、ジョン・ヘンリー・メントンの事務所で一時間も待たされたのに業を煮やして、妻の先に立ってオコンル橋を渡り、コリス＝ウォード法律事務所へ向った。

カーナン氏はアイランド通りに近づいた。

紛争の時代。ネッド・ランバートに頼んでサー・ジョウナ・バーリントンの回顧録を貸してもらわなくては。一種の回顧整理ですべてを振り返ってみると。デイリーでの賭博。あの頃はトランプ詐欺師なんていなかった。短刀でグサッとテーブルに手を釘付けにされたのもいる。どっかこのあたりでエドワード・フィッツジェラルド卿がサー少佐の手を逃れたんだ。モイラ邸裏の廏《うまや》あたり。

べらぼういいジンだった。

熱血の立派な青年貴族。もちろん、家柄もいい。あの悪党、紫色の手袋をはめたあの偽郷士《にせごうし》が彼を売った。間が悪かったんだよ。暗黒の邪悪な時代に蜂起《ほうき》して。あれはいい詩だ。イングラム。みんな紳士だった。ベン・ドラードはあのバラッドを感動的に歌う。玄人《くろうと》はだしの歌いっぷり。

ロスの包囲でわが父は斃《たお》れたり。

騎馬行列は速歩軽やかにペムブルク船寄《ふなよせ》通りを行き、先導従者たちが鞍《くら》にまたがり、跳《は》ねるように、跳ねるように行く。フロックコートが続く。クリーム色の日傘が続く。

カーナン氏はあたふたあたふた、肥満の息弾ませて急いだ。

総督閣下だ！　惜しい！　間一髪で見そこなった！　ちぇっ！　残念！

スティーヴン・デッダラスは、蜘蛛《くも》の巣の掛かったウインドウごしに宝石細工師の指が時にくすんだ鎖を験《ため》すのを見つめた。ほこりの蜘蛛の巣がウインドウと陳列棚にひろがる。ほこりに黒ずんで禿鷹《はげたか》の爪をもつ細工の指が動く。ほこりの眠る青銅と銀の鈍色《にびいろ》の渦巻き、辰砂《しんしゃ》の菱形、ルビーや癩病病みの赤黒い石のかずかず。

すべて蛆虫《うじむし》のわく土中で生れた。炎の冷たい粒、暗黒の中で輝く邪悪の光。堕《お》ちた大天使たちが額の星を投げ捨てたところ。泥まみれの豚の鼻面《はなづら》が、手が、それをがつがつ掘り返し、引っつかみ、もぎ取る。

ゴムが大蒜《にんにく》といっしょに燃える不潔な暗がりの中で女が舞う。錆髭《さびひげ》を生やした船乗りがビーカーからラム酒を飲み飲み女を見つめる。長航海で募《つの》った無言の欲情。女は舞い、跳ね回り、牝豚のような腰と尻を振り、その卑猥な腹の上でルビーの卵がぱたぱた揺れる。

老ラッセルは汚れたぼろのシャモア革で再び宝石を磨き、それをくるりとひっくり返して、モーセ顎鬚の先端に持っていった。盗んだ宝物にほくそ笑む爺さん猿。

そして埋葬の大地から古いイメージをもぎ取るおまえは？　詭弁家《ソフィスト》らの狂人語のかずかず。アンティステネス。薬物学。未来永劫に立つ東洋の不滅の小麦。

潮風に吹かれてきたばかりの二人の老女が、重い足取りでアイリッシュタウンを抜けてロンドン橋道路を行く。一人は砂まみれのくたびれた傘を、一人は中で十一個の鳥貝のころがる産婆鞄をぶら下げている。

発電所のぱたぱた動く革帯と発電機のハム音がスティーヴンを前へ急《せ》き立てる。無存在の存在たち。止れ！　つねにおまえの外で打つ鼓動とつねにおまえの内で打つ鼓動。おまえの歌う鼓動。おれはその中間にいる。どこに？　その渦巻く二つの咆哮《ほうこう》する世界の中間に、おれがいる。打ち砕け、その両方とも。だがその打撃でおれ自身をもぶちのめすがいい。ぶちのめせるならぶちのめせ。取持ちにして屠殺人という言葉だった。なあ、おい！　もうちょい待った。一目見渡してから。

はい、さようです。ずいぶん大きくて、すばらしくて、定評ある時を刻んでいますな。いやまったくそのとおり。月曜日の朝だった。そうだったとも。

スティーヴンはベッドフォード道路《ロウ》を下りて行った。梣《とねりこ》の柄《え》が肩甲骨《けんこうこつ》をこつこつ叩く。クロヒッシー書店のウインドウの中で、一枚の色あせた一八六〇年の版画、ヒーナン対セイヤーズのボクシングの版画が目にとまった。勝負に金を張って見守る四角い帽子の面々がロープの張られたリングを囲む。ヘビー級両者がライト級の腰布一枚で互いに球根みたいな拳《こぶし》を穏やかに差し出す。両者が、両ヒーローの心臓が、二人は鼓動している。

方角を変えて、古本屋の傾《かし》いだ屋台の前で立ち止った。

――一冊二ペンス、と、露天商が言った。四冊で六ペンス。

よれよれのページ。**アイルランドの養蜂家。アルスの主任司祭の生涯と奇跡。キラーニー袖珍《しゅうちん》案内。**

質に入れた学校賞が一冊くらい見つかるかな。**ステパノス・デダロ、優等生《アルムノ・オプティモ》、茲に表彰す《パルマム・フェレンティ》。**

コンミー神父は、小時課の祈りを唱え終えてから、晩課の祈りをつぶやきつつドニカーニーの集落を通り抜けた。

製本がよすぎる感じ。これは何だ？　モーセの第八と第九の書。秘義の中の秘義。ダビデ王の印章。手あかで汚れたページ。さんざん読んだ跡。おれの前に誰が立ち寄った？　皹《あかぎれ》の治し方。白ワイン酢の作り方。女の愛を得るには。おれ向きだな。両手を組んで次の呪文《じゅもん》を三度唱えよ。

——**セ・エル・イィロ・ネブラカダ・フェミニヌム！　アモール・メ・ソーロ！　サンクトゥス！　アーメン。**

誰の言葉だ？　すべての真の信者に明かされる至高なるピーター・サランカ大修道院長の呪文と祈禱。どの大修道院長の呪文でも同じようなもの、もぐもぐヨアキムのでも。降りて来い、つんつるおつむ！　さもないとその毛を引っ張るぞ。

——ここで何してるの、スティーヴン？

ディリーのそびやかした肩とみすぼらしい服。

早く閉じろ。見せるな。

——おまえこそ何してる？　と、スティーヴンは言った。

比類なきチャールズのスチュアートふうの顔立ち、まっすぐな垂れ髪が両頰に落ちている。破れた靴をはいて屈《かが》み込んで煖炉の火をかき立てるとき、その顔が赤く輝いた。おれはパリの話をしてやった。古い外套を掛布団代りにしてぐずぐず朝寝坊、まがいものの金の腕輪、ダン・ケリーの土産をいじくっていたっけ。**ネブラカダ・フェミニヌム。**

——なんだい、それは？　と、スティーヴンが訊く。

——向うの屋台で買ったの、一ペニー、と、ディリーが言い、ぎごちなく笑った。この本いいかなあ？

おれと同じ目をしているそうだ。他人にはそう見えるのか？　目ざとく、遠くまで目が行き、恐れ知らず。おれの精神の影。

彼は彼女の持つ表紙のちぎれた本を手に取った。シャルドナルのフランス語入門。

――どうして買ったんだい？　と、訊く。フランス語を勉強するの？

彼女はうなずき、唇を真っ赤にして固く閉じた。

びっくりしたそぶりは見せるな。ごく自然に。

――ほら、と、スティーヴンは言った。なかなかいい本だ。マギーに質に入れられないようにしろよ。ぼくの本は全部入れてしまったんだろう。

――全部じゃないけど、と、ディリーは言った。仕方なかったの。

この子は溺《おぼ》れかけている。噬臍《ぜいせい》。救ってやれ。噬臍《ぜいせい》。皆おれたちの敵。この子はおれをいっしょに溺れさせるだろう、この目と髪といっしょに。細長いぐるぐる巻きの海藻《うみも》髪がおれに、おれの心、おれの魂に巻きついて。塩翠《しおみどり》の死。

おれたち。

独知《とくち》の噬臍《ぜいせい》。良心の呵責。

惨め！　惨め！


――やあ、サイモン、と、おっさんカウリーが言った。景気はどう？

――やあ、ボブ御大《おんたい》、と、デッダラス氏が答えて立ち止る。

二人はレッディ父娘骨董店の前でバチンと音を立てて握手した。おっさんカウリーはシャベルみたいにした片手で幾度もスラースラーと口髭を撫でては下行《かこう》させた。

――なんかいい話はあるかい？　と、デッダラス氏が言う。

――たいしてないね、と、おっさんカウリーは言った。実は軟禁状態なんだ、サイモン、男が二人、家の周りをうろついて押入ろうとしてな。

――面白い、と、デッダラス氏は言った。そいつは誰？

――ああ、と、おっさんカウリーは言った。ご存知の高利貸某だよ。

――背骨曲りのやつか？　と、デッダラス氏。

――当りだ、サイモン、と、おっさんカウリーが答えた。まさしくそのルーベン。今、ベン・ドラードを待っているんだ。長棹《ながさお》ジョンに口を利いて、その二人を追っ払ってもらってやるというんでね。もうちょい待ってほしいだけなんだが。

彼はぼやけた期待を抱いて船寄《ふなよせ》通りを右に左に見やった。大きな脂肪太りの喉笛が首に出っ張る。

――なるほどね、と、デッダラス氏は言い、うなずいた。大変だろよ、あのがたがたベン御大！いつも誰かのために一仕事だからな。おっと待った！

彼は眼鏡を掛けて鋳鉄《ちゆうてつ》橋のほうへちょっと目をこらした。

――ありゃ、その御大だよ、てへっ、と、言った。尻もポケットも。

ベン・ドラードのだらんとなった青のモーニングコートと角帽とその下の嵩張《かさば》り半ズボンが鋳鉄《ちゆうてつ》橋から全力速歩で船寄《ふなよせ》通りを渡った。上着の後ろ裾の下をせっせと掻き掻き、側対歩《そくたいほ》で二人のほうへ向って来る。

近づいて来るのをデッダラス氏が迎えた。

――そやつをぼろズボンごと捕まえろ。

――さあ捕まえろ、と、ベン・ドラードは言った。

デッダラス氏は冷やかな落着かない嘲笑の色を浮べてベン・ドラードの風采《ふうさい》のあちこちを睨《ね》めた。それから、おっさんカウリーに向き直って一つうなずき、せせら笑うようにつぶやいた。

――結構な身なりじゃないか、夏の日向きかいな？

――なにを言いやがる、べらぼうめ、と、ベン・ドラードが激声《げきせい》を発した。俺様はな、景気のよい頃はおまえさんが見たことないくらいの服を捨てていたんだ。

彼は二人のそばに立ち、まず二人に、それから己のだぶだぶの服に笑みを見せた。デッダラス氏が服のあちこちのけばけばを弾き落してやりながら言った。

――とにかくこれは、頑健な男のために仕立てられた服だよ、ベン。

――くそくらえ、こんな代物を仕立てやがったユダヤ人め、と、ベン・ドラードが言った。ありがたいことに、まだ金は払ってないがね。

――で、あの**重低音**《バッソ・プロフォンド》の具合はどうだい、ベンジャミン？　と、おっさんカウリーが問う。

キャッシェル・ボイル・オコナー・フィッツモリス・ティズダル・ファレルが、どんより眼《まなこ》でぶつぶつつぶやきながら、キルデア通り倶楽部の前を大股に通り過ぎた。

ベン・ドラードは顔をしかめてから、急に歌い手の口つきになり、低音を一つひびかせた。

――おおお！　と、言った。

――いい調子だ、と、デッダラス氏が言い、その発声にうなずく。

――どうだい？　と、ベン・ドラードが言った。そんなに痩《こ》けとらんだろ？　え？

彼は二人に振り向く。

――いいねえ、と、おっさんカウリーは言い、やはりうなずく。

ヒュー・C・ラヴ師は、かつての聖マリア修道院の参事会会議場を出て、ジェイムズ・アンド・

チャールズ・ケネディ酒造店、精留機器の前を通り過ぎ、長身の容姿端麗《ようしたんれい》のジェラルディーンたちを伴って、網代《あじろ》の渡場の向うにある寄合所の方角へ進んだ。

ベン・ドラードが商店街のほうへ重い図体を傾《かし》げて、楽しげに指を振り振り二人の先に立つ。

——いっしょに副執行官のところへ行こうや、と、言った。ロックが執達吏にした新顔の美男に会わせたいね。ロベンギューラとリンチホーンの合の子だぜ。見といて損はないっての。行こうや。さっきたまたまボディガでジョン・ヘンリー・メントンを見かけたけど、出方によってはやられっちまうな……慌《あわ》てることはないさ……。形勢は悪くないよ、ボブ、まあ任せとけ。

——二、三日って言ってくれ、と、おっさんカウリーが心もとなげに言った。

ベン・ドラードが足を止め、大音声孔《だいおんじょうこう》をあんぐりあけて見つめた。上着のボタンが一つ、てかてかの裏を見せて糸からぶらぶらして、こってりこびりついた目脂《めやに》をぬぐい去って聞き直す。

——なんで二、三日だ？　と、ベン・ドラードが低音をひびかせた。おまえさんの大家は家賃分を差し押さえてあるんだろ？

——そうだ、と、おっさんカウリー。

——そんならその御仁《ごじん》の証書なんてのはその紙代にもならん、と、ベン・ドラードが言った。大家に優先権があるからな。おれは明細をすべて知らせておいた。ウィンザー・アヴェニュー二九。ラヴという名だっけ？

——そうだ、と、おっさんカウリーは言った。ラヴ師だ。どっか田舎の牧師だよ。しかしそれは確かかい？

——バラバのやつにおれからだと言ってやれ、と、ベン・ドラードは言った。命令書なんてものは猿公《えてこう》が胡桃《くるみ》をしまうところにしまっておけってな。

彼はおっさんカウリーを己の巨体に連結させてぐいぐい先導して行った。

——そりゃ榛《はしばみ》の実だろうが、と、デッダラス氏は言い、眼鏡を上着の胸ポケットにひょいとぶら下げ、二人のあとを追った。


——息子のほうはうまくいくだろう、と、一同が城庭門を出るときマーティン・カニンガムが言った。

巡査が敬礼をした。

——ご苦労、と、マーティン・カニンガムが元気づけるように言った。

待っていた馭者に合図すると、馭者は手綱《たづな》をピシッと鳴らし、馬車をエドワード卿通りへ向わせる。

青銅《ブロンズ》と金《ゴールド》の連《れん》が、ケネディ嬢の頭とドゥース嬢の頭の連《れん》が、オーモンド・ホテルの連桁《れんこう》ブラインドの上へ現れた。

——うん、と、マーティン・カニンガムは髭をひねりつつ言った。コンミー神父に一筆書いて洗いざらい伝えておいた。

——われわれの友人に当ってみたらどうです、と、パワー氏が後ろへ提案する。

——ボイドか？　と、マーティン・カニンガムが素っ気なく言った。われに触《さわ》るな、だよ。

ジョン・ワイズ・ノーランが、リストに目を通しながら遅れて歩いていて、コーク坂《さか》を足早に追いかけた。

市役所の階段で市会議員ナネッティが、階段を下りながら、参事会員カウリーと市会議員エイブラハム・ライアンが上って来るのに挨拶した。

城の馬車は空のままガラガラとアッパー取引所通りへ入った。

――見ろよ、マーティン、と、ジョン・ワイズ・ノーランが言いながら、**メイル**社の前で二人に追いつく。なんとブルームが五シリングと名前を出している。

――そのとおりだ、と、マーティン・カニンガムがリストを受取りながら言った。しかもその五シリングを出してもいる。

――二言《にごん》もなしに、と、パワー氏が言った。

――不思議だが本当だ、と、マーティン・カニンガムが言い添えた。

ジョン・ワイズ・ノーランが目を見開く。

――あのユダヤ人にも大層な親切心が宿るってやつだな、と、彼は格調高く引用した。

彼らはパーラメント通りを進んだ。

――あれはジミー・ヘンリーだ、と、パワー氏が言った。キャヴァナーへ直行だな。

――まさしく、と、マーティン・カニンガムが言った。それ行け。

ラ・メゾン・クレールの前でめらめら大尽《だいじん》ボイランは、ジャック・ムーニーの義弟が背を丸めて千鳥足に自由区へ向うのを待ちかまえていた。

ジョン・ワイズ・ノーランはパワー氏とともに後退し、マーティン・カニンガムは霜降りのスーツをぱりっと着込んだ男の肘をつかんだ。不安定な足取りでミッキー・アンダーソンの時計の前をせかせか歩いているところだった。

――市書記官補殿は足胼胝《あしだこ》にお悩みだ、と、ジョン・ワイズ・ノーランが言った。

彼らはその後方から角を曲り、ジェイムズ・キャヴァナーのワインルームへ向う。空《から》の城の馬車が彼らの鼻先、エセックス門に停っていた。マーティン・カニンガムだけはしゃべりっきり、幾度もリストを見せるが、ジミー・ヘンリーは目もくれない。

——おや、長棹《ながさお》ジョン・ファニングも来てるじゃないか、と、ジョン・ワイズ・ノーランが言った。まさに実物大だな。

長棹《ながさお》ジョン・ファニングの長身が入口をふさいで立っていた。

——こんにちは、副執行官殿、と、マーティン・カニンガムが言い、一同も皆立ち止って挨拶をした。

長棹《ながさお》ジョン・ファニングは立ちはだかったまま。彼は大きなヘンリー・クレイ葉巻を決然と口から離し、その大きな目が見すかすように総勢の顔を上から睨《ね》めつけた。

——元老院のお歴々は平穏な審理を続行中かな？ と、彼はたっぷり辛辣《しんらつ》さのこもる口調で市書記官補に言った。

キリスト教徒に地獄門開きて、と、ジミー・ヘンリーはにべもなく言った。ろくでもないアイルランド語のごたごたのおかげで。式典長がどこに行ったのか知りたいものだ、と、言った。市会の秩序を保つべきときに。それに職杖捧持役《しょくじょうほうじ》のバーロウは喘息《ぜんそく》で寝込んでいて、議事は棚上げ、何もかも乱れて、定足数にすら達しなくて、市長のハッチンソンはランディドノーで保養中、小物のローカン・シャーロックが**臨時代理**《ロクム・テネンス》。忌々《いまいま》しいアイルランド語、なにが先祖伝来の言語だい。

長棹《ながさお》ジョン・ファニングはぷかっと煙を吐き出した。

マーティン・カニンガムは顎鬚《あごひげ》をひねりながら、書記官補と副執行官にかわるがわる話しかけ、ジョン・ワイズ・ノーランは口をはさまない。

――どこのディグナムだね？　と、長棹《ながさお》ジョン・ファニングが問う。

ジミー・ヘンリーが顔をしかめて左足を持ち上げた。

――ああ、胼胝《たこ》が！　と、哀れっぽい声を出す。頼むから上へ行こう、どっかに座らせてくれ。痛ッ！　ううッ！　気をつけろ！

腹立たしげに彼は長棹《ながさお》ジョン・ファニングの脇腹を押しのけて、中に入り、階段を上る。

――上に行こう、と、マーティン・カニンガムが副執行官に言った。あの男のことは知らないと思いますが、いや、知っていますかな。

ジョン・ワイズ・ノーランといっしょにパワー氏も中へ入った。

――なかなかの人物でしたよ、と、パワー氏が鏡の中の長棹《ながさお》ジョン・ファニングに向って上ってゆく長棹《ながさお》ジョン・ファニングのがっしりした背中に言った。

――かなり小柄でね。メントンの事務所のディグナムです、と、マーティン・カニンガムが言った。

長棹《ながさお》ジョン・ファニングは覚えていないと言った。

馬蹄《ばてい》のかつかつという音が鳴り響いた。

――あれはなんだ？　と、マーティン・カニンガム。

一同がその場で振り返る。ジョン・ワイズ・ノーランがまた下りてきた。戸口のひんやりする影から、馬群が議会通りを行くのを眺める。馬具と色つやのいい繋《つなぎ》が陽光にちらちら光った。馬群は陽気に彼の冷やかな目の前を、急ぎもせずに通り過ぎた。先導馬の鞍《くら》にまたがり、跳躍する先導馬を御《ぎょ》しながら、騎馬従者たちが行く。

――なんだった？　と、マーティン・カニンガムが訊くのといっしょに、彼らは階段を上り始める。

――アイルランド総督閣下だ、と、ジョン・ワイズ・ノーランが階段下から答えた。

分厚い絨毯《じゅうたん》を踏みつけて進みながら、バック・マリガンがパナマ帽の陰からヘインズにささやく。

——パーネルの兄貴だ。あそこの隅。

二人は窓のそばの小さなテーブルに着いた。反対側で馬面《うまづら》の男の髭と眼差《まなざ》しがひたすらチェス盤に貼り付いている。

——あれがそう？　と、ヘインズが席から振り返った。

——うん、と、マリガン。あれがジョン・ハワード、兄貴だ、市の式典長。

ジョン・ハワード・パーネルが白のビショップを静かに移動させ、その灰色の鉤爪《かぎづめ》が再び額《ひたい》に上って、そこに落着く。

一瞬後、鉤爪に隠れつつ、両眼《まなこ》がちらっと妖《あや》しく光って敵を覗《うかが》い、もう一度戦場の一角を凝視する。

——僕は**メランジュ**にしよう、と、ヘインズがウェイトレスに言った。

——**メランジュ**二つだ、と、バック・マリガンが言った。それとスコーンとバターとケーキも頼む。

ウェイトレスが行ってから、彼は高笑いしつつ言った。

——ここをDBCって言うのは、出てくるケーキが食い出侘《デーわビー》シーからさ。ああ、きみがデッダラスの**ハムレット**論を聞き逃したのは惜しかったよ。

ヘインズは買ったばかりのノートを開く。

——残念、と、言った。シェイクスピアは精神の均衡を失った連中にはもってこいの猟場《りょうば》だから。

一本足の水兵がネルソン通り一四の凹庭《くぼにわ》に向ってがなった。

イングランドは期待する……。

バック・マリガンの黄水仙《きずいせん》色のチョッキが高笑いに合わせて浮かれながら揺れた。

——ぜひとも見てくれよ、と、言った。あいつの躰《からだ》が均衡を失うのを。流離《さすら》いのエインガスっておれは言ってる。

——たしかに**固定観念**《イデ・フィクス》を持ってるね、と、ヘインズは言い、思いやるように親指と人差指で顎をつまんだ。それがどういうものになるのかと僕は思ってるんだけどね。ああいう人間は決って持っている。

バック・マリガンが大真面目にテーブルから身を乗り出す。

——正気じゃなくなってるんだよ、と、言った。地獄の幻影に取り憑《つ》かれちまって。アッティカの調べを把握するのはとうていできないだろう。スウィンバーンの調べ、詩人の中の詩人の調べを、白い死と赤らむ誕生をな。それがあいつの悲劇だ。詩人にはなれないね。創造の喜びが……。

——永劫《えいごう》の罰なんだ、と、ヘインズが軽くうなずく。分るな。今朝、信仰について議論してみた。心に何かわだかまりがある、僕はそう見た。かなり興味あるんだ、ウィーンのポコルニー教授が興味ある指摘をしているから。

バック・マリガンの油断ない目がウェイトレスの来るのを見た。注文を置くのにさっと手を貸す。

——古代アイルランド神話に地獄の痕跡は一つとして見出せないそうだよ、と、ヘインズが朗らかなカップのざわつきにまじって言った。倫理観が欠落しているらしい、運命の感覚とか、報復の感覚とかが。それでいてあの固定観念だけは持ってるのがなんとも不思議だ。きみたちの運動のために何か書くの？

彼はホイップクリームの中へ角砂糖を二つ器用に積み重ねて沈めた。バック・マリガンがほかほかのスコーンを二つに切って、あつあつの切目をバターでふさぐ。柔らかなのを一口、がっつくように食いちぎった。

——十年だな、と言って、くちゃくちゃやりながら高笑いをした。十年後には何か書くだろう。

——ずいぶん先の話か、と、ヘインズが思いやるように言って、スプーンを持上げた。だけど、結局は書くんじゃないかなあ。

カップのクリームの円錐形から一スプーン、口に運ぶ。

——これが本物のアイリッシュクリームなんだろうね、と、控《ひか》えめに言った。僕は押しつけられるのが嫌いでさ。

エリヤが、小舟が、ふわふわしわくちゃの、も要《い》らないビラが、東へと帆走し、帆船やトロール船の脇を抜け、コルク栓の群島にまぎれて、新ウォッピング通りの向う、ベンソン渡船場《とせんば》を過ぎ、ブリッジウォーターから煉瓦を運ぶ三本マストの帆船**ローズヴィーン**号のそばを行く。

アルミダーノ・アルティフォーニはホリス通りを過ぎ、シューアルの囲い廏舎《きゅうしゃ》を通り過ぎた。その後ろからキャッシェル・ボイル・オコナー・フィッツモリス・ティズダル・ファレルが、ステッキ傘ダスターコートぶらりぶらり、ロー・スミス氏の家の前の街灯をよけて、道を渡り、メリオン広場沿いに歩く。そのずっと後ろから一人の生若《なまわか》い盲人がコツッコツッと大学公園の塀沿いに進む。

キャッシェル・ボイル・オコナー・フィッツモリス・ティズダル・ファレルがルイス・ワーナー

氏の朗らかなウインドウまで歩き、それから曲って、大股にメリオン広場沿いを戻って行く、ステッキ傘ダスターコートぶらりぶらり。

彼はワイルドの家の角で立ち止り、主都會館に公示されたエリヤの名に顔をしかめ、遠くのデュークス・ローンの遊園に顔をしかめた。眼鏡が陽光の中、しかめ面《つら》で光った。鼠歯《ねずみば》をむき出しにしてつぶやく。

——**強いられたれば勇躍《コアクトゥス・ウォルイ》**。

大股にクレア通りへ向いながら、その峻烈《しゅんれつ》な文句を軋《きし》らせた。

大股にブルーム歯科医のウインドウの前を通り過ぎたとき、ダスターコートの揺れがその角度からコツッコツッと進む細い杖を荒っぽくかすめるや、なよなよした体にぶち当り、そのまま一気に吹き抜けて行った。生若《なまわか》い盲人の振り向いた病的な顔が大股に去る人影を追った。

——こんちくしょう、と、彼はむかっ腹を立てて言った。どこの何様だ！　俺より盲《めくら》かよ、ろくでもない唐変木《とうへんぼく》！

ラギー・オドノホウの真向いで、パトリック・アロウイシャス・ディグナム君は、前フェーレンバック現マンガンに買いにやらされた豚肉数枚一ポンド半を危なっかしく持ちながら、暖かなウィックロウ通りをのらりくらり歩いていた。ストア夫人やクウィッグリー夫人やマクダウェル夫人やらとブラインドの下りた居間でじっとしてるのはちぇッ退屈だし、皆くすんくすんやったりバーニー叔父さんがタニーから買ってきた茶色っぽい高級シェリーをちびりちびり飲んでるだけ。それにコテッジ・フルーツケーキをつまんだり、ぺちゃぺちゃしゃべりっぱなしでたまにため息をつく。

ウィックロウ小路を過ぎたところで礼装帽子店マダム・ドイルのウインドウが彼を引き止めた。立ち止まって覗《のぞ》き込み、二人の拳闘選手が裸になって拳骨《げんこつ》を構えているのを見つめた。両脇の鏡から、喪服を着た二人のディグナム君が無言で口をあんぐり開けた。ダブリンの寵児《ちょうじ》マイラー・キーオウが、五十ポンドの賞金を賭けてポートベロウの賞金稼ぎベネット特務曹長と対決。すげえ、ばんばん殴り合いになるの見てみたいな。マイラー・キーオウってのは、緑色の飾り帯《サッシュ》を締めてこっちへスパーリングしているほうだ。入場料二シリング、兵士半額。母さんをごまかすくらい簡単さ。左側のディグナム君が向きを変えるのといっしょにディグナム君が向きを変えた。ぼくの喪服姿。いつだ？　五月二十二日。なんだ、ちぇッもう終ってる。彼が右を向くと、右側のディグナム君も向きを変えた。帽子がゆがんで、カラーが突き出している。顎を持ち上げてカラーのボタンをとめながら、彼は二人の拳闘家の隣に愛くるしい小間使女優《スーブレット》マリー・ケンダルの姿を見た。ストーアの吸うモクの箱に画いてあるスケみたいだな、親父に見つかってしこたまぶん殴られたんだ。

ディグナム君はカラーをおろして、ぶらぶら歩き出す。腕っぷし一番の拳闘家はフィッツシモンズだった。あいつに一発くらったら完全にノックアウトだぜ。でもフィッツシモンズにぶちのめされる前はジェム・コーベットが技では一番だった、ひょいひょいかわしたりして。

グラフトン通りでディグナム君は真っ赤な花をくわえて洒落《しゃれ》た靴をはいている伊達《だて》男を見た。酔っ払いになにか話しかけられて、にやにや笑っている。

サンディマウント行き電車がない。

ディグナム君はナッソー通りを歩きながら、豚肉数枚をもう一方の手に持ちかえた。襟《えり》カラーがまた跳《は》ねて、それを引き下げる。ちぇッ飾りボタンがシャツのボタン穴に小さすぎるんだ、ちぇッいやんなっちゃう。肩から鞄を提《さ》げた生徒たちに出会った。ぼくは明日も行かないよ、月曜日まで休むんだ。また生徒たちに出会った。ぼくが喪服を着てるのに気がついたかな？　バーニー叔父さんは今晩の新聞に出すって言ってた。そしたらみんな新聞で見て、ぼくの名前と父さんの名前が載ってるのを見るだろうな。

父さんの顔はいつもみたいに赤くなくて、すっかり灰色だった。そして目のあたりまで蠅が一匹歩いて行った。お棺に釘をねじ込むときにギーギーッて音がした。二階から運び下ろすときゴツンゴツンとぶつかった。

父さんはあの中にいて母さんは居間で泣いていてバーニー叔父さんが曲り角にぶつからないように指図してた。大きなお棺だったな、長くて重そうで。どうしてあんなことになったんだろ？　ゆうべ父さんは酔っていて踊り場に突っ立って、タニーの店へまた飲みに行くからブーツを持ってこいとがなってた。上着を脱いだままでずんぐり小さく見えた。もう会えない。それが死ぬってことなんだ。パパは死んだ。ぼくの父さんは死んだんだ。母さんの言うことを聞くんだぞと言った。ほかにもなにか言ったけど聞き取れなくて、でもちゃんと言おうとして舌と歯が動くのは見えた。父さんかわいそう。故ディグナム氏、ぼくの父さん。いまごろれん国《ごく》にいるといいな、土曜の晩にコンロイ神父のところへざんげに行ったんだもん。

ダドリー伯爵ウィリアム・ハンブルとダドリー令夫人は、ヘゼルタイン陸軍中佐を伴い、昼食後に総督公邸を馬車で出た。後続の一台の馬車には貴顕《きけん》の随行者、パジェット令夫人、ド・コーシー嬢、ジェラルド・ウォード補佐官。

騎馬行列はフィーニクス公園の下手門から出て畏《かしこ》まる巡査らの敬礼に送られ、キングズブリッジを過ぎ北側の川岸を行く。総督は道すがら甚《はなは》だ心こもる会釈《えしやく》に迎えられて主都をねり行く。血みどろ橋ではトマス・カーナン氏が川向うから会釈《えしやく》をしたが遠すぎて無駄になった。クイーンズ橋からウィットワース橋へ向う途中、ダドリー卿の総督騎馬行列は法学士にして文学修士のダドリー・ホワイト氏を追越して会釈《えしやく》を受けず、同氏はアラン船寄《ふなよせ》通り、M・E・ホワイト夫人経営の質屋の前、アラン通り西の角に立ち、人差指で鼻をこすりこすり、フィブズバラに行くには電車を三回乗換えるのが早いか、馬車を呼止めるのが早いか、徒歩でスミスフィールド、コンスティテューション・ヒル、ブロードストーン・ターミナル駅と行くのが早いか決めかねていた。四法院の柱廊《ポーチ》表口ではリッチー・グールディングがグールディング゠コリス゠ウォードの経費鞄をかかえて驚いたように総督を見た。リッチモンド橋を過ぎて、事務弁護士、愛國保険社周旋人、ルーベン・J・ドッドの事務所の表階段前では、中へ入ろうとしていた年輩の女が思い直してキング印刷会社のウインドウまで後戻りをすると、国王陛下の代理人にお人好しの笑みを投げかけた。トム・ディヴァン土木事務所下のウッド岸壁の水門から、ポドル川が忠誠の証しに下水汚物の舌を垂らした。オーモンドホテルの連桁《れんこう》ブラインドの上から、金《ゴールド》と青銅《ブロンズ》との連《れん》が、ケネディ嬢の頭とドゥース嬢の頭の連《れん》が、眺めて見とれた。オーモンド船寄《ふなよせ》通りでサイモン・デッダラス氏が共同便所から副執行官の事務所へ向おうとして、通りの中ほどでつと立ち止まり、帽子を取って低く下ろした。閣下は慈悲深くもデッダラス氏の挨拶に応じた。カーヒルの角から文学修士ヒュー・C・ラヴ師が、古《いにしえ》には実入り豊かな聖職者推挙権をその寛大な手に握っていた国王代理総督たちのことを忘れることなく敬意の意を表したのに気づかれずじまいだった。グラッタン橋ではレネハンとマッコイが、ちょうど別れぎわに騎馬行列が通り過ぎるのを見やった。ロジャー・グリーンの事務所と大きな赤いドラード印刷所の前を行きながらガーティ・マクダウェルは、病に伏している父に代ってケイツビーのコルク・リノリウムの手紙を手に、行列の様子から総督夫妻であることは分ったけれど総督夫人の装いは見えなかった。総督閣下のお通りということで、電車とスプリング家具店の黄色い大馬車が目の前に止まらなければならなかったからだ。ランディ・フット煙草問屋の向う、キャヴァナーのワインルームの日除《ひよ》けの掛かった入口から、ジョン・ワイズ・ノーランがアイルランド総督大閣下の方角へ悟られぬ冷笑を送った。ダドリー伯爵ヴィクトリア一等勲爵士ウィリアム・ハンブル閣下は、ミッキー・アンダーソンの無休チクタク時計たちやヘンリー・アンド・ジェイムズの粋なスーツの血色のよい蠟《ろう》人形たち、紳士ヘンリーと**最新流行**《デルニエ・クリ》ジェイムズの前を通り過ぎた。デイム門に寄り掛ってトム・ロッチフォードとおせせ鼻フリンが騎馬行列の近づくのを眺めた。トム・ロッチフォードは、ダドリー夫人の目が自分を見つめているのに気づき、赤ワイン色のチョッキのポケットから素早く両親指を引き抜いて、帽子を取って挨拶した。愛くるしい**小間使女優**《スーブレット》、頬紅べたべたの名女優マリー・ケンダルが、スカートを持ち上げ、ポスターから頬紅《ほおべに》べたべたっと、ダドリー伯爵ウィリアム・ハンブルに、陸軍中佐Ｈ・Ｇ・ヘゼルタインに、そしてジェラルド・ウォード副官にも、笑みを送った。ＤＢＣの窓から物見高い客たちの肩ごしにバック・マリガンが陽気に、ヘインズが大真面目に、総督の馬車を見下ろした。その大勢の見物人のせいで翳《かげ》ったチェス盤をジョン・ハワード・パーネルが一心不乱に見つめる。ファウンズ通りでディリー・デッダラスが、シャルドナルのフランス語初歩読本から上げた目を細めて、まばゆい日差しの中にひろげられた日傘たちや回転する馬車の輻《や》を見た。ジョン・ヘンリー・メントンが、貿易会館の入口をふさいで立ったまま、ワイン膨《ぷく》れの牡蠣眼《かきまなこ》で睨《ね》めつける。厚ぼったい左手に持つ厚ぼったい二重蓋懐中金時計を見るでもなく感じるでもない。ビリー王の馬の前肢が宙を掻くところで、ブリーン夫人が急ぎ足の夫を引き戻して先導馬群の蹄《ひづめ》から守った。彼女は夫の耳に大声で事情を知らせた。理解して、夫は法律本を左胸に移すと二番目の馬車に挨拶した。ジェラルド・ウォード副官は思いがけないことに気をよくして、すぐさま答礼した。ポンソンビー書店の角で、疲れた白の酒瓶Hが歩みを止め、シルクハットの白の酒瓶四本、E、L、Y、'Sが立ち止まると、そこを騎馬従者たちがぱっぱか通り過ぎ、馬車が通り過ぎた。ピゴット楽器店の真向いでダンス教習会教授デニス・J・マギニ氏が、華やいだ出で立ちで勿体《もったい》ぶって歩いていたが、総督に追い越されて無視された。学長公邸の塀沿いに軽やかにめらめら大尽《だいじん》ボイランが、黄褐色の靴に空色の刺繡《ししゅう》の入った靴下をはいて、**おいらのあの娘《こ》はヨークシャー育ち**のリフレインに合せて歩む。

めらめら大尽《だいじん》ボイランは先導馬たちの空色の飾りバンドと高い動きに対抗して、空色のネクタイと粋に斜めにかぶった広縁の麦藁帽と藍色のサージのスーツを誇示した。上着ポケットの中の両手は敬礼を忘れたが、三人のご婦人には厚かましい感嘆と唇にくわえた赤い花を見せつけた。ナッソー通りを通過しながら総督閣下は会釈《えしやく》を返している奥方にカレッジ公園で演奏されている曲を聞いてごらんと言った。姿の見えない臆面なしのハイランドの若者たちが行列《コルテージュ》の後ろからさかんに喇叭《らっぱ》と太鼓を鳴らす。

あの娘《こ》はただの女工だけんど
そまつな身なりの女だけんど
バララーバンドン
そんでもおいらはなんとなく

ヨークシャーが好きなんだ
ヨークシャーのかわいいバラが
バララーバンドン

塀のあちら側では、四分の一マイル平地ハンディキャップ自転車競走選手、M・C・グリーン、H・シュリフト、T・M・ペイティ、C・スケイフ、J・B・ジェフス、G・N・モーフィ、F・スティーヴンソン、C・アダリー、W・C・ハガードが、次々に追走のスタートを切った。フィンズ・ホテルを大股に通り過ぎながら、キャッシェル・ボイル・オコナー・フィッツモリス・ティズダル・ファレルは、険悪な片眼鏡の奥から、馬車の列の向う、オーストリア＝ハンガリー帝国副領事館の窓際にいるM・E・ソロモンズ氏の頭を睨《にら》んだ。レンスター通りの奥、トリニティの裏門で、忠実な王党員ホーンブロウアが狐狩り帽に手をやった。つや光りする馬たちが後ろ脚を蹴り上げてメリオン広場を過ぎたとき、パトリック・アロウイシャス・ディグナム君は立ち止まり、みんながトップハットの紳士に敬礼するのを見て、自分も豚肉をくるむ紙の脂《あぶら》のべとつく指で真新しい黒の帽子を押し上げた。カラーも跳《は》ね上がった。総督閣下は、マーサー病院基金援助マイラス慈善市の開会式に出席するため、随行の者たちを引き連れてロウアー・マウント通りへ向った。ブロードベント果実店の真向いで生若《なまわか》い盲人を追い越す。ロウアー・マウント通りで茶色の雨外套《マッキントッシュ》の歩行人が、ひからびたパンをかじりながら総督の行方をさっと横切ったが、かすり傷も負わずにすんだ。ロイヤル運河橋で、板囲いからユージーン・ストラットン氏が分厚い唇でにやりと笑みつつ、ペムブルク区への到来者全員を歓迎した。ハディントン道路の角で、二人の砂まみれ女が立ち止り、一本の傘と中で十一個の鳥貝《とりがい》が転がる鞄が怪訝《けげん》そうに金鎖を着けていない市長と市長夫人を眺めた。

ノーサンバーランド道路とランズダウン道路の角で、閣下はまばらな男性歩行者の挨拶にいちいち応え、一八四九年に先の女王が夫君とともにアイルランドの首都を訪れた際に感嘆したという邸の庭門で二人の小さな小学生の敬礼に応え、閉る扉に呑みこまれたアルミダーノ・アルティフォーニの不屈のズボンの敬礼に応えた。

第十一章《エピソード》

セイレン

Sirens

時刻　午後三時三十八分〜四時四十分
場所　リフィー川北岸のオーモンド・ホテル
人物　サイモン・デッダラス、ドゥース嬢、ケネディー嬢、ブルーム、ボイラン　他青銅《ブロンズ》と金《ゴールド》の連《れん》が蹄《ひづめ》を聞いた、鋼《はがね》鳴りを。

こなまこしゃくしゃくしゃくしゃ。

ふぁらら、ごつい親指爪からつまんで剝《は》がしてふぁらら、ふぁらら。

やらしい！　そして金《ゴールド》がもっと赤らんだ。

吹いてかすれたファイフ音を。

吹いた。にブルーの花盛《ブルーム》り。

　金《ゴールド》の尖塔《せんとう》にした頭髪。

繻子《しゅす》の繻子のような胸に跳《と》び跳《は》ねる薔薇《ばら》、カスティーリャの麗《うるわ》しき薔薇。

トリルで、トリルで、アイドロレス。

見《め》っけたぞ！　そこに誰《だあれ》……。　金《ゴールドめ》見っけ？

チーンと青銅《ブロンズ》の憐憫《れんびん》に呼掛けた。

そして呼ぶ音が、清らかに、長く、ふるえて。長くたゆたって消える呼声。

おびき寄せ。柔らかな言葉。しかし見ろ、煌《きら》めく星たち色褪《いろあ》せて。調《しら》べが応答を囀《さえず》り。おお、薔薇よ！　カスティーリャ。夜がしらじらと明けてゆく。

チン鈴《リン》、チンリンボロンが軽やかに行く。

硬貨が鳴った。柱時計がボーンと鳴った。

言明《げんめい》。**鳴らせ**《ソネ》。このまま。ガーターの跳《は》ね返り拍子。汝《なれ》と別れ難《がた》く。パシッ。**鐘**《ラ・クロッシュ》**を**！　腿《もも》をパシッ。言明。熱《ほて》り。恋人よ、さらば！

チン鈴《リン》。ブルー。

砲撃《ほうげき》する和音に遠雷《えんらい》の波音を。恋に奪われたるは。戦《いくさ》！　戦！　鼓膜を。

一艘《そう》の帆船《はんせん》！　ベールを風に波打たせて。

失われ。歌鶫《うたつぐみ》が横笛音色に。すべて失われし今。

抛《ホ》ルン。はいしい、勃起《ぼっき》り。

彼が初めて見しは。だが、ああ！

満ちあふれんばかりに遊牝《つる》む。満ちあふれんばかりに脈打つ。

喉もとがふるえて歌って。ああ、誘惑！　魅惑して。

マルタ！　来《きた》れ！

ぱちぱち。ぱちばし。ばちばしっぱち。

いやまったく一度も聞いたことは一度も。

聾禿《つんぼはげ》パットが持って来た吸取器《パッド》ナイフ持上げた。

月夜の呼声、遠く、遠く。

とても悲しい気分です。追伸。とても寂しい花咲いて。

聞いて！

角《つの》だらけの螺《ら》旋状《せんじょう》の冷たい海ホルン。抛《ホ》ルン？　それぞれ、互いに、打寄せる波音と沈黙の轟《とどろ》きを。

真珠、すると彼女が。リストの狂詩曲《ラプソディー》。シュシュシュ。

じない？

なかった。いや、いや。信じ。リドリディは。活栓《かっせん》とカッラー裸《ラ》と。

黒。

低音響く。やれよ、ベン、やれよ。

休時《きゆうじ》の客に給餌《きゆうじ》しろ。へへへ。休時の客にへへへ。

しかし待て！

低く暗い地中に。埋込まれた鉱石。

ナミネダミネ。すべて逝《い》きたり。すべて斃《たお》れたり。

ちっちゃな、彼女の打ちふるえる乙女毛の羊歯《しだ》襞《ひだ》。

アーメン！　彼は怒りに歯ぎしりした。

前へ。後ろへ、前へ。指揮棒ひんやり突き出て。

青銅《ブロンズ》リディアとマイナ金《ゴールド》の連《れん》。

青銅《ブロンズ》と金《ゴールド》の連《れん》が海原緑の影の中に。ブルーム。懐かしのブルーム。

誰かが叩いた、こつんごつんと叩いた、こんこつ段《だん》こん、段こん男《だん》こん。

彼のために祈れ！　祈れ、善き人々よ！

彼の痛風《つうふう》の指がティンパ似《ニ》叩き。

ビッグ・ベナベン。巨鈴《きよりん》ビッグベン。

名残《なごり》の薔薇カスティーリャ夏のを置去りにされて花咲くぼくはとても悲しく独りぽっちの。

ぷぅぃ！　小さな風が吹い放《ひ》ィィッた。

真《まこと》の男児。リド、カー、カウ、ディー、ドラ。いいぞ、いいぞ。たる諸君。カッチーンをコッチーンと挙げようではないか。

ぶぶぶ！　うぅ！

青銅《ブロンズ》が近くからどこ？　金《ゴールド》が遠くからどこ？　どこ蹄《ひづめ》？

ぶっぅぅぅ。ガラー。ガラーンドガラー。

その時、その時にこそ。我が墓放《ひ》ィッ碑。斯《か》くぷぶぅ書かる。

及ぶぅぅぅッ。

開始！


青銅《ブロンズ》と金《ゴールド》の連《れん》が、ドゥース嬢の頭とケネディ嬢の頭の連《れん》が、オーモンド・バーの連桁《れんこう》ブラインドごしに総督の蹄《ひづめ》が通るのを聞いた、鋼《はがね》鳴りを。

——あの女《ひと》なの？　と、ケネディ嬢が訊く。

ドゥース嬢はそうよと言った。閣下のとなり、パープルグレーに**オ・ドゥ・ニル**。

——絶妙なコントラスト、と、ケネディ嬢が言った。

すると昂《たか》ぶりはしゃいでドゥース嬢が勢い込んで言った。

——あのシルクハットの男、見てよ。

——誰？　どこ？　金《ゴールド》がもっと勢い込んで言った。

——二番目の馬車、と、ドゥース嬢の潤《うる》んだ唇が言い、陽光の中で高笑いになる。こっちを見てるわ。こっちも見てあげるから気をつけてよ。

彼女は、青銅《ブロンズ》は、一番奥まで飛んで行き、せわしい息の暈《かさ》の中で顔を窓ガラスに押しつけた。

潤んだ唇がくっくっと笑う。

——振り向いたら命落すわよ。

彼女はけたたけた笑った。

——ああ、泣けちゃう！　男っておっそろしくばかじゃない？

悲しみこめて。

ケネディ嬢は悲しげに耳の後ろでほつれ髪を一本、指に絡《から》ませながら明るい光からゆるりゆるり出て来た。ゆるりゆるりと悲しげに、ふっと金《ゴールド》でなくなって、彼女は一本の髪を縒《よ》って絡《から》ませた。悲しげに彼女は曲線を描く耳の後ろでゆるりゆるり動く一本の金髪《ゴールド》を絡《から》みつかせた。

——いい思いをするのは男なんだから、と、悲しげにそのとき彼女は言った。

一人の男。

ブルー何某《なにがし》が**罪の甘露**《かんろ》を胸に抱えながらムーラングのパイプの前を、甘い罪の文句を記憶に抱きながらワインの骨董《こっとう》の前を、キャロルの黒ずんでつぶれた銀食器の前を、ラーウールのために通り過ぎて行く。

下働き少年が二人のところへ、バーの二人、二人女給のところへ来た。見向きもしない二人にカウンターの上へカチャカチャ鳴る陶器の載った盆をガシャンと置いた。そして
——そら、お茶だ、と、言った。

ケネディ嬢が作法《さほう》よろしく茶盆をリチウム水の木箱を逆さにした上へ転移調整する、目にふれないように、低く。

——それ何よ？　大声の下働き少年が不作法《ぶさほう》に訊いた。

——何でもいいでしょ、と、ドゥース嬢がやり返し、偵察地点を離れる。

——いい人《ボー》かい?

傲慢《ごうまん》な青銅《ブロンズ》が応じた。

——ド・マシーさんに言いつけるわよ、小生意気小癪《こなまいきこしやく》なことばかり口走ってると。

——こなまこしゃくしゃくしゃくしゃ、と、下働き少年は荒っぽく鼻を鳴らし、すごまれながらさっきと同じように退却した。

ブルーム。

自分の花にしかめっ面をしながらドゥース嬢は言った。

——憎たらしいったらありゃしない、あの小僧ったら。今度あんな態度したら耳をちぎれるくらいひっぱってやるから。

絶妙なコントラストの貴婦人らしく。

——気にしなけりゃいい、と、ケネディ嬢が応じた。

彼女はティーカップにお茶を注ぎ、またティーポットにお茶を戻した。二人はカウンターの礁《かくれいわ》の陰に身を沈めて、足載せ台に、逆さにした木箱に給仕しながら、お茶が出るのを待つ。二人はブラウスをいじり、どちらも黒の繻子《しゆす》、一方は一ヤード二シリング九、お茶が出るのを待つ、もう一方は二シリング七。

然り、青銅《ブロンズ》には近くから、連《つら》の金《ゴールド》には遠くから、鋼《はがね》が近くから聞え、蹄《ひづめ》が遠くから聞え、そして鋼蹄《はがねひづめ》の蹄《ひづめ》 鳴り鋼《はがね》鳴りが聞えた。

——ひどい日焼けでしょ?

青銅《ブロンズ》嬢はブラウスの首を開いた。

——ううん、と、ケネディ嬢は言った。あとになれば小麦色になってくるから。チェリーローレル水に硼酸《ほうさん》入れたのつけてみた？

ドゥース嬢は中腰になって金文字入りのバー鏡に映る自分の肌を斜めに見た。ホックワインとクラレットのグラスが並んでチカチカ光り、その真ん中に貝殻が一つ。

——この手も見てちょうだい、と、言った。

——グリセリンをつけるといいわ、と、ケネディ嬢が助言する。

首と両手にさよならをしてドゥース嬢は
——そういうのって吹出物ができるだけ、と、返答し、再び腰をおろす。ボイドの店のあの偏屈爺《へんくつじい》さんに訊いてみたの、肌に何かいい薬あるって。

ケネディ嬢は、もうよく出たお茶を注ぎながら、顔をしかめて嘆願した。

——ああ、お願いだからあの顔思い出させないでちょうだい！

——でもまあ聞いてったら、と、ドゥース嬢は懇願《こんがん》する。

甘いお茶をケネディ嬢は注いでミルクを入れてから両手の小指で耳栓《みみせん》をした。

——いやよ、やめて、と、絶叫した。

——聞かないわよ、と、絶叫した。

しかしブルームは？

ドゥース嬢は嗅煙草《かぎたばこ》好きの偏屈爺《へんくつじい》の声色《こわいろ》で豚みたいに唸《うな》った。

——あんたのどこにだい？　そう言ったのよ。

ケネディ嬢は聞くために、話すために、耳栓を外したが、しかし言った、しかしもう一度嘆願《たんがん》した。

——思い出させないでってば、死んでもいやだってば。あのいやらしい老いぼれ！　ほらあの晩エインシェント音楽堂でさ。

彼女は不味《まず》そうに自分の入れたお茶を啜《すす》った、熱いお茶を、一啜《すす》り、甘いお茶を啜《すす》った。

——こんなふうよ、と、ドゥース嬢は言い、青銅《ブロンズ》の頭を四分の三ほど上向きにして、両の鼻翼《びよく》を波打たせた。ふーふぁっ！　ふーふぁっ！

甲高《かんだか》い金切声《かなきりごえ》の笑い声がケネディ嬢の喉から飛出した。ドゥース嬢はふふぁっ、ふふぁっと吹き、ぶうっ、ぶうっと吐き、その鼻孔《びこう》が餌《えさ》を漁《あさ》る豚鼻みたいにこなまこしゃくしゃっと震えた。

——きゃあ！　金切声で、ケネディ嬢は絶叫した。あのぎょろぎょろ目、忘れられないでしょう？

ドゥース嬢は太い青銅笑声《ブロンズしようせい》で唱和《しようわ》して、叫声《きようせい》をあげた。

——それに例の、も一つの目！

ブルー何某《なにがし》の黒い目がアーロン・フィガットナーの名を読んだ。どうしておれはいつもフィッグギャザーだと思うんだ？　集合無花果《ギャザリングフィッグズ》って思うからだろう。それとプロスパー・ロレはユグノー系の名前。バッシの店に並ぶ聖母像の前をブルームの黒い目が通り過ぎた。青衣《ブルーローブ》、下は白、わたしのもとへ来なさい。神だとみんな信じてる、彼女は神だと、あるいは女神だと。今日のあの女神たち。見られなかった。あの男が話し掛けて。学生。あとでデッダラスの息子といっしょに。あれがマリガンかも。麗《うるわ》しき処女ばかり。それでろくでもない連中が寄って来る。彼女の白。

彼の目が通り過ぎて行く。**罪の甘露《かんろ》**。甘い甘い甘露。

罪の。

くっくっと笑う鳴響《めいきよう》となって若い金青銅声《ゴールドブロンズごえ》が混じり合った、ドゥースとケネディが例のも一つの目で。二人は若い頭をのけぞらせ、青銅《ブロンズ》けたけた金《ゴールド》が、哄笑《こうしよう》を放ち飛ばし、きゃっきゃ、きゃっきゃあ、も一つの、互いに身ぶり手ぶり、甲高く突き抜ける音階になった。

ああ、あえぎあえぎ、ふうふう息を継ぎ、ああ、憔悴《しょうすい》し、嬌声《きょうせい》がおさまる。

　ケネディ嬢がカップに再び口をつけ、持上げ、一啜《ひとすす》り飲み、くっくっけたけた笑った。ドゥース嬢が、茶盆に屈《かが》み込み、またしても鼻を波打たせ、おどけたぎょろ目をくるくる回す。またしてもケニィくっくっ笑いが、前のめりになり、金髪の尖塔《せんとう》が、前のめりになり、鼈甲《べっこう》の項櫛《うなじぐし》が見え、ぷーっとお茶を吹き飛ばし、お茶と笑いに噎《むせ》んで、ごほごほ噎《むせ》んで咳《せ》き込《こ》みながら、絶叫した。

──まあ、脂《あぶら》ぎった目！　あんな男と結婚するなんて考えられない！　と、彼女は絶叫した。ちょび髭なんか生やしちゃってさ！

　ドゥースが発声豊かに華麗な叫声を発した。成熟豊かな女の、声量豊かな、愉《ゆ》楽《らく》、歓喜、憤慨の叫声。

──あのぎとぎと鼻と結婚するなんて！　と、彼女は叫声を張り上げた。

甲高《かんだか》く、太い笑い声を伴《ともな》い、追い、金《ゴールド》が青銅《ブロンズ》を追い、互いにそそり合って高笑いに高笑いを轟《とどろ》かせ、転々調子を変えて鳴鐘鳴笑《めいしようめいしよう》、青銅金《ブロンズゴールド》、金青銅《ゴールドブロンズ》、甲高太《かんだかふと》く、笑いへ笑いを追う。それからさらに高笑い。ぎとぎとっと、目鼻がつくわよね。消耗し、息切れして、二人はゆらした頭を、編み上げて艶光《つやびか》り櫛《くし》で尖塔《せんとう》にした頭髪を、カウンターの岩棚《いわだな》にもたせかけた。すっかり赤らんだ（まあ！）、あえぎながら、汗ばみながら（まあ！）、息を切らして。

　ブルームと結婚、脂ぎとぎとブルームと。

──ああ、堪忍《かんにん》してったら！　と、ドゥース嬢が言い、ふーっと一息ついて跳び跳ねる薔薇を見おろした。笑い過ぎちゃったじゃない。もう濡れちゃいそう。

──まあ、ドゥースったら！　と、ケネディ嬢がたしなめる。やらしい人！

　そしてさらにもっと赤らんだ（やらしい！）、もっと金色《こんじき》に。

キャントウェルの事務所のあたりを脂《あぶら》ぎとぎとブルームはうろついた。セッピの聖母たちが油顔料《あぶらがんりょう》の光沢を放つ。ナネッティの父親はこういうものを売り歩いてたな、行くさきざきでお愛想言って釣《つ》るのはおれも同様。宗教は金になる。あの二、三行のことで彼に会わなくては。まずは腹ごしらえ。食いたいね。まだだ。四時に、とあれは言った。時は過ぎて行く。時計の針が刻々と。てくてく。どこで食べようか？　クラレンス、ドルフィン。てくてく。ラーウールのために。食おう。あの広告で五ギニー入ったら。菫色《すみれいろ》のシルクのペティコート。まだだ。**罪の甘露《かんろ》**。

赤らんだのが薄れて、さらに薄れて、金色《こんじき》に肌色に。

両嬢のバーへデッダラス氏がふらりと入ってきた。ふぁらら、片方のごつい親指爪からつまんで剝《は》がしてふぁらら。ふぁらら。彼はふらりと入ってきた。

——おお、これはこれはお帰り、ドゥースさん。

彼は彼女の手を取る。休暇は楽しかったかな？

——最高。

ロストレヴァーはいい天気だったろうね。

——すばらしいったらなかった、と、彼女は言った。ほら、こんなに見事になったでしょ。一日中、海辺に寝そべっていたんだもん。

青銅色《ブロンズ》の白。

——そりゃまた随分はしたない、と、デッダラス氏は言い、甘やかす調子でぽんと彼女の手を叩いた。単純な男たちを誘惑したんだろ。

繻子《しゅす》のドゥース嬢はしゅすーっと腕を引っこめる。

——まあ、ばか言わないで！　と、言った。自分だってそんな単純じゃないくせに。

単純さ。

——いやいや、わたしはそうだよ、と、彼は楽想《がくそう》を吐露《とろ》する。生れたての頃あんまり単純な顔をしてたから単純《シンプル》サイモンなんて洗礼名をつけられた。

——きっと甘やかされたんでしょう、と、ドゥース嬢が応答した。で、お医者さんは今日は何を飲みなさいって?

——いやいや、と、彼は楽想を奏《そう》した。きみの言うものなら何でも。旨《うま》い水とハーフグラスのウイスキーをもらおうか。

チンジャラ、チンジャラ。

——じゃあ敏活《びんかつ》にいきましょう、と、ドゥース嬢は調和した。

敏活《びんかつ》の遊楽《ゆうがく》をもってカントレル・アンド・コクランの金箔《きんぱく》文字の入った鏡のほうへ彼女は向きを転じた。遊楽《ゆうがく》をもって栓をひねり少量の金色《こんじき》のウイスキーをクリスタルの小樽《ケグ》から注ぐ。上着の裾からデッダラス氏は煙草入れとパイプを取出した。敏活《びんかつ》を彼女が差出す。管口《フルー》を吹いて二つかすれたファイフ音を鳴らした。

——いやまったく、と、彼は楽想を奏した。モーン丘陵へは行ってみたいと前々から思ってるんだがね。あっちの空気にはきっと強壮剤のアリアが流れているんだろう。しかし、長き症候は裏切らずというからな。うん。うん。

うん。彼は指でもじゃもじゃっと、乙女毛を、人魚印の毛髪を火皿《ひざら》に詰めた。ふぁらら。もじょもじょ。楽想に沈みつつ。無言《ミュート》。

誰も全然何も言わない。うん。

陽気にドゥース嬢がタンブラーを磨きながら、トリルで歌った。

――おお、アイドロレス、東《ひんがし》の海の女王！

――リドウェルさんは今日来たかい？

入って来たのはレネハン。周りをぐるりとレネハンは覗《のぞ》いた。ブルーム氏はエセックス橋に着いた。うん、ブルーム氏はイエス《イエス》セックスの橋を渡った。マーサに手紙を書かなくちゃ。便箋《びんせん》を買おう。デイリー。あの店の女の子は丁寧だ。ブルーム。懐かしのブルーム。ライ麦畑にブルーの花盛り《ブルーム》。

――お昼の時間に来たわ、と、ドゥース嬢が言った。

レネハンが進んで来た。

――ボイランさんがおれを探してた？

彼は訊いた。彼女は応答した。

――ケネディさん、あたしが上の階に行ってたときボイランさん来た？

彼女は訊いた。ケネディの第二声部《だいにせいぶ》嬢が、二番煎《にばんせん》じのティーカップを宙に浮かせて応答した、視線は頁に注いだまま。

――ううん。来なかった。

ケネディの視線《しせん》嬢は、声はすれど姿は見せず、読みつづける。レネハンは鐘形サンドイッチ容器を円く回って丸っこい躰《からだ》を丸く収めた。

――見っけたぞ！　そこにいるのは誰《だあれ》？

ケネディの一瞥《いちべつ》も返ってこないけれど彼は言い寄りの序奏《じょそう》を歌い出す。句点音栓《くてんおんせん》に気をつけてね。

黒いのだけ、見逸《みそ》らしはとろい、円い○と傴僂《せむし》のS。

チン鈴《リン》チンリン軽やかチンジャラ。

乙女金《ゴールド》は読みつづけて見向きもしない。気にしなけりゃいい。彼女の一瞥《いちべつ》もないままに彼はどれ見それ見とそらそらしい諳譜《あんぷ》をぺらべら変音で歌った。

――狐ェが会ったよォ、鸛《こうのとり》にィイ。狐ェが言ったよォ鸛《こうのとり》にィイ。その嘴《くちばし》ィィを、おいらの喉《のど》ォォに突っ込んでェェ、骨を一本ンン抜いてェくれないかァァ？

吟《ぎん》じたものの無駄だった。ドゥース嬢は傍《かたわ》らのお茶に向き直る。

彼は傍白《ぼうはく》でため息をついた。

――はてさて！　おやおや！

彼はデッダラス氏に会釈《えしゃく》し、うなずき返された。

――高名なる父君の高名なるご子息がよろしくと言っていましたよ。

――誰のことかね？　と、デッダラス氏が問う。

レネハンはおおいに愛想よく両腕をひろげた。誰のこと？

――誰のこと？　と、彼は言った。そりゃまたおとぼけですな。スティーヴンですよ、若き詩人の。

渇《かわ》き。

高名なる父君デッダラス氏は、乾《かわ》き葉の詰ったパイプを傍《かたわ》らに置いた。

――なるほど、と、言った。一瞬、あれのことだとは分らなかった。なんでもたいそう上等な仲間と付合っているそうだがね。最近、顔を見ましたか？

見ましたとも。

――つい今日もいっしょに神の美酒を一杯やりましたよ、と、レネハンは言った。**町**《アン・ヴィル》のムーニーと**海**《スユル・メール》のムーニーで。彼の詩神の働きのおかげで現金《げんなま》が入ったんです。

青銅《ブロンズ》のお茶濡れの唇に、耳傾ける唇と目に、にやりと笑った。

――エリンの**エリートたち**が彼の唇に酔っていた。重鎮《じゅうちん》中の重鎮、ダブリン最高の輝かしき文士にして編集人ヒュー・マッキュー、そしてオマッドゥン・バーク流の旋律芳醇《せんりつほうじゅん》なる呼称で言うならば、潤《うるお》う西部の奢《おご》りなる吟杖《ぎんじょう》の青年吟遊詩人《ぎんゆうしじん》。

一休止あってデッダラス氏は水割を揚げ、そして

——さぞかし楽しかったろう、と、言った。目に浮ぶ。

彼には目に浮ぶ。彼は飲んだ。遠い彼方《かなた》の喪中《モーン》の丘陵の目で。グラスを置いた。

彼は別室《サルーン》の扉口へ目をやった。

——ピアノを動かしたんだね。

——今日、調律師が来たの、と、ドゥース嬢が応答した。喫煙コンサートがあるから調律に。あんなに見事に弾《ひ》く人、初めて聞いたわ。

——そうなのかい。

——見事だったわよね、ケネディさん？　本物のクラシックの弾き方なの。しかも目が見えない人、かわいそう。二十歳《はたち》になってないはず。

——そうなのかい、と、デッダラス氏。

彼は飲み、そしてふらりと去る。

——あの人の顔を見るとすごく悲しくて、と、ドゥース嬢が同情を表現した。

こんちくしょう、ろくでもない唐変木《とうへんぼく》。

チーンと彼女の憐憫《れんびん》に食事客の呼鈴が呼掛けた。食堂の扉口へパットが来た、痲語《まご》まごパット、パットが来た、オーモンドの給仕が。食事のお客へラガービール。ラガービールを敏活《びんかつ》でなく彼女は供した。

辛抱しながらレネハンはボイランを辛抱しきれず待った、チンリン軽やかめらめら小人《しょうじん》を。

蓋を持上げて彼は（誰が？）柩《ひつぎ》を（柩？）覗《のぞ》き込み、斜めの三重の（弱《ピアノ》！）金属弦を見つめた。彼はぽんと叩いて（甘やかす調子でぽんと彼女の手を叩いたのと同一人）、弱音ペダルを踏みながら、三つの主音《キー》でフェルトの厚みの前進具合を見て、抑えられたハンマー落下の衝撃音を聞いた。

二枚のクリーム色の模造羊皮紙一枚予備封筒二枚おれはウィズダム・ヒーリーのところにいたころ賢いブルームはデイリーの店でヘンリー・フラワーは買った。お家では幸せではないのですか？おれを慰める花と針は指切りげん。何か意味があるんだ、波《は》な言葉。雛菊《ひなぎく》だったっけ？無邪気ってこと。良家の娘がミサのあとでお会いしたい。真っ平もってありがたい。賢いブルームは扉のポスターを見つめた。快い波間にゆられて煙草をくゆらす人魚。煙草なら人魚印を、抜群に爽《さわ》やかな一服。波になびく髪、失恋の。どこかの男のために。ラーウールのために。見つめていると遠くエセックス橋を派手な帽子が軽やか二輪馬車に乗って通るのが見えた。あれはそうだ。またも。三度目。暗合。

チン鈴《リン》チンリンしなやかなゴムタイヤに乗って軽やかに橋からオーモンド船寄《ふなよせ》通りへと行く。あとをつけよう。一か八か。急げ。四時に。そろそろだ。出よう。

――二ペンスですけど、と、売子娘がもどかしげに言った。

――あ……ついうっかり……失礼……。

――では四。

四時に、とあれは。愛らしく彼女はブルー彼何某《なにがし》に笑顔を作った。ブルーは笑《え》急《いそ》ぎに去る。よなら。海辺のたった一つの小石って気なのか？　誰にでもああする。男のために。

眠たげな静寂の中、金は頁《ゴールド　ページ》に身を屈《かが》めた。

別室《サルーン》から呼ぶ音がして、長くたゆたって消えた。音叉《おんさ》、調律師が持って来て忘れたのを彼が今打ったのだ。呼ぶ音が再び。彼がいま持上げたのをそれが今ふるえたのだ。聞えるかな？　清らかに、なおも清らかに、柔らかに、なおも柔らかに、そのブーンという叉《また》をふるわせた。なおも長くたゆたって消える呼声。

パットが食事客のコルク栓がポンと抜かれた瓶の勘定を済ませた。そしてタンブラーと盆とコルク栓がポンと抜かれた瓶ごしに彼は立ち去る前に、禿《はげ》の痲語《まご》まごパットはひそひそ声をドゥース嬢と交わした。

——**煌《きら》めく星たち色褪《いろあ》せて**……。

無声の歌が室内から歌われて、なおも歌う。

——**……夜がしらじらと明けてゆく**。

十二音のバードオルガン調が輝かしき高音《トレブル》の応答を繊細な手に奏《かな》でられて囀《さえず》る。輝かしく鍵《キー》たちが、全部がきらきら光り、連結し、全部がハープシコードとなって、一つの声に呼掛け、露の夜明けの、青春の、恋の暇乞《いとまご》いの楽節を、人生の、愛の夜明けを歌ってほしいと誘《いざな》う。

——**露の玉なる真珠が**……。

レネハンの唇がカウンターごしにおびき寄せの口笛を低く舌もつれに発した。

——ちょっとはこっちを向いてよ、と、言った。**カスティーリャの麗《うるわ》しき薔薇さんよ**。

チンリンと軽やか馬車が角を曲って止った。

彼女は立ち上って頁を閉じた。**カスティーリャの麗《うるわ》しき薔薇**が心の駒苛立《こまいらだ》ちに、侘舞《わぶ》るように、隠《なば》らず夢見るように立ち上った。

——女は落ちたのかい、それとも落された？　と、彼は問う。

彼女は鼻であしらうように返答した。

——聞けば聞き腹《ばら》よ。

貴婦人らしく、貴婦人然と。

めらめら大尽《だいじん》ボイランの粋《いき》な黄褐色の靴がキュッキュッとバー床《ゆか》に鳴って彼は闊歩《かつぼ》した。然り、金《ゴールド》は近くから青銅《ブロンズ》は遠くから。レネハンは彼を聞いて分って出迎えた。

——見よ、征服する勇者がやって来る。

馬車と窓の間を、用心深い足取りで、ブルームが、征服されざる英雄が行く。おれを見るかもしれないが。あいつが座っていた座席、熱《ほて》り。黒の用心深い牡猫が向う前方でリッチー・グールディングの法律鞄が、宙高く持上げられて、挨拶をした。

——かくて我は汝より……。

——来るって聞いてたよ、と、めらめら大尽《だいじん》ボイランが言った。

彼は金髪《ゴールド》のケネディ嬢に向って傾《かし》げた麦藁帽《むぎわらぼう》の縁《へり》に手をふれた。彼女は彼ににこりと笑む。しかし妹分《いもうとぶん》の青銅《ブロンズ》が笑み勝ちして、もっと豊かな髪を、胸と一本の薔薇を彼につくろって見せた。

粋なボイランが妙薬《みょうやく》を注文する。

——きみは何にする？　ビターをグラスで？　ビターをグラスでね、僕にはスロージン。電報はまだか？

まだだ。四時に彼は。みんな四と言う。

カウリーの赤い耳と脂肪太りの喉笛《のどぶえ》が執行官事務所の入口に。避けよう。グールディングがうまい具合に。あいつはなんの用事でオーモンドに？　馬車を待たせて。待て。

やあ。どちらへ？　食事ですか？　僕もちょうど。ここへ入りましょう。ほう、オーモンド？　ダブリンでは値頃最高だと。そうですか？　食堂。あっちでじっと座っていよう。見るんだ、見られることなく。お伴しましょう。さあさ。リッチーが先導する。ブルームは鞄のあとについて行く。貴公子に似つかわしい正餐《せいさん》。

ドゥース嬢が細口大瓶《フラゴン》を取ろうと、繻子《しゅす》の腕を、豊かな胸を高く伸ばし、いまにも弾《はじ》けそうなそれを、ぐんと高く。

――おお！　おお！　と、レネハンが、一伸びごとにあえぎ声をもらした。おお！

しかし苦もなく彼女は獲物を捕まえて、得意顔にそれを下ろした。

――どうしてきみは大きくならないんだ？　と、めらめら大尽《だいじん》ボイランが問う。

彼女青銅《ブロンズ》は、斜めの大瓶からとろりとしたシロップのようなリキュールを彼の唇のために分配しつつ、その流れを見つめ（上着の花、誰から？）、そしてシロップ声を流した。

――いい品物は小さな包み。

つまりあたしのこと。手際《てぎわ》巧《たく》みに彼女はスローに流れるシロップのようなスロージンを注いだ。

――よし乾杯、と、めらめら大尽《だいじん》が言った。

彼は無遠慮な硬貨を一枚、音高《おんこう》ピッチャりんと置いた。硬貨が鳴った。

――待ってくれ、と、レネハンが言った。今おれも……。

――乾杯、と言って、彼は泡立つビールを高く上げた。

――セプターの楽勝だろう、と、彼は言った。

――おれもちょっぴり突っ込んだよ、と、ボイランが片目をつむって飲む。おれがっていうわけじゃないがね。とある友の奇想曲《きそうきょく》さ。

レネハンはまだ飲んでいて、傾《かし》げたビールとドゥース嬢の唇をにやりと見やる。その唇はさっきトリルで歌った海原歌を今にもハミングしそうに、閉じていない。アイドロレス。東《ひんがし》の海原。

柱時計がジジッと音を立てた。ケネディ嬢が二人のそばを通って（花、誰からもらったの）、茶盆を運び去る。柱時計がボーンと鳴った。

ドゥース嬢はボイランの硬貨を手に取り、金銭登録機の音栓《おんせん》を思い切りよく叩いた。ガチャーンと鳴った。柱時計がボーンと鳴った。エジプトの金髪美女が現金を掻き回して選《よ》り分け、ハミングし、じゃらつく釣銭を手渡す。西のほうを向いてくれよ。ボーン。おれのほうを。

――何時だっけ？　と、めらめら大尽《だいじん》ボイランが訊く。四？　時。

レネハンは、小さな飢《かつ》えた目を彼女のハミングに、ハミングする豊かな胸にぎらつかせながら、めらめら大尽《だいじん》ボイランの肘袖をひっぱった。

――時報を聞こうじゃないか、と、彼は言った。

グールディング＝コリス＝ウォードの鞄に先導されてブルームはライ麦畑に花盛り《ブルーム》の花咲くテーブルを通り過ぎる。無目的に彼は昂《たか》ぶる目的をもって、禿《はげ》パットに伴われ、扉口に近いテーブルを選んだ。近くにいてやる。四時に。忘れたのか？　たぶん手なんだろう。まだ来ないわ、じらしてむらむらさせる。おれにはできそうにない。待て、待て。パットが、給仕が、待つ。

きらきら光る青銅紺碧《ブロンズこんぺき》がめらめら爛藍大尽《らんらんだいじん》の空色蝶ネクタイと目を目視した。

――やれよ、と、レネハンが急《せ》き立てた。誰もいないぜ。彼はまだ聞いたことがないんだ。

――……**フローラの唇へと急《せ》く赴《おもむ》く**。

無垢な高音が、高音が一つ、最高音部でくっきりと響いた。

青銅《ブロンズ》ドゥースは、沈んだり浮んだりする己の薔薇と気晴しに語らいつつも、めらめら大尽《だいじん》ボイランの花と目を求めた。

――お願い、お願い。

彼は繰返しの言明の楽句《フレーズ》におっかぶせてお願いを連発した。

――**このまま汝《なれ》と別れ難く……**

――あとぢぇね、と、ドゥース嬢がかまととぶって期待させる。

――いや、今だ、と、レネハンが急き立てた。**鳴《ソ》らせ《ネ》鐘《ラ・クロッシュ》を！**　おお、やれよ！　誰もいないってば。

彼女は見た。素早く。ケネ嬢は聞えないところ。不意に前屈《まえかが》み。二つの火のついた顔が彼女の前《まえ》屈《かが》みになるのを見守った。

ふるえながら弦鳴《げんめい》が曲節《きょくせつ》からさまよい出て、それを、失われし弦を再び見つけ、それを失い、見つけ、ためらいひるむ。

――行け！　やれ！　**鳴《ソ》らせ《ネ》！**

屈《かが》みながら、彼女はスカートの先端を膝の上へつまみ上げた。遅延《ちえん》した。なおも二つの顔を嘲《あざけ》って、前屈《まえかが》みになり、掛留《けいりゅう》し、意地の悪い目を向ける。

――**鳴《ソ》らせ《ネ》！**

パシッ。彼女は突如ぱっと跳ね返り拍子でつまみ上げた弾力性のガーターを放して、パシッと打ち甲斐《がい》のある女の熱《ほて》りストッキングの腿をパシッと打ち熱《ほて》らせた。

――**鐘《ラ・クロッシュ》を！**　と、レネハンが嬉遊《きゆう》の叫びを発した。オーナーじきじき調教済み。あそこも大鋸《おが》屑《くず》まみれじゃないぜ。

彼女は鼻あしらいに拵《こしら》え笑いをして（泣けちゃう！　男っておっそろしく？）、しかし、光方向へグリッサンドで滑り行きながら、柔和《にゅうわ》に彼女はボイランに笑《え》む。

——悪趣味のエッセンスみたいな人、と、彼女はグリッサンドで滑り行きながら言った。

ボイランは、睨《ね》められて、睨めた。こってりした唇に杯《さかずき》をひょいと持っていき、杯を飲みほして小《ちっ》こくし、最後のこってりした菫《すみれ》色のシロップの数滴を啜《すす》った。彼の蠱惑《こわく》された目は、彼女の滑り行く頭がバーを行き鏡を次々通り行くのを追い、ジンジャーエールの金箔《きんぱく》文字アーチ、並んでチカチカ光るホックワインとクラレットのグラス、角《つの》だらけの貝殻へと動き、するとそこでその頭は鏡に映されて、もっと明るい青銅《ブロンズ》の青銅《ブロンズ》との二重唱《しょう》となった。

そう、青銅《ブロンズ》が近くから。

——……**恋人よ、さらば！**

——出よう、と、ボイランが辛抱しきれず言った。

彼は杯を威勢よく押しやり、釣銭をつかんだ。

——待ってったら、言取縷《いいトリル》々《る》と話もあって、と、急いで飲みながらレネハンが乞《こ》う。話ってのはな。トム・ロッチフォードが……。

——横恋慕要《よこれんボイ》ラン、と、めらめら大尽《だいじん》ボイランが言い、去りかけた。

レネハンはグイッと呷《あお》って行こうとする。

——おれをぽっきり勃起《ぼっき》り抛《ホ》ルンかい？　と、言った。待てよ。おれも行っちゃう。

彼は急ぎ足にキュッキュッと鳴る靴のあとを追ったが、入口でさっとわきへよけて立ち止り、人影に、細身といっしょの太身《ふとみ》に会釈《えしゃく》した。

——こんにちは、ドラードさん？

——はあ？　どうもどうも、と、ベン・ドラードのぼやけた低音《バス》が応じ、一瞬だけおっさんカウリーの嘆き節から転じた。あいつのことなんぞ苦にするなよ、ボブ。アルフ・バーガンがあの長棹《ながさお》に口添《くちぞえ》をするだろうし。今度こそあのユダ・イスカリオテ野郎に痛い目痛い耳を味わわせてやろうじゃないか。

ため息をしながらデッダラス氏が別室《サルーン》の奥から、一本指で片瞼《かたまぶた》を和《なご》めつつ出て来た。

――あっはは、やろうじゃないか、と、ベン・ドラードは愉快げにヨーデル調で言った。やあ、サイモン。一つ歌ってくれよ。ピアノは聞いてた。

禿《はげ》パットは、痲語《まご》給仕は、酒の注文を待つ。リッチーにはパワー。で、ブルームは？　さあて何に。二度歩かせることはない。足胼胝《あしだこ》が。もう四時。こういう黒を着てると暑いもんだ。もちろん神経もちょっぴり。熱を屈折（だっけ？）。さあて。リンゴ酒。うん、リンゴ酒一瓶。

――なに、あれか？　と、デッダラス氏が言った。だましだまし叩いていただけさ。

――よう、よう、と、ベン・ドラードが呼ぶ。飲もうぜ飲めば憂《う》さ晴れる。来いよ、ボブ。

彼は側対歩《そくたいほ》でドラードを、嵩張《かさば》り半ズボンを運んで二人の前を行き（そやつをズボごと捕まえろ、さあ捕まえろ）別室《サルーン》へ入った。彼はぼってりずしんと彼ドラードを椅子《スツール》に置いた。彼の痛風《つうふう》の巨手《きょしゅ》がぼってりずしんと和音を叩いた。ぼってりずしんと叩き、ふいっとやめた。

禿《はげ》パットはバーの扉口でお茶無し金《ゴールド》が戻って来るのに合流した。痲語《まご》つきつつ、彼はパワーとリンゴ酒を求めた。青銅《ブロンズ》は窓辺で凝視していた、青銅《ブロンズ》は遠くから。

チン鈴《リン》、チンリンボロンが軽やかに行く。

ブルームはチンリンボロンを、小さな響きを聞いた。あいつは行った。軽いむせびのような息をブルームは無言の青色の花々の彩紋《さいもん》に吐き掛けた。チンリンボロン。あいつは去った。ボロンボロン。聞け。

――**恋と戦《いくさ》**だ、ベン、と、デッダラス氏が言った。昔懐かしいなあ。

ドゥース嬢の勇む目が、気取《けど》られることなく、陽射しに打たれて連桁《れんこう》ブラインドからそれる。行ってしまった。思いに沈み（誰にもわからないでしょ）、打たれて（眩《まぶ》しく打つ光）、彼女はスライドする紐《コード》で落しブラインドを下げた。彼女が思いに沈みつつ（どうしてあんなに急いで、せっかくわたしが）引下ろすと、その青銅《ブロンズ》の周りに、禿《はげ》が姉貴分《あねきぶん》の金《ゴールド》と並ぶバーに、非絶妙のコントラスト、非絶妙不絶妙のコントラストに、ゆっくりと冷たい仄暗《ほのぐら》き海原緑の滑る影の深みが、**オ・ドゥ・ニル**が被《かぶ》さった。

——今は亡きグッドウィンがあの晩はピアノを独占だったなあ、と、おっさんカウリーが一同の記憶を促した。本人とコラード・グランドとはいささか意見の違いがあった。

そうだった。

——自分一人の討論会ってとこ、と、デッダラス氏が言った。とてもじゃないが誰にも止められなかった。酒の第一舞台では頑固爺さんになっちまって。

——そうだ、憶えてるか？　と、ベン嵩張《かさば》りドラードが言い、乱打した鍵盤から向き直った。ちくしょう、おれは婚礼服を持ってなくてな。

三人全員が高笑い。礼服を持ってなくてか。トリオ全員が高笑い。禮服を着けずして。

——かのブルーム君があの晩はひょんな具合に助けてくれた、と、デッダラス氏が言った。ところでわたしのパイプは？

彼は失われし弦となったパイプを探しにふらりとバーへ向った。禿《はげ》パッとが二人の食事客に、リッチーとポウルディに飲物を運んだ。そしておっさんカウリーが再び高笑い。

——わたしが窮地を救った、ベン、そうだろう。

——そのとおり、と、ベン・ドラードが断言した。あのきちきちズボンも憶えてる。あれは輝かしき思いつきだったな、ボブ。

おっさんカウリーは輝かしき紫の耳たぶまで赤くした。彼が窮地を救っ。きちきちズボ。輝かしき思いつ。

——やっこさんの家計が座礁《ざしよう》に乗上げてるのは知っていた、と、彼は言った。女房が土曜日にははんの端金《はしたがね》のために珈琲會館《コーヒーパレス》でピアノを弾いていたし、で、誰から聞いてたんだっけ、彼女がそのもう一つの商売もやってるって。思い出すよな？　ホリス通りをさんざん探し回ってようやくキーオウの店にいた男が番地を教えてくれた。憶えてるだろ？

ベンは憶えていた。幅広《はばひろ》の面相《めんそう》に驚嘆の色が浮ぶ。

——てへっ、豪勢なオペラ衣装とかなんとかまで持ってたね。

デッダラス氏がパイプを手にぶらりと戻って来た。

——メリオン広場スタイルよな。舞踏会ドレスだの、てへっ、宮廷ドレスだの。しかもあの男、まるきり金を受取ろうとしなかった。だろ？　まあごっそり、三角帽だのボレロだのトランクホーズだの。だろ？

——そう、そう、と、デッダラス氏がうなずいた。マリアン・ブルーム夫人はありとあらゆるたぐいの脱ぎ捨てがお好きだ。

チン鈴《リン》軽やか二輪馬車が船寄《ふなよせ》通りを行く。無礼児《ブレイジ》図体《ズうたい》伸ばして跳ねるタイヤに運ばれて。

レバー・アンド・ベイコン。ステーキ・アンド・キドニーパイ。かしこまりました。それでいいよ、パット。

マリアン様。会った者定め難輪《なんわ》廻《まわ》し。焦げくさいわ。ポール・ド・コックのを。名前がいいじゃない。

――その彼女、名前は何だったけ？　丸ぽちゃ娘。マリアン……？

――トウィーディ。

――そうそう。まだ生きてる？

――ぴんぴんぴちぴち。

――誰の娘だっけ……

――連隊の娘。

――そうか、そうだったぜ。思い出した、あの軍楽隊長のおっさん。

デッダラス氏はシュッと擦《す》り、シューッと吸い、パッと火をつけ、ぷーんと薫《かお》る一服をぷかっ、ぷかっと吹かした。

――アイルランド人か？　おれは知らないんでね。彼女そうなのかい、サイモン？

こわばらせてからぷかっと、一服ぷかっと、強く、ぷうんと薫《かお》って、パチパチっという音。

――トランペット吹きの頰肉が……どうだい？……ちょぴり痩《こ》けたか……ああ、そうだよ彼女は……わがアイリッシュ・モリー、おお。

彼はつんとくる羽毛《うもう》のような一吹きをぷかっと吹かした。

――ジブラルタルのごつごつ岩から……遠くはるばる。

彼女らは海原影の深みの中で焦《こが》れた。金《ゴールド》はビール栓のそば、青銅《ブロンズ》はマラスキノ酒のそば、二人とも思いに耽《ふけ》って。ドラムコンドラ・リズモア台《テラス》四のマイナ・ケネディが、アイドロレス、女王、ドロレスと、無言で。

パットがテーブルに料理を置いて、蓋を取った。リアポウルドは薄切りレバーを切った。前言どおり、なにせ臓物《ぞうもつ》に目がない男、こりこりする砂肝《すなぎも》、生鱈子《なまたらこ》のソテーも好物、一方リッチー・グールディング＝コリス＝ウォードはステーキ・アンド・キドニーを、ステーキそれからキドニーを食べて、パイを一噛み一噛み彼は食べてブルームは食べて二人は食べた。

　ブルームはグールディングとともに、無言のうちに契りを結んで、食べた。貴公子にふさわしき正餐《せいさん》。

　バチャラーズ・ウォークを速歩《そくほ》チンリン軽やか二輪馬車にゆられ行く独身者《バチャラー》めらめら大尽《だいじん》ボイラン、陽光の中、熱《ほて》りの中、牝馬《ひんば》の艶《つや》光りする尻肉が跑足《だくあし》で、パチッと鞭が、跳ねるタイヤ、図体《ずうたい》伸ばして、熅《いき》り座り、辛抱しきれずのボイラン、燃ゆる猛《たけ》る。抛《ホ》ルン。ぽっきり勃起《ぼっき》り？　抛《ホ》ルン。ぽっきり勃起《ぼっき》り？　どうどう、はいしい、勃起《ぼっき》り。

　彼らの声におっかぶせてドラードのバスーン砲撃が、砲撃する和音におっかぶせて遠雷《えんらい》の波音を響かせた。

——**恋に奪われたるわが燃ゆる魂……**

　ベン入魂《にゅうこん》ベンジャミンの轟《とどろ》きがふるえる恋にふるえる天窓ガラスにまで轟《とどろ》いた。

——戦《いくさ》！　戦《いくさ》！　と、おっさんカウリーが声高く言った。きみは戦士《ウォーリアー》じゃないか。

——そりゃそうだ、と、ベン・ウォーリアーが高笑い。きみの家主のことを考えてたもんでな。恋か銭かって。

　彼は口栓を閉じた。彼は大きな歌詞律《かしつ》に乗上げて大きな顎鬚《あごひげ》を、大きな顔をゆらせた。

——いやはや、相手の耳の鼓膜が破れっちまうぞ、と、デッダラス氏が紫煙《しえん》の香りの奥から言った。きみみたいに肉声力絶倫《ぜつりん》ではね。

　顎鬚豊かな高笑いの中でドラードは鍵盤《けんばん》をふるわせた。歌おうとする。

——相手の膜鳴《まくめい》楽器は言わずもがな、と、おっさんカウリーが言い添える。半休止だ、ベン。

愛情にみちて、しかし甚だしくなく《アモーロソ・マ・ノン・トロッポ》。そこはおれにやらせろ。
ケネディ嬢が二人の紳士に大ジョッキの冷たいスタウトを出した。彼女はひとこと言った。そうだったなあ、と、第一の紳士が言った。素晴しい天気だった。彼らはスタウトを飲んだ。総督閣下がどこへ出かけたのか知ってるかい？　それに鋼蹄《はがねひづめ》の蹄《ひづめ》鳴りのチン鈴《リン》が聞えた。さあ、知らないわ。でも新聞に出てるでしょう。ああ、わざわざいいよ。どういたしまして。彼女はひろげた**インデペンデント**を波打たせて探し、ええと総督閣下、髪の尖塔《せんとう》がゆらゆら動いて、総督閣。面倒だから、と、第一の紳士が言った。あら、べつにぜんぜん。彼のあの目つき。総督閣下。金《ゴールド》と青銅《ブロンズ》の連《れん》が鉄鋼《てつはがね》の音を聞いた。

――……わが燃ゆる魂

われは明日をぉぉば思い煩《わずら》わず。

レバー　汁《グレイビー》にひたしてブルームはマッシュポテトをマッシュした。**恋と戦**《いくさ》の誰かが。ベン・ドラードの有名な。あの晩うちに駆け込んで来たっけなコンサートに着る夜会服を貸してほしいって。ズボンがきっちきちで太鼓の皮。豚《とん》でもない太股判《たいこばん》歌手。彼が帰ってからモリーが笑うわ笑うわ。ベッドにひっくり返って、きゃあきゃあ笑って、足をばたばた蹴り上げて。あんな持物を見せびらかしちゃって。ああ、堪忍《かんにん》してってたら、もう濡れちゃう！　ああ、最前列の女の人たち！　ああ、こんなに笑ったことない！　うん、なるほどあれだからバス樽節《だるぶし》の淫《みだ》ら声が出る。たとえば去勢歌手なんかは。誰が弾いてるのかな。いいタッチだ。きっとカウリー。音楽的。音を一つ一つ分って弾いてる。息がひどい、かわいそうに。やめた。
ドゥース嬢は、愛嬌《あいきょう》たっぷりのリディア・ドゥースは、人当りやわな事務弁護士、ジョージ・リドウェル、紳士が入って来るのに会釈《えしゃく》した。こんにちは。彼女は潤《うるお》いある（貴婦人の）手を彼の固い握手にゆだねた。こんにちは。そう、帰って来たの。キンコンカンと鐘鳴る里へ。

——お友達みんないますよ、リドウェルさん。

ジョージ・リドウェルは、人当りやわに、婉娩語詞《えんべんごし》に誘われて、リディアの手を握った。

チン鈴《リン》。

ブルームは前言どおりレバを食べた。少なくともここは清潔だ。バートンのあいつなんか、軟骨をくちゃらくちゃら。ここには誰も。グールディングとおれだけ。清潔なテーブル、花、ナプキンの司教帽。パットが行ったり来たり。禿《はげ》パット。手持ち無沙汰。ダブで値頃最高。

ピアノがまた。カウリーだあれは。ピアノに向うあの座り方、まるで一心同体、相互理解。やりきれないよ、弓の先っちょを見ながらヴァイオリンをギーコギーコ鑢掛《やすりが》けされたり、チェロを鋸《のこぎり》でゴリゴリやられると、歯痛を思い出す。あれの高い長い鼾《いびき》。あの晩二人でボックス席に。トロンボーンが下で鯱《しゃち》みたいな高鼾《たかいびき》を吹かしてた幕間《まくあい》、もう一人の管楽器のやつは管をひねって、溜《たま》った唾《つば》を振り落してた。指揮者の脚も、だぶだぶズボン、チンジャラチン鈴《リン》のジグ踊り。ああいうのは見せないでほしいね。

チンジャラチン鈴《リン》軽やかチンリン二輪馬車。

竪琴《ハープ》だけが。ほれぼれする。金《ゴールド》の生気ある光。乙女がそれに触れた。船尻にほれぼれの。汁《グレイビー》がけっこう合うのは。黄金の船。エリン。竪琴《ハープ》を一度か二度。冷たい手。丘《ベン》ホウス、躑躅《つつじ》が咲いて。おれたちはあの花々の竪琴《ハープ》。おれ。彼。老いも。若きも。

——おいおい、わたしにはむりだよ、と、デッダラス氏が言った。後込《しりご》みして、気乗りしないふう。

強く。

——やれよ、でっかい声で！　と、ベン・ドラードが唸《うな》り声をあげた。ちょっぴりずつ絞り出せ。

——**われに現れ《マッパーリ》**、サイモン、と、おっさんカウリーが言った。

舞台正面へ彼は何歩か進み出て、重々しく、難儀のうちにも勇ましく、長い両腕をひろげた。嗄《しわが》れてその喉笛《のどぶえ》が嗄《しゃが》れ声を柔らかく発した。柔らかく彼はそこに掛る色瘦《いろこ》けた海景画に向って歌った。**最後の別れ**。一つの岬、一隻《せき》の船、波間を行く一艘《そう》の帆船。さらば。愛らしい乙女が一人、ベールを風に波打たせて岬に立ち、風に包み込まれて。

　カウリーが歌う。

——**われに現れ《マッパーリ》、愛のすべて《トウッタモール》**
其はわが眼差しと出会い《イル・ミオ・スグアルド・リンコントゥル》……

乙女は、カウリーの声の聞えぬまま、ベールを波打たせる。去り行く者、愛しき者に、風、愛、加速する航行、帰還に。

——続けてくれ、サイモン。

——いやいや、わが青春は去りにけりだよ、ベン……いやもう……

デッダラス氏はパイプを音叉《おんさ》のわきに置き、座り直して、従順な鍵盤を軽く叩いた。

——違うぜ、サイモン、と、おっさんカウリーが向き直った。原曲のまま弾いてくれ。フラット一つだ。

鍵盤は、従順に、高くなり、物語り、ためらい、告白し、混乱した。

舞台正面から離れておっさんカウリーが歩む。

——よし、サイモン、おれが伴奏しよう、と、彼は言った。立ってくれ。

グレイアム・レモン菓子店のパイナップル氷砂糖《ロック》の前を、エルヴァリーのエレファントの前をチン鈴《リン》軽やかに二輪馬車。

ステーキ、腎臓《キドニー》、肝臓《レバー》、マッシュポテト、貴公子にふさわしき食事の席に貴公子ブルームと貴公子グールディングは居た。食事の席の貴公子たち彼らはパワーとリンゴ酒を上げて飲んだ。

これまで書かれた最高に美しいテノールのアリアだ、と、リッチーは言った。**夢遊病の女**《ソンナムブラ》。いつかの晩、ジョウ・マースが歌うのを聞いたね。ああ、マガッキンはよかった！　うん。彼特有の。少年聖歌隊の歌い方。マースは聖歌隊にいたからな。弥撒少年《マースボーイ》。叙情《リリカル》テナーと言ってもいい。あれは忘れない。絶対に。

やんわりとブルームは肝《レバー》無しベイコンの向うに強張《こわば》った表情の歪《ひず》む律動を見た。腰痛だ。ブライト病のぎらぎら《ブライト》眼《まなこ》。プログラムの次なる曲は。支払い増え笛の曲折《きょくせつ》。丸薬《がんやく》、パン屑弾奏《くずだんそう》製、価一箱一ギニー。しばしの休止符。耳鳴りも。**五人囃子《ばやし》が死んじゃった。**おあつらえ向き。腎臓《キドニー》パイ。美しい花を美し。あまり儲っていない。で値頃最高。いかにもこの男らしい。パワーか。飲むものにはうるさいからな。グラスに傷があるだの、新鮮なヴァートリ水だのと。カウンターからマッチをくすねて倹約。そうして一ポンド金貨をちょびりちょびりと散財する。で、当てにされるときには一銭も出さない。酔っぱらうと馬車賃も踏み倒す。変り種。

リッチーはあの晩のことを決して忘れない。生きているかぎり、決して。ロイヤル座の天井桟敷《てんじょうさじき》でピークのやつといっしょだった。そして最初の曲が。

発語がリッチーの唇で途絶えた。

今度は大法螺《おおぼら》を吹き出す。あることないことの狂詩曲《ラプソディ》。自作の嘘を信じ込む。まったくほんとに。恐れ入る嘘つき。ところが記憶力がよくはない。

——あれはなんのアリアだっけ？　と、リアポウルド・ブルームは訊いた。

——**すべて失われし今。**

リッチーは唇をくいっと曲げた。低い始めの調《しら》べを美声のバンシーがつぶやく。すべて。鶫《つぐみ》。歌《うた》鶫《つぐみ》。彼の息、ご立羽《りっぱ》な鳥美声《ちょうびせい》、自慢の歯繕《はづくろ》い、それが横笛音色に切々と嘆いた。失われし。リッチな音色。二つの音色がそこで一つに。黒鶫《くろつぐみ》の声をおれは山査子《さんざし》谷で聞いた。おれの動機《モチーフ》を受けて、それを撚《よ》り合わせて返した。すべてほとんどの発せられたばかりの呼声がすべての中に失われる。谺《こだま》。返答の甘美《かんび》なことよ。どうしてそうなるんだろう？　すべて失われ今。彼は悼《いた》み嘆く口笛を吹いた。倒れ、屈し、失われ。

　ブルームは豹《ひょう》の耳を傾けながら、花瓶を載せた花瓶敷《ドイリー》のめくれを折返した。注文。そうだ、思い出した。美しいアリア。眠ったまま女は男のもとへ行く。月明りの中の無垢《むく》。勇ましく。二人の危険を知らない。まだ引止められる。名を呼べ。水にふれさせろ。チン鈴《リン》と二輪馬車が。もう遅い。彼女は行きたがった。だからなんだ。女は。海を堰《せ》き止めるようなもの。そう。すべて失われし。

――美しいアリアだ、と、ブルーム失われしリアポウルドは言った。よく知ってる。

　生れてこれまで決してリッチー・グールディングは。

　彼もよく知っている。というか、気がする。相変らず琴《こと》こまかに娘のことを。父親のことを分ってる賢い子だよ、と、デッダラスは言った。おれは？

　ブルームは肝《レバー》無しの向うを横目に盗み見た。すべて失われし者の顔。以前は浮かれはしゃぎのリッチーだった。冗談も気が抜けてきた。耳をぴくぴく動かしてみせたり。ナプキンリングを目にはめてみせたり。今は無心の手紙を息子に持たせてやる。やぶにらみのウォルターでございます私が致しました。ご迷惑お掛けする積りはなくただ少々の金を当てにしていたところ。深謝《しんしゃ》。

　ピアノが再び。このあいだ聞いたときより音がいい。たぶん調律したんだろう。また止んだ。

　ドラードとカウリーがなおもためらう歌い手を促してやれよやれよと言っていた。

——やれよ、サイモン。
——それ、サイモン。
——紳士淑女の皆様、至らぬところは勘弁ご辛抱願うとして。
——それ、サイモン。
——わたしは無一文の身ではありまするが、もしお耳をお貸しいただけるならば、弓折れたる心を精一杯歌いましょうぞ。

鐘形サンドイッチ容器と並んで遮《さえぎ》る影の中、リディアが、その青銅《ブロンズ》と薔薇が、貴婦人の遊楽《ゆうがく》が、現れては引っ込む。冷たい薄青緑の**オ・ドゥ・ニル**の中、マイナが、金《ゴールド》の尖塔《せんとう》が、大ジョッキ二のほうへそうするのといっしょに。

前奏の船首弦の楽音が終る。一つの楽音が、長く引き延され、待受けながら、一つの声を引出した。

——**初めてあの慕《した》わしき姿を見しとき……**

リッチーが向き直る。
——サイ・デッダラスの声だ、と、言った。

脳天ぐらりと、頬に炎が触れて、二人は耳を傾けつつその流れが慕わしき流れが肌に四肢《しし》に人間の心に魂に脊椎《せきつい》に統《す》べり来るのを感じた。ブルームはパットに合図した、禿《はげ》パットは難聴《なんちょう》の給仕、バー扉を半開きにしてくれと。バーの縦線《じゅうせん》扉。そう。それでいい。給仕パットは、待機して、聞こうと待機する。扉のそばでも難聴なのだ。

——……**憂《うれ》いはわれから去り行くよう。**

しんとなった空気の中を一つの声が彼らに歌い掛けた、低く、雨音でなく、木の葉のさわさわで

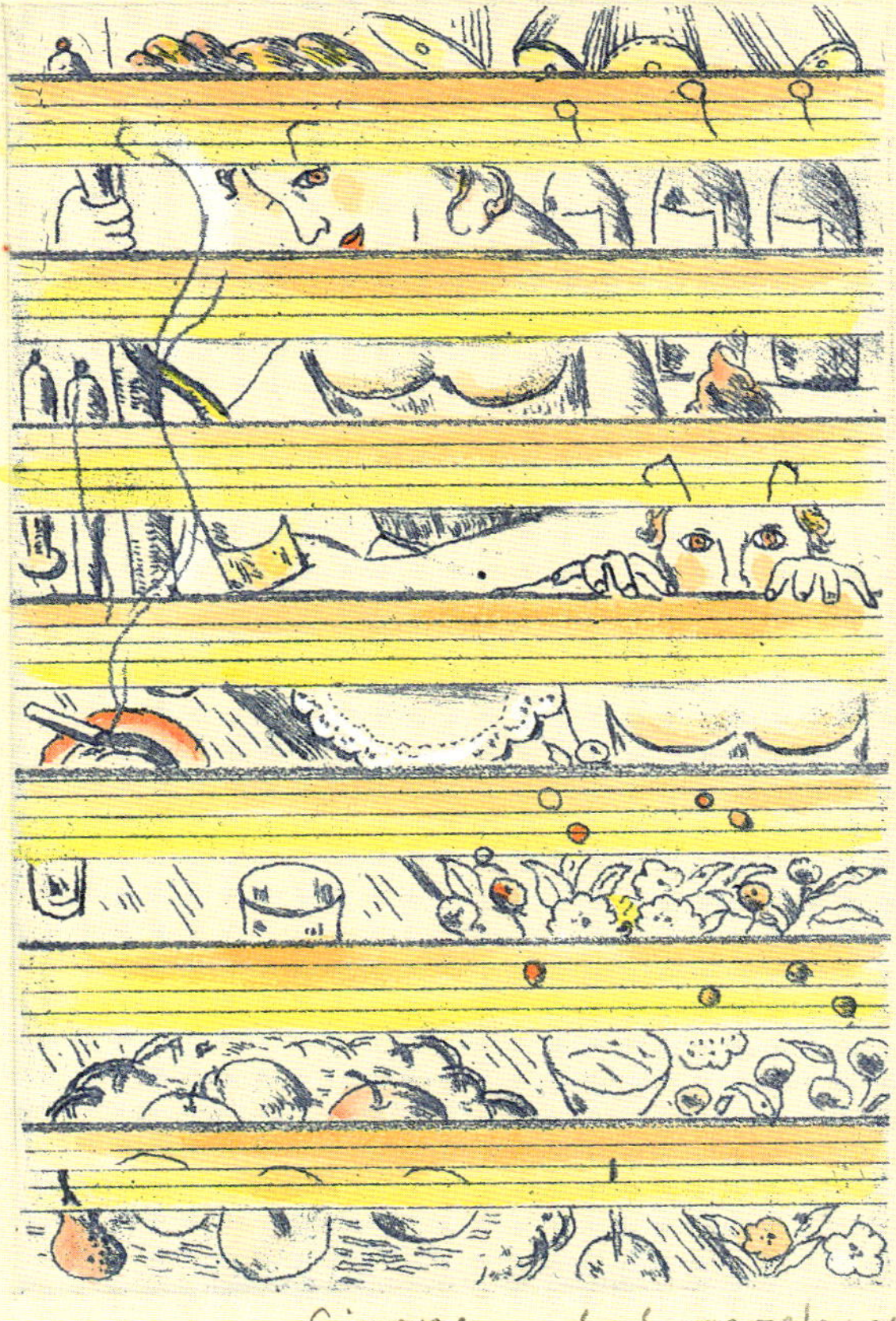

Sirens So. Yamamoto 2016

なく、弦のひびきでもなく葦笛《あしぶえ》でもなくなんていったっけダルシマーでもなく彼らの静かな耳に言葉で触れて、彼らめいめいの静かな心に彼の思い出の命のかずかず。いい、聞いてうっとり。憂いは彼らそれぞれから双方から去り行くように思われて初めて聞きしとき。彼らが初めて見しとき、失われしリッチー・ポウルディは、美の慈悲を、ぜんぜん思ってもいなかった人物から聞いたのだ、彼女の最初の慈悲の愛柔らかな幾度も幾度も愛されてきた言葉を。

恋が歌っている。恋の懐かし甘き歌。ブルームは己の小さな塊《かたまり》の弾力性の筋《すじ》をゆっくりと解いた。恋の懐かし甘き**鳴らせ**　金《ソネ・ラ・ゴールド》。ブルームは一桛《ひとかせ》を四本のフォーク指に巻きつけ、それを伸ばし、弛《ゆる》め、それを乱れた二重に、四重に、八重《オクターヴ》に巻きつけてから、全部をきつく締め上げた。

——**希望にみちて歓喜にあふれ**……

テノール歌手は息継《いきつ》ぎできないくらい女をものにする。はなばなしい声生《せい》活。花々を足もとに投げる。私たちはいつ会えます？　のぼせて頭が。チン鈴《リン》と歓喜にあふれ。あいつはシルクハットのために歌える男じゃない。のぼせて頭がくーらくーら。彼のために香水をつけて。奥さんがどんな香水？　知りたいの。チンリン。止る。ノック。あれは最後に必ず鏡を見てからノックに応じる。玄関ホール。あら。元気？　元気よ。あれ？　なあに？　それとも？　口中清涼剤の小瓶、接吻ドロップ、手提《てさげ》の中。いい？　手が探る豊満な。

ああ、と、声が高まり、彩紋《さいもん》のつぶやきとなり、変った。大きく、充満し、目映《まばゆ》く、誇らしく。

——**だが、ああ、それは儚《はかな》き夢なりし**……

輝かしい声量をまだ持っている。コーク出は弱音もよく出る訛《なま》りも。愚かな男！　銭《ぜに》の海にまみれることもできたろうに。歌詞を間違えたわけだ。女房を苦労させて死なせて、今でも歌う。でも分らないね。二人だけのことだ。気力が衰えなければ。大通りを速歩《トロット》で突っ走れる男。手も足も歌う。酒。神経の弦を強く張りすぎた。歌うには節制しなくちゃ。ジェニー・リンド・スープ。煮出し汁、セージ、生卵、クリーム半パイント。そうしてクリーミーな夢見るような。軟味《やわらかみ》をそれが湧《わ》き上らせる。ゆっくりと、隆起して。満ちあふれんばかりにそれが脈打つ。そこが肝腎。ああ、ちょうだい！　そら！　ずきっ、ずきん、脈動《みゃくどう》が誇らしく直立し。

言葉？　音楽？　いや、その背後にあるものこそ。

ブルームは輪をこしらえ、輪をほどき、節《すじ》をこしらえ、節《すじ》をほどいた。

ブルーム。熱《ほて》るジャム粘《ねば》なめなめ奥秘《おうひ》の洪水が流動し音楽となって流出し、暗い欲望となって押寄せる流れをなめようとする。女をひっくり返し女をてっくり返し女をしっぽり叩き女をぬっくり覆《おお》う。遊牝《つる》む。毛孔が膨《ふく》れようとして膨れゆく。遊牝《つる》む。その喜悦その感悦その熱《ほて》りその。遊牝《つるみ》。水路にあふれて流れようとして噴流を流しゆく。洪水、噴流、流動、喜悦噴流、遊牝垂水《つるみたるみ》。さあ！　愛の言語。

——……希望の光は……

笑みつつ。リディアはリドウェルにうんともチューンともほとんど聞えず貴婦人然と楽想の女神はうんともキーとも希望の光を発しなかった。

マルタだ、あれは。暗合。ちょうど書こうとしていた。ライアネルの歌。貴方の美しいお名前のこと。書けない。ささやかなプレゼ。彼女の心の琴線《きんせん》を掻き鳴らす財布紐も。彼女は。悪い子って書いたのは。やっぱり名前が。マーサ。ずいぶん妙なことばかり！　今日は。

ライアネルの声が戻って来た。弱まったが張りがある。それは再びリッチー・ポウルディ・リディア・リドウェルに歌いパットに休時《きゅうじ》中の給仕の開いた口と耳にも歌った。彼が初めて慕《した》わしき姿を見しとき、憂《うれ》いは去り行くように思われて、眼差《まなざ》しと姿と言葉が彼グールド・リドウェルを魅惑し、パット・ブルームの心をとらえた。
彼の顔が見えるといいんだがな。そのほうがもっと分る。だからドラゴーの店の理髪師はおれが鏡の中の彼の顔に話し掛けるとき必ずおれの顔を見るんだ。でもバーよりここのほうが遠いけどよく聞える。

——優美なる眼差《まなざ》しの一つ一つが……

あれを初めて姿を見し最初の晩はテレニュアのマット・ディロンの家だったな。黄色の服に、黒のレースだった。椅子取り遊び《ミュージカル・チェアズ》。最後に二人だけになって。運命。彼女を追って。運命。ぐるぐるぐるぐる、ゆっくりと。早くぐるぐる。おれたち二人。みんなが見てた。止る。どんと彼女が座った。撥《は》ね出されてたみんなが見てた。唇がけたけた笑って。黄色の両膝が。

——わが目を魅惑し……

歌っている。**待ちながら**をあれは歌った。おれが楽譜をめくってやった。豊かな声どんな香水を貴方のライラック樹の芳香の。胸をおれは見た、両方とも豊かで、喉もとがふるえて歌って。初めておれは見た。彼女はありがとうと言った。なぜ彼女はおれを？ 運命。スペイン人ぽい目。桃の木の下で独り中庭《パティオ》今頃の時刻に懐かしのマドリッド半分影になってドロレス彼女ドロレスが。おれを。誘惑して。ああ、魅惑して。

——マルタ！ ああ、マルタ！

憂愁をかなぐり捨ててライアネルは悲痛のうちに叫び、低まりながらも高まりゆく和音のハーモニーをもって恋人に帰り来たれと求める属音《ドミナント》の激情の叫びを発した。叫びの中にライアネルの狙《ネラ》イアル孤独を彼女は知るはずだ、マルタはきっと感じると。彼女のみを彼は待つのだから。どこで？ ここでそこで待つそこここ至るところで待つ。どこかで。

――来たぁぁれ、汝《なれ》、失われし人！
来たぁぁれ、汝《なれ》、愛しき人！

独りきり。一つの愛。一つの希望。一つの慰めをわれに。マーサ、胸声、帰り来たれ！

――来たれ……！

それは翔《かけ》た、一羽の鳥が、その飛翔《ひしょう》を保ったまま、一つの素早い澄んだ叫びが、翔《かけ》ろ銀色の球体それが朗々と飛び立ち、いっそう速く、持続したまま、来たれと、あまり長く長く延しすぎずに長い息を彼は息を長生きさせ、高く翔《かけ》て、高く目も眩《くら》むばかりに、燃え立って、王冠を頂き、高く象徴的光輝の中、高く、天上の胸の、高く、高く洪大《こうだい》な照射《しょうしゃ》の至るところすべて翔《かけ》ゆくすべてぐるぐるすべてを、果てしなくなくなく……

――われに！

サイアポウルド！

燃え尽きた。

いい。よかった。皆が手を叩く。彼女はきっと。来たれ。おれに、彼に、彼女に、きみにも、おれに、われらに。

――ブラボー！　ぱちぱち。よかった、サイモン。ばちぱちばちばち。アンコール！　ばちぱちぱち、ばち。鐘のような響き。ブラボー、サイモン！　ばちばしっばち。アンコール、アンコーぱち、口々に、大声で、ばちばち全員が拍手、ベン・ドラード、リディア・ドゥース、ジョージ・リドウエル、パット、マイナ・ケネディ、二つの大ジョッキを持つ二人の紳士、カウリー、大ジョッキを持つ第一の紳士と青銅《ブロンズ》ドゥース嬢と金《ゴールド》マイナ嬢。

めらめら大尽《だいじん》ボイランの粋《いき》な黄褐色の靴がキュッキュッとバー床に鳴った、前言どおり。チンリンと二輪馬車がサー・ジョン・グレイ、ホレイショー片手間夜鍋男《かたてまよなべおとこ》ネルソン、尊師シアボールド・マシュー神父の立像を通り過ぎた、軽やかに、つい先ほどの前言どおりに。速歩《トロット》で、熱《ほて》りつつ、熱《ほて》り座に。**鐘《ラ・クロッシュ》を**。**鳴《ソ》らせ《ネ》**。**鐘《ラ・クロッシュ》を**。**鳴《ソ》らせ《ネ》**。歩調をゆるめて牝馬《ひんば》は坂《さか》を上ってラトランド広場の円形《ロウタンダ》ホールを通り過ぎる。ボイラン、炎めらまらボイラン、辛抱しきれずボイランにはのろすぎる歩調で、揺れながら牝馬《ひんば》は駆けた。

　カウリーの和音のガーン余韻《よいん》が終結し、豊かになった空気にのって消えた。

　そしてリッチー・グールディングは彼のパワーを飲み、リアポウルド・ブルームは彼のリンゴ酒を、リドウェルは彼のギネスを飲み、第二の紳士はもし彼女に異存がなければもう二つ大ジョッキをお相伴《しょうばん》したいと言った。ケネディ嬢は作り笑いをしながらジョッキを片して、珊瑚《さんご》色の唇を向けた、第一紳士に、第二紳士に。彼女に異存はない。

――七日間、牢屋にぶち込まれても、と、ベン・ドラードが言った。パンと水だけでな。それでもあんたなら歌うだろうよ、サイモン、庭鶫《にわつぐみ》みたいに。

　ライアネル・サイモンが、歌手が、けらけら笑った。ボブ・カウリーが弾いた。マイナ・ケネディが酒を出した。第二の紳士が払った。トム・カーナンが気取り足で入って来た。リディアが、感嘆され、感嘆した。しかしブルームは黙して歌った。

　感嘆しつつ。

　リッチーが、感嘆しつつ、あの男の輝かしい声について高音域《デスカント》でまくしたてた。彼はずいぶん昔のある晩のことを思い出した。決してあの晩のことは忘れない。サイは**地位と名誉に誘惑されて**を歌った。ネッド・ランバートの家でだった。いやまったく生れて一度もあんな歌いぶりを聞いたことはなかった一度もなかった**ならば偽りの人と別るるほうが**をあんなにくっきりとほんとに一度も聞いたことがなかったね**今や恋の亡きゆえに**をとろけるような声で**今や恋の亡き**ランバートに訊いてみるといい彼も同じことを言うから。

グールディングは、青白い中で藻掻《もが》く赤らみを浮べつつ、ブルーム氏に、その顔であの晩のことを、サイがネッド・ランバートの、デッダラスが家で、**地位と名誉に誘惑されて**を歌ったことを語った。

彼は、ブルーム氏は、耳を傾け、彼は、リッチー・グールディングは、彼に、ブルーム氏に、あの晩のことを、彼が、リッチーが、彼が、サイ・デッダラスが**地位と名誉に誘惑されて**を彼の、ネッド・ランバートの家で歌ったのを聞いたことを語った。

義理の兄弟、親戚なんだ。なのにすれ違っても決して口をきかない。リュートの亀裂ってやつさ。てんで軽蔑されている。分るだろ。それでもかえって感嘆してしまう。サイが歌ったあの晩。人間の声が、二つのちっちゃな絹の弦となって、素晴しい、ほかのどんな歌手よりも。

あの声は一つの哀歌《ラメンタツィオ》だった。今は静かになった。あとの静寂の中でこそ、聞えるという感じがする。振動。今は静寂のアリア。

ブルームは交差した両手を脱枷《だつか》して、ゆるんだ指で細い腸弦紐《ガットひも》を引張った。引張って引離した。それがぶーんと鳴り、びーんと鳴った。一方ではグールディングがバラクロウの発声法についてしゃべったし、一方ではトム・カーナンが、回想なんとか整理《アレンジメント》をまたぞろ持出しては耳傾けるおっさんカウリーに話し掛け、カウリーはオルグヮーンと即興を響かせて、弾きながらうなずいた。一方では巨鈴《きよりん》ベン・ドラードがサイモン・デッダラスを相手にしゃべって、相手は火をつけながら、うなずきつつ一服吹かし、また一服吹かした。

汝《なれ》、失われし人。すべての歌はそれがテーマ。しかしブルームは彼の糸を引張った。なんか残酷だ。相思相愛にさせておく、そうなるようにおびき寄せる。それから間を引裂く。死。爆。頭をがつんと一発。とっとと地獄へ行きやがれ。人間の命。ディグナム。うへッ、あの鼠《ねずみ》の尻尾《しっぽ》がのたうって！　五シリングおれは出した。**天国に在る肉体《コルプス・パラディスム》**。水鶏烏声《くいなからすごえ》の司祭、毒を盛られた小犬みたいな腹だもんな。逝《い》く。皆が歌う。忘れられる。おれも。そしていつの日か彼女もあいつと。彼女を捨てる、飽きて。それから苦しむ。すすり泣く。大きなスペイン系の眼《まなこ》が虚空《こくう》にぎょろつく。あれの波打つうつうつ蓊鬱《おううつ》うつうつ髪がくッしゃ　くしゃ。

　とはいえ幸せすぎるのは退屈。彼はなおも、なおも引張った。では幸せではないのですか？　ぶーん。パチンと切れた。

　チン鈴《リン》とドーセット通りへ。

　ドゥース嬢は繻子《しゅす》の腕を引っこめた、責めるように、嬉しげに。

――そんなになれなれしくしないで、と、彼女は言った。もうちょっとお付合いしてから。

　ジョージ・リドウェルはほんとに本心だと彼女に告げた。しかし彼女は信じない。

　第一の紳士がマイナにそれはそのとおりだと言った。彼女は彼にそうでしょうと問い掛けた。すると第二の大ジョッキは彼女にそうだと言った。それはそのとおりだと。

　ドゥース嬢は、リディア嬢は、信じなかった。ケネディ嬢は、マイナは、信じなかった。ジョージ・リドウェルは、そうじゃないって。ドゥー嬢は信じない。第一紳士は、第一紳士は、大ジョッキの紳士は、信じるね、いや、いや。信じない。信じなかった、ケン嬢は。リド・リディアウェルは、大ジョッキは。

　ここで書いたほうがいいな。郵便局の鵞ペンは噛みつぶされたりひん曲げられたりして符鉤《ふこう》な目に遭ってるから。

禿《はげ》パットが合図で近寄って来た。ペンとインキ。彼は行った。パッドも。彼は行った。吸取器《パッド》も。彼に聞えた、聾《つんぼ》パットに。

——ですね、と、ブルーム氏は言い、巻きつく腸弦《ガット》の糸をもてあそぶ。たしかにそのとおり。数行で充分。わが贈物。イタリアの派手な音楽はすべてこんな調子。誰が書いたのかな？　名前が分ったほうがよく分る。便箋《びんせん》を取出す、封筒を。頓着《とんちゃく》せずに。いかにも特徴的です。

——最高の曲《ナンバー》だ、あのオペラ全幕を通して、と、グールディングが言った。

——ですね、と、ブルーム。

なるほど数《ナンバー》。考えてみれば音楽はすべて。二掛ける二を半分に割ると一の二倍。振動、それがつまりは和音。一足す二足す六は七。数字の手品で好きなようにできる。これはこれに等しいというのが必ず見つかる。墓地の壁下の対称《シメタリ》。おれの喪服が目に入らない。無神経、もっぱら己の腸線《ちょうせん》念《ねん》。音楽《おとたの》しき数学。それで天上の音《ね》を聞いている気になる。でも、こんなふうに言ったらどうなる。マーサ、九の七倍引くxは三万五千だよ。これじゃ変へしゃげるね。音だからこその話。

一例が彼の今弾いている。即興演奏。気に入りそうだ、歌詞を聞くまでは。くっきりと聞きたいね。難曲。始りはいい。それから和音がちょいと外れて聞える。ちょいと迷った感じ。ズック袋を出たり入ったり、大樽を次々に越えて、鉄条網を抜けて、障害物競走。テンポが曲になる。こっちの気分の問題。でも聞くのはいつも楽しい。ただし音階の上ったり下ったり、女の子の練習だけは。両隣《りょうどなり》で二人いっしょにやるからな。ああいうのにはダミー・ピアノを発明するべきだ。ミリーはさっぱり関心なし。妙だよ、だって親は両方とも。**花の歌**《ブルーメンリート》を買ってやったが。名前。あれをのろのろと弾いてた、女の子、夜おれが帰ると、あの女の子。セシリア通り近くの廏界隈《うまやかいわい》の入口。禿聾《はげつんぼ》パットがたいへんフラットな吸取器《パッド》インクを持って来た。パットはインクペンといっしょにたいへんフラットな吸取器《パッド》を置いた。パットは浅皿深皿ナイフフォークを持った。パットは行った。言葉といえばそれだけだったとデッダラス氏がベンに言った。子供の頃リンガベラ、クロスヘイヴン、リンガベラで聞いたもんさ、あの連中が舟歌《バルカロール》を歌うのを。クイーンズタウン港にはイタリア船がいっぱい入ってた。よく歩いたよ、ベン、月明りの中あの地震帽たちと。連中の声が溶け合って。そりゃもう、最高の音楽さ、ベン。子供の頃、聞いたなあ。クロス、リンガベラ、ヘイヴンの月歌《ムーンキャロル》。

変調味気のパイプを離して彼は唇のわきへ片手の盾《たて》を作り、それが鳩の鳴声みたいに月夜の呼声を近くからはっきりと発し、遠くからの呼声が応答した。

指揮棒《バトン》**フリーマン**の縁《へり》を下ってブルームの、例の、も一つの目がうろつきながら、どこに出てたっけをざっと探した。カラン、コウルマン、ディグナム・パトリック。くゎーん！　くゎーん！　フォーセット。なあんだ！　ちょうど見てたとこ……。

見てなければいいが、鼠《ねずみ》みたいに賢《さか》しいやつだから。**フリーマン**を持ち巻きゆるめた。これで見えない。ギリシア文字εを書くのを忘れないように。ブルームは浸《ひた》して、ブルーはつぶや。拝啓。親愛なるヘンリーは書いた。親愛なるマディ。お手がはな拝受。ちぇっどこへ入れた？　どこかポケッこっちか。ぜんぜんできま。できまに下線。今日は書くことが。

面倒だね。面倒になったブルームは只今《ただいま》思案中の指でパットの持って来たフラットな吸取器《パッド》をタンバリンみたいに軽く叩いた。

続行。この意味わかるね。いや、やっぱりεは変える。わがささや贈封。返は求めない。待てよ。ディグに五。ここで約二。鷗たちに一ペニー。エリヤは来。デイヴィー・バーンで七。約八。半クラウンとして。ぼくのささやかな贈。郵便為替で二と六。長いお手紙待っ。軽蔑しますか？　チン鈴《リン》、抛《ホ》ルンかい？ やけに熱《ほて》り立って。どうしてぼくのことを悪い子だなんて？ きみも悪い子？ おや、メアリーったら、ズロース留めをなくしちゃって。今日はこれでさよなら。ええ、ええ、私も全部話してあげます。たいの。ずり落ちないよに。もう一つので呼んで。他界行儀《たかいぎょうぎ》って書いてきた。私が辛抱しきれなく。ずり落ちないよに。信じてくれなくちゃ。信じてちょうだい。大ジョッキ。それは。ほんとに。ほんとう。

愚かなことを書いてる？ 女房持ちはしないね。結婚とはそういうもの、なにせ女房がいる。おれは離れてるから。もしかして。しかしどんなふうに？ 彼女はどうしても。若さを保つ。もし彼女に見つかったら。カードは高級帽 の中に。そう、全部は話さない。無用な苦痛。もし見つからなければ。女。どっちもどっち。

賃馬車三二四番、馭者はドニーブルックのハーモニー・アヴェニュー一番地のバートン・ジェイムズ、これに座する貸切客は若い紳士、ぱりっと着こなす藍《あい》色のサージのスーツはエデン船寄《ふなよせ》通り五番地の仕立屋兼裁断師ジョージ・ロバート・メサイアスによる誂《あつら》え、甚《はなは》だ洒落《しゃれ》た麦藁帽《むぎわらぼう》はグレイト・ブランズウィック通り一番地の帽子商ジョン・プラストウにて購入。どうだい？ これがチン鈴《リン》軽やかチン鈴《リン》と行く。ドルーガッツ豚肉店のアジェンダスのてかつく円筒の前を逸《はや》り尻の牝馬《ひんば》が速歩《トロット》で駆けた。

——広告の返事かい？ と、鋭いリッチーの目がブルームに問う。

——ええ、と、ブルーム氏は言った。注文取りですからね。どうせ乗る気はないんでしょうが。

ブルームはつぶや。最善の照会先は。しかしヘンリーは書いた。興奮しそうです。お分りでしょうが。取急ぎ。ヘンリー。ギリシア文字ε。追伸を加えたほうがいいだろう。彼が今弾いているのは何だろう？ 即興。間奏曲。追伸。そのラン、タン、タン。語呂《ごろ》よくバツっと？ ぼくを罰でこらしめるんですか？　よじれたスカートがゆらゆら揺れては、ばしッ。教えて、たいの。知りたい。おお。もちろんそうじゃなかったら聞きません。ララ、レー。すーっと弱まって短調で悲しげに消える。なぜ短調《マイナ》は悲しい？　署名H。終《しま》いを悲しげに結ぶのが受ける。追々伸。ララ、レー。今日はとても悲しい気分です。ラレー。とても寂しくて。よっしゃ。

彼はパットの吸取器《パッド》で素早く吸取った。封。宛名。新聞からそのまま。つぶやいた。カラン・コウルマン商会。ヘンリーは書いた。

マーサ・クリフォード様
ダブリン
ドルフィンズ・バーン小路
郵便局気付

前の跡のところで吸取れば彼に読まれない。ここだ。よし。懸賞小説に使えそう。探偵が吸取器《パッド》の吸取紙から何を読み取る。一段一ギニーの稿料。マッチャムはしばしば思い出すけたたましく笑う魔女は。ピュアフォイ夫人も哀れだな。U・p。アッパッパー。

悲しいのところは詩的すぎる。音楽のせいだ。音楽には魔力がある。シェイクスピアの言《げん》。一日《いちにち》一言暦《いちげんごよみ》。在り果つるか、果つるか、はて。心待ちの金言《きんげん》。

フェッター通りのジェラード薔薇園《レイン》を彼は歩く、白髪《しらが》まじりの鳶色《とびいろ》の髪。一つの人生がすべてだ。一つの肉体が。やれ。やるだけやれ。

とにかくやった。郵便為替、切手。郵便局はこの先。さて歩くか。もう充分。バーニー・キアナンの店で会う約束をした。あのお務めは嫌だ。喪傷《かなしみ》の家。歩こう。パット！　聞えない。金聾《かなつんぼ》の金《かな》蚉《ぶん》。

　馬車はまだそのあたりに。しゃべるわ、しゃべるわ。パット！　駄目だ。ナプキンをととのえている。たいそうな持場を一日で歩き回らねばならないんだ。あの後ろ頭に顔を描いたら二人になるな。もっと歌ってくれるといい。気がまぎれる。

　禿《はげ》パットは痲語《まご》まごとナプキンで司教帽をいくつもこさえた。パットは難聴《なんちょう》の給仕である。パットは休時《きゅうじ》の客に給餌《きゅうじ》する給仕《きゅうじ》である。へへへへ。彼は休時の客に給餌する。へへ。彼は宮仕《きゅうじ》の身である。へへへへ。彼は休時の客に給餌する。客の休時中もし急事《きゅうじ》となれば急事の客に給餌するであろう。へへへへ。はは。休時の客に給餌しろよ。

　今度はドゥースだ。ドゥース・リディア。青銅《ブロンズ》と薔薇。

　すばらしい休暇だったの、すばらしいったらなかった。素敵な貝殻を見つけてきたから見てちょうだい。

　バーの端の彼のところへ彼女は角《つの》だらけの螺旋状《らせんじょう》の海ホルンをそうっと運び、彼に、事務弁護士ジョージ・リドウェルに聞かせようとする。

——聞いて！　と、彼女は命じた。

　トム・カーナンのジン熱《ほて》りの言葉に従って伴奏者はゆっくりと音楽を織《お》っていく。正格《せいかく》なる事実。ウォルター・バプティが声を失ったいきさつ。いいかね、旦那は彼の喉笛《のどぶえ》をひっつかんだ。**この悪党**、と旦那は言ったもんだ、**二度と恋歌を歌えないようにしてやる**。そうなったよ、いやはや、トムさんよ。ボブ・カウリーは織っていく。テノール歌手は女をものに。カウリーは手を休めた。

　ああ、今、彼は聞いた、彼女がそれを彼の耳に当てて。聞いて！　彼は聞いた。素晴しい。彼女がそれを自分の耳に当てた。そして漏《も》れ来《きた》る光の中を淡い金《ゴールド》がコントラストを成して滑り行く。聞こうとして。

こつ。

ブルームはバー扉の向うで一個の貝殻が二人の耳に当てられるのを見た。彼は二人が聞いたそれをもっとかすかに聞いた、二人がそれぞれが自分だけに、それからそれぞれ互いに、打寄せる波音を、潮騒を、沈黙の轟《とどろ》きを聞いたそれを。

青銅《ブロンズ》と疲れた金《ゴールド》の漣《れん》が、近くから、遠くから、二人は耳傾けた。

彼女の耳も貝、ちゃんと覗《のぞ》き耳たぶも。海へ行ってきた。可愛い海辺の娘たち。肌が日焼けしてひりひり。さきにコールドクリームをつけておけばこんがり小麦色になったのに。バタートースト。おっと、そうそう、あの化粧水を忘れちゃいけない。口のあたりが熱っぽくて。のぼせて頭がくぅ。髪を編み上げて、海藻《うみも》のからみつく貝。どうして女は耳を海藻毛で隠すのか？　それにトルコ女は口を、なぜ？　あれの目がシーツをかぶって、ヤシュマク。入口を見つけるんだ。洞窟。無用の者立入り禁止。

海の音を聞いているつもりだな。歌いながら。海潮音《かいちょうおん》。あれは血潮なんだ。ときどき耳に流れ込む。そうさ、それが海。血球諸島。

実に素晴しい。とてもはっきりと。ほらまた。ジョージ・リドウェルがそれのつぶやきを耳に当てて聞いていた。それからそっとそれをわきへ置く。

——荒波はなにを言っているのかな？　と、彼は彼女に問い掛けて笑《え》む。

魅惑しつつ、笑波《しょうは》を湛《たた》えつつ無返答のままリディアがリドウェルに笑む。

こつ。

ラーリー・オロークの店角を、ラーリー、出しゃばりラーリー・オの前を、ボイランは揺れてボイランは曲った。

見捨てられた貝殻からマイナ嬢は大ジョッキたちの待つほうへ滑り行く。ううん、そんな寂しくなかったとおちゃめなドゥース嬢の頭がリドウェル氏に告げた。月明りの中、海辺の散歩。ううん、一人じゃない。誰と？　彼女は毅然《きぜん》と答えた。紳士のお友達と。

ボブ・カウリーのきらめく指が高音部を再び弾く。家主に優先権がある。少しの間。長棹《ながさお》ジョン。巨鈴《きょりん》ビッグベン。軽快に彼は軽快な明るいきらめく小節を弾いた、おちゃめに笑みつつステップを踏む女性たちのため、彼女たちに言い寄る伊達男《だておとこ》たち、紳士のお友達のため。一。一、一、一、一、一。二、一、三、四。

海、風、木の葉、雷、波、モーと鳴く牛たち、家畜市場、雄鶏《おんどり》、雌鶏《めんどり》は烏声《からすごえ》ではない、蛇はシュシュシュ。至るところに楽の音《がくね》がある。ラトリッジの事務室のドア、ギーッと軋《きし》って。いや、あれは雑音。**ドン・ジョヴァンニ**のメヌエットだ、今弾いているのは。ありとあらゆるたぐいの宮廷服が城の広間で踊る。惨めだよ。城の外の百姓たちは。緑の飢えた顔が酸葉《すいば》をしゃぶっている。けっこうなことだ。見ろ。見ろ、見ろ、見ろ、見ろ、見ろ。われらを見ろ。

そりゃ楽しいってことは、おれにも感じ取れる。作曲はしたことがないけど。なぜだ？　おれの喜びは別の喜びだから。しかしどっちも喜びだ。うん、喜びには違いない。音楽というたんなる事実が生きているってことの証《あか》し。よくあれは鬱《ふさ》ぎこんでるなと思ってると浮き浮き歌い出したっけ。それで分った。

マッコイ旅行鞄。おれの女房もおまえの女房も。キャーッと鳴く猫。絹を引裂くみたいに。あれがしゃべるときの舌は鞴《ふいご》の簧《した》みたいだ。女ってのは男の声腺《せいせん》音程を扱いきれないんだ。声感帯《せいかんたい》にも格差があるし。あたしを満たして。あたし熱《ほて》って、鬱《ふさ》いで、開いてる。**誰かあらんや**《クウィス・エスト・ホモ》を歌ったモリー。メルカダンテ。おれは耳を壁に押しつけて聞く。求む、期待に添ってくれる女。

揺れジグ踊りに駆けて止った。洒落《しゃれ》た鞣革色《なめしがわいろ》靴の洒落者ボイラン靴下空色縫取飾りが軽やかに地面に降立つ。

まあ、あたしたちこんなに！　室内楽。一種の語呂遊びになりそうだ。一種の音楽だとしょっちゅう思った、彼女が用を。つまり、音響学。チンショジョー。空《から》の器《うつわ》はたいそう大きな音を立てる。なぜなら音響学、共鳴《きょうめい》は水の重量が落下する水の法則に等しい度《と》合《あい》に従って変化する。リストの狂詩曲みたいに、ハンガリアン、ジプシー眼《まなこ》の。真珠ばらばら。滴《したた》りじょじょじょじょ。雨ざざざ。ジャーンジャジャ、シャジャジャジャ、ジョジョジャ。ショショーッ。今頃。たぶん今頃。前か。

誰かがドアを叩いた、こつんごつんと叩いた、男がポール・ド・コックが声高睾丸無恥《こわだかこうがんむち》なノッカーでノックして階段こんこつ段こん段こん。段こん男こん。

こつ。

——**ここに怒りあり**《クウィ・スデーニョ》がいい、ベン、と、おっさんカウリーが言った。

——いや、ベン、と、トム・カーナンが割って入った。**いがぐり頭**《クロッピー・ボーイ》だ。故郷訛《ふるさとなまり》で。

——そうだ、やれよ、ベン、と、デッダラス氏が言った。真の男児たる諸君。

——やれよ、やってよ、と、一同が一つになってせがむ。

出よう。ほら、パット、またこっちへ。来い。来た、来た、止らない。おれのとこへだよ。いくら？

——キーは何だ？　シャープ六つ？

——Fシャープ長調、と、ベン・ドラードが言った。

ボブ・カウリーのぐいっと伸ばした鉤爪《かぎつめ》指が黒鍵《こっけん》の低音響く和音をつかまえた。

行かねばならぬと貴公子ブルームはリッチー貴公子に告げた。まだいいだろう、と、リッチーは言った。いえ、行かねば。どっかで金が入ったんだろう。ばか騒ぎ腰痛浮かれをおっ始めるんだろう。いくら？　彼は唇語《くちびるご》の目聞《めき》きだ。一と九。ペニーはきみに。ほら。チップを二ペンスやろう。聾《つんぼ》、痲語《まご》まご。しかしたぶんこの男にも給餌《きゅうじ》すべき女房と家族がいて、パッティの帰るのを待っている。へへへへ。聾《つんぼ》が給仕《きゅうじ》して家族は休時中。

しかし待て。しかし聞け。暗い和音。哀れれれ身空《みそら》し。低く。暗い地中の洞窟の中。埋込まれた鉱石。音塊《おんかい》音楽。

暗黒時代の、無愛《むあい》の、大地の疲弊《ひへい》の声が、遠くから、白髪の山々からやって来て、重々しく苦しげに近づき、真の男児たる諸君を訪ねた。司祭を彼は探している。司祭と一言話したいのだ。

こつ。

ベン・ドラードの声。バス樽節《だるぶし》の淫《みだ》ら声。むらなく声《せい》一杯それを言おうとする。洪大《こうだい》な男無き月無き女無き沼地の蛙声《あせい》。もう一人の失墜者。かつては大きな船具商を営んでいた男。思い出す、松《まつ》脂《やに》ロープ、船の角灯。一万ポンド損失の破曲《はきょく》。今はアイヴァー慈善ホームに。小部屋ナンバー何々。ナンバーワンのバス樽酒の成れの果て。

司祭様はいらっしゃいます。偽《にせ》司祭の召使が彼を迎えた。どうぞ中へ。神父様。へこへこ応ずる裏切者召使。渦巻く演奏指示の和音。

身を持ち崩させる。一生をぶち壊す。それから小部屋を作ってやってそこで往生《おうじょう》させる。さあさ、おねんね。ねんころり。死になよ、わん公。わんちゃん、死にな。

警告の声が、おごそかな警告が、若者は人気《ひとけ》のない玄関ホールに入ったと一同に告げ、その足音のいかにおごそかであるかを告げ、薄暗い部屋のことを、法衣《ほうい》をまとい聴罪《ちょうざい》せんとして座する司祭のことを告げる。

人品卑しからぬ人物。今はちょっぴりいかれてる。**応答**の詩人の絵謎で賞金を手に入れる気だ。ぱりぱりの五ポンド札進呈。巣で雛《ひな》を孵《かえ》す鳥。最後の吟遊詩人の唄だと思ったそうだ。人になついて苗《なえ》に寄添う犭《けもの》は？　海の口のたいへん勇敢な貝は船乗り。まだいい声をしてる。あれだけのものを持ってれば去勢者《きょせいしゃ》じゃない。

聞こう。ブルームは聞いた。リッチー・グールディングは聞いた。そして扉口で聾《つんぼ》パット、禿《はげ》パット、チップ利パットは聞いた。

和音が琴更《ことさら》にゆっくりと響く。

贖罪《しょくざい》と悲痛の声がゆっくりとやって来て、粧飾《しょうしょく》され、わななく。ベンの改悛《かいしゅん》の髭が告白した。**イン・ノミネ・ドミニ**、神の御名において。彼はひざまずいた。片手で胸を打ちながら告白する。**わが罪《メア・クルパ》**。

またラテン語。鳥黐《とりもち》みたいに人を捉える。ああいう女たちには以心伝体の司祭。霊安堂《れいあんどう》にいた男、柩《コフィン》だっけコフィーだっけ、**肉体名《コルプスノミネ》**。あの鼠《ねずみ》は今頃どこにいるかな。キーキーがりがりこつ。

皆、耳傾けた。大ジョッキたちとケネディ嬢。ジョージ・リドウェル、目蓋飢《アイリドウ》エル欲顕《よくあらわ》に、胸豊満の繻子《しゅす》。カーナン。サイ。

憂《うれ》いの彩紋《さいもん》を吐露する声が歌う。彼の罪のかずかず。復活祭以来、三度悪態をつきました。ろくでもない唐変木《とうへんぼく》。一度ミサの時間に遊びに行きました。一度教会墓地を通り過ぎて母のために祈りませんでした。少年。いがぐり頭《クロッピー・ボーイ》。

青銅《ブロンズ》が、ビール栓と並んで聴き入りながら、遠くを見つめた。魂こめて。てんで気づかない、おれが。モリーは誰かが見ているのを見て取るのがうまいけどね。

青銅《ブロンズ》は遠くを横向きに見つめた。あそこの鏡。あの向きの顔がいちばんいい？　女はいつでも心得てる。ドアのノック。仕上げをちょっと決めて。

男が段こん段こん。

女って音楽を聴くとき何を考えるんだろう？　ガラガラ蛇を次々捕まえる方法。マイケル・ガンにボックス席をもらった晩。オケの音合わせ。ペルシアの君主《シャー》はあれがいちばん気に入った。懐かしのわが家《ホーム・スイート・ホーム》を思い出したんだろう。カーテンで鼻をふいたりもして。お国の習慣なんだろう。あれも音楽さ。そうひどい音でもない。びゅびゅー。金管は上向き鼻管で嘶《いなな》く驢馬《ろば》だ。コントラバスは両脇腹に深手《ふかで》を負って息も絶え絶え。木管楽器はモーモー鳴く牝牛。セミグランド・オープン鰐《わに》音楽にはガブリとやられそうだ。木管楽器《ウッドウインド》ってのはグッドウィンの名に似てる。

彼女は上品に見えた。サフラン色の襟《えり》ぐりの深いドレス、持物を見せびらかしちゃって。丁子《ちょうじ》の匂いの息だった、劇場で前のめりになって何か訊くときはいつも。スピノザが亡きパパのあの本で言ってることを教えてやった。催眠術に掛ったみたいに、聞き入ってた。そんなふうな目。前のめりで。二階正面席のやつがこれぞとばかりにオペラグラスで覗《のぞ》き込んでいた。音楽の美しさは二度聞かなくちゃ。自然や女は半瞥《はんべつ》で判別。神は田園を造り人は曲を。会った者定め難輪廻《なんわまわ》し。哲学。わあ、ごっつごつ！

すべて逝《い》きたり。すべて斃《たお》れたり。ロスの包囲で父が、ゴーリーで兄弟が、皆斃《たお》れたり。ウェクスフォードへ、われらはウェクスフォードの男児なり、彼は行く。彼の名と一族最後の者。

おれも。おれの一族の最後。ミリーは若い学生と。そう、たぶんおれが悪いんだろう。息子がいないのは。ルーディ。もう今や遅すぎる。いや、もしそうでなければ？　そうでなければ？　もしまだ？

　彼は憎しみを抱かなかった。

　憎しみ。愛。そんなのは名称にすぎない。ルーディ。じきにおれも老いる。

　巨鈴《きょりん》ビッグベンは彼の声を広げて披露した。すごい声だとリッチー・グールディングが、青白い中で藻掻《もが》く赤らみを浮べつつ、じきに老いるブルームに言った。しかしいつ若かった？

　アイルランドが今やって来る。国王よりもわが祖国を。彼女は聞き入る。一九〇四年を恐れず口にする者。そろそろ退散。たっぷり見た。

　こつ。

——**われに祝福を、神父様、**と、いがぐり頭員《とういん》ドラードが絶叫した。**祝福を与え行かせ給え。**

　ブルームは祝福を与えられぬまま行くべく見た。めかし立てて殺す、週給十八シリング。男どもは貝みたいにざらり吐き出す。日和眼《ひよりまなこ》を開いておかなくちゃね。あの娘たち、あの可愛い。悲しい海の波打つ浜辺で。コーラスガールのロマンス。婚約不履行《こんやくふりこう》の証拠に読み上げられる手紙。かわいこちゃんちゃんのめんこいちゃんちゃんから。法廷内の哄笑《こうしょう》。ヘンリー。おれは署名しなかった。

　貴方の美しいお名前。

　低く音楽が沈んだ、曲も歌詞も。それから早くなった。偽《にせ》司祭が衣擦《きぬず》れの音とともに法衣《カソツク》脱ぎ捨てた兵士。衛士《えじ》隊長。皆、すっかり諳《そら》んじている。ぞくぞくをうずうずと待つ。衛士帽。

　こつ。こつ。

　ぞくぞくしながら彼女は聴き入り、前のめりに共鳴《きょうめい》して聞く。

　白紙の顔。処女じゃなかろうか。それとも指でいじられただけ。何か書いてやらなくちゃ。せっかくの頁。書いてやらなければどうなる？　衰え、自棄《やけ》。それで若さを保つ。自分に見とれたりもする。見ろ。彼女の艶奏《えんそう》ぶり。唇ふうっと。白肌女の肉体、おっ立ち笛一本。そっとくわえてくれよ。声高く。三つの穴、女はすべて。女神のを見そこなった。女はそうしてほしいのさ。丁寧すぎると駄目。だからあいつは女をものにする。ポケットには金《ゴールド》、顔には真鍮《しんちゆう》。目と目で。無言歌。モリー、あの手回し風琴《ふうきん》の少年。猿が病気だと言っていると彼女は分った。それともスペイン語に似てたからか。動物のことを理解するのもそんなふう。ソロモンは理解した。天賦《てんぷ》の才能。

腹話術《ふくわじゆつ》。おれの唇は閉じたまま。おれの腹で考え。何を？

どう？　きみ？　ぼく。したい。きみと。あれ。

しゃがれた粗野な憤《いきどお》りをこめて衛士隊長は毒づくと、卒中《そつちゆう》寸前の激怒のろくでもない唐変木《とうへんぼく》呼ばわりを高めた。けなげだぞ、小僧、ここへ来るとはな。一時間がおまえの残る命だ、おまえの最後の。

こつ。こつ。

さあ、ぞくぞく。憐憫《れんびん》を彼らは感ずる。死ぬほど死にたがる殉教者たちのために流す涙をぬぐおうとする。すべて死に行く者への、すべて生れ来る者への。ピュアフォイ夫人もたいへんだな。無事にすましてるといいが。なんせ女の子宮は。

女の子宮の液に潤《うる》む眼球が睫毛《まつげ》の柵《さく》の下で静かに見つめ、聞く。あれだよ、目の本当の美しさは彼女が口をきかないとき。じっと彼方の川を。ゆっくりと繻子《しゆす》の盛上がる胸の波ごとに（あの盛上がる豊満）赤い薔薇がゆっくりと高まり、赤い薔薇が沈む。胸の鼓動、彼女の息、命である息。そして乙女毛草のちっちゃなちっちゃな羊歯襞《しだひだ》が残らずふるえる。

しかし見ろ。煌《きら》めく星たち色褪《いろあ》せて。おお、薔薇よ！　カスティーリャ。夜がしらじらと。

おんや。リドウェル。あいつのほうってことはこっちじゃなく。のぼせてたか。おれはそんな男かい？　でもここから見てやろう。弾け飛んだコルク栓やら、ビール泡のしぶきやら、空瓶の山やら。

滑らかなビール栓の突起にリディアが手を置く、軽やかに、ふくらかに、この手も見てちょうだい。いがぐり頭を思う憐憫《れんびん》にひたりきって。前へ後ろへ、後ろへ前へ、ぴかぴかな把手《とって》の上を（彼女は分っている、彼の目を、おれの目を、彼女の目を）彼女の親指と人差指が憐れみつつ動く。動き行き、横たわり、そして優しく触れ、それからなめらかに滑り行き、ゆっくりと下り、ひんやりする堅い白の琺瑯《ほうろう》の指揮棒がその滑り行く二本の指の輪から突き出た。

活栓《かっせん》とカッラー裸《ラ》と。

こつ。こつ。こつ。

おれがこの家の主だ。アーメン。彼は怒りに歯ぎしりした。裏切者らは吊《つる》せ。

和音が同調した。たいそう悲しいこと。しかし成るべくして。

終らないうちに出よう。ありがとさん、魅力にうっとり。帽子はどこだ。彼女の前を通って。あの**フリーマン**は置いてってていい。手紙は持ってる。ひょっとして彼女が？　まさか。歩け、歩け、歩け。キャッシェル・ボイル・オコナー・フィッツモリス・ティズダル・ファレルみたいに。歩ぅぅぅぅぅぅぅけ。

じゃあ僕はそろそろ。行くのかい？　えそろそええ。ブルムっ立ち。ライ麦上りに青《ブルー》。おっと。ブルームは立ち上った。石鹸が尻のあたりねばねばしてる。汗をかいたんだな。音楽。あの化粧水、忘れないように。じゃ、お先に。高級。カードは中に。よし。

扉口の聾《つんぼ》パットのわきを耳そばだてながらブルームは通り過ぎた。

ジャニーヴァ兵舎でその若者は死んだ。パシッジにその亡骸《なきがら》は葬られた。嘆き！　おお、彼は嘆きのドロレス調！　哀れを誘うバグパイプ歌手の声が悲嘆の祈り人に呼掛けた。

薔薇の前を、繻子《しゆす》の胸の前を、愛撫する手の前を、飲みこぼしの前を、空瓶たちの前を、弾け飛んだコルク栓たちの前を、お先に失礼と会釈《えしやく》しながら、目と乙女毛、深い海原影の中の青銅《ブロンズ》と淡い金《ゴールド》を過ぎて、ブルームは行った、柔らかなブルームが、とても寂しい気分ブルームが。

こつ。こつ。こつ。

彼のために祈れ、と、ドラードのバスは祈った。平和のうちに聞く諸君。祈りの息継《いきつ》ぎを、一滴の涙を、真の男児たる諸君、善き人々よ。彼はいがぐり頭員《とういん》となっていた。

立聞きしている下働きいがぐり頭下働き少年をたじろがせてブルームが進むオーモンドの玄関ホールに聞えてくるのはブラボーのがなり声や轟《とどろ》き、背中をぼてぼて叩く音、一同が全員で踏み鳴らす靴音、靴磨き小僧の靴ではない靴音。みんなで合唱さあぐいっと飲もう一気にいくぞ。抜け出してよかった。

——よかったぞ、ベン、と、サイモン・デッダラスが大きな声で言った。いやあ、相変らずうまい。

——前にもまして、と、トムジン・カーナンが言った。あのバラッドをあれほどめりはり鮮やかに歌いこなすとは、心底感服してしまうなあ。

——ラブラーシ、と、おっさんカウリーが言った。

ベン・ドラードは嵩張《かさば》りカチューチャ踊りにバーへ向い、絶大な称賛を浴びて薔薇色大輪《たいりん》、鈍重《どんじゆう》足で歩みながら、痛風《つうふう》の指がティンパ似《ニ》叩きにカスタネット鳴りを響かせた。

ビッグ・ベナベン・ドラード。巨鈴《きよりん》ビッグ・ベンベン。ビッグ・ベンベン。

ぷぷっ。

そして皆が深く感動し、サイモンは霧笛鼻《むてきばな》から同情を喇叭《らっぱ》演奏し、皆が高笑いしながら彼を、ベン・ドラードを、大喝采《かっさい》の中へ連れ出した。

——顔が赤くなってきたね、と、ジョージ・リドウェルが言った。

ドゥース嬢は薔薇をととのえてジョッキを出した。

——ベンちゃんよ、と、デッダラス氏が、ベンの肩胛骨《けんこうこつ》を後ろからぼてぼて叩いた。このとおり弦気《げんき》いっぱいなんだが、ただ、たいそうな脂肪組織をひっそり持ち歩いている。

ぶっっっっぷすすす。

——死亡の脂肪だ、サイモン、と、ベン・ドラードが唸《うな》った。

リッチーはリュートの亀裂は独り座っていた。グールディング＝コリス＝ウォード。心もとなげに彼は待つ。未受領《みずりょう》のパットも。

こつ。こつ。こつ。こつ。

マイナ・ケネディ嬢が大ジョッキ一の耳に唇を近づけた。

——ドラードさんよ、と、唇が低く小声で言った。

——ドラード、と、大ジョッキが小声で言った。

大ジョッキ一は信じた、ケン嬢がそう言、そのどら男だと、彼女はどら、大ジョッキは。

彼はその名を知っていると小声で言った。なじみのある名だ、つまり。つまり聞いたことがある名だ、その。ドラード、だっけな？　ドラードさん、そう。そうよ、と、彼女の唇がもっと大きく言った。ドラードさん。素敵な歌い方だった、と、マイナが小声で言った。ドラードさん。それに**夏の名残《なごり》の薔薇**も素敵だった。マイナはあの歌が大好き。大ジョッキの大好きなあの歌をマイナも。

夏の名残《なごり》の薔薇をドラードに置去りにされたブルームは体内に風が渦巻《うずま》くのを感じた。

ガスがたまるなリンゴ酒ってのは。それに便秘の縛《しば》りも。待てよ。郵便局はルーベン・Jのとこに近いし一シリング八ペンスも。出しちまわなくちゃ。遠回りだがひらりとグリーク通りへ。会う約束なんぞしなけりゃよかった。外のほうが遠慮なしに。音楽。いらいらさせられる。ビール栓。揺籃《ゆりかご》をゆらす彼女の手が支配するのは。ベン・ホウスの丘。世界を支配する。

遠く。遠く。遠く。遠く。

こつ。こつ。こつ。こつ。

船寄《ふなよせ》通りをライアネルリアポウルドは、マディ宛の手紙悪い子ヘンリーは行った、罪の甘露《かんろ》とともに襞飾《ひだ》りとともにラーウールのためにとともに会った者定め難輪廻《なんわまわ》しとともにポウルディはどんどん行った。

こつッと盲《めしい》が歩いてこつこつ、こつッと縁石《えんせき》を叩いては、こつッこつッと。

カウリーってのは目がくらむ質《たち》、一種の酩酊《めいてい》。そこそこにしておいたほうがいい、男が女給と付合う法。一例が音楽気違い。全身これ耳。三十二分音符も聞き逸《そ》らすまいと。目を閉じて。頭を上下に拍子を合わせる。気がふれてる。身じろぎもしない。思考厳禁。決っておしゃべり会になる。ぐだらぐだら混濁《こんだく》音符。

すべてが一種の話し掛けようとする試み。途中で切れると不愉快だ、なぜなら正確に分ら。ガーディナー通りのオルガン。グリン爺《じい》さん年五十ポンド。奇態《きたい》だよな、屋根裏部屋に一人っきりで、音栓《おんせん》やら止具《ロック》やら鍵《キー》やらを相手に。一日中オルガンの前に座って。何時間もぶつぶつもごもご、自分ともう一人の鞴《ふいご》で風を送る男にしゃべりどおし。怒って怒鳴るかと思えば、キーキー声で悪態をつき（詰物か何か入れてあげなくちゃいやよやめてと絶叫したっけ）、それからふんわか不意にちっちゃな小さなちっちゃな小さな一陣の風。

ぷぅぃ！　ちっちゃな小さな風が吹い放《ひ》ィィィッた。ブルームのちっちゃな放《ひ》ィィ。

——彼、来てたのか？　と、パイプを取って戻ったデッダラス氏が言った。今日いっしょだったよ、ぽっくり逝《い》ったパディー・ディグナムの……

——うん、気の毒になあ。

——ところで音叉《おんさ》があったが、あそこの上に……

こつ。こつ。こつ。こつ。

——あれの女房は声がよくてな。いや、よかったか。え？　と、リドウェルが訊く。

——あら、きっと調律師、と、リディアがサイモンライアネル初めて見しに言った。来たとき忘れてったのね。

盲《めくら》の人なのよと彼女はジョージ・リドウェル二度目に見しに言った。それはもう絶妙な弾き方、聞いててうっとり。絶妙なコントラスト。青銅瞼《ブロンズまぶた》、マイナ金《ゴールド》。

——叫べ！　と、ベン・ドラードが叫び、どぶどぶ注ぐ。でっかく歌え！

——よしゃあ！　と、おっさんカウリーが叫んだ。

ぶっぅぅぅ。

どうも出そうな……

こつ。こつ。こつ。こつ。こつ。

——なかなかに、と、デッダラス氏が言い、頭のない鰯《いわし》をしげしげ見つめた。

鐘形サンドイッチ容器におさまってパンの柩台《ひつぎだい》の上に一つ最後の、一つ寂しい、夏の名残《なごり》の鰯があった。ぽつんと花咲く《ブルーム》。

——なかなかに、と、彼は見つめた。音《ね》が低いほうだな、どっちかといえば。

こつ。こつ。こつ。こつ。こつ。こつ。こつ。こつ。

ブルームはバーリーの前を通り過ぎた。出せればいいが。まだ。あの奇跡薬を持ってたら。二十四人の事務弁護士があの建物一つに。かぞえたことがある。訴訟。互いに愛すべし。山積みの羊皮《ようひ》紙《し》。昼鳶広場師《ひるとんびひろばし》事務所、代行権限所有。グールディング＝コリス＝ウォード。

しかしたとえばあのでかいドラムをぶっ叩くあの男。あいつの天職。ミッキー・ルーニーの楽団。どういうふうに最初思いついたのか。家で塩豚キャベツでも食ったあと肘掛椅子に座ってその腹をあやしあやし。楽団の自分のパートをリハーサル。ポン。ポンチキポン。女房は愉快だろうさ。驢《ろ》馬《ば》の皮。生きてる間中したたかぶっ叩き、死んでからもぶった叩く。ポン。ぶっ叩く。思うにいわゆるヤシュマクいや、そうじゃなくてキスメット。宿命。

こつ。こつ。生若《なまわか》い男が、盲《めしい》が、こつこつ叩く杖を手にこつこつこつ叩きながらデイリーのウインドウを通り過ぎると、人魚の髪が靡《なび》き流れて（しかし彼には見えなかった）人魚のぷかぷかを（盲《めしい》には見えず）、人魚印、抜群に爽《さわ》やかな一服を吹かした。

いろんな楽器。草の葉、彼女の両手の貝にはさんで、それから吹く。櫛《くし》とちり紙でも音色を叩き出せる。モリーがロンバード通り西にいた頃シュミーズ姿で髪を垂らして。どんな稼業《かぎょう》にもそれぞれの息音が、お分りでしょう？　猟師は角笛《ホルン》で。ホー。抛《ホ》ルン？　**鐘《クロッシュ》を**。**鳴らせ《ソネ・ラ》**。牧童は牧笛《まきぶえ》。ぷぅぃちょっとぉなら。巡査は口笛。錠前と鍵の直し！　煙突掃除いかが！　四時、異常なし！　お休み！　すべて失われし今。太鼓は？　ポンチキポン。待てよ。そうそう。触れ回り町役人、執《ひっ》達吏《たくり》。長棹《ながさお》ジョン。死者をも目覚めさせる。ポン。ディグナム。哀れなる**神の御名《ノミネドミネ》**。ポン。あれも音楽。つまり、みんなポン、ポン、ポンだよ、まったくもっていわゆる**冒頭から《ダ・カーポ》**。それでも聞こえる。われら行進しつつ、すたこら行進、とんとこ行進。ポン。

もう我慢が。ぶっ。ところで宴会の席でやったら。たんに慣習の問題だよペルシアの君主《シャー》は。祈りを吸込み、涙を落す。それにしても見逸《みそ》らしど間抜《まぬ》けだったんだろう、衛士《マッキン》の帽頭《ぼうとう》だってのが見えないなんて。音貌《いんぼう》すっぽり。墓地のあいつは誰だったのかな、焦茶の雨外。あッ、あの路地の娼婦！

薄汚い娼婦が黒い麦藁セーラー帽を斜めにかぶり昼日中《ひるひなか》から目をどんよりさせて船寄《ふなよせ》通りをブルーム氏のほうへやって来た。彼が初めてあの慕わしき姿を見しは？　うん、あれはやっぱり。とても寂しい気分。雨の夜の路地で。抛《ホ》ルン。誰が勃起《ぼっき》り？　へへ男《お》見《み》せして女《め》見《まみ》えて。このへんは調子っ外《ぱず》れだろうに。何をあの女？　頼むよあの女。ぷすッ！　きれいさっぱりとはいかないか。モリーを知ってた。おれに目印を付けたんだ。太った女の人がいっしょにいたでしょ、焦茶の服の。あれで調子が狂っちまったよ。約束をしたっけ、決して守らないような、絶対にしないような。懐《ホーム・スイート・ホーム》かしのわが家に近すぎて危なすぎ。おれを見てるのか？　日中《ひなか》で見るとぎょっとする。駄蠟《だろう》みたいな面《つら》。失せろ。ああ、しかしあれでも他人同様に生きていかねばな。ここを覗《のぞ》くか。

ライアネル・マークスの骨董特売店のウインドウの中に悪い子ヘンリー・ライアネル・リアポウルド親愛なるヘンリー・フラワー熱心にリアポウルド・ブルーム氏は使い古した蠟燭《ろうそく》立てメロディオンが蛆《うじ》のわいた吹かし袋をぶーすかやるのを描いた。お買得、六シリング。弾き方を覚えるのも悪くないか。安いし。あの女をやり過ごそう。もちろん何でも高い、ほしくなければ。そこはセールスマンの腕一つ。売りたいものを買わせてしまう。わざわざおれの鬚を当ってスウェーデン製の剃刀《かみそり》をおれに売りつけたやつ。研《と》ぎ代まで出させたがって。あの女、通り過ぎる。六シリング。

きっとリンゴ酒のせい、それともバーガンディかも。

青銅《ブロンズ》のそばで近くから金《ゴールド》のそばで遠くから彼らは皆でカチャンと鳴るグラスをカチャンと鳴らし

た、輝き眼《まなこ》でそれ勇ましく、青銅《ブロンズ》リディアの魅惑の夏の名残《なごり》の薔薇、**カスティーリャの麗《うるわ》しき薔薇**の前で。第一音リド、ディー、カウ、カー、ドラ第五音。リドウェル、サイ・デッダラス、ボブ・カウリー、カーナン、そしてビッグ・ベン・ドラード。

　こつ。一人の若者が人気《ひとけ》のないオーモンドの玄関ホールへ入った。

　ブルームはライアネル・マークスのウインドウの勇ましい色彩画を見やった。ロバート・エメットの最後の言葉。七つの最後の言葉。マイヤベーアの曲、あれは。

——真の男児たる諸君。

——いいぞ、いいぞ、ベン。

——ともに乾杯といこうぜ。

　一同はグラスを挙げた。

　カッチーン。コッチーン。

　こつ。生若《なまわか》い盲《めしい》が戸口に立った。彼は青銅《ブロンズ》を見逸《みそ》らした。彼は金《ゴールド》を見逸《みそ》らした。ベンもボブもトムもサイもジョージも大ジョッキたちもリッチーもパットも。へへへへ。彼は見逸《みそ》らした。

　ぎとぎとブルームは、脂《あぶら》ぎとぎとブルームは最後の言葉を観た。そっとやれ。**我が祖国がその地位を得る時。**

　ぷぅぷぅ。

　きっとバーガ。

　ぷぷ！　うぅ。うぅぷ。

　地上の国々の一つとして。誰も後ろに。あの女は通り過ぎた。**その時、その時にこそ。**電車。ガラーン、ガラーン、ガラーン。好機到。来るぞ。ガラーンドガラーンガラーン。ぜったいにあのバーガンド。うん。　一、二。**我が墓碑銘は斯《か》く。**ガラァァァァ。**書かるべし。**

我遂に成就に。

ぷぷぅぅぷぶぅぅぷぷぶぶぶぶ。

及ぶぅぅぅッ。

第十二章《エピソード》

キュクロープス

Cyclops

時刻　午後四時四十分～七時四十五分

場所　酒場バーニー・キアナン（市場裏のリトル・ブリテン通り）

人物　〃俺〃、〃市民〃、ジョウ・ハインズ、テリー、レネハン、ブルーム　他

ダブリン市警のトロイ爺公《じじこう》とアーバー坂《ざか》の角《かど》んとこでちょいと立話をしていたら畜生ッ煙突掃除め通りすがりに危うく俺の目ん玉へ道具を突っ込みそうにしやがった。振り向きざま一吠《ほ》え浴びせてやろうとしたらなんとストウニー坂《さか》をひょこひょこやって来るのはジョウ・ハインズよ。

——おお、ジョウ、俺が云う。元気かよう？　見たかあの煙突掃除が俺の目ん玉をブラシで危うくえぐるとこだったぜ。

——煤《すす》とは縁起《えんぎ》がいいやな、ジョウが云う。いま話してた老いぼれ睾丸《きんたま》は誰だ？

——トロイ爺公よ、俺は云う、警察にいた。どうにもおさまらねえぜさっきのやつが箒《ほうき》と梯《はしご》で通行妨害しやがったと訴えてやりてえ。

——こんなとこで何してる？　ジョウが云う。

——何してるなんてもんじゃねえ、俺は云う。べらぼうな大狐泥棒《おおぎつねどろぼう》がいてよチキン小路の角のギャリソン教会のとこだ——いまもトロイ爺公からそいつのことをちと聞いたんだが——そりゃもうがっぽり紅茶と砂糖をせしめたんだな毎週三ポンド払うダウン郡に農場を持ってるなんてぬかしてあそこのヘイツベリー通りのすぐんとこのモーゼズ・ハーゾッグって名のちび公から。

——割礼《かつれい》ユダ公か？　ジョウは云う。

——ああ、俺は云う。ちょいといかれてやがるんだ。ガーラティっていう老いぼれ鉛管工よ。ただじゃすまねえぞと俺は二週間も嚇《おど》しをかけてるってのに一ペニーも取れやしねえ。

――あそこで食《く》い繋《つな》いでるんだな？　ジョウは云う。

――ああ、俺は云う。強者は倒れたりだぜ！　取れそうにもねえ貸倒《かしだお》れの取立屋よ。しかしあれほど名うての物盗りってのも丸一日ほっつき歩いたって出くわすもんじゃねえな顔は痘瘡《あばた》だらけで一雨降っても溜《た》まるだろうって。**野郎に云っとけ**、だとよ、**いいか野郎に云っとけ**、だとよ、**いいか貴様をまたここへよこすんならよこしてみろ**、だとよ、**そしたら俺様は野郎を法廷にひきずり出してやる、そうとも、鑑札《かんさつ》もねえ分際《ぶんざい》でってな**。そんでがぼがぼ詰め込んだばかしで、はちきれそうになってたぜ。ふん、あのちびユダが癇癪《かんしやく》起こしたのには思わず吹き出しちまったね。**あいつー、わしの茶を飲みやがる。あいつー、わしの砂糖を食いやがる。一文も払わんならわしのものじゃろが？**

　モーゼズ・ハーゾッグ、ダブリン市ウッド埠頭区《ふとうく》聖ケヴィン街十三番地、商人、以下、賣渡人《うりわたしにん》と称する者より購入され、マイケル・E・ガーラティ、ダブリン市アラン埠頭区アーバー坂二十九番地、紳士、以下、購買人と称する者に売却され引渡されたる保存性商品、即ち、常衡《じようこう》一ポンド三シリング零《ゼロ》ペンスの極上茶常衡五ポンド及び常衡一ポンド三ペンスの粗目《ざらめ》白砂糖常衡三ストーンの対価として、上記購買人負債者の上記賣渡人に対して負う受領《ずりよう》価格一ポンド五シリング六ペンスの総額は上記購買人によって上記賣渡人に対し七日毎《ごと》三シリング零ペンスの週分割払いにて支払われるものとする。亦、上記保存性商品は上記購買人によって質種《しちぐさ》、抵当、賣却その他の方法にて譲渡されてはならず、上記賣渡人、その相續人、後継人、保管人、依託人を甲とし上記購買人、その相續人、後継人、保管人、依託人を乙とする双方合意のもとに本日ここに定めた方法にて上記総額が上記購買人により上記賣渡人へ滞りなく支払われる迄、上記賣渡人が随意随時処分しうる上記賣渡人の総専有財産として存在し存續し留保されるものとする。

——おまえ、酒は一切やらない主義か？　ジョウが云う。

——飲むから飲むまでは一切やらないね、俺は云う。

——われらの友を表敬訪問ってのはどうだ？　ジョウが云う。

——誰のこった？　俺は云う。だからよう、そいつは頭がいかれちまってジョン・オヴ・ゴッド瘋《ふう》癲《てん》院《いん》入りになっちまったんだ、哀れな野郎よ。

——やっこさんのナニでも飲んでるか？　ジョウが云う。

——ああ、俺は云う。なんせ脳みそが水割りウィスキーの種《しゅ》ときちゃな。

——バーニー・キアナンへ行くぞ、ジョウが云う。市民のやつに会いたいんだ。

——またぞろバーニーかよう、俺は云う。変った話でもあるのかい、それともいい話でも決めるのか、ジョウ？

——決りだな、ジョウが云う。俺はな、シティアームズの集りに出てきたんだ。

——そりゃなんだい、ジョウ？　俺が云う。

——家畜商《あきな》いの仲間のよ、ジョウが云う。口蹄疫《こうていえき》をどうすっかって。そのことを市民にぶちまけてやりたいんだ。

そこで俺らはリネンホールのバラックの並びから裁判所の裏を行きながら、あれこれしゃべった。ジョウは分るときにはいいやつなんだが、そんなふうでてんで分りゃしない。ちぇっ、俺はあの狐野郎のガーラティを勘弁《かんべん》ならねえんだ。白昼堂々の泥棒め。鑑札《かんさつ》もねえ分際《ぶんざい》でなどとぬかしやがって。

麗《うるわ》しの芝土島《イニシュフォル》にとある地在り、聖なるミカンの地在り。その地に聳《そび》えたる物見櫓《ものみやぐら》を男達遥《はる》かに見遣《みや》る。その地に眠れる強《こわ》き死者たち、誉《ほま》れ高き戦士ら皇子ら、未だ生ける者のごとく眠る。愉《たの》しきその地を囲むさざめく水に、魚多き流れに戯《たわむ》れるは、魴鮄《ほうぼう》、だるま鰈《がれい》、倍良《べら》、大鮃《おひょう》、紋付鱈《もんつきだら》、若鮭、真子鰈《まこがれい》、平目、底魚、浅海魚、諸々の雑魚《ざこ》一般、その他水の王国に住まう生き物、数えきれぬほど数多《あまた》。西と東の穏やかな微風に吹かれ喬木《きょうぼく》が四方八方に一級の群葉を揺らせ、たゆたう楓樹《ふうじゅ》、レバノン杉、威風堂々たるプラタナス、優良種ユーカリ樹を始めとする樹木界の装飾にその一帯は豊かに恵まる。愛らしき女浪《めなみ》ら愛らしき木々の根元に気近《けちか》く躙《にじ》り寄りてこのうえなく愛らしき歌を歌いつつ戯れに弄《もてあそ》ぶはありとあらゆる類《たぐい》の愛らしきもの、例えば金色《こんじき》の貝つもの、銀魚《ぎんぎょ》、漁《いさり》及ばぬ群れらかなる鯡《にしん》、網及ばぬ多らかなる海鰻《うみうなぎ》、子鱈《こだら》、魚籠《びく》及ばぬ夥《おびただ》しき子鮭、紫の海綿、おどけはしやぐ甲殻《こうかく》類。そして勇者なる男浪《おなみ》らその乙女らに言い寄らんと遥か彼方より渡り来る。エブラナからスリーヴマージーへと、奔放のマンスターの、正義のコナートの、滑《すべ》らか滑《なめ》らかなるレンスターの、クルーカンの地の、光輝のアーマーの、ボイルの高貴なる郷《さと》の、比類無き皇子ら、皆王の子息なる皇子ら。

そして聳《そび》える光眩《まぶ》しき王宮、その水晶の屋根に見とれる船人《ふなびと》らを乗せて大海を行く風帆船《ふうはんせん》はどれも専《もっぱ》らその目的のために造られたものであるが、その王宮へとこの地のあらゆる家畜、家禽《かきん》、初物が集《つど》うは、幾代もの族長の末裔《まつえい》の族長なるオコンル・フィッツサイモンにそれらの通行税を差し出すためである。その王宮へ途方もなく巨大な荷馬車が次々と運ぶは畑の豊かな実り、長籠に詰ったカリフラワー、張出荷台に積まれた菠薐草《ほうれんそう》、ごろんとしたパイナップル、ラングーンメロン、山成す赤茄子《あかなす》、丘成す無花果《いちじく》、畝《うね》成すスウェーデン蕪《かぶ》、球形馬鈴薯《ばれいしょ》、球連《たまつら》なりの虹色球菜《にじいろたまな》、ヨーク種、サヴォイ種、皿に並ぶ大地の真珠、玉葱《たまねぎ》、且つ又籠盛《かごも》りのマッシュルームにカスタード豆に太野良《のら》豆《まめ》に太麦に赤緑黄茶紫甘大酸熟斑林檎《りんご》の数々に経木籠《きょうぎかご》入りストロベリーに汁気たっぷり毛もわもわの笊《ざる》に盛られたグーズベリー、且つ又皇子らに相応《ふさわ》しきストロベリーにもぎたてのラズベリー。**野郎に云っとけ**、だとよ、**いいか野郎に云っとけ**。出て来やがれ、ガーラティ、あのべらぼうな、丘越え谷越えの大泥棒！

そしてその道を辿《たど》り行く群れ無数、先導《せんどう》牡羊、繁殖季《はんしょくき》の牝羊、剪毛《せんもう》済の当歳《とうさい》牡羊、子羊、切株飼育の鵞鳥《がちょう》、並の去勢《きょせい》牡子牛、喉《のど》鳴り牝馬《ひんば》、無角牛《むかくぎゅう》、毛長緬羊《めんよう》、飼育用羊、カフ畜産特選孕《はら》み牛、劣等種、避妊牝豚、ベーコン用牡豚、及び諸々各種様々の極上種種豚《たねぶた》、アンガス産若牝牛、完全純血種角切り去勢牛、並びに共進会特賞の乳牛や肉牛。そしてひっきりなしに聞えるどたぱか、ぎゃっぎゃっ、ぜいぜい、もうもう、めえめえ、むぐもご、がらごろ、ぶうぶう、ばりばり、むしゃくちゃ、羊や豚や蹄《ひづめ》重き畜牛の群れ、ラスクとラッシュとカーリックマインズの放牧地から、トモンドの流れ多き谷間《たにあい》から、マッギリカディの高峰《こうほう》は近寄り難く君臨する底知れぬシャノン川から、キアー一族の住まうなだらかな傾斜地から、どの地もみな乳袋はち切れんばかりに産出する潤沢過剰《じゅんたくかじょう》のミルク、大樽夥《おおだるおびただ》しきバター、凝固見事なるチーズ、農家の地酒、子羊の胸肉、クラノック測り数知れぬオート麦、一穂《いっすい》百有余をもって数える粒なり大小様々の楕円卵たわわに、月毛《つきげ》に瑪瑙《めのう》の目映《まばゆ》く。

そこで俺たちが角を曲ってバーニー・キアナンへ入ると、案の定、市民が一角に陣取って、あの疥癬《かいせん》だらけの雑種野郎のガリーオウエンを相手に手前勝手な大会談の真っ最中、そうしてあいつは天から何かが飲物の形で降ってこないかと待ち構えていた。

――ほらいるぜ、俺が云う、いつものがらくた桝席《ますせき》だ、なみなみ愛盃《あいはい》を前に、新聞をどさっと積み上げて大義に忠実なもんだよ。

あの駄犬《だけん》の野郎は身の毛が逆立《さかだ》つようなふてくされ声を放ちやがった。あの犬畜生の命を奪うやつがいたらそれこそ肉体へのお慈悲ってもんよ。いつか鑑札《かんさつ》のことで召喚状《しょうかんじょう》を持ってきたサントリー教区の警保局の男のズボンをがっぽり食いちぎったってのは嘘でないってんだし。

――止れ、身ぐるみ脱いでいけ、やつが云う。

――分った、市民、ジョウが云う。こっちは味方だ。

――通れ、味方、やつが云う。

それから片方の手で片方の目をこするとこう云うじゃないか。

――この時勢をどう思う？

馬賊と山賊を演じてやがら。ところがどっこい、ジョウは当意即妙《とういそくみょう》だ。

――株が上り気味らしいぜ、やつは云い、片手をすーっと股へすべらせる。

するとてへッ市民ははたと膝を打って云うじゃないか。

――異国の戦《いくさ》のせいよ。

するとジョウは、ポケットに親指を突っ込みながら云う。

――ロシア人ってのは勃起《ぼっき》するやつを制圧しなくちゃおさまらねえ。

――うへぇッ、そんな戯言《たわごと》かなわんぜ、ジョウ、俺が云う。こっちは半クラウン貰っても釣り合わんくらい喉が渇いてらあ。

――何にする、市民、ジョウが云う。

――お国のワインだ、やつは云う。

――おまえは何だ？　ジョウが云う。

――同じく異議なし、俺は云う。

――三パイントだ、テリー、ジョウが云う。そんで市民殿のご機嫌は？　やつは云う。

――相変らずだ、**同志《ア・カーラ》よ**、やつは云う。どうだ、ガリー？　俺らは目が出そうかい？　え？

そう云ってばかでかい老いぼれ犬の首根っこをつかまえたもんだから、ひぇッ、危うく喉もとを絞めあげっちまうところよ。

円形塔の下のゆったりした丸石に座せる人影は幅広肩の厚胸板の四肢《しし》頑強のあからさま眼《まなこ》の赤毛の雀斑《そばかす》ふんだんの髭もじゃの大口の大鼻の馬面《うまづら》の太声の膝むき出しのごつい手の毛深い脛《すね》の赤ら顔の筋骨逞《たくま》しき腕《かいな》の英雄の姿なりき。肩から肩まで寸法数エル、岩のごとく山のごとく盛り上がる膝は、その体軀《たいく》のあらわな部分と同様、色合と硬さ山金雀枝《やまえにしだ》（**ウレックス・エウロペウス**）に似たる渋色の棘《とげ》のごとき毛に覆《おお》われたり。鼻翼《びよく》広き鼻孔《びこう》より同じ色合の剛毛《ごうもう》の突出し、その洞《ほら》のごとき暗がりの中に田雲雀《たひばり》のらくらくと巣を作ること能《あた》う程のゆとり有り。涙と笑みの覇《は》を競う両眼は大振りのカリフラワー大なり。その口の奥深き空洞より熱き息の強力な流れ規則的間隔をもって流出し、律動する共鳴《きょうめい》をもってその恐るべき心臓の音高く力強く旺盛なる響きがごろごろと雷のごとく轟《とどろ》き、地面を、高き塔の頂《いただき》を、さらに高き壁巡らせたる洞穴をぶるんぶるんと震わせたり。

男の装いは近頃剝《は》いだばかりの牡牛皮の裾長袖《すそながそで》無し上衣、裾はゆるいキルトとなって膝まで届き、腰のあたりを麦藁《むぎわら》と藺草《いぐさ》で撚《よ》りたる細帯が締める。これの下に穿《は》いているのは鹿皮のトルーズ、腸線にて粗縫《あらぬ》いをされたもの。両下肢《りょうかし》は苔紫に染めたバルブリガン長脚絆《きゃはん》に包まり、両足は同じ獣《けもの》の気管で編んだ塩《しお》揉み牝牛皮のブローグを履《は》く。細帯に吊り下るは一連の海石、男の不気味なる体軀《たいく》の動くたびにじゃらじゃらと音を立て、これらが面《おも》に稚拙《ちせつ》なれども目を奪う技法にて刻まれたる古代愛蘭土《アイルランド》数多《あまた》の烈士《れつし》烈婦《れっぷ》各一族特有の肖像、クーフリン、百戦のコン、人質九人のナイオール、キンコーラのブリアン、君王マラキ、アート・マクマラー、シェイン・オニール、ジョン・マーフィ神父、オウエン・ロウ、パトリック・サースフィールド、赤毛のヒュー・オドンネル、赤毛のジム・マクダーモット、ソガース・オウガン・オグロウニー、マイクル・ドワイアー、フランシー・ヒギンズ、ヘンリー・ジョイ・マクラックン、ゴリアテ、ホウレイス・ウイートリー、トマス・コナッフ、ペッグ・ウォフィントン、村の鍛冶屋《かじや》、キャプテン・ムーンライト、キャプテン・ボイコット、ダンテ・アリギエリ、クリストファー・コロンブス、聖ファーサ、聖ブレンダン、マクマホン将軍、シャルルマーニュ、シアボールド・ウルフ・トーン、マカベー家の母、モヒカン族最後の末裔《まつえい》、カスティーリャの麗《うるわ》しき薔薇、これぞゴールウェイの男、モンテ・カルロで胴元を破産させた男、防戦の衝《しょう》に当る男、しなかった女、ベンジャミン・フランクリン、ナポレオン・ボナパルト、ジョン・L・サリヴァン、クレオパトラ、操《みさお》ある愛しき君、ジュリアス・シーザー、パラケルスス、サー・トマス・リプトン、ウィリアム・テル、ミケランジェロ・ヘイズ、マホメット、ラマームアの花嫁、隠者ピーター、抱込み屋ピーター、黒髪のロザリン、パトリック・W・シェイクスピア、孔《こう》子《し》混同《こんどう》ブライアン、ムルターハ・グーテンベルク、パトリキオ・ヴェラスケス、ネモ船長、トリスタンとイゾルデ、初代プリンス・オヴ・ウェールズ、トマス・クック父子、勇敢果敢の少年兵、接吻好き、ディック・ターピン、ルートヴィッヒ・ベートーヴェン、金髪別嬪《べっぴん》、よたもたヒーリー、カルディー会信者アンガス、ドリー・マウント、シドニー・パレイド、ベン・ホウス、ヴァランタイン・グレイトレイクス、アダムとイヴ、アーサー・ウェルズリー、クローカー親分、ヘロドトス、巨人退治のジャック、ゴータマ・ブッダ、レディー・ゴダイヴァ、キラーニーの百合、邪眼のベイラー、シバの女王、アッキー・ネイグル、ジョウ・ネイグル、アレッサンドロ・ヴォルタ、ジェレマイア・オドノヴァン・ロッサ、ドン・フィリップ・オサリヴァン・ベア。御影石尖《みかげいしとが》らせた下段構《げだんがま》えの槍《やり》一条傍《かたわ》らにあり、足もとに憩《いこ》うは犬族に属する野獣一頭、その頻《ひん》呼吸的喘《あえ》ぎはそれが不穏《ふおん》の仮眠《かみん》に沈んでいることを告知し、その臆測《おくそく》を裏付けるしゃがれた唸《うな》り声と痙攣《けいれん》する動きを獣《けもの》の支配者は旧石器時代の石より粗作《あらづく》りに仕上げた大いなる棍棒《こんぼう》の鎮静《ちんせい》の打擲《ちょうちゃく》によって制圧せり。

そこへとにかくテリーがジョウのおごりの三パイントを運んでくると、てへッ両の目ん玉暗んじまうとこよなんと一ポンド金貨をぽんと置いたもんだ。いやはや、嘘は云わん。ぴっかぴかのソヴリンだ。

——出せばもっと出てくるぜ、やつは云う。

——慈善箱からかっぱらってきたのか、ジョウ？　俺が云う。

——わが額《ひたい》の汗だ、ジョウは云う。あの謹慎会員《きんしんかいいん》が裏ネタを教えてくれたんでな。

——あんたに出会う前にあいつを見かけたぜ、俺は云う、ピル小路とグリーク通りの角をぶらりぶらり阿呆鱈眼《あほだらまなこ》で魚のはらわたを一つ残らず勘定してたっけ。

ミカンの地を、漆黒《しっこく》の鎧《よろい》きらびやかに通り抜ける者は誰ぞ？　オブルーム、ロリーの息子、まさしくかの男。怯《おび》えをよせつけぬのがロリーの息子、謹慎の魂持てる者。

——プリンス通りのおふくろさんとこの稼ぎかよ、市民が云う、ヒモ付き機関紙の。議会で言質《げんち》を取られちまった党のよ。ほらこのひでえぼろくずを見ろってんだ、あいつは云う。これを見ろってんだ、あいつは云う。なんと**アイリッシュ・インデペンデント**だぜ、いいか、パーネル創始の労働者の味方ってんだからな。**独立アイルランドを目指すアイルランド紙**の出生死亡記事を読んでやろう、ついでに結婚記事もだ。

そしてあいつは読みあげる。

——ゴードン、エクセターはバーンフィールド・クレセントだ、レッドメイン、セント・アンズ・オン・シーはイフリー、ウィリアム・T・レッドメイン夫人に男子。どうだい、こりゃあ？　ライトとフリント、ヴィンセントとギレット、ストックウェルはクラッパンロード一七九故ジョージ・アルフレッド・ギレットと妻ローザの娘ローサ・メアリアンだ、プレイウッドとリズデイル、ケンジントンは聖ジュード教会にてウースター司祭長ドクター・フォーレスト師によりときた。どうだ、え？　死亡。ブリストウ、ロンドンはホワイトホール小路にて、カー、ストーク・ニューイントンにて、胃炎及び心臓病。マラヒリリー、チェプストウはモウトハウスにて……

――ヒリリーってのはわかるね、ジョウが云う、なんせひでえ目にあったから。

――マラヒリリー。ディムジー、故海軍大将デイヴィッド・ディムジー夫人だとよ、ミラー、トッテナムにて、八十五歳、ウェルシュ、六月十二日、リヴァプールはカニング通り三五、イサベラ・ヘレン。これが愛国の新聞か、え、おったまげの睾丸毛《きんたまげ》だぜ！　マーティン・マーフィーともあろう男がこれかよ、バントリーの周旋屋としたことがよ？

――そりゃまあ、ジョウが云い、酒を回す。ありがたいってことよ、あちらさんが先行馬とは。飲んでくれ、市民。

――飲むとも、やつが云う。偉い旦那のお勧めだ。

――乾杯、ジョウ、俺が云う。さあてみんなでグイッといこうぜ。

うッ！　痛ッ！　冗談じゃねえやい！　このパイントにありつけないから俺は青黴《あおかび》みたいになってたのよ。神に誓わん、腹の底にズッキーンときたのが聞えたね。

すると見よ、彼らが歓喜の杯《さかずき》をごくごくっと空にしたところへ、神のごとき使者の早足に入来《にゅうらい》し、その輝き上天の眼にも似て、まこと見目麗《みめうるわ》しき若者、そのあとから通り過ぎしは高貴なる足取りと顔だちの古老《ころう》、聖なる法の巻物を携《たずさ》える姿、付き添うは貴婦人なるその内儀《ないぎ》、比類なき血筋の麗女《れいじょ》にして同性の敵《かな》う者なき器量なり。

ちっこいアルフ・バーガンが入口からちょろっと入ってくるなりくっくっと笑いに締めつけられるみたいにしてバーニーの小部屋《スナッグ》の奥へ消えた。するとその隅《すみ》っこでむくっと起き上ったのがさっきまでは俺には見えなかったものの酔眼朦朧《すいがんもうろう》のボブ・ドーランじゃないか。何だかわかんねえでいるとアルフがしきりと入口の外を指差す。てへッなんとあの老いぼれ道化野郎のデニス・ブリーンがいつもの便所履《べんじょば》きで腋《わき》の下にでっけえ本を二冊抱えてそのあとを女房があたふたついてきたもんだ、不幸でみじめな女よな、ちょこまこプードルみたいによ。アルフのやつは腹の皮がよじれんばかり。

——あいつを見ろ、やつが云う。ブリーンだ。ダブリン中をどたばた駆けずり回ってんだ、誰が出したんだかU・pって書いてある葉書を持ち歩いてよ。雄飛《ユーピー》にもいきまいて訴えるってんの、めい……

そう云って腹をかかえた。

——めい何だって？　俺は云う。

——名誉毀損《めいよきそん》だとよ、やつは云う、一万ポンドってんだから。

——そりゃかなわん！　俺は云う。

あの駄犬野郎どっかの熊羆《ユーピー》でも来たかとそりゃもうおっそろしい温助唸《ぬくすけうな》りをおっ始めたが市民がその肋《あばら》に一蹴りくらわせた。

——**静かにせい**《ビ・イ・ドホ・フシュト》、あいつが云う。

——誰だって？　ジョウが云う。

——ブリーンだよ、アルフが云う。あいつはジョン・ヘンリー・メントンのとこへ行ってコリス＝ウォード法律事務所へ行って、それからトム・ロッチフォードに面会に行ったら、いたずら半分に副執行官のとこへ回された。ああ、たまんねえ、腹の皮がよじれっちまう。U・p。アップっぷだよ。あののっぽに召喚状《しょうかんじょう》も同然の目つきでにらまれたもんだから、今度はあの気違い爺《じじい》、グリーン通りへ私服のお巡りを探しにお出かけよ。

——長棹《ながさお》ジョンはマウントジョイにぶち込まれてるあの男をいつ絞首刑にする気だい？　ジョウが云う。

——バーガンか、ボブ・ドーランが目をさまして云う。おまえアルフ・バーガンだろ？

——そうだ、アルフが云う。絞首刑？　待て、いいもの見せてやろう。おい、テリー、小《しょう》一杯だ。あの阿呆爺！　一万ポンドってんだから。長棹《ながさお》ジョンの目つきが見たかったぜ。U・p……。

そしてげらげら笑い出す。

——おめえ、誰を笑ってんだよう？　ボブ・ドーランが云う。そこにいんのはバーガンか？

——遅いね、テリーちゃん、アルフが云う。

テレンス・オライアンがそれを聞きつけるやすぐさま運んだ水晶の盃《さかずき》になみなみと注がれて泡立つ漆黒《しっこく》のエールこそ、高貴なる双子兄弟バンガイヴィアとバンガーディローン、不死《ふし》のレダの息子らのごとく巧みの両人が神々《こうごう》しきエール樽にて醸造したる逸品《いっぴん》にほかならず。なにしろ自ら新鮮なホップの実を倉に蓄え、多量に集め篩《ふる》い分け砕き醸《かも》したるのち、そこへ醗酵《はっこう》せる液を混合し、その醪《もろみ》を神聖なる火にて熟成し、夜となく昼となく弛《たゆ》まず働くこの両人、巧みの兄弟、大樽の王者なり。

それから貴君、義に勇《いさ》むテレンス君が、物慣れたる物腰にて、その神酒《みき》のごとき甘露《かんろ》を差し出し、その水晶の盃を渇きたるその者に献じ、これぞ騎士道の魂、不死の神々にも似たる美しさなり。

然るにその者、オバーガン一族の若き長《おさ》、寛大の行為に劣ること潔《いさぎよ》しとせず、慇懃《いんぎん》なる仕草《しぐさ》にて高価このうえなき青銅色のテストン貨を一枚与う。その表に秀逸《しゅういつ》なる鍛冶細工《かじざいく》にて浮彫りにされたる姿は、堂々たる風采《ふうさい》の女王、ブランズウィック家の末孫、その名ヴィクトリア、女王陛下、神の恩寵《おんちょう》により大英及び愛蘭土《アイルランド》連合王国並びに海の彼方なる英国領を治める女王、信仰の擁護者、インドの女帝、まさしくその女人、統帥者《とうすい》、数多《あまた》の国民を制覇《せいは》したる女人、こよなく愛されたる女人、なぜなら日の昇る所から日の沈む所まで、青白き人々、浅黒き人々、赤銅色《しやくどういろ》の人々、直黒《ひたぐろ》の人々、皆この女人を知りて愛するからなり。

——あのフリーメーソン野郎なにしてやがるんだ、市民が云う。外をうろちょろ行ったり来たり。

——そりゃ何だ？ ジョウが云う。

——ほらよ、アルフが云い、じゃらじゃらっと銭《ぜに》を出す。絞首刑って云えばな、見たことないものを見せてやろう。絞り首の役人どもの手紙よ。ほら、これだ。

そうしてポケットから手紙と封筒の束をまとめて取り出す。

——かついでるんじゃないだろ？ 俺は云う。

——正真正銘の本物よ、アルフが云う。読んでみなって。

そこでジョウは手紙を手に取った。

——おめえら、誰のことを笑ってやがるんだ？ ボブ・ドーランが云う。

それで俺が見て取るにこりゃ一揉《ひとも》めあるなボブは大酩酊《めいてい》すりゃ無茶をやらかす男だからってんで話のネタにこう云う。

——ウィリー・マリーはここんとこどうしてる、アルフ？

——知らねえや、アルフは云う。あいつはついさっきケイプル通りでパディー・ディグナムといっしょだったぜ。ただこっちはあとをつけてたんでな、あの……

——なんだって？ ジョウが云い、ばさっと手紙を放り出す。誰とだと？

——ディグナムとさ、アルフが云う。

——パディーのことか？ ジョウが云う。

——そうだよ、アルフが云う。なぜだ？

——あの男が死んだのを知らないのか？　ジョウが云う。

——パディー・ディグナムが死んだって！　アルフが云う。

——ああ、ジョウが云う。

——だって俺があいつを見かけてから五分とたっちゃいないんだぞ、アルフは云う。いとも単純明快よ。

——誰が死んだって？　ボブ・ドーランが云う。

——それじゃあいつの幽霊を見たんだろ、ジョウが云う。くわばらくわばら。

——何？　アルフは云う。まさかそんな、ほんの五分しか……何？……それにウィリー・マリーがあいつといっしょだった、二人してあの何とかいう店の辺りに……何？　ディグナムが死んだ？

——ディグナムがどうしたって？　ボブ・ドーランが云う。誰の話だい……？

——死んだって！　アルフが云う。あいつはおまえと同《おん》じように生きてるってば。

——だろうぜ、ジョウが云う。失礼も顧《かえり》みず埋葬したんだ、とにかく今朝。

——パディーをか？　アルフが云う。

——ああ、ジョウが云う。身罷《みまか》ったんだ、神のお恵みを。

——まさかそんな！　アルフが云う。

どへッ、あいつはいわゆるどったまげの態《てい》だったぜ。

闇の中で亡霊の手がひらひら動くのが感じられ、そしてタントラ経典《きょうてん》による祈りが然るべき方角へ向けられたとき、仄《ほの》かながらも明度を増すルビー色の光が徐々に鮮明となり、エーテルのごとき分身の出現は頭と顔のてっぺんからの生命光線《ジヴァ》の放出のせいで殊更《ことさら》に生き物らしくなった。交感《こうかん》は脳下垂体を通して、また仙骨部《せんこつ》と太陽神経叢《しんけいそう》から発する赤橙と深紅《しんく》の光線によって成就《じょうじゅ》された。天界における所在に関して己の地界名によって質《ただ》され、彼は己が今プラーラーヤーすなわち帰還の途上にあるのだが、しかし未だに低い星の層においてある種の血に飢えた存在の手のもとで裁きに委《ゆだ》ねられている旨《むね》を明言した。彼方なる幽明《ゆうめい》の界《さかい》における最初の感応《かんのう》に関する質問に答えて、彼は以前は鏡をもて見るごとく朧《おぼろ》に見えしが、すでに界《さかい》を越えて来《きた》る者には我《アートマン》の発育の絶頂の可能性が開かれていると明言した。そこの生活が生身《なまみ》の我等の経験に類似するかと詰問《きつもん》され、彼はすでに霊となった中でも恵まれている存在から聞くに住居にはターラーファーナー、アーラーヴァーター ル、ハーターカールダー、ワータークラーサートのごとき現代的家庭設備がことごとく整い、最高の手練《てだれ》は極純の悦逸《えついつ》の波に浸ると明言した。一クオートのバターミルクを所望《しょもう》するとこれが運ばれ、それはまぎれもなく安堵《あんど》をもたらした。生者に対してなんらかの伝言はないかと問われ、彼は未だ梵《マーヤー》の裏側にあるすべての者に真の道を悟るよう訓戒し、なぜなら牡羊座の力を揮《ふる》う東方の一角に火星と木星が悪戯《いたずら》を仕掛けんとしているとの報が提婆《だいば》の社会にひろまっているからだと付言《ふげん》した。このとき故人の側で何か特別の願いはないかと審問され、かかる応答があった。**やあやあ、未だ肉体の身なる地上の友人諸君。C・Kがくどくど悔《くや》み言《ごと》を並べなけりゃいいけどな。**これはコーネリアス・ケラー氏、H・J・オニール商会の評判良き葬儀部門の支配人、故人が懇意にしていた友人、埋葬手配の実行に当った人物を指すことが確認された。旅立ちの前、彼は愛息パッツィの探していた長靴の片方が現在、中二階の簞笥《たんす》の下にあること、そして両方とも踵《かかと》はなお健在なのでカレン靴店へ底の張り替えのみを頼みにいくようにと息子に伝えてほしいと語った。彼はこれが異界に来たりてもおおいに心乱された件だと明言し、くれぐれもそのことを告げてほしいと懇願した。その件が怠《おこた》りなく配慮される旨の保証がなされると、満足した気配があった。

彼は人の世を去った。オディグナム、葬朝《そうちょう》の装燎息子《そうりょうむすこ》。速《すみ》やかに羊歯《しだ》を踏み行く。輝ける眉間《みけん》のパトリック。嘆け、バンバよ、汝《なれ》の風をもて。そして嘆け、おお、大海よ、汝の旋風《つむじかぜ》をもて。

——あいつまた来やがった、市民が云い、じろっと外を見やる。

——誰がだい？　俺は云う。

——ブルームめ、やつは云う。さっきからずっと行ったり来たりの立ち番をしてやがら。

そして、てへッ、あいつの面《つら》がひょいと覗《のぞ》いてからすーっと去るのを俺は見た。

ちび公アルフは斜《なの》め反《ぞ》りにぶっ倒れた。いやまったく、そのとおり。

——キリスト様よ滅相《めっそう》な！　やつは云う。間違いねえ、あいつだったんだってば！

するとボブ・ドーランが云う。帽子をあみだにかぶり、なんせ酒が回ったらダブリン中で最低のごろつきになるやつだ。

——どいつだ、キリスト様よ節操《せっそう》なとほざきやがったのは？

——こりゃまた失礼、アルフが云う。

——なにが節操なキリスト様だい、ボブ・ドーランが云う。気の毒によ、ちびのウィリー・ディグナムをかっさらっていきやがって。

——そりゃまあ、アルフは云って、受け流そうとする。そいつもこれで苦労はしなくてすむ。

ところがボブ・ドーランは思いっきり喚《わめ》く。

——ひでえ悪党めよ、そうだろ、ちびのウィリー・ディグナムをかっさらっていきやがって。

テリーがやって来て、静かにしてほしい、ちゃんとした営業許可のある店なんだからそういう話は困るとやつに目くばせした。するとボブ・ドーランはパディー・ディグナムが哀れだってんでめそめそ泣き出したよ、いやはやほんとに。

——あんな立派な男はいねえ、やつは云ってしゃくりあげる。あんな立派で汚《けが》れのねえ人物はいねえ。

こっちまでもらい泣きしそうだっての。いい加減なことをほざきやがって。嫁にしたあの夢遊病のあまんとこへ帰ったほうがいいってんだ、ムーニーっていったな、親父は執達吏《しったつり》の下っ端に雇われたり、おふくろはハードウィック通りで下宿をやってたが、あの娘はよく階段の踊り場をぷわうろついてたってあそこに厄介《やっかい》になってたバンタム・ライアンズが云ってたっけ夜中の二時に一糸まとわずべろ見えだってんだから、誰でもいらっしゃい、先行馬でも差馬でもってよ。

——あんな義理の厚い男が、あんな実《じつ》のある男がよ、やつは云う。なのに死んじまって、気の毒になウィリー、気の毒になパディー・ディグナム。

そして哀悼《あいとう》の念をこめ、且つ又重く沈む心もて彼はあの天界の一条の光の消滅を痛哭《つうこく》せり。

老いぼれガリーオウエンが入口からちろっと覗《のぞ》いたブルームに向ってまた唸《うな》り出した。

——入りな、いいから、市民が云う。食いつきやしねえって。

そこでブルームは阿呆《あほ》鱈眼《だらまなこ》で犬を見ながらそろりそろりと入って来るとテリーにマーティン・カニンガムが来ているかと訊く。

——おい、こりゃぶったまげだ、手紙を一通読みながらジョウが云う。読むから聞いてな。

そう云って読み始める。

リヴァプール市ハンター通り七

ダブリン市ダブリン正執行官殿

拝啓于生《うせい》上記の刑罰事に御奉仕申上げたく于生ブートル監獄にて一九〇〇年二月十二日ジョウ・

ガンを吊したる者にて同じく手生の吊したるは……

――見せろよ、ジョウ、俺が云う。

……兵卒アーサー・チェイス、ペントンヴィル刑務所においてジェッシー・ティルシット惨殺の罪にて、且つ手生は介添を務めたる者であり……

――よくやるぜ、俺が云う。

……ビリングトンが凶悪殺人犯トウド・スミスを絞首刑に処した折であります……

市民が手紙をぐいっとひっぱった。

――おっと待った、ジョウが云う。**手生は一旦掛ればぬけられぬゆわえ方の特別なこつを心得ております故御取立て頂きたく、敬具、手生の条件は五ギニーであります。**

H・ランボウルド

正理髪師

――床屋《とこや》にして常闇《とこやみ》の蛮人《ばんじん》じゃねえか、市民が云う。

――おまけに汚ねえのたくった字を書きやがって、ジョウが云う。おい、やつが云う。こんなもんは俺の見えねえとこへ片付けっちまえ、アルフ。やあ、ブルーム、やつは云う。何を飲む?

そこで連中はそれを肴《さかな》にしてああだこうだとやり始め、ブルームが云うには何も飲みたくないし飲めもしないってんで悪く思わないでくれとかなんとかそれからやつはじゃあ葉巻でも一本いただこうかと云った。どべッ、こいつは謹慎会員だよ間違いねえって。

――特上の臭いのを一本くれ、テリー、ジョウが云う。

するとアルフが黒枠《くろわく》で囲んだ喪中名刺を同封してきたやつもあるってな話を聞かせ始めた。

――どいつもこいつも床屋なんだ、やつは云う。煤黒《すすぐろ》地帯に住んでるやつらで、現金《げんなま》五ポンドに路《ろ》銭《せん》さえもらえりゃてめえの親父でも吊すって輩《やから》よ。

そしてやつは吊された踵《かかと》をひっぱるやつが二人待ち構えていてちゃんと息の根を止めてからそのあと綱をちょん切ってその切れっ端を吊した首一つにつき二、三シリングで売るってな話を聞かせ始めた。

暗黒の地に彼等は雌伏《しふく》す、怨念《おんねん》に燃える剃刀《かみそり》の騎士たち。死のとぐろ綱を彼等は握る。然り、それをもて彼等血の行為を働きたるいかなる者をも常闇《エレボス》へ導くは我断じて疋《それ》を赦さずと神の言い給うなればなり。

そこで話が極刑《きょっけい》のことになるってえとほーれブルームがなぜだのゆえにだのその件についてのありとあらゆる出鱈目《でたらめ》を持ち出してきて老いぼれ犬がその間じゅうやつをくんくん嗅いでたがこういうユダ公ってのは犬にとっちゃなんか妙な匂いがするって話で俺はよく知らねえけど抑止効果とかなんとかそんなんなんだった。

――抑止効果にならないことが一つあるね、アルフが云う。

――何だ？　ジョウが云う。

――吊される野郎のあそこだよ、アルフが云う。

――あそこがか？　ジョウが云う。

――嘘じゃねえって、アルフが云う。キルメイナムにいた看守長から聞いたんだがよ、無敵のジョウ・ブラディを吊したときの話だ。吊してから綱を切って下ろすってえと、アレがみんなの目の前で火《ひ》掻棒《かきぼう》みたいにおっ立ってたんだから。

――主情は死して強く、ジョウが云う。誰かが云ってたろ。

――それは科学的に説明がつきます、ブルームが云う。自然現象にすぎない、そうでしょう、だってなぜかと云えば……

それからあいつは矢鱈《やたら》こむずかしい文句を並べ始めて現象だの科学だのこういう現象だのそういう現象だのとのたまう。

著名なる科学者ルイトポルド・ブルーメンドゥフト教授は、頸部椎骨《けいぶついこつ》の即時砕破《そくじさいは》及びそれによる脊髄《せきずい》切断が、最も信頼される医学伝統に従えば、不可避的に生殖器官神経中枢の極度の神経節刺激を人体に引き起こすものと考えられ、それによって**海綿性組織**《コルポラ・カウエルノサ》の伸縮性孔穴《こうけつ》がペニスすなわち男性性器として知られる解剖学的人体組織のその部分に血液の流入を即時促進する原因となり、その結果として**頸骨破損因臨終時**《イン・アルテイキユロ・モルテイス・ペル・デイミヌテイオネム・カピテイス》疾患的上向的且つ外向的生殖愛好症的勃起と専門家により命名されたる現象を生ずるという旨の医学的証拠を提出した。

それでもちろん市民は言葉の瞬《まばた》きを待ち構えていただけだから無敵派だの旧急進派だの六七年の男たちだの九八年を恐れず口にする者だのとだぼらをほざき始めたもんでジョウもそれに乗って大義のために略式軍法会議で吊されたり引っ立てられたり追放されたりした連中のことだの新しいアイルランドだの新しいあれこれ諸々だのとほざき出す。新しいアイルランドの話なんぞするくらいなら新しい犬でも探しに行けってのそうよ行けったら。疥癬《かいせん》だらけの餓《かつ》えた野獣がそこいらじゅうをくんくんしょんくんしょんやりながら動き回ってボリボリ瘡蓋《かさぶた》を引っ掻く。そしてぐるっと回ってアルフに半パイントおごろうとしていたボブ・ドーランのところへ行くと何かありつけるものはないかと舌をべろべろやる。するってえとボブ・ドーランはあの馬鹿野郎をこうやって相手にし始める。

――お手！　お手だぞ、わん公！　いい子だぞ、わん公爺《じじい》！　ほら、お手だってば！　お手だよ！

ああッ、ちくしょうあいつお手だぞのそのお手をやめねえかってとこでアルフが支えてあいつはちくしょう腰掛けからちくしょうあの老いぼれ犬の上へころがり落ちずにすみやがってなおも戯言《たわごと》を涎《よだれ》もろとも垂れ流しやがって優しく躾《しつ》けるだのサラブレッドの犬だの賢い犬だの、ちくしょう癇《かん》癪《しゃく》がおさまらねえ。それからあいつめテリーに持ってこさせたジェイコブ印の罐《かん》の底から古ビスケットのかけらを掻き集めにかかる。どベッ、あいつはそれをすっさまじい勢いで呑み込んじまってもっとほしげにだらーんと一ヤードも舌を垂らす。罐ごと何もかも平らげっちまうところよ、ちくしょうがっついた駄犬野郎めが。

　で市民とブルームはさっきの論題をああだこうだと云い合って、シアズ兄弟とウルフ・トーンがアーバー坂《ざか》の監獄にぶちこまれたとかロバート・エメットの国のために命を捧げろとか、トミー・ムアの詩のサーラ・カランは遥か彼方の地にとか。するとブルームは、もちろん、臭くてぶっ倒れそうな葉巻を吹かしながらふやけた豚珍漢面《とんちんかんづら》して勿体《もったい》つけやがる。現象だとよ！　豚身の塊《かたまり》みたいなてめえの女房のほうがよっぽど現象だぜ球《たま》っ転《ころ》がしでもやれるような背中してよ。あのふたりが**シティ・アームズ**に住んでた頃かけしょんバークから聞いた話じゃあそこにいかれぽんちのどうしようもねえ甥っ子と暮してた老いぼれがいてブルームのやつはその婆《ばあ》さんの気に入りになろうってんでふにゃらふにゃらベジークの相手なんかしちゃあ遺言でちょっぴり銭《ぜに》を残してくれないかってな腹づもりでその老いぼれがしょっちゅう抹香臭《まっこうくさ》いことを云うもんだから金曜日には肉を食わなかったりそれにその田吾作《たごさく》を散歩に連れてったりもしたそうだ。そんでいつかはダブリン中を連れ歩いて、どん百姓のどんたまげ、やつはきゃんとも云わねえで茹梟《ゆでふくろう》みてえに酔っ払ったそいつを連れ帰ってきてこれでアルコールの害悪が身にしみたはずだとぬかしたってんだから感心二心《にしん》の身欠き鯡《にしん》よ、女三人に焙《あぶ》り焼きにされなかったんなら、そりゃあ話が通らない、老いぼれとブルームの女房とホテルの女将《おかみ》のオダウドによ。へっ、脂身《あぶらみ》しゃぶるみたいにねっちりやられるのをかけしょんバークが真似してみせたのには笑いがとまらなかった。そんでブルームは得意の**だってお分りでしょう？　だって一方。**そんで、それだけじゃねえや、その田吾作はそのあとパワーのとこに、コウプ通りを行ったとこのあのブレンド屋に勤めて、あのひでえ店にある見本を残らず試し飲みしちゃあ週に五回足腰立たなくなって馬車で帰ってきたっていうじゃねえか。たいした現象だぜ！

——死者の冥福《めいふく》を、市民が云いパイントグラスを持ち上げてブルームをじろっと睨《にら》む。

——よしきた、ジョウが云う。

——あなたは話の要点を呑み込んでいませんよ、ブルームが云う。つまり僕の云うのは……

——**シン・フェイン！**　市民が云う。**我ら自身のみ《シン・フェイン・アマーン》！**　我らが愛する友は傍《かたわ》らにあり我らが憎む敵は眼前にあり。

最後の別れは万感《ばんかん》胸に迫るものであった。遠く近くの鐘楼《しょうろう》から死を悼《いた》む弔《とむら》いの鐘がひっきりなしに鳴り渡り、暗鬱《あんうつ》とした辺《あた》り一帯に百を数える押し殺した太鼓の不吉な予告が轟《とどろ》き、時折砲熕《ほうこう》の虚《うつ》ろな響きが聞える。耳を聾《ろう》するばかりの雷鳴とともに目も眩《くら》む稲妻の閃《ひらめ》きがおぞましい場景を照し出し、それでなくとも身の毛のよだつ光景が壮烈な超自然の場と化す。怒れる天の水門から滝のごとき雨がどっと降りそそぎ、最低に見積っても五十万人に及ぶ集った群衆の無帽の頭に打ちつける。ダブリン主都警察治安隊が総監直々《じきじき》の指揮のもと大群衆の整理に当り、ヨーク丁金管蘆笛楽団が開始前の時間をまぎらわせるべく黒布を垂らした楽器で見事に演奏するのはスペランザの哀愁の作詞によって誰しも幼少の頃から馴染みのあるあの類《たぐい》なき曲である。特別急行遊覧列車と椅子付旅馬車が地方の同胞の便宜のために用意されていたので地方からの人々も多数を占めた。大変な余興を演じたのはダブリンの大道歌手レネ＊＊とマリ＊＊、いつもの滑稽な調子で**ラーリーが吊されちゃっ**

た前の晩を歌った。この無類の道化二人は喜劇的要素の愛好者たちにチラシを売ってたちまち大儲けをしたが、下品に堕しない本当のアイルランド的戯《たわむ》れを受け入れる心のゆとりを持つ者なら誰しも己の勤勉に稼いだ小銭を出し惜しみはしないものだ。窓に群がってこの場の情景を見下ろしていた男女孤児養育院の児童らはこの日の娯楽の思いがけない付録に大喜びしたが、父も母もなき恵まれぬ子らにまぎれもなく教訓的な慰安会を提供するという卓抜《たくばつ》なる着想に対して救貧尼僧會に一言称賛の言葉を記すものである。有名淑女多数を含む副王邸招待客一同はそれぞれ閣下に付添われて正面特別席の特等席におさまり、エメラルド島の友として知られる華やかな外国派遣団が真向いの高座に並ぶ。総勢列席の派遣団は、コメンダトーレ・チュッチュッ・チュップンイートッテモ（この半身不随の**長老代表**《ドワイアン》は強力な蒸気起重機に助けられて着席）以下、ムシュー・ピエールポール・チッピリピックリ、大冗談人ウラドロマミール・ポケトハンカクサーイフ、主席冗談人レオポルド・ルドルフ・フォン・シュヴァンツェンバード＝ホーデンターレル、マーラ・ヴィラガ・キサスゾニ・プトラペスティ伯爵夫人、ハイラム・Y・ボンブースト、アタナートス・カラメロプロス伯爵、アリ・ババ・バックシーシ・ラハット・ロークム・エフェンディ、セニョール・イダルゴ・カバレロ・ドン・ペカディロ・イ・パラブラス・イ・パテルノステル・デ・ラ・マロラ・デ・ラ・マラリア、ホコポコ・ハラキリ、ヒー・フン・チャン、オラーフ・コッベルケッデルセン、ミンヘール・トリク・ファン・トルンプス、パン・ポールアックス・パディリスキー、グースポンド・プルフクルストル・クラトキナブリチズィッチ、ボルス・フピンコフ、インバイヤーノ・モトジメー・ハンス・ヒューヒリ＝ストイエルリ閣下、国立体育館博物館療養所絞首所普通員外講師一般歴史特別教授博士イクサワボク・イザセイハゲマインの諸氏。派遣団員は全員例外なく最も強烈な異種語によって己らが目撃することを要求されたこの名状し難き蛮行《ばんこう》に関して意見を表明した。つづいて三月八日と九日のいずれがアイルランドの守護聖人の正確な誕生日であるかに関して活発なる口論（全員参加）がエメラルド島の友《F・O・T・E・I》の間で行われた。議論中、砲弾、反《そ》り刀、飛去来《ブーメラン》、喇叭《らっぱ》銃、悪臭弾、肉切包丁、傘型弾幕、弩《いしゆみ》、指金具、砂嚢《さのう》、銑鉄等の手段が用いられ、殴打《おうだ》の交換が存分になされた。赤子警官マックファッドゥン巡査が、特別急使によってブーターズタウンから呼び寄せられ、速《すみ》やかに秩序を回復し、電光石火の迅速さをもって対立する双方の面目を等しく保つ解答として同月十七日を提案する。機転のきく九フィート男の提案は即刻全員に諮《はか》られ、全会一致で承認された。マックファッドゥン巡査はエメラルド島の友《F・O・T・E・I》全員に心から感謝されたが、そのうち数名はおびただしく出血中であった。コメンダトーレ・チュップンイートッテモは座長専用肘掛椅子の下から救出されたのち、法律顧問ベンゴッチ・パガミーミの釈明がなされ、三十二個のポケットに秘められていた諸々の品々は倒れた年少の同僚らを正気に戻さんとする願いでその者たちのポケットから抜き取ったものであると判明。物品は（婦人用紳士用金時計銀時計数百個を含む）速やかに正当なる所有者のもとへ戻され、全員の調和は絶対的なものとなった。

　静々と、なんの衒《てら》いもなく、ランボウルドは非の打ちどころなき礼服姿に愛花**グラジオラス・チマミレタス**を挿して断頭台へと歩んだ。己の存在を告げるあの穏やかなランボウルド式咳払《せきばら》いを真似んと試みたる者はこれまで多く（しかし不首尾）――短く、わざとっぽいながらもこの男独特のもの。世界に名だたる斬首刑吏《ざんしゆけいり》の到着は大群衆の喝采《かつさい》の喚声《かんせい》によって迎えられ、副王邸からの貴婦人らは興奮のあまりハンカチを振り回し、それ以上に興奮しやすい異国の派遣団一同は声張り上げて騒然たる喝采のメドレー、**ホッホ**、**バンザイ**、**エリェン**、**ジヴィオ**、**チンチン**、**ポラクローニア**、**ヒップヒップ**、**ヴィーヴ**、**アッラー**、就中《なかんずく》歌の国の代表の鈴の音のような**エッヴィーヴァ**が（二オクターブ高いへ音は我等の曽々《そうそう》祖母たちを魅了した宦官《かんがん》カタラーニの突き刺すように美しい声音を思い起す）はっきり聞き分けられた。きっかり十七時になった。祈りの合図が即、メガホンで伝えられると、たちまちにして頭という頭がむき出しになり、勲三等氏《コメンダトーレ》の長老ソンブレロ、リエンツィの革命以来代々一家の所有するその衣が、お付《つき》の侍医《じい》ピッピ博士の手で脱がされる。英雄殉教者がまさに死刑に処せられようとする時に聖なる信仰の最後の慰めを授けた有識の高僧がキリスト教徒の清心をこめて雨水の沼に跪《ひざまず》き、法衣《ほうい》を白髪《しらが》頭《あたま》の上へたくしあげたまま、慈悲の玉座《ぎょくざ》に熱烈な哀願の祈りを捧げた。斬首台の傍《かたわ》らには執行人のおぞましい姿が立ち、顔をすっぽり覆《おお》っている鍋型《なべがた》テンガロン帽には二つの円い孔《あな》がくりぬかれ、そこから二つの目がぎらぎら輝く。運命の合図を待ちながら執行人は恐ろしい兇器の刃の切れ味を逞《たくま》しい二の腕に当てて試したり、己の残忍な、しかし必要な務めに感嘆する者たちの用意した一群れの羊の首を次々と刎《は》ねたりした。そばの立派なマホガニー卓に整然と並ぶ四肢分断刀、様々の見事に焼きの入った臓抜き器具（世界に名だたる刃物商、シェフィールド市ジョン・ラウンド父子商会特製）、十二指腸、結腸、盲腸、虫様突起等が首尾よく摘出された場合にそれを受ける素焼シチュー鍋、貴重このうえなき生贄《いけにえ》の貴重このうえなき血液を受けるはずの大型牛乳壺二個。猫犬合同ホームの下働きがこれらの容器が満杯になったらそれを慈善施設へ運ぶべく待機中。実に豪勢な食事、ベーコンエッグ、味もこまやかに仕上げた牛肉と玉葱炒《たまねぎいた》め、風味豊かなほかほかの朝食ロールパン、爽《さわ》やかなティーといった品々が当局の計らいで悲劇の中心人物のために整えられており、当の本人は死の覚悟を決めると至極上機嫌になって手順の一部始終にただならぬ関心を見せていたが、しかしこの今の時代には稀有な禁欲をもって、いざその段になると凜々《りり》しく立ち上り、そして死に臨んでの願いを表明し（直ちに承諾され）食事は病弱困窮間借人協会の会員へ形ばかりの置土産として均等に分割してほしいと述べた。感動が**最高**《ネック》且つ**最高潮**《ノン・プリュ・ユルトラ》に達したのは、顔赤らめたる選ばれし花嫁が立錐《りっすい》の余地もない見物人の列を掻《か》き分けて躍り出るや、この乙女のために永遠へ連れ去られようとする男の逞《たくま》しき胸に身を投げた時である。英雄はほっそりした乙女を愛の抱擁をもって抱き締め、**シーラ、可愛いおまえ**とそれは優しくつぶやいた。洗礼名で呼ばれたことに勇気づいて、乙女は獄衣《ごくい》の体裁を乱さない程度に情熱に身をまかせ男の体のありとあらゆる相応《ふさわ》しい部分に激しく口づけをした。涙の塩辛い流れに混じり合う中、乙女はいつまでも貴男《あなた》の思い出を胸に抱くと誓い、まるでクロンターク公園へハーリングの試合に出かけるかのごとく鼻歌を口ずさみながら死んでいく英雄児のことを決して忘れはしないと誓う。そしてアナ・リフィーの堤《つつみ》で無邪気なままごと遊びに夢中になって仲良く過した幼い頃の愉《たの》しい日々を男に思い出させると、恐ろしい現在を忘れて二人とも心底笑い声をあげ、見物人は皆、高徳の牧師までが、大群衆の哄笑《こうしょう》に加わった。巨大な怪物のごとき観衆が愉快げに揺れ動いた。しかしじきに二人は悲痛に打ち拉《ひし》がれて、これが最後と手を握り締め合う。新たな涙の奔流《ほんりゅう》が二人の涙腺《るいせん》から溢《あふ》れ出すと、膨大な人の群れは、じーんと心動かされ、どっと胸も張り裂けんばかりの啜《すす》り泣きを始め、年老いた受給聖職者自身もそれに劣らず感じ入っていた。屈強な大の男たち、治安の公僕やアイルランド警保局の生来の巨人たちですら憚《はばか》ることなくハンカチを使っていたから、この記録的群衆の中には涙に濡れぬ目は一つもなかったといってよい。はなはだロマンチックな出来事が起った。オクスフォード大出の美男で、女性に対して騎士道精神を発揮することで知られる青年が前へ進み出て、名刺と預金通帳と家系図を差し出し、薄倖《はっこう》の乙女に結婚を申し込み、日取りをも決めてほしいと求め、それがすぐさま承諾されたのである。観衆のうち婦人には一人残らず髑髏文様《どくろもんよう》のブローチという形でこの晴儀《せいぎ》を記念する風流な贈物が渡され、この時宜《じぎ》を得た気前のよい行為がこれまた感動の嵐を呼び起した。そしてオクスフォード出の若き伊達男《だておとこ》が（ちなみに白妙国《アルビオン》の歴史上最も由緒ある家名の一つを担う）顔赤らむ**許婚**《フィアンセ》の指に四つ葉のシャムロックの形にエメラルドを配した高価な指輪をはめたとき、興奮はとどまるところを知らなくなった。否、この悲しき盛《せい》儀《ぎ》を主宰し、夥《おびただ》しい数の印度《いんど》兵を怯《ひる》むことなく大砲弾として吹き飛ばした冷厳なる憲兵隊長、トムキン＝マックスウェル・フフレンチナントカ・トムリンソンでさえ、今や自然の情動を抑え難かった。ほろっと流れるひとしずくの涙を鎖子鎧《くさりかたびら》付の長手袋で払い、そしてたまたま直属随行員の栄誉に浴した市民らの耳には、たどたどしく低くつぶやくのが聞えた。

――くそッ、いい女じゃないか、ありゃべらぼうな上玉《じょうだま》だ。くそッ、べらぼう泣けてくらあ、もろに、ほんとよ、あの女を見てるとライムハウスで俺を待ってる麦芽《ばくが》樽婆《だるばばあ》を思い出すから。

そこでそれから市民がアイルランド語だの組合会議だのなんだのてめえの国の言葉も話せねえイギリスかぶれだのとしゃべり出すってえとジョウが誰かからソヴリン貨をせしめたもんだからじゃらじゃら金を出してブルームはジョウからめぐんでもらった二ペンスの安葉巻を吹かし吹かしねちねち粘っこいことをほざいてゲール語連盟だの奢《おご》り合い反対連盟だの酒はアイルランドの禍《わざわい》だのとぬかす。奢り合い反対連盟ってのはまあぴったしだろよ。どベッ、こいつはあの世からお呼びがかかるまでありとあらゆる酒をさんざん奢らせておいてパイントグラスに泡一つ残さないって。そう云えばいつかの晩俺がある野郎とこいつらの音楽の夕べってのに入り込んだら、あの娘《こ》は乗れるさ乾草《ほしくさ》の山にそうさ乗れるさモーリーン・レイなんていう歌と踊りをやっててバリーフーリー青リボン記章をつけた野郎がアイルランド語でめかしたみてえな歌を歌って金髪別嬪《コリーン・ボーン》がわんさかうろちょろ謹慎会飲料《きんしんかいいんりよう》を運んだりメダルだのオレンジだのレモネードだの干《ひ》からびた菓子パンだのを売りつけてたっけな、どベッ、大層なもてなしだぜ、冗談じゃねえやい。しらふアイルランドが自由アイルランドだってんだから。それからどっかの爺がバグパイプを吹き鳴らし始めるとあのたぶらかし屋どもが耄碌《もうろく》牝牛の屁みてえな曲に合せて足をぎくしゃくやるときた。それに娘に悪さをしないようにと坊主が一人二人きょろきょろ見張ってるんだから、やり方が汚いっての。

するところが、さっき云いかけたように、罐《かん》が空《から》なのが分ったあの老いぼれ犬めがジョウと俺の周りをうろちょろし始める。優しく躾《しつ》けてやろうかよ、そうとも、こいつが俺の犬ならな。たまにゃガツッと一発蹴りを入れてやるぜまあそれで盲になっちまうとこだけは勘弁してやるがな。

——噛みつかれるかってびくついてんのか？ 市民が嘲《ののし》りやがる。

——いいや、俺は云う。だけど俺の脚を街灯柱《がいとうばしら》と間違えないともかぎらないからな。

そこでやつは老いぼれ犬に声をかける。

——どうした、ガーリー？ やつは云う。

それからやつはあいつをひっぱったり小突いたりアイルランド語で話しかけたりして老いぼれ大《おお》犬《いぬ》が返事をするみたいに唸《うな》りやがって、まるでオペラのデュエットじゃねえか。両方で掛合《かけあ》いをやったときのあのすさまじい唸《うな》り声ってのはまたと聞かれるもんじゃねえ。誰か暇を持て余してるやつがいたら新聞に**公益の為に**《プロ・ボノ・プブリコ》って投書をしてくれってんだこういう手合いの犬には言論抑制令を適用しろって。唸《うな》ったり愚痴ったり渇きがひどいから一つ眼《まなこ》は血走ってるし恐水病のよだれが口からだらだら垂れている。

下等動物（しかもその名は無数）における人間教養の浸透に関心のある者なら誰しも決して見逃してならないのは、以前はガリーオウエンという**綽号**《しゃくごう》で知られ、最近、広範囲の友及び知己によってオウエン・ガリーと改名された有名な老アイリッシュレッドセッター狼猟犬《ウルフドッグ》の示す犬人症《シナンスロピー》の実に驚異的な発揮ぶりである。この才能発揮は、長年の優しい躾《しつけ》と細心の注意を払ったうえでの周到な食餌法《しょくじ》の成果であるが、特筆すべきその一つに、韻文暗誦がある。現存する最大の音声学専門家が（その名は口が裂けても明かさず！）とことん手段を尽くして暗誦された韻文の解明と比較に当り、それが古代ケルト吟遊詩人の歌に著しい類似（傍点筆者）を示すことを発見した。ここで述べているのは「大枝甘美《リトル・スイート・ブランチ》」という優雅な匿名《とくめい》のもとに正体を隠している作者によって本好きの人々が親しむことになったあの数々の愉《たの》しい恋歌のことではなく、むしろ（当代の某夕刊紙上に発表された興味深い通信の中で寄稿家D・O・Cの指摘するように）もっと辛辣《しんらつ》でもっと個性的な調子のことであり、それは有名なラフタリーやドナル・マッコンシダインや、いうまでもなく現在おおいに大衆の注目を浴びているもっと現代的な某抒情詩人の諷刺溢《あふ》れる傑作の中に見出されるものである。ここに添える一例は、当面無断で名を明かすことのできないある卓越せる学者による英訳であるが、読者各位は詩の題材の何たるかを単なる仄《ほの》めかし以上のものとして解することであろう。犬の原詩の韻律法は、ウェールズ詩の連《エングリン》の複雑な頭韻法と同音節法を思わせ、しかもそれよりはるかに込み入っているが、それでも読者各位には原詩の気風は捉えられていると納得していただけると思われる。なお、オウエンの韻文の効果は、幾分ゆっくり、そして不明瞭に、抑圧された鬱《うつ》憤《ぷん》を暗示する調子で朗読するならば、いっそう増大することを言い添えておこう。

俺の呪いの中でも呪い
七日毎日
そして渇きの木曜七度
ふりかかれ、バーニー・キアナン
水一啜《ひとすす》りも口にせず
俺の肝玉《きもったま》冷えやせぬ
はらわた真っ赤に憤《いきどお》る

ラウリー劇場のライト追い

そこでやつは犬に水をもってこいとテリーに云いつけると、どべッ、あん野郎がぐぐぐっとやっちまったのは一マイル先でも聞えたろうよ。するとジョウがもう一杯やるかと訊く。

――そりゃもちろん、やつは云う。**同志《ア・カーラ》よ**ですもんね、別に恨みがあるじゃなし。

どべッ、こいつは碌《ろく》でもない阿呆面《あほづら》ほどには青才六《あおさいろく》じゃねえや。老いぼれジルトラップの犬といっしょにパブからパブを渡り歩いて、あとは知らんぜだ、そうやって税も納めて選挙権もあるちゃんとした客たちにたらふく食わせてもらう。畜生連れの働き口か。するとジョウが云う。

――もう一パイントで溺《おぼ》れてお陀仏《だぶつ》ってんじゃないだろ?

――鴨と同じで溺れるもんかよ、俺は云う。

――同じの、テリー、ジョウが云う。あんたはほんとに酒は駄目かい? やつが云う。

――ええ、けっこうです、ブルームが云う。実は、マーティン・カニンガムに会いにきただけですから、ほら、その、ディグナムの保険のことで。マーティンが酒場へ来てくれって云ったので。こうなんです、彼が、つまりディグナムが、そのとき会社に対する譲渡の通知をしていなかったもので、名目上、法令のもとでは、抵当権者が保険証書に手をつけることはできない。

――そいつはこりゃまた、ジョウが高笑いする。シャイロック爺《じじい》が一発くらったら見ものじゃないか。女房の相手は負け犬になるって寸法かい?

――まあ、そこがねらいでね、ブルームが云う。奥さんの相愛《そうあい》相手にとっては。

――誰の相愛相手だって? ジョウが云う。

――奥さんの相談《そうだん》相手にとってはですよ、ブルームが云う。

それからあいつは何もかもごちゃまぜのめっちゃくちゃくそをしゃべり出して法令のもとでは抵当権設定者がどうのと大法官が法廷で読み上げるみたいな調子になりその女房が得するようにだの信託財産はできているものの一方ではディグナムがブリッジマンに金を借りたままだからもし女房だか未亡人だかが抵当権者の権利と争うならだのもういいかげん俺の頭はあいつの云う法令のもとでの抵当権設定者にごちゃごちゃにされそうよ。こいつは無事ですみやがったじゃねえか自分はぶち込まれなかったのよなあんときは法令のもとでは資《たち》の悪いごろつきだったのに裁判所にツテがあったもんだから。バザーの切符だとか何てったっけハンガリー王室特典びっくり宝籤《たからくじ》とかを売りつけてよ。ほんとの話だぜ。おお、イスラエル人によろしく！　ハンガリー王室特典ぼったくり空籤《からくじ》じゃねえか。

するとボブ・ドーランがよたよた回ってきてブルームにディグナム夫人に悲しみはお察しすると伝えてほしいだの葬儀のことでは大変すまなかっただの自分も云ってるしあの男を知ってる者は口をそろえて云ってるんだがあれほど実《じつ》のある、あれほど立派なやつはいないと、気の毒にな死んだウィリーほどのやつはいないと女房に伝えてくれだのと云う。ど阿呆《あほう》なことを並べて喉を詰らせやがる。そしてブルームと握手して悲劇の真似事みたいに伝えてくれを繰返す。握手だ、兄弟。おめえもごろつき、俺もごろつき。

——こう申してよければ、と男が言った。我等の交際は単なる時日の尺度で判断するならいかにも浅いものに見えるとはいえ、その根底には、私の期待し信ずるに、この件をお頼み申すに足る相互の尊敬の念があるのではなかろうか。しかし、万一私が慎みの限度を踏み越えてしまったのであればその厚かましさを私の気持の嘘偽りなきことに免じてお許し願いたい。

——いやいや、と他方が応じた。そのやむにやまれぬ御振舞いはよくよく理解できますので、託された役目は必ず果しますぞ、この遣《つか》いは悲痛の遣いとはいえ、貴殿の信頼の証拠が幾分かは苦き杯の味を和《やわ》らげてくれるという思いを慰めとしつつ。

――ではどうか握手を願いたい、と男は言った。貴公の心の優しさを私は聢《しか》と感じ取るが、それが私などの至らぬ言葉よりもこの気持を伝えるに相応《ふさわ》しい言回しを貴殿に口述するであろう、もし私が十二分に言い表せるならそもそも口すらきけなくなるであろうこの気持を伝える言回しを。


　そんでやつにはあばよってんでまっすぐ歩こうとしながら出て行く。五時から酔っ払いやがって。いつかの晩は危なく引っ張られるとこだったのにパディー・レナードが14Aのお巡りを知ってたから助かった。ブライド通りのもぐりの酒場で看板過ぎまで酔眼朦朧《すいがんもうろう》、淫売二人といちゃつきながらヒモ野郎を見張りに立て、ティーカップで黒ビールを飲んでたな。そんで淫売どもにはジョゼフ・マニュオなんてなフランス野郎の名を騙《かた》って、カトリック教の悪口を叩き、がきの時分にゃアダム・アンド・イヴ教会で目をつむったまんまでミサの侍者《じしゃ》を務めた、新約聖書も旧約聖書も書けるぞ、てなことをほざいて抱きついたりお触りしたり。そんで二人の淫売は死ぬほど笑いころげながら、やつのポケットからいただいちゃって、ど阿呆《あほう》めが、そんでやつはベッドにがっぽり黒ビールをまきちらしたもんで二人の淫売はぎゃあぎゃあ笑い合う。**あんたの聖所《せいしょ》はどう？　旧厄《きゅうやく》はちゃんとついてる？**　ちょうどそこへパディーが通りかかったって案配《あんばい》だ。それから日曜にはどっかの囲われ女みたいな女房を連れ歩き、あの女房は尾っぽをふりふり教会堂を歩く、エナメル革の靴をはいてよ、それに菫《すみれ》なんかつけちゃって、ご機嫌なもんよ、貴婦人気取りで。ジャック・ムーニーの妹だ。それに遣《や》り手《て》婆《ばばあ》みたいな母親は連込宿まがいもやっている。どべッ、ジャックが落し前をつけたとは。片をつけてくれねえってんなら、いいか、ただじゃすまねえぞなんてすごんでよ。

　するとテリーが三パイントを運んできた。

the dog   So. Sakamoto '96

――さあて、ジョウが乾杯の音頭を取る。乾杯だ、市民。

――達者で《スローン・リアト》、市民が云う。

――幸運を、ジョウ、俺が云う。健康を、市民。

てへッ、タンブラーの半分のとこまでもう口が行ってたぜ。あいつをへべれけにするにゃ一財産転がり込む幸運でもなけりゃな。

――あののっぽは誰を市長に推す気だ、アルフ？　ジョウが云う。

――おまえさんのお友達さ、アルフが云う。

――ナナンか？　ジョウが云う。あの説教垂れか？

――誰の名も俺は云わん、アルフが云う。

――やっぱりそうか、ジョウが云う。集りに顔を出してたからな、議員のウィリアム・フィールドと、家畜商《あきな》いの仲間のよ。

――毛むくじゃらの宴会詩人《イオパス》か、市民が云う。あの噴火山、世界中の人気者、本国の偶像かよ。

そこでジョウが口蹄疫《こうていえき》だの家畜商《あきな》いだのその件で訴訟を起こすだのと市民にしゃべり出してすると市民はそれをことごとく突っ撥《ぱ》ねてそこへブルームが疥癬《かいせん》には洗羊液だの子牛の咳《せき》には咽喉水液だの硬舌症には特効療法があるだのと持ち出す。屠場に勤めてたことがあるからだってのよ。帳面と鉛筆を持って歩き回っちゃ口先ばかりで動きが鈍いもんでとうとうどっかの牛商《うしあきな》いに生意気な口をきいたってんでジョウ・カフに首にされたくせに。物知りぶりやがる。自分の祖母に家鴨《あひる》の育て方を教えるって手合いだ。かけしょんバークが云ってたけどホテルに暮してたときあの女房は女将《おかみ》のオダウドを相手にぼろぼろ涙を流して八インチも脂肪がついたってんで目ん玉が腫《は》れあがるくらい泣き喚《わめ》くんだそうだ。ホックも屁《へ》ックもはまらないってのにあの阿呆《あほ》鱈眼《だらまなこ》は女房の周りでワルツを踊りながらはめ方のご指南《しなん》だとよ。今日の予定は？　わかりました。人道的な方法です。なぜなら動物を苦しませては可哀相ですしだの専門家も云ってますだの動物に苦痛を与えないですます最善策はだの患部にそっと当てるんですだの。どベッ、こいつなら雌鶏《めんどり》をだまくらかして卵をくすねるくらいやりかねないね。

ガー、ガー、ガガー。クッ、クッ、クッ。くろのリズは、うちのめんどりです。わたしたちに、たまごを、うんでくれます。たまごをうむと、すごくうれしいかおをします。ガガー。クッ、クッ、クッ。すると、レオおじさんが、やって来ます。おじさんは、くろのリズのおなかの下に、手を入れます。そして、うみたてのたまごを、とります。ガー、ガー、ガー、ガガー。クッ、クッ、クッ。

――とにかくだな、ジョウが云う、フィールドとナネッティが今晩ロンドンへ発つんだ、下院でその件を質問するのよ。

――ほんとですか、ブルームが云う。参議も行く？　会いたかったんだ、実は。

――ああ、郵便船で行くんだとよ、ジョウが云う、今晩な。

――そりゃまずいなあ、ブルームが云う。どうしても会いたかったのに。たぶんフィールドさんだけじゃないかな。電話をかけるわけにもいかないし。うーん。ほんとですか？

――ナナンも行くんだってば、ジョウが云う。連盟から云われて明日質問することになってる、警察庁長官が公園でアイルランドのスポーツを禁じた例の件をよ。あれはどう思う、市民？　**愛蘭土**《スルーア・》**武装連盟**《ナ・ヘーイアン》さ。

ベコカイ・サクスケ君（マルティファーナム、国民）尊敬する友人でありますするシレイラ選出委員の質疑に関連し、議員殿にお尋ねしたいのでありますするが、かかる動物の病理的症状についてなんら医学的証拠の提出されておらない現状にもかかわらず、政府はかかる動物を殺すべしとの訓令を下したのでありましょうか？

シソク・アシヒコ君（タマシャン、保守）　委員各位は両院委員会に提出された証拠をすでに入手しておられます。わたくしがそれに加えてとやかく申し上げるのは無益であると考えます。ただいまのご質問、お尋ねのとおりであります。

ミミキキ・オライリー君（モンテノッティ、国民）　同様な訓令は、フィーニクス公園であえてアイルランドのスポーツを行なう人間動物の殺害に関しても下されたのでありましょうか？

シソク・アシヒコ君　そのようなことは一切ございません。

ベコカイ・サクスケ君　議員殿の有名なるミッチェルズタウン電報は、国務大臣各位の方針を激励したのでありますするか？（いいぞ！　いいぞ！）

シソク・アシヒコ君　ご質問、承《うけたまわ》っておきます。

ギュウシャ・チエゾウ君（バンカム、独立）　遠慮なく撃てィ。（反対派から皮肉な野次）

議長　静粛に！　静粛に！（議場騒然。野次）

――ここにその男がいるじゃないか、ジョウが云う。ゲールのスポーツの復活をやってのけた男がよ。ここにこうしてお座りだ。ジェイムズ・スティーヴンズを逃れさせた男だ。十六ポンド砲丸投げの全アイルランド・チャンピオン。最高記録はいくつだっけ、市民？

――**そんなことはいい**《ナ・バックレイス》、市民が謙遜して云う。一時は誰にもひけを取らなかったけどな。

――握手だ、市民！　ジョウが云う。そうだったってば、べらぼう抜群よ。

――それ、ほんとのほんと？　アルフが云う。

――ほんとです、ブルームが云った。みんな知ってますよ。知らなかったんですか？

そこで連中はアイルランドのスポーツだのローンテニスみたいな紳士気取りのゲームだのハーリングだの砲丸投げだのお国柄だのも一度国を建て直すだのとまくしたて始めた。でもちろんブルームも一講釈しなくちゃおさまらなくてたとえボート選手の心臓を持っていたって過激な運動は体に毒だなどとのたまう。俺は背筋を逆毛立《さかげだ》てて断言するがもし汚ねえ床《ゆか》から藁《わら》一本拾い上げてブルームにこう云ってみなっての。**ほら、ブルーム。この藁が見えるだろ？　これは藁だぜ。**叔母ちゃんびっくり、あの男はたっぷり一時間はしゃべってまだまだそれでもやめなかろうさ。

実に興味深い議論があった。**リトルブリテン通り**《ストロード・ナ・ブレタニ・ブヘアグ》は**ブリアン・オキアーナン亭**の古風な広間、**愛蘭士武装連盟**《スルーア・ナ・ヘーイアン》主催、古代ゲールのスポーツの復活と、古代ギリシア及び古代ローマ及び古代アイルランドにおいて理解されていたような、民族の発展に貢献する体育文化の重要性とに関してである。勲位階級の長老が議長を務め、出席者は膨大な規模であった。議長による基調講話、雄弁かつ熱弁を駆使した壮大なる演説があった後、つづいて古代汎《はん》ケルトの父祖の古代ゲールの競技とスポーツの復活性の望ましきことに関して、いつものごとく高度水準の卓越した極めて興味深く有益な議論が展開された。古代国語のために尽して多大の尊敬を集めている著名な運動家、ジョゼフ・マッカーシー・ハインズ氏は、古《いにしえ》の時代から我等に伝え継がれてきた雄々しい力強さと武勇の最高の伝統を復興させるべく、フィン・マクールが朝な夕なに実践した古代ゲールのスポーツと遊戯の蘇生を訴える弁舌をふるった。L・ブルーム、称賛と叱声《しっせい》の相半《あいなか》ばするこの人物が否定的見解を表明した後、歌手なる議長は議論の打切りを宣言し、大入り満員の会場の至る所から幾度も起こる要請と心からの喝采《かっさい》に応えて、不朽《ふきゅう》の詩人トマス・オズボーン・デイヴィスの永久《とわ》に瑞々《みずみず》しき詩編（幸いここに改めて思い起すまでなく人口に膾炙《かいしゃ》している）**国家よ今再び**から著しく見事な歌唱を聞かせ、この名唱において老愛国の志士はもはや自己の力量を凌《しの》いでしまったと評しても語弊《ごへい》の恐れはあるまい。アイルランドのカルーソー＝ガリバルディは最高級の体調にあり、その朗々たる名調子は我国の民であればこそ歌うことのできる歴史長き国家において最大に発揮されるのが聴かれた。卓絶《たくぜつ》した高度の歌唱法は、その超絶性によって既に国際的なものである名声をいやがうえにも高め、多くの名だたる聖職者のみならず新聞や法曹界を始めとする文化人を代表する面々も見受けられる大聴衆から喧《かまびす》しい絶賛を浴びた。

聖職者の列席者は、イエズス会法学博士ウィリアム・ドレイニー尊師、神学博士ジェラルド・モロイ尊師、クリスチャンサイエンス西班牙《スペイン》教会P・J・カヴァナ師、カトリック教会T・ウォーターズ師、教区司祭ジョン・M・アイヴァーズ師、聖フランシスコ修道会P・J・クレアリ師、托鉢《たくはつ》修道会L・J・ヒッキー師、カプチン会修道会ニコラス尊師、カルメル会跣足《せんそく》修道会B・ゴーマン尊師、イエズス会T・マハー師、イエズス会ジェイムズ・マーフィ尊師、会衆教会ジョン・レイヴァリ師、神学博士ウィリアム・ドハーティ尊師、聖母マリア教会ピーター・フェイガン師、アウグスティノ会T・ブランガン師、カトリック教会J・フレイヴィン師、カトリック教会M・A・ハケット師、カトリック教会W・ハリー師、聖カタリナ教会マクマナス尊師、聖母マリア教会B・R・スラッタリー師、教区司祭M・D・スカリー尊師、修道会F・T・パーセル師、教区司祭ティモシー・キャノン・ゴーマン尊師、カトリック教会J・フラナガン師。聖職者以外には、P・フェイ、T・クワーク等々。

――過激な運動って云えばよ、アルフが云う、キーオウ＝ベネット戦は見に来てたか？

――いや、ジョウが云う。

――誰とかがあれに大枚《たいまい》百ポンド賭けたって聞いたぜ、アルフが云う。

――誰がだ？　めらめら大尽《だいじん》か？　ジョウが云う。

するとブルームが云う。

——つまり僕がテニスのことを云ったのは、たとえば、敏捷性《びんしょうせい》と目の訓練ということです。

——ああ、めらめら大尽《だいじん》さ、アルフが云う。マイラーはビール浸《びた》りだなんて噂を流してオッズを吊り上げておいて、なあにやっこさんはずっとぶっ叩きに励んでたんだ。

——そういう野郎だ、市民が云う。裏切者の倅《せがれ》よ。なんでイギリスの金貨がポケットにころがり込んだのか分るぜ。

——おまえの云うとおりだ、ジョウが云う。

するとブルームがまた割り込んでローンテニスだの血液の循環だののたまうと、アルフに訊く。

——どう、そう思いません、バーガン？

——マイラーはやつをぶちのめしたぜ、アルフが云う。ヒーナンとセイアーズの一戦なんぞ、あれに比べりゃゴミだったな。そりゃもうこっぴどくやっつけたって。ちんけなイギリス野郎は臍《へそ》までも届かなくってよ、でっかいほうがガツッ、ガツッといく。てへッ、みぞおちに止《とど》めの一発だ、クイーンズベリー・ルールだか何だか知らねえけど、食ってないものまでげろげろさせちまったね。

まさに世紀の大一番、マイラーとパーシーが五十ポンドの賞金を懸けてリング上に火花をちらすのだ。体重不足の不利を背負いながらも、ダブリンの寵児《ちょうじ》はそれを最高度の熟練の技で補った。激しいパンチ炸裂《さくれつ》の最終ラウンドは、両チャンピオンにとってまさしく死闘であった。ウェルター級曹長は、先のラウンドの乱打ですでに相手の顔を鮮血に染めている。キーオウは右に左に受け一方、砲兵は寵児の鼻にあざやかな一撃を決め、マイラーはグロッキーの態《てい》だった。兵士がいよいよ仕上げにかかり、まずは強力なジャブをかましたが、アイルランドの刺客《しかく》はこれに応酬《おうしゅう》、ベネットの顎へもろに強烈な一発を見舞う。赤服兵士がさっとかわすが、ダブリナーは左フックでこれをとらえ、ボディーパンチが見事に入る。ここで両者、接近戦。マイラーは動き素早く優勢に立ち、ラウンドの終りには巨漢がロープに沈み、そこへマイラーが強打を浴びせる。イギリス男は、右目をほとんどつぶされかけながらも、コーナーに逃れてたっぷり水を飲ませられ、ゴングが鳴ると負けん気と闘志をむき出しに見せて、このエブラナ生れのボクサーをたちどころにノックアウトしてやろうという構え。いよいよ片をつけて第一人者を決める戦いだ。両者は相見《あいまみ》える虎のごとくに闘い、興奮は最高潮に達した。レフリーが二度、ぱくつきパーシーにホールディングの注意を与えたが、寵児の技は冴《さ》え、フットワークもまたほれぼれするものだった。軽い打ち合いの間に軍人の痛烈なアッパーカットが相手の口からどっと鮮血を噴き出させた後、寵児はいきなり攻撃に出て、べたつきベネットの腹にすばらしい左フックを見舞い、マットに這《は》わせた。ものの見事に決ったノックアウトである。息詰《いきづま》る期待の中、ポートベロウの暴れ者はカウントアウト、ベネットのセコンド、オウル・プフォッツ・ウェットスタインがタオルを投げ込んでサントリー区出の若者の勝利が宣告されるや、熱狂して歓声をあげる観客はリングの中になだれ込み、狂喜乱舞して襲いかからんばかり勝者を取り囲んだ。

——利に聡《さと》いやつだからなあ、アルフが云う。今度は北のほうへ演奏旅行を計画してるってな。

——そうさ、ジョウが云う。そうだろう？

——誰？　ブルームが云う。あ、そうですよ。そのとおりです。ええ、避暑旅行ですよ、まあね。ただの休暇です。

——B夫人は晴れの特別スターなんだろ？　ジョウが云う。

——うちの女房ですか？　ブルームは云う。歌いますよ、ええ。公演も成功だろうと思いますね。彼は催《もよお》しものの名手ですから。名手です。

ははあん、てへッ、俺はなるほど俺に云う。なるほど納得《なつとく》ナッツ食うってなもんでこの獣《けもの》野郎の胸に毛がないってのも合点《がてん》が行くぜ。めらめら大尽《だいじん》が笛をピーヒョロ。演奏旅行だとよ。なんせずるこけダーティ・ダンの倅《せがれ》だアイランドブリッジの外れに住んでるあいつの親父はボーア戦争中に政府に同じ馬を二度売ったってんだから。何じゃら爺《じじい》。救貧水道料のことで伺《うかが》いました、ボイランさん。何じゃって？　水道料です、ボイランさん。何じゃって？　あのごろつきのこったからあの女を催《もよお》させせっちまうだろよ、内証《ないしよ》の話だがな。内証にしましょの何じゃらほい。

カルペーの岩峰の誇り、トウィーディの黒髪娘。そこに育ちて比類無き美女となりき、枇杷《びわ》とアーモンドの香の大気にただよう地に。アラメダの園々は彼女の歩みを知れり。オリーブの庭らは見知りたるこの美女に会釈《えしやく》せり。リアポウルドの貞淑なる伴侶《はんりよ》がこの女。豊かなる胸のメアリアン。

すると見よ、入来《にゆうらい》したるはオモロイ家一族の一員、白皙《はくせき》なれど聊《いささ》か赤らみたる顔の美男の英雄、法に通暁《つうぎよう》せる帝国弁護人、同伴せるはランバートの高貴の血を引く皇子にして嗣子《しし》。

——やあ、ネッド。

——やあ、アルフ。

——やあ、ジャック。

——やあ、ジョウ。

——おんや驚き、市民が云う。

——ご挨拶だな、J・Jが云う。何にする、ネッド？

——半パイント、ネッドが云う。

そこでJ・Jが酒を注文した。

——裁判所へ回ってきたのかい？　ジョウが云う。

——そうだ、J・Jが云う。あいつがあれは片付けるって、ネッド、やつが云う。

——そう願うね、ネッドが云う。

ところでこいつら二人は何をもくろんだんだ？　J・Jは大陪審名簿《だいばいしん》から外れたんで、もう片方が犬潜《いぬくぐ》りを見つけてやろうってわけか。スタッブズ誌の要注意人物。カードはやる、きざったらしい片眼鏡をかけた見掛け倒しの紳士風情《ふぜい》と派手に付き合う、シャンペンをがぶ飲みするってんで令状やら差押えやらで首も回んねえじゃないか。フランシス通りのカミンズに金時計を質入れしてあそこじゃ事務所の誰にも知られるまいってんだが俺がかけしょんといっしょにあっこにいたとこへブツを受け出しにきてたっけ。どちら様でしたか？　ダンです、だとよ。ああ、断《だん》じてだぞって俺は云ってやったぜ。どべッ、いずれそのうち泣きを見るだろうよ、俺は思うね。

——あの気違いブリーンの野郎にあそこで会ったかい？　アルフが云う。U・pさ、あっぱっぱー。

——ああ、J・Jが云う。私立探偵を探してるんだと。

——そうそう、ネッドが云う。しゃにむに裁判所へ訴えるって息巻いたけどコーニー・ケラハーが筆跡鑑定を先にしてもらえって云いくるめてた。

——一万ポンドだってよ、アルフが云い、げらげら笑う。きぇッ、判事と陪審員の前でしゃべるのをなにがなんでも聞きてえや。

——おまえの仕業《しわざ》じゃないのか、アルフ？　ジョウが云う。真実を、真実すべてを、真実のみを、ジミー・ジョンソンに誓って。

——俺が？　アルフが云う。よしてくれやい由《よし》なき横言《よこごと》。

——貴君のいかなる陳述も、ジョウが云う、すべて貴君に不利な証拠として書き留められる。

——むろん訴訟は成立するだろう、J・Jが云う。それは本人が**正常精神**《コンポス・メンティス》ではないということを意味する。すなわちU・P、あっぱっぱー。

——目を正常視《コンポス》にしな！　アルフが云い、げらげら笑う。あいつが脳たりんてことは知ってんだろ？　あいつの頭を見ろって。靴べら使って帽子をかぶらなくちゃならない朝もあるんだってよ。

——さよう、J・Jが云う。しかし名誉毀損《めいよきそん》という真実は、法の目から見るに、それを公表したという告発に対する抗弁とはならない。

——ははは、それ見ろ、アルフ、ジョウが云う。

——それにしても、ブルームが云う、可哀相な女ですね、つまりその奥さん。

——そりゃ可哀相よ、市民が云う。あるいは半々野郎の女房になってるどっかの女も。

——どう半々なんです？　ブルームが云う。つまり彼は……

——半々だっての、市民が云う。魚心《うおごころ》なく肉心《にくごころ》なくって野郎よ。

——ぴんぴん鯡《にしん》ってんでもねえな、ジョウが云う。

——それだよそれ、市民が云う。妖女《ビジョウグ》ってこった、態《てい》よく云えば。

どべッこりゃ一揉《ひとも》めするぞと俺は見て取った。するとブルームはあの女房が吃りの馬鹿爺のあとをついて回らなくちゃならないのは酷な話だなどと説明する。そうよ動物虐待だっての口もともっともつれるくらいに髭ぼうぼうのみすぼらしいブリーンを野放しにするなんてのはよ、天も涙の雨を降らせらあな。おまけにあの女はあの老いぼれの従兄《いとこ》が法王お付きの高座案内役だってんで結婚したてには鼻高々だったじゃねえか。スマッシャル・スウィーニー髭をはやした写真を壁に掛けてたな、サマーヒル出のシニョール・ブリーニ、法王庁にお仕えするイタ公の教皇派ズアーヴ兵、それが埠《ふ》頭《とう》通りを引き払ってモス通りへ引っ越した。であいつは何者だったたってんだ？　しがねえやつ、裏部屋二つの吹きっさらし、週七シリング、そのくせ鎧兜《よろいかぶと》に身を固めて世間様に挑戦ってんだからよ。

――そしてさらにだな、J・Jが云う、葉書は公表行為だぞ。サドグロウヴ対ホール判例においては悪意の充分な証拠として受理された。わたしの見解では訴訟は成立するようだね。

六シリング八ペンスいただきます。誰がおまえの見解など伺《うかが》うもんか。黙って酒を飲ましてくれってての。どベッ、そもそもそれすらすんなりいきそうにないって。

――さあ、乾杯、ジャック、ネッドが云う。

――乾杯、ネッド、J・Jが云う。

――あいつまたいる、ジョウが云う。

――どれ？ アルフが云う。

するとてへッあの男が腋《わき》の下に本を抱えて女房といっしょに入口のとこを通り過ぎて片斜視のコーニー・ケラハーがちろっとこっちを覗《のぞ》き込み、あいつに父親みたいな口をきいて、中古《ちゆうぶる》の棺《ひつぎ》を売りつけようとしていた。

――例のカナダ詐欺裁判はどうなった？ ジョウが云う。

――差戻しだ、J・Jが云う。

徳利鼻《とつくりばな》友愛会の手合いでジェイムズ・ウォート別名サフィロ別名スパーク別名スピロってのが二十シリングでカナダへ渡航させるなんて広告を新聞に載せた。何？ 俺の目はそんな節穴《ふしあな》じゃないってての。いんちきに決ってらあな。何？ みんな騙《だま》し取られやがった、ミースの山出し女中や田舎もん、ああ、そいつと同類のぼんくら肝《きも》のやつも。J・Jが云ってたが老いぼれユダヤのザレッツキーとか何とかいうのが証言席で帽子をかぶってめそめそ泣き泣き、聖なるモーセに誓って二シリングふんだくられたと証言したってよ。

――誰のお裁きだ？ ジョウが云う。

――市裁長、ネッドが云う。

――なんとフレデリック老閣下か、アルフが云う。あれなら両の目ん玉まんまとたぶらかせるね。

――獅子も顔負けの大きな心さ、ネッドが云う。哀れっぽい話をでっちあげりゃいいんだ、家賃が溜まってるだの女房が病気だのがきが大勢いるだの、そうすりゃあ、ふん、裁判官席でぼろぼろ涙を流すって。

――そう、アルフが云う。ルーベン・Jはあいつを被告席に座らせなくてべらぼう運がよかったよな、このあいだ石番のちんけなガムリーを訴えたときだ、バット橋のそばの会社のよ。

そして老いぼれ市裁長の泣き出す口真似をし始めた。

――実にけしからんもってのほかじゃ！ かくも勤勉に働きおる男が！ 子供は何人だと？ 十人、そうだったな？

――はあ、さようでございますだ。おまけに女房がチフスを患《わずら》っておりますんで。

――おまけに連添《つれそ》いがチフスでうなされおるとは！ もってのほかじゃ！ 直ちに退廷するがよい！ よいな、本官は支払命令など出しませんぞ。よくもまあ、こうして出廷して本官に命令を出させようとするものだ！ 不憫《ふびん》にのう、勤勉にあくせく働きおる男が！ 本件は却下する。

然るに牛眼《ぎゆうがん》の女神の月の十六日にして聖三位一体の祝日後三週間目の日、上天《じようてん》の娘、処女なる月の上弦にある日、それら錚々《そうそう》たる裁判官らが法の館《やかた》へ寄り集《つど》うことと相成った。この館にて主事コートネイは、自室にて開廷、自己見解を陳述し、主事ジャスティス・アンドルーズは、遺言検認《ゆいごんけんにん》裁判を陪審なしに開廷、故人ジェイコブ・ハリディー、葡萄酒商、物故者の動産不動産の訴件《そけん》に関して提出されたる遺言状及び最終遺贈《いぞう》に関連する財産請求をリヴィングストン、未成年、精神障害者、及びもう一名に対して行なった第一債権者の訴えを充分に思量し熟慮した。そしてグリーン通りの厳粛なる法廷へ鷹匠《たかじょう》フレデリック殿の到着。そしてほぼ五時、郡制ダブリン市中及び同市本体として見なされる普《あまね》く全ての地域に権限を委任される世襲裁判官の法を執行すべく着席。この者とともに着席するはイァーの十二族より成る最高評議会の面々、各一族各一名、パトリック族の及びヒューー族の及びオーウェン族の及びコン族の及びオスカー族の及びファーガス族の及びフィン族の及びダーモット族の及びコーマック族の及びケヴィン族の及びキールチャ族の及びオシアン族の、計十二名の善良且つ真《まこと》なる面々。そしてこの者はそれらの面々に国王陛下と被告人との間に争われる争点を充分且つ真《まこと》に審理し、真《まこと》の評決を下し、証拠に従って真《まこと》の判決を下すように、断じて誓って嘘《うそ》偽《いつわ》りなくと十字架にて果てたる神に懸《か》けて厳命した。そこでイァーの十二名、全員各自の席で起立し、神の公平を行なうことを永劫《えいごう》の出なる神の御名において誓った。すると直ちに法の手先らが天主閣本丸から入手した情報のもとに正義の猟犬らが捕縛していた者一名を引っ立ててきた。そしてこの者に手枷《てかせ》足枷《あしかせ》をはめ、保釈金も保釈引受人も認めることなく、この者が凶悪犯ゆえに告発を求めた。

——あいつらいい玉よな、市民が云う。わんさかアイルランドへ来やがって国中虫けらだらけにしやがる。

するとブルームは聞えないようなふりしてジョウとしゃべり出し、あんな端金《はしたがね》は月が変ってからでもかまわないけどなんならクローフォードさんに一言云ってみたらなどと云う。するとジョウはよっしゃだの絶対だの大丈夫だのやっつけ仕事でも何でもするからだのと云う。

——だって、そうでしょう、ブルームは云う。広告の場合は繰返しが必要さ。それが秘訣のすべてだもの。

——まあ信用してくれ、ジョウが云う。

——百姓から騙《だま》し取ってよう、市民が云う。アイルランドの貧しいもんからもな。異人はこれ以上家ん中に入ってくるなってんだ。

——なあに、きっとうまくいくから、ハインズ、ブルームが云う。キーズ商店の鍵広告みたいなものさ、ほら。

——まあ安心しといてくれ、ジョウが云う。

——ほんとに悪いなあ、ブルームが云う。

——異人どもめ、市民が云う。俺らも悪いんだ。やつらを入れたからな。俺らが入れてやったのよ。不義の女と間男がサクソンの盗人どもを連れてきやがったのよ。

——離婚**仮**《ニシ》判決だな、J・Jが云う。

するとブルームはなんてこたあない、酒樽《さかだる》の陰のところに張った蜘蛛の巣にやたら興味津々《きょうみしんしん》ってなふりをし始め、それを市民が後ろから睨《ね》めつけて足もとの老いぼれ犬が誰にいつ嚙みついたらいいのかと見上げている。

——不義の女房だよ、市民が云う、俺たちの不幸すべての原因はな。

——で、ほれ、これがそういう女さ、アルフが云い、テリーと差し向いで**ポリス・ガゼット**を覗《のぞ》いてけたけた笑ってやがる。ぎとぎと塗りたくってインディアンの出陣衣裳だぜ。

——俺にもちょっくら見せろ、俺は云う。

するとなんてこたあねえテリーがコーニー・ケラハーから借りてきてる下品なヤンキー写真じゃねえか。貴男《あなた》の局所を大きくする秘訣。社交界の美女の不行状。ノーマン・W・タッパー、シカゴの富豪請負業者、美しくも不実なる妻のテイラー士官の膝に乗るを発見。ブルーマーの美女不品行に走り、情夫美女の悦楽を手探りしノーマン・W・タッパー豆鉄砲かかえて躍り込むも一瞬遅く美女テイラー士官との宙返りを果し終える。

——こりゃまた粗服《そふく》のくそふくだぜ、ジェニーちゃん、ジョウが云う。なんてまあ短いの着ちゃってよ！

——ふさふさじゃねえかよ、ジョウ、俺は云う。あの口わんぐりからコーンビーフのへんちくりんな古尻尾《ふるしっぽ》の先っちょでも分けてもらえってか？

そこへとにかく入ってきたのがジョン・ワイズ・ノーランで連れ立ってやってきたレネハンは朝飯にありつけなかったみたいに浮かない顔だ。

——どうだい、市民が云う、戦場の最新状況は？　市庁のぶちこわし屋どもは幹部会議でアイルランド語のことをどう決めた？

オノーラン、煌《きら》めく甲冑《かっちゅう》に身を固めたるこの者、低く頭を垂れて威勢堂々身分軒高体力無双の全エリンの長に恭《うやうや》しく一礼し、事の次第を告げたり。王国の第二の、服従一途《いちず》の都市の浅墓《あさはか》ならざる長老ら、評定所《ひょうじょうしょ》に会同し、上天《じょうてん》にましますす神々に然るべき祈りを捧げた後、厳《おごそ》かなる僉議《せんぎ》を行ないたる結果、あわよくば再び、海に別たれたるゲール人《びと》の翼持つ言葉を人の世に誉れもて返り咲かせること能《あた》うやもしれぬと。

——前進中だな、市民が云う。サクソンの畜生どもも**異人語**《パトワ》も葬《ほうむ》っちめえっての。

そこへJ・Jが一言口をはさみ、片方の話だけ聞くとよく聞えるものだなどと紳士ぶりやがって事実に目をつぶってるだのネルソン式に見えないほうの目を望遠鏡に当てているだの一国を弾劾するために私権略奪法案を作成しているだの、するとブルームが肩を持とうとして穏健だの迷惑だの植民地だの文明だの。

——やつらの文明の痳器《りんき》ってことかよ、市民が云う。くたばれってんだそんなもん！　ろくでもねえ神様の光の呪いが淫売どもの生み落した耳の腫《は》れ上った息子らに斜《なの》め降ってくらあ！　音楽もねえ芸術もねえ文学もねえまともなのはな。やつらの文明ってのはどれもこれも俺らからかっぱらったもんじゃねえか。父無《ててな》しどもの幽霊の口もきけねえ倅《せがれ》ばかりよ。

——ヨーロッパ民族は、J・Jが云い、……

——やつらはヨーロッパ人じゃねえ、市民が云う。俺はヨーロッパにいたんだ、パリのケヴィン・イーガンと。やつらの姿もやつらの言葉もヨーロッパじゃ跡形《あとかた》一つねえ、**便　所**《キャビネ・デザンス》以外にはな。

するとジョン・ワイズが云う。

——数多《あまた》の花の咲きほころびて人目に知られず。

するとちょっぴり夷人語《いじんご》を知ってるレネハンが云う。

——**唖壺英吉利**《コンスピュエ・レ・ザングレ》！　**不実の白妙国**《ペルフィド・アルビオン》！

そう言い放ちて後その男荒々しく大きく逞《たくま》しく力強き諸手《もろて》にて黒く強く泡立つエールの大盃《たいはい》を掲《かか》げ、己が族《やから》の鯨波《げいは》なる**赤き手は勝利へ**《ラーム・ディアグ・アブー》を唱えつつ、夷狄《いてき》なる強大勇猛の勇者らの種族、不死の神々のごとく雪花石膏《せっかせっこう》の玉座《ぎょくざ》に座する大海原の征服者らの壊滅を誓いて飲み干したり。

——どうしたんだいあんた、俺はレネハンに云う。一シリング落っことして六ペンス拾ったみたいな顔してさ。

——金杯《きんぱい》よ、やつが云う。

——何が来ました、レネハンさん？　テリーが云う。

——**モイラナイン**、やつは云う。二十倍。無印の穴馬だぜ。ぶっちぎりだとよ。

——で、バスの牝馬《ひんば》は？　テリーが云う。

——今頃まだ走ってるだろ、やつは云う。おれらはみんなひでえ目にあった。ボイランなんかはおれが本命にしたんで**セプター**に自分と女友達の分とで二ポンドぶちこんだんだ。

——わたしも半クラウンやりましたよ、テリーが云う。**ジンファンデル**です、フリンさんが云うもんで。ハワード・ド・ウォルドゥン卿の馬です。

——二十倍だとよ、レネハンが云う。人生雪隠詰《せっちんづ》めだ。**モイラナイン**だとよ、やつは云う。ぼろいもぼろいよなあ、こっちはぼろもろビスケットくずだ。脆《もろ》きもの、汝の名は**セプター**なり。

そこでやつは何かタダでありつけるものはないかとボブ・ドーランの残していったビスケット罐《かん》のところへ行き、老いぼれやくざ犬がそのおこぼれにあずかろうと疥癬《かいせん》だらけの鼻面《はなづら》を持ち上げてついて行く。なんとかも歩けば望外《ぼうがい》のなんとか。

——どうかしてるよ、おまえさん、やつは云う。

——しゃきっとおっ立ちなって、ジョウが云う。その牝《めす》だって犬《いぬ》じものがいなけりゃ金をせしめたんだろうよ。

そしてJ・Jと市民が法律だの歴史だのを論じたててブルームが妙ちきな言葉を突っ込む。

——人によっては、ブルームが云う、他人の目の塵《ちり》は見えても自分の目の梁《うつばり》が見えないですから。

——**ばか云え**《ライメイス》、市民が云う。見ようとしない野郎くらいど盲《めくら》はいねえんだ、云わせてもらうがよ。行方不明の二千万人のアイルランド人はどこにいるってんだい、四百万人じゃなく今日ここにいるはずのだよ、迷子になっちまった俺たちの民族はだぞ？　それに俺たちの陶器や織物もだ、世界一優れたのがだぞ！　それにユウェナリスの時代にローマで売られてた羊毛やアントリムの機《はた》で織られた俺たちの亜麻やダマスクやリメリックのレース、俺たちの鞣《なめ》し革やバリーバーク辺りの真っ白いフリントガラスやジャカール・ド・リオン以来の俺たちのユグノーポプリンや俺たちの絹織物やフォックスフォードのツイードやニューロスのカルメル会尼僧院で作る象牙《ぞうげ》色《いろ》の浮上げ編み、世界広しといえどもまたとない絶品だ。ヘラクレスの柱を、今や人類の敵に奪われたジブラルタルを抜けてウェックスフォードのカーマンの市《いち》で金や紫染料を売りにやってきたギリシア商人たちはどこにいる？　タキトゥスやプトレマイオスを読みな、ジラルダス・カンブレンシスでもいい。葡萄酒、毛皮、コネマーラの大理石、ティペラリーの銀、最高の銀だ、今もなお遠く名を馳《は》せてる俺たちの馬、アイルランド産馬、はたまたスペインのフィリップ王が関税を払ってでも漁業権をほしいと申し出てきた俺たちの海。アングリアの黄疸《おうだん》野郎どもは俺たちの貿易をぶち壊して俺たちの竈《かまど》をぶち壊して、いったい俺たちにいくらの借りがある？　それにバーロウやシャノンの川床を深くしようともしやがらねえ、数百万エーカーの沼地や湿地のおかげで俺たちが皆肺病で死にかかってるってのにだぞ？

——じきにポルトガルみたいに木がなくなるだろう、ジョン・ワイズが云う。あるいは木がたった一本しかないヘルゴランドみたいになる、何か手を打って森林復活をしなけりゃな。落葉松《からまつ》、樅《もみ》、針葉樹がどんどんなくなっている。キャスルタウン卿の報告書を読んでいたら……

——救うんだ、市民が云う。ゴールウェイの大桍《おおとねりこ》とキルデアの楡《にれ》の族長をよ、幹四十フィート枝葉一エーカーのやつだ。エールの美しき丘に住まう将来のアイルランドの民のためにアイルランドの樹木を救え、おお。

——ヨーロッパがおまえに注目するぜ、レネハンが云う。

国際的な社交界の面々が今日午後、愛蘭土《アイルランド》国有森林庁森林守備隊総隊長、騎士ジャン・ウイズ・ド・ノーランとモミィ・シンヨージュ嬢の結婚式に**多数**《アン・マス》参列した。レディー・シルヴェスター・ニレコカゲー、バーバラ・カバノキスキー夫人、ポール・トネリーコ夫人、ハシバーミ・ヘイゼルアイズ夫人、ダフニ・ベイズ嬢、ドロシー・タケヤーブ嬢、クライド・ジューニホンギー夫人、ナナカマード・グリーン夫人、ヘレン・ブドーヅルリン夫人、ヴァージニア・ツターハウ嬢、グラダス・ブナメコ嬢、オリーヴ・ガース嬢、ブラーンシュ・メイプル嬢、モード・マホガニー夫人、マイラ・フトモモー嬢、ハナシボーミ・ニワトコー嬢、アマミッツィ・ハニーサクル嬢、グレイス・ポプラー嬢、ゲイシャーノ・オミモーザ嬢、レイチェル・スギノーハ嬢、リリアン・ライラック、ヴァイオラ・ライラック両嬢、プルプルール・ハーコヤナギィ嬢、キティ・ツユヌレー＝コケブカキー夫人、メイ・サンザーシー嬢、グロリアナ・ヤシノーキ夫人、ツルカラーミ・フォーレスト夫人、アラベラ・ブラックウッド夫人、オークカシノキザカのノルマ・ホーリーオーク夫人、以上の臨席が式典に花を添えた。父君のドングリタニ家のマッシンヨージュから引渡された花嫁はえもいわれぬ美しさ、グリーンの艶《つや》だしシルクで統一した衣裳は、下地がうっすらした黄昏《たそがれ》グレー、胴回りを明るいエメラルド色がすっきり締めて、裾は暗緑色の房縁《ふさべり》の三段褶《ひだ》、団栗《どんぐり》光りの飾り吊紐《つりひも》と腰の縫込みが全体を引き立たせる。花嫁付添いは、ともに新婦の妹、エゾマッツィ・シンヨージュ嬢とカラマッツィ・シンヨージュ嬢、同じ色調のしっくり似合ういでたちで、上品な**モチーフ**の薔薇の羽根飾りが極細縞《ごくぼそじま》のプリーツに刺繍《ししゅう》され、水色の珊瑚《さんご》のような青鷺《あおさぎ》の羽根の恰好《かっこう》をした翡翠《ひすい》色のトークにも気まぐれに繰返される。エンリク・フロール・ポルトガル氏が周知の才能をもってオルガン奏者を務め、婚礼ミサの規定の曲に加えて、**樵《きこり》よ、その木を切らんでおくれ**の華やかな新編曲を式の終りに演奏した。教皇祝福書簡披露の後、聖フィアーカー**重囲**《イン・ホルト》教会を出たところで、幸せのカップルは、榛《はしばみ》の実、椈《ぶな》の実、月桂樹の葉、柳の花、蔦《つた》枝、柊《ひいらぎ》の実、宿木《やどりぎ》の小枝、七竈《ななかまど》の新芽といった陽気な一斉攻撃にさらされた。ウイズ・シンヨージュ・ノーラン夫妻は黒之《くろの》森《もり》で静かな蜜月を過す予定。

——そして俺たちもヨーロッパに注目するさ、市民が云う。もともとあの犬ころどもが生れる前から俺たちはスペイン人やフランス人やフランダース人と貿易をしてたんだ、ゴールウェイでスペインエールを、ワイン艀《バーク》がワインダークの水路をだ。

――も一度やるか、ジョウが云う。

――神の聖なる母のご加護によりても一度やるのよ、市民が膝を叩いて云う。今は空っぽの港がまたいっぱいになるんだ、クィーンズタウン、キンセイル、ゴールウェイ、ブラックソッドベイ、ケイリー王国のヴェントリー、それにキリーベッグズ、あの世界第三の港にはゴールウェイのリンチ家やキャヴァンのオライリー家やダブリンのオケネディー家の帆柱《ほばしら》がにょきにょき艦隊を作ってよ、デズモンド伯爵が皇帝チャールズ五世とじきじきに条約を結ぶことができた時代だった。も一度やるのよ、市民が云う、アイルランド最初の軍艦が俺たちの国旗を翻《ひるがえ》しながら波けたてて前進するのが見られるんだ、ヘンリー・チューダーの竪琴《ハープ》なんかじゃねえぜ、そうよ、海にはためく最古の旗さ、デズモンドとソモンドの旗、青地に三つの王冠、ミレシウスの三人息子の旗だ。

そしてやつはパイントの最後の一滴まで飲み干しちまった。てやんでえ。鞣《なめ》し場の猫みてえな駄《だ》法螺《ぼら》ほざきの屁《へ》っぽこめ。コナートの牝牛は角《つの》が長いみたいな話よ。命かけてはるばるシャナゴールデンへ出かけて集った群衆に駄法螺《だぼら》演説でもぶちやがれってのあそこにはちらっとも顔を見せられないんだろモリー・マグワイアー団が土手《どて》っ腹《ばら》に風穴あけようって待ち構えているもんなとある立退《たちの》きさせられた借地人の土地権利を分捕《ぶんど》ったってんでよ。

――いいぞ、賛成、ジョン・ワイズが云う。何を飲むね？

――帝国義勇農騎兵を、レネハンが云う、祝いの席だからな。

――ハーフを一つだ、テリー、ジョン・ワイズが云う。それと手を挙げてるのを一本。テリー！眠ってるのか、おまえ？

——はいはい、どうも、テリーが云う。ウィスキー小とオールソップ一本。ただいま、すぐに。

つまんねえ新聞なんかアルフといっしょに覗《のぞ》き込んで何か派手な記事でもないかと客のほうには目もくれねえ。頭突《ずつ》き試合の写真、互いに相手の頭をかち割ろうってんで、一方が頭を下げて猛牛みたいにもう一方に突っ込んで行く。そしてもう一枚。**黒い獣の火あぶり、ジョージア州オマハ**。スローチハットの大勢のデッドウッドのならず者が集って木に吊されて舌をべろんと出してる黒ん坊に鉄砲弾をくらわせ下からは火であぶってやがる。どベッ、このあと海に沈めて電気椅子に座らせ十字架にかけなくちゃ気がすまねって連中だ。

——しかし勇ましき海軍はどうします、ネッドが云う、敵を断乎《だんこ》寄せつけないわが海軍は？

——まあ聞けっての、市民が云う。まったくもってひでえもんだ。近頃の新聞に出てる暴露記事を読んでみな、ポーツマスの訓練船での鞭打ちのことよ。自称**嫌悪漢**《けんおかん》ってのが書いてる。

　そこでやつは体罰のことをしゃべり始めて水兵と士官と海軍少尉の全乗組員が三角帽をかぶって整列しプロテスタント聖書をたずさえた牧師が懲罰《ちょうばつ》の立合人になってそこへ引きずり出されてきた若造がお母さんなどと泣き喚《わめ》き、そいつを大砲の台尻に縛りつけるのだと云う。

——尻十二発ってのよ、市民が云う。例のジョン・ベアズフォードっていうごつい先生が付けた名だが今どきのイギリス人は覇気笞刑《はきちけい》なんて云いやがる。

　するとジョン・ワイズが云う。

——遵守《じゅんしゅ》より破棄を尊《たっと》ぶ慣例だな。

　それから云うには衛兵伍長が長い笞《むち》をもってやってきて哀れなその若造の尻を丸出しにして笞《むち》をくらわすとギャンキャン泣き喚《わめ》くそうだ。

——栄光の英国海軍がそのざまだ、市民が云う、世界のボスたる海軍がな。奴隷となることおさおさあるまじの連中がよ、先祖代々のおまる一つを後生大事《ごしょう》にかかえて国は一握りの狩猟豚と綿屑《わたくず》みてえな男爵どもに握られてらあ。それがやつら自慢の大帝国だ、あくせく働く奴隷と鞭《むち》で扱《こ》き使われる農奴ばかしのな。

――その上に太陽の昇ることなし、ジョウが云う。

――おまけに悲劇は、市民が云う、やつらはその帝国を信じてやがる。哀れなヤフーどもが信じ込んでるのよ。

彼らは笞を、全能なる懲罰者を、地上の地獄の創造者を神仰し、そして水兵ジャッキーを、品行《ひんこう》砲生《ほうせい》なる子を信仰した。その子、汚れたる高慢畜生《こうまんちくしょう》により宿され、勇ましき海軍より生れ、尻十二発の苦しみを受け、犠牲とされ、鞭撻《べんたつ》され笞撻《ちたつ》され、ちゃちゃむちゃに泣き喚《わめ》き、三日目に床《とこ》から再び起き立つと、天に向うごとく避泊し、転覆しかけつつ待ち、やがてさらなる命令来たりて生計のために奴隷のごとく働き報いを受けるなり。

――でも、ブルームが云う、軍紀《ぐんき》はどこでも同じじゃありませんか。つまりですね、力に力を対抗させるならアイルランドでもやはり同じになりませんか？

云ったとおりだろ？　俺がこの野蕃《やばん》野郎に飲ませてやってるのと同じくらい真《まこと》の話こいつは今わの際《きわ》になっても死ぬことは生きることだなんてこっちをやりこめにかかるだろうぜ。

――俺たちは力に力を対抗させるのよ、市民が云う。もっとでかいアイルランドが海の向うにあるからな。黒い四七年に家と故郷から追い出されたんだ。道ばたの泥煉瓦《どろれんが》小屋も掘立小屋も破城槌でぶち壊されると**タイムズ**はほくほくしやがって肝っ玉の据らないサクソン野郎どもに向って書きやがった、アメリカの北米土人と同じでアイルランドにアイルランド人はじきにほとんどいなくなるってよ。トルコ大帝ですら内帑金《ピアストル》を送ってきたってのに。ところがサクソンの馬鹿たれども、てめえの国の国民を飢え死にさせようとしやがった、本土にたっぷりあふれてた作物をイギリスのハイエナどもがリオデジャネイロで売り買いしてな。そうよ、農民を家畜の群れみたいに追い出しやがった。二万人が棺桶船《かんおけぶね》で死んだんだ。だがな、自由の地へ行った者たちは束縛の地を忘れちゃいない。だからまたわんさか仰山《ぎようさん》戻ってくる、卑怯もんじゃねえ、グラニュアイルの息子、キャスリーン・ニ・フーリハンの息子たちだ。

——まったくそのとおりです、ブルームが云う。でも僕は要するに……

——僕らはその日を長いこと待ってんですよ、市民、ネッドが云う。あのお婆ちゃんからフランス人が海上に現れてキララに上陸したって聞いて以来。

——ああ、ジョン・ワイズが云う。スチュアート王家のために戦ったのにそいつらがウィリアム軍に引渡して裏切った。リメリックの条約破棄記念碑を忘れちゃならん。フランスとスペインのために最高の血を流したんだ、野鴨部隊《のがもぶたい》がな。フォンティノイの戦《いくさ》、だろ？ サーズフィールドやオドンル、スペインのテトゥアン公、それにマリア・テレサの元帥だったカマスのユリシーズ・ブラウン。ところがその見返りに何をくれた？

——フランス野郎！ 市民が云う。ダンス教師の集りよな！ あいつらの正体が分るか？ アイルランドにとっちゃ屁《へ》の腐った価値もなかったんだ。今度はテイ・ペイのディナーパーティーで不実の《ペルフィド・》白妙国《アルビオン》と**実意理解**《アンタント・コルディアル》を築こうってんだろが？ あいつらはヨーロッパ地獄の火種だってての、前々からずっとな。

——**唾壺仏蘭西**《コンスピユエ・レ・フランセ》、レネハンが云い、ビールをひっつかむ。

——それにプロシア王室だとかハノーヴァー王室だとかだけどよ、ジョウが云う、もういいかげんうんざりだってんだ、選帝侯《せんていこう》ジョージからあのドイツの若造や死んだ腹ガスぶくれのあの婆《ばばあ》までソーセージ喰《ぐ》らいの忌々《いまいま》しいのが玉座《ぎょくざ》におさまってんのはな。

へっ、やつが両の目蓋《まぶた》がくっつきそうになってるその婆《ばばあ》の話を始めたのには俺も思わず笑い出しちまったさ、毎晩毎晩王宮で山の露をがぶがぶ呷《あお》っちゃへべれけ酔眼朦朧《すいがんもうろう》のヴィク婆さん、馭者がえっちら運んでベッドへころがすってえとそいつの髭をひっぱりひっぱり**ライン**の滸《ほとり》の**エーレン**やらもっと安い飲み屋へ行こうぜやらを歌うってんだから。

——それにしてもだ、J・Jが云う、今は和睦《わぼく》の君エドワードがおられるぞよ。

——馬鹿に聞かせる台詞《せりふ》じゃあるまいし、市民が云う。あのうらなりの面《つら》は和睦《わぼく》ってんじゃなく梅毒《ばいどく》ってんだよ、なにがエドワード・ゲルフ＝ヴェッティンだい！

——で、どう思う、ジョウが云う、教会の連中が、アイルランドの司祭だの司教だのが、メイヌースへお越しの外道《げどう》陛下お迎えのお部屋に陛下の騎手の色をごてごて塗って陛下の騎手どもの乗った馬全部の絵をごたごた飾ったんだぜ。ダブリン伯のも、もちろんだ。

——陛下自ら乗りこなした女全部のも飾るべきだったたな、ちびのアルフが云う。

するとJ・Jが云う。

——場状酌量《じょうじょうしゃくりょう》によって教会関係者各位の決断が鈍った。

——もう一杯いくかい、市民、ジョウが云う。

——いただこう、やつが云う。いただくとも。

——おまえは？ ジョウが云う。

——ありがてえや、ジョウ、俺は云う。おまえの影がこれ以上薄くならないのを祈るぜ。

——それをもう一杯やれよ、ジョウが云う。

ブルームはジョン・ワイズを相手にしゃべるわしゃべるわけっこう興奮しちまって焦茶銭泥塗面《こげちゃやぜにどろまみれめん》

相《そう》になり杏眼《あんずまなこ》をぎょろつかせる。

――迫害ってのは、やつは云う、世界の歴史すべてがそれにみちみちています。国家間に永続する国民的な憎悪です。

――しかしきみは国民の何たるかを知っておるのかね？　ジョン・ワイズが云う。

――ええ、ブルームが云う。

――何かね、それは？　ジョン・ワイズが云う。

――国民ですか？　ブルームが云う。国民とは同じ場所に住んでいる人々のことです。

――おいおい、それじゃあ、ネッドが云って笑い出す。もしそうなら僕は同じ場所にこの五年間住んでるから一国民だってことになる。

それでもちろん全員どっとブルームを嘲《あざけ》り笑ったもんでやつはぶざまにつくろおうとして云う。

――あるいはまた異なる場所に住んでる。

――俺の場合はそれだ、ジョウが云う。

――あんたの国家はどこだよ、云ってみな？　市民が云う。

――アイルランドです、ブルームは云う。僕はここで生れましたからね。アイルランドです。

市民は一言も云わずに喉の奥からゲヘッと唾《つば》を繰り出すと、どべッ、レッドバンクの牡蠣《かき》みてえのをすぐの一角へ思いっきりぶっ飛ばした。

――お先にどうぞだな、ジョウ、やつは云い、ハンカチを取り出して沫《しぶき》のかかった自分のあっちこっちをぬぐおうとする。

――ほいきた、市民、ジョウが云う。そいつを右手にもって俺の云うとおりに繰返してくれ。

細緻《さいち》な刺繍《ししゅう》を施された貴重な古代アイルランドの顔拭き、バリーモウトの書の両著者、ドローマのソロモンとマナス・トマルタック・オグ・マックドナの作になるとされる秘蔵品が、このとき慎重に取り出され、ひきやまぬ感嘆を呼び起した。四隅《よすみ》の細工の伝説的な美しさについては詳しく述べるまでもなく、まさしく芸術の極致、そこにくっきり見える四福音書家がそれぞれ順に四年代記書家に差し出している福音の象徴は、沼樫《ぬまかし》の笏杖《しゃくじょう》、北米ピューマ（ちなみに、これはイギリス種よりもはるかに高貴な獣の王）、ケリーの子牛、カラントゥオヒルの黄金の鷹である。洟《い》受けの地《じ》に描かれた情景は、我等が古代の堡塁《ほうるい》や土塁《どるい》や磯城《しき》や学問の座や呪いの石群《いしむら》、遠い遠い昔のバルマク家の時代にスライゴーの絵師たちがその芸術的空想を思いのままに発揮したのと同じくらいにすばらしい美しさだし、かつまた着色も同じように肌理《きめ》細か。グレンダロー、キラーニーの麗《うるわ》しい湖、クロンマクノイスの廃墟、コング僧院、アイナー谷と十二の尖峰《せんぽう》、アイルランドの目、タラートの緑の丘陵、パトリック山、アーサー・ギネス父子社（有限）の醸造所、ネイ湖の滸《ほとり》、オヴォーカの渓《たに》、イゾルデの塔、マパスのオベリスク、サー・パトリック・ダン病院、クリア岬、アハーローの谷間、リンチの城、スコッチ亭、ロッホリンズタウンのラスダウン組合救貧院、タラモア監獄、キャスルコンルの急流、教会ジョンの息子の町教会、モナスターボイスの十字架、ジュアリーズ・ホテル、聖パトリックの煉獄《れんごく》、鮭跳《さけはね》の滝、メイヌースの大学食堂、カーリーの穴、ウェリントン初代侯爵の三つの生誕地、カシェルの岩、アレンの沼、ヘンリー・ストリート衣裳小間物店、フィンガルの洞窟——こうした感動的な情景が、そこを通過してきた悲しみの水流によって、また時の豊かなこびりつきによって、美しさを彌増《いやま》して今日なお我々の前にあるのだ。

——こっちへ酒をよこせよ、俺は云う。どっちがどっちだ？

——これはあっしのもんですぜ、ジョウが云う。念には念仏を入れて云っておきますがね。

——それに僕だってある民族に属しているんです、ブルームは云う。忌《い》み嫌われて迫害されている民族の。いまだにです。この今も。この瞬間にも。この刹那《せつな》にも。

どベッ、あいつは火のついた葉巻をふるわせて危うく指を火傷《やけど》するところだったぜ。

――盗み取られて、やつは云う。略奪されて。辱《はずかし》められて。迫害されて。本来われわれに属するものを奪っていく。この瞬間にもですよ、やつはこぶしを振り上げて云う、奴隷か家畜みたいにモロッコで競《せ》り売りされてるんです。

――新しきエルサレムの話か？　市民が云う。

――不当だと云ってるんですよ、ブルームは云う。

――よろしい、ジョン・ワイズが云う。ならば男らしく力で対決し合うんだ。

こりゃまたけっこうな見ものだぜ。柔頭弾の標的じゃねえか。ふやけた豚珍漢面《とんちんかんづら》がまともに銃口と対決だ。どベッ、あの野郎なら掃除の叩きがしっくり似合うって、そうよ、子守女の前掛けでも着けてりゃな。それからいきなりへなっとぶっ倒れ、ぐるぐるっと一回転、濡《ぬ》れ雑巾《ぞうきん》みたいにぐんにゃりだ。

――でもそんなことは何にもならない、やつは云う。力、憎しみ、歴史、そういうものはすべて。男にとっても女にとってもそういうのは人生じゃないんです、侮辱や憎悪は。そういうのは本当の人生とは正反対なんだってことは誰だってわかってますよ。

――何のこと？　アルフが云う。

――愛です、ブルームは云う。つまり、憎しみの反対。そろそろ行かなくちゃなりませんから、やつはジョン・ワイズに云う。ちょっと裁判所へ行ってマーティンがいないか見てきます。もしここへ来たらすぐに戻ると云っておいてください。じゃあちょっと。

誰も引きとめやしねえっての。するとビューッんと稲妻みたいに飛び出して行きやがった。

——異教徒に説教たれるユダヤの新しき使徒かよ、市民が云う。普遍の愛だとよ。

——どうかね、ジョン・ワイズが云う。わしらが教えられてることじゃないか。汝の隣人を愛せ。

——あの野郎が？　市民が云う。隣人を乞食にせよってのがあいつのモットーよ。なにが愛だ、てやんでぇ！　ロミオとジュリエットの標本みてえなやつめ。

愛は愛を愛することを愛す。看護婦は新任薬剤師を愛す。14Aの巡査はメアリー・ケリーを愛す。ガーティ・マクダウェルは自転車をもつ少年を愛す。M・Bは色男紳士を愛す。礼記漢《リーキーハン》は茶蒲州《チャーブーチョー》を愛吻す。象さんジャンボは象さんアリスを愛す。喇叭《らっぱ》補聴器ヴァーショイル爺さんは凹《くぼ》み目ヴァーショイル婆さんを愛す。焦茶雨合羽《こげちゃあまがっぱ》の男は亡き婦人を愛す。国王陛下は王妃陛下を愛す。ノーマン・W・タッパー夫人は将校テイラーを愛す。君はある人を愛す。誰もが誰かを愛するゆえにその人は別の人を愛すけれど神は万人を愛す。

——じゃあ、ジョウ、俺が云う、おまえの健康と歌に幸あれだ。いっそう達者にな、市民。

——ほいきた、飲もうぜ、ジョウが云う。

——神とマリアとパトリックの祝福を、市民が云う。

そしてやつはパイントグラスを持ち上げてごくごくっとやる。

——ああいうくそ信心の輩《やから》にゃたぶらかされねえぜ、やつは云う。説教たれといて懐《ふところ》を掠《かす》めやがる。聖人ぶったクロムウェルと鉄騎兵どもはドロッハダの女子供を血祭りにしたじゃねえか、**神は愛なり**なんてな聖書の文句を大砲の先に貼っ付けてよう。聖書だぜ！　今日の**ユナイティド・アイリッシュマン**にズールーの酋長《しゅうちょう》が英国訪問中だってな茶番記事が載ってたのは読んだか？

——どんな？　ジョウが云う。

そこで市民は七つ道具の新聞を一紙取り出して読み上げる。

——マンチェスター紡績業界有力者代表団は昨日、金色棒捧持《こんじきぼうほうじ》侍従《じじゅう》、ヒヤアセーノ・シズシズ・ヒヤヒヤーノ卿の侍立《じりつ》のもと、アベアクータのアラキ陛下に謁見《えっけん》し、陛下の属領において与えられた便宜に対する英貿易業界の衷心《ちゅうしん》からの感謝を伝えた。代表団も招かれた午餐会《ごさんかい》の終りに、色黒の君主は、英教誨《きょうかい》牧師、アナニアス・カミタターエ・ベアボーンズ尊師によって意訳された見事な演説の中で、マサター・ヒヤヒヤーノに感謝を表し、アベアクータと大英帝国との間に存在する実意関係を強調するとともに、最も大切な所有物の一つとして一冊の絵入り聖書を、神の言葉と英国の偉大さの秘訣の書を、宝物としていると述べた。王位にある寄贈者の神々しき手による献辞を添え、白人女酋長、偉大なる内儀ヴィクトリアより献上賜ったというものである。アラキ陛下は**黒と白**の乾杯音頭とともにカカチャカチャック王朝の先王、綽号四十疣《しゃくごうしじゅういぼ》王の頭蓋から愛飲する酋水《アスクウイボー》をまず一杯飲み干した後、紡績都市の酋長格工場を訪問、来客芳名録に酋長印《そんちょうじるし》を記し、続いてアベアクータ古来の魅惑的な出陣の踊りを披露し、踊りながら数本のナイフとフォークを呑み下し、少女たちからやんやの喝采《かっさい》を浴びた。

——亭主に先立たれた女だもん、ネッドが云う。いかにもって感じだよ。そいつはその聖書をおれが使うみたいに使ったかな。

——同じどころかもっとだよ、レネハンが云う。そしてそれからかの果実多き地にどでかい葉のマンゴーがうなるほど繁ったってわけだ。

——それ、グリフィスが書いたのかね？　ジョン・ワイズが云う。

——いや、市民が云う。シャンガナーって署名がない。頭文字だけだ。P記。

——ピーッと跳《ば》ーねる豊饒《ほうにょう》の記か、ジョウが云う。

——それでうまくやってきたんだ、市民が云う。旗印《はたじるし》で客がつく。

――それにしてもだ、J・Jが云う、やつらがコンゴ自由国のベルギーの連中よりひでえってんならそりゃひでえ。例の報告記事は読んだかい、ええと何て男のだっけ？

――ケイスメントだ、市民が云う。アイルランド人だぞ。

――そう、その男、J・Jが云う。女とあればまだ年頃にもならないのまで強姦するし原住民を鞭《むち》で這いつくばらせて絞り取れるだけとことん絞り取るってんだから。

――そうかあそこへ行ったのか、レネハンが指をパシッと鳴らして云う。

――誰がだい？　俺が云う。

――ブルームめ、やつは云う。裁判所だなどと目を眩《くら》ましやがって。**モイラナイン**に何ぼか賭けたからその稼ぎを取りに行ったんだ。

――あのシロ目のクロ信心がか？　市民が云う。競馬に熱《あつ》くなったことなんてただの一度もねえやつが？

――あそこへ行ったんだ、レネハンが云う。バンタム・ライアンズに出会ったらあの馬に賭けるてんで俺はやめさせたんだがブルームから裏ネタを仕入れたって云ってた。間違いねえや、あいつは五シリングで百も儲けやがった。儲けたのはダブリン中であれ一人よ。ダークホースだ。

――あの野郎は本人がダークホースだよ、ジョウが云う。

――通してくれ、ジョウ、俺は云う。外へはどう出る？

――ほらそっち、テリーが云う。

あばよアイルランド俺はゴートへ行くぜ。そこで俺はびじゃじゃッとやりに裏庭の奥へ回っててへッ（五シリングで百かよ）俺のを出しながら（**モイラナイン**二十倍）俺の重荷を出しながらどべッなるほどそう云やああいつめそわそわ（ジョウの二パイントもスラタリーのオフんとこの一杯も）内心腰を浮かしてたし（百シリングってのは五ポンドだぜ）前にいつか（ダークホース）かけしょんバークから聞いたっけな集ってカードをやったとき子供が病気だなんてかこつけて（どベッ、一ガロンも空けたにちげえねえ）ぶよぶよ尻の女房が上の階の通話筒から**よくなったわ**とか**変らずよ**とか（痛《いて》ッ！）全部しめし合せてのことだからあいつは勝てば賭金を持ち逃げできるしそれとも（ひぇッ、ずいぶん詰ってたもんだ）鑑札《かんさつ》なしに商売でもするってんだろ（痛《いて》ッ！）アイルランドが僕の国家ですよだとよ（行けッ！　びりぶりッ！）ああいうひでえのには付き合っちゃいられねえ（ようしこれでせいせい）エルサレムの（ふーッ！）阿呆《あほう》どもには。

　そこでとにかく俺が戻ったときにはそりゃもうわいのわいののどんちゃん騒ぎ、ジョン・ワイズが云うにはありとあらゆる類《たぐい》のゲリマンダーを新聞に載せろとシン・フェイン党に代ってグリフィスに知恵をつけたのはブルームだってんで、陪審員買収だの政府から税金を騙《だま》し取るだの世界中にアイルランド製品を売り歩く領事を任命するだの。こっちから奪ってあっちへ与えるってわけよ。どベッ、あのうすら眼《まなこ》にみそくそにされちゃあ一巻の終りじゃねえか。どうにかしてくれってんの。アイルランドにあんな七郎鼠《しちろうねずみ》の手合いがうろちょろしてちゃたまったもんじゃねえ。四の五の云わなくちゃおさまらねえブルーム先生だとよ。それにあれの先代の爺《じじい》が詐欺の常習犯、メトセイラム・ブルームっていう泥棒行商人、擬《まが》いものやら偽ダイヤを国中にばらまいたあげく青酸を呷《あお》った。融資迅速低利。必要額前金約束手形。遠近不問。保証人不要。どベッ、あいつはまるでランティー・マッケイルのめえめえ山羊じゃねえか誰かれかまわずどこまでだってつきまとう。

――まあ事実だ、ジョン・ワイズが云う。さあて何もかも話してくれる御仁《ごじん》がやってきたぞ、マーティン・カニンガムが。

　なるほど城馬車がマーティンを乗せてぱかぱかやってきてジャック・パワーもいっしょだしクロ

フタートとかクロフトンとかいう収税総務長恩給生活者も、こいつはブラックバーンが手懐《てなず》けているオレンジ党員でやつから給料をもらってそれとも国費を使って国中を遊び回ってるクローフォードか。

さて旅人らは鄙《ひな》びた旅籠《はたご》に着くと乗馬《じょうめ》を下りた。

——やーや！、下郎め！　叫んだ男は、その物腰からして一行を率《ひき》いる頭《かしら》と見える。猪口才《ちょこざい》の悪《わる》めが！　出て参れ！

そう云いながら音荒く剣の柄《つか》にて開いている格子戸《こうしど》を叩く。

旅籠の主《あるじ》はその呼ばわりに、陣羽織《じんばおり》を締め直しながら進み出た。

——いらっしぇーませ、旦那がた、そう云ってへこへこ頭を下げる。

——なにをぐずぐずしおる！　戸を叩いた男が怒鳴《どな》った。われらの駿馬《しゅんめ》の世話をせい。そしてわれらにはここの特上を出せ、真《まこと》になにがなんでも特上をだぞ。

——はてさて、そう仰せられましても、主は云った。なんせかように粗末な所ゆえ蓄《たくわ》えが乏《とぼ》しゅうございましてな。閣下一同に召し上っていただくものは思いつきませぬ。

——なんじゃと？　一行の二番格、愉《たの》しげな顔つきの男が大声で云った。それが王の使者に対するもてなしか、センヌキーさんよ？

旅籠の主《あるじ》の顔色が瞬時に一変する。

——それはそれはどうかご容赦を、主は恭《うやうや》しく云った。王様のご使者ならば（陛下に神の盾を！）何なりとお申し付けくだされ。王様の味方には（陛下に神の祝福を！）わが館で決してひもじい思いはさせせません。

——ならば早くせい！　叫んだのはまだ口をきかなかった男、風貌からするに欲旺盛な腰巾着《こしぎんちゃく》。何を出す気じゃい？

主は再び頭を下げて答える。

——いかがでございましょうか、雛鳩《ひなばと》のパイ、鹿肉の薄切り、子牛の鞍下肉《くらしたにく》、緋鴨《ひがも》に牡豚のかりかりベーコンを添えたもの、猪豚《いのぶた》の頭のピスタチオ添え、上等のカスタード一鉢、年代ものライン葡萄酒のだるま瓶一本というのは？

——すげえ！　いま口をきいた男が叫ぶ。気に入ったぞ。ピスタッチオか！

——ほほう！　愉しげな顔つきの男が叫ぶ。粗末な所ゆえ蓄えが乏しゅうございましてとは、よく云うぜ！　ふざけたことをぬかすやつめが。

するとマーティンが入ってきてブルームはいるかと訊く。

——さあ、どこかね？　レネハンが云う。未亡人や孤児から騙《だま》し取ってるだろ。

——嘘じゃないよな、ジョン・ワイズが云う、さっきブルームとシン・フェイン党のことを市民に話してたんだが？

——本当さ、マーティンが云う。というか、もっぱらそういう噂でね。

——そのもっぱらは誰が出所《でどころ》だい？　アルフが云う。

——俺だよ、ジョウが云う。俺様は太っ腹なもんでな。

——しかし結局はだ、ジョン・ワイズが云う、ユダヤ人ってのは隣人を愛するように自分の国を愛せないんじゃないか？

——そうか？　J・Jが云う。どれが自分の国かわからないだけだろ。

——あいつはユダヤ教徒なのか耶蘇《やそ》信徒なのか神聖ローマカトリックなのかボロテスタントなのか一体全体なんなんだい？　ネッドが云う。それとも何者？　云っちゃ悪いけどさ、クロフトンさん。

――ジューニアスとは何者なりや？　J・Jが云う。

――わしらはあんな男に用はない、オレンジ党員あるいは長老派信徒クロフターが云う。

――あれは背信のユダヤ人よ、マーティンが云う。ハンガリーのどっかの出で、あいつがハンガリー体制に従って一切の計画を立てたんだ。城当局では知ってることだが。

――歯医者のブルームの従兄弟《いとこ》なんだろ？　ジャック・パワーが云う。

――違う違う、マーティンが云う。名字が同じだけだ。前の名はヴィラグ、毒を呷《あお》った父親の名だ。届出証書で変えたんだ、父親が。

――それこそアイルランドの新しい救世主様よな！　市民が云う。聖人と賢者の島国のよ！

――まあ、やつらはまだ救い主を待ってるんだ、マーティンが云う。その点じゃ俺たちもそうだが。

――そのとおり、J・Jが云う。だからやつらは男の子が生れるたびに救世主かもしれないぞと思っちまう。ユダヤ人てのは一人残らずそりゃもうわくわくなんだろうな、自分が父親になったり母親になったりするまでは。

――今か今かと次なる子に期待してか、レネハンが云う。

――ああ、それでだよ、ネッドが云う、死んだ息子の生れる前のブルームときたらなかったもんな。いつか南部市《シティ》市場で出会ったらお産の六週間前だってのにニーヴの罐詰を買ってるじゃないか。

――**おなかの中はお母ちゃん**《アン・ヴァントル・サ・メール》、J・Jが云う。

――あいつは男と云えるか？　市民が云う。

――お入れになったことがあるのかねえ、ジョウが云う。

――まあ、とにかく子供は二人生れた、ジャック・パワーが云う。

――で誰だと勘繰《かんぐ》ってんだ？　市民が云う。

どベッ、悪洒落《わるじやれ》にも真《まこと》の言葉ありだぜ。どっちつかずの双成《ふたな》りってわけか。あのホテルにいた頃カケションから聞いた話じゃ月に一度は頭痛で寝込んだってよメンスのあまっちょみたいに。何の話をしてるか分るかい？　あんな輩《やから》は取っ捕まえてどぼんと海に投げ込んじまうのが神の思召《おぼしめ》しだろうっての。正当防衛の人殺しってもんだろうさ。そこで五ポンドかかえてずらかる気よ男らしく一パイントの勘定ももたねえで。こっちにも恵めってんだ。目がつぶれるほど飲ませろってんじゃねえや。

——隣人に慈愛をってわけよ、マーティンが云う。それにしてもどこへ行った？　もう待ちきれんぜ。

——羊の皮をかぶった狼よ、市民が云う。やつはそれだ。ハンガリー生れの花咲《ヴィラグ》さんだとよ！　俺はアハズエルスって呼んでやる。神に呪われた野郎の。

——ちょっと息抜きする時間はある、マーティン？　ネッドが云う。

——一杯だけならな、マーティンが云う。急いでるんでね。JJ&S。

——何にする、ジャック？　クロフトンは？　ハーフを三つだ、テリー。

——聖パトリックがも一度バリーキンラーに上陸して俺たちを改宗させたがってるだろうぜ、市民が云う。あの手の者どもに俺たちの海辺を穢《けが》されるのを放っておいたんだから。

——まあな、マーティンが云い、酒を急がせようとテーブルを叩く。ここにいる者皆に神の祝福をと祈っておくかね。

——アーメン、市民が云う。

——神様ってのは間違いなく祝福してくれる、ジョウが云う。

そして聖鈴《せいれい》の音《ね》とともに、一人の十字架捧持者《ほうじ》を先頭に侍祭《じさい》、香炉《こうろ》持ち、香炉舟持ち、読師、守《しゅ》門《もん》、助祭、副助祭らを伴って、法冠を着けた大修道院長や小修道院長やフランシスコ会修道院長や修道士や托鉢《たくはつ》修道士らの祝福されたる一行が近づいてきたのである。すなわち、スポレトのベネディクト会修道士、カルトゥジオ会修道士、カマルドリ会修道士、シトー会修道士、オリヴェット会修道士、オラトリオ会修道士、ヴァロンブロサ会修道士、又、アウグスティノ会托鉢修道士、ブリジッド会修道士、プレモントレ会修道士、フィレンツェ会修道士、三位一体会修道士、聖ピーター・ノラスコーの子たち、又、カルメル山からはアルバート僧正《そうじょう》とアビラのテレーサに率《ひき》いられた預言者エリヤの子達、靴履きその他、又、茶衣と灰衣の修道士、貧しきフランシスコの息子達、カプチン会修道士、フランシスコの帯の組修道士、ミニモ会修道士、原則会則派修道士、クララの娘達、又、ドミニコの息子達、托鉢説教師、ヴィンセンチオの息子達、又、聖ウォルスタンの修道士、又、イグナチウスの子達、又、エドマンド・イグネイシャス・ライス修道僧に率いられた耶蘇《やそ》教兄弟会団体。その後に続くはあらゆる聖者と殉教者、童貞と聴罪《ちょうざい》司祭、すなわち、聖シールと聖イシドーレ・アラトールと聖小ヤコブとシノーペの聖フォカスと饗応家聖ジュリアンと聖フェリックス・ド・カンタリスと柱頭行者聖シモンと最初の殉教者聖ステパノと神の聖ヨハネと聖フェレオルと聖リュガルドと聖テオドトゥスと聖ヴルマールと聖リチャードと聖ヴィンセント・ド・ポールとトディの聖マーティンとトゥールの聖マーティンと聖アルフレッドと聖ヨゼフと聖デニスと聖コルネリウスと聖レオポルドと聖バーナードと聖テレンスと聖エドワードと聖オウエン・イヌカデアリヌスと聖ムメイノオレヌスと聖ナアリヌスと聖ギメイダゾヌスと聖オナジナヌスと聖ゴゲンオナジウスと聖ルイゴナスと聖ロレンス・オトゥールとディングルとコンポステラの聖ジェイムズと聖コラムキルと聖コランバと聖ケレスティヌスと聖コウルマンと聖ケヴィンと聖ブレンダンと聖フリジディアンと聖セナンと聖ファクトナと聖コロンバヌスと聖ゴールと聖ファーシーと聖フィンタンと聖フィアクルとネポマックの聖ジョンと聖トマス・アクィナスとブリタニーの聖イヴと聖ミカンと聖ハーマン＝ジョゼフと聖青年三守護神なる聖アロイシウス・ゴンツァーガと聖スタニスラウス・コストカと聖ジョン・バークマンズと聖ジェルヴァシウス、セルヴァシウス、ボニファシウスと聖ブライドと聖キアランとキルケニーの聖カニスとトゥアムの聖ジャーラスと聖フィンバーとバリマンの聖パピンとアロイシウス・パシフィクス会修道僧とルイス・ベリコサス会修道僧とリーマの及びヴィテルボーの両聖ローズとベタニヤの聖マルタとエジプトの聖マリアと聖ルーシーと聖ブリジットと聖アトラクタと聖ディンプナと聖アイタと聖マリオン・カルペンシスと幼きイエズスの祝福されたる修道女テレザと聖バルバラと聖スコラスティカと一万一千人の乙女を伴う聖アーシュラである。しかもいずれもが後光と輪光と光背に包まれ、棕櫚《しゆろ》や竪琴《ハープ》や剣やオリーブの冠を掲《かか》げ、纏《まと》う衣に縫い取られているのは効験灼《こうげんあらた》かな有難き象徴のかずかず、インク壺、矢、麵麭《パン》、小盃、枷《かせ》、斧、樹、橋、浴槽の赤子、貝、合財袋《がっさいぶくろ》、鋏、鍵、竜、百合、鹿弾、鬚、牡豚、ランプ、鞴《ふいご》、蜜蜂の巣、スープ杓、星、蛇、鉄床、箱入りワセリン、鈴、松葉杖、鉗子《かんし》、牡鹿の角、防水長靴、鷹、石臼、皿盛りの目玉、蠟燭《ろうそく》、灌水器、一角獣である。そしてネルソン記念柱、ヘンリー通り、メアリー通り、ケイプル通り、リトルブリテン通りを行きながら**起きよ、光放て**《スルゲ・イルミナーレ》にて始まる**救世主御公現**《エピファニア・ドミニ》の入祭文を、それから**サバより来りて**《デ・サバ・ヴェニエント》へと続く昇階誦**皆の者**《オムネス》をこのうえなく甘美《かんび》に歌唱して、そうするうちにたとえば悪魔を追い祓《はら》い、死者を蘇らせ、魚をふやし、跛者《はしや》と盲者《もうしや》を癒《いや》し、置き忘れられたさまざまな品を発見し、聖典を注釈し預言を叶え、祝福し預言するなど諸々の奇蹟を行なった。そして最後に、金の布の天蓋に守られてやってきたのが神父オフリン尊師、マラキとパトリックを伴っている。その善き神父らが指定の場所、リトルブリテン通り八、九、十番地バーナード・キアナン有限商会、食品卸売、葡萄酒ブランデー船積、ビール葡萄酒酒精飲料類店内消費販売認可店の建物へ到着したとき、祭司は建物を祝福して縦仕切窓と防波壁と地下室屋根と屋根棟と切妻《きりづま》と蛇腹《じゃばら》と鋸歯《きょし》文《もん》迫持《せりもち》と尖塔《せんとう》と円屋根に香を捧げてそれらの楣《まぐさ》に聖水をまき散らして神がアブラハムとイサクとヤコブの家を祝福したようにこの家を祝福しここに神の光の天使らを住まわせてくれることを祈った。そして祭司が中へ入りながら食品と飲料を祝福すると祝福された一同全員がその祈りに応えた。

——**我等の助けは神の御名のもとにあり。**《アディウトリウム・ノストルム・イン・ノミネ・ドミニ》

——**天と地を造り給うた御方の。**《クエ・フエキット・コエルム・エト・テラム》

——**神の汝とともにあらんことを。**《ドミヌス・ヴォビスクム》

——**また汝の霊とともにあらんことを。**《エト・クム・スピリトゥ・トゥオ》

　そして祭司が祝福したものに両の手をのせて感謝を捧げ、そして祈ると一同全員がともに祈った。

——**神よ、その御言葉によりて万物を聖なるものとなす御方よ、汝の造り給うたものらに祝福を注**《デウス・クイウス・ヴェルボ・サンクティフイカントゥール・オムニア・ベネディクティオネム・トゥアム・エフンデ・スペル・クレアトゥラス・イスタス・エト・プラエスタ・》**ぎ給え。そして汝に感謝を捧げつつ汝の法と御心に従いそれを用いる者すべてが聖なる御名を唱**《ウト・クイスクイス・エイス・セクンドゥム・レゲム・エト・ヴォルンタテム・トゥアム・クム・グラティアルム・アクティオネ・ウスス・フエリト・ペル・インヴォカティオネム・》**えることによって汝の御助けを通して肉体の健康と霊魂の加護を授かることを許し給え、主キリス**《サンクティッシミ・ノミニス・トゥイ・コルポリス・サニタテム・エト・アニマエ・トゥテラム・テ・アウクトレ・ペルキピアト・ペル・クリストゥム・》**トを通して。**《ドミヌム・ノストルム》

——てなことでさあやるかいな、ジャックが云う。

——たんといこうぜ、ランバート、クロフトンだかクローフォードだかが云う。

——よし、ネッドが云い、ジョン・ジェイムソンを持ち上げる。がばっといこうぜ。

　誰か気のきくやつはいないのかいと俺がちょうど見回したところへちぇッなんてこったいあいつめ戻ってきたじゃねえかいかにもあたふた駆け込んできたってふうよ。

——ちょっと裁判所へ行ってきたもので、やつは云う、あなたを探してたんです。お待たせしたみたいで……

――いやいや、マーティンが云う。さあ行こうか。裁判所で俺の目を眩《くら》ませたってポケットには金貨と銀貨がずっしりだろよ。薄汚ねえ野良兎。一杯ぐらいおごれってんの。てめえなんぞまっぴらだ！　このユダ公めが！　クソったれめが。クソ場の鼠《ねずみ》みてえに賢《さか》しいや。五で百だとよ。

――内証《ないしょ》にしとけ、市民が云う。

――何ですか、やつが云う。

――さあてみんな、険悪な雲行きを見て取ってマーティンが云う。そろそろ行くぜ。

――内証にしときなって、市民がどら声を張り上げて云う。秘密だからな。

するとあの駄犬めが目をさましていがみ声で唸《うな》りやがった。

――じゃああばよ、みんな、マーティンが云う。

そしてそそくさと連中を外へ押し出し、ジャック・パワーとクロフトンとか何とかとであいつをはさむようにしてやってぞろぞろ海へ乗り出すみたいにしながら気にくわねえあの二輪馬車に乗りやがる。

――早いとこ出せ、マーティンが馭者に云う。

乳白《にゅうはく》の海豚《いるか》が鬣《たてがみ》を振り立て、すると金色《こんじき》の船尾甲板に立ち上った舵手《だしゅ》が風受けてふくらむ帆を大きくひろげ、大三角帆を左舷にして帆をいっぱいに張るや、すーっと船を出した。数多《あまた》の見目麗《みめうるわ》しいニンフたちが右舷に左舷に近寄ってきて、堂々たる帆船の両船腹にまといつき、そのきらびやかな姿を次々と繋げていく。ちょうど巧みの車職人が車輪の中心に姉妹同士の等距離の輻《や》をこしらえていきながら、それを外輪で締めつけて、いざ出陣の、あるいは美女らの笑みを競い合う男たちの足を速めるように。まさしくそのように次々とやってきて繋がった、その悦楽のニンフたち、不死の姉妹たち。そうして笑いはしゃぎ、水泡《みなわ》の弧を描いて戯れる。そして帆船は白波を切って進む。

ところがてへッ俺がパイントグラスの飲み残しをごくごくっとやろうとしたそのとき市民が立ち上るやよたよたっと戸口へ向い、全身浮腫《ふしゅ》でふうふうはあはあ、そうしてアイルランド語で鐘と聖書と蠟燭《ろうそく》を口走りながらクロムウェルの呪いで毒づいてはペッペッと唾《つば》を吐きちらすのをジョウとそれにちびアルフがちょろちょろちび妖精みたいに回り込んでなだめようとする。

——放せ、やつが云う。

そしててへッ戸口まで行ったところで二人がとめているとあの野郎が声張り上げたじゃないか。

——イスラエルに万歳三唱《ばんざいさんしょう》!

おいおい、いいからおとなしく座ってねえかよわざわざ世間のさらし者になることはねえだろが。ちぇッ、どうでもいいことで人殺し騒ぎを起こしっちまうど阿呆《あほう》ってのが必ずいるもんだ。どペッ、せっかく腹ん中におさまってる黒ビールの気が抜けるだろうぜ、そうともよ。

すると国中のあばずれやら乞食《ほいと》やらが店の前へ群がってきてマーティンは馭者に突っ走れと命じ市民は怒鳴りまくりアルフとジョウがそれを静まれと制しあの野郎はユダヤ人のことを逸《はや》り馬みてえに褒《ほ》め喚《わめ》き浮浪者どもが演説ぶてえとけしかけてジャック・パワーがなんとかあいつを馬車に座らせて口を押えにかかり片目に眼帯をした一人の浮浪人が**月にいるやつユダヤ人なら、ユダ、ユダ**を歌い出してあばずれが叫ぶ。

——ねえ、あんたー! 前が開いてるわよ、あんたー!

するとあいつが云う。

——メンデルスゾーンはユダヤ人だったぞカール・マルクスもメルカダンテもスピノザもだ。それに救世主はユダヤ人だったしその父親もユダヤ人だったんだ。あんたらの神だぞ。

――父親はいなかったぜ、マーティンが云う。それぐらいにしとけったら。さあ行け。

――誰の神だと？　市民が云う。

――じゃあ、叔父がユダヤ人だったさ、あいつは云う。あんたらの神はユダヤ人だったんだ。キリストは僕みたいにユダヤ人だったんだぞ。

どベッ、市民のやついきなり店ん中へ引っ込んじまいやがった。

――イエスにかけて、市民が云う。あのユダ公の脳天をかち割ってやる、聖なる名をみだりに口にしやがって。イエスにかけて、俺はあいつを磔《はりつけ》にしてやる。そのビスケット罐《かん》をこっちへよこせ。

――やめろ！　やめろったら！　ジョウが云う。

大勢の別れを惜しむ友人知己《ちき》が主府及びダブリン近郊から何千と集り、彼方《かなた》の天地サーズハルミンツズブロユーグヤーシュ＝ドゥグラーシュ（さざめく流れの草原）へと旅立つ王室御用達《ごようたし》印刷所アレクサンダー・トム商会元勤務員、ナジェシャゴシュ・ウラム・リポーティ・ヴィラグに別れを告げた。盛大に行なわれた式典の特徴は、感動的な実意の情であった。古代アイルランド子牛皮装飾巻物、アイルランドの芸術家たちの手になる逸品《いっぴん》が、地域一帯を代表するこの著名な現象学者に贈られ、また、古代ケルト紋様様式でしっとりと仕上げられた銀の小函《こばこ》もこれに添えられた。制作者、ジェイコブ・**アグス**・ジェイコブ社の面目を発揮する逸品である。去り行く主賓《しゅひん》は熱烈な喝采《かっさい》を浴び、選抜アイリッシュパイプ吹奏楽団が**帰れエリンへ**の有名な調べを奏《かな》でてから、すぐさま**ラコッシの行進曲**へと移ると、集った者の多くは明らかに感極まった様子だった。タール樽や篝火《かがりび》が、四つの海の沿岸ぞいに、ホウスの丘、スリーロック・マウンテン、シュガーロウフ、ブレイヘッド、モーン丘陵、ゴールティー連峰、オックスとドニゴールとスペリンの嶺《ねろ》、ネイグル連山とボグラー連山、コネマーラ陵邸《りょうきゆう》、マッギリカディの高峰、オーティ岳、バーナー岳、ブルーム岳の頂《いただき》であかあかと燃えた。上天を劈《つんざ》く歓呼に応えて遥かカンブリアとカレドニアの丘陵に勢揃いした忠僕の歓呼が届く中、ゆっくりと進む巨象《マストドン》のごとき遊覧船は、多数出席した女性の代表たちから最後の献花を受けて、艀《はしけ》の船隊に守られながら川を下っていき、底荷事務所と税関の旗もピジョンハウスの発電所とプールベッグ灯台の旗も恭《うやうや》しくそれを見送った。**あばよばいばい《ヴィソントラーターシュラ》、愛しき友《ケドヴェーシュ・バラートム》よ！　あばよばいばい《ヴィソントラーターシュラ》！**　去りても忘るまじ。

　どべッ、どうにもこうにもとめられなくてやつはとにかく罐《かん》を引っ摑《つか》むと外へと飛び出しちびのアルフはその肘にしがみつきあいつは串刺しにされた豚みたいな声を張り上げるから、そりゃもうクイーンズロイヤル劇場のひでえ芝居も顔負けってとこよ。

——どこへ行きやがった殺してやるってのに？

　するとネッドとJ・Jがひーひー笑いこけて動けないざまだ。

——戦《いくさ》じゃねえか、俺は云う、最後のいいとこ見届けなくちゃよ。

　ところがあいにく馭者のやつめが老いぼれ馬の首をあっちゃへ向けてとことこ駆け出しやがる。

——やめとけ、市民、ジョウが云う。やめろ！

　てへッやつは片方の手をぐいっと引いて思いっきり一発放り投げたもんだ。神の恵みか太陽が両の目ん玉に入ったからいいようなもんのそうでなけりゃあいつはほんとにくたばったろう。どべッ、ロングフォード郡までぶっ飛ばす勢いだった。老いぼれ馬がとことこ逃げて老いぼれ犬があの馬車を猛然と追っかけて野次馬どもはどなったりげらげら笑ったりで古ぼけ罐《かん》は通りにからんからんと転がった。

　天変地異は恐ろしいあっという間の出来事だった。ダンシンクの気象台では総計十一回、全てメルカリ震度五の震動を記録し、本島における同規模の地震の揺れの記録としては、シルクン・トマスの反乱の年、一五三四年の地震以来のものである。震央《しんおう》はインズ埠頭《ふとう》区及び聖ミカン教区にまたがる首都圏内、四十一エーカー二ルード一ポールないしパーチにわたる地域と思われる。裁きの宮附近の豪邸はすべて倒壊し、天変地異の時点でかずかずの重要な法論争が進行中であったその見事な建築物そのものも、文字どおり巨大な廃墟と化し、建物内にいた全員がその下に生き埋めになっていると危惧される。目撃者の報告から、震波は竜巻《たつまき》的性格の激烈な大気変動を伴ったことが判明している。日頃の尊敬の的たる国王臣下治安吏ジョージ・フォットレル氏のものと判明するに至った冠物《かぶりもの》一個と該博《がいはく》なる四季裁判所長閣下、ダブリン市裁長フレデリック・フォーキナー卿の頭文字、定紋、紋章、邸宅番号を金の把手《とって》に彫り込んだ絹の傘一本が、捜索隊の手でそれぞれ本島の遠隔の地で発見された。前者は巨人の土手道の玄武岩質第三尾根にのっかり、後者はキンセイルの古い岬に近いホールオープン湾の砂浜に一フィート三インチの深さに埋もれていた。別の目撃者の証言によれば、途方もなく巨大な白熱光放射物体が西南西方向へ弾軌道を描き恐ろしい速度で大気中を飛行したという。哀悼と同情の言葉が時々刻々と諸大陸の隅々《すみずみ》から届き、またローマ教皇は、余りに突然にあの世へ召されてしまった信心深い故人たちの霊の代禱《だいとう》として、教皇庁の教会権限に所属する全監督管区のすべての大聖堂教会直轄権者が同時に特別追悼ミサを執り行なうよう、優渥《ゆうあく》にも布告を発した。救出作業、瓦礫《がれき》、遺骸等の撤去は、グレイトブランズウィック通り一五九、マイクル・ミード父子土建とノースウォール七七、七八、七九、八〇、Ｔ＆Ｃ・マーティン石材に委託され、この協力に当るコーンウォール公直属軽歩兵隊の士官と下士官の総指揮を執っているのは海軍少将ヘラクレス・ハンニバル・ジンシンホゴ・レイジョウ・アンダースン閣下、ガタ勲、パト勲、テプ騎、枢員、バス勲、上議、治判、医博、殊勲、犬勲、猟督、アカデ員、法博、音博、貧督、トリ大委、愛大委、理大委、医大委である。

ほぎゃんと生れてからってものあんなざまはまあ見たことがねえや。どベッ、もしあいつの後ろ頭に見事的中大穴あけてやりゃあ金杯《きんぱい》を思い出したろうぜ、そうともよ、しかしてヘッ市民は暴行現行犯でジョウは現場幇助《ほうじょ》でしょっぴかれたか。馭者が猛烈に馬車を飛ばしてあいつの命を救ったのは確かだよ神様がモーセを造ったみたいに。何？　ああ、イエスをだよ造ったのは。そんでやつは逃げるあいつに罵《ののし》りまくった。

――野郎くたばったか、やつは云う、え、どうだ？

そして犬のやつにこう怒鳴る。

――追えッ、ガリー！　追っかけろ、それッ！

そんで最後に見えたのはあのくそ馬車が角を曲ってくとこでふぬけ面《づら》がぎくしゃく踊ってあの駄犬めが耳を後ろにあいつを八つ裂きにしちまうってな勢いで追って行った。五で百だとよ！　ふん、その分こっぴどい目にあったさ、違えねえ。

そのとき、見よ、一同の周りに大いなる光輝の到来し、皆の見守る中、**かのお方**の立ち給う軍車上天《じょうてん》に昇り行く。軍車に乗り給う**かのお方**、光輝の光背に包まれ、日輪《にちりん》のごとき衣纏《まと》いて、嫦娥《じょうが》のごとく清らかに、かつまた恐ろしきゆえに皆畏怖《いふ》してまじまじと見ることをせざり。すると上天《じょうてん》より声ありて呼ばわる。**エリヤ！　エリヤ！**　すると**かのお方**力強き声にて応えたり。**父神《アッバ》よ！　主《アドナイ》よ！**　そして皆の見守りし中、**かのお方**まさしく**かのお方**、息《ベン》ブルーム・エリヤ、天使らの棚雲《たなぐも》に包まれて光輝の光背へとリトルグリーン通りドノホウ亭上方四十五度の角度にて昇り行く、あたかも表六弾《ひょうろくだま》のごとく。

［付　記］

本書はジェイムズ・ジョイス『ユリシーズ』（*ULYSSES* by James Joyce）の前半部、第一章から第十二章までの全訳である。翻訳にあたっては、カナダのトロント大学がインターネットで公開している電子版テクスト（e-text,ftp://blaze.trentu.ca/pub/jjoyce/ulysses/ascii_text/）を中心に用い、マニュスクリプト版、ガーブラー版、および反ガーブラー版の立場をとるクライヴ・ハートらの見解を随時参照した。

なお、十一章、十二章は、それぞれ『新潮』二〇一一年九月号、および一九九六年三月号に発表したものに、訳者が手を入れたものである。

James Joyce:
ULYSSES, 1922

ユリシーズ 1-12

2016年11月20日　初版印刷
2016年11月30日　初版発行

著　者　ジェイムズ・ジョイス
訳　者　柳瀬尚紀
挿　画　山本容子
装　丁　鈴木成一デザイン室
発行者　小野寺優
発行所　株式会社河出書房新社
東京都渋谷区千駄ヶ谷2-32-2
電話　(03) 3404-8611〔編集〕(03) 3404-1201〔営業〕
http://www.kawade.co.jp/
編集協力　小池三子男
組版　　株式会社キャップス
印刷　　株式会社暁印刷
製本　　加藤製本株式会社

Printed in Japan
ISBN978-4-309-20722-3

河出書房新社の海外文芸書

フィネガンズ・ウェイク　Ⅰ／Ⅱ／Ⅲ・Ⅳ

ジェイムズ・ジョイス　柳瀬尚紀訳

『ユリシーズ』に続いてジョイスが死の間際まで書き継いだ、今世紀最大の文学的事件と評される幻の大傑作。ヨーロッパ数千年の全歴史を一夜の夢に圧縮した究極の小説。日本語表現の可能性を駆使した世界初の個人完訳。河出文庫

幻獣辞典

ホルヘ・ルイス・ボルヘス　柳瀬尚紀訳

セイレーン、八岐大蛇、一角獣、古今東西の竜といった想像上の生き物や、カフカ、C・S・ルイス、スウェーデンボリーらの著作に登場する不思議な存在をめぐる博覧強記のエッセイ120篇。河出文庫

神曲　地獄篇／煉獄篇／天国篇

ダンテ　平川祐弘訳

1300年春、人生の道の半ば、35歳のダンテは古代ローマの大詩人ウェルギリウスの導きをえて、地獄・煉獄・天国をめぐる旅に出る……絢爛たるイメージに満ちた、世界文学の最高傑作。全3巻。河出文庫

ボヴァリー夫人

ギュスターヴ・フローベール　山田𣝣訳

田舎町の医師と結婚した美しき女性エンマ。平凡な生活に失望し、美しい恋を夢見て愛人をつくった彼女が、やがて破産して死を選ぶまでを描く。世界文学に燦然と輝く不滅の名作。河出文庫